无花季节

李继民◎著

北岳文艺出版社
BEIYUE LITERATURE & ART PUBLISHING HOUSE

图书在版编目(CIP)数据

无花季节 / 李继民著. — 太原：北岳文艺出版社，2021.8

ISBN 978-7-5378-6465-7

Ⅰ.①无… Ⅱ.①李… Ⅲ.①长篇小说－中国－当代 Ⅳ.①I247.5

中国版本图书馆CIP数据核字(2021)第203618号

书　　名：无花季节
著　　者：李继民
责任编辑：关志英　吴国蓉
封面设计：王利锋
印装监制：郭　勇

出版发行：山西出版传媒集团·北岳文艺出版社
地　　址：山西省太原市并州南路57号
邮　　编：030012
电　　话：0351-5628696(发行部)
0351-5628688(总编室)
传　　真：0351-5628680
网　　址：http://www.bywy.com

印刷装订：山西立方印业有限公司

开　　本：787mm × 1092mm　1/16
字　　数：300千字
印　　张：21.25
版　　次：2021年8月 第1版
印　　次：2021年10月 第1次印刷
书　　号：ISBN 978-7-5378-6465-7
定　　价：58.00元

无花季节的果实（代序）

为李继民的长篇小说《无花季节》写个序言是笔者主动要求的。说起来有趣，三月的某个周五，我坐在他的车里说出，继民嘿嘿一笑曰他早有此意只是开不了口。作为同事，这一方面基于我对他的了解和理解；当然，更重要的是因为他的小说。

《无花季节》计25万余字。以20世纪70年代中国社会发展进程中那个特殊的年代为背景，既浓墨重彩又朴实无华、既形象生动又简洁明快、既厚重悲壮又深情款款地讲述了发生在晋南农村及其城乡生活的凡人故事，塑造了以德娃、英子为代表的农民和农民工人物群像，道出了非正常年代人性当中的本来的向上、乐观、纯真和善良。继民作为曾经的参与者、亦或是其中的一份子，平视、写实，不矫枉、不过正，以成熟的文字功力，扎实的生活积累，严谨的创作态度，写出了一部好作品。

过得好过得坏，日子都在那里。特殊年代，老百姓的日子过得不好，或者说难过，只能在夹缝中求生存。《无花季节》讲述的故事，从一个层面呈现了那个年代的社会观照以及芸芸众生的生活，让经历过或没有经历过的人回味与了解。“这一年的冬天，天气特别的冷。风多雪多，日头少”。如此拉开了《无花季节》的序幕。德娃一家厄运不断，倔强的德娃设计收拾了不干正经事的队长，然后颇有些传奇地由此背井离乡，来到城市开始自己的打工生涯。小说以德娃的人生经历、阅历为牵引，有机地划分为乡村城市两个篇章，并且彼此互相关联：德娃在工地上想他妈，她母亲在村口思念自己的儿子。《无花季节》没有刻意去设计宏大的场景亦或片断式的结局，基本上如实地记录了德娃们为过日子而过的日子；没有人为地将主人公无端拔高而理想化，数年后德娃回村时早已是物是人非。在读《无花季节》初稿时，每每会联想到《三里湾》和《小二黑结婚》。深入生活，植根百姓；脚踏实地，讲好故事，作者在创作的过程中，也是在追求这种回归吧。

走得远走得近，老家都在那里。确切地说，《无花季节》讲述的是晋南万荣农村的故事。万荣人的性格，坚韧执拗，不达目的不罢休；乐观幽默，天大的事于谈笑间化为乌有。就像大多数人的故乡情结一样，我所熟悉的万荣人，都对自己的家乡拥有割舍不去的情怀，而且不因时空的改变而改变。德娃是个“标准”的万荣人，他始终坚持自己的人生信条和本来性格，即便是用鸡蛋去碰石头，即便“是头上长出了电灯泡”，即便“路旁房屋、路灯都消失了，只有无边的旷野和一条伸向天尽头的路”。德娃从小就不是一个啥话都听大人的孩子；步入社会之后，就算是被愚弄被欺负被耍笑了，照样以自己的眼光看天地，照样以自己的行为与外界抗衡，甚至让自己身上的那些属于正能量的品质去影响别人——哪怕它与当时的世态是如此的格格不入。德娃是那个时代社会生活中极为平凡的一个人，短小精悍，沉默寡言，坚韧执著，心无旁骛；而在《无花季节》里，德娃升华为一个性格鲜明的人物形象，饱满生动，多姿多彩，吐故纳新，与时俱进。当然更重要的，也是驱使他踏过荆棘、苦乐中不断向前的内在动力，德娃是一个有想法有主意有牵挂有灵魂的人。他奶奶他爹妈他的初恋情人他的山村老家，是他心中永驻的情节。现如今，无数定居城市的人，“梦里仍觉身是客”，只有回到故乡回到老屋回到父母身边回到长辈坟前，才算是有了根有了归宿感，也才觉得踏实。

有缘分没缘分，真情都在那里。人情亲情爱情等等，从来都是人之常情。在当下“泛感情化”的时代，所谓非正常年代的“感情”倒是别具一格引人入胜。德娃打小奶奶、父亲相继过世，与他母亲及其兄弟文娃相依为命。情窦初开的年纪，两厢情愿于小兰，小兰后来嫁给了卡车司机；在城里打工时，萍水相逢的还有小银红霞唐娜等等；真正贯穿小说始终，在村里与德娃娘相处的似一家人一样，看上德娃非要嫁给他的，是敢说敢当、大大咧咧的英子。“英子也曾下决心要等德娃回来。在她的心里德娃家就是她家，德娃就是她男人。左等不到右等不到，一年两年过去了连个屁都没有嗅到。”心灰意冷的英子赌气嫁了别人。德娃的感情看似生活很丰富，但是只开花不结果；德娃的打工之路很曲折，砥砺多年，脱颖而出，接了他师傅创立的安装公司的班。20来年的时空跨度，中国社会也已经走出了那个“无花的季节”；早期的打工者，现在称农民工，作为一个人数庞大的群体无处不在。很多人早就融入城市生活，成了不折不扣的城里人；作为其中的拓荒者和代表人物，“不要奸、不要滑，不说大话，肯吃苦、讲信誉”的德娃成熟了。虽说他不会“辜负了这么好的时机”，但心心念念的珍藏和缺憾总是无法释怀。

继民告诉我，他写这本书，其实就是一个记录。记录那个年代，记录他和他的长辈及其兄弟姐妹共同度过的生活。这是本能，也是一份责任；这是无花的季节，更是无花季节的累累硕果。

是为序。

和　悦

2021年3月

一

这一年的冬天，天气特别的冷。风多雪多，日头少，即便是有日头，也像是个七老八十的人，是软软的，黄黄的，无力的。饥饿的，瘦弱的，有伤有病的，经不起严寒的人呀、牛呀、驴呀、羊呀、猪呀、狗呀，争先恐后地抢着去死。人死了尚可，无非是活着的人哀号几声，流几滴眼泪。这季节人们缺吃少穿，就是不缺眼泪。滴几滴眼泪算什么？哪怕是泪流成河、成江、成大海。可是却能给活着的人省下粮食。这些牛呀、驴呀、羊呀、猪呀、狗呀就没这么幸运了，无论是饿死的、冻死的、病死的还是疯死的，人们通通把它拉回来，剥了它的皮，挖出它的心肝肺，煮熟它的肉，三毛一斤、两毛一斤地卖掉。德娃就是两毛钱买了半斤肉，狠狠吃了一顿。

德娃一边啃着带有冰碴的肉，一边走着。县城的街道冷冷的，冰冰的，灰灰的。街道的两旁零零散散地散着几个不怕冻死的小商贩，卖着冻死了的牛肉、驴肉。他们裹着厚厚的棉衣棉裤，头上脚上捂得严严实实的，显得臃肿和肥大。他们时不时扭头瞅一眼不远处跟他一样还在硬挺的小贩，心里恨不得老天把他们全都冻死，满条街只留他独自一家肉摊，快些卖完，好回家取暖。老天不遂他愿，冻不死别的卖肉的，却把他自己冻得直打哆嗦。他哆哆嗦嗦好像跟老天赌气似的说："你冷，老子不怕你，有本事马上把我冻死！"老天没本事马上把他冻死，可也着实冷得难以招架，他们急忙用嘴哈着热气暖着双手，嘴里的热气哈不着脚，脚冷得不停地跺着地，身体也摇晃着。眼睛乞求地望着行人，时不时地呼唤一声"卖肉哩——"就像荒野里孤独的老玉米，倔强地在寒风中摇曳。

德娃买肉的这两毛钱，是姥姥给的。德娃的家和姥姥的家在一个村，他和弟弟从小都是在姥姥家长大的，把姥姥家当成自己的家。直到有一天要上学了，母亲拉着他，一边往学校送，一边说："你长大了该上学啦，不能让你姥姥再这样宠着你、惯着你。你也不能像以前那样，跟条没有拴住的野狗一般满村里疯跑。你姥姥家炕小，住不下你们兄弟，姥姥的身体也不好，常有病，你以后就回来住。"德娃不肯，放了学又回到姥姥家。母亲就死拉硬拽地把他拖回自己的家，可是一转眼他就又跑到姥姥家。母亲气得不行，对德娃又骂又打。姥姥看不过，把母亲训斥了一顿，母亲便悄悄的了。母亲总是很听姥姥的话。

姥姥家过去是地主，有很多地和房屋。有杏园、枣园，也有长工。现在的邻居住的就是过去老长工的儿子旺达。旺达有事没事到姥姥家对着姥姥喊一声："娘，家里有事吗？""娘，你别动手，我来。"碰上姥爷手里正干什么活，他就抢着干，亲热得像见到亲爹似的说："爹，这活我来干。"多少年如一日。姥姥说旺达住的房子过去就是咱们家的，他也是在咱们家长大的，因为和他们走得近，旺达就把这里当成他的家一样。姥姥还说过去每年一到春天青黄不接的时候，咱们家都要在村庙前搭粥棚，让村里断了粮的人家来喝粥。姥姥嘴里唠叨最多的是：人这一辈子要积德行善，死后才不会下油锅，才不会遭报应。

姥姥是个小脚老太太，长得慈眉善目，虽说七十多岁了，脸上添了许多皱纹，可皮肤还是那样细白，五官还是那样周正。姥姥常常踮着小脚走来走去，手里从来不闲着，屋里屋外总是收拾得干干净净。姥姥每天天不亮就起来，先倒尿盆，后扫院子和门前。说这是当媳妇时养成的习惯。如果让别人看见你倒尿盆或是扫门前，人们就会笑话，说这媳妇懒，邋遢。

从德娃记事起，无论他是玩耍回来还是上学回来，姥姥总是倚在门口等着他。玩耍的时候是不知道时间的，非等到肚子饿得不行，才往家跑。往往这时家里人都吃过饭，姥爷和母亲都上地里干活去了。只有姥姥给他留着饭，心焦地等着。德娃低着头疯跑着，看见姥姥，喊道："饿死了，饿死了！"险些撞到姥姥。姥姥忙踮着小脚追在后面，喊道："别跑！好我的憨娃哩，你慢些，总是这样风风火火的，看绊倒着。"德娃不听，跑到水缸前拿起水瓢舀一瓢水，仰起脖子就咕咕地喝。姥姥急得直喊："憨憨！我娃不敢喝凉水，屋里有给你晾好的开水哩。"等姥姥追到跟前，德娃已经喝完了，姥姥恨得用手指直戳德娃的头。姥姥把德娃拉回屋里，用毛巾给他擦了汗，就让他上炕吃饭。姥姥把饭端上来，自己坐在炕沿上。每当这时姥姥总是那样的慈祥，脸上堆满了幸福的、满足的微笑，眼睛紧跟着德娃的筷子和嘴上下动，说："吃慢些，慢些吃，看把我娃饿的。"然后就絮絮叨叨地说："吃饭的时候不要吃出声来，吧嗒吧嗒多难听呀。喝水，不要喝凉水，喝凉水会生病的，早年旺达他爹中午从队里回来，满身是汗，一到家从缸里舀起一瓢凉水就喝，一瓢水没喝完人就不行了。我娃记着以后再也不敢喝凉水哦，吃饭时候早些回来，不要饿出病来。"德娃只顾吃，吃饱喝足后，站了起来。姥姥一边起身收拾炕上的碗筷，一边抬头望着德娃说："你歇一歇吧，消停一会儿吧。"德娃起身下炕，也不知道听到姥姥的话没有，就往院子里走。姥姥知道挡不住德娃，放下碗筷随手拿起毛巾追到院子说："你擦擦嘴。"德娃头也不回飞快地往外走。"我已经擦了。"说着用手背在嘴上胡乱抹一下。姥姥追到院门口，倚门望着。德娃蹦蹦跳跳地已经跑出很远。姥姥就在背后喊道：“不要跑，刚吃了饭，肚子会疼的，看着路别绊倒，不要和娃娃们打架。”德娃头也不回，看到鸡追鸡看到狗撵狗，所过之处鸡飞狗跳，尘土飞扬。坐在门前巷边跟姥姥一样干不动地里活的老婆婆老汉们，急忙用手在脸前扇尘，撇着嘴角厌恶地说：“哼——这娃。”姥姥的脸上忙掠过一丝歉意和无奈的笑，说：“哎——我这娃跟土匪一样。”一位不苟言笑的老汉，似乎能预知身前身后事，胸有成竹地预言道：“三岁看大哩七岁看老哩，你这娃将来大了，不是杀人就是放火。”姥姥听后脸上顿时像挂了霜，不高兴地说：“哟哟！我娃这么小，将来可是要变哩！不是说淘气娃有出息吗？我看我娃将来有出息。”说完转身往院子里走，心里却忐忑不安，想到自己这几辈人都仁仁义义、和和善善的，没出过什么恶人、坏人的。这娃的性子不知像了谁，天不怕地不怕的，再不管将来可咋办？

一日德娃放学回家，走到一条狭窄的小巷，迎面碰到宗娃。宗娃长得高大威猛，说话口齿不清，瓮声瓮气，但嗓门很高，嘴又宽又厚，还常流口水，外号叫“大嘴”。孩子们都怕他，他比德娃大一岁，大一年级。按说是河水不犯井水，谁也不招惹谁，但他仗着自己厉害，在背后常骂德娃，说德娃父亲是个反革命。说反革命就反革命，可他竟敢多次直呼父亲姓名，说某某是个大反革命。这让德娃感到受了奇耻大辱，伙伴们说这不是明的欺负人嘛，不把人放在眼里嘛。德娃就想找到他们班去问个明白，可是有些胆怯一直没敢去。今日在这狭窄的巷子碰到，想躲是躲不过了。德娃跟伙伴们先是一怔，突然都不说话了。德娃眼睛注视着宗娃往前走，走到相距很近的地方，都莫名其妙地停了下来。德娃想宗娃背地里骂他，大概是真的，要不然他为什么也停下来。德娃就咬着牙瞪大眼珠恶狠狠地看着宗娃。宗娃也不惧怕，也瞪大眼珠看着德娃。像两只瞪圆小眼伸长脖子争斗的公鸡，公鸡只靠瞪眼咬牙是吓不住对方的，德娃不是公鸡，公鸡不会咬牙，德娃会，公鸡不会在地上画线线，德娃会。不一会儿德娃的眼睛有点酸，他在两人的中间画了一条线，说："你敢踏吗？"宗娃说："我就敢，你能把我咋样？"说完抬起一条腿就要踩线，这让德娃在伙伴们面前下不了台。德娃不等他踩到线，一下子扑过去，把宗娃扑倒在地，压在宗娃的身上，死死地压住，直怕他翻身起来。宗娃伸出手在他脸上乱抓乱打。这时听到同伴喊道："德娃快跑，老师来了。"德娃放开宗娃就跑。跑出老远德娃慢了下来，他回头看，老师正拧着宗娃的耳朵骂。

德娃扭头就走，快到姥姥家门口时，他远远看到姥姥站在门前，门前还有四五个或坐或站的小脚老婆婆。她们有的做着手中的活计，有的什么也不做东拉西扯地说些闲话。德娃有些犹豫。姥姥成天教育自己这不该做那不该做，应当这样应当那样。让姥姥看出打了架，又要唠叨半天。他放慢了脚步，不知道该如何掩饰打过架的痕迹，下意识地拍了身上的土，抹了一把脸上的汗。脸有些疼，不知道是不是让宗娃给挖破了。眼看着就到了姥姥的跟前，德娃的余光扫见老婆婆们都停住说话，也停下手中的活计，抬头看着他。德娃全身不自在起来，忙把头低到胸前，加快脚步往姥姥家走，听到身后老婆婆们说："你看你这娃，又跟牙（人家）谁打架了。"姥姥慌忙地喊着追进来，问："你的脸是咋啦，让我看看。"德娃既怕姥姥看见担心，又怕姥姥没完没了地讲道理。他忙从院子里拾起一个筐子，扣到自己的头上，从窗台上拿起一把镰刀，装作要到地里割草的样子往院子外冲。他与姥姥对视了一眼，忙闪开姥姥伸出拉他的手。他飞快地出了院子，往村外走。姥姥手扶着院门急切地一声一声喊："德娃，德娃！"就看不见德娃的影子了。德娃走出姥姥的视线，放慢了脚步，想到姥姥慌乱的、心痛的、无奈的眼神，以及人们的指指点点，让他第一次感到羞耻，他觉得打架不好，会让姥姥伤心的。

不打架不代表不能吵架，在学校德娃和班里的女同学吵架，把女同学气哭了。老师只批评他，德娃说是女同学先骂的他，老师不信。德娃说老师不公道，偏向女同学。老师顿时大怒，说：“你再说！”德娃又说：“偏向。”老师抡起胳膊扇了德娃一个耳光，气愤地说：“你再说！”德娃脸上显出老师打过的手印，感到生疼生疼，心里不服气，就喊得更高“偏向！偏向！”老师再打，德娃越喊越高，直到老师不再打，他的嘴才停下来不喊。这时德娃脸也有些肿，头也有些晕。但是德娃还是挺过来了。看到老师气得直抖，德娃也就不感到痛了。他心想，老子不怕你。你妈的，气死你。

下课后，同学们都围着他。说真了不起，敢跟老师顶嘴。德娃又得意起来说：“老师算个屄，过几年老子还敢揍他。”第二天，德娃早晨慢慢腾腾的不想起床。母亲骂了几声，问他又跟谁打架了，咋把脸都打肿了。德娃不说，背起书包就往外走。约莫走到母亲看不见的地方，就朝地里跑去。在野地里，哪里没人他就往哪里跑。看见树上的鸟窝想掏几个鸟蛋，爬了几棵树，捣毁了几个鸟窝，连个鸟蛋的影都没见到。他不知道冬天的鸟是不下蛋的，还以为鸟们专和他作对，又是失望，又是生气。从地下拾了很多小石子，装满自己的口袋，见鸟就打。鸟也知道他的两下子，并不怕他，一双小小的黑眼无所畏惧地瞪着他，他伸手掏石子，鸟不怕他，举起手，鸟还不怕他，等他扔出石子，鸟还是不怕他，还是纹丝不动地站在原地。石子落到鸟的身边，鸟蔑视地扭头，看也不看他。他气急了，疯狂地扑向鸟，等他快到的瞬间，鸟飞走了，落在离他不远的地方。这样翻来覆去几次，像是鸟逗着他玩哩。德娃有些累了，爬上一块土坡迎着太阳坐下来，村里的炊烟渐渐多起来，通往村里的小路上，修田修地的大人们，扛着红旗、铁锨，三三两两地往村里走。德娃知道现在还不能回，还得等一等学校才能放学。风飕飕地吹，身上越来越冷，他把双手插进袖口里，肚子也感到饿了，放学的铃还是不响，德娃不耐烦了，觉得逃学也没意思，就起身慢慢地往村里蹭，快到村边的时候隐约听到学校的放学铃响了。德娃放开脚步往家走，进了村，想到今天逃学，让母亲知道了可不好办，最好是躲一躲。就拐到姥姥家，进了姥姥的家门，喊了声姥姥。姥姥正在做饭，急急地迎出来，亲切地说："哟，我念书的娃回来了。"忙接过书包，把德娃拉进屋里，伸出一双老手忙捂住德娃的小手。心疼地说："看把我娃手冷的，姥姥给你暖一暖。"

姥姥有关节炎，姥姥的炕老是用柴火烧得热热的。德娃坐在热炕上，姥姥把褥子盖在他的腿上。他正感到暖和惬意时，听见院门被人踢开了，从窗台上探头一看，只见母亲气势汹汹地朝屋里走来。心想坏啦，母亲知道了。听到姥姥说："咋啦，你这是？"母亲也不回话，只狠狠地说："你娃在吗？"说着就看见坐在炕上的德娃，上前就拉。说："走，跟我回去！"姥姥挡着母亲，说："娃刚念书回来，你这是干啥！"母亲也不答话，只有满脸怒气。有姥姥挡着，又拉不动德娃，母亲抬手就朝德娃身上打。德娃在炕上直往角落里缩。母亲气愤地说："上学？你问他到哪里上学去了。"有姥姥壮胆，德娃也不怕。说："我就是上学啦！"母亲更气愤，喊道："你上哪里的学校？你明明是逃学！还撒谎！"顺手拿起笤帚把子就朝德娃的身上打。姥姥眼看着挡不住，高声呵斥道："放下，这是干啥！呵！你长这么大，我动过你一个指头吗？"母亲拗不过自己的母亲，无法，只有喘着粗气放下笤帚。但是，还是气不过，对着姥姥说："你成天护着他，成天护着他，你看把他惯成什么样子！一天到晚不得安生，不是打架，就是逃学。不是家长找来，就是老师找来。给这个说完好话，给那个说，丢死人。"姥姥说："哟哟，一个小娃娃，丢啥人？娃有不对的你慢慢说，动不动就打，动不动就打，光靠打能行？"母亲说："那你说，你管，我不管啦！"说着赌气摔门走了。

母亲走后，德娃悬着的心放了下来，重新坐好，又用褥子盖了自己的腿。

姥爷从地里回来，在院子里跺了跺脚，拍了拍身上的土，回屋洗了手脸，就上炕。姥爷很少说话，坐到炕上，姥姥就把饭端上来。德娃跟着姥爷低头吃起来，姥姥坐在炕沿上，一会儿端水一会儿拿馍，就是自己不吃。吃完饭德娃起身要走，姥姥不让走。姥姥收拾完碗筷，上炕盘腿坐在德娃的对面，和颜悦色地讲起她知道的所有的贤人们、善人们的故事，从她也不知道的哪朝哪代，讲到现在村里的乖娃娃。姥姥说："总之这人啊，一生不能说谎，不能做亏心事。说了谎做了亏心事，是要遭雷劈的。就说你姥爷吧，七十多岁了，一辈子没有跟人红过脸，有一年他在地里种地，种到地头捡到一褡裢银圆，你姥爷一路小跑，追了十几里路，把钱和褡裢还给人家。那人感激地非要认你姥爷当哥，每年不管忙不忙都要抽空看一看你姥爷。"这样的话德娃听了上百遍，越听越烦越坐不住。姥姥也看出来了，她站起来，掏出钥匙，打开炕上的箱子，给德娃拿出几块糖。德娃咧开嘴嘿嘿笑了。姥姥说："不要不爱听，我说的话你都要记住，你爸也回到村里了，不是先前的干部了。是不是个反革命，我不知道。可是现在没有工资，没有口粮，又不会干地里的活。你妈在人前又抬不起头来，家里地里，一大家子全靠你妈一个人。我又是小脚，又有关节炎，只能在屋里做做饭，你姥爷年岁大，也帮不了你们几天，你可是要学得乖乖的哦。"德娃不耐烦地溜下炕，说了声知道了，就要走。姥姥扭着小脚边追边喊，把书包递给他。德娃走出去老远，听见姥姥一声忧愁伤感的哀叹："唉——这娃，啥时候能懂事。"

不知是一天天长大的原因，还是姥姥教导的原因。总之，德娃的学习成绩一年比一年好，课堂上还时常挤眉弄眼做些小动作，可是不再追鸡撵狗打架逃学，他觉得这没意思。有一次，老师搬了凳子坐在教室门口，让同学给他背课文，说谁背会谁回家。大家都争先恐后地到老师跟前背课文，德娃也往前挤，老师眼睛瞪着德娃，呵斥道："你挤啥，一天到晚就数你捣蛋，排队去。"德娃心想又不是我一个人挤，为啥只说我。气恼地回到自己的座位上，趴在桌子上也不念书也不背课文。学生一个一个都背了课文回家了，教室里只剩下德娃一人，老师看出德娃生气了，专门不理他。坐在那里等了一会儿，又等了一会儿，终于忍不住了，说：“德娃，没有人了，你来背。”德娃低头说：“不会。”老师说：“那你快念呀！”德娃说：“不会念。”老师气愤道：“人多的时候你争哩抢哩，没人了你又说你不会背，叫你念你又不肯念。不会你就别回家。”德娃扬起脖子说：“不回就不回。”老师赌气把凳子放在门中央，然后去了食堂，过了一会儿老师端来一碗饭，坐在凳子上慢慢吃起来。德娃虽然没有抬头，可是闻到了饭的香味。他的肚子也跟着飘来的饭香味咕噜咕噜地叫起来。德娃心想肚子再饿也要忍，就是今天饿死在这儿也不能背。老师吃完饭后，又去食堂要了一碗汤。天越来越暗，月光越来越亮。家里人都吃完饭了，父亲等不到德娃回来，想着德娃又是犯了什么事。这不省心的孩子！父亲拖着鞋，弓着腰，手压着肚子，拉长着脸气狠狠地来到学校。老师放下碗忙站起来说：“你这娃，人家都背了课文早回去了，就他不背，会也不背。”父亲也不说话，走到德娃跟前，抬腿踢了几脚，转身走了。老师说：“你回吧，晚上把课文背了，明天来了我检查。”本来德娃是不想回的，要不是父亲来叫，要不是害怕父亲，他就打算跟老师耗一夜。现在他只得放老师一马，起身悄悄地往外走。一路上父亲没出一声，德娃轻手轻脚地跟在后面，父亲慢慢的“拖拉，拖拉”的脚步声和粗粗的喘气声，让德娃增添了几分担忧和恐惧。第二天上课，老师和颜悦色地说：“德娃，你来给大家背一下昨天要求背的第三段。”这样的语气让德娃心里很舒坦，他站起来不仅背得熟，还把全篇课文都背完了。老师高兴地说这多好呀。后来老师批评少了，表扬和鼓励多了，德娃的学习兴趣也越来越浓，考试成绩也老排在班里前几名。

德娃让人越来越省心，家里的情况却一年比一年糟。父亲被打成反革命遣返到家也有五六年了。他总是对人说自己是冤枉的，要相信党，党会给他平反的。不信？不信你可以到某某地方去看，那里竖着一块碑，碑上刻着我领导着游击队如何打日本鬼子的事迹。人们笑一笑直点头，说信。父亲等了一年又一年，几年过去了县上连个信儿都没有给他。在德娃的印象里父亲就没有高兴过一天。他常年皱着眉头，看见这个不顺眼那个不顺眼，骂这骂那。德娃在村里碰上父亲，总是绕着走。要是绕不过，就老远低下头一溜烟地跑过，就像老鼠见猫一样。终于有一天父亲病倒了，那天父亲整天紧锁眉头，没说一句话，也没吃也没喝。到了半夜突然哼哼得厉害，母亲忙点着灯，惊慌失措地问咋了。父亲苦着脸紧闭双唇往炕边爬，像是要呕吐的样子，母亲急忙溜下炕拿来个脸盆，没等放好，父亲就哇哇地大吐起来，足足吐出多半盆的鲜血，母亲吓得两腿发软，站立不稳，忙扶着炕边失声地喊：“德娃，德娃，你快起来，快叫人去。”

人们连夜把父亲拉到县医院。大家七手八脚地把父亲抬到医院门诊，大夫检查了半天说这是胃出血，要住院。让母亲拿钱办理住院手续，母亲拿不出钱来，人们只得抬着父亲回到停在医院院子里的平车上。医院里进进出出的人们都回头看一下，父亲生气地拍着平车说：“送我回家，送我回家！别在这儿丢人了。”母亲急得团团转，看看父亲的脸，看看旁边人的脸，说：“你们看着，我想想办法。”母亲走进医院，不知道该找谁借钱。想父亲在县城工作这么多年，院长一定熟悉，即使不熟也一定认识，只是不知道现在肯不肯帮忙。母亲试着找到院长，看能不能让人先住下。没想到院长听到后急急地赶出来，说：“人在哪，人在哪？”母亲忙领到平车前，院长站在平车前，伸手拉住父亲的手，紧皱着双眉，满脸疼惜，夸张且惊慌地说：“呀！老领导呀，你这是咋啦，几年不见，你咋病成这样？”院长的热情过头了，好像躺在平车上的不是德娃的父亲而是他父亲一样，让人感到有些假，像舞台上的戏。父亲像是没有听见一样，闭着双眼，谁也不理。院长抬起头对着门诊呵斥："小张！你过来。怎么能把老领导放在院子里，快抬进去，抬进去。"人们忙着把父亲抬进病房里。院长对医生说："你们咋能这样，虽说老领导犯了点错误。可我们这是医院，毛主席说治病救人嘛，先救人。"

父亲睁开眼，狠狠地白了院长一眼，意思是说我没有犯错误，我是冤枉的！恨自己不能起来跟他吵一架，脸色就越发难看。医生和护士也觉得既然院长都说了话了，咱有啥跟人家过不去的，更何况人家也是个县级干部，虽说现在是个反革命，可这罪也不至于让他这样活活病死呀，说不定将来还能做个反面教材。大夫护士先后忙碌起来，检查的检查，安排病房的安排病房。父亲被抬到病房后，母亲算是稳了神，觉得有救了，有指望了。接着就像着了魔似的，每天早上收拾好病房，就喂父亲药。父亲总不喝药，说就这样死了算了。母亲每每生气地说："你常说你革命，时时处处带头，饥饿的时候你带头饿，天天水煮萝卜，吃得全身虚肿，你说你是领导，你不肿谁肿。1962年的时候，你说国家有困难让我母子都回村去，回去就回去，有你在我们也不怕，现在你又要死，是人家共产党让你带头死的？你死了，我咋办？孩子们这么小咋办？"说完常是含着泪逼着父亲喝了药，等护士打了针，备了午饭，母亲骑上借来的破旧自行车往姥姥家奔，要赶在孩子们放学前给老的小的做好饭。

父亲病后，姥姥也跟着病了，而且病得越来越重。人也日渐消瘦，脸色黑黄，像一盏默默的快要耗尽的油灯。母亲每每问起姥姥的病，姥姥都摇摇头。姥姥知道家境困难，忍着不说。姥姥只关心德娃他爸的病，每天都问他爸的病况，问县上的大医院有什么办法治。姥姥说："按理说这病不该死，要真是有三长两短，孩子这么小可咋办。"让母亲不要管她，先给他爸看病要紧。其实姥姥的病一天比一天重，饭也一天比一天吃得少了，有时一天都不吃一顿饭，只喝些水。母亲在姥姥跟前装得什么事也没有似的，其实跟姥姥一样，愁得一夜一夜不能入睡。姥姥好像知道母亲的苦处难处，就悄悄地塞给母亲一些钱，没钱了就给母亲一些铜圆、银圆、袁大头，甚至手镯。母亲往往推让半天，难过地说："你留着吧。"姥姥忍着泪说："我还能活几天。"母亲嘴上说不要，也不知道这些东西能不能换成钱，还是半推半就地通通收下。

家里离县城三十多里，母亲天天这样跑，吃不好睡不好，心里又愁，脸色格外憔悴。姥姥看着心痛，整天整夜地唉声叹气，自言自语地说这个家完了，也没人挣工分，家里的家肥也没有人能拉到自留地，眼看着要种麦子了，这个家可完了。德娃碰巧听到了，问："姥姥，你跟谁说话？"姥姥说："不跟谁说话。"德娃不解地问："你说谁家完了？"姥姥长叹了一口气说："还能有谁家。"德娃不屑地用大人的口气从鼻孔里恨恨地哼了一声，说："我礼拜天叫来几个朋友把家肥拉到地里就行了，这还用你愁。"姥姥不信，说："你这么小，你姥爷都担不动，拉不了，你有啥办法？"德娃自信地说："你别管！"没等到第二天，姥姥把他叫到跟前说："德娃，你看你妈天天这样跑，跟疯了似的，也不是办法，再这样下去，也要病了，你妈要再病了，这个家马上就要塌了。只有委屈你，别上学了，伺候你爸去。换换你妈，别让她两头跑了。"

德娃是不想上学的，可真不让他上学，心里却感到空空的。他看着姥姥，还是装作高兴的样子说："好呀，这有什么委屈，我还不愿意上那烂学校呢。"第二天放学后，德娃叫了几个狐朋狗友，借了五辆小平车，把家里的粪拉到地里。虽然都是孩子，但大家干得欢，拉得少，跑得快。拉完最后一车，月亮已经挂在树尖上，德娃还了平车，收拾完粪底子，扛起铁锨往姥姥家走。夜渐渐深了，银色的月光铺满大地，秋庄稼像渐次入睡的乖孩子，无声无息。偶尔从村里传来牛叫声、驴叫声或是谁家的孩子不听话，老人训斥的声音，打破了沉寂的夜，传去很远很远。德娃走在湿润的小路上，心情格外舒畅，他不管谁家孩子哭，谁家的大人训斥，反正都训不到他。他干了件大事，把家里的粪拉到地里，这是大人干的活，是有力气人干的，德娃干了。至少在姥姥眼里这是大事，是了不起的大事。姥姥定能高兴，姥姥高兴德娃就高兴。可是姥姥近来老是愁苦着脸，德娃不知是病痛折磨着姥姥，还是在为他们一家的生计发愁。德娃感到主要是后者，姥姥老是忧愁地说："你快些长大吧，我死了，你这一家人可咋活呀。"德娃就说："我已经长大了，是大男人了，不用你愁。"

回到姥姥家，弟弟已经睡着了，姥爷晚上照料村里的果园不回家，家里只有姥姥点着油灯坐在炕上等他。听到院门响动，姥姥急切地弯着腰朝院子里喊道："是德娃吗？我娃回来啦！"德娃在院子里得意地说："回来啦！""拉了多少？""全拉完了。"姥姥惊讶地说："那一大堆？"德娃进到屋里，装作不经意地答道："哦！"姥姥那张忧郁的老脸顿时乐开了花，眼睛也放出光来，精神大振，"哟哟，我娃这么能干！"忍着病痛挪着身子，执意下炕要为德娃拿毛巾擦汗，为德娃抱西瓜。德娃坐在炕沿上，不让姥姥下炕。说："你别管，我自己来。"姥姥说："我娃歇着，我娃累了。"德娃用胳膊拦着姥姥说："这一点点小活，根本不累。"姥姥又高兴又心疼："看把我娃累的，脸上汗都没下去，还说不累，快擦擦。唉——这是造了什么孽，让我娃这么小就干连大人都干不了的活。唉——"德娃不屑地说："姥姥，这算个什么。"自己下炕擦了汗，抱起西瓜，用刀切开，蹲在地下，大口大口地吃起来。他虽然嘴上说不累，可是确实很累，口也渴肚也饿，吃相难看，吃的响声吧嗒吧嗒很高很亮。姥姥伸手拨了拨油灯，侧身避过光线说："看把我娃吃得香的，坐在姥姥跟前，姥姥看不见。"德娃就走到炕边，靠着炕沿吃起来。姥姥欣慰地看着他的一举一动，感到无比满足和幸福。为了这个家，姥姥担惊受怕，经历了多少个不眠之夜，多少个愁苦和担忧，多少次乞求，多少遍祝福，多少回盼望。今天姥姥从德娃身上似乎看到了希望，看到了未来。德娃吃完后，姥姥撩开衣襟从里面衣服的口袋掏出两毛钱递给德娃说：“这两毛钱，你装上，到了县城吃不饱的时候，自己买的吃点，别饿坏了身体，我娃正长个子哩。这以后姥姥也见不到你啦，在你爸跟前伺候，要眼明手快，眼里要有活，要有眼色，听你爸的话。你爸有病心情不好，脾气又坏，不要惹你爸生气，不要让你爸打你。要是你爸生了气打你，不要死犟，就赶快跑。要说你爸原先不这样的，也很疼你，只是这几年被打成反革命，又得了病才这样的。姥姥不在身边你要照料好自己哦。”

德娃听得也有些心乱，不耐烦地说：“姥姥我懂，我都长大了，你放心吧。”姥姥伸出干巴巴的手背擦了擦皱皱褶褶的眼，说：“憨娃，你不要嫌烦。你挨了打，你姥姥心疼啊。姥姥现在也没钱了，就这两毛钱，你拿着。”德娃低着头不接说：“我不要。”姥姥拉过德娃的口袋，塞进去。德娃想再掏出来，看见姥姥的泪从脸上淌下来，说：“唉——这娃。”

父亲住一个单间病房。病房里放着两张床，两个床头柜，一个暖瓶，一把椅子，还有个用来取暖的土炉子。简单，但母亲收拾得还很整洁。德娃来后就住在空的那张床上。床和床之间隔着一个小桌子，德娃不想跟父亲头对着头睡，睡觉时把头朝着门。父亲说：“头朝那面。”德娃急忙转过身子静静地睡下。他谨记母亲的嘱咐，每天起床后，悄悄地把尿盆倒到厕所，轻轻地把房间打扫了，然后拿上大海碗给父亲到食堂领饭。他知道这时领饭还有些早，也知道父亲醒着，只是闭着眼不想看他。他小心翼翼地，蹑手蹑脚地，看似怕打扰父亲睡觉，其实是给父亲看哩，更是想早点离开病房。在病房里德娃不敢高声说话，不敢咳嗽，连递药倒水都是轻轻的，只怕惹了父亲生气。到了病房外面，他感到格外的自由，所以他每天都要上好多次厕所，每天都要拿上碗早早地出来，在医院的院子里转上好几圈，等上老半天，才能等到开饭。

德娃领饭用的这种碗很大很大，是用来盛米汤的。一大碗能领两份，足够两个人吃。食堂的厨子认识父亲，显得格外照顾，每回都盛得满满的，只按一份算。米汤很稠，有花生、红豆、绿豆，父亲喝半碗后就不喝了，把碗往桌子上一推说：“喝。”德娃就端起碗呼呼地喝了，然后起身到外面洗碗。每次都这样，德娃也不知道父亲是真的喝饱了，还是专门给他留下。父亲个子很高，有一米八多，却很少说话，一天到晚就在床上躺着。他的脸拉得长长的，黑紫黑紫，好像专门和人赌气似的。母亲伺候的时候，总会看着父亲把药喝了。母亲说你爸爸不肯喝药，你得看着他喝。德娃把水递到跟前，把药各样数好，怯生生地说：“爸吃药。”父亲看也不看，眼也不抬，好半天不动。德娃学着母亲的样儿，把药放在手心，举到跟前，站着看着。父亲的脸色变来变去，越来越难看。然后随手把杯子里的水倒了，把药扔了一地，怒声怒气地说：“我没病，不吃药。”德娃把地上的药都拾起来，放在桌子角上。父亲又伸手打掉，德娃又拾起来。父亲吼道：“扔了。”德娃害怕不知该不该扔，就顺手装到自己的口袋里。等护士进来问药吃了没有，父亲黑着脸不说话，德娃更不敢说。护士认为一定是吃了药的，就打针。打完针护士转身就走了。

这样的日子过了一天又一天。父亲的病时好时坏，好像随着他的心情波动一样。有时一夜一夜地唉声叹气，有时悄然无声地流泪。一天，那个叫旺达的人来了，穿一身黑色粗布做的衣裤，腰间扎一条白布，手上提着用白布裹的包，一脸严肃。进门就带着哭腔说：“姐夫，娘她老人家走了。”这个报丧的人，就是姥姥说的过去的长工的儿子，据姥姥说旺达的名字是姥爷起的，旺达的房子是姥爷帮他盖的，旺达的母亲是姥姥帮他父亲娶的。旺达生下就管姥姥叫娘，管姥爷叫爹，管德娃的母亲叫姐。所以见了德娃的父亲就叫姐夫。父亲靠着床头，唉了一声，苦着脸低着头一动不动，过了一会儿问：“几时走的？”旺达就详详细细地说，是几时病重的，几时是个啥样，几时就不行，几时又是啥样的，几时闭了眼咽了气的。说老人难受的时候，就自己抠自己的胳膊，不让大夫看，也舍不得吃药，就这样无声无息地熬着忍着直到死。父亲的脸更黑了。旺达虔诚而悲怯地说："我就是来接你的，你带上药回去见上一面就封棺入殓了。"

姥姥就是这样带着无数未竟的心愿，无奈地死了。德娃听得心里咚咚直跳，不知道该咋办，也不敢问。两个大人只顾说事，都把德娃忘了。德娃急得跑出去又跑进来。眼睁睁地看着父亲坐上旺达的自行车走了，也没有办法。德娃想跟着父亲后面跑回去，可又一想自己没钥匙，病房的门不能锁，如果病房里丢了东西父亲要生气，要责怪他的。但德娃知道姥姥死了，不回去是不行的。他在医院的院子里急得转来转去，想不出个办法，天慢慢地暗了，德娃回到病房，闭门时突然眼前一亮，有了办法。他把门从里面插住，害怕不牢固，又到院子里捡了几个钉子，拾了一块砖头，钉在门上，然后从窗上跳出去，返身从外面再闭住窗户，跑了出去。

德娃出了县城，沿着大路往回走。这是一条用石子白灰铺就的汽车土公路，它弯弯曲曲地通向姥姥的家。此时路上几乎没有行人，偶尔有人骑着车子晃动着身体悠闲地含糊不清地哼着"学大寨呀，赶大寨……"的小调从德娃身边飞快地经过。路的两旁是一片连着一片的田野，劳作了一天的人们都回家了，田野安静了，远近高低不同的等待收获的秋庄稼在昏沉的傍晚里，寂静地躺着，默默地等待着自己的轮回。一辆解放牌汽车像条咬人的狗，疯狂地鸣着笛从德娃的身边闪过。随着隆隆的马达声远去，带起的旋风就掀起一片尘土，在空中漫卷。尘土落在德娃的头上、脸上和身上，久久拂不去。德娃迈着大步，甩着很开很开的臂，飞快地走着，这是他平生走得最快的速度。走相很滑稽，像是小跑又像是快走，他心里只想快些回去，快些见到姥姥。他还不大懂得死的概念和含义，也许姥姥躺在那儿不再动了，睡着了。也许还能醒来，还能抱抱他。记不清自己几岁的时候，村里闹地震，人们惊慌地四处乱躲，母亲领着弟弟到邻居家的新房子里睡去了。姥姥不去，姥姥说再新的房子比不过地动厉害。姥姥抱着德娃随着大批和她一样的老人们，来到村里旧庙前的那一片宽阔的空地上。那一夜，姥姥一直抱着他，现在想来，德娃不知姥姥那么小的脚，是抱着他颠儿颠儿地来回走到天亮呢，还是走到半夜，累了找个地方坐坐。德娃在姥姥怀里香香地睡了一觉又一觉，天微亮时，德娃醒来，从姥姥的怀里挣脱下来，拉着姥姥回家。姥姥说："我娃不敢拉，姥姥的脚麻。"

想到这里，德娃就想回去后，一定要告姥姥说自己在这里，怎样伺候父亲，怎样听父亲的话，当然也没挨父亲的揍。一定要告姥姥说自己长大了学乖了，好让姥姥放心。还要说今天走得太急，顾不上给姥姥买好吃的，下一次一定会的。想着就摸了摸口袋里姥姥给的两毛钱，他一直舍不得花。

月亮从远处的山尖上露出，夜显得白白的、亮亮的、静静的。路上静得能听到自己的脚步声，走着走着就看不到田野，路边的土塬越来越多，弯也又多又急，路沿着一条沟壑猛朝深处扎，好像是条没有血色的蚯蚓要钻到地底下。德娃知道这是要过的深沟，这条沟在方圆几十里是有名的深沟，翻过这沟离家就不远了，路的坡度越来越大，几乎不用自己走，像是有人在后面推他。到了沟底看到沟那么深，延伸得那么远，长年雨水冲成的奇形怪状，有像人形，有像树形，有像兽形，有像妖怪的，有的什么也不像。这些形状的阴影在朦胧的月光下似乎都动起来了。德娃想起姥姥给他讲故事，故事里狼吃不听话的小孩呀，鬼怪抓不孝敬老人的媳妇呀，牛头马面拉着做过缺德事的人下油锅呀，这些情境突然一下都涌现在他的眼前，德娃感到害怕，眼睛不敢朝两边看，脚步也越走越快。一阵深秋的阴风，从沟的深处吹来，吹得树叶沙沙作响，吹得德娃头皮冰凉冰凉，他感到头发都竖起来了。他突然撒腿跑起来，越跑越感到后面有什么追似的，就越害怕，越害怕跑得越快，恐惧使他忘记了疲劳，一直跑到能看见村前的大树，德娃才放慢了脚步，大口大口地喘着气，前后摇晃着身体，满脸汗珠子往下淌，背上衣服也湿透了，脸色惨白惨白。

德娃不敢回头看，直跑到姥姥家院门口。院门大开着，门脑上挂着白纸做成的纸幡，这是死了人出殡前门上总要挂的东西。一种不祥的预兆这才真真切切地笼罩在他的心头，像有一块石头压在胸间。德娃感到恐惧，感到自己喘不上气来。他走进院子，院子里吊着一盏汽灯，死亮死亮的。许多人忙来忙去，乱哄哄的。有搬凳子的，有抬桌子的，有烧水的，有蒸馍的，有指手画脚乱喊乱叫的，也有跑来跑去的。有人发现德娃这么晚一个人回来了，傻不愣登地慌乱地东张西望着，感到吃惊，急喊礼房的人们去招呼。有人拿着一条白布从屋里跑出来，也不说话三下两下裹在德娃头上。德娃往姥姥生前住的屋子里走，那人连扶带拖地把德娃送到灵堂前，说："娃，先给你姥姥烧纸，磕头。"

灵堂设在北房的大堂，大堂的中央放着一口油漆得鲜亮鲜亮的棺材，棺材的前面放着桌子，桌子上是姥姥生前的画像，画像的两边点着两根蜡烛，桌子的两旁，一边跪的是母亲为首的女孝子们，一边跪的是舅舅为首的男孝子们。德娃进来后，宁静了的灵堂又号哭起来，母亲边哭边拿起纸钱烧。德娃就往棺材前走，那礼房的人把他拉住，用劲把他摁得跪下。他跪下后也不哭，也不烧纸，眼睛直直地看棺材。母亲红肿着双眼，沙哑地哭诉着："我娃，快给你姥姥烧纸，磕头。"德娃好像听不懂母亲的话，也不出声，只是大口大口地出着气。德娃要站起来，那人死死地摁着他，说："快磕头。"屋外有人说："这娃憨的，他姥姥那么亲他，他都不懂得哭，不懂磕头。"等到那礼房的人走后，德娃霍地站起来，冲到棺材前，他知道姥姥就在里面，要见一见姥姥，要告诉她很多事情。姥姥一辈子没进过县城，县城里有二层楼，人很多，热闹，卖啥的都有。医院里有电视，就跟村里演电影一样，可好看哩。可是现在看不见姥姥。他用手掀棺材的盖子，揭不开，用双手揭，还是揭不开，他脸都憋红了。母亲看着大哭着，站起来硬把德娃拉到自己身边说："德娃，已经封棺入殓了，别再打扰你姥姥了。"哭累了，人们渐渐地静了，母亲就问："你是怎么回来的？"德娃也不答，好像没有听见，他感到胸口沉闷得快要死了，连连吸了几口气后，突然号啕大哭。他的哭声高亢嘹亮，吓得灵堂中的孝子都很惊慌，以为姥姥的魂附在他的身上，院子里帮忙的人们都停下手中的活朝灵堂看，不知道里面发生了什么事。母亲也急忙摸他的头，德娃打掉她的手，继续不管不顾地哭。一阵号啕之后，德娃戛然而止。他的胸口顺畅了很多，他不哭了，也不说话。人们说这娃哭得恓惶的都和人不一样。

出殡的日子乱哄哄的，有敲锣鼓的，也有吹唢呐的。有高声喊叫的，也有大口大口吃饭的，有放声假哭的，也有无声悲痛的。多数人临到门前就用手抹着双眼，拉着老长老长的声音放声大号，就像唱戏，看谁的嗓音好，看谁的嗓门高，看谁的音拉得长。"——唉——唉，我的老姨呀——你怎么就这样走啦——唉——我可怜的——我啥时还能见到你呀——这可咋办呀——我的老姨呀——"声音悠扬传出很远，惹来很多人围观。传到院子，忙乱的人们得到信息，专管礼房接待的人跑出去扶着她，送到灵堂。声音传到灵堂，守灵的孝子们就跟着哭。她到灵堂后跪在地上，双手用手巾捂住脸，前俯后仰，悲天怆地，一副不哭死决不罢休的样子。待到礼房的人上前轻轻一扶，说声"节哀，节哀"。那哭的人就戛然而止，随着礼房的人到院子里，坐在酒席桌前，又吃又喝，又说又笑，如果在同桌碰到熟悉的人就咸一句淡一句地说："你是几时来的，是刚来还是早来啦？这是你家的孩子吗？都长了这么大了，长得真乖，快给孩子吃块肉。"刚才的悲痛全然忘得干干净净，好像按程序完成了一件任务似的，任务完成了，你我都该轻松了、自在了，该吃就得吃，该说就得说。

出殡过程持续了好几天，只有母亲和舅舅是真心实意地哭，母亲的眼哭得又红又肿，她失去最亲她的人和她最亲的人。母亲今年五十多岁了，这五十多年来，母亲的大小事，都要和姥姥商议，都要姥姥做主。每件事都等姥姥说："就这样吧。"母亲就会不折不扣地照办。这样照着办的结果如何，母亲都认为这是最好的结果。如今姥姥死了，就像没有了主心骨，全身酥软，无所适从。自己家中遇难，丈夫是个反革命，又有病，两个孩子还这么小，以后的日子咋过？姥姥爱了她一生，疼了她一生，照顾了她一生，姥姥在病中的时候，无论怎样疼痛，都忍着不出声，忍不住的时候就紧闭双眼静静地用手抠自己的胳膊或腿。身上抠得一块青一块紫。母亲看着心酸，劝姥姥吃颗药，止止痛。姥姥也不出声，等到这一阵疼过后，姥姥说："我都这把年纪了，吃药也是死，不吃药也是死，浪费那钱干啥，能省一点是一点，省一点就能给你帮一点，你看你以后的日子咋过呀。"母亲感到内疚，自己的母亲没有跟自己享过一天福，临死还惦记自己的日子。

舅舅也是哭得声嘶力竭，他感到姥姥对他不公。因为当年舅妈和姥姥吵架，骂了姥姥"你妈的屁"，舅舅不敢骂舅妈，更不敢打舅妈。姥姥不依不饶，要把舅妈和舅舅赶出家门，生不让养，死不让葬。在众人的力劝下，才跟舅舅分开过。分开过就分开过，姥姥又把外孙子一个个养大，姥姥亲外孙子不亲孙子，舅舅也跟上姥姥亲德娃兄弟，哪怕是假装的，总想让姥姥原谅他。如今十多年过去，姥姥还是不原谅，不跟舅舅和舅妈说话。不原谅就不原谅，可是不能把家里省下的那点粮食呀、钱呀都给了姐姐。把粮食和钱给了姐姐，虽然舅舅和舅母恨得咬牙切齿的，舅舅也还是忍了，这毕竟是自己的姐姐。姐姐这几年家道败落遇到困难，该帮就得帮，更何况姐姐和姐夫过去也帮过自己不少。最不能容忍的是又把家里的那点家底子全都给了姐姐呀！姥姥死后，舅舅看到箱子里空空的，他过去知道的银圆、铜圆、各种首饰全都没啦。舅舅感到自己命苦，现在打老人，骂老人，不给老人吃不给老人喝的媳妇多得是，也没有哪一家像她这样，胳膊肘往外拐。养是没有养过姥姥，可是葬得葬。姥姥在病中的时候舅舅天天来看，姥姥没有跟舅舅说一句话，更没有说她死后让不让舅舅葬。舅舅很为难，这是自己的母亲，不管吧，人们会笑话他，以后在村里也不好做人。管吧，又觉得很委屈。按姥姥当年的脾性，她死后是不会让舅舅葬她的。姥姥早几年就把棺材呀、寿衣呀、死后出殡的粮食呀，一切一切都准备得非常妥当。但现在姥姥不能说，姥姥知道这几年年景不好，女儿又没家底，女婿又遭贬，孩子们又都小，积攒下的粮食陆陆续续给了女儿。如今女儿又没有这个力量葬自己，虽说有几间破房子，可是还真能卖了房子葬人呀！姥姥只能把脸面呀，脾气呀，尊严呀咽在肚子里，带到棺材里，埋到坟墓里。

舅舅对姐姐不满，甚至生气，甚至恨。舅舅表面上并不显山露水，依然是姐长姐短，什么事先问姐姐一声。可是母亲能感到她和弟弟之间的距离、隔阂，能感到那深藏不露的怨恨。舅妈就不一样了，她把所有的怨恨都表现在脸上。她宽大的嘴总是紧紧合着，她的上牙天不怕地不怕地凸出来，下巴又羞羞怯怯地缩进去，她的嘴唇要合拢是困难的。但是她要合，要显出自己的愤恨。这还不够，她又用冰冷冰冷的眼光时不时瞪母亲一眼。不叫姐也不说话，当着母亲的面不是粗声粗气地骂孩子，就是摔这摔那。母亲说这样好，她偏那样，只要是母亲放的东西，她都要丢到一边。她恨不能把母亲气死、呛死。母亲好像感到自己理亏、心虚，只有默默地流泪，轻轻地独自说：“唉，等出完殡，再也不会来了。”舅妈听到后，阴阳怪气地高声对着众人说：“来嘛，咋不来！还没有搬空嘛，还能不来？这不是还有两间房子嘛。我真是活了半辈子了，这样的人没见过。”姥爷脾气好，向来不生气，事事都顺着大家，见到这情形实在忍不住，就怒喊道：“你娘死了，看你们一个一个高兴的，都给我滚。”舅妈没有滚，气冲冲地穿过人群走到西房。

西房是姥姥活着时住的屋子，现在设为出殡的最高指挥部，负责接待亲戚朋友，策划出殡礼仪程序，也称礼房。管礼房的人都是村里有头有脸的以及舅舅舅妈的朋友。舅妈进了西房，就换了一副脸子。因为这里都是自己人，得装得和善些。舅妈从炕上拿起烟，掏出一根，双手递给坐在炕中间的村书记。书记朝窗外扬头说：“接上火啦？”舅妈说：“讨厌。”书记只笑不接烟。舅妈爬上炕，把烟塞到书记嘴里，书记噘着嘴含着烟。那架势是要让舅妈给点烟，舅妈说：“哟哟，你看还让点烟哩，你的手坏啦。”说着又殷勤地点烟，对着书记眉来眼去。炕上还坐着三四个人，这样跟书记调情，舅妈觉得有些过分，就转过头来对着旁边的人，摆头咧着嘴轻蔑地耻笑着：“你看人家还有脸说，她不来了，唉——”“人家”指的是母亲，舅妈从来不管母亲叫姐。炕上的人不接她的话，都噘着嘴巴笑着说：“给我也塞一根，给我也塞一根。”舅妈红着脸说：“讨厌，人家让人欺负，你们都不管，还想吸烟。”舅妈说话的神态、语气和她的年龄极不相配，自己也觉得难受，就起身溜出去了。

那天出完殡，已是中午。亲戚朋友是要回到舅舅家吃饭的，吃完饭后才各自回家。母亲身心疲惫，拖着软软的身子走在最后。进了村口母亲就犹豫了，不想再跟着人们回到舅舅家，可是又担心姥爷生气，又担心自己的两个孩子不懂事惹人嫌。回到舅舅家自己又吃不下一口，还要看人家冷脸，听人家的恶言恶语。母亲的表姐几天来一直陪伴着母亲，她说你不回去不行，让老爹心里难受，人刚死了，姑娘就不进门了，这像话吗。我知道你苦，知道你难，再苦再难你都要回去一下。

母亲进了姥姥的院门，满院子的人围着桌子喧闹着，吃喝着。母亲一时找不到自己的位置，不知道该如何。有人看见母亲，高喊道：“大姐回来了！”客气地招呼着：“快坐下吃。”有人把母亲拉到有空位的酒席桌前，就胡乱喊着：“上菜了——”“上馍了——”母亲坐在凳子上，浑身上下不自在，更无心动筷子。母亲的眼睛一直在人群中间寻找她的两个孩子，找一遍又一遍，就是看不见俩孩子的影子。坐在一旁的表妹说：“姐你吃些，几天都没见你吃一顿。”母亲说：“吃不下。”表妹说：“姐，你多少吃一点。我看这也是最后一次，看这情形，以后你还有机会来家吗？”那表妹话音未落，母亲的眼泪又滚下来。母亲想自己大概是不能再登这门了，可孩子们呢？两个娃小，又都是在这里长大的，叫不回去咋办?

表妹耐不住饥了，低头自己吃起来。母亲问桌上的人，看到自己的两个孩子没有，旁边有人说：“你吃你的，那两个捣蛋鬼，饿不着。”母亲多心，感到委屈，好像人们认为她找孩子是为了吃他舅舅一顿饭似的。其实不是，她只想把孩子悄悄领回去。她想给人们说清楚，可是哪里说得清，人们都只顾自己吃，谁管你咋想的，你咋想的跟他们有什么关系。这年月吃是比什么都重要的。能这样吃一顿，也不是常有的事，机会难得呀。姥姥知道舅妈不爱见这俩娃，临死前就担心两个娃。两个娃从小在这里长大，自幼把这里当自己的家，如果自己死后他俩还像往常一样住在这里吃在这里，让舅妈赶出来，或者赶都赶不出来，要人硬拉硬拖，哭着喊着，那多丢人啊！母亲看不到两个娃，心里怨娃不懂事，趁人不注意自己悄悄地溜了出来。回到家，母亲推开门看到两个孩子在院子里，一个坐在板凳上，一个坐在房檐下的台阶上，都默默低着头。母亲看到这情境，既高兴又难过。高兴的是两个孩子都懂事了，好像知道姥姥死了，就再也没有姥姥家。知道怕人们嫌弃，知道廉耻似的。更知道他们只能回这个家，也只有这一个家了。母亲难过的是再也没有人像姥姥那样知冷知热、知饥知饱地疼孩子了。想到这里，心里一酸，刚干了的眼睛又湿润了，母亲强忍着难过问：“你俩吃饭了吗？”文娃说：“没有。”母亲又问：“咋不吃？”德娃愤愤地说：“谁稀罕他家的烂饭。”母亲再也忍不住了，抱住两个孩子痛哭起来。

二

冬天的黑夜长白天短。刚吃过午饭，像鸡蛋黄一样的太阳就无力地躲进了云层里，风也跟着放肆地刮。街上行人越来越少，偶尔有那么一个半个不怕冷的人出来，也是把自己捂裹得严严实实，哆哆嗦嗦地匆匆闪过。小商小贩们再赌气也赌不过老天，最终耐不住这样的寂静和寒冷，真怕自己也像他们卖的牛呀，驴呀，狗呀，活活地被冻死，让人煮熟卖了，便纷纷地收摊回家。德娃吃着带有冰碴的肉，想起姥姥。这两毛钱是姥姥给的，到县城陪侍父亲两个月来，他经常从口袋掏出来看看，就是舍不得花。这几天父亲病情加重，他有一顿没一顿的，肚子常感到饿。饿他能忍受，不能忍受的是姥姥的死，原想着要给姥姥买好吃的，现在也没有意义了，钱也没有意义了。德娃很失望，索性把这两毛钱花完算了。

吃完肉，德娃都不知道自己这是吃的什么肉。只是感到全身发冷，两只手捅进棉衣的袖口里，就往医院里跑。天上的云越来越多，越来越厚，好像飘起了雪粒，冷风飕飕地吹过他的耳边，吹到脸上像刀子划一样，又冷又疼。临进医院的大门，德娃慢了下来，脑子里想了想父亲要他办的事：先到县革委办公室，后到县委组织部，再到公安局长家，再到父亲救过他命的铁匠家，先后告诉他们说“我爸要死了”。这是父亲的原话，父亲要求他这样说，他也一字不落地这样说了。德娃想到自己该说的说啦，该去的也去啦，就放心地往医院里面走。

县医院很小，住院部和门诊部都在一座小二层楼里。平时看病和住院的人并不多，人们有病都自己扛着，到扛不过的时候，到奄奄一息快要死的时候，才感到就这样死去对不起自己。家里的人也都赶快假惺惺地责怪说，早就说让你到大医院看看你就是不去。在人们的心目中，所谓的大医院就县医院。早说是早说的，可大多数人家都没钱，都是只说不动。病人好像也心知肚明，装出一副宁愿马上就死，也不愿意去医院的架势。其实病人也怕死，也想到县医院去看看，只是知道家境困难，不想给家里再增添负担。家里的人其实也都想把病人送到县医院看看，都是自己的亲人，不是父母就是丈夫、妻子、孩子，哪一个不是打断骨头连着筋。可是只能抬头望望县城，那么远，远得都看不见，望了又望，想是真想，想得心都疼。伸手摸摸口袋，空空荡荡，全部家当就是几毛几分，用手捏来捏去，越捏越乱越少。低头看看一家老老小小要吃要喝要穿，没钱呀。就算家里有壮劳力，没日没夜地干上一天活，到年底一个工分都分不到一毛钱，还不够自己吃。只有这样无奈地看着亲人忍受病痛的折磨，等着、熬着，直到病人快死的时候，才大慌起来，急急忙忙地收拾行李，东拼西凑些钱，把人送到医院。往往送到医院的病人都到了病的晚期，大夫责怪道：“怎么现在才送来，病都让你耽搁了，一点不负责，拿些药回去吧。”人们明白了，这就是说让回去等死。虽说有些残酷，可也是最好的结局。病也看了，心思也了了，彼此不伤尊严不伤脸面。唉，这能怨谁呢？这年月谁让你偏偏要得病！只愿自己命苦啊，命该如此，人不跟命争呀！

德娃进了楼道，看到父亲病房门口站着很多人，护士和大夫进进出出，德娃感到自己的心跟着进进出出的人往下沉，他觉得要出大事了。他从人群中间挤进病房，病房里站满了人，大多数人德娃都不认识。父亲的床前有两位大夫在忙着诊治。父亲闭着双眼，鼻子上插着输氧气的管子，胳膊上输着液。人们的神情都很严肃，母亲也来了，她是给德娃送馍的，正好碰上大夫抢救父亲。这时母亲站在大夫的后面焦急地望着，病房里静静的，只能听到一些人唉声叹气。过了一会儿，大夫直起腰来说："不要紧了，这会儿稳定了，有情况随时叫我。"母亲随大夫出来，看到了德娃，恶狠狠地剜了他一眼，手指狠狠地戳着德娃的头，用低沉的气愤的声音说："你爸爸病得这么重，你乱跑啥！"德娃正要回答，母亲已经随大夫出门了。一个身穿制服，留着时兴分头的领导模样的人，打破了沉闷气氛，他双手叉着腰走到德娃跟前问："你是老严的几娃？"德娃说："老大。""哦，老大。以后不敢乱跑，你爸病重，跟前没有人，很危险的。"德娃不高兴地说："我没有乱跑。"这位领导没有再理会德娃，走到病床前，弯下腰对着父亲说："老严，你慢慢养着，思想上不要有负担，需要什么，有什么困难就让孩子来找我，你是老干部、老领导，要经得住党的考验，要相信党。这会儿我还有些事，完了我再来看你。"这话说的，"完了"，什么完了，事情哪有个完。父亲住院三个月了，也没见他露过面，要不是德娃今天叫他，他能来吗？那领导走了，有几个人也跟上走了。父亲一直闭着眼，没有答话，也没有表情，不知道是病得没有知觉，还是不愿意理这些人。

不一会儿，母亲阴沉着脸回来了。她看见那位领导不在，慌忙地问留在病房的人："牙主任呢？"一位常来看父亲的人把母亲拉出去，站在医院的走廊上，关心地问母亲说："大夫怎么说？"母亲的眼有些红，泪花在眼眶里乱转说："大夫说不好，要做手术，做手术也是最后的努力，能不能好还难说。他说咱这里条件差，最好是到地区医院。你说这可咋办呀！他爸要是有个三长两短，我们这一家可咋活，孩子还这么小！"那人安慰说："不要急，不要急。老严的心思太重，害了他啦。现在救人要紧，别想那么多。如今我也是靠边站的干部，说话不顶事。你还是要找那位胡主任，他是县革委主任，县上的事都得他点头才行。"母亲不认识胡主任，也不知道去了该怎样说。那人教母亲这样说："你就说县医院的意思，让转院。老严的问题归问题，你们说历史不清，证明材料也给你们了，你们不相信，要自己调查，一年两年过去了，你们也不调查，也不下结论，人现在都这样，没有功劳也有苦劳吧，总不能眼看着人这样死吧。反正你得找他，实在不行，你就不走，他不答应你就跟他耗着。现在可能下班了，你直接去他家。”

天上的云层越来越厚，风一阵大一阵小，偶尔飘来几片雪花。街上几乎没有行人，灰暗的微弱的路灯零零散散地洒落在冷清街道。母亲感到孤单，感到胆怯，感到为难。可是孤单算什么，胆怯算什么，为难又算什么。为了这个家，为了孩子，为了丈夫的病。母亲心里想只要孩子们有个父亲，只要家有个主心骨，哪怕父亲是一直躺着，病着，叫人服侍一辈子，这个家就有希望。来到曾经熟悉的县委宿舍大院，恍若隔世。天已很黑，一排一排整齐的宿舍里，透过窗帘门帘露出明亮的灯光，显得尤为刺眼，宿舍里不时地传出喧嚷声和嬉笑声。母亲茫然地站在那里，细碎的雪花不停地打在她的脸上，落在心上，感到格外的凉。她不知道胡主任住的是哪一家，想问人，没有人出来。想敲开人家的门问，又怕人家讨厌。犹豫不决了好久，终于有人出来上厕所，母亲像快要淹死的人抓住一根救命的稻草一样，疾步走到那人跟前，在那人指点下走向了胡主任的家。

母亲走后，病房里的人相互看了看，觉得没有必要等母亲回来，更没有必要等人家有什么结果。父亲转不转院，和他们没关系。父亲活着或者死了，对他们又有什么呢？对，你是曾经帮过我们的忙，或者救过我们的命，可是我们又能怎样，又不是我们把你闹成这样的。尽管这样，我们还是不避嫌，不怕受连累地来看你，这已经是做得仁至义尽了。你说还要怎样，你也应该知足了。现在这样的时世，谁能说得清我们看过你后，会不会受到连累？谁又能知道这连累的后果有多大，有多严重？说不定胡主任就认为转院是我们出的点子。唉，紧小心慢小心都常遇到意想不到的事，后面的路是黑的呀！有一个人说：“咱们也走吧，这会儿看来不要紧了，让老严安心地养着。”那位常来的人也有同感，他走到父亲的床前，弯下腰说：“老严，你这会儿感觉怎样？”父亲还是紧闭双眼不说话。那人又说：“你要感觉好些，我就先走了。”父亲微微睁开双眼，慢慢地说：“走吧，都走吧。”那人又问：“想吃点什么？我一会儿给你送来。”父亲艰难地摇了摇头。那人回过头对着德娃说：“你守着你爸，操心输液瓶，液体快完的时候，赶快叫护士，可不敢把空气输进去了。有什么事到公安局的后院叫我。”德娃点了点头。那几个人先后走了。

病房里静静的，只有输液瓶里的液体在轻轻地一滴一滴地流入父亲的血管内。德娃坐在父亲的病床边上，无神地注视着输液管里的那一滴一滴的液体。不知过了多久，父亲咳嗽了一声，德娃赶紧回头望着父亲，看父亲要什么。只见父亲轻轻地睁开眼睛，环视了一下病房，把目光落在德娃的脸上。目光那样温馨，那样慈祥，德娃不记得父亲有过这样的眼神，一时受宠若惊无所适从，忙低下了头。低下头就看到父亲手慢慢地往自己手边移，德娃忙抓住。父亲的手是冰凉的，无力的。这是德娃从记事起第一次拉住父亲的手，一股泉水般的暖流源源不断地流进他的心里。德娃紧紧握住父亲的手，生怕父亲放开。握住父亲的手他感到心不再往下沉了，不那样的空了，不孤单了，不再无所适从，不再害怕了，心里也踏实了。德娃脸上的泪珠止不住地淌了下来。父亲又闭住了双眼，大概觉得累了。过了好一会儿，父亲又睁开眼睛，看到德娃在流泪，无力地轻声细气地说：“男人还哭！”这是德娃听到父亲说的最温和的话，心里更加激动。德娃用手背擦了擦泪，抬起头来看着父亲。父亲又轻轻地说：“人都走了？”德娃答道：“哦。”“你妈找人家去了？”德娃点着头：“哦。”“找也是白找。”德娃说：“我妈想给你转院。”父亲无声地摇了摇头，又闭了眼，歇了一会儿又说：“我们说会儿话。”德娃点了点头。父亲说：“爸爸平时不是骂你就是打你，管得严，你不要恨爸爸。”德娃眼泪又淌了下来，忙摇着头说：“是我不懂事，该打。”父亲喘着气又说：“这是爸爸心情不好，爸爸革命了一辈子，最后革了自己的命。对不起，孩子。”德娃哽咽着不知如何回答父亲，忙着摇头。父亲的眼里就溢出几滴浑浊的泪。“你是男人不能哭，你妈、你弟，还要靠你。”德娃点着头说：“哦。”德娃还不知道这托付的事情的轻重，不知道责任有多大，不知道自己有没有这个能力，更不知道后面的路是白的还是黑的。他只是知道父亲以这样的语气跟他说，哪怕是上刀山下火海，也要点头答应。父亲接着说：“我要死了，就把他们交给你了。”德娃又点头又摇头，点头是说你放心养病，我能照顾了母亲和弟弟，摇头是说你不会死的。可是父亲是一口气说的，德娃就有些慌乱，不知该点头还是摇头。

父亲还想说什么，可是没有力气，平时有力气的时候，又不想说。父亲显得格外累，无奈地闭住了双眼。德娃抬头看到输液瓶里液体快完了，就轻轻地把自己的手从父亲的手下抽出，跑出去找护士。护士又换了一瓶液体，德娃又轻轻地把自己的手放到父亲的手下。父亲的手那么大，尽管是冰凉的，德娃还是感到踏实。病房里非常静，静得德娃有些害怕。不知过了多久，母亲拖着疲惫的身子回来了。她满脸愁容望着这对父子手拉着手的情景，泪水不由自主流下来。母亲抹着泪走到病床跟前，看着父亲悄声地问德娃：“你爸睡了？”德娃点了点头，母亲拍了拍德娃，示意跟她出去。德娃轻轻地起身，慢慢地把自己的手移出，他刚一动，就感到父亲的手用了一下力，那意思是舍不得放开，不让他走。德娃心有感应似的又轻轻地坐下，用眼神告诉母亲，父亲不让动。母亲找人家回来，情况不知道该给谁说，能商议事的人都走了，母亲看看就蹲在德娃的跟前，悄悄地对着德娃说起来。德娃顿时有了大人的感觉。母亲说：“人家不让转院，人家主任说党已经很对得起你了。你历史不清，你对党做过什么，对革命人民做过什么，其实只有你自己最清楚。在你生病的时候，党既往不咎，依然伸出热情的双手，把你送到全县最好的医院，又有最好的医生给你看病，你还不知足。你就不想一想有多少革命群众，想来医院都来不起。你现在又闹着转院，你就不拍拍自己的良心，扪心自问，你又为党为人民做了多少事，你还有资格转院！有这种思想就是不相信县人民医院，就是不相信人民，不相信党。”

母亲说着说着，突然听到父亲咳嗽喘气，忙趴到父亲的身边，发现父亲大口大口地出气，不见吸气。母亲一惊，忙说：“坏啦，你爸听到咱们说话了，快去找大夫。”说着自己就急忙跑出去找大夫。哄哄地跑来了三四个人，一个大夫两个护士。大夫摸了摸脉，听了听心脏，脸上一惊，一边忙着在父亲的肚皮上一下一下地按，做人工呼吸，一边指挥着护士：“快，马上打强心针。”经过半个小时抢救，父亲又活过来了。大夫站起来正要擦汗，父亲突然坐了起来，脸色通红，双眼发光，面带冷笑：“哈哈！”那大夫吓了一跳：“咳，老严这是咋啦？”父亲又戛然而止，苦笑地说：“党万岁，主席万岁。”说完倒下没气了。大夫摸了摸脉搏，翻了翻眼皮，失望地摇了摇头，对着护士说：“走吧，人不行啦。”母亲听到就扑到父亲的身上拍打着号啕大哭：“你怎么就这么狠心地走了！丢下我们母子可咋活呀！”护士熟练地把输液架、氧气袋等都收拾走了。那位大夫出去后听到母亲的哭声，不知是怕影响别的病人，还是关心母亲，又返回病房，拍了拍母亲的肩头，说：“他这病本不该死啊，这是他要死哩，谁也救不活。你不敢哭了，你看这跟前都没有人张罗，你哪有时间哭。赶快找人家去，该买寿衣买寿衣，该买鞋袜买鞋袜。老严的后事一点没准备，难道你就让老严这么走呀？”这话提醒了母亲。母亲没想到父亲死得这样快，一点准备都没有，现在两手空空的，这三更半夜的该怎么办，母亲束手无策。大夫看到母亲茫然，又说：“快呀，晚了衣服也穿不上了。”母亲用乞求的眼神望望德娃，又望望大夫，说不出话来。大夫出着主意说：“你去找胡主任，这事情非他出面不可。”母亲这才急忙往外奔。

夜深人静，县城进入了梦乡。天上压着一层厚厚的白云，空中没有一丝风吹过，只有雪花静静地无声无息地悄悄落在地上，好像生怕打扰了人们的梦。天上地上雪花相连，在黑夜里显得尤为刺眼。母亲深一脚浅一脚来到胡主任的家，举手敲门时，又想起刚才胡主任的嘴脸，犹豫不决，不知道是个什么结果，又返到大街上，嘴里不停地自言自语。她在宁静的街道上来回奔波了几趟，最后来到父亲生前的朋友家。他就是那位常来看父亲的人，原公安局长。那人慌慌张张地出来，一边穿衣服，一边急切地问："老严不行啦？"母亲眼泪就成串成串地往下流，想说话却泣不成声。那人安慰着母亲说："我知道，我知道，不要哭。"不知道他知道什么，只拉着母亲朝医院走。母亲说："人已经走了。"那人惊慌地说："哎哟，这么快。"自己拍着手，跺着脚："我晚上看见就不好，就是没想到这么快。"转身又拉着母亲说："走，我领你找胡主任去。你就对他说人都死了，你不能不管。公家不管让这孤儿寡母的咋办！这穿的戴的啥也没有。见了胡主任你可不敢说这话是我教你说。"

母亲跟在那人后面来到胡主任的家，那人敲开胡主任家的门。胡主任惺忪着睡眼，不耐烦地说："你们这是干啥，干啥？不让人睡，半夜三更的。有什么事明天说。"那人赶紧说："老严死啦。"胡主任一惊，显得无奈地说："唉，你说这个老严，心性这么高，这不是自己和自己过不去？"那人着急地打断他的话说："主任呀，再晚了怕穿不上衣服。"胡主任说："哦？那你去把小张给我找来。"那人转身就走，胡主任隔着窗子又喊道："别叫啦，你告诉他，就说我说的，叫他该咋办就咋办。"

什么叫该咋办就咋办？往小张家走的路上，母亲六神无主，心神不安，她担心如果找的这个人也推诿咋办。胡主任说该咋办就咋办，母亲心里不知道这究竟该咋办，按领导按在职人员办？还是按开除公职按反革命办？如果按反革命算，母亲既没有钱又没有人，别说穿衣更别说买棺材，就连抬死人的人都没有。越思越想越害怕，脑子一片混乱，腿也跟着打起颤来。

小张是县革委会办公室的主任，父母早逝，是个孤儿。德娃的父亲当年见他可怜收留了他，让他在自己身边做了个通信员。这人嘴甜手勤，父亲很是喜欢，没多久父亲就把他安排到乡里当了一名乡干部，“文化大革命”开始后他步步高升，先是副乡长、乡长，后又提到县革委当了办公室主任。父亲下放到农村后，一直没有见过他。其实他常想去看看父亲，好几次都走到村边又返了回去，他害怕让人看到，害怕自己受到连累。父亲住院后更不敢来，这里人多嘴杂是非丛生。有时他想从人们的嘴里探听些父亲的病情，可是人们往往在他面前避而不谈，现在听说父亲突然去世，又是惊讶又是内疚。急忙穿上衣服说：“你们先去医院，我马上就来。”那人说：“老严还没有寿衣穿。”小张一边提着裤子一边开门出来，惊慌地说：“你们先去，我这就到供销社买衣服去。”

母亲心里着实感激。这小张，母亲很熟，过去叫她阿姨，常来家里干这干那，像自家人一样。这些年不见，母亲万万没想到推开门出来的是他。见到他的瞬间，虽不敢说能办了事，可总比遇上生人强，见他的神情这样慌张，母亲放心许多。想到这样的世道，遇上这样的大事还肯出力帮忙的人，已经很少很少了。就算过去是朋友，是亲戚，也是多一事不如少一事，遇事都想躲着走，害怕受到什么说不清道不明的牵连。母亲心里感激张主任，不知说什么好，想说几句感激的话，没等说出口，眼泪先流出来了。那人说：“咱们先回医院，让张主任去张罗吧，老严那儿还空着。”说完就跟上母亲往医院走。

母亲回到医院，看到德娃还是蹲着拉着父亲的手。母亲又大声哭起来。那人也跟着流了一阵泪，安慰母亲说：“别哭了，想想咋地个办事，咱们得在天亮前把老严送回去才是，不能让老严做个冤魂野鬼呀！”在这里有个乡俗，人要是死在外面，一定要在天亮前把死者运回村，否则就成了野鬼。老严不能做野鬼，老严活着时野了大半辈子，野得没边没沿，打了小日本，打国军，打完国军，打美军。那个跑呀，那个野呀，哎哟……

母亲这才不哭了，说："这该咋办？我回村叫人往回抬？"那人说："怕来不及。"母亲愁苦着脸直甩双手，好像能甩出办法来。那人说："你不要慌，等等小张来了，看情况再说，他应该能想到，既然住院费、医药费公家都能出，那丧葬费怎么就不能出？这时候你可不敢伸手。"母亲霎时感到惊慌，自己差点坏了大事。这时小张抱着一大堆衣服进来了，他把母亲拉到另一张床边，把衣服放在床上，然后又一件一件地拿起给母亲看。说这是上衣这是裤子这是背心……样样齐全，就连口袋里装的手绢、香烟、火柴，平时用的钢笔、笔记本等都有。小张想得细致周全，母亲只是频频地点头。

张主任说："老领导爱抽口烟，我特意买了两盒好烟给他装上。"这真是，人死了好呀，活着的时候抽不起，死了抽，活着的时候穿不起好衣服，死了穿。那人着急地说："张主任，你看这人都快凉了，我们在这儿给老严穿上，再晚怕穿不上。还得麻烦你去找副棺材，找些人来。咱们总得赶在天亮前把老严送回去吧。"张主任拍着头惊讶地说："唉呀！这事，这这……人好说，到哪里去买棺材，这深更半夜的。"说着就出去了。看见张主任出去，母亲和那人都放心，知道他去想办法了。那人就着手给父亲穿衣服。母亲过去拉德娃起来，德娃不起。母亲哭泣着说："憨娃，你爸已经死啦。"那人说："不要哭，先穿衣服，人都凉了。"接着一边拉德娃一边说："孩子听话，快起来，不要老惹得你妈哭。"德娃还是不起来，那人用力掰德娃的手。德娃紧紧地抓着父亲的手。德娃没有大人力气大，那人掰开德娃的手后，把德娃推到后面。德娃就呆呆地站着。

张主任能干，母亲佩服得五体投地，怪不得人家这么年轻就当了县革委会办公室的主任。虽然和小张多年不见，见面后也没有叫阿姨，但母亲并没有丝毫不快，反倒是感激得很。只见人家不一会儿就带来十来个人，带着棺材，带着车。大家七手八脚地把父亲抬进棺材里，又把棺材抬到汽车上。德娃眼睁睁看着他们把父亲翻来翻去地脱了衣服，又穿上衣服，眼看着把父亲装到棺材里，又眼看着把父亲抬到车上。唉，父亲活着时候的威严呀，脸面呀，死后什么全都没啦，任凭人们搬腾而置之不理。德娃很无奈，想不出一点办法制止，感到恐惧和慌乱。德娃看到母亲似乎愿意让人们这样。这个人推一把德娃，他就往前，那个人拉一把德娃，他就退后。他只是跟着棺材，好像生怕棺材丢了。他随着人群来到汽车跟前，棺材放到汽车上，他也往汽车上爬，可是卡车高他上不去，不知谁把他抱起，推进汽车的斗子里。

天上飘着雪花，雪花随着寒风在空中飞舞。大地冻得硬邦邦的，雪花也不愿意落下来，落下来飘上去，又落下。夜很静，静得好像这世界已经没有人烟，天很亮，亮得刺眼，天上是白云，天空是雪花，地上是白雪。人们压低嗓门儿说话，可是还能传到很远很远。汽车开始走动了，德娃的身子晃荡了一下，他急忙蹲下，手扶着棺材，不知是怕棺材倒了还是怕自己倒了，用手紧紧地扶着。一辆旧式的北京牌吉普车走在前面。里面坐着张主任等帮忙的人，吉普车后面留下两道黑黑的车印，卡车跟着车印缓缓行驶。司机室里坐着母亲和那人，德娃一人坐在卡车车厢里，他听不到人们说话，只有马达声刺耳地响。雪花一片一片地落在德娃的头上、身上，天冷化不了，他几乎成了雪人。他的手很冷，他不敢缩进袖口里，只是扶着棺材。一阵风把车厢里的雪旋到德娃的脸上嘴上眼上，他摇了摇头用嘴吹，雪在他的眼前落下一片。汽车来到那条深沟，这样的天气，司机小心翼翼地慢慢往下移，下着下着到了转弯的地方，车厢里的棺材滑到一边，把德娃挤到车厢和棺材的中间，手夹得生疼生疼。德娃没有敢出声，他望着深深的沟，白茫茫的一片。想起那天晚上一个人跑过这里的情景，想起那天他害怕鬼怪黑影。现在他手扶棺材，棺材把他夹得紧紧的，父亲的尸体就在里面，死人就是鬼，德娃反而一点都不怕。车翻过沟底，一点一点地往上爬，车上的人都悄悄的。快爬到坡顶的时候，车轮打滑了，只转不走。吉普车上下来几个人，张主任领着他们就推车，车还是不走，母亲和那人也下了车，帮着推，车还不走。静静的大家都不说话，张主任指挥着人，从旁边找来两块石头放到车轮的下面，然后说："老领导，这是你领着大家义务修的路，当时大家几天几夜不睡觉为国庆献的礼，你想看就看看再走。"过了一会儿，大家都感到很冷，直跺脚。母亲看着大家冷，过意不去，抹了抹泪就朝着棺材说："他爸，咱们走吧，回家吧！想开些，人家不要咱，咱回家嘛。知道你活着的时候冤，你死了，可当真要做冤魂野鬼？你看把大家冷的。"母亲又对着司机说："你开车咱们走。"大家都推着，车果然走动了。爬上坡大家默默地上了车，在天亮前灵车神不知鬼不觉地把棺材运回到了家。

三

雪，一连下了好几天，一阵大一阵小，没日没夜的。人们冒着风雪安葬了父亲。下葬那天来了很多人，有德娃认识的，也有不认识的。送葬的人群从村口排到坟地，纷纷扬扬的雪落在人们脸上、头上，场面很壮观。村里村民们大都出来，或是扛把铁锨到坟地里添一锨土，或是跟在棺材后替换着抬一抬棺材。老婆婆老汉恨自己手不能拿，肩不能扛，就站在自家的门前等着棺材过后，跟着抹一把泪说一句："可怜呀，甩下两个娃娃，咋过哩。""好人啊，好人，唉——好人不长寿呀。"德娃头上顶着烧纸盆，身上披麻戴孝地跟在棺材后面，弟弟扛着白纸做的旗幡跟在他的后面。弟弟后面稀稀拉拉地跟着几个不相干的孝子，没有像姥姥下葬时那样，孝子排了很长很长，显得威风。一个大人搀扶着德娃。他机械地、惊恐地、慌乱地跟着。人家叫他跪他就跪，拉他起他就起，推他走他就走，让他摔烧纸盆，他就摔烧纸盆。他一直没有号啕大哭，棺材出门的时候，他听到有婆姨喊："娃，快哭！"德娃还是没有哭。人们骂："这娃，憨的，不懂事。"

安葬完父亲后，晚上雪渐渐地小了，村里人传说这是屈死的，老天哭哩。其实老天才不管屈死不屈死，日子照着样地过，眼看着腊月一天一天过去，春节一天天来临，家家户户忙着做新衣服，打扫家，割肉，贴对联，蒸馍馍。人们在门前屋后碰面了都问："家扫了吗?""对联写了吗?""馍馍蒸了吗?""你家缝纫机闲下了让我给你娃做条裤子。"这哪是你娃，明明是她娃，她非说成你娃。她给她娃做裤子，非说成给你娃做裤子。可是这样说显得尤为亲切，你不让用你家缝纫机，好意思让你娃过年穿不上新衣吗？忙累了一年的人们，无论平时吃啥，喝啥，穿啥，戴啥，无论平时家里多邋遢多脏，过年都要干干净净地吃好穿好。今年年景不好，有的人家实在蒸不起白面馍的，就想着法地蒸包皮馍。包皮馍就是里面是玉米面，外面包一层白白的白面，看上去跟白面馍一样。孩子们常常喜里喜气地大口咬才知道上当，大人们总希望明年会好的。

大年初一，是德娃盼望的日子，是欢天喜地的日子。往年这时候他总是早早地起来，穿上崭新的衣服，迫不及待地跪下给父亲、母亲磕头，然后问母亲要两毛钱，从箱子里把过年的鞭炮拿出一串塞进衣服口袋里，转身往外跑。母亲总是追在后面喊叫："少张狂些，把你弟弟带上，放炮小心些。"往往这时德娃早跑得没影子了。德娃回头看看只要弟弟不跟着，他就放慢了脚步，一边点着香，一边把串鞭炮一个一个拆开，塞进口袋，然后再掏一个放一个，掏一个放一个，这样可以多放些。他走一步放一个炮，“叭”的响一声，德娃高兴得要死，这是他最快活的事，一直快活地走到姥姥家。进了姥姥院门喊着“姥姥过年好”，跑着进屋里“咚”一声跪下给姥爷姥姥磕头。姥姥忙说：“我娃起来吧，这是压岁钱，我娃拿着。”德娃抬头看看，一块钱，就不起来。姥姥就再掏出一块钱说：“这钱已不少啦，我娃起来。”德娃还是不起来，姥姥总是说：“我娃也把这一块拿上，这是你弟弟的，你给了你弟弟。”姥姥也知道他不会给弟弟，可是她总是这么说。德娃很满意，这钱已经很多了，别人家拜年钱都是一毛最多两毛。他高兴地拿上钱就跑，出去再买炮找伙伴玩。姥姥总是说：“唉，这娃几时能成人。”

可今年德娃感到格外的沮丧，姥姥死了，爸爸也死了，连母亲也病了。接二连三的打击，德娃有些慌乱，像是做梦，天塌地陷的。母亲的眼睛始终红肿着，脸色苍白，嘴唇起了一层白皮，埋葬了父亲的当晚，她终于撑不住了，爬上炕躺下就再没起来。她累了，发着高烧，不吃不喝，全身发软，一连睡了好几天。今天母亲不想起床，想到这是大年初一，要供天要供地要供天上的各路神神，要供死去的母亲和丈夫。天不亮时她还是勉强爬起来，剁了一个萝卜，包了几个黑面萝卜饺子。德娃好像懂事似的，没等母亲叫，就起来下了炕，帮母亲把小桌搬到院子里，点上三根香，把煮好的三碗黑面饺子端到小桌上。本来这种时候是要放炮的，今年守着孝不能放，德娃就把弟弟叫起来，随同母亲一起跪在小桌前，给神神磕头。母亲磕着头，看见两个娃也不知道这几天他们吃啥喝啥哩，突然变得这么乖顺。想到自己跟前连个商量事的人都没有，感到这么无助。母亲红肿的眼睛又滚下泪来。哽咽地望着天空说：“神呀，我的神神呀！保佑我的孩子吧。”德娃觉得母亲丢人，动不动就哭，不管是在人前还是人后，一开口就流泪，他斗气地说：“我不要他保佑。”母亲恼怒地想打他，没有力气，悲凉的眼神瞅着德娃，无奈地说：“唉，这憨娃，竟敢当着神的面说憨话。我看你是要……”“死”字没说出口，母亲觉得大年初一的不吉利，改口说：“去，给你姥姥和爸爸供供。”说完就上炕拉上被子睡了。德娃和弟弟端上碗里的饺子放到父亲和姥姥的像前，点上香，磕了三个头。母亲在炕上对着他们喊：“你们吃了到外面玩去吧，把门给我从外面锁了。”

德娃不饿也不想吃。弟弟从碗里夹了几个饺子吃了，说不好吃就跑出去了。德娃看见锅台上乱七八糟的，就学着母亲的样子，把剩余的饺子放到碗里，收拾了锅台，走出屋里，站在院子。他听到外面噼里啪啦的鞭炮声和大人孩子们的嬉闹声，回头看看自家门上贴着还很新的白对联和他穿的白鞋白裤。他没有新衣服穿，没有白馍吃，没有人给压岁钱，也不能买炮放。不能放炮就不能放炮，没人给压岁钱也不要紧，德娃不在乎。让他在乎的难过的是，不能去姥姥家，不能给姥姥拜年，再也听不到姥姥的声音。德娃后悔姥姥在世的时候，没有多听些姥姥的话，没有多做些姥姥爱见的事。像那些过去自己憎恨的会表现的但能讨人喜欢的乖娃娃，他们不打架不斗嘴，比如进院时跺跺脚，拍拍身上的土，保持干净。比如走像走样坐像坐样等。姥姥常说看牙谁家娃怎么样怎么样的。现在想来，这些事并不难做，他为啥没有做？要是做了，就像姥姥说的“她也能在人前长长脸，抬抬头”。德娃感到后悔，他在院子里站了好久，不知道该不该出门，出门又去哪里。德娃茫然地六神无主地无目的地推开门，返身把门锁了，随意地走，走来走去走出了小巷转进大巷，这是村里的主要街道，也是通往姥姥家的路。村里到处弥漫着过年的气氛，虽然不时刮来柔软的风，但阳光却是格外明亮的。人们供完神，拜完祖宗，吃完饭，穿着新的或者干净的衣服急不可待地站到街上，三五成群在一起闲聊。花花绿绿的娃娃们围着大人跑着追着，不时地传来“咚——啪——”的炮声。也只有在这个时候人们才能心安理得地闲着，不做一点事，尽情地海阔天空地谝着。比如谝些南方某某地方茅厕墙很低，或者没有茅厕墙，女人们一边尿着，一边和外面的人说话着，远处的人都能看到雪白的屁股。在村里，谁的屁股白谁的屁股黑大家都知道。听到这些闲谝后，有些长得白的女人就暗地里恨不得跑到南方尿尿去，可是路太远，没有路费，只能想想而已。

德娃心里空荡荡的，看到前面站着一堆人，下意识地避开，拐进一条小巷。刚走了两步，就听到叽叽喳喳的说笑声，抬头一看几个穿花衣服的女同学相拥着迎面走来。德娃先是一怔，随即在这几个女娃娃中，就看到了小兰。她穿着大方，像城里人，她就是城里人。白白的皮肤，瓜子形的脸，挺挺的鼻子，大大的眼睛，但眼珠不很黑。这可能是跟着脸一起长的缘故，脸太白，眼珠子、头发也跟着显得淡了些。两根粗粗壮壮的黑辫子无意地搭在胸前脑后，显得洋气，她不像村里娃娃直接穿花棉袄，而是奢侈地在棉袄外面套着大红花布做成的外罩。蓝色的洋布做成的制服裤，白色的塑料底棉鞋，从头到脚都穿得合体得当。而别的女娃脸色通红，穿的自家做的鞋呀袜呀衣服呀，鼓鼓囊囊的像个低矮的小炮楼。她们走在一起小兰就像是鹤，她这只美丽的母鹤领着土里土气的小鸡，小鸡正逗得母鹤哈哈大笑，笑得鹤都弯了腰。这时小兰看到德娃，笑声戛然而止，身子也僵了，忙用戴着手套的小手捂住嘴。那一堆小鸡反倒兴奋起来，她们推着拍着小兰的肩膀指着德娃笑着说："快看，快看！你看那是谁！"小兰的身子往后缩，女娃们推打着往前推。德娃很尴尬，想返回去又觉得有失男子汉的尊严，好像是怕了她几个小女娃子，让她们笑话。德娃怕过谁？他只能硬着头皮，红着脸加快步伐往前走。快到跟前的时候，她们几个把小兰猛然一推，小兰不由自主迎面撞到德娃身上，小兰的脸羞得通红通红，嘴上骂着那几个女孩说："你们要死呀！"眼睛却直直地看着德娃，身子无意识地往后仰。那几女同学"哦"的一阵前仰后倾地哄笑。德娃没想到她们有这么大胆，一时有些慌乱，忙伸手打那个同学。她很机灵，转身藏到小兰身后，又把小兰推到前面，就像玩老鹰抓小鸡的游戏，这她们熟悉，从小玩到大轻车熟路。德娃打不着她们，反倒打在小兰的胳膊上。她们兴奋地高喊："老汉打老婆了。"德娃一惊，心里掠过一丝温暖的羞涩，脸烧得通红，忙后退了几步。她们又喊道："老汉跑了，老汉跑了。"小兰转身拍打她们，羞红着脸骂道："憨女子，你们死呀！"她们朝着德娃喊叫："德娃，你媳妇打人了，你媳妇打人了！你管不管？"德娃后退着指着她们说："你们等着。"她们推着小兰哄喊着："你老汉让等着，你等着吧！我们可不在这儿让人刺眼了。"说完丢下小兰飞快地笑着跑了。小兰站着大胆地看着他，德娃也看着她，四目相对，一时无语，都看到对方羞红的脸。一股美丽的小旋风从地上冒出来，在他们中间俏皮地旋转着，小兰想说几句安慰他的话，可是羞得不行，大白天开不了口，她温柔地低下头，像一朵刚开放的嫩花不胜凉风的娇羞。德娃不知道该说什么，只是傻傻地看。小兰抬起头瞅了一眼，听到远处同伴们喊："说啥哩，高点声！我们听不见。"小兰就臊红着脸转身追同学们去了。

碰到小兰，德娃的心情突然开朗。许久以来德娃看到的听到的经历过的都是病痛、死亡、不幸、悲伤、眼泪和无尽的忧愁。这一阵脆爽的笑声，小兰那一张羞红的脸颊和两只透出安慰他的眼睛，像阵阵清风吹散了笼罩在他心头的阴云。德娃并不懂得什么爱情不爱情的，只知道她将来是自己的媳妇，是一家人。她长得不算好看，虽然比不过电影里面的人，也比不过年画上的人的鼻子呀眼的，甚至在村里也算不上最好看的，但是她有气质，像城里人，而且是城里人。这门亲事是姥姥在世给他定的。母亲一直不满意，老说这女娃比德娃大一岁。媒人一趟一趟地跑，劝说道："哎呀，他姨，你看看你那娃，捣蛋得出奇。人家女娃那么乖巧，要样有样，要条有条。父亲母亲又都是干事的，娃的户口又在县城，人家都不嫌弃你娃，哎呀！好他姨哩，你就别挑三拣四的，过了这个村，你就是打着灯笼也找不到。"母亲被媒人说得慌了神，没了主意。她找到父亲商量，父亲不耐烦地说："这么小，说啥媳妇。"母亲又找姥姥，姥姥说：“这娃我倒是见过，长得亲着哩，娃也乖，走有走相，站有站相，文静，像个女娃样。人家又是本村的，知根知底，善道。何况你娃跟个土匪似的，只要人家不嫌弃，大一岁就大一岁吧，就这么订了。你心里也不要有疙瘩，旧时都说女大三抱金砖哩，都愿意找大一些，你们现在时兴找小女娃，我看也不一定好。女娃小不懂事，你看看人家现在的女娃、媳妇，过门的，没过门的，野的。从人前走过，仰着头，甩着胳膊，咚咚的跟男人似的，也不知羞。今天这个闹得要退婚，明天那个闹得要离婚，媳妇不像媳妇样，女娃不像女娃样。他爸嫌娃小，我看也不小了，要放在过去比他小的都定了亲。虽说现在不时兴了，可村里不是也有比他小也定了亲吗？我看先占上一个，免得将来落空。”

听了姥姥的话，母亲张罗着买了一身衣服布料作为定礼，请媒人和亲家吃了顿饭，就这样把德娃的婚事订了。德娃跟小兰是同班同学，小兰是班里的学习委员。在学校德娃一般不屑跟女学生搭腔，心里尤其讨厌小兰。一来是小兰老是逼着德娃交作业，有时还给老师打他的小报告。有一次他在校外与伙伴玩打弹弹，小兰路过说：“德娃哎，别玩啦，要迟到了。”德娃抬起头对着小兰呵斥道：“走你的，少管闲事。”结果开课好半天了，他才到校。老师问他为什么才来，德娃说：“吃得晚了。”老师怒道：“你胡说！你撒谎！你别上课啦，站在外面去。”放学的路上德娃追上小兰问道：“你为什么告密？”小兰低着头轻轻地说：“我都是为你好。”德娃不领情，恶声恶气地说：“我警告你！以后少管老子的事！念你是个女娃，这一次饶了你。”这之后小兰几乎再没有告过德娃的状。二来是她老高高在上，不和同学们疯打疯闹，常年四季头发梳得整整齐齐，辫子上今天扎个这样的头绳，明天换个那样的头绳，小手洗得白白的，衣服穿得干干净净的，说话声音低低的。德娃认为这都是装的，德娃恨那些装腔作势的人，常常讽刺她几句。如今他和小兰订了婚，她将来就是自己的媳妇，是自己的媳妇就是一家人，她的那些缺点也就能够接受，也不讨厌，甚至是喜欢。只是在学校两个人碰了面，都感到别扭，不自在，相互都躲着走。订婚的事很快传到班里，同学们常拿他们俩开玩笑。

小兰上课向来是挺胸抬头专心听讲，那双粗辫子吊在背后。坐在小兰后排的是一名男生，他爱做小动作，爱说话。有一次在课堂上，他用手指戳小兰的腰，小兰不理他，他就把小兰吊在背上的辫子悄悄捆绑在桌子上。小兰不知她的辫子让人捆了，下课时老师说完下课就走出教室，同学们照常起立。小兰跟着同学起立，一起身，头发拽着脑袋，身子在空中一闪，摔倒了。小兰的头拽得怪疼，同学们一阵哄笑。小兰又疼又羞，脸涨得通红，趴在桌子上嘤嘤地哭。德娃看到很生气，在班上当这么多同学的面又不好发作，等到放学时他早早地跑到校门外，站在校门的旁边，等那男生出来后，扑上去把他摔倒，一阵拳头猛打，说："让你再欺负人，让你再欺负人。"打到那男生的脸上、眼上、鼻子上，鼻子被打得流出了血。德娃一看到流血了，就爬起来，头也不回地跑了。那男生冷不防让人这样打了，又出了血，心里生气，顾不得羞耻，也不擦鼻血，哭着跑回去就告了母亲，他母亲领着他就来找德娃。德娃回到家，父亲抱着一个大西瓜刚切开，他拿起一小瓣正要吃，听到院子里喊声："他伯，你看你娃，你看看，把娃打成啥样啦！"德娃万万没想到，他都这么大了，打了架还要哭，还要告家长。母亲听到有人来，知道德娃又惹下事了，赶紧出门笑脸迎人家，关切地说："呀呀，怎么流了鼻血了。"那母亲恨恨地说："你娃打的嘛！你看看牙手狠的，把娃打成啥啦！"德娃听到，感到事情不妙，看到父亲的脸变黑了，想着怎样才能溜走。还没来得及走，父亲就把大半个西瓜砸到他头上，他满脸满身都是西瓜瓤，他忙甩掉手上的小瓣西瓜，避开母亲夺路而逃。母亲边安慰人家，边骂德娃。

跑到外面，德娃用袖子擦了擦头上脸上的瓜瓤，拍了拍身上。来到学校，学校根据村里的吃饭习惯，午饭时间短，要求学生早些到校，在学校睡午觉。这时学校还很静，大多数学生还没来。德娃怕教室门不开，就到操场上溜达。操场上空无一人，只有树上知了在吱吱地叫，中午的太阳毒，他闲溜了一会儿，就晒得头上直冒汗。看看四周，没个阴凉地，心想这么热的天再溜达下去，自己晒不死，也要慌死，得看看教室门开了没有。来到教室，门开着，只有小兰一人趴在桌子上睡觉。小兰听到有人进来，就起来回头看，俩人四目相对，都觉得跟做贼似的惊慌。德娃看到小兰的双眼还有些红，想问摔得疼不疼，想安慰她不要伤心了，我已给你报仇了。可是他什么也没有说，乖乖地坐到自己的座位上。小兰看到他满头大汗，想到他为自己打架，心里很感激，也不知道如何开口。静静的俩人都不出声，小兰看见德娃坐下，心想同学都快来了，看到他们俩单独在一起，又要取笑他们，就站起身出了教室。小兰出去后，德娃顿时轻松了许多，这才感到口渴肚饿。他明知教室里不会有什么吃的喝的，还是站起来在教室里巡视了一圈，像饿得发慌的狼一样，正感失望时发现小兰桌斗里有半个苹果。德娃想都不想拿起就吃，狼吞虎咽似的三口两口吃完，然后把剩下的果核，还放在小兰的桌斗里，悄悄地回到自己的座位上，装作若无其事的样子趴在桌上，心里却咚咚地乱跳，怕小兰回来喊叫。不一会儿三三两两的学生进来了，和自己好的几个伙伴围着他说："呀，你今天乖哩，这么早就来了。"德娃说："我爸打哩。""打啥？那怂娃该打。"正说着德娃就感到小兰走进来，他无心跟他们瞎聊，眼珠直瞟小兰。小兰果然发现自己的苹果让人吃了，而且还把吃剩下的果核放在那里，正要喊要问，突然明白了似的，脸一红坐下来。

德娃心想多亏她没叫出声来，要不然那可丢死人啦！德娃认为打架不丢人，偷吃人家东西丢人。他长出一口气，悬在空中的心才放下，听到有人喊他说老师叫他。德娃来到老师的办公室，老师一边拿毛巾擦洗着脸，一边训斥地说："你都多大了，还打架！为了什么打人家？"德娃说："他欺负人。"老师又问："他欺负谁？"德娃不说，一口咬定他欺负人。老师再问德娃还是不说，老师看问不出，生气地用毛巾甩了他一下说："你不说就别上课，去，站在外面。"站在外面德娃不怕，站就站，心里着实鄙视那娃，打架就打架嘛，又告家长又告老师。长这么大，打过多少次架，德娃也记不清，无论是他打了人家，还是人家打了他，他从来没有告过家长和老师。德娃认为这才是男子汉，敢做敢当。母亲说我这娃是憨娃，人家打了他，他不知道说，他打了人家，人家找上门来。

听到老师把德娃叫走，小兰在教室就坐不住了，屁股像生了疮，扭来扭去。想回头看又不好意思，心里怕老师打他，跑到教室外，站在老远，望着老师的办公室。眼看要上课，也看不到任何动静，无奈又回到教室，左等不见他回来，右等不见他回来。整整一下午，小兰都惶恐不安，无心上课。熬到放学时，小兰磨蹭着走到最后，等同学们都走后，她一人在校门口来回徘徊着。有住在附近的同学，出门看到小兰这么晚还在那里站着，就讥笑地说："等你男人哩。"小兰红着脸追打她，骂道："呸——你这憨憨。"那同学跑回家，小兰还是固执地等着。天蒙蒙胧胧地快黑时，德娃终于出来了。他看到小兰有些吃惊，他没想到小兰会在这里等他。想站住跟她说话，又觉得不妥，就放慢了脚步。小兰羞红着脸，大着胆子跟着，关切地低声问："老师打了吗？"德娃平时野惯了，天不怕地不怕，每天不是上房揭瓦就打架斗殴，不是老师骂就是父母打，用母亲的话说，没有消停过一天。但是跟小兰单独在一起时就感到紧张，他简洁地说："没有。"小兰长出了一口气，又问："说你啥哩？"德娃说："问我为什么打架。"小兰赶紧问："你说了吗？"德娃说："我没有。"俩人又无话，小兰跟在后面问："我桌斗里的苹果，是你吃的吗？”德娃红着脸说：“是。”小兰又问：“你中午没吃饭吗？”德娃嗯了声。小兰又问：“你饿吗？”德娃说：“不饿。”俩人又无话了，小兰无话找话地问：“老师只罚站？”德娃答道：“哦。”小兰放心了，她停下脚步，她不能再跟了，眼看着就要到德娃家的巷子里了。她望着德娃的背后轻轻地说：“你，以后别打架了。”德娃感到小兰停住了，不再跟着他，他胆子又大了些，步子又慢了些，还是不敢回头。高声地应道：“哦，你放心吧。”他觉得今天挨父亲打，受老师罚，都值得，太值得。他心里高兴得不得了，蹦蹦跳跳地拐进小巷里，往家里跑，回去哪怕再挨父亲一顿打。小兰一直看着德娃身影消失，才转身回家。

此后的一些日子，小兰的桌斗里老放着一个苹果，有时放好几天也没人吃，甚至坏了，她扔掉，然后再放一个。德娃其实并不稀罕苹果，自己家院子里有姥爷种的各种苹果树，有七八棵之多，只要自己想吃，随时随手都能摘。只是奇怪小兰不吃苹果，为什么老要放一个苹果。自己有时想吃苹果，可老忘记随手摘一个，装到口袋，带到学校。这天上体育课，老师领大家跑了一圈后，就让同学们在操场上自由玩耍。德娃就溜回教室乘凉，恰巧小兰也在教室。小兰看到德娃进来，站起来就往外走，走到教室门口，停下站在那里，眼睛瞅着外面，监视着同学说：“我桌斗里有苹果，人家给你拿的，你老不吃，真不要脸。”说完就走了。德娃莫名其妙，不知道自己为啥不要脸。追到教室门口，看到小兰轻巧地甩着胳膊跑着，那两根辫子在风中飞舞，就像鸟在空中飞一样，很快她就融到同学堆里。德娃心里美滋滋的，这个家伙你跑就跑，怎么辫子还会飞，简直不像话。德娃回过身来，拿起小兰桌斗里的苹果吃，感到比自己家里的苹果好吃。之后，小兰每天拿一个苹果放在桌斗里，不需要暗示他，也不需要告诉他，德娃就会趁同学不注意拿来吃，有时和伙伴们分着吃。小兰看到他和同学分着吃，有些生气，第二天就切半个苹果放在桌斗里，德娃拿到半个苹果会心地一笑，就再也不敢给别人吃了。

四

初一是给活人过年，初二则是给死人过年。新近死了的人，亲人们都要在这天来到坟墓前，烧纸磕头，祝愿他们在鬼的世界里新年快乐，祝愿他们在鬼的世界里活得万事如意、心想事成。也许他们活着的时候并不如意、并不快乐，也许留在这世上的人们活得更无奈、更痛苦。母亲好几天没吃饭，醒了睡，睡了醒，就是不下炕。德娃说：“妈，我给你买些药。”母亲摇摇头又睡了。初二早晨，母亲惦记着要给姥姥和父亲烧纸，天刚亮就喊道：“德娃，起来。”德娃睡得死听不到。母亲没力气喊，随手拿起炕扫帚，扔到德娃的头上。德娃猛然一惊，生气地问：“干啥？”母亲有气无力地说：“我软得起不来，你给我倒碗水。”母亲喝了水，躺了一会儿精神好了一些，说：“天都亮了，你也该起了，本来昨天晚上就应该把上坟的东西准备好，我懒得爬起来。你去打开箱子，拿出几张白纸，到桌斗里找见木刻的印冥币印的版，给你爸爸印些钱。”德娃揉了揉眼，穿上衣服溜下炕。他拿出白纸和印冥币的印版，把白纸铺在地上，拿上印冥币的印版蘸上蓝墨水，在白纸上印鬼钱。他认真虔诚地在白纸上按一下，一张拾元冥币，再按一下，又是一张。这是拾元版的冥币。德娃印着数着，不一会儿就印满了一大张。德娃抬头说：“妈，我印完了。”母亲一边起，一边说：“再印一张。”德娃说：“你别起，这不少了，我数了数上千块。”母亲说：“唉，你爸爱花钱。活着时，他病着，下放回来又没有工资，咱家靠我一个人挣工分，穷的，把你爸委屈的。这死了可别再受屈了，你只管多印些。”

德娃又印了两大张，等纸上的墨水晾干后，又一张一张剪下来。母亲拿出几个埋葬父亲时留下的干馍，放在锅里，热了说：“你们吃些，吃了好上坟。”弟弟说：“没有菜，谁能咽下。”德娃勉强吃了两口。母亲没有精神，也懒得管孩子们吃不吃。带上办丧事留下的烟和半瓶酒，装上德娃印的纸钱，领着德娃和文娃就出了门。串街过巷，碰到村里人，都关切地问：“给他爸上坟呀？”“哦，给烧些纸，可怜的。”母亲沉着脸，拧着眉，满脸悲伤，听到问话就想哭，心里的千般万般的苦滋味翻腾着。母亲只有强压着，忍着不说话，含着泪只点头。出了村口，上了一道坡，满眼是白茫茫的一片，厚厚的雪覆盖着大地，只有一条为父亲送葬时人们踩下的路，蜿蜒着伸向刺眼的坟头，以及那坟头上的纸幡在寒风中寂寞地飘荡。人们踩踏过的雪路上，又硬又滑。母亲领着德娃和文娃，沿着雪痕一滑一拐艰难地走，一阵寒冷的风旋卷起地上无数雪粒，迎面扑打到母子三人的脸上，一股刺骨的凉意有声有响地渗进他们的后脊背。德娃和弟弟倒吸了一口凉气，打了个寒战，弟弟差点摔倒。母亲伸手拉住弟弟的手。看到地里这么冷清、荒凉，连个鸟呀、狗呀的都没有，想到母子三人，这样孤独无助，母亲终于压抑不住内心的悲痛，猛然间亮开嗓门儿号啕大哭。母亲的一只手捂着脸，泪从指缝往外泄，那苍老的哭声清白嘹亮，在荒凉的地里飘扬不止，越过干枯的树枝传到老远老远的地方。

德娃忙扶着母亲，母亲拉着弟弟。母子三人来到坟前，母亲顾不得烧纸，供祭。一屁股坐在雪地里，双手捶着胸，无遮无拦地哭，哭声长长远远的，像田野上永远望不到尽头的荒草一样，充满了眼泪和悲伤。德娃高声地喊：“妈！妈！别哭啦。”母亲不知是没听到还是没哭够，只是自顾自地哭。德娃学着大人样，自己跪下，也把弟弟拉得跪下，拿出火柴划一根，风吹灭了，又划一根，风又吹灭了。弟弟凑过来用手捂住，烧了纸，德娃把酒倒到坟头，把烟点着插进雪里，然后趴在雪地上磕了三个头。抬头看到弟弟直着腰，问：“你磕了头吗？”弟弟说：“磕了。”德娃说：“我咋没看见。”弟弟生气地说：“我就是磕了嘛，跟着你磕的嘛。”德娃起身拉母亲，母亲不起，还是在哭。德娃说：“妈，别哭啦。”母亲还是在哭。德娃说：“妈起来，雪地上凉。”母亲不听。野风吹得德娃和文娃瑟瑟发抖，两人都傻傻地站着。直到母亲哭足哭够了，觉得哭不活死去的丈夫，哭不出天上飞下来大把大把的钱，也哭不出成堆成堆的粮食，更哭不出两个娃的媳妇，母亲长长地出了一口气，好像压在胸中的阴云、不幸、愁苦，随着一口恶气荡漾在天空中，融化在寒风里。母亲不哭了，用袖子擦了擦红肿的眼。德娃用眼色示意弟弟，兄弟俩把母亲拉起。母亲无限哀愁地望着坟墓说：“我们这孤儿寡母的，你说，往后的日子咋过。”坟墓无言，父亲也不会从里面走出来。德娃听着烦，生气地高声说：“咋过，咋过，有我在，你怕啥！”母亲不屑地看着他说：“哎呀，我的憨娃，都现在啦，你说话还是这么诤。你能顾了你自己吗？你能管了你自己吗？”德娃满怀豪情地说：“我有什么顾不了我自己的！我不仅能管我自己，我还要管你们，还要养活你们。”母亲无限哀愁地说：“唉，我的不醒事的憨娃哩，这不是说句话的事！过几年，你能给自己盖房子？能给自己娶了媳妇吗？”德娃倔强地说：“这事要你管？这是我的事，我想娶就娶。”母亲说：“就怕你到时想娶媳妇娶不起。”德娃赌气地说：“给我娶媳妇，给你娶哩？要你管！”母亲忧郁地说：“唉，憨娃，你啥时能长大。”德娃顶嘴道：“我现在就长大了。”

母亲看看孩子们，无言地领着他们来到姥姥坟前。烧了纸，磕了头。起身时看到老远处，舅舅领着一大堆人往这里走。今天本来应该和孩子们到舅舅家，吃完饭一起给姥姥上坟。可是今天德娃父亲也过初二。父亲是外乡人，从小离开家乡，跟着党闹革命，在村里没有什么亲戚朋友，遇上这样的鬼节，就显得十分冷清。年前舅舅来了几次，好意地说把两家合在一起过，你这边也没啥人，大家吃了饭一起上坟。母亲不想这样做，嘴上虽没什么，心想，我们家虽然没人没势，可我们也是一家人，自己虽然病着可是也要撑起这个家。如果按舅舅的意思合在一起过初二，就亏待了自己死去的丈夫。此时看到舅舅那面的人那么多，浩浩荡荡的，自己显得势单力薄，孤立无援，母亲不想碰到那些亲戚们，更不想碰到舅母，一想到舅母的嘴脸母亲就难受。母亲说：“咱们从那面走。”说完拉着文娃转身就走。德娃不解地说：“那边又没有路，绕那么远。”母亲说：“我不想和他们碰上。”德娃呵斥道：“怕啥哩！”却还是跟在母亲的后面，踏着厚厚的雪，走到地头，翻过沟，从村子的另一头回家了。

初三，是个清爽的日子，蓝蓝的天上没有一丝云，初升的太阳照在雪地上，亮得刺人眼。大家趁着空闲，趁着好天气，带着家里蒸的白馍，有钱的再买瓶罐头，领着孩子们回娘家走亲戚。德娃守着孝不能出门，就是能出门也没有姥姥家可去。几次徘徊在家门口，望着人们穿着新衣服，拎着包袱，一家子一家子说笑着走过眼前。德娃想找伙伴们玩，知道他们也都去了亲戚家，就在家守了一天。傍晚时听到村里传来发电机的声音，知道今晚村里要演电影，果然不一会儿广播里唱起了《我们走在大路上》，唱完歌曲听到放映员谝着洋腔在说：“广大社员同志们，在这美好的时刻，在这‘文化大革命’掀起新的高潮的时刻，我们给大家放映一部好电影，叫《英雄儿女》。”“叫《英雄儿女》”连说好几遍，只怕人们听不清。

母亲上完坟后依然躺在炕上，经过那场大哭后，精神好了许多。知道眼泪不顶事，大哭也不顶事，痛苦、忧愁、向人诉说都不顶事。天还是亮了黑，黑了亮，地还是白茫茫的。人们还是说：“唉，可怜的，这以后的日子可咋过哩。”说归说，同情归同情，自己还要过自己的日子，自己的孩子没钱娶媳妇，谁来管？谁会管？母亲看到德娃在家守了一天，就说：“今晚不是放电影嘛，你去看吧。”德娃说：“不急，一会儿再去。”要在过去德娃早就疯出去了，母亲感到孩子可怜，说：“你去吧，不怕。”德娃讨厌母亲这样的口气，可怜兮兮的，就高声说：“我怕啥！有啥可怕的！”德娃专门又停了一阵才出了门。他把门从外面锁上，慢慢走着，留心听着电影演开了没有，他不想找伙伴们，也不想在电影开演前进场。等他进了大队院子里，电影已经演了好一会儿了，他随便站了个地方悄悄地看。

电影场就是大队的大院子，南面的墙上用绳子拉着电影屏幕。前面的人坐着小板凳，后面的人坐着大凳子，再靠后的人就站着。后面的往往是青年人，都是些没婚嫁的小伙子大姑娘。他们不怕站不怕累，他们有的是精力，精力多得无处发泄，就愿意站着。站着好，人挨人，人挤人，热闹。每看到电影里男女主人公搞对象时，就你拉她一下辫子，她拧一下你屁股，大家骂着，笑着，不影响前面看电影的人。

小兰今天早早地就知道有电影，天不黑就把自己关在屋里，又洗头又洗脸，头发梳了又梳，辫子辫了又辫，脸上手上擦了油。衣服前拉拉，后拽拽，觉得这样好了，利利落落的，走到镜子前一照，还是不满意。这时发电机的声音响了，小兰顾不了很多，不满意就不满意，她怕去得晚了碰不到德娃。她从箱子里拿出这些天自己舍不吃攒下来的糖块。为了攒这些糖，她奶奶没少怪她，说她老吃这么快，一会儿跑来要一次，一会儿跑来要一次。想到奶奶骂她，她笑了，笑她骗了奶奶那么多糖。她掏出自己心爱的花手绢，这手绢上的花鲜亮，她一直舍不得用。如今她要用手绢包上糖送给德娃。给德娃她舍得，她朦朦胧胧的，不知道爱不爱的，反正父母已将自己许配给他了，他就是自己未来的男人，自己就应该疼他爱他关心他。德娃嘴馋，就应当把好吃的留给他，他是自己的男人嘛。

小兰把糖包好，鼓鼓囊囊塞进口袋里，开了门往外走。奶奶从窗子里看到，隔着窗子喊：“你这么早去干啥？”小兰骗道：“我占地方去，晚了没好地方。”奶奶说：“给奶奶搬个凳子，占个地方。”小兰是个听话的乖孩子，可是今天她不听话，一边走着出了院子，一边说："我搬不动。"奶奶惊讶地说："这女子，今天这是咋了，反了。"

小兰来到大队的院子，一盏瓦亮瓦亮的电灯，照得院子通明。场子里稀稀拉拉地坐着几个老婆老汉，一群叽叽喳喳的野孩子，欢天喜地地跑来跑去，他们一会儿围到发电机前看稀奇，一会儿围着放映机看热闹。小兰想德娃往常老是早早地就来，而且会相跟一伙狐朋狗友跑呀闹呀打呀玩呀的，可是今天不见他的影子，她转了一圈又转了一圈，碰到德娃的朋友，她直愣愣地看，想问个究竟，又不能直说，试探地问："仁娃。""哦。""你来了。""哦。""就你俩？""哦。"小兰问完后，心慌得不知咋办。偏偏遇上两个憨憨木头人，就会"哦""哼"的，不懂小兰的心事，不肯多说一个字。小兰恨得直咬牙根。自己要好的同伴看到，问："小兰，你慌张地找谁？"小兰的脸红了，好像人家知道了她内心的秘密似的，赶紧随口说："找我弟。"那同伴不相信地，指着站在她跟前的弟弟说："那不是，还用这样地找？"小兰装模作样地感到惊奇，忙说："你看我这眼神。"不得已走到弟弟跟前又没有什么事情，就说："你去给奶奶搬凳子。"弟弟不高兴地说："你不去，让我去，我也不去。"小兰才不管你去不去，只要人们看到她跟弟弟说了话，交办了事情，她就可以掩饰自己的谎话，就可以心安理得地再到别处找德娃。

电影场陆续地进来很多人。喊叫的、找人的、高声说话的，乱哄哄的。小兰的眼睛像探照灯一样，在场子里扫了一遍又一遍，就是没有德娃的影子。她往外走，迎面都是进场看电影的人，她一边留心看着，一边钻着人缝逆向走，不知不觉地又走到德娃家的巷口。小兰站着，心口里突突乱跳，像做小偷似的。她远远地瞅着德娃家的门，那门丝毫没有动静。不知谁家的门开了又关，她听到响动，忙转身低头就走。这样来回走了几次，心里又急又恨。这死娃子，往常欢得跟个野狗似的，到处乱跑，不想见他老要碰到他，让同伴去笑她，如今想要找他却这样的难。电影开演的声音从大队院子里传了出来。她想德娃可能已经进场坐那里看电影了，自己粗心在路上没看到。小兰再次进了电影场，在外围转了一圈，还是不见德娃。小兰找了个她能看到大门而别人不易发现她的地方立在那儿。望望场子，看看大门口，摸摸口袋里的糖，不一会儿委屈的泪水就滚出眼眶。

就在小兰伸手抹泪的瞬间，她看到德娃背着手慢吞吞地走进来。德娃进来后在后面，没有一丝一毫留心找她的意思，仰头就看电影。这憨娃没有个心念，小兰想着，愤愤地走过去，在他的身后轻轻地拉了一把衣襟，转身就走了。走出去很远，不见德娃跟来。小兰想，不知是自己溜得太快，他没看到，还是她拉得太轻，他没感觉出来。这憨娃平时机灵得要死，怎么这会儿跟死人一样，返回身来又走到他身后狠狠地拉了一把。等他回过头来，她才往外走。

德娃第一次感到有人拉他，他回过头看，没有人。大家都在专心看电影，他想一定是谁跟他开玩笑。他没心思闹，继续看电影。第二次感到有人拉他，他正想发火，看到小兰的背影朝外走，他心里顿时明白，这是小兰叫他出去约会。德娃没搞过对象，自然没有约过会，只是在电影里或者在小说里见过，心里感到紧张、兴奋，甚至幸福。他定了定心，稳了稳神。约莫着小兰走了一段路后，看看周围没人注意，就跟了出去。出了大门，看到不远处小兰独自往村外走，德娃不远不近地跟着。德娃心里高兴，他想这女娃，平时看上去又胆小又文静，竟然一个人在这样的晚上敢往村外走，真了不起，这让德娃佩服得五体投地。小兰拐了两个弯，上了一个坡，走到村口的麦场，小兰站住了，等德娃离她近了些，然后再往麦场里走。

村里的麦场大都坐落在村边上，紧邻着野地，这里住户极少，比较偏僻，平时少有人来。冬天的麦场上只剩下一堆一堆的大小各异的麦秸，它们被雪盖着，无序地竖立着。场面上平平展展的，没有融化的雪像是为它铺上一层厚厚的白毯子。醉人的夜晚，没有一丝风，深蓝深蓝的天像是刚洗过一样，新新的净净的。星星显得特别多，特别亮，像教室里的孩子们，挤得满满的，天都愁得容不下了。德娃跟在小兰的身后，听着小兰的脚步踏在雪上，鞋子陷进雪里，发出吱吱的响声，像是唱歌一样好听。他不敢快了也不能慢了，快了怕撞到小兰身上，慢了怕小兰走丢了。他低着头，跨着步，小心地踩着小兰的脚印，一步一步地跟着，身后留下一串串深深的随着小兰情绪变动的印痕。德娃感到幸福和满足，他愿意就这样永远地走下去，直到死。小兰停下脚步，转过身子。德娃只顾低头看着脚印走，不留神撞到小兰的怀里，两人同时“呀”的一声，都后退了一步，彼此相互注视着，心里慌乱地跳着，都忙着避开眼神看别处，脸羞得跟猴屁股一样红。

小兰不知德娃是有意的还是无意的。她脸烧得发烫，嗔怪地说：“你是真坏。”德娃看着远处，窘迫得很，歉意地说：“我不知道你站住。”小兰看到德娃窘迫的样子，想他能在自己跟前知道羞知道耻，腼腆得像个乖绵羊，心里舒坦受用。她轻轻地说：“人家又不怪你。”说完后，俩人不知道说什么好，都无话，一时沉默。这时从村里清晰地传来电影里人物的对话，小兰先稳了情绪，瞟了德娃一眼，说了一声“憨憨”。德娃忙低头看自己，不知道自己哪儿憨，茫然地看小兰。小兰捂住嘴，轻轻地嘿嘿一笑，转身抬头看着天上星星，像是和星星说话一样：“你今天来这么晚，让人家找了一遍又一遍，都快急死了。”小兰看着远处的星星，德娃知道她怕羞不肯回头，这会儿又不会有人来，过去自己也没有认真地看过她，便大胆地放肆地无所顾忌地瞅着她的脸。德娃奇怪地发现，多时不见，那张脸比平时亮了些，眼睫毛也长了些，脸也不像自己印象中那么长，竟然好看了许多。德娃高兴地说：“我哪里知道你会找我，要是知道，我就会大早上起来到那里等你。”小兰听后扑哧一笑，她凭着女娃的直觉，知道他在看自己，看就让他看，自己打扮了半天不就是为了让他看吗？回头望着德娃说："你真憨，那么早，让人知道了不羞死人。"德娃看到她回过头来，眼睛看着自己的眼，好像刚才做了贼似的，心慌地突突乱跳，忙把视线转移开，也看着远方那蓝天和白雪相连的地方。小兰后悔自己回过头来，为什么不让他一直看，看个够呢。不看就不看吧，只要自己高兴转过头去，他又会看的。果然她刚转头，德娃就又看着她。小兰心里有着说不出的甜蜜，就像大口大口地喝蜂蜜一样。她温柔地说："这是一包糖，你拿着。"德娃本不怎么爱吃糖，往年都是姥姥买糖，到姥姥家吃糖，如今没有了姥姥，也就没有了糖。越是没有的德娃反倒不愿意接受，感觉像是受人施舍似的。如果自己家有，哪怕自己不吃，也会不客气地伸手接过，塞进自己的口袋里。德娃说："你留着吃吧，我不爱吃。"小兰生气地怪道："你这人，我舍不得吃，专门给你留的。"德娃还是不伸手，小兰就提高了嗓门，用命令的口气说，"拿着"。

德娃不知咋的就乖乖地拿上。小兰心里像得胜将军似的，满足得不得了。她轻声地说："你家近来出了这么多事，大伯去世我本应该去的，不知为什么他们硬是不让我去。"德娃说："没去就没去，反正人已经死了。"小兰关切地问："再过几个月我们就毕业了，你今后有什么打算？"德娃说："有什么打算？没有。我爸爸让我照顾好我妈和我弟，我要照顾好他们。"小兰说："那你还上学吗？"德娃不假思索地随口说："上。"小兰说："那你落下的课能补上吗？"德娃不屑地说："能。"小兰惊讶地说："那可是一个学期的课呀！"德娃没有在小兰跟前表现过，更没单独和小兰说过话，这次单独在一起实在是难得的机会，他顿感豪情满怀，眼睛遥望着村里，仿佛全村都踩在他的脚下，说："一个学期算什么，只要我愿意学，看看就能会。"小兰相信，在班里的时候，德娃上课几乎不听课，不是做小动作，就是捣乱说话，下课也不写作业，小兰老是收不到他的作业，有时他的那些狐朋狗友央求他说："你快写吧，你不写，我们抄谁的呀？写不了作业我们就不能跟你玩。”为了跟他们玩，德娃才写作业，可是回回考试老在前几名。这一点小兰佩服他，心里常为他骄傲。听了德娃这么说还是不放心地嘱咐道：“你以后上课不要再捣乱了。”德娃好像让人揭了伤疤似的，低下头说：“哦。”小兰又说：“也不要老迟到。”德娃答应道：“不会了。”“也不要和同学打架了。”德娃听着她的口气就像姥姥活着时的一样，感到无比温暖，像喝醉了的人，只是爽快应着。

时间一分一秒地过着，俩人都感到无比的快乐。雪呀，寒气呀，夜空呀，天上的星星呀，都是那样的温柔。沉默一会儿后，小兰“唉”了一声说：“开了学，我要到县城上学。”德娃不安地问：“为什么?”小兰幽幽地说：“我也不想去，我爸非让去，他说那里环境好一些。”德娃不服气地说：“好个屁，只要你愿意学，在哪里不是一样的。”小兰又说：“我爸还说那里能上好高中，怕在村里不推荐。”德娃一时无语，他真不希望她走，心里空空的，隐隐感到这不是好兆头。小兰见他一时脸色不快，知道他想让自己留下，其实自己也不想走，为这事和爸爸闹了好几架，就说：“这也是没有办法的事。”德娃生气地说：“你不会不听你爸爸的?”小兰说：“我哪敢!”随即安慰道：“不过我每个星期天都会回来的。”小兰想说回来看你，可是没说出口。想到这次为了见他，她都急得出了一身汗，要是能约定个时间、地点，每个星期天回来都在那个时间那个地方见面，俩人说说话，再把自己攒下的好吃的给他，那该多好呀！又想到自己是个女孩，老这样主动，羞，没廉耻。看着德娃不语，心里只恨他跟个憨憨一样，做坏事时脑子那么机灵聪明，现在简直是头猪，长着猪脑子，连这么个简单的办法都想不到，气得小兰直拿眼睛剜他，德娃就是浑然不知。

小兰要到县城上学，这消息就像一阵冷风掠过一样，让德娃心乱了，神散了。刚刚还是那样彻头彻尾的幸福，那样全身心的愉快，还想着真心实意好好学习，让小兰瞧瞧他的真本事，霎时都变得没希望了，无意义了。他不知道如何应对，一时无话，只是怔怔地盯着小兰那又急又怒的眼睛，看她一眼一眼地剜着自己，就是体会不到她的意思。一弯残月从东方偷偷升起，悄悄地注视着两位情人，夜空又静又亮，他们都能听到对方的喘气声。小兰突然一惊，“呀”了一声说：“电影都演完了。”德娃朝演电影的地方看了看，意识到时间不早了，问小兰：“啥时完的？”小兰跺着脚，惊慌地噘着嘴说：“我哪知道！”德娃安慰小兰说：“不要慌，不会太晚的，我们才说了一会儿话，电影要完也是刚完的。”小兰急急地就走，德娃跟在后面。小兰怕碰到人说：“不要跟，我不怕。”德娃说：“你走你的，我远远地跟在后面。不会让人发现的。”小兰走到自己家的门前，回头望了望德娃，只见他远远地站在那里，心想这憨憨我都到家门口了，你还站那里，还不敢紧回去，冻死你。想喊他，叫他回去，夜深人静，又怕人听到，抬起胳膊摇了摇手，示意他走。德娃不走，小兰恨恨地轻声骂道：“你不走，冻死你！”小兰转身推门，门已经从里面关了，小兰敲门，听到奶奶一边骂着，一边出来给她开门，就又转身看了一眼德娃，他还在那儿站着。小兰又朝德娃招了招手，听到奶奶骂道：“你到哪里了？电影完了老半天，也不见你回来。”小兰说：“在我同学那里。”奶奶不信，问：“在哪个同学家？”小兰说：“你管我。”奶奶感到小兰近来变化越来越大，生气地追着要打她。小兰一闪身跑进自己的屋，关了门。奶奶无奈地骂着回屋了。

德娃看着小兰进了门，才慢慢地往回挪。听到小兰奶奶骂她，心里很快活。他不急着回家，回去也睡不着。他低着头随意往前走，细细地咀嚼着今晚发生的一切。小兰走路的样子，温柔的声音，甩辫子的姿态，亲切、关爱的目光，奇特异样的脸，让人心醉的灵巧的身影，胆大而细心的举动。德娃不急于往下想，他要一个细节一个细节地体味，像姥姥让他慢慢抿糖一样，让甜长久地含在嘴里留在心上。他走一步，脚踢一下地上的雪，那雪花奇怪地飞扬开来，像电影里的鲜花开了又合了，他摇了摇头，觉得可亲可爱，雪花刮到他脸上，怪凉的，舒服极了。他抬头看看天上洁白明净的月亮，一闪一闪的星星，还有那披着银装的田野呀，树木呀，小巷呀，房屋呀，脚下弯弯曲曲的路呀，都是那样的亲切，那样的美好。老天爷哪，生活竟是这样的美好。父亲是死了，那有什么了不起的，明天也许会有困难，很多很多困难，都来吧，让所有困难以及种种意想不到的事情都来吧，德娃不怕，德娃会勇敢地迎上去，克服所有困难，德娃坚信明天会好的，一天更比一天好的。

五

这年月，人们虽然吃不饱，穿不暖，但是格外的勤快。还没有过了正月十五，就再也坐不住了。人们羞愧得无法再这样穿上新衣服，吃了喝了待在家里什么也不干，无法忍受这种“奢侈”，悠来晃去，狂聊闲谝。难道说这日子不过啦？工分不挣啦？这是要坐着等死呀！唉，想想，这日子再难也要过。人们争先恐后地脱了新衣，换上下地干活的衣服，这衣服虽说又脏又旧，缝了又缝补了又补，可是能遮羞，能把私密的地方挡住，咱们老百姓又不接见外宾，不会给咱中国丢人，穿啥不是一样的。人们天天竖起耳朵听队长派活的钟声，听不到钟声，就争着抢着来到小队集中地，等待队长派活。可是队长左等不见来，右等不见来，眼看日头出来半竿子高了，大家就有些焦急，七嘴八舌地骂道：“这狗日的，一天一天不见个鬼影。”“狗日的？驴日的！昨晚上又睡人家谁家的媳妇，睡到现在不起来。”“你管人家睡谁的媳妇，牙是谁？牙想睡谁的就睡谁的，只要还有一口气，就要睡，睡、睡、睡，直到睡死算尿。”那人说话语气刚劲有力过瘾快活，好像他正在跟谁家的媳妇睡似的。

队长叫张福，人长得富态，高而胖。肉头肥脑，眼小嘴大，说话瓮声瓮气，做活笨手笨脚，外号驴粪蛋蛋。这驴粪蛋蛋外面是光光的，肚子里空空的。虽说也上了几年学，可是斗大的字不识几个，写自己的名字写得歪歪扭扭。在学校门门考试不及格，同学们叫他鼻涕虫。他爸爸觉得丢人，骂他说："你丢死你先人了，别上学了。"从那以后就到队里干活。他长得人高马大，看着结实有力，可是一到地里干活，就笨手笨脚地冒虚汗。人们说这娃，账不会算农活不能干，真是驴粪蛋蛋外面光，是个废人。废人有废人的好处，没皮没脸，没心没肺，能趋炎附势，见到比他厉害的人，就像饿狗见了主人手中的狗食，点头哈腰，摇头摆尾。你骂他，说你妈屁，他会笑着说，啊，我妈屁、我妈屁。你打他，他点头说打得好、打得好。见了比他弱的，他就把头一抬，眼一瞪，不是想踢一脚，就想打一拳。"文革"开始后，他跟着几个造反派一起夺了村委会的权，当了村里的革委会委员。当了委员，但他又确实无能，什么也干不好，没几天，村革委会主任让他回队里，当了小队长。虽然官小，可是实权，想让谁干啥，就让谁干啥，有村里给他撑腰，他敢挺胸抬头，手也常在插裤口袋里，一条腿像得了病似的不停抖动。脾气也跟着抖动的腿见长，他开始学会动不动就吹胡子瞪眼睛。当了没两年小队长又多了一个嗜好，爱逗女人，他不能看见女人，只要碰到女人，无论是俊媳妇还是丑寡妇，是大姑娘还是小女娃，他都要动手动脚地拍一拍人家屁股，摸一摸人家的奶子。因为撩逗女人，让人暗中打了几次，可是狗总是改不了吃屎的，过不了几天又是如此。女人们见了他又是恨又是怕，恨他这样不知廉耻，当着大家不给自己留尊严，不留面子。但是又不能生气翻脸，害怕他报复，不给自己派活，或者派重活，让你累死也挣不到工分。

等不到队长，人们纷纷四散，或是相约打牌，或是到谁家串门聊天，或是骂骂咧咧地回家继续坐着。德娃头一天下地干活，母亲天不亮就把他叫起来，领着他第一个来到派活的地方，最后一个离开。母亲失望地对着德娃说："你玩去吧，看来今天是没啥活干。"德娃高兴地去别人家打牌去了。母亲则沮丧地往家返，刚走两步，遇到李大妈，她把母亲拉到旁边，神秘地对着母亲说："没领到活吧？"母亲茫然地点了点头。李大妈说："人家昨天晚上就把活派出去了。"接着详细告诉母亲都有谁家的媳妇，谁家的寡妇到场里扫雪，说着说着想到自己家里三四个壮劳力闲着，挣不到工分，越说越有气，嘴里飞出无数唾沫，恨不能一口唾沫淹死那小子。李大妈愤愤地说："天打五雷轰的，不得好死，你说这天都热了，还用扫雪吗？这不是明摆着白给工分吗！你说今天这个死明天那个死，他怎的就不死，这么个祸害。"李大妈生气生得过了头，说完话后，累吁吁地弯腰喘气，她穿着补了又补的粗布衣服，瘦高的个子，苍白的脸，一双忧郁的眼，好像总是在向人们诉说着无尽的苦难。她家有四个儿子，个个如狼似虎，都是好劳力，挣满工分的，可是挣得没有吃得多，吃起饭来没个饱，家里越吃越穷，渐渐到了吃了今天没明天，吃了上顿没下顿，饥一顿饱一顿的地步。四个儿子，四条光棍。大儿子如今三十多岁，娶不到媳妇。李大妈愁得日夜不安，见到人就说："给我娃说个媳妇吧，不管是瘸子拐子瞎子，只要是个女的就行。"人们私下里说，你想得倒好，只要是女的就行！哪个女的愿意跟你，要钱没有要命一条。李大妈愁得瘦了一圈又一圈，眼睛越陷越深，脸上颧骨越长越高，说话有气无力，好像马上就要死一样，可一天一天就是死不了，眼看着成了皮包骨头。她说我怎么能死，要是我死了，能给孩子换回个媳妇，我情愿马上就死。她不知怎的说队长说着说着就到了她孩子身上，她拍着母亲的胳膊，犹豫地说："你说，牙有人要我吗？要是有人要我，我就和老头子离了，嫁给人家，给我娃换一个媳妇。你看现在都快把娃憋疯了。"母亲看着她的那个样子，自己都病成这样快走不动了，还想嫁人给儿子换媳妇，心里觉得可笑又可怜，安慰道："快别瞎想，总会有办法的，儿孙自有儿孙福，这是时候不到，时候到了媳妇就会自然来的，你也要心宽些，把自己的身体养好才是。"李大妈说："你说有什么办法？大人不能干，给娃连个媳妇也说不上，唉，四个娃哩，我都快愁死了。"说着就怨恨自己的肚子，拍着肚子愤恨地说："我这肚子也不争气，猪一样，下一个是个秃小子，下一个是个秃小子，连猪都不如嘛。这上辈子是造了啥孽，遭到报应。"母亲说："娃多了有娃多的好处，没人敢欺负。"李大妈摇了摇头说："他姨，你给你娃操心着，有个茬口给娃先占着。"母亲"哦哦"地应着往家走。刚才没领到活，心里有些空，有些虚，没着没落的，遇到李大妈心里踏实了许多，觉得自己的母亲有眼光，给德娃先占了媳妇，要不然靠自己孤儿寡母的，怕是娃也要跟着打光棍。

母亲走到家门口，看到有一位三十多岁的男人站在家门口。母亲觉得面熟，知道是本村的，哪个队的，叫什么，母亲一时想不起来，问道："你找谁？你有事呀？"这人回答道："姨，我是村东头的宏娃。"母亲记起这娃是村里有名的又懒又馋的浪荡子，想自己家和他素无来往，他平白无故地来这里，一定有什么事，母亲预感到不会有什么好事。近来接二连三的事情，母亲感到害怕，怕再遇什么事情，本能地站住，不让他进家，问："你有什么事？"宏娃支支吾吾地不说。母亲逼问道："这娃，你有什么事，你说嘛！"宏娃用头示意着说："姨，到家说嘛，到家说嘛。"母亲打开锁推开门，把宏娃让到院子又问："你这么老远跑来，为啥事？"宏娃"嘿嘿"干笑了两声，歉意地说："是这，我姨夫走得那么突然，我都没来得及吊孝烧纸。"母亲奇怪这人八竿子打不着的，怎么突然有这心，说这样的话，就说："这没事，都忙忙的，又住得这么远。"宏娃很动情地说："我姨夫生前对我好，我该来的。只是我当时不在村里，等我回来姨夫已经出殡了。"母亲更加莫名其妙，想不起丈夫啥时和他有过交往，只等着他还有什么话要说。宏娃看看母亲不搭腔，又问：“我姨夫临终时留下什么话吗？”母亲警觉地说：“留下很多话，你要问什么？”宏娃说：“一年前，姨夫从我这儿借了二十块钱，姨夫说来吗？”母亲眼睛盯着他，惊讶地说：“没有呀！”宏娃说：“按理说我现在不应该来要钱，可是我也等着用钱，姨夫没说可能是能忘了。”母亲说：“不会的，要是真借了，他会说的。”宏娃听到母亲说“要是真借”这几个字，就生气了，也不叫姨夫了，提高了嗓门说：“这还有假吗？他说给我说媳妇，我才借给他，如今媳妇也没说上，钱也不还啦？”母亲更加怀疑了，他爸从来都讨厌媒人，怎会给他说媒呢？更加不相信会借他的钱。不相信归不相信，他这样高嗓门在院子里喊叫，让旁人听到，讨债的人追到家里，讨不到钱，不了解实情的还以为借了人家的钱不还，以后在村里怎么抬头，怎么做人。母亲满脸的惊恐和慌乱，忙说：“你别喊，你别喊，有话好好说。”宏娃生气地说：“我本来是好好说的，好好说你给吗？”母亲说：“要是真的借了，我砸锅卖铁也要还你。”宏娃不客气地说：“那你还呀，我现在就需要钱哩。”母亲突然想到父亲临死前留下一个账本，就说：“他爸虽然没有留下话，可是留下账本，那账本上记着几月几日，借了谁的钱，借了多少，都很详细，要是记着你，我就给你。”宏娃没想到还有账本，有些心虚，说：“什么账本不账本的，借了就应还，这是千古不变的道理。”母亲又问：“那借钱的时候，都有谁在场？”宏娃说：“没有。”但还硬气地说：“你拿来账本，我看。”

母亲这些天满肚的痛苦和不幸，只顾低头埋人，只愁以后的日子，哪里想得到清清家底，有哪些债权债务。母亲说：“你等着，我给你拿。”宏娃还是跟到屋里。母亲慌忙从炕上抱下一个小红箱子，打开小箱子，拿出一个小红本，小红本的封面烫着金字，写着伟大领袖毛主席万岁！打开第一页写着毛主席语录，翻开第二页，看到父亲工工整整写着几月几日借某某10元，几月几日借某某30元，满满写了三页多，最多的有80元，最少的有3元。母亲看着看着感到一股凉气从头窜到脚，心里凉得就像掉进冰窟窿一样，一屁股瘫软地坐在炕沿上，手也不由自主地颤抖起来，小红本从母亲的手中溜了下来。宏娃看到母亲有些异样，走上前弯腰拾起小红本说："你看看，上面写着吧！"母亲沉默不语，宏娃一页一页地翻，没有找到自己的名字，恼怒地把小红本甩到母亲的身上，高声喊道："怎么没有！怎么这样！世上还有这种人吗，借了人的钱不还！"看到母亲不语，又问说："你还不还？"母亲还是不语，又逼问："你倒是说话呀！"母亲还是不语，宏娃露出一副死皮样，说："你要不还，我就不走，吃到你家，住到你家。"

这时已到吃早饭的时候，英子扫雪回来，路过德娃家门口，看到院门大开，听到里面有人高声嚷嚷，就走了进去。英子和德娃住在同一条巷，是同年生的，比德娃小两个月，上学后又是同班同学，平时也肯到德娃家串门。德娃是个男娃，懒，平时从不帮母亲干家务，英子是个女娃，勤快、肯干。英子每次来到他家，总是跟母亲东一句西一句瞎扯，碰到什么活干什么活，就像回到自己家一样。她有两个哥哥不仅有力气能干活，是一把干农活的好把式，而且天不怕地不怕，队里的一些事，队长也常常依着他哥俩。用母亲的话说，是一家好人，就是说话不着边际，凉凉五五（不靠谱，不着调）的。

英子上学上到五年级时，她父亲说，别上学啦，学多少不是一样的嫁人？英子就跟着父母在队里下地干活。英子继承了父母的特点，敢做敢当能吃苦。今天就是这样，她听人们说有几个媳妇在麦场里扫雪，二话没说就拿上笤帚来到麦场，也不管队长在不在，也不耍奸偷懒，低头就干，干完就走。只要她干了，她就知道队长不敢不给她记工分。这时她走进屋里，看到德娃母亲脸色苍白，宏娃在这里喊叫什么走不走的，什么住不住的，就高声呵斥道："你是啥东西，在这里大呼小叫地喊啥？"

宏娃惊讶地看着英子，气愤地说：“哪里跑出你这么个小屁娃，敢管我的事？你能管了？”英子虽然年纪小可是胆子大、泼辣，她不吃这一套，说：“老娘啥不敢管，老娘啥不能管？我再说一遍，你滚不滚？再不滚小心挖烂你的眼睛。”宏娃恨得两眼直冒火，抡起胳膊就要打，变声变调地说：“唉——我一耳光子打死你。”英子把脸往前一送说：“你打！你打！你敢动我一个指头，我叫我哥打坏你一件子。”宏娃不怕英子挖他的眼睛，他怕英子的哥哥打断他的腿。他软了下来，放下胳膊，说：“他家借我的钱，不还。”英子指着他不相信地说：“借你钱？唉，你穷你妈的有今天没明天的，谁会借你的钱？来，你今天给我掏出一毛钱来！你要是能掏出来，借你多少我还。”宏娃掏不出一毛钱，心虚脸红，硬着头皮说：“我当下是掏不出来，可不能说我以前就没有。”英子看到他果然掏不出一毛钱来，底气更足了，说：“我不知道以前借你钱来没有，借了你多少，但人刚死，你来催债就不对，你先回去。”宏娃不走，说：“那今天得给说清楚，说不清楚我不走。”英子瞪大眼睛，顺手拾起笤帚赶他：“清楚你妈的屁，爬回去，再不走，老娘打死你。”宏娃惹不过这小泼妇，一边忙回头往外走，一边骂：“什么你妈屁的人家，借了钱不还。”英子在后面举起笤帚追到院子，双脚在地上响亮地“叭叭”踏了两下，装出追打的样子说：“你骂，你小子再敢骂，我撕烂你的嘴。”宏娃听到追赶的脚步声，果然撒腿跑出门外。

英子搁下笤帚，转身进了屋，关心地问：“姨，你怎么让他进屋里？”母亲没有出声，英子伸手摸摸母亲的头说：“姨，你怎么啦？病啦？”母亲回过神来，拾起地上的小红本，递给英子无力地说：“你看，这就是你姨夫死后留下的。哎呀，我真没想到，你姨夫只说箱子里有个小红本，上面记一些账，他死后叫我还了。我心里真没想到有这么多，我想都想不到呀！”英子接过小红本，一边翻着看，一边问：“有宏娃的吗？”母亲说：“也不知道是没写上，还是就没有借他的。”英子说：“姨，我看是没有，这种人成天懒得不挣工分，就靠东借西偷地过日子，还有钱借给人？他准是来讹人的。”英子把本子还给母亲说：“你不要愁，慢慢还。”母亲说：“憨女子，姨能不愁吗？姨家没个全劳力，干上一年，分上几十块，我赶死吧能还得完？”英子说：“姨呀，我看你愁憨啦，你养着两娃哩嘛，养他们干啥，杀的吃哩，他们一天一天长大了，让他们还。”母亲舍不得杀自己的娃吃，更舍不得给娃留下债。家门不幸，不能给娃留下什么值钱的家当，可也不能给娃压上债，娃还小，往后的路还长着哩，叫娃今后如何娶妻生子，成家立业。母亲知道英子说话没遮没拦，怕她还有什么不着边际的话说出来，不想再跟她说下去。母亲敷衍地问：“你一早上干啥去？”英子说：“去场里扫雪嘛。”母亲奇怪地问：“你领到活啦？”英子说：“姨，你想，那驴粪蛋蛋会把好事给我？是我听说有几个烂货到麦场里扫雪，我就自己拿上笤帚去了。”母亲惊讶地又问：“人家没让去，你去了，人家给你记分吗？”英子说：“他敢不给老娘记，不记工分，我天天到他家骂。”母亲羡慕得要死，想自己要是有这么个闺女，也不会受人欺负。

英子走后，母亲在家自言自语，走来走去，不知如何是好，坐也不是，站也不是。想到娃可怜，想到自己无依无靠，眼泪就从眼眶里溢了出来。德娃走进屋里，听到母亲的说话声问：“妈，你跟谁说话？”母亲看到德娃回来，忙用衣袖擦了擦眼睛说：“我能跟谁说话？唉，现在连个商量事的人都没有。”德娃说：“有我哩，你说什么事？”母亲“哼”了一声。德娃看到家里冷锅冷灶的，说：“我饿了，还没做饭？”母亲说：“你饿了，先吃一块凉窝窝。”德娃抬头看看母亲，发现母亲的眼睛又跟拉稀的鸡屁股似的又红又肿，生气地说：“你又哭了，有什么哭的，有什么事，你给我说。”母亲说：“跟你说顶什么用。”德娃说：“跟我说我来办，你哭顶用呀。”母亲不想让德娃知道，也不理他，装上小红本往外走。德娃想拦住母亲问问到底什么事，看到母亲红肿的眼，就犹豫了。

母亲走出院子，掏出小红本，翻开一个一个姓名对着。心里想着我就是现在还不了，以后总是要还的，不管什么时候还，总得和人家对对账，看看有谁家的没有谁家的，账目对不对，款项有没有出入，最主要的是给人家打个招呼。丈夫死得突然，走得匆忙，身后丢下一摊子，没有个交代和安顿，不知道人家怎么想，总不能让人家害怕了你家呀！落个借钱不还的名声，将来娃娃们在村里咋活人哩，有谁还愿意和你打交道。母亲愁苦着脸满村里跑，东家出来，西家进去。她没有经过这样的事，开始时觉得很为难，不知如何跟人家开口，满脸的慌乱和不安，对人家说话也是低声下气，软声细语。有的人家挺热情说："看你还客气地跑来对呀，这有什么可对的呀，都是乡里乡亲的，有了给没有了就算。"这几句话不知是客气话，还是出自内心的真话。母亲知道钱是要还的，但话说得好听，它就像一阵轻风吹走心头的阴云，让母亲轻松了许多，愉快了许多。单凭这句话母亲就不知该怎么谢人家，恨不能跪下磕两个头。遇到不客气的人家，冷嘴冷脸，不阴不阳地说："钱数嘛，是对着哩，你看你啥时候能还我，我这一半年也等用钱哩。"母亲马上拿不出钱来，心里就像压了一块石头，吃力地挤出一丝生硬的干巴的笑，央求地说："他叔，你不用急，只要账对着，我总要还你的。"什么时候还母亲也说不上来，出来人家的门，就不由自主地一脚深一脚浅地往家走，走着走着感到不对，想到无论再难，都要见人家，谁叫你借人家的钱哩。就返回身走进另一家人的院子，一进门就他伯、他叔、他婶、他姨地乱喊。

对完账母亲心里极其沉重。这大大小小的债合起来也有大几百块，这可叫他们孤儿寡母的还到何年何月。母亲走着想着心事，想着想着眼泪就涌出眼眶。拐进小巷遇到英子往外走，看着德娃母亲低着头，流着泪，就凑上来说："姨，你这是干啥哩，怎的一个人哭了。"母亲忙擦了泪随口问："你干啥呀？"英子说："我没事，听说银风家里的老母猪生仔哩，我去看看。"母亲没心思搭理她，继续走，心想，这女娃果然憨，一个大姑娘家，什么不能看，就要看人家猪下仔。英子却热情地凑上来，说："姨，那银风生下的猪仔子，你不会去抓上一个，胡乱喂着，赶年底就能卖钱。"母亲"噗"地笑了，说："憨女娃，银风会生猪，她家倒发了洋财啦，是银风家的猪。"英子哈哈大笑道："管他是谁下，反正是下猪仔哩。"母亲说："你去吧，姨没心思。"

母亲回到家，把小红本还放在那个小箱子里面，坐也不是，站也不是，看见啥也不顺眼，满腹的心事，找不到一个倾诉的对象。天渐渐地暗下来，月亮慢慢地升起来，母亲把两个娃打发上了炕，让他们睡下来，独自出了门。村里很宁静，银色的月光洒满一地，把路上的坑坑洼洼照得亮亮的，那融化了的雪和没有融化的雪斑斑点点，黑白分明。母亲只拣黑处走，黑处没有雪。母亲想英子的话虽然说得凉五，可养猪这个主意不错。她得早些到银风家，给银风打个招呼，让人家提前给留上一头小猪。要是拿钱买，两三元一头小猪，随时都能到集市上买到，可是自己拿不出这两三块钱，拿不到钱，就得求人。求人家赊一头小猪，到年底卖了猪再还钱，求人话不好开口，可是天天都在求人，天天都得低三下四地给人赔笑脸。快到银风家门口时，母亲突然感到一股小阴风吹起了她背后的衣襟，这不是好预兆，人们说走夜路，要点根烟，把手背在后面，就不会有什么不干净的东西跟着了，母亲不会吸烟，自然没有烟，母亲把双手背在身后，到了门口母亲停下来，想到人家里有小娃，就跺了跺双脚，拍拍身上，觉得这样干净了，才推开门走进院子，喊了声："风娃，在家吗？"

银风应了一声："谁呀？"从屋里出来，认出是母亲，很热情地把母亲迎到屋里，笑着说："他婶，稀罕的，老也不见你出门。快进里屋，里面暖和。"银风撩开门帘把母亲让进屋里。屋子里生着炉子，果然暖和，银凤的丈夫坐在炕上正在逗玩躺在身边的娃娃。听到母亲进屋，抬起头对着母亲指着炉子旁边的凳子说：“他婶，你快坐。”这娃娃不到两岁，黑黑的两只眼睛直盯着他爸爸傻笑。母亲没有坐，殷勤地凑到孩子跟前，脸上讨好地生出许多笑来，无不疼爱地望着孩子，说：“哟，让我看看这个亲蛋蛋，长得真亲。”说着母亲就要伸手摸这娃的脸，这娃娃看到一张陌生的脸和一只陌生的手伸过来，他不认识，不知道这婆子要干什么，感到莫名其妙的，就像受了惊吓似的，突然哇哇大哭。母亲识趣地缩回手，脸上的笑也僵了，尴尬地说：“这娃认生哩。”银凤的丈夫抱起孩子，拍着背说：“娃乖，不哭了，这是老姨嘛，哦，我娃不哭了。”娃还是哭，哭声更大，不像是哭，近似乎号。银凤的丈夫急了，忙站起来，又是摇，又是拍，又是走动。娃还没有要停下来的意思，小脸憋得通红，鼻子眼泪流了满脸面，连嘴都哭得发紫。银凤有些慌了，说：“这娃就没有这么哭过嘛，这是咋地啦。来，让我来抱。”银凤接过孩子，也哄不下。孩子越哭越厉害。银凤伸手摸了摸头，孩子的头滚烫滚烫的。银凤说：“这是咋啦，刚才还好好的，莫不是跟上鬼了？”母亲听得心里发虚，脸上发烧，觉得这明明是说自己哩。自己家刚死了人，莫非真是自己把鬼带来了。一时心里神神鬼鬼的，母亲苦笑着对着门外高声说：“你看这，我老也不出来，出来你还跟上。”说完就往外走，回头朝黑暗处喊：“他爸，咱走，你看你，都把牙娃吓着了。”母亲走出院门，又生气又恼怒又胆怯，也不知道他爸的鬼魂是不是真的跟着她，狠狠地朝地上“呸”地吐了一口唾沫，一边走，一边大胆地说：“你看看，这丢人现眼的，你活着时都没有跟过我，这死啦反而跟着。你跟着我是要干啥哩，你是真有魂吗，还是没魂。你要是有魂，有知觉，你给我指条道，告诉我咋地活，咋地还人家的债，咋地把娃养大，咋地给娃娶媳妇。这些事你不闻不管，也不给我托个梦，我就出来这么一下下，也就是想赊人家一头小猪，你看你把牙娃吓的。你这是要干啥哩？是要我的命哩！我活得烂心的，今天求爷爷，明天告奶奶的。你以为我想活呀，我就是放不下咱的两个娃嘛!”

独自走着说着，到了家门口。母亲把门打开，做出让父亲先进门的姿势说：“哎，咱回咱家吧。”进了院子，孩子们都入睡了，家里没有一丝响动，只有月光照着母亲的身影，那身影随着母亲的走动而动，母亲想起人们常说要是鬼魂附身了，人就没有自己的影子。可是自己有影子，母亲不放心又在院子里走了一圈，那影子时而长时而短，一直紧随着，这说明没有鬼魂跟着，可是母亲想不通自己临进银风家门的时候哪儿来的一股风呢？到了屋里，人家的娃娃为什么突然哭呢？母亲虽然害怕鬼，可是真希望有鬼魂。有鬼魂说明他爸地下有知，只要有知，母亲有什么事就可以跟他商量，他爸也就会保护他们母子，保护一家人渡过一个又一个难关。母亲想到这儿来到牌位前，拿出一沓纸钱来，说：“你不会这么快就没钱了吧，要是没钱你就给我托梦，我不是不让你跟我，我真希望你老跟着我，跟着你娃，我们母子也好有个保护的，就是不要吓唬别人的娃娃。你要再这样，我还敢去谁家？谁还敢和咱家打交道?”说完母亲起身，轻轻地上了炕，也没有脱衣服，随手拉开被子，睡了。母亲想快些入睡，看能不能梦到父亲，看父亲在梦中会有什么交代，或许能帮她点什么。可越想睡越就是睡不着，一闭眼，这一天经历过的伤心事，一幕一幕地在脑海里出现，睁开眼，没有了，闭了眼又出现了，翻来覆去，一直到天亮。

六

到了开学的日子，德娃早早地醒来，躺在被窝里一直不动。他想，母亲如果叫他，他就起来上学。母亲如果不叫他，就是说明母亲不希望他上学，他就下地干活帮母亲挣工分。母亲近来常常独自一人，自言自语地悄悄流泪，德娃问她也不说，感觉跟疯子一样，德娃有些怕。一天德娃趁母亲不在家，打开小红木箱，拿出小红本，看到那上面记的账目，知道家里不仅没钱，还欠了一屁股的债。这之后德娃就不跟母亲顶嘴了，他的话也少了。临近开学母亲不提上学的事，德娃也不提，只是低头干活，家里冷清了许多。

天一点一点亮了，母亲自己爬起来穿上衣服，出去领活去了。德娃想这是母亲让他自己选择，是上学还是下地干活。德娃稍一犹豫，把弟弟叫起，打发他上学，自己急忙追出去，紧赶慢赶地来到队长派活的地方，还是晚了，没人了。德娃心里非常沮丧，学也没上，活也没干，正不知如何是好，看到张福从学义家钻出来。学义家是富农，学义是“文革”前的大学生，毕业后留在省城工作。每年过年时才回来探亲一次，家里只有母亲、媳妇和一个六七岁大的孩子。学义的媳妇叫梅娃，梅娃在队里这一茬媳妇中是最漂亮的，圆圆的脸，大大的眼睛，小小的嘴。队长当着众人老说：“我就喜欢梅娃的嘴。”学义昨天刚返回省城，队长今天就往他家跑。德娃看到队长，高兴地喊：“队长，队长，我干啥？”队长歪着头瞪着眼说：“你干屎，你干啥！你啥时候了才出来。”人们领到活后，往往要回到家拿块馍，或者拿上铁锨呀、镢头呀等工具。德娃看到人们正陆陆续续往地里走，感到并不迟就说：“现在也能赶上呀！”队长张福并不回答，他双手插在蓝色制服裤的口袋里，手把裤口袋撑起，裤裆显得特别的宽大，他摇头晃脑地往前走，就像小日本军官一样。德娃失望地痴痴地看着张福的背影。张福快走到发娃跟前时，发娃双手扣着外衣扣，喊道：“叔，有活吗？”张福头也不回，说：“去，拿上铁锨，跟麻子往地里送粪。”德娃感到奇怪，继而感到愤怒，朝着张福就喊：“我比他来得早。”张福像是没听到一样，继续朝地里走。德娃望着张福的背影，恨不能扭下他的头，像篮球一样在地上拍两下，再一跃扔到房顶上。张福人高马大，德娃扭不下他的头，只好狠狠骂道：“日你妈的，干活还挑人下菜！”张福听到转回身说：“唉，你这怂毛娃，还敢骂人！今天老子高兴，饶了你。”说完就走了。

德娃的心情很低落，又没有去处，走着走着就到了学校门口，听到学生们叽叽喳喳地叫着跑着打闹着，知道今天是第一天上学，同学们都在打扫卫生。这对于他极熟悉极平常的事，德娃却感到那样遥远。他羡慕地望着学校，才感到他们是那样幸福，心里一时觉得酸酸的。上学时他老迟到旷课，讨厌安静地坐在那里听老师讲。如今觉得学习是多么的美好，多么的诱人。心里有一种感受，说不上来什么样感受，一浪一浪地翻滚着，从来没有如此的感受，从来没有这样渴望着一件事。德娃骂了声：“烂学校，反正小兰也转学了，有啥意思。”然后低头走回家。家里很冷清，他又无事可做，感到无聊和孤单，想做些家务活来减轻这种内心的空荡，可自己从来没有做过，转来转去，看到院子里放着一把笤帚，把院子扫了，又从笼里拿出几个窝窝头放到锅里，想生火觉得有些早，就坐在院子里冰凉的台阶上，久久地失神地望着一个地方。

母亲回来，看到院子扫过，心里有些窃喜，也没有问德娃是上学啦还是干活啦。顺手拿上做饭用的柴火说：“你坐在那里不凉？”德娃说：“不凉。”母亲到屋里打开锅，看到德娃已添好水，放好窝窝头，觉得孩子长大了，懂事了，能体谅大人了，感到很欣慰。母亲把锅里的水往外舀了一瓢，又从院子里的缸里挖了些酸菜蒸上。不一会儿，弟弟也回来了，一进门就喊着：“我饿了，我饿了。”母亲说：“吃，饿了就吃。文娃，搬饭桌。”弟弟文娃说：“饿得不行。”德娃就放下饭桌，母亲把饭盘端在桌子上，饭盘里只放着一碗酸菜和几个窝窝头。德娃伸手正要拿，听到院子里有人喊：“德娃在吗？”德娃放下窝窝，站起来迎出屋，只见自己的同学领着班主任史老师走来，忙说：“史老师来啦。”母亲也迎出来，慌张地让老师进屋，说：“还没有吃饭吧，在这儿吃点。”老师说："我不吃，你们快吃，今天是开学的第一天，德娃没来，我来看看。"德娃给老师搬了板凳，让老师坐了。然后自己重新坐在饭桌前，看着盘里的窝窝。母亲没有坐下，只是站着。老师说："我知道你家出了这么多的事，可是娃还小，不管怎么样上完这个学期，好赖能拿个毕业证。他妈，我带了他这么多年，他虽说调皮捣蛋但是很聪明，这样的孩子，将来会有出息的。你不要只顾看眼前，你要想将来，说不定将来德娃很有出息。"

母亲把脸扭过去，不看老师。史老师望着母亲的后背接着说："你家有困难，我可以给学校说一说，不要出学费了，只交些书钱就可以了。上学期落下的课，我给他补一补，我相信他能跟上的。"德娃看着母亲，母亲只是背着脸不说话，脊背和臂膀微微颤抖，感觉在哽咽，似乎在擦泪。德娃感到难受，撵老师走，忙对着老师喊："你别说了，老师。我从小就不爱读书，要不是怕我爸，我早就不上学了。那烂毕业证有什么用，擦屁股还嫌它硬。"史老师不高兴了，严肃地喝道："德娃，你怎能这样说话，你现在小不懂事，等你大了就会后悔的。"德娃怕母亲哭出声音，想尽快让老师离开，就提高了嗓门，跟人吵架似的说："有尿啥可后悔的，你说有尿啥可后悔的！有毕业证没毕业证还不都得回家种地当农民吗？"老师听得不入耳，看了看默默哽咽的母亲，无奈地站起来，不高兴地说："该说的我都说了，我是为你们着想，去不去全在你们，我走啦。"德娃送走老师，望着老师愤愤离去的身影消失在小巷的尽头。德娃感到难过，他不想惹老师生气，史老师虽然管得他严，可是很关心他，是在为他好。他也真心感谢老师能来他家，动员他上学，他也有种从未有过的那种想上学的欲望。可是他不能让母亲为难，不忍心看母亲扭过头痛心地默默流泪的情境。

德娃就这样每天随着大人们到地里干活。春天，几滴雨丝过后，风暖了，雪化了，鸟也叫了，仿佛一夜之间把沉睡着的荒凉的土地吹活了。埝边的干草努出新芽，漫山遍野一片嫩绿，复苏的土地终日飘散着诱人的清香。总算熬过了这样漫长而又多事的冬天，德娃脱了厚厚的棉袄，换上了薄一些的夹袄。他无奈地接受了这一切的一切，这一切本该不是他这样年龄应承受的。他每天踏着松软的土地，迎着柔和的微风，奔波于田间地头。这些日子，德娃几乎每天都是牵着叫驴，给小麦施肥，给队里所有的小麦施一遍肥，得半月二十天。德娃也不用去领活，早上起来直接到牲畜棚里，牵上叫驴，拖上肥料，来到麦地里，把肥料从驴身上搬下来，掏出两瓢化肥倒在施肥的耧里，然后套上驴，自己牵着驴走在前面，驴拉着耧跟在后面，庄稼把式摇着耧再跟在驴后面，排成一行长队，从早走到晚，他们十来个小一些的孩子，天天都是干这个。德娃刚领到这活很高兴，可是过了不久他就不高兴了。叫他牵的这头驴是个公驴，俗称叫驴。这叫公驴性子烈，脾气暴躁易怒，它憋了一冬天，浑身的力气用不完，不是扬头乱叫，招惹母驴，就是狂奔乱蹄，胡作非为。高兴了跑得很快，不高兴了打死也不走。叫他牵驴，不如说驴牵他，德娃愁得没办法，急得一身汗一身汗地出。

摇耧的把式叫满才，五十多岁，常穿着补了又补的四个兜制服上衣，中等个子，乌黑粗壮的二道眉，显得威武和英俊。他说起话来慢条斯理的，做起活来有模有样，从没有和人吵过架、红过脸。平时话不多，与人们往来也少，也不跟人开玩笑，但说出话很有味道。田间地头，人们常爱围着他，听他谈古，但不论今。他开口不是谝《三国》，就是聊《红楼》，不是讲刘秀怎么走南阳，就是说杨贵妃如何乱朝。从不提自己的过去，从不问现在的事情。因为他曾在国民党里当过小秘书，家庭成分又高，“文革”初期村里把他抓来做反面教材，今天戴高帽子，明天挂纸牌子，游来斗去，一家子在人们面前抬不起头。儿子眼看着也奔三十了，娶不到媳妇，成天阴着脸，回到家对父母鼻子不是鼻子，脸不是脸，摔摔打打的。满才无法，自己就这么一个独生子，是张家唯一的传宗接代人，无论受多大苦，张家的烟火都不能断。他偷偷地把过去藏下的家当，全都变卖成现钱，又东拼西凑了钱，四处托人打问有谁家女娃愿意嫁到他家。许愿说只要嫁到他家，到家就当家，不让下地干活，不让做饭洗碗干家务，求爷爷告奶奶总算高价娶了媳妇。媳妇长得白净秀气，娶回家老两口像供神神似的供着，看着媳妇的眼色行事，看到媳妇高兴了，一家人满脸的喜悦，看到媳妇不高兴了，一家子神情惶惶不安，又是问这又是问那，想着哪一点做得不合媳妇的心意了，然后互相埋怨，说你这样做惹人家不喜欢了，他那样做让人家不高兴了。这样成分，这样经历，娶个媳妇不容易，把媳妇气走了，气跑了，张家从此就要断子绝孙！

满才的老婆在没人的时候时常唉声叹气，怨自己命苦。她前半辈子看婆婆的脸，如今总算熬成了婆，却又要看媳妇的脸，把媳妇当神神一样供着，也不知道这要供到哪天才是个尽头。这神神过门后，不阴不阳，脸上也不藏恼，也不露笑。平时看不出高兴也看不出忧愁，叫她吃，她就下炕吃，叫她歇着，她就上炕坐着，成天低着头，对谁也不瞅不睬的，来了十多天没下过地，没动过针线，没说过几句话，显得心事重重。论说也是个苦孩子，在娘家里里外外都是一把好手，老两口猜不透这究竟是因为啥。问儿子，儿子说：“你叫牙咋抬头哩，你家成分高不说，你还当过国民党。”一句话噎得老两口面红耳赤地愣住了。没过了几天，媳妇突然说要回娘家。新媳妇回娘家天经地义，满才急忙跑到供销社，买了点心，拿出自家攒下的二斤鸡蛋，让儿子换了衣服借了自行车，把媳妇送到娘家。送走媳妇，老两口顿时松了口气，轻松自在地过了三五天。五天头上还不见媳妇回来，这自在的日子就蒙上了阴影。满才让儿子去接媳妇，儿子走了没有半袋烟的工夫就回来了，说牙过两天就回来了。过了两天还不见媳妇回，满才说：“你买上些点心去。”儿子提上点心还是没叫回来。满才问儿子为什么，儿子也说不出个所以然。全家人心里慌慌的，满才说：“也没听到你小两口拌嘴，也想不出你娘有什么不到的地方，不行的话我去。”满才自己提上点心来到亲家家，赔上笑脸，好话说尽，亲家母只说过些天就回去，也不说为什么。满才回来后夜夜睡不安然，叫吧叫不回来，不叫吧又怕落下不是，让媳妇有说的。这天他对儿子说：“为娶这媳妇咱们家倾家荡产，她就是咱们家的命根子，你也别唉声叹气的。明天打扮得精精神神，一早就去，去了眼里要有活，看见啥干啥，她不回来，你也别回来。”儿子早上去晚上回来，进门就骂：“这是一家什么人！只让人干活，不让人吃饭。”满才老婆忙端来饭，心疼地问：“是咋回事？”儿子气愤地说：“我进门就叫妈，没人应，叫弟也没有应，一家人对我冷冷的。我看见猪圈里粪多了，拿上铁锨就铲，到吃饭时，也没有喊我，牙一家坐到屋里吃饭。干完活后，我叫媳妇一起回，媳妇不说话，好像偷偷地哭过，眼睛红红的。”满才想了想说：“你过两天再去，去的时候带上馍，我就不信，他家人的心不是肉长的？”就这样儿子隔三岔五地带上馍去干活。村里人碰到都问：“去呀，哦，把馍带够。”有的说：“你干脆把铺盖也带上算了，省得来回跑。”

法子想遍，好话说尽，媳妇就是不回来。第二年，满才突然接到县法院的传票，满脸惊恐地领着儿子到了县法院，法院的同志劝说着：“娃不行，离了就算了，你不离，要媳妇有什么用。”满才一头雾水，随即羞得满脸通红，不知如何是好，看看这儿子骂道：“你这不争气的东西，你不行，还三番五次地叫人家。”儿子也是满脸的茫然，瞪着眼睛说：“我什么不行？”法院的同志笑着说：“你也不要不好意思。你要是行，女人家能把这事说出口？”儿子红着脸怒道：“你把她叫来，我和她当面对质。”法院的同志就到另一间办公室，叫来了他媳妇，媳妇低着头走进来，后面跟着两个高大凶悍的弟弟。儿子一见媳妇，就冲上去质问：“你说我不行，你说我什么不行？”媳妇的两个弟弟就走在姐姐的前面，握着拳头迎上来说：“说你不行就不行，你要咋哩！”法院的同志忙呵斥道：“干啥！干啥！都给我坐下。”满才这些年让人批呀斗呀的，看见法官就害怕，急拉住儿子坐下。法官说：“你看，这事也不好说，也说不清，你看，你是愿意离呢，还是不愿意离？”满才和儿子同时回答：“不离。”法官又回过头来问媳妇：“你看，你公公和你男人都说不离，今天在我这里，这里是什么地方？是法院！是人民法院，我替你做主，他们有什么不对的地方，我让他们改，该看病我让他们看病，你看这样行不行？”媳妇只是低头哭泣。法官说：“你别哭嘛，这里有我，有什么你说嘛。”媳妇还是低头抹泪。法官又说：“现在咱村里娶个媳妇也不容易，人嘛谁没个缺点，我让他们改了，能过就将就地过，这个感情是慢慢培养的。人家大城市里是先恋爱后结婚，咱们村里是先结婚后恋爱。你看我吧，刚结婚谁也不了解谁，今天吵，明天闹，现在感情不是挺好，能过就将就地过，过个一年半载，生个娃就好了。”媳妇的大弟说：“你说得倒好听，生娃，跟谁生娃，他能吗？难道也让我姐生一个小国民党？”儿子涨红着脸喊道：“我能不能，你知道？你问你姐，我不能她晚上喊叫啥。”媳妇羞得哭着跑出去了。两个弟弟感到他揭了姐姐的短了，丢了姐姐的人，上前就要打。法官呵斥道：“又要干啥，这是法院，是你们吵架打架的地方？出去，先出去。”说着把他们推出了门外。

满才感到委屈，这么多钱眼看着就要打水漂，心里一阵一阵地痛，眼泪只在眼眶里打转，不敢流出来。他活了半辈子，经过的遇到的事，很多很多，见过打仗，也亲眼见过审犯人，有些残酷场面久久地留在他的心里，多少年后他依然常做这样的噩梦。可是他从来没有像害怕法院这样害怕过，他害怕政府专政他。虽然他一生没有害过人，没有做过对不起良心的事，也没有反对过共产党，心里坦坦荡荡，可从接到传票开始，他就惊慌失措，一夜未睡，早晨和儿子一出门，他的小腿肚子就抖个不停。走到法院的大门前，他想返回去，可是想到为娶这个媳妇，他把祖传下来的金银货，自己半生东藏西藏的积蓄，加上亲戚朋友们的外借，全都花光。他就硬着头皮走进法院，他想喊，他想骂，你这婊子烂货，可是他不敢，只是漠然地看着恼怒的儿。法官说：“你们也冷静地想一想，人家一个大姑娘，嫁一个有病的。你看人家哭得可怜的。”儿子站起来想反驳，法官制止住，继续说：“我知道你们不容易，不过强扭的瓜不甜，看样子媳妇是死了心了，你们也得有个思想准备。回头我再给你们做做工作，如果能凑合着过，最好。十分不行，就离了算了，不要非闹得跟仇人似的，你们看这样行吗？”儿子坚决地说：“不行，不能离。”满才拉了拉儿子衣襟，低声说：“法官同志，她嫁过来，我们像伺候奶奶似的，没有亏待过她半点，过了不到十天，说是要回娘家，好吃的好喝的给她带上，娃高高兴兴地把牙送到娘家，一住就叫不回来。你说这没吵没闹的，现在突然说儿子有病，要离婚，娃真有病我能花那么钱给他娶媳妇吗？”儿子插嘴说：“让她拿出医院的证明。”法官听烦了说：“别说了，你让一个媳妇咋好意思去医院开这种证明。你们先走吧，要相信人民法院。”满才听这话音不太对，觉得媳妇是留不住了，就说：“要是人家非要离，把彩礼退还我们。那都是借的，可不能落个人财两空哟！我的法官大人！那就是把我往死路上逼哩。”法官严肃地说：“说话注意些，这是什么地方，也敢乱说乱道。谁把你往死路上逼？怪不得当过国民党。”

满才一听到国民党三个字，就像刚好了的伤疤又让人生生地揭开一样，痛得忙低下头。他们走出法院，这时已是上午十点多了。刺眼的阳光直射在他的脸上，他的双腿发软，两手冰凉，一阵头晕目眩，下意识伸出手寻找支撑的东西，没有找到，手在空中画了一个圈，摔倒了。儿子忙把满才扶起来：“爸，爸，你咋啦。”满才定了定神，焦急地说：“找找你媳妇在不在外面，再给人家说说好话。”儿子扶着父亲，一边走一边四处张望，从县城的东头走到西边，又从南边走到北头，没有看到媳妇的影子。两人早上急急忙忙地出门也没带口吃的，现在感到又饿又渴，五分钱一碗凉粉，一毛钱一碗醪糟，父子俩舍不得吃，满才失望地说：“回吧，也许法官能说动你媳妇。”

那媳妇哭着跑出法院后，和她的两个弟弟到了对面的小饭馆里，弟弟买了三碗凉粉，拿出自家带的馍，就着凉粉吃起来。两个弟弟都吃完了，看到姐姐一边抹着泪一边望着法院的大门。大弟弟把凉粉往姐姐跟前推了推说：“姐，你吃吧，都过了晌午了。”他姐还是不吃，二弟弟又说：“姐，你别哭了。实在不行，你就不要离了。”大弟弟朝着小弟弟骂道：“你悄悄的，不离，不离你打一辈子光棍！”姐姐听到止不住地哭出了声，她感到自己命苦，早年丧父，母亲又有病，家里家外都是她一个人，这两年弟弟长大了，自己该尽的责任也尽到了，想着自己找个婆家，好好地过自己的日子。可媒人说一门亲，母亲都是狮子大开口，要出双倍彩礼，吓走一门亲事又一门亲事，姐姐和母亲吵说：“你不让嫁，我就不嫁啦，死在这个家行了吧，你不要说一个吹一个，丢死人。”母亲哭着说：“憨女子，你爸死得早，你不多要彩礼，忍心看着你两个弟打光棍？”她长得白净可并不是俊秀出众的，这年月谁愿意出双份的价娶她？左说右找，年龄一年比一年大，价钱一年比一年低。眼看着和弟弟同龄的人都生了孩，一家子急得像热锅上的蚂蚁，母亲哭得死去活来，说：“我可怜的儿呀，这可咋办？他爸呀，你咋地早早地死了，不管我们孤儿寡母，让你娃一个一个地打光棍呀。”姐姐逼得没办法赌气地说：“你别哭了，我嫁不了一回，我嫁两回，我嫁一回给你大儿子娶一个媳妇，我再嫁一回给你小儿子娶一个媳妇。我全当卖屁！”母亲不哭了，虽然话难听，可是可行！母亲张罗着找一个人性子软的，成分高的，地主反坏右的，这样的人离了婚他也不敢咋样。

姐姐吃不下去，她感受到内疚和痛苦，她从小是受苦的孩子。家里的苦活累活是她做，好吃好穿都给弟弟们。她没人疼没人爱。出嫁后这一家人把自己当成个宝，他们越对她好，她越感到内心痛苦，越感到一种压力和折磨。回到娘家后，她一直忘不了那一家人的好，每一回丈夫叫她走后，她都要悄悄地跟在后面送到村外，流着泪望着愤愤离去的身影。好几回她都想跑过去，拉着丈夫的手，一块儿回家，好好地过日子，让爱自己的丈夫高兴，让善良的公公高兴，让疼爱自己的婆婆高兴。她知道那是奢望，知道弟弟就跟在不远处看着自己。离婚就离婚，为了两个弟弟，骗彩礼就骗彩礼，可是弟弟非要编出她丈夫的那个不行的理由。她站在法院里，羞得愧得恨不得死掉。她看到两个弟弟吃得香，想不出自己的公公和丈夫这会儿有多痛苦，她对两个弟弟就有些厌恶，便抬头望着窗外。这时她透过昏暗的玻璃看到丈夫扶着公公走出来，她的心一阵颤抖，无意识地站起来，想走出去，大弟弟急忙用手压住她，说："姐，不能心软。你要心软就前功尽弃了。"她痛苦地望着他们东张西望地走过去，恨恨地说："咱这是亏人，是造孽，总是要得到报应的。"

满才从法院回来后，整天愁眉苦脸，唉声叹气。人们再也听不到他谝的《三国》故事了，干活休息时，人们以为他肚子空了没讲的了，就围着他说："没讲的了，晚上回去再看上一段，明天来了再讲。"第二天还是如此，渐渐地人们不往他跟前围了。德娃是孩子，也不往大人跟前凑，到了地头休息时，就坐在他的跟前。满才看看德娃红扑扑的脸上挂满了汗珠，知道他闹不住这驴。他有办法能治住这驴，可他成分不好，怕担责任，怕队长骂他损坏集体利益，他憋了好几天，觉得这娃死了爸可怜，心一软就说："唉，德娃，谁叫你爸死得早，你爸要是活着，那驴粪蛋蛋哪敢让你牵这头驴，这是咱们队有名的叫驴，我告你个法，你把缰绳从驴的嘴里绕过来，你一拉缰绳驴嘴就疼，它就听话了。"德娃高兴地说："我试试。"说着拿起缰绳拉住驴头往驴嘴里络。驴明白德娃的心思，睁着大大的眼睛，不屑地高高地昂起头，不让他往嘴里络。德娃往下拉驴头，驴往起昂。德娃没有驴的力气大，拉不下来。满才看着生气，走到前面帮德娃拉住驴头，用手掰开驴嘴把缰绳穿过驴嘴，注视着驴骂道：“你妈的屁，你是个什么东西，也要看人下菜。”德娃第一次听到他骂人，惊讶地注视着他。满才嘱咐说：“娃，你可机灵些，见了驴粪蛋蛋，或者快到牲畜棚的时候，就把驴嘴里的缰绳去掉，免得挨骂。”

这之后，这头蛮不讲理的驴，听话了，温顺了，几乎不用牵，跟着走就行。德娃又省力又省劲，心里德非常高兴。这天德娃把肥料都添好，套好驴就等满才来，可是左等不来右等不来，赶到快晌午时，队长张福来了，老远看到德娃和驴都站着不动就喊：“你站在这儿等屎哩！看不见人家都在干活?”到了跟前，看到拿来的肥料原封没动就骂：“妈的屁，都这会儿啦，满才干啥去啦?”德娃说：“他大概是有些事，没来。”张福威风凛凛朝着德娃骂道：“他有啥事，扣你们俩工分。”满才没来，德娃感到心慌。想到驴嘴上缰绳，怕张福看到，心虚得不敢出声。张福骂着走过去了，德娃正要从驴嘴里把缰绳取掉，张福回过头看到了，指着德娃骂道：“你这坏娃，人小鬼大，还敢给驴嘴上套绳子，这驴是集体的，不是你家的，你不心痛！说，是谁让给驴嘴里上绳子了。”德娃自知理亏，辩解道：“它老牵不住，在地里乱踩麦子。”张福生气地说：“你这是损公肥私，你咋不给你上个套？你给我说，是谁教你这样的！”德娃说：“这还用人教，大家都知道这法子。”张福用手指戳着德娃的头说：“好，好，你有本事，我要扣你一天的工分，叫你再有本事。”说完扬长而去。张福的手狠，戳得德娃身子直往后斜着。德娃的心里就涌现出一股怒气，满脸涨得红红的，脖子上的筋也跟着暴出来，恨不得追上去打一架，但德娃不敢还手，只是眼睁睁地看着张福远去。

到了晌午，满才还是没来，施肥的人们都要回家吃饭了，德娃也把驴从耧辕卸下，耧里肥料倒进袋子里，把肥料袋子搭在驴身上，跟着人们往回走。一上午那种被欺负了的感觉，一直笼罩在德娃的心头，他感到沉闷、压抑和痛苦。这驴却相反，它嚣张得很，不知道是歇了一上午，精力多得没处使的原因，还是觉得有张福作它的后台，天不怕地不怕。德娃把肥料袋子搭在它身上，它知道要回家了，就撒开蹄子跑。德娃拉也拉不住，想给它嘴上穿缰绳，又不敢。只得拉着缰绳跟着驴跑，他的样子很滑稽，引起后面的人一阵大笑。有的好心人就喊："放开缰绳，憨娃，不要把手勒破了。"德娃不敢放手，要是放了缰绳驴跑了，找不回来，拿什么来赔人家集体的驴。德娃让驴又拉又拽地跑到村口。这叫驴眼尖，一眼就看到一条漂亮的母驴正在牲畜棚里注视着它，两条驴四目相对，这公驴顿时热血沸腾，下身的那个东西突突地冒出来，也顾不得体统，毫不羞耻毫无遮掩地扬起头大号大叫，又蹦又跳，从德娃手中挣脱开缰绳，把身上的肥料袋子抖落到地上，直奔那条母驴去了。到了母驴跟前也不含糊，抬起脚高叫着就扑向那母驴。饲养员在牲畜棚里听到，急忙拿了鞭子赶出来。他扬起鞭子狠狠地朝着叫驴的耳朵根子上猛抽，骂道："日你妈的，它是你媳妇？日你妈的，你看着好你就想上？你这个骚货，你以为你是谁呀，是队长呀！想闹谁就闹谁，闹了谁也白闹，你以为你是什么东西！"饲养员骂一句抽一鞭子，这叫驴果然听话了，耳根子浸出血来，下身的那东西也软软地缩回去了。驴觉得自己不姓张，不是队长，不敢胡来，委屈地含着泪，低着头乖乖地跟着饲养员回到驴棚里了。那饲养员歪着脖子朝着驴继续骂道："你这个贱货，一天不打你，你就不知道你姓张哩、姓王哩。"

德娃站在远处望着发生的一切，刚刚还又紧张又担心，怕这胆大的叫驴会惹出什么事来。这会子突然开朗起来，这情景让德娃看着高兴，听到饲养员骂驴的话他哈哈大笑，笑得眼泪都流出来，腰也直不起来。他顺便坐在肥料袋子上喘了半天气，把肥料从地上拾起来，背在身上，交到保管员那里，才转身回家。回家路过英子家门前，英子刚扫完门口，正要返身回院子，看到德娃笑嘻嘻地走来，就停下来等德娃。德娃像是没有看到她似的只顾走自己的，英子往前走了两步，殷勤地叫道："德娃。"德娃也不看英子，说："干啥?"英子想：人们都说我憨，说我的嘴没有个把门的，这德娃更憨，见了人连个礼数都不懂。又说："你才回来呀?"德娃没好气地说："哦，你看不见?"英子说："我是给你打个招呼嘛，你看你。"德娃也没有停下来，说："看我啥?"英子也不知该看他啥，随口说："你一个人走路憨高兴啥?"德娃回过身来说："要你管！我想高兴就高兴，咋哩，我看到狗连蛋啦，还不值得高兴呀!"说完夸张地哈哈大笑。英子气愤地看着德娃的背影，骂道："你真是个憨憨。"德娃想起饲养员的话，心里不停地骂道：你这个驴，不就是会扣老子工分嘛，老子不要啦。你这个驴，你这个驴……

七

德娃满心欢喜地走着，快到家门口时，听到背后有人哭。一回头，正是弟弟双手捂着脸哭着往家跑。这要在以前德娃是不会在乎的。他认为他也打过别人，别人也打过他，孩子跟孩子打架再正常不过了。可是今天德娃心里有点痛，觉得这是欺负人。德娃急忙迎过去，蹲下身给弟弟边擦泪边问："你咋啦，给我说谁打你啦。"弟弟哭着说："是荣荣的娃。"德娃也没问为什么，气愤地说："走，敢打我弟弟！别哭啦，哥给你打他。"弟弟果然不哭了，领着德娃来到刚才玩的地方。那孩子正在那里玩，德娃二话没说，上去"叭叭"打了两个耳光。那孩子"哇哇"地哭着往家跑。德娃在身后喊道："以后再敢打我弟弟，小心你的狗腿!"弟弟高兴地笑了，德娃看着弟弟的笑脸心里舒坦得很。

德娃拉着弟弟的手前脚刚进门，母亲跟着就把小桌搬来，指使着弟弟说："文娃，搬小凳，给你哥坐，咱吃饭。"德娃发现从自己不上学到地里干活以来，母亲老把自己当大人，像这些搬桌子拿凳子的活，老是让弟弟干，就算自己闲着也是如此。他也学着姥爷的那种样子，跺跺脚，拍拍身上的土，洗了手，坐到小桌前。小桌上放着一盘酸菜，一个窝窝头，母亲盛了三碗玉米面做的粥。德娃端起碗喝了一口粥，拿筷子夹一口酸菜。这饭姥姥活着时，他是不吃的，母亲常骂他又懒又馋，如今他吃得很香，他很快把一碗粥喝完了，站起身又到锅里舀了一碗。母亲说："你吃窝窝。"德娃知道现在是青黄不接的时候，家里只剩下半袋子玉米面了，要等到新小麦下来，还有两个多月，母亲是个精打细算的人，每顿饭只有这一个窝窝。其实他想吃窝窝，他喝了玉米面粥，老感到肚子饿，但是他如果吃了，母亲就只能喝些粥了。德娃也不看窝窝，低头装作不在乎地喝着粥说："我从小就死不爱吃窝窝。"母亲把窝窝掰开两瓣，放在德娃跟前半个，放在文娃跟前半个说："我娃得吃，正是长个头的时候，不爱吃也得吃。"文娃拿起半个，窝窝吃了两口，放下生气地说："天天就是吃这，天天就是吃这。我不吃了。"说着扔下窝窝就要往外跑。

母亲朝着文娃身后喊："不吃，不吃你饿死。"话音刚落，就看见荣荣媳妇气势汹汹地拉着儿子冲进院子，看到文娃伸手就打，说："你这怂娃还敢打人？我叫你打！我叫你打！"弟弟躲着喊道："他不打我，我就打他？"德娃看见荣荣媳妇进来就打弟弟，急忙扔下筷子冲出屋子，在院子顺手拾起一把镰刀抡起胳膊呵斥道："你再打一下，再打老子砍死你！"荣荣媳妇的嚣张气焰像被泼了一盆冷水，霎时消失得只留下一丝青烟。德娃瞪着眼并没有砍下去，荣荣媳妇下意识地拉着娃后退了两步。母亲生气地喊住德娃说："德娃！你给我放下镰！"然后拉住文娃，推搡着到荣荣媳妇跟前说："你这不懂事的憨娃！叫牙打，我管不了叫牙管！”荣荣媳妇脸上阴得难看，用尽一丝青烟样的气息撇着嘴怪声地说：“哟哟！看牙一家厉害的，看牙娃有血气的，要吃人哩！走，回，看你这鳖样！”说着拉着儿子就走。

母亲气得追着弟弟打，骂道：“你这不懂事的娃，你爸都死了，你还惹是生非！”弟弟跑着犟着嘴说：“谁惹㞞他！”说完就出了院子。母亲气得脸色苍白，坐在院子的台阶上直喘气。德娃说：“妈，你别气啦。”母亲说：“我咋能不气，他爸死了，还有他妈管嘛，她进门二话不说，就打娃，这不欺负你家没人哩。”德娃说：“你别气，我刚才回来的时候碰上，也打了他娃。”母亲就骂德娃说：“你都多大了，弟弟不懂事，你也不懂事？娃娃打架你告家长，你咋能打牙娃。”然后质问：“你一早上干啥来？”德娃以为母亲知道队长扣他工分的事，心虚地说：“我在地里呀！”母亲：“你说谎！你给谁牵耧？”德娃说：“我一早就把驴牵到地里，啥都闹好了，等了满才一上午，他都没来，这又不怨我。”母亲叹了一口气，说：“满才昨天夜里上吊啦，恓惶的。”德娃惊讶地说：“昨天还好好的嘛。”

原来昨天晚上村里通信员给满才送来他儿子的离婚判决书，看着法院的判决书一家人犹如五雷轰顶，抱头痛哭。哭过之后，老婆婆埋怨地说：“你个大男人，没出息的，你也跟着哭啥，还不快找人商量商量，看能不能要回些彩礼。”满才双手捧着法院的判决书情绪失控地出了门，望着模糊不清的村子，就是想不出一个可以跟他这个国民党反动派商量的人。他从村子的东头走到西头，又从南头走北头，直到后半夜才豁然开朗，觉得自己只欠一死。死了好呀，死了再也不看儿子的脸色，再也不用管张家烟火能否续上，再也没有人叫国民党反动派，再也不用怕批斗游街，从此便一了百了。他悄悄地遣回到院子，从窗户往里静静地望了许久，默默地轻手轻脚地来到西屋，摸着黑找了根绳子，悬梁自尽了。老婆婆在家左等右等，到天亮还不见人回，还以为是出了村到了媒人家，哪知半上午推开西屋门，才看见满才吊在屋梁上。他肿胀的脑袋狰狞地突出双眼，紫黑色的舌头伸出老长。老婆婆被这惨状惊吓得“妈呀”一声昏死过去。唉，真是阎王索命，叫你寅时死就等不到戊时，老婆婆就这样活活地被吓死了。等到邻居发现，老两口的身子已经冰凉冰凉了。母亲叹息着说：“哎呀，你说恓惶不恓惶。”

德娃没说话，站起来到桌子前拉开桌斗乱翻，母亲说：“你再吃上一口窝窝。”德娃说：“我不吃了。”母亲说：“你找啥？翻箱倒柜的。”德娃说：“我找剩下的冥币。”母亲说：“你好好的找那干啥？”德娃说：“我去给满才叔烧些纸去。”母亲给德娃找出一沓冥币。德娃拿上就往外走，母亲望着德娃的背影，心里十分的宽慰。感到自从他姥姥和他爸死后，这娃一下子长大了，像变了个人似的。懂得人情世故了，事事往前走，渐渐地有股子要撑起门户的样子。看到那瘦小的身影消失在院子的瞬间，母亲的双眼慢慢淌出两行泪，回过头擦着泪独自说：“我娃还小哩。”

母亲收拾着碗筷，本队的桂娃媳妇来了，她一进院子就喊：“姨，吃了吗？”母亲在屋里应着：“谁呀？吃啦，进来。”桂娃媳妇进屋后说：“姨，你看牙满才，好好的说死就死啦，听说舌头都吐出半尺长，想着都怕。”母亲说：“可不是吗，这媳妇也是个克星，上辈子缺了德，嫁过来没十来天，就闹着要离婚，好好的把一双老人逼死了，真是造孽。”桂娃媳妇说：“现在就留下娃一个，外面欠下一堆债，给老人连棺材都买不起。”母亲说：“唉，还说棺材哩，现在人还是那里放着，寿衣都没有。我这不是收拾好了过去看看有什么帮的。”桂娃媳妇说：“听说有人给出主意，让把两位老人放到一个棺材里，就能省一副棺材。”母亲无奈地说：“可怜的，又能咋办呢？虽说没听过这种事，可又有什么办法呢。”这桂娃的媳妇三十多岁，五官不好看，可是皮肤白，乳房大，屁股肥，走起路来屁股一扭一扭，乳房也有节奏地一颠一颠，就像晃动着两块软溜溜的豆腐，常诱惑得大男人们止不住地动手动脚开玩笑。她肥臀丰乳的果然能生能养，结婚后一年生一个，一年生一个，第一胎生在自己家厕所里，捞上来后娃就死了，桂娃二话没说噼里啪啦地就打。第二胎生在赶集的路上，娃没抱回家也死了，桂娃又是二话没说打了一顿。此后她长了记性，肚子一大就大门不出，二门不迈。这样接连生了两个胖大小子。娃是生下了，可是家里底子薄，常没吃的，那些年曾借过德娃家几十斤玉米，一直没有还上，见了德娃的母亲总觉得有了亏欠，总是热情地姨长姨短地叫。叫人想要玉米，脸都拉不下来。

母亲洗完碗筷，把洗锅水端着喂猪。桂娃媳妇殷勤地说："姨，我来给你喂。"母亲说："不用，闹脏了你的手。"桂娃媳妇跟着母亲来猪圈说："牙这猪长得快，看牙这吃相多好！"这猪就是前些时赊下银风家的，说好年底卖了钱再还她。猪赊回来后，很争气，倒盆凉水都吃得吱吱的，见天地往起长，才两个月就长得又圆又胖，很喜人。母亲欣慰地对着桂娃媳妇说："这是他爸在地底下保佑咱哩。"桂娃媳妇凑到母亲跟前低声地说："姨，我才到牙学义家，你猜我看见牙吃的啥？"母亲摇摇头猜不出说："还能吃啥。"桂娃媳妇神秘地说："牙媳妇吃的苜蓿菜！看见牙吃哩，香得我嘴上直流口水。想问牙是哪儿来的，又没好开口。你说她不是偷的队里的？"母亲说："是呀，还能是天上掉下来的！"桂娃媳妇把嘴凑到母亲的耳朵根说："今天黑夜咱们也到地里掘些苜蓿菜吧。"母亲知道自己的家底，吃的也挺紧，家里的那点玉米面就是省着吃也不知能不能吃到麦子下来。其实母亲好几回想问她要玉米，想到她也过得紧，每次话到嘴边又咽回去，就说："我这也是接二连三地出大事，就剩下那点玉米面，不知能吃到哪一天，心慌得很。那天路过苜蓿地，看到苜蓿冒出一寸多，心想掘些苜蓿和娃吃，总能当些粮。第二天，天不亮我就起来，刚出村就看见地头有个人影，老远看像是张福，有队长在地里看着，没敢去就返回来了。"桂娃媳妇听了气愤地说："看他妈的屁，不知给谁做样子哩！牙学义媳妇不是吃的苜蓿？她能吃我就不能吃？她这个卖屁货，她长着屁，我就不长屁。姨，你别管，今晚你只管跟我走。总不能让人活活饿死。”母亲担忧地说：“不怕让人逮住游街？”桂娃媳妇说：“不怕，有我哩，你只管跟着走。”说着俩人就出了院门往满才家走。

母亲和桂娃媳妇刚出门就碰到给德娃说亲的媒人，这媒人见到母亲要出门，问道：“他姨，你这是要出门呀？”母亲说：“哦，我们队的满才不是走了嘛，我们俩正说着去招呼帮忙去。”媒人的脸上一时显得很痛惜，紧皱着双眉说：“呀呀，你看牙捅得这乱子，哎呀，啥路不能走，可怜得要走这路。”桂娃媳妇觉得媒人有事，知趣地说：“姨，我先走，你一会儿再来。”

母亲近来怕人来，怕有事，可是偏偏老有事。母亲不安地问道：“你有事？”媒人一边要往院里走的意思，一边答应着：“哦，和你说句话。”母亲又转回身推开门，领着媒人走进院子，从院子里的台阶上递给媒人一个小板凳说：“咱们就坐在这里吧，院子里亮堂。”媒人答应着坐在小凳上。东拉西扯说了一会儿淡话，母亲一直认真地听着，想从话音里听出什么来，听来听去还是一头的雾水。母亲奇怪她有这闲工夫，又不好意思让人走，只是不停地张望着门外。媒人也察觉到母亲的心思，支支吾吾地说：“哎呀，你看这咋说哩？”母亲说：“你直说，有啥你直说。”媒人说：“牙你亲家让我过来的，说是娃娃都小哩，咱这门亲事是不是先退了，等娃娃们大了，再说。他姨，你说呢？”母亲没想到是这样的事，像是让人当头打了一棒子，一时回不过神来。媒人看着母亲脸上的变化，接着说：“他姨，你要是愿意这门亲，等娃娃大了些我再来当媒人。”

母亲的母亲走了，母亲的丈夫也死了。母亲心里唯一欣慰就是德娃说了一门亲事，不用像这一家那一家为儿子说媳妇发愁。母亲想虽然家里穷，外面欠着一些债，可是娃娃们会一天天地长大的，只要母子三人一条心，总会好的，总能还了账，总能给娃娶过媳妇。可是哪里能想到娃还没长大，亲家就要退亲。母亲一时感到浑身冰凉，就像有一股寒气袭来。母亲内心还是顽强地抵抗着。心想我一定要顶住，不能就这么一句话，说退亲就退了。退亲容易，再给娃说亲，就现在这种家境，怕是比登天还难。就说："娃不小啦，两年前订婚时都不嫌小，现在还小呀，可不小啦。"媒人笑了笑又说："你说得对，你说得对，按说是不应该退，可是你看牙娃现在县城读书，户口也在县城，将来咋也是个干事的，你娃呢，在村里种庄稼。"母亲的心随着话音一下子沉到谷底，红着脸生气地争辩说："种庄稼咋啦，种庄稼就不是人啦！当年定亲时，你们不是不知道我娃是种庄稼的，何况我娃又不偷又不抢，又不杀人放火，这亲我是不退！"媒人耐心地继续说："你说不退就不退，就算是你不退亲，将来花钱娶了媳妇，又能咋样？像满才那样，娃娃们过不到一块儿，不是还要离吗？到那时，你就是鸡飞蛋打一场空，人也没啦，钱也糟蹋啦。图啥哩。"母亲心里只想着保住这门亲事，保住亲事就保住了希望，赌气地说："图啥哩，图给我娃娶一回媳妇，哪怕他今天娶过来，明天就离婚，我娃也算娶过一回媳妇。"媒人劝慰说："好他姨哩，你可不敢赌气，你母子三人容易吗？可是牙有钱有势的人家。今天结婚明天离，把娶媳妇当玩笑哩。你家呢？"母亲想着气愤地提高嗓门质问似的说："当初他爸不同意，说娃还小，牙女娃又比咱娃大一岁，你左一次右一次地跑，说这也好，那也好，硬是说的定了这门亲，这才过了没两年，就来退亲，这叫什么事？是怎么做人哩？要是这样，何必当初三对六面定亲呀，吃饭呀的。难道说当着那么多人说的话，都是放屁哩？都拉了屎再吃？"母亲说的话难听，媒人脸上的表情有些生硬，知道自己做得不对，脸上还是挤出一丝笑来，不轻不重地说："他姨呀，我这么跑来跑去，都是为你们好，牙女娃又不是我女娃，由不得我。"顿了一下又说："这话是不好开口，可是理就是这样，当初是当初，现在是现在，当初娃他爸活着，牙活着，娃就有希望，牙他爸就一辈子反革命，可牙干过事，牙在县上总有人，娃大了给娃安排个工作，这还叫个事吗？如今娃他爸死了，你娃还有什么指望？"媒人说得在理，母亲被噎得面红耳赤一时无话。他爸是死啦，可是娃活着，母亲活着就指望娃哩，她说娃没指望，母亲不能接受这样事实，愤恨的心情随着目光直射媒人，目光杀不了人，目光也不能让媒人感到威胁。母亲提高了嗓门跟吵架似的："你一大把年纪了，你说的啥话，我娃没指望，你当初瞎了眼，你是给我娃说媳妇，还是给他爸说媳妇哩？"媒人看到母亲这架势，冷冷地瞟了一眼，不阴不阳地说："他姨，你别气，都是我的不好，我不会说话，你别往心里去，你看我这人天生的贱，就爱发贱，管这号的闲事。你不想退这门亲，就不要退，我只是个传话的，我把牙这话给你传到就行。我是你娃的媒人，我还不想让娃娃们成了？他们成了，结了婚，一辈子感谢我哩。我为了劝说你亲家不退亲，我一夜一夜地不睡觉，好话说了不知道有几车，如今是两头都不讨好，两头都不是人。"媒人说完站起身就走。母亲也觉得刚自己有些过分，跟在媒人后面送出门，对着媒人后背说："他婶，我这也是气的，你别在意。"媒人也不知是听到了，还是没听到，只是仰着头快步走了。

德娃来到满才家，也不见死了人的那种乱哄哄的景象，也听不到孝子们哭丧的号啕，一切显得冷静凄凉。没人出来招呼德娃，他就直接来到设灵堂的屋子。屋里用凳子撑着一副门板，门板上安放着满才和他老婆。儿子漠然地跪在地上，见德娃进来也没有假装地哭，也没有伸手烧纸，面无表情。德娃想到满才对自己的好，想最后看他一眼，抬头看时只见满才身上的衣服还是昨天地里干活的衣服，有些破破烂烂的，脸上扭曲变形，已经不成人样了。德娃看后，心里很怕，忙跪下低头烧纸，烧了纸磕了头，像逃跑似的出了满才家。出来后他长出了一口气，但是那张变形的脸却一直留在他的心里。

给满才烧完纸后，德娃不知怎么办，满才死了，自己还用不用再去牵上驴去地里，如果不用，自己干啥活？德娃不想见张福，这家伙张牙舞爪的老想欺负人，可是不见又不行，德娃来到队里领活的地方，不知是来晚啦还是来早啦，没有啥人。德娃站在那里等着，这时荣荣从东头走来，他瞪着眼睛来到德娃跟前。二话不说用胳膊肘子把德娃扛到墙上。德娃感到他的力气大，胳膊肘顶着自己的胸，胸里的骨头忽扇忽扇地疼，就喊道："你要干啥？"荣荣恨恨地说："你为啥打我娃？"德娃说："他要打我弟弟嘛！"荣荣说："你还敢犟！"说着就抡起另一条胳膊要打。德娃挣扎地喊道："你要打我一下，我打你儿子十下，除非你现在就打死我。"荣荣听到，怒目注视着德娃，放下了胳膊，恐吓地说："以后再敢打我娃，小心我活剥了你。"德娃揉着胸说："只要他不打我弟，我就不打他。"荣荣抡起胳膊朝德娃的脸上打去，差一点打着，做个吓唬人的样子说："嗯，我一巴掌打死你。"说完就走了。德娃狠狠地怒视着荣荣的背影，直到他拐了弯消失，才耷拉着脑袋回家。

那媒人走后，母亲没有去满才家，返身回到院子，心里没着没落的，拿起扫帚放下簸箕，手脚直抖，不知该抓握什么，自言自语的。这时英子来叫母亲上地干活，母亲就把退婚的事给她说了。英子说："退了好啊，那女子弱不禁风的能干啥？当个画贴在墙上吧，又没有牙画上的好看，当个摆设吧，又要吃又要喝。如今她要退亲，正好，她就是不退咱还要退，趁早给德娃另定一门亲，免得耽搁了。"母亲心想跟这憨女子说不成话，说出的话没边没沿的。母亲叹了一气说："憨女子呀，不懂事，村里那么多的光棍谁不想找啊。哪有说找就能找下的。"英子不服气地说："姨呀，也不知是你憨还是我憨，天下女子多得是，多得拿鞭子赶哩，拿簸箕往外簸哩，就看你找不找。"母亲轻蔑地瞟了她一眼，看到德娃回来，想听德娃的意思，就急着对德娃说："德娃，牙你媒人来退亲来啦。你说这可咋办呀。”德娃听到这消息后一时有些愣，当着母亲的面也不知道怎么办好，一时无语，脸色憋得难看。英子看着德娃撇着嘴冷笑着说：“哼，亏你还是个男人，就这点出息，一门烂亲，退就退了，重找一门就行了，值得你这样吗？”德娃红着脸说：“你这憨娃，我咋样啦？”接着违心地无意识地说：“退就退了，她脸长得跟驴一样，你以为我稀罕她哩？”母亲听出儿子说的是假话，看出他心里难受，怪自己不应当着别人的面说这件事，就问：“给你满才叔烧了纸啦？”德娃说：“烧啦。”母亲又问：“你没问队长，你跟谁干呀？”德娃说：“我去啦，张福不在。”英子见德娃骂小兰脸长得跟驴脸一样，心里高兴，脸上也露出笑容。这时她赶紧说：“我听说让招财顶替满才施肥，你还不赶快去，我想人家都快到地里啦。”德娃听后撒腿就往地里赶。

母亲想自己让这媒人给气憨了，这样的事怎么跟两个娃商量。可是想来想去找不下个可商量的人，就厚着脸皮去了舅舅家。刚踏进舅舅院门，迎面碰到舅母往外走。母亲满脸堆着生硬的笑，问：“你要出去呀？”舅母不让母亲进屋也不让坐，摇着头得意地说：“牙支书娃过两天要结婚，我这不是给牙招呼去嘛。”母亲明知故问：“牙定好日子啦？”舅母边走边说：“早就定好啦。”母亲跟在后面没油淡水地“哦”了一声，问：“他舅呢？”舅母说：“你弟弟早就给牙忙上啦。”母亲站在曾经的家门口，心酸地看着舅母锁了院门，扭着屁股走远。

这天晚上，德娃翻来覆去睡不着。母亲问：“德娃，你没睡着？”德娃不说话，装作呼呼睡的样子，越装睡脑子越清醒，越清醒越睡不着。德娃不愿意想他跟小兰这门亲事，自己是个男人，要大度，要装作若无其事的样子，只有这样才能减轻母亲的痛苦和忧愁。白天他装得很好，谁都看不出他有什么不高兴的事，连英子饭前饭后来了两次都没看出什么异样来。其实他心里一直很疼，觉得有人拿刀在他心上一刀一刀地划，时重时轻，像那漂在水盆里的乒乓球，你摁下去，它浮上来，你再摁下去，它又浮上来。白天说话呀、喊叫呀、干活呀，这种疼就轻些。到了晚上，夜深人静，只能眼睁睁地看着人家拿着小刀划呀划呀，也只能默默地忍受这样的疼。德娃才活了十几年，虽说不算长可也算遇过几件大事，比如姥姥的死呀，爸爸的死呀，受人羞辱呀，遭人诬陷呀，但是从未感受过这样的痛苦。德娃闭住双眼，满脑子都是小兰的影子，他想赶走这影子，可是赶走一个影子就会又来两个影子。他想分散这样的思绪，就睁开眼睛紧紧地凝视着炕顶，微弱的月光透过窗子射进来。他借着暗淡的光线，从炕顶上寻找什么，什么也没有找见，但见小兰像蚂蚁一样趴在炕顶，不一会儿这些趴着的小兰看着看着就站起来了，以各种姿态从空中漫步到自己的眼前，惊得他出了一身冷汗。他又赶紧闭住双眼，这样翻来覆去地折磨着。德娃强迫自己想小兰的种种不好，比如她的脸长，长得跟驴一样，她的做作，她说话的声音低低的，像蚊蝇叫，难听死啦。可是这是自欺欺人，刚刚这样想了，紧接着就否定了。还是觉得小兰的脸长得跟瓜子一样好看。说话声音低低的文雅好听。恨是恨不起来，恨不起来就祝福她吧，希望她将来找个好男人，找个漂亮的、干事的。想到这儿又觉得心酸起来，自卑起来。泪水就慢慢地溢出眼眶，他悄悄地擦了泪。他听到母亲不是翻身，就是唉声叹气，知道母亲还没睡着。他感到自己没出息，不就是一个烂媳妇嘛，用得着痛苦流泪吗？就这样一会儿想这，一会儿想那。不知过了多久，听到有人轻轻地拍了两下门，母亲麻利地爬起来，穿上衣服，拿了一个馍布袋轻手轻脚地出去了，活像电影里的特务。待母亲走后，德娃松了一口气，披上衣服下了炕，走到院子里。这时即将黎明，一股刺骨的寒意袭来，他打了个冷战，全身顿时起满了鸡皮疙瘩。他抬头看了天，月朗星稀，离天亮不远了，他深深地吸了一气，长长地叹了一口气回屋了。

儿子的亲事退了，断了所有的念想，母亲心里感到不平，觉得老天爷对自己不公，不知是前世里造了什么孽，现在报应呢，还是自己命不好，就该受如此磨难。原想着亲家在县里干事，人也精明能干，娃爸也曾帮过他的忙，等娃大了娶了亲，给娃找个事做。哪里能想到娃爸死了没几天，就退了亲。无望、失落、贫困、生计、对娃娃的担忧、死人、下葬、还债、退亲使母亲整天整夜地吃不下，睡不着，短短的几个月头发变得苍白了许多，像是一下老了二十岁。老多少岁母亲不在意，母亲想着娃娃们睁开眼睛要吃哩，就像母狼为幼崽寻食一样，母亲暂时放下退亲的事，跟着桂娃媳妇到地里给娃偷食去了。

两只母贼像贼界高手，意外的默契。她们不用语言交流就知道该怎样做，动作和脚步都高度一致。一轮残月像快要死的人慢慢地闭住那双眼一样，疲劳地无力地浑浊地悄悄往下沉，微弱的光一时不接一时。夜，很静，静得仿佛像死了多时的僵尸，只有两颗仍然活着的贼心“突突”地跳。她们生怕有了响动，惊动“僵尸”让它再次借尸还魂。她们脚抬得老高，放下时却很轻，就像怕踩了蝼蚁似的。出了村，就钻入沟壑里，沿着沟壑走了大约一里路的距离，桂娃媳妇停下来，转身来到母亲身边，拉住母亲把嘴凑到母亲的耳朵上说：“姨，这沟上面就是苜蓿地，咱们爬上去就快些掘，手脚麻利些，要是有人来，你就拿上袋子从原路往回跑，不要回头，只顾跑，我留下对付他。”母亲不安地低声问：“怕死啦，你咋对付人家哩？”桂娃媳妇说：“你别管，我有办法，走，跟我往上爬，小心脚踩稳了，不要掉下来。”桂娃媳妇说完就往沟壑上爬，快爬上去时，停下来，头贴着地，往苜蓿地前后左右看了看，确定没人，示意母亲跟上。

俩人爬上苜蓿地，低头就掘了苜蓿往布袋里装，就像苍蝇遇到屎一样，什么也不顾。开始时母亲的心跳得突突的，担惊受怕，不时地抬头张望，但再惊慌也挡不住这浓浓的苜蓿味。做贼使母亲全身神经都很紧张，她异常的灵巧利落，手掘得特别快，不用眼睛就知道哪里有苜蓿，哪里是口袋。很快就掘了半口袋。母亲轻声说：“行啦，够一顿吃了。”

桂娃媳妇说：“既来一次，再掘一些，掘满一布袋。”俩人又掘了一会儿，看着袋子就要满了，母亲再次催道：“走吧，不敢掘啦。”桂娃媳妇还是不走，这时母亲突然看见，地头有个人影朝这儿走来，母亲慌乱地喊：“有人。”桂娃媳妇抬头一看，愣了一下随即说：“姨，你快拿上我的袋子跑。”母亲着急地说：“你咋办呀？咱们一起跑吧！”桂娃媳妇把苜蓿袋子塞到母亲怀里说：“咱们哪里能跑过人家，你快走，要不就来不及了。”母亲抱着两个苜蓿袋子，连滚带爬地翻进沟壑里，就像当年遇到日本人一样，一口气跑回了家。

从那头来的人就是张福，别看人们叫他驴粪蛋蛋，他其实很精明。他看到有两个人来偷苜蓿，并没有马上去阻止，他知道抓贼要抓赃，捉奸要捉双的道理。他把自己藏在一棵树的后面，通过树的枝杈监视着她们，而她们又看不到自己，他在地那头，她们在地的这头，他看不清她们是谁，但他肯定不是婆姨就是媳妇，不管是谁，是什么人，只要抓住就得有个说道，只要抓到人，他就能够为所欲为，他就能……他不愿意打草惊蛇，一动不动地站着，估计这两条蛇掘得差不多了，就不声不响地往过走。没走了几步就惊动了蛇，其中有一条蛇起身跑了，另一条蛇还大胆地蹲着掘着苜蓿。张福有些心里急，他加快了脚步跑起来，想去追赶那条跑了的蛇，又怕留下的蛇也跑了。想着只要抓着一条蛇，不愁不知道另一条蛇。他离那条蹲着的蛇越来越近，先是看到一条小白点，越近那个白点越亮，越清晰，原来是一条蛇的屁股。她背着脸低着头，屁股朝着自己。他再往前走了几步，停下来喘着气，默默注视着又肥又大、又白又嫩的屁股。

一弯残月，知羞知耻地躲到远处的山梁梁底下。只有几个胆大的、愣头愣脑的星星不知趣地留在天空，黎明前的夜显得有些暗，没有一丝风，只有春天的潮湿和阴凉以及鲜嫩的苜蓿味。桂娃媳妇原先想自己是半老婆子了，又生过几个娃，那个东西又不值个钱，只要自己豁出去让他那么一下，换点苜蓿给娃吃也合算。更何况自己的那个东西又磨不了边打不了沿的，缺不了啥。所以当她听见脚步声，忙解了裤子蹲下装着尿尿的样子。可是哪里想到事临头让人那么一下，竟然这么难，这么怕。再难再怕，想到吃不饱饭的娃娃和饿着肚子干活的丈夫，就坚持着。她的脸羞得都红到脖子上了，心里慌得突突地乱跳。她想发挥女人的特长，想抬头看着驴粪蛋蛋的眼，淫荡地对他笑一笑，给他一点暗示，可是她抬不起头来。又想娇声嗲气说几句话，让他明白自己的意思，她开不了口。她恨自己这么笨，连个撒娇调情都不会，说得粗野一些，连个屁都不会卖。她把头埋在底下，屁股撅得老高，像雕像一样一动不动的。她听到驴粪蛋蛋粗粗的喘气声，甚至能从胯下看到这驴粪蛋蛋的一双让露水打湿的鞋，她就是不敢动。驴粪蛋蛋爱女人的屁股，只要看到女人屁股，就像蝇子嗅到屎一样，恨不得马上扑上去。他忍了忍心中的欲火说："你是谁？"桂娃媳妇不言语。他又说："你抬起头来。"桂娃媳妇还是不言语，他突然蹲下身子，透过女人的胯看到她的脸，那眼睛在屁股上的那个地方停留了一会儿，哈哈一笑说："桂娃媳妇，原来是你，你来苜蓿地里干啥？"桂娃媳妇听到他认出自己来，羞得一时说不出说来，老半天才憋出一句："我来尿尿。"驴粪蛋蛋高兴地调戏道："牙你的那东西长得大哩么，你家尿不下，还要到二里地以外的苜蓿地尿，你咋不到县里的广场尿？"桂娃媳妇羞得恨不得马上钻入地缝里。地没有逢，钻不进去，她窘迫得说不出话。驴粪蛋蛋突然变声道："你别以为我是憨憨，你偷的苜蓿呢？跑走那个人是谁？"桂娃媳妇撅着屁股就是不说话，屁股不会说话，可是屁股比说话顶用。驴粪蛋蛋往前走了两步，来到屁股跟前，眼珠子直愣愣的，"嘿嘿"傻笑两声，忍不住用手拍了拍屁股，说："你怎么不说话？"那屁股颤抖地往下缩，还是不说话。驴粪蛋蛋急忙说："缩啥么，缩啥么。"说着就伸出双手抱着屁股往高一提，情不自禁地弯腰亲了一口，自己裤裆里的那个东西就硬邦邦地顶起来。他有些急，害怕眼前这样美的屁股一会儿消失了，不见了，他麻利地解开自己的裤带，掏出那个硬邦邦的东西，双手拉着雪白的屁股，就往进塞。一阵狂风暴雨的折腾后，驴粪蛋蛋高兴啦，满足啦，提起裤子说："好啦，起来吧。"桂娃媳妇还是不动，驴粪蛋蛋得意地拍拍屁股说："我不是那不近人情的人，知道新粮还没有下来，大家吃的都比较紧，以后你要掘苜蓿，前半夜来。你们都认为我是后半夜睡，其实正好相反。"说完转身就走，走了没两步，问了声："那个人是谁？"见没有回声，才放开步子走了。桂娃媳妇等到听不见脚步声时，才抬起头，擦掉流在脸上的汗水、泪水，活动了活动那快要麻木的腿和腰。这才想自己的裤子，"呀"了一声，忙拉起掉在脚腕上的裤子。就像刚刚办完一件最难最大的事一样，她深深地出了一口恶气，觉得全身轻松了很多。她回头朝着驴粪蛋蛋消失的方向，狠狠地"呸"了一口，就像要把这留在自己体内的肮脏东西随着嘴里的唾液一口吐掉似的。吐掉了，又怕那肮脏的东西复活，在那吐过的地方踏了两脚。心里骂道我这全当让狗闹了一下，这才放心地转过身，拖着疲软的脚步，从容地胆大地不紧不慢地往家走。

八

几天后，村里同时办着两件大事，村革委主任的娃娶媳妇，满才的娃埋满才。一个村头一个村尾，一白一红，一喜一悲好不热闹。主任家欢天喜地，炮声、唢呐声此起彼伏，喊叫声、嬉闹声相互辉映。满才家冷冷清清，没有悲伤的哭声，也没有招呼喊叫声，人们无精打采地到锅里舀上一碗菜，拿上一个馍，吃饱了低头干自己的活。村里有权有势的、有头有脸的、能说上话的人都往主任家钻。地富反坏右的，有过小偷小摸的，比如偷过队里一根葱的，或是看见掉在路上的麦粒觉得可惜随手拾起的，甚至是穷得揭不开锅的，都不约而同地来到满才家。像实验室里两种不同的不融合的不起反应的化学试剂，显得泾渭分明。

早上起来，母亲说："德娃，你到牙主任家问问，看牙有事吗，给牙跑跑腿。我得到满才家，恓惶的，屋里没个女人张罗。"德娃说："我不去！主任又没有叫我。"母亲说："你一个娃娃还等牙叫？埋你爸时人家来过好几回。你就是给牙打个招呼问一问，你以为你去了就能给牙插上手？牙帮忙的人多得还用不了哩。"德娃没有去主任家，满才对自己好，自己就得报答。可是去了能干什么？抬棺材吧，他们夫妻合装了一口棺材，怕自己抬不起，更何况这几天德娃老想起那张变形的吊死鬼的脸，心里怕。德娃想来想去，最后扛着铁锨出了门，他立在巷口等棺材过后跟上到地里埋土。

李大妈从村东头愁眉苦脸地走来，她有气无力地说："我娃给牙埋人呀？"德娃听了生厌，什么时候变成她娃。极不情愿地"哦"了一声。李大妈说："对着哩，我娃抬不动棺材，给牙添锨土也算哩。你看这可怜的，唉——怎么干下这事。"看德娃不理她又问："你也没有去牙主任家招呼？""哦。""牙没叫还是你没去呢？"德娃说："你管呢！"李大妈大惊小怪地说："哟哟，你是没看到牙那场面，半村子人都请了，吃席的桌子从巷头排到巷尾。光炮仗就放了半个时辰，噼里啪啦的，听的人都心疼。吹唢呐的就请了两个班子！对着吹。"李大妈摇摇头，心中不平地说："你说，咱那几个娃，啥啥都能干，一个顶一个，就讨不到媳妇。牙这么个憨憨，啥啥都不会干，还能娶到媳妇。还办得这么大，这么热闹。唉——这不是活活糟蹋人哩！"德娃愤愤地说："糟蹋谁？牙女子愿意！炮放那么多有什么？唢呐吹破天又有什么？不就他那么一个憨娃今晚要日屁哩嘛！他就是不放炮，不吹唢呐，不请人，谁不知道憨娃要日哩，还招摇过市地怕人不知道！还不知道这憨娃会不会日哩。"

李大妈听不下去，扭头就走，嘴里说：“这娃，说话难听死啦。”

主任的娃叫稳稳，一生下来就不哭不闹，安安静静稳稳当当，主任看得满心喜欢，忙叫人给娃起了名字叫稳稳。稳稳这个名字越叫娃越稳当，稳得有些怕人，稳得主任从喜转到悲，又从悲转到痛。稳得主任慌了神，忙领着娃四处求神打卦寻医问药。人们说是生了憨憨，医院说生了智障。主任失望地说：“不看啦，重生一个算尿。”从此后，天不黑就关门睡觉，夜夜尽其所能，辛勤耕耘。汗流了几盆，好吃的吃了几桶，媳妇打了几回，两年过后那肚子还是纹丝不动，就是不给主任争口气。主任一声长叹，对着天说：“唉，这是亏了先人了，要断子绝孙哩！”

主任有权，也有钱，花大钱给稳稳娶了媳妇。娶回媳妇后，支书几乎夜夜蹲在窗前听新房。新房静静的没有任何响动，支书心急，恨不得自己代替儿子亲自上阵。恨归恨，想归想。支书还是把儿子叫到跟前问：“晚上咋睡来？”稳稳不屑地笑着说：“睡觉还不会？躺倒睡就是了。”主任说：“我是问你跟你媳妇咋睡来？”稳稳说：“她睡炕头，我睡炕尾。”支书耐心地说：“稳稳，爸花这么多钱，给你娶媳妇干啥哩？”稳稳说：“干啥哩？点灯做饭哩！”“除过点灯做饭，还要干啥呢？”稳稳憋了半天说：“纳鞋缝衣。”主任又问：“还有呢？”稳稳想了想，摇了摇头。支书伸手轻轻打了一下稳稳的脸说：“好我的憨娃哩，还要让媳妇生娃哩！”稳稳突然明白似的说：“噢——还有这哩。”主任诱导地问：“你说，咋让你媳妇生娃？”稳稳委屈地说：“这是牙生哩，又不是我生哩！我哪里知道，牙想咋生就咋生，咱还管了牙这事？”主任说：“你媳妇一个人生不下娃，只有跟你睡到一个被窝，她才会有娃。你看这地里的麦子，只有种上种子，它才能长出来。所以，晚上你要睡到媳妇的被窝里。”到了晚上稳稳对媳妇说：“我要睡到你被窝里种麦子。”媳妇羞红了脸，忙吹了灯撩开被子，稳稳钻进媳妇被窝后，一动不动，就直挺挺地睡着。媳妇往他身边挪一点，他往边上缩一点。看着就要缩到被子外了，媳妇只好转过身子，怨自己的命苦，悄悄地抹泪。主任在窗外听到半夜，直到传来稳稳的呼噜声，他才叹了一口气，失望地离开。

第二天主任还是不死心，让老婆好好教教儿媳妇，自己把儿子拉到院子的鸡窝旁，指着鸡窝问："那是什么？"稳稳说："鸡窝。"主任说："鸡是不是天黑了就回窝？"稳稳说："是呀，不回让黄鼠狼叼了。"主任指着稳稳裤裆问："你这里长什么？"稳稳说："鸡鸡嘛。"主任又问："你媳妇那儿长什么？"稳稳笑笑说："你可问倒我了。我又没有看，哪能知道！"主任说："你这里长着鸡鸡，她那里就长着鸡窝，就像咱家院子里鸡一样，你的这个鸡鸡黑夜也要回窝，不回窝就会让黄鼠狼叼走。"稳稳不想被黄鼠狼叼走，下意识地捂住裤裆。晚上急忙爬到媳妇身上，嘴上说："鸡鸡要回窝，鸡鸡要回窝。"可是无论怎样折腾鸡鸡就是进不了窝。稳稳急喊："爸！爸！鸡鸡软得进不去！"主任听到彻底失望了，他气愤地骂道："憨怂，你死了算了！"

主任无奈也罢，满才委屈也罢，李大妈不服气也罢，天黑了又白了，白了又黑。黑夜越来越短，白日越来越长。光景越来越难熬，天却一天比一天热。这些匍匐于神的脚下的子民们，渐渐地淡忘了冬天的冷风和寒雪。伸起了腰，脱掉烂夹袄，扔掉破衫子，露出自己的光身子。饥饿却笼罩在人们的心头，有脸面人到你家借上半碗面，到他家借上半个馍，甚至能偷偷地吃上苜蓿。没人没势又没有胆量的人，只能抢榆树花吃，抢完榆树花抢榆树皮，抢完榆树皮抢槐花，抢完能吃的只能省着饿着。吃不饱的人精神壮，不是这家媳妇嫌婆婆能吃，就是那家媳妇嫌婆婆不会抢。争吵打架，翻脸拌嘴，此起彼伏。学义的媳妇就是这样的，她不是没吃的嫌婆婆，她是有吃的也嫌婆婆。她常给人说我那婆婆能吃，不能干，还爱操个闲心。见人就咒骂这个老害货，人家不该死的都死啦，她怎么活了一天又一天，就是不死呢！可是婆婆就是不死，儿子在大城市干事哩，婆婆要替儿子看着媳妇。婆婆年龄大了，是个小脚，媳妇缺管少教，人又风流厉害。婆婆看是看不住，媳妇经常和驴粪蛋蛋干那事，婆婆心知肚明。但她家是富农，她也不敢招惹是非，自己装个傻子，只要你不出格，不光明正大，顾些脸面，让外人能看得下去就行。

一日正午时，烈日炎炎，媳妇吃罢午饭回屋休息，婆婆收拾碗筷，驴粪蛋蛋敞着衫子露着胸怀，嘴里叼着烟，双手插在裤口袋里，迈着八字步一晃一悠地进来。婆婆忙小心地迎上，递了小凳说："队长，你坐。"驴粪蛋蛋也不坐，说："人不在？"婆婆装糊涂地问："谁？"驴粪蛋蛋不高兴地说："谁？你家还有谁！"婆婆就挤出一丝尴尬的笑，说："你坐，你坐，我给你进屋叫去。"婆婆怕他大白天直截了当地走进媳妇的屋里，干出什么伤天害理的事，急得扯着嗓子喊着媳妇的名字："梅娃，你快出来，队长来啦。"媳妇在屋里不紧不慢地答道："哦，叫他进来。"婆婆骂道："你怎么这么没礼性，来了人啦，也不出来迎着！"驴粪蛋蛋看出婆婆的心思，不想让自己进媳妇的屋。这富农婆婆你不想让我进，我偏要进，看你能把我怎样。驴粪蛋蛋把烟头从嘴里往地上一吐，像是要干什么大事的架势一样，也不看婆婆，径直走进了媳妇的屋里。

婆婆气得没法，眼看着人家进了媳妇的屋，还把门关了。天哪，你们大白天的关门干啥？婆婆恨得全身颤抖，手中的碗"啪"的一声掉在地上。这响声把自己惊吓得打了个冷战。她屏息细听，媳妇屋里一点没有说话声，两个大男大女在屋不说话能干出什么事来，这大白天的，真是造孽呀！难道说就不怕冲撞了什么神神？现在不时兴什么神神了，那一对狗男女在屋里想咋地就咋地，屋里不时传出一些不该有的响动和不该有的喘息声。婆婆气愤难耐，咬着牙，跺着小脚在院子里走来走去，想推门阻止这种事情，又惧怕媳妇的泼辣和驴粪蛋蛋的威严，想了个由头，就对着窗户喊道："喝水吗，我给你们送些水。"屋里一时没有一点响声，静了好一会儿，也没有说要还是不要。婆婆眼看阻止不了这种事情发生，又不敢有什么过激的行动。这时一只大公鸡昂扬着头，迈着八字步正“咯咯”地从门外走来，婆婆看到那神态就像是驴粪蛋蛋似的，把一腔的羞辱和愤怒撒到了一只可怜的公鸡身上。她伸手拿起扫帚就往鸡身上砸去，公鸡没想到这一贯善良温顺的婆婆，突然变得这么可恶。公鸡没有任何预防，扫帚砸到鸡的身上，鸡有些痛，落了几根毛，惊恐地跑着，一边瞪大着小眼看着婆婆，一边“咯咯”地喊着，救命呀，救命呀，这婆婆疯了。婆婆像是真疯了似的，踮着小脚跑着拾起扫帚再朝鸡砸去，嘴里骂道：“打死你，你这个野鸡，不知道个廉耻，成天价往家跑，成天价往家跑。打死你。”婆婆骂着、打着、追赶着，鸡喊着、躲着、跑着。一时间院子里鸡飞狗跳一片喧闹。公鸡看这架势，这婆子是要往死里打自己哩。它长长地鸣了一声，就像好鸡不跟婆子斗似的，展翅飞出墙外。

鸡飞了，院子里宁静下来。婆婆也累了，脸上的汗珠直往下淌。她喘着气一屁股坐在台阶上起不来。停了一会儿，媳妇屋里的门“吱”的一声开了，驴粪蛋蛋披着衫子，叼着烟出来了，他皱着眉头瞪着眼对着婆婆说：“你都几十岁的人了，在院子里乱闹腾啥！你这个富农婆婆，以为这是旧社会，由着你的闹腾？我念你年纪大了，不跟你一般见识。你不要忘记你的身份！”驴粪蛋蛋说完不屑地“哼”了一声，撇着嘴大摇大摆地走了。驴粪蛋蛋刚出门，媳妇就从屋里出来，她黑青着脸走到婆婆跟前，双眼恶狠狠注视着婆婆，两条胳膊拢着，嘴里不断地喘着粗气，样子像是气愤到了极点，连话都说不出来。婆婆不敢看媳妇，却能感觉到那双眼的厉害。婆婆全身都凉飕飕的，就像是有两把凌厉的刀在眼前晃来晃去。婆婆感到害怕，知道自己摸了老虎的屁股，捅了马蜂窝，低下头就等着老虎咬、马蜂蛰。老虎没有咬，马蜂没有蛰，媳妇终于发威了，骂道：“你这个老不死，你害人要害到啥时才算完呀！你这个不要脸的。一天到晚仗着你儿子在外面干事，惹是生非，有的说没的道。有本事把你儿子叫回来，叫回来呀。”婆婆可怜的不敢出声，任凭媳妇指责谩骂。她越是这样媳妇越认为她是装可怜，媳妇就越生气，说：“你装啥哩，你刚才那张牙舞爪的样子去了哪啦，来呀，再来呀，怎么不来呀！”见婆婆还是坐着不动，也不还嘴，就用脚踢婆婆的腰。婆婆不敢反抗，就说：“你干了什么好事，你心里清楚，我哪里敢管你，我是在院子撵鸡哩。”媳妇心虚，一听说什么好事坏事，心里就急，提高嗓门严厉地逼问道：“你说我都干了什么见不得人的事？你说呀！说呀！”婆婆下意识地站起来，想躲开媳妇，往院子外面走，门外是大街，媳妇不敢这样无所顾忌。她走了几步快到院门的时候，感到自己安全了，胆子大了些，气愤地说：“我活了一辈辈了，真是没见识过。”媳妇听到婆婆还敢顶嘴，又追上来问婆婆：“你放啥屁哩？你没见识过？我今天就让你见识见识！”婆婆小脚走得慢，媳妇大脚步子大，三步两步就追上来拉住婆婆。婆婆争着往门外走，媳妇抓着往回拉。媳妇年轻有力气，拽着婆婆，就像老鹰抓住小鸡一样，婆婆眼看着到了门口，就是出不了门，媳妇几拽几搡地把婆婆摔倒在地，婆婆在地上挣扎着就是起不来，忙喊道：“救命呀！我媳妇打人哩！”媳妇听到喊叫，扑上去骑在婆婆的身上，两只手在婆婆的脸上“啪啪”地打着耳光说：“你再喊叫，你再喊叫。”

英子跟他哥从这里路过，听到有响声，进来把媳妇从婆婆身上拉开，英子骂着媳妇：“你吃了几十年饭了，就这么没家教，打一个七老八十的人，羞不羞？有本事咱俩打。”媳妇知道英子小不懂事，说话又没大没小，对英子的哥说：“你是不知牙，你是不知牙。”不知道什么媳妇也不说，英子哥也不愿管闲事，就说：“有啥事该找牙队里或是村里，打啥嘛。吃得多了，你家粮食多给我点，我们还吃不饱哩。”说着把婆婆搀扶着走出门，刚一出门婆婆的眼泪就止不住地往下流，英子同情地说：“你别哭啦，告她去。”婆婆哭得越厉害了，一把鼻涕一把泪。英子看着可怜，满脸的怒气，就像打的是她妈一样，说：“你不能就这样算了，打电报，把你儿子叫回来，打她一顿，看她以后还敢不敢打老人。”婆婆想英子虽说是个娃娃，但话说得在理。可是儿子刚走了三四个月，不想叫儿子回来，怕影响儿子工作。她不能因为家里的这点小事，耽误公家的大事。自己家成分高，儿子就够委屈了，再今天这明天那的，公家会对儿子有了看法。有了看法就会对前途不利。自己丈夫早逝，靠租地把儿子养大，供儿子上学，如今娃好容易有事干，不到万不得已不能叫儿子回来，不能因为她的委屈毁了娃的前程呀！

英子要扶着婆婆来到大队告状，英子哥说：“你别管这闲事，跟我回，家里还有活干。”英子说：“我就不回，我就要管这事，路不平还有人铲哩，这成了啥啦，没王法啦。”英子的哥就骂：“你这憨女子，又憨开了，你就不怕人笑话？”英子指桑骂槐地说：“怕啥，我不偷不抢不卖屁，不做伤天害理的事，我怕啥！”

英子哥管不了这犟妹子，无奈地走了。英子扶着婆婆来到大队，先找治安主任，又找了革委副主任，最后找到主任。又是哭又是笑又让人看身上打的青呀紫呀的伤。人家都不痛不痒地说知道了，这媳妇不像话，有空我把你媳妇叫来说一说。有空，婆婆不知道人家啥时有空，这话不咸不淡，不轻不重，婆婆觉得没指望，撩开衣襟从里面的衫子里掏出一块钱，递给英子说：“娃，你给婶去打个电报，让我娃回来。”英子接过钱，爽快地说：“叫回来！让你娃把她往死里打，我就不信管教不了她。”英子跑回家，推出家里的自行车，母亲拦住问道：“歇一会儿就上地，你推车子要干啥。”英子说：“我去镇上打个电报。”母亲生气地说：“你一个姑娘家，跟个疯子似的，你管牙那闲事？又惹人又不落好的，这是干啥哩？你就不怕人家笑话，将来找不下婆家？”英子不顾母亲的阻拦，一出门就跨上车子，头也不回地说：“谁想笑，就笑去吧，我才不怕哩！找不下婆家我倒贴。”就这样慌慌张张地来到镇里，走进邮政所，才发现没有问地址，没有内容。又返回去找到婆婆问明了地址又问内容，婆婆说："你就说我病了，你快些回来。"返回邮政所，邮政所里坐着一位长得眉清目秀二十出头的小伙子，他说："你都问清楚啦?"英子毫不含糊地说："看你说的，我连这都问不清呀。"小伙子不信，嘴里"哼"了一声，告诉她哪儿填地址，哪儿填内容。英子拿起笔在那电报纸上认认真真地写明了地址，在内容栏里写道"我病了，你快些回来。"小伙子问："是你病了吗？"英子笑了笑说："你这人，你看我像个病人吗？"小伙子就说："那你为啥说你病了呢？"英子莫名其妙地说："我没说我病呀"小伙子说："你明明电报上写着，还说没有。"英子说："那是写的他妈。"那小伙子哈哈大笑，说："你这憨女子，没文化，电报不能这样打，这样打电报又费钱，收电报的人又不明白。"人家说自己没文化，英子一肚子不高兴，就说："牙你说我没文化，我好坏上了五年学，你有文化你说这电报咋地打。"小伙子就说："唉，憨女子，你学着些，我告你，你就写四个字，又省钱又明白。"英子问："哪四个字？"小伙子说："母病速回。"英子照着小伙子说的重新填了电报单，交了钱走出邮政所。出来后英子感到又羞愧又憋气，返回邮政所门口，对着那小伙子说："就那四个字，我也看不出你的文化能高到哪儿去。"说完好像出一口恶气似的，痛快地跨上自行车，风也似的回村了。

几天后婆婆的娃——学义果然风风火火地赶回来。学义到了村口的公路上下了车，提着旅行包往家走。消息很快传到了媳妇梅娃的耳朵里，有人站在地头扯着嗓子高声喊："梅娃，你男人回来啦！"那人急切的神态和音调就像是报喜一样。梅娃却有些出乎意料，她原想丈夫刚走了才几个月，即便是婆婆打电报，也会推诿到收秋再回。哪曾想丈夫真的回来了，梅娃低声地不耐烦地答道："知道啦，吼啥哩！"她一边放下手中活，一边恨恨地朝着英子干活的地方瞅了一眼，自言自语地说了一声："真是个憨土匪。"她不知道男人回来会有啥样的结果，怕男人打她，一时六神无主。她找队长请假要早回，顺便讨个主意。找到张福问这咋办，张福说：“你放心，他不敢打你，你先回，我随后就到。”

梅娃心虚，虽说有队长撑腰，她还是有些害怕。她真真没有想到男人这么快就能回来，一路上急匆匆地走着，心里盘算着如何面对男人，想着各种各样的情境，这才想到自己做了这么多错事。自己男人是个有文化的，又是个干事的，在村里也算是个体面人。可是自己背着男人做下这事，这是人们最不齿的，是男人们最不能原谅的，仅这一条男人就可以提出离婚。想到离婚梅娃就怕，她宁愿让男人打一顿。这时她只希望她和张福偷情的事能瞒着男人，可是怎样才能瞒住呢？别人是不会翻这些闲话的，婆婆呢？自己平时对婆婆不好，还打了婆婆。心中突然想到婆婆平时的种种好来，顿时生出许多愧疚。打了婆婆她甘愿受罚，哪怕让男人也打她一顿。她祈求着婆婆，只要婆婆不说出她和张福的事，从今以后她会好好地待婆婆，就像对自己的亲娘，不，比对亲娘还要好。可是这样的重要信息无法传达给婆婆，说不定婆婆已经将此事说给了儿子，俩人正计算着对付她。她越想心越慌，越慌越觉得自己的男人好，越怕失去男人，越感到自己婚姻的金贵。

梅娃大着胆子回了家，到了家门口听到里面婆婆在哭诉，她悄悄地走进院子，没有马上进屋，来到婆婆的窗前，竖起耳朵静静地听。看看婆婆都说些什么，自己也好应付。婆婆的哭声恓惶，诉说着媳妇平时如何不好，这一次如何打她。没有听到说她跟张福偷情的事，梅娃松了一口气，掖了掖衣角，走进屋子里。丈夫坐在小凳上，身旁放着一个旅行包，婆婆坐在炕沿上，手里拿着手巾，一边擦泪一边说着，看到她进来，俩人都一愣不说了，四只眼睛都注视着她。梅娃低下头低声细气怯怯地说：“你回来啦。”丈夫和婆婆都阴着脸不说话。梅娃讨好地笑了笑，十分关切地问道：“你是才回来吧，一路上累了吧，渴了吧，我给你烧水去。”刚要转身，丈夫大声喝道：“我不累，不喝！”梅娃又转回身来，想要打破这样令人窒息的气氛，殷勤地说：“哈，你不累呀？”丈夫还是严厉地说：“不累！”梅娃又问道：“哈，你也不渴呀？”丈夫不答，两只眼睛极其厌恶地注视着她。这比高嗓门说话更可怕，比严厉的语气更让梅娃心里没底。梅娃怕得身上有些抖，抖也要硬顶下来，谁让自己做了这没脸的事。梅娃顺着丈夫的意思说：“哦，哦，不累，不渴。你总饿了吧，坐了一天的车，你就是铁打的身子，也要吃饭吧，我给你做饭去。”说着就转身做饭去。丈夫气愤地说：“你给我站住！”梅娃就停住。丈夫说：“转过来！”梅娃就转过身来。梅娃的脸上露出一副乖顺的表情，眼睛也不敢直视丈夫，那神态情形，是那样胆怯、听话、可怜、温柔。丈夫的神色果然温和了许多，语气也没有那么严厉了，说：“你这个没有家教的东西，都几十岁的人了，怎么这么不懂事，我不在家，你应该孝敬老人，你不孝敬老人，也不能动手打老人。”丈夫说着说着就站起来了，手也伸出来了，样子是要扇梅娃的耳光。梅娃说：“错了嘛。我都悔死了！”丈夫说：“你说得轻巧，一句错了，就能行吗？”梅娃也豁出去了，有心让丈夫打，只要丈夫能消了气，就把身子往前凑了凑，抬起头，扬起脸说：“我知道我错了，从今以后会对咱妈好的，你要是还不行，也打我两下，解解气。”不知是学义不敢动手打呢，还是让媳妇的行为感动了，手掌停在那里没有动。正在这时张福走进来，看到俩人站得这么近，像是要动手的样子，就吓唬地说：“学义呀，你可不敢打媳妇，现在不比过去，你家成分那么高，打了人反映上去，你会受处分的。”一说到现在不比过去了，学义的心一下子就凉了半截，刚才的怒气随着一阵风，烟消云散了，屋里没有风，屋里有张福。学义软软地蔫了下来，像正午时毒辣的太阳下那久旱的小草。学义笑着招呼着张福，又是递烟又让凳子，说：“你坐，你坐，没有打，没有打。”梅娃看着心里生气，自己男人这么窝囊，这么软弱。她气愤地朝着张福说：“你来我家干啥！学义要打也是打自己媳妇哩，跟你有啥关系。”张福一时不知如何应付，尴尬地笑笑，他说："嘿，嘿。你这是干啥哩，我是为你好，怕你……"梅娃不等张福把话说完，抢着说："用不着，这是我们两口子的事，他愿意打，我愿意挨，跟你俩姓旁人有啥关系。"张福没有料到梅娃会这样，忙起身往外溜。婆婆看着媳妇这样数落张福，心里舒服。学义则有些急，急忙阻拦，追在张福的身后说："队长，你别走，别听这媳妇胡说憨道。"张福头也不抬地走出了院门，学义站在门口望着张福说："队长，你别往心里去，女人家，别跟她一般见识!"

人们都说学义这回要发威了，会狠狠地打一回媳妇。那些平时跟她关系不大好的婆姨们，那些妒忌她比自己长得好，比自己风骚能发嗲会勾引男人的女人们，那些恨她仗着跟队长好老干又轻省又多挣工分的人，高兴地奔走相告，都说这一次学义可饶不了她，学义是个孝子，能容得她偷男人，还容得她打他妈？我就不信！而且还是骑在身上打的！信不信不要紧，要紧的是学义真没打媳妇，而且当晚就跟媳妇在被窝里翻来云覆来雨地干那事。失望的人们止不住朝地上狠狠吐一口。啊——呸！真没出息，几辈子没见过女人，这么窝囊，那还叫个男人！失望也罢，愤恨也罢，耻笑也罢。梅娃和学义成双地出来，配对地进去。

桂娃媳妇就没有这么幸运了，一日傍晚，桂娃一家人在白天残留下来的薄薄的余光里喝着野菜粥，喝着喝着性子急躁的桂娃就把筷子一摔说："点灯吧，你这是喂猪哩，这么难喝。"桂娃媳妇讪笑着慢悠悠地说："昨天还说要省油哩。"桂娃喊道："放你妈的屁，我说省油，你就省油，我让你偷汉子啦？你怎么在外面偷汉子!"媳妇怕吓着两个娃，忙把两个娃往屋里推，说："你的憨气又上来了，我不跟你说，我啥时候偷过汉子?"桂娃一边骂一边拉住媳妇的头发，把媳妇摔倒在地，用脚一阵猛踢。"你这个贱货，卖屁的，我打死你，让你再给我丢人现眼。"两个娃吓得大声地哭，哭声传到了邻居家，人们把桂娃拉开，骂着桂娃说："这么好的媳妇，跟上你吃苦受罪的，你还不说安安然然地过，今天吵明天打的。"媳妇听到这话，心里更加委屈，坐在地上双手捂着脸，"哇哇"地号啕大哭起来。那人把桂娃媳妇拉到自己家，桂娃媳妇不去，连夜回到自己娘家。

打了媳妇桂娃心里痛快了，第二天像没事人一样，照旧上地干活，等到回到家一抬头，门锁着，开了门进去，家里一片冷清，炕上的被子胡乱堆了一炕，锅台上没有往日的炊烟，暖瓶里也没有水，桂娃在屋里站了站，不知道该干啥。不一会儿两个娃放学回来，进门就嚷着要吃饭。桂娃骂道："嚷啥，再嚷揍你驴日的。"娃娃说："我饿了，吃了饭还要上学哩。"桂娃说："去，到你奶奶家吃去。"两个娃走后，桂娃才真切地感到媳妇在家的重要。他后悔了，后悔自己不应该听信那些闲言碎语打媳妇。桂娃是隐约听到张福在喝酒时，得意地说他和多少女人睡过，这其中也有他媳妇。他暗中留心观察过，也没有发现什么蛛丝马迹，问过媳妇几次，媳妇一再说没有。不知道是媳妇不说实话呢，还是张福喝了酒胡吹哩，这事搞得他吃饭不香，睡觉不安，干活无心，看啥啥不顺眼。那天人们开玩笑地说，他老婆奶有多大，屁股有多白。桂娃回来仔细看，果然丝毫不差，一时羞辱涌上心头，动手打了媳妇。人们说看牙桂娃，那才叫男人哩！学义"唉"了一声摇摇头，顶足了也只算半个男人。算男人是算男人，可是这冰锅冷灶的叫人受不了，到了后晌一下地，桂娃就借了辆自行车，去老丈人家叫媳妇。媳妇骂了他一顿，说他没良心，是牲畜，叫他滚。就这样叫一次不回来，叫一次不回来。这天桂娃来到德娃家，说："姨，你看我这媳妇，叫了一次不回来，叫了一次不回来，不知是要咋哩。姨，她平时听你的，你去给叫叫。"德娃的母亲说："按说也该回来了，这媳妇也是的，见好就收，我给你叫去，只是你以后不能再打人家，人家跟上你吃不上穿不上的，不容易。"桂娃直点头说："是的，是的。"到了晚上，桂娃骑上车子，母亲坐后面，到了那个村口，桂娃在村口等着，母亲到他媳妇家。过了不一会儿，德娃母亲和桂娃媳妇相跟着出来了。德娃母亲说："你媳妇给你叫来了，回去了好好过。"桂娃赶紧说："是的是的。"一边还直点头。德娃母亲说："时候也不早了，带上你媳妇先回吧，明天还要上地哩。"桂娃媳妇说："要不是姨来了，要不是牵挂着两个娃，我才不回去哩。你先骑上走吧，我和姨慢慢走着。"桂娃有些过意不去，说："要不我先把姨送回去，再来接你。"德娃母亲说："不用，不用。你就骑上走吧，我俩说说话。"两个女人踏着夜色，沿着崎岖的小路走着说着。桂娃媳妇一会儿猜测丈夫咋会知道她和张福的事，一会儿说自己命苦嫁过来就没有好过一天，一会儿说自己的两个娃没有妈是多么的可怜。日子苦也罢，甜也罢，不是总得过下去吗？

九

天气，一天比一天热。地里的小麦见天地变。前一天还是一片连着一片，绿油油的刚刚抽穗。今天出门就已变淡发黄，弯腰驼背。早晨麦穗还昂首挺胸，下午就低下那沉重的头。人们眼巴巴地看着盼着。看着心里头喜悦，喜悦得合不拢嘴，就扳起指头数着，计算着还有几天能吃上新面馍。有些人耐不住诱惑，不时地弯下腰把鼻子凑到麦穗上，闻一闻麦香，嘴里的哈喇直往下流。人们见了面，开口就说麦子，闭口想着麦子。"天哪，麦子长得多好呀，今年定是个好收成。"人们心急火燎地收拾着麦场，做着收麦前的准备工作。心里盘算着今年能分到多少麦子，分到的麦子能吃到几时。

这天傍晚，德娃在院子里喝完玉米粥，母亲说："夏天就是好，暖和，省布又省油。"文娃不满地说："好啥，天天喝玉米粥，都快喝死了。”说着扔下碗跑出去了，母亲望着背影骂道：“没饿死你！见天地往外跑，不知道外面有啥！早些滚回来。”母亲让德娃把纺线的车搬出来，母亲要借着月光，坐在院子里纺线。德娃把纺线车搬出来，母亲拿出垫子坐在上面，一手舞动着棉花，一手绞着纺车，“嗡嗡”地纺起来。德娃坐在台阶上百般无聊。母亲说：“你也出去串串门。”德娃说：“我不想去。”母亲说：“不想去就歇着吧，这些日子，吃不上喝不上，又要上地干活，你都瘦了。”德娃说：“没事。”母亲一边纺着线，一边东一句西一句地说着。德娃也东一句西一句地听着。母亲说：“你看咱这猪长得好，也不知是猪争气哩，还是你爸在地下保佑咱哩。德娃，你看这有多少斤？”德娃说：“不知道。”

英子从门外走进来，听到了，插嘴说：“姨，我看不是猪争气不争气，也不是姨夫在地下保佑。”母亲问：“那你说啥原因我家猪长得这么好。”英子说：“是老天的意思，老天叫你好，你养啥啥成，干啥啥顺，老天不叫你好，你干啥都不走运，喝口凉水也要塞牙。”母亲高兴地说：“你说得是，我家也该转转运啦。你看我这猪有多重？”英子哈哈大笑说：“姨，不是你这猪，是你家这头猪。我估着总有五十多斤。”母亲喜悦地畅想着说：“唉，年底就有一百多斤了。”看着英子站着，母亲说：“台阶上有小板凳，你坐。”英子说：“你纺你的，我就坐在台阶上。”母亲说：“台阶上脏，有土。”英子说：“呀呀，咱就是修地球的还怕脏？姨，你做了一天的活，也歇一歇嘛。”母亲说：“没事，纺线不累，就当歇着哩。”英子说：“姨，我来给你纺。”母亲说：“不用。”英子说：“那我还是给你纳鞋底吧。”说着就站起来到屋里炕上把母亲放针线活的盒子拿出来，从里面拿出一只纳了半截的鞋底，熟练地纳起来。

近来，英子几乎天天都是这时候来德娃家。来了也不和德娃搭腔，有时碰上德娃出门，就问说：“你干啥去呀，天都黑了。”德娃说：“我出去转转。”英子说：“姨在家吗？”德娃说：“在，你去吧。”英子并没有马上进去，朝着德娃问：“你生在这儿，长在这儿，有啥转的。是你不认得，还是进了县城了？”德娃不耐烦地说：“这关你屁事。”

今天也是这样，英子跟母亲一个纳鞋底，一个纺线。这个说着，那个应着，那个说着，这个应着，跟亲母女一样。德娃懒懒地坐在旁边，倒好像是个外人。偶尔英子扭过头问：“德娃，你说是吗？”德娃也不知问啥，无精打采地胡乱点点头。英子笑笑说：“你咋现在少言寡语的。”德娃低声说：“跟你有啥说的。”英子低头不说话。母亲就骂：“这娃憨的，咋地跟英子说话哩。”一时院子里显得宁静祥和。这时有个人影在门前晃来晃去。英子眼尖，高声喊道：“谁在那里？”一个女娃的声音回答道：“德娃在吗？”德娃赶快应道：“谁？你进来吧。”那女娃说：“我不进去啦，你出来吧，我跟你说一句话。”德娃起身往外走。英子喊道：“有啥事不能进来说，鬼鬼祟祟的。”德娃回头瞪了英子一眼，起身走到门口。原来叫他的是同班同学小兰的好朋友月月，德娃跟她们不是一个生产队的，平时也很少见面。德娃跟小兰退婚后，曾想从她那儿打问小兰的事，可是有几次碰上月月，他都不知如何开口。德娃惊奇地问：“月月，有事？”月月神秘地招招手，小声说：“你来，我跟你说句话。”德娃走到月月跟前，弯腰把头凑过去。月月说：“小兰回来啦。”德娃听后一时面红耳赤，心潮澎湃，好像有千万把小刀在那刚刚结了疤的伤口同时乱划，疼痛难耐。他的手微微颤抖，胸中像是有块石头堵着，他嘴里喘着粗气，眼泪都差点掉下来。月月奇怪地看着德娃的表情，问：“你听到了吗？”德娃一愣，突然觉得这样失态，有些丢人。他长长地出了一口气，极力掩饰着自己的情绪。他想问小兰啥时回来的，能待多久，他能不能见她一面。可是他没有说，反而装作平静的样子说：“是吗？”月月说：“她今天晚上还在那个地方等你，让你赶紧去哩。”

天都黑了，一个女娃叫德娃，也不进门，也不说自己是谁。英子就多了个心眼，悄悄地跟在德娃身后，看看究竟是什么事。她听到月月说小兰回来，心里顿感紧张。愤恨这个月月，是个惹是生非的多事精。小兰已经跟德娃退了婚，她回来不回来，跟牙德娃有屁关系！她就死在外面，永远不回来也用不着给牙德娃说！德娃既不是她爷爷又不是她爹，凭啥？看到德娃没出息的激动的那个样子，听到月月让他去和小兰约会，就再也忍不住了，一步跨上前，异常愤怒地喊道：“你这个多嘴多舌的憨货！你又不是不知道那个没良心的和牙退亲了，都两不相干啦，两不相干啦！你这个憨货还远远地跑来干啥，跑来干啥！真不要脸！牙德娃干了一天的活，乏乏的，哪有那闲工夫。”

德娃和月月都没有想到英子会跟来，会这么激动，一时不知如何是好。月月平白无故地让英子骂，心里着实不服气，说：“我多嘴还是你多嘴，我是给人家传句话哩，跑腿哩，退了亲没退亲的，去不去的，那是他的事，这跟你有什么关系，用得着你跟我吵？”英子心虚，好像月月看透了她的心事，顿时脸也红了，脖子也粗了，像一只斗得正兴的公鸡，羞怒地冲上前，两只大眼恶狠狠地瞪着月月，用手上的鞋底指着月月的脸说：“你再说，再说我撕烂你的嘴。咋地不关我的事，德娃是我们队的，不关我的事关谁的事？我就见不得这种人！牙爸活着的时候死皮赖脸地要和牙结亲，牙爸刚死了就和牙退亲。什么货！现在烂得没有人要，又找回来啦，好马还不吃回头草哩！你告诉小烂货，让她别等啦，晚啦，德娃已经定下亲了，她就是白给德娃，德娃都不要了，倒贴都不要了！”

英子一口气说了那么多，那气势、那凶悍、那霸道，把月月吓住了，德娃也愣住了。月月气得没法，又不敢再跟英子吵。她知道英子这憨憨啥事也能做出来，就一边点头一边后退着说：“哦，对着哩，不要不要，倒贴也不要。”转身飞快地走了。门口留下德娃和英子，一时沉默，英子为了掩饰自己，故作得意的样子说：“她是个什么货，敢在老娘跟前挑是非，看我给你骂得好吧，对这种人不能客气，骂死她。”德娃眼巴巴地看着月月走了，怔怔地失神地望着巷口，心里有一种说不出的感受。英子见德娃愣着，用手上的鞋底轻轻地碰了他一下，说："咱们回去吧。"德娃回头气愤地说："你这憨憨。"说完不解气又提高嗓音说："憨憨！你跟谁咱们哩，谁跟你咱们哩！"英子看出德娃想去约会，委屈得眼泪直在眼眶里打转，低下头语气温和地说："你是还不肯死心呀？还想见那个贱货呀。"德娃不知道这是不是叫不死心？他就是想见小兰一面。德娃并不是非要让她嫁给自己，他知道这事很渺茫。可是难道不嫁给自己就不能做个朋友吗？不能是朋友至少也不是仇人。他鄙视这种不是亲家就是仇家的风气。他这时真想去，想去看看她，有好长时间没见到小兰，不知道她现在咋样。他也想真真切切地忘了她，可是他做不到。忘不了她不等于非要娶她，他只想见她一面，哪怕见完后她嫁给别人。这也许是自欺欺人，为自己想见她找出个理由，免得别人说你贱，人家都不要你，还觍着脸找人家，那样的话自己也看不起自己。但是他心底里的确没有那种我要怎样就能怎样的自信了。今天好容易有了这样机会，让英子给骂黄了，搅乱了。他恼羞成怒地嚷道："关你屁事！我死心不死心关你屁事，要你操心哩！你一天到晚往我家跑，你有事没事就往我家跑，你跑啥哩。"

英子身体好，精神足，满身的力气用不完，虽然年纪小些，可是干活说话从不饶人。德娃对着英子嚷了几句，让平时彪悍、泼辣、从不服输的英子无所适从。她怔怔地看着德娃，两行眼泪顺着脸颊一滴一滴地滚下来。英子用手背在脸上抹了一把，把手中的鞋底朝德娃脸上狠狠地砸去，带着哭腔说："我咋啦，我往你家跑，是帮你家哩，我吃你家的，还是喝你家的？"说完抹着泪跑回去了。德娃垂头丧气地把鞋底捡起，慢慢地往屋里走。母亲边纺线边不在意地问："你在外面干啥？一声高一声低的。"德娃无心跟母亲多说，回答道："没干啥。"母亲又问："是谁叫你哩。"德娃说："没人叫。"母亲说："我明明听到了，还说没有。

英子呢?”德娃把鞋底扔到台阶上母亲的针线活盒子里，没有搭理母亲，转身进了屋子。他鞋也没脱就爬上炕，随意地躺下。母亲问:“屋里黑的，你在屋里干啥哩?”德娃没回答。母亲又说:“你出来坐坐。”德娃还没回答。母亲有些担心，说:“你咋啦，给妈说。”德娃溜下炕蹬蹬地朝外走，不耐烦地说:“咋啦，咋啦，咋也不咋!唠唠叨叨，唠唠叨叨的，一天到晚心烦不心烦!”要是在过去母亲非骂他不可，现在不忍心再骂了，只是不放心地问:“这娃，你这是干啥去?”德娃头也不回地说:“管我呢!”

德娃走出院子，绕了一圈，朝麦场走去。那是他有生以来第一次约会的地方，那地方在他心里想过千遍万遍，每次路过那里，都让他感到亲切、温暖、满足和幸福。他跟小兰约会的情景深深地埋藏在他内心的深处，他像宝贝一样小心呵护着，平时不舍得触动它，一旦触动就像瘾君子吸食毒品一样，暂时忘掉了内心的烦恼和痛苦，情绪异常的兴奋和愉快。快到麦场时，他加快了步子，上了坡远远地望着那个地方，想早些看到小兰的身影。可是那地方什么也没有。麦场碾压得平平整整，连当时的麦垛也让人们收拾得干干净净。德娃在家耽误这么久，就算是小兰能忍受了英子的谩骂，也忍受不了长久的等待。就算能忍受了长久的等待，也不知道德娃会不会来呀。德娃不死心，倔强地走进麦场，走到当时跟小兰停留的地方。他仿佛看到小兰的身影、姿态、害羞的笑脸。似乎耳边也响起小兰温柔亲切好听的声音，甚至闻到小兰身上传来雪花膏的阵阵香味。他在这里久久地站立着，迟迟不肯离去，直到夜很深了，自己也有些累，他眼睛深情地朝着四周绕了一圈，转过身慢慢地往回走。他想不透小兰要对他说什么。德娃幻想着他们见面后的情景，小兰吧嗒着小嘴哽咽地说:“德娃我爱你，我除了你谁也不嫁，你要等着我。”如果是这样，那当然太好，太爽快。如果真是那样，他一定要好好地劝一劝小兰，给她说他将来是要干事的，跟上他说不定要受苦的，让她一定要听父母的话，父母都是为她好才这样。德娃越劝小兰越要嫁给他。但是假如不是这样而是小兰噘着嘴哭丧着脸说：“德娃，对不起，这事都是我父母的意思，我也没有办法。”德娃想是那样也好，也很高兴，这至少说明小兰对自己还是有好感的，只是她父母在作怪，自己并不一个令人人都讨厌的人。德娃想不出还有什么情形，小兰还会说出什么话来。但是不管小兰说什么，她能背着父母，不怕朋友耻笑叫他来约会，就足以让他有面子，让他自豪，更让他感动。想到此，他顿感豪气满怀，就像过去一直舍不得，突然大度地无私地把自己手中的金子让给别人一样。在他无力回天的时候，他从心底里真正把小兰让给了别人，真正希望小兰能找到一个好人家。

天底下的事往往就这样的巧。小兰让月月约德娃，就偏偏碰上英子。人们都说宁拆一座庙，不破一门亲，可是英子就要拆散这门亲。小兰听了月月说的，英子骂她的那些难听话，又恨又气又羞。恨的是德娃平时在学校里看上去那么能干，什么事都不怕，什么事都敢干，出了这么大的事，也不到县城来找自己，也不捎信商量商量他们的事该咋办，更不出主意让她如何对付父母，让她每日心绪不宁，深感势单力薄。气的是英子多事，不操好心，心眼坏。自己好容易从父母的监管下溜出来，跟德娃见个面，告诉他自己的心思，让他不要着急，自己会一直等着他的。她虽然不知道德娃的心思，但她断想德娃现在的家境和情形，他不会不喜欢她的。这么大的事自己费尽心机眼看要办成了，让憨英子给搅黄了，真是气死人了！她会记恨她一辈子的。羞的是自己长得又不比别人差，条件还比别人好，真是贱得没有人要，死皮赖脸地讹人家，让英子这样轻看自己、羞辱自己。更何况英子又是个爱嚼嘴嚼舌的，这要是传扬出去，自己将来如何再进这个村？还有什么脸面见村里的人？本想着见到德娃能诉诉自己为了他这两个月所受的苦，说说自己是如何不屈服于父母的，如何独自跟他们斗，他们又是如何跟着她如何看着她，她是怎么样地逃回村的，让德娃好好看看她是多勇敢，多仗义，不是嫌贫爱富的小人。别看你德娃平时天不怕地不怕的，关键时候还不如她一个女娃！然后她就会满怀喜悦地等待着德娃的赞扬，德娃的安慰。可是她连人影都没见到，不仅是没有安慰，反而却等来英子的一顿骂。小兰想破口大骂英子，你这个烂货，可是她不会骂，也骂不出口。她恨不得自己马上死掉，消失，从今往后见不到任何人。她的脸涨得通红，也顾不得自己的面子和体统，当着月月的面眼泪滚滚而下。月月也不知如何是好，安慰她说："你先别急，我再想想办法。"小兰朝着月月喊道："还想啥，还有啥好想的，都这样啦，还说啥！"说完也不管月月，自个跑回家。

小兰进了院门，把院门摔得山响，把脚下小凳踢开。奶奶坐在院子里纳凉，她也不看奶奶，直直地走进自己的小屋，然后把门关上，趴在炕上哇哇地大哭。奶奶惊得目瞪口呆，说："这女娃！这是咋啦？这才一会儿的工夫，像是吃了炸药似的，跟个土匪一样，又踢凳子又摔门的，谁惹了你啦？"奶奶起身看看这是咋地啦，推不开小兰的门，趴在小兰的窗户往里看，屋里黑漆漆什么也看不见，只能听到小兰哇哇地哭的声音，这哭声让奶奶十分心疼。小兰是在奶奶跟前长大的，从小就是奶奶的乖乖女，长这么大，奶奶没见过她跟什么人顶过嘴，吵过架。奶奶想不到这是咋啦，敲门不开，问话不应。急得奶奶在院子里走来走去，直到半夜听不到小兰的哭声才回屋睡了。刚睡了一会儿，就听小兰屋里一阵响动，忙起来看，问："天还不亮，你起来干啥？"小兰也不回答，过了一阵小兰提着一个包袱开了门，奶奶忙迎上去小心地问："你干啥呀，这么早。"小兰也不看奶奶，也不理奶奶，自己推出自行车，把包袱夹在车子后面，推着就往外走。奶奶忙拦住说："你这女子，要走也要等到天亮再走嘛！"小兰继续往前走，奶奶说："我的小祖宗，你今个儿这是咋啦？你给奶奶说嘛！"小兰避开奶奶走到院门口，打开院门，奶奶又追赶上来，拉住车子后架说：“等一等，天亮一些再走吧，我的小祖宗！你不怕遇上坏人！憨女子。”小兰倔强地说：“我不怕！不怕！”说着眼泪就流了出来。这时天还黑着，天上还有很多星星，小兰强挣开奶奶，骑着车子头也不回地去了县城。打这之后，小兰几乎没有回过村子。奶奶去世时，她随父母回来两天，听月月说了一些德娃的情况，随后就嫁给了一名汽车司机。多少年过去了，她还记得他们约会那一刻，记得那个夜晚，记得他们一前一后走在雪地里的心情，还有这个天不亮的早晨。就是再也没有遇见过德娃。

十

早晨起来母亲听不到猪叫，就来到猪圈前，看见猪懒懒地躺着，一动不动。母亲随手拿起一个小土块，砸到猪身上。猪哼了一声还是不动。母亲就心慌了，从院子里找到一根棍子，在猪身上轻轻地打，说：“起来，起来。”猪又哼了两声，还是不动。母亲这才觉得要出事了，也顾不得上地干活，急忙跑到二里外的镇兽医站。兽医站没有人，母亲心急火燎地在门口等着，右等不见人，左等不见人，直到晌午，才慢悠悠地来了一老一少两个人。老的是个男的，有五十来岁，少的是个女的，二十来岁。母亲看见那个女娃慈眉善目的，就赶紧追到女娃身后，问道：“你是这兽医站的吗？”那女的不停步，不回头，用鼻腔爱理不理地哼了一声。母亲也没听清，想一定是的，就跟在后面说自家猪的情况，央求地说：“麻烦你到我家给我看看猪。”那女娃皱着眉回头看了一眼说：“你别跟我说，我又不是医生，我是药房的。”母亲又问：“那谁是兽医呢？”女娃不愿意浪费口舌，扬了扬头意思是指那个男的是。母亲又走到那男的身边，又把刚才的话说了一遍。那男人面无表情地说：

“你家?”母亲直点头。那男人傲慢地说:“这不可能。”母亲急着说:“这有什么可能不可能,猪明明是病了嘛,我还能骗你?”那女娃听了母亲的话,笑得直不起腰来。那男人鄙视地看了看母亲,提高嗓门说:“我从来就没有去过谁家,给谁家的猪看过病,除非是大队的,或者是你把猪牵来。”母亲为难地说:“那猪打都打不起来,我咋能给你牵来。”那男人说:“那我也没有办法,猪又不肯来,我又不能去。”母亲说了很多好话,再三地央求人家,说:“你不要跟猪一般见识,它不懂人性,你大人大量,求你想想法。”那男人终于动摇了,“扑哧”笑了一声,敷衍地说:“没事,猪是吃着了。回去给猪灌些药就好了。”随即讥笑地说:“人都吃不饱,你给猪吃啥哩?看把猪吃的,让你一天再给猪吃!”母亲一边跟着那人屁股后面走,一边想着前一天给猪喂啥来,嘴上轻轻地说:“我能有啥给它吃,都是些洗锅水呀,地里草呀的,啥也没吃嘛。”到了药房,那女娃也没问医生,就给母亲拿一瓶药水,说:“一块钱。”母亲下意识地把手伸进口袋,歉意地说:“我走得急,没带钱。”那女娃瞟了母亲一眼,不高兴地把药又放回去。那个男人不耐烦地说:“看病不带钱,你来干啥来了。”回头对着那女娃说:“给她些消食的药片片算了。”母亲高兴地忙说谢谢。那男人说:“回去后,把药片碾碎放到猪食里,给猪喂了。”母亲高兴得直点头,忙说谢谢。

母亲满头大汗地赶回家,已到了吃饭的时候。母亲顾不得给娃娃们做饭,先做了些猪食,照着兽医说的法子,先把药碾碎,拌在猪食里。怕猪不吃,狠了狠心,抓了一把玉米面,撒在猪食里。满有信心地端到猪圈,倒进猪食盆里,猪看见食也不起来,母亲跳进猪圈里把猪食拿到猪嘴前,猪抬起头闻了闻,把头又枕到双脚上。母亲着急地说:“快吃呀,这么好的食,快吃呀。”猪还是不吃,母亲把猪头抬起来,把猪食盆子塞到猪嘴下面。猪哼哼了两声,就是不张嘴,母亲急得出了一身汗。这时德娃、文娃相继回家。德娃问:“妈,你在干啥?”母亲说:

“你快来看看，这猪病的，连食都不吃了。”德娃走到猪圈看，说：“我拿个小碗，咱们给它硬往进灌。”母亲说：“快拿去，试一试吧。”德娃跑去拿来小碗，跳进圈里说：“妈，我把猪的嘴掰开，你往嘴里灌。”德娃骑在猪身上，两条腿夹住猪身，把猪嘴掰开，猪只哼哼也没有反抗。母亲拿起碗赶紧往猪嘴里灌。文娃在屋里不高兴地喊道：“你们在干啥哩，不让人家吃饭啦，人家还要上学哩！”灌进猪嘴的食全都流在德娃的两只脚上，母亲急得眼泪都流出来了，正是一肚子的火气，听到文娃喊就骂道：“饿死鬼转的，喊啥哩。”文娃又喊道：“我不吃啦！”母亲一边继续往猪嘴里灌食，一边气愤地骂道：“不吃饿死你。”德娃说：“妈，别灌啦，全都流进我的鞋里了。”母亲也不说话，不停地灌，直到把盆子里的猪食全都灌完为止。母亲嘴不停地说：“完了，完了。没救了，没救了。”然后把碗往地上一扔，不忍心再看，就往猪圈外跳。母亲脚抖动得跳不过去，德娃忙搀扶着说：“妈，你慢些。”母亲翻过猪圈，腿一软没站稳，一屁股坐在地上。德娃急得隔着猪圈的小墙伸手抓，没抓着母亲，母亲爬起来也不拍身上的土，直往屋里走。德娃趿拉着两只灌满猪食的鞋跟在后面，走一步“噗吱”一声，一个湿湿的脚印，觉得两只脚难受，也不便说，自己随便找了一双烂鞋换了。

这一天母亲无心干活，总是说自己走背字，命苦。倒霉尽了，这世上所有糟糕的事都让自己遇上。干啥，啥不成。原指望着把这猪养到年底，卖个好价钱，还些外账，这旧账没还上，又堆上了新账。这真是老天不让人活嘛！有心死了吧，死了干净，再也不用愁吃愁喝愁穿愁戴，愁了外债愁孩子们长大，等到孩子们长大又愁给娃娶媳妇。这愁到哪一天才是个尽头呀，越想越愁，越愁越不想活。想想自己一辈子没有害过人，没有干过缺德的事，老天不应该这样对自己呀，难道说是前世造了什么孽？还是丈夫活着时亏了什么人，遭到的报应？还是门头不对，冲撞了什么神神，得到的惩罚？母亲埋怨老天爷不公，埋怨丈夫死得早，埋怨自己命不好，嘴里唠唠叨叨地找了根绳子。人家满才能上吊死，她怎么就不能死？学着满才的样子把绳打在屋梁，正要打个结扣，这时文娃提着两只地鼠进门了，在院子急不可耐地喊：“妈，妈！我夹住两只地鼠。”这地鼠是地里的一种小动物，大小形状跟家鼠一样，专吃地里庄稼，皮毛光滑保暖，供销社收购地鼠皮，一毛钱一张，有些人一春天打了不少地鼠，又能卖钱，又能吃肉。德娃做了夹子，也到地里下过几回夹子，总是不得法，一只也没夹住。今天文娃夹住，而且还夹了两只来，他高兴地让母亲看。进屋看到母亲手拿着绳子，脸色苍白，神情慌张，问道：“妈，你干啥？”母亲听到文娃的叫声像是从梦中醒了似的，猛地一怔，眼泪不由得淌下来。母亲忙把绳子抽下来，擦拭着脸说：“我没事，你出去玩去吧。”文娃把手上的两只地鼠举起说：“你看，我打了两只地鼠。”母亲说：“等你哥回来，剥皮。”文娃说：“他还不如我哩，我自己剥吧。我剥了皮你给我煮肉，我也要吃地鼠肉。”母亲机械地点点头。

文娃回来就像头上被泼了一盆冷水，母亲顿时清醒了，想想两个娃，终究没有去死。两个娃已经没爸，不能再没有了妈。一想到这里母亲就心疼，疼得整个身子都颤抖。不死就得想办法，就得振作起来。母亲祈求着猪还能活过来，每隔一会儿到猪圈跑一趟。整整一下午不知跑了多少趟。文娃找了一把旧刀子，剥好地鼠皮，把地鼠皮贴到砖上，把地鼠头剁掉，内脏掏出来扔了，地鼠肉用凉水洗了洗，说：“妈，你别老跑啦，你跑死那猪都活不过来，你还是给我把这肉煮一煮吧。”母亲骂道：“你就知道吃！那你说咋办，猪就这么白白地死掉？”文娃说：“死掉就埋地里沤粪，能有啥办法。”母亲气得骂道：“你这不懂事的憨娃。”文娃说：“我憨啥，我一天都没吃饭了。”母亲才想起一天都没生火做饭了，看看天也快黑了，估计德娃干活也快回来了，就抓了柴火把文娃收拾好的地鼠肉放在锅里煮。

德娃从地里回来，香喷喷的肉味迎面扑来。德娃边寻找边笑着问："这是什么味，这么香？"文娃得意地炫耀说："是我打的地鼠，打了两只。皮都剥了，妈正煮着。"说完拉着德娃到院子里看他剥了的地鼠皮。德娃高兴地说："好，好，比我强。以后下学后别只想着玩，每天给咱打上两只，又能吃肉，又能卖钱。多美。"母亲在屋里喊："回来吃饭。"这地鼠肉过去是没人吃，不知谁家先偷偷地煮着吃，吃了还觉得挺香，开始是悄悄给人说，慢慢地就传开了，人们都知道地鼠肉能吃，能解饿，能帮助肚子度过饥荒。德娃家是头一回吃，不是不想吃，只是一直打不到地鼠。这时一家人围着小桌欢腾地吃起来，母亲把肉全都夹给两个娃。文娃低头就吃，德娃把袖子卷起，伸手把母亲放在他碗里的地鼠肉分开两半，一半留着自己吃，一半放到母亲的碗里，说："妈，你也吃。"母亲不舍得吃，又放回德娃的碗里说："妈不爱吃，我娃吃，你正长哩。"德娃生气地说："什么爱吃不爱吃，你尝一尝嘛！"母亲看着娃娃们吃得香，自己不吃心里也高兴，脸上瞬间露出了难见的笑容，她用手掰了一点，塞进嘴里，咂了咂说："好着哩，你快吃。"文娃抬起头，满嘴含着肉说："你们让啥，明天我多给你们打几只，让你们吃个够。"母亲说："你别只吃肉，就上点窝窝。"

吃完饭后，母亲又想到死了的猪，眼里又流出愁苦来，说："那猪可咋办呀？"德娃和文娃同时说："埋了呀。"两个娃小不知道珍惜，站着说话不腰疼，母亲长长地叹息道："哎呀——"扭头出了门。走到巷口不知道该去哪里，犹豫再三就来到银凤家。银凤一家子坐在院子里纳凉，银凤看见母亲起身让座，说："姨，你快坐，牙你咋地今天有这闲空来我家？"母亲坐在银凤让的小凳上，想说从你家赊回去的那猪呀，长得好好的，突然早上起来就死啦，话到嘴边没说出来，怕人家多心，猪好好的到你家，你养了几个月，现在你给人家说猪死啦，你叫人家说什么呀。母亲说："我也是闲的，心慌的，就出来了。"银凤的男人接着说："今年的麦子长势不错，我看一亩能打四五百斤。"母亲心不在焉地说:“咱就是盼牙好哩。”银风问道:“姨,你说今年能分到多少麦子呀?”母亲说:“我咋能知道。”男人接着说:“我看一口人总能分到二百斤。”母亲应付地说:“能吧。”银风看到母亲无心闲谝说:“姨,你有事吗?”母亲忙说:“没事没事。”银风说:“你有事就说。”母亲说:“我真的没事,你们歇着吧。”母亲便起身回家了。

母亲回到家，想不出一点办法，躺在炕上翻来覆去地睡不着，起身又来到猪圈旁，久久地盯着一动不动的死猪，看累了又拿起根棍子在猪身上打了打，猪还是纹丝不动。母亲就坐到院子的台阶上，台阶的旁边贴着两张地鼠皮，这让母亲眼睛一亮，顿时精神百倍。哎呀，老天爷总算给她指了一条明道。母亲迅速抱来一堆柴火，往锅里倒满了一锅水，非常麻利地拉起风厢点着火，不一会儿一锅水就烧开了，母亲再次来到猪圈，跳进圈里，用猛劲把猪搬起。猪死沉死沉的，她脚底下一滑，趴在了猪的身上，冰冷的猪身紧贴在她的脸上，母亲急忙爬起来。搬不动死猪，就一点一点地往前挪，移到猪圈跟前，歇了歇，憋足气把死猪搬到猪圈墙上，然后一推，猪“嘭”的一声掉在猪圈外。母亲跳到猪圈外，弯着腰把猪一点一点地拖到锅台前，又歇了歇，再次憋足气把猪搬到锅里，滚烫的水溅了一地，也溅到母亲的手上。母亲痛得直用嘴吹，然后用菜刀在猪身上一阵乱刮，猪毛随着菜刀一层一层地落在锅里，刮完毛后母亲又把猪拖出来，放在地上，点着灯把没有刮净毛的地方，又细细地刮了一遍。最后拿菜刀把猪的肚子划开，把五脏六腑掏出来。母亲平生连鸡都没杀过，今天要杀猪，她手忙脚乱地一不小心把肠子划破了。猪屎猪尿流出一地，又臭又脏，母亲几乎呕吐出来。她扬起头走到院子狠狠吸了几口新鲜空气，把地上打扫干净，再次回来把猪放到锅里，从里到外洗了几遍，换了水又洗。母亲想总要洗干净，不能让人吃出病来。又放了些碱面，直到洗得自己满意为止。然后换上干净的水，再次把水烧开，锅里水沸腾了，过了不久肉香味飘荡开来，传入母亲的鼻腔。母亲高兴地笑了，擦了擦额头上的汗，把火里多添了些柴，起身拿了一把铁锨，悄悄地开了门，在门口的粪堆上挖出一个小坑来，把猪屎猪肠以及乱七八糟的东西都埋到小坑里。到埋肝呀肺呀的时候，埋了又刨出来，觉得可惜。娃娃们吃不上喝不上的，这么好的东西就这样埋了，真是造孽。权衡了再三，最后还是埋了。等把一切收拾了，又悄悄地把院门关上，到锅台前用筷子试了肉的成色，把灶台里的火吹灭。这时天已蒙蒙亮，外面响起勤快人家的开门声。母亲夹了一块肉，塞到自己的嘴里，香香地吃了，久久地回味着，心满意足地爬到炕上，舒适地躺着，一动也不动。

天亮了，德娃醒来，闭着双眼不肯睁，说："妈，我晚上做了个梦，梦到咱们家煮了一大锅肉，我美美地吃了顿，到现在还有香味。"母亲心里嘀咕着，听老人们说梦到吃肉不好，该不会出什么事吧，就说："哪里是梦呢？是我真煮了肉，你跟你弟起来，把猪蹄和猪尾巴吃了。"德娃问："哪儿来的猪蹄？"母亲说："能有哪儿，咱们家的死猪嘛。"德娃说："不是病死的吗？敢吃吗？"母亲起来下了炕说："没事吧，人家病鸡还要吃哩，咱这猪还不定是咋死的，怕啥，我把内脏全扔了，肉洗得干干净净的，论理是不要紧，刚才我还尝了尝，香得很。"母亲说着下了炕，把肉从锅里捞出来，把猪蹄子、尾巴、耳朵放到案板上，说："你今天别去上地了，你弟也别上学了，你两个把肉卖了。"德娃为难地说："我没卖过东西，不会卖。"母亲说："你总认得秤吧？你见过人家在咱巷头卖东西吗，就是那样卖。"德娃说："见过，可不认得秤。"母亲说："我借杆秤，回来教你。"德娃有些为难，但是母亲不容他商量，出门借秤去了。德娃无奈地叫醒弟弟，让他穿上衣服，下了炕。文娃听说不要上学了，高兴得直喊。德娃递给文娃一个猪蹄，自己啃了一个。弟弟吃完后说："不饱，还要一个。"德娃说："别一顿吃完，把那个猪蹄留给晚上吧，再给你一个猪尾巴。"

母亲借回秤，把德娃拉到身边，教他认秤杆上的星。这个星是几两，那个星是几斤。嘱咐他多少钱一斤，到哪些村卖。说："你们小，不要跟人家讨价，不要跟人家吵架，卖几个钱算几个钱，总比白扔强。"然后找了干净的筐子，拿来一块大笼布，把肉剁成几大块放进去，用笼布盖上，说："等一会儿，人都上地干活了，你俩悄悄地出村，别让人看到。"

太阳出来大约一竿子高的时候，约莫着该上学的上学了，该上地的上地了。德娃和文娃抬着筐子出了门。文娃在前德娃在后，出了门德娃就加快了步子，推着文娃往前走。兄弟俩低着头一前一后，默不作声，跟小跑似的出了村，到了村外两个人才放慢了脚步。文娃出了一口气，不满地说："你慢些推，我都出了汗啦。"德娃没卖过东西，心里有些犯难，问："咱们先到哪个村？"文娃说："我哪知道，哪个村近就先去哪个村。"德娃说："王村近，咱们先去王村吧。"俩人抬着筐子沿着一条小路朝王村走。遇到本村在地里干活的人，他们就远远地绕开，有时甚至多跑一里路，到后来俩人抬着不得劲，德娃就一个人提上，文娃拿着秤。来到王村村口，俩人停下来，都不知道怎样卖。德娃商量着问："歇一歇吧？"俩人找了个阴凉地坐下来，德娃把筐子里的笼布打开，把肉晾出来，学着摆摊卖东西的样子，让过往行人看见。这时还不到吃早饭时间，很少有人路过，偶尔有一个人路过，兄弟俩四只眼紧紧盯着，希望人家能看见，能过来买。可是这人急匆匆地走了，连看都不看一眼。

德娃说："这样不行，等到天黑也卖不掉，咱们进村吧。"兄弟俩进了村，无理由地怕见人，不知是胆怯呢，还是害羞。他们先寻小巷，后走大巷。先拣人家少的地方去，后到人家稠密的地方，把王村转了个遍，一两肉也没卖掉。在村里碰到的人，大多数问也不问你是干啥的、卖啥的。只有一老婆婆问："这俩娃，卖啥哩？"兄弟俩赶紧凑过去说：

“卖肉哩，要吗？”老婆婆说：“多少钱一斤？”德娃说：“五毛。”婆婆说：“哟哟，太贵，不要。”转身就走。德娃追在后面说：“你说多少钱?”那老婆婆摇着头走进自家院子，把门闭住了，兄弟俩站在门外说：“我给你便宜些，你给多少钱。”院子里没有了响动，德娃不敢推开门，就朝院里喊：“四毛一斤?”听听院里还没动静又喊：“三毛?”还是没有动静，德娃从门缝往里看，看不到老婆婆的影子，回头失望地对弟弟说：“走吧。”

兄弟俩走出村子，看见远处一拨一拨的人正从地里往回走。俩人急忙把筐子放在路边，把肉打开，蹲在筐子旁边等人过来买。人们从他们身边走过，有的老远喊一声：“卖啥哩?”也不等你回答就走，其实不管卖啥他都不买，就像人们见面打个招呼一样，不问一声心里过意不去。有的人只顾说笑地走，仿佛路边什么也不存在似的。有的人则要走过来看看，不放心地问一问，卖啥哩，多少钱一斤，有心买没心买都摇头说太贵，转身就走，有的人则要尝一尝，不让尝把脸色一变就吓唬地说：“你这是病死的吧，走，到大队去。”德娃心虚，红着脸说：“你不信就尝一尝。”用刀子割了一小块递给那人，那人往嘴里一塞，满嘴的肉把整个口腔塞得没有一丝一毫缝隙，脸颊两边顿时鼓起两个大包。一边转身走一边用鼻子喘着气，含糊不清地说：“不错，不错，不是病死的。”德娃心里气愤，见不得这些爱占小便宜的人，看着那人消失的背影，恨恨地说了一声：“噎死你!”

人们走完了，地里、村口顿时安静了。从村里传来人们的开门、闭门以及拍打衣服的声音。文娃说：“哥，咱也回家吃饭吧。”一上午一两肉没卖了。德娃心里正烦着，听到弟弟要回，就白了弟弟一眼说：“吃啥？一点肉没卖，还让人家白吃了一块，有脸说吃饭?”文娃不高兴地说：“肚子饿了么，没卖了能怪我？又不是我不让卖!”德娃训斥他说：“饿啦？一顿不吃能饿死?”文娃不高兴地噘着嘴。德娃背起筐子说：

“拿上秤，走，咱们再转一个村。”兄弟俩往另一个村子赶。路上都不说话，到了村口德娃对着弟弟说：“进村了，你给咱喊着。”文娃说：“我不会喊。”德娃和气地说：“你就这样喊‘卖肉哩’。”文娃固执地说：“你会喊，你喊。”德娃想骂弟弟，忍了忍，也不看文娃，独自快步进了村。村子里静悄悄的，人们都在家吃饭，巷子里几乎看不到人，德娃压低嗓门喊：“卖肉哩。”文娃说：“你喊这么低，谁能听得见？”德娃继续朝前走，稍微提高一点声音，又喊：“卖肉哩。”这样一直喊着，没有喊出一个人出来。一条老狗伸长着舌头，悠闲地走过来。德娃下意识地停住了，把筐子往紧的提了提。俩人都有些怕，不知道这狗咬人不咬。那狗也不怕生人，不紧不慢地懒洋洋地朝兄弟俩走来，那样子好像闻到德娃筐子里的肉味，又好像不在乎似的。他们停下来，狗也停下来。对视片刻后，文娃在德娃的身后，突然间蹲下身，伸手在地上装作拾石块的样。那狗没有防备，吓得夹着尾巴一下子窜得老远，霎时没了踪影。德娃长出了一口气，又转了一条巷，在巷子那头的一棵大树下站着几个人。文娃说：“快喊，那边有人。”德娃想喊，可是有了人他反而喊不出口。文娃又催促道：“你快喊呀，别让那些人走了。”德娃还是喊不出来，就说：“咱们快些走。”兄弟俩快步来到大树前，都不敢出声，也不敢走进树荫下，就在太阳地把筐子放下，把肉晾开等人过来。那几个人看到也没有过来，有的人问：“娃娃卖啥哩。”有的人说：“你把筐子提到这儿来，热屎的，摆在那儿干㞗啥哩。”兄弟俩把筐子提到树荫下，人们就你一句他一句地说：“你等收了麦子再来，现在饭还吃不饱，谁买肉。”“来尝一尝，不让尝谁买哩。”“你这是病死的肉吧，不过时过节的谁家杀猪哩。”“你可不敢胡卖哟，吃死人可是犯法的。”“两个娃有本事哩嘛，敢来外村卖肉。你们是哪个村的？”一个女人说：“你们别起哄啦，看牙娃可怜的。”有人说道：“见牙可怜，你嫁给人家。”那女人就追着吐那男人。

这棵大树上挂着一块烂铁，是小队派活的地方，吃了饭的人们都往这里集中，不到一会儿的工夫，人越来越多，站不到树荫下的人就站在对面墙根。这么多人围着，兄弟俩都感到紧张和担心，怕挤着，怕踩着，怕把肉抢了，俩人的头上直冒汗。德娃把肉盖住跟弟弟说："走，咱不卖啦。"提起筐子拉着弟弟，挤出人群，逃跑似的往村外走。身后还能听到人们起哄嬉闹的声音，"别绊倒了，慢些。"德娃又羞又恨，恨自己让人欺负，只顾逃跑而没有力量惩罚他们。俩人出了村，找了阴凉地坐下来。德娃擦了擦脸上的汗，难过地说："一个村连一斤肉都没卖了，这可咋办呀。"文娃说："都啥时候了，我饿。"德娃心里生气，白了弟弟一眼心里骂道："你就知道吃，就知道吃。"说完还是动手给弟弟割了一小块肉，说："你先吃点，压一压饥。"文娃吃完后说："还不饱。"德娃说："不饱就不饱吧，等咱们实在卖不了，剩下了你想吃多少就吃多少，走。"文娃问："还去哪里呀？"德娃说："到下一个村子！"文娃说："又热又累的，让人歇一歇。"德娃真怕弟弟不走了，伸手拉起弟弟，和气地说："越歇越累，咱慢些走。"

兄弟俩就这样硬着头皮，走走歇歇转了一个村又一个村，开始不敢在人跟前喊，像贼一样偷偷摸摸的，到后面就豁出去喊，你一句他一句地："卖肉哩。"就是一斤肉也没有卖掉，看看太阳偏西了，一天没吃没喝的兄弟俩都是口干舌燥的，德娃顾不得这些，只想着回去咋向母亲交代。对着弟弟说："是死是活，咱们再转一个村，要是卖不了，咱们狠狠吃一顿，回家。"文娃没有信心，垂头丧气地说："去也是白去。"德娃生气地说："你咋知道白去，白去也要去，你就会说些不吉利的话。"德娃提起筐子，赌气地站起就走。文娃拿起秤乖乖地跟在后面。进了这个村，俩人像走过场似的，到人跟前也不停，有人的地方也不喊。把村里的大巷小巷走了个遍，还是一斤没卖了。德娃情绪低落，失望至极，真让弟弟说着了，心里想着回吧，村子也跑了不少，贵也罢，便宜也罢，就是没人买，有什么办法。德娃无奈地对着弟弟说：“走吧。”文娃不服气地说：“我说白跑吧，你还不信。”

德娃无心跟弟弟吵嘴，眼看着就到了村口，这个村离家还有十多里路，自己和弟弟一天都没有好好吃一顿饭，出了村要找个阴凉的地方，就跟弟弟好好吃一顿，反正肉卖不了。正想着，迎面从村口的麦场里走来五六个小伙子，其中一个光着上身，长得白净，留着平头，穿着白色皮底鞋，肩膀上搭着洋布衫子的小伙子朝着德娃说：“唉，这娃，你提的啥？”德娃说：“猪肉。”小伙子又问：“卖不卖？”德娃心里也不存啥希望，继续走着随口说：“卖。”小伙子问：“多少钱一斤？”德娃说：“五毛。”说着就到了小伙子的跟前。那小伙子拉住德娃的筐子说：“放下，你放下，卖肉不让人看？”德娃把笼布打开，小伙子说：“便宜点，我多买一些。”德娃说：“不能便宜。”这时随行的几个人都围了来，有人鼓动说：“买上，买上，回去喝酒。”“你生了小子啦，也不请客。哎呀，你可小气的咋呀。”小伙子生气地说：“说啥哩，说啥哩，这不是买哩嘛！”说着把肉翻来覆去地看了看，把笼布裹起用手掂了掂重量，说：“你便宜点，我全买了。”德娃看出来这回是真要买了，抑制不住内心的激动，他喘着粗气，忙把头抬起，眼睛迷茫地朝四周乱看。看到弟弟面无表情，他不知弟弟是被这样的好事惊呆了，还是已经麻木了，兴奋地甚至有些颤抖地高声说：“你要真是全要了，四毛钱。”他这样的神色、表情，像豁出去的感觉。小伙子觉得占了便宜，这两个娃不会卖，一下子就降了一毛，心里暗暗地窃喜，说：“好，痛快，称一称，我全要啦。”

文娃忙把秤递过来，德娃拿上秤把筐子钩起来。小伙子说：“不用拿筐子称，直接钩在笼布上。”德娃又忙把筐子放下，把笼布四个角钩在秤上，晃晃悠悠称起来，也不知是过于紧张的关系，还是不熟练，秤砣不是太靠前打不起肉，就是太靠后要砸了脚。他脸上都冒出了汗珠。

站在旁边的人说：“你称对噢，别砸了你的脚，要是给不够，我砸断你的秤。”德娃翻来覆去称了几次。他把秤砣上的绳捏死，仔细看了看说：“你们看，这二十一斤，差半两。”那小伙子伸着脖看了看秤，大大咧咧地说：“看啥哩，称对就行。”从秤钩上拿上笼布转身递给了他身后的一个人说：“给，拿着，高兴了吧，把建娃他们几个也叫上。我再去买两瓶酒。”随同的几个人跟着走了，提肉的人边走边歪着头笑，跟着的人说：“高兴尿哩，他早该请啦。”德娃看着都哄哄地要走，着急地拉那人要钱。这时那个小伙子走上前来说：“多少钱？我来算。”德娃这才放下心来。他蹲在地上拿石子画着算了算说：“二十一斤九两半，应该给八块七毛八。你就给上八块七吧，那八分钱就别给了。”小伙子说：“你可要算对了。”说着从裤子口袋掏出七块，又从搭在肩膀上的衫子里找出两个五毛和两张两毛的，递给德娃转身就走。德娃拿上钱数了数，才八块四毛钱，忙追上拉住他胳膊说：“不对，还差三毛哩。”小伙子就翻了脸说：“差啥，差啥。谁知你的秤对不对。”德娃急得脸涨得通红地说：“你刚才看得清清楚楚的嘛，咋不对。”小伙子虎着脸喊道说：“看啥，放开！”说着胳膊猛地一甩，快步走了。德娃的手从小伙子胳膊上滑脱，身子向后一闪，凌空摔倒在地，屁股重重地蹾在地上。文娃看到急忙跑来拉德娃起来说：“摔着了吗？”德娃的屁股生疼生疼的，也顾不得回答弟弟，咬着牙爬起来，正要追。那小伙子一闪拐进了一条小巷，没影了。德娃低头看看那只握得紧紧的手，慢慢展开手指，把手掌上被揉成一团的钱，叠好装进口袋。不服气地朝那小伙子消失的地方瞅。弟弟拉了拉德娃的胳膊安慰说：“走吧，别要啦。”俩人来到筐子前，收拾着把秤和秤砣放进筐子里，突然德娃“呀”的一声说：“坏啦！咱的笼布！”弟弟说：“让那人一起提走了。”德娃说：“你在这儿看着咱的东西，我去要。”弟弟说：“别要啦，我有些怕，要不下笼布再吃了亏。”德娃想想说：“我试试，要不下我就回来了。”德娃找到刚才那小伙子走进去的小巷。小巷不深，住着五六户人家。德娃不知小伙子走进哪一户，就一户一户地找，到门口不敢随便敲门也不敢随便进。他从门缝往里瞅一瞅，然后侧过脸竖起耳朵听一听，看不到人影也没什么动静，德娃就到另一户。找了半天什么也没有发现，德娃就回来了。

回家的路走得那么精神，渴呀，饿呀，饥呀，累呀全都忘了。热闹了一天的太阳，这时温柔了，安静了，变大了，刚才还大大的红红的挂在树梢，不一会儿就悄悄地沉下去了。宁静的傍晚，凉风习习，兄弟俩的心情异常兴奋，兴奋得只顾低头默默走路，俩人的额头上都浸出热汗，汗珠从头顶流到嘴角，咸咸的，流到下巴滴到胸膛凉凉的。德娃的步子越迈越大越走越快，虽说少要了三毛钱，笼布也丢了，可是总能为母亲分忧了。德娃顿时有种什么都能干了的自豪。文娃喘着气说："走慢些，我都跟不上了。"德娃稍微慢了些，用手指着前方说："你看，能看到村子了。"深蓝色的天上不知啥时出来那么多的星星，明亮的星星一闪一闪的。在天和地的尽头隐隐地现出村子的轮廓，那轮廓越来越清晰，也越来越让哥俩感到亲切。突然发现村口有个身影朝他们走来，接着就听到一声嘶哑的带有哭腔的吆喝声："德娃——"声音满含着担忧、害怕，亲切而凄凉，在宁静空旷的夜中传出老远。兄弟俩听出是母亲的声音，同时兴奋地回答："哎——"

母亲听到回应，老远就朝着德娃骂道："哎啥哩！看看都啥时候啦，让人担心死，憨憨。"话音刚落，顿时泪流满面。其实早上兄弟俩一走，母亲就有些后悔，不该让两个小娃娃单独出去走村串巷的。又想到德娃昨夜梦到吃肉，这不吉利，不是好兆头。担心娃娃让人打了、骗了，或者迷了方向走不回来。整整一天心慌心焦，上午做了饭等不回来，中午又把饭热了还等不回来，急得像热锅上的蚂蚁，一会儿门口看一看，一会儿村口望一望，总算盼回来了，忙拉住两个娃的手，说："我的憨娃哩，就能回到这会儿！能不能卖了到吃饭时也要回来，你要让妈在家急死哩。”文娃叽叽喳喳地说我们都到了哪些村，碰到哪些事，他怎么叫哥回家，哥不让回也不让吃，他咋地饿咋地渴咋地累，肉卖了多少钱，少给了多少，笼布怎样丢了，详尽地说着。母亲一会儿高兴地说：“我娃真有本事。”一会儿抹着泪说：“我娃恓惶的。”德娃把钱交给母亲。这钱不仅能还了赊猪娃的钱，还多余五块。母亲的脸霎时像盛开的鲜花一样，美极啦。

十一

人们把收麦子叫作龙口夺食，每到麦熟时节，学校里放假，供销社关门，县城里工作的人也回到村里，男女老幼齐上阵，誓与龙王争食吃。青壮年的割麦子，稍上年纪的赶车往场里拉麦子，走不动的到场里看麦子，能走动的老的幼的到地里拾麦子。天不亮，有性子急的、心疼自家媳妇、好让媳妇割麦时省些力气的人，摸着黑就悄悄爬起来，在朦胧中给媳妇磨镰刀。这“霍霍”的磨镰刀声在寂静的黎明中传出去，耳灵的邻居听到，女人就在被窝里踢醒酣睡的男人说：“你还睡！还睡！快些起，好好地给我磨一磨镰。老是糊弄我，怪不得我老是比别人割得慢。”这样的动静响声，一家传一家，八家传十家，等到队长打钟时，人们就拿起锋利的镰刀，男呼女叫地往地里赶。无论这人平时多懒多馋，多奸多滑，这时都是出奇的肯干，出奇的勤快。十天半月后，人们欢天喜地扛着拉着分到的麦子，急着赶着磨成白面。纷纷地关上门，争着抢着大口大口地吃着白面馍馍、葱花烙饼、锅盖样的煎饼、裤带长的面条，吃一口全身上下都满足、爽快、惬意。

收麦之后，德娃又瘦又黑，母亲心疼地老问：“我娃是不是病啦，顶不下来就歇上一天。”德娃不耐烦地说没事没事。母亲像所有人家一样也抢着要给两个娃娃吃一顿好的。她急忙把麦子淘了晒干，让德娃拉到大队的磨坊。磨坊里人多，排队磨面的人排得老长老长，要等到后半夜才能轮到。母亲就领着德娃回来先睡，到半夜时母亲没有叫醒德娃，悄悄地把文娃叫醒，拉着文娃去了磨坊。路上文娃一边揉着睡意蒙眬的眼，一边老不情愿地让母亲拉着，嘴里不停地嘟囔着："为啥不叫他，叫我哩。"母亲说："你不看你哥可怜，都瘦成那样啦。"文娃不服气地说："我比他还瘦。"母亲也不回答，只顾拉着文娃走。来到磨坊，只能听到隆隆的机器声，有四五家等待磨面的人。等得困乏的人们东倒西歪地趴在粮食袋子上睡着了，母亲看到排在她后面都磨完走了，只留下自家的麦子独独地放到了旁边，母亲"呀"了一声，心想来晚了，怪自己不应该回去睡觉。母亲惊讶地问："谁把我家的麦子放到边上啦？"没有人回答，母亲就又说："早就应该轮到我啦。"也没有人回答。母亲看看留下的这几家，都是外队的大姑娘小伙子，虽说是一个村的可是平时不见，并不知道是谁的娃。就对着排在第一位说："这一家下来，该我家啦。"那小伙子二十多岁，不知道是没有听到，还是睡得太死，依旧是那样把头枕在粮食袋子上呼呼地睡。母亲就跟文娃把粮袋子往磨面机跟前移了移，解开口袋的绳，准备往里倒粮食。过了不多一会儿，上一家磨完了，收拾着要走，母亲拿来往磨面机上添粮食的桶，让文娃扶着桶自己把袋子放倒，一点一点地往桶里倒，倒了半桶母亲怕倒多了提不动，就收了口，提起桶正要往磨面机里倒。这时那睡着的小伙子"噌"地一下起来，扛起自家粮袋子就往磨面机里倒。母亲抢不过那小伙子，提在空中的桶生生地放下，生气地说："你是谁家的娃？咋地跟我抢？"那小伙子不紧不慢地说："谁跟你抢？就该我啦。"母亲说："你还说不是，排在我后面的都早磨完啦，你是谁家的娃，我找你父母说理去。"小伙子说："你找谁我也不怕，反正我在他后面，你来多早我又不知道。"母亲无法只得坐在旁边等到最后。

磨完粮后天已大亮，母子俩把面抬出磨坊，母亲说：“你在这里看着面，我回去借辆平车。”母亲走回小队的巷里，徘徊着去谁家借平车。这时英子出门正要扫门口，问道：“姨，这么早你出来干啥？”母亲说：“才磨完面，我借个平车拉回来。”英子说：“哟哟，就磨到这会儿，有多少呢？”母亲说：“不多，也就是个六七十斤。”英子说：“呀，这一点还用平车呀，你回去吧，我拿自行车给你推回来。”母亲不放心地说：“能行吗？”英子说：“姨，你只管回吧。”英子也不扫门前了，扔下扫帚回去推出自行车，骑上风风火火地赶往磨坊。巷子里的路坑坑洼洼，自行车颠簸得“叭叭”乱响，母亲在后面喊道：“英子呀，你慢些，别碰了人。”母亲的话没说完，英子就没了影子。

英子兴致勃勃地来到磨坊，看到文娃满身是面地坐在面口袋旁，心里一下子凉了许多，气愤地像是质问似的问：“文娃，你哥呢？”文娃不满地说：“我哥？哼，在家睡觉哩。”英子更加不平地说：“这是什么人，也不知道羞，让老的小的熬夜，自己在家睡大觉，也亏他能睡得着。”文娃不满地说：“哼，牙才睡得香哩。”英子把面推到德娃家的院子，站在院子里大喊：“姨，把面放到哪里？”母亲忙出来说：“你别管啦，就放在地上，让德娃往屋里搬。”德娃跟在母亲的后面出来，走到车子跟前说：“我来搬。”英子也不搭话，打开德娃伸来的手，自己把面搬下车子，跟个大力士一样，一只手提一袋子面往屋里走。德娃不知道咋回事，跟着说：“我提，我提。”英子也不理。母亲忙说：“放下，放下，让德娃也提上一袋子，别努着。”英子把两袋面放到屋里，也不看德娃，对着母亲说：“姨，我走啦。”然后推着车子就走了。母亲羡慕英子的干练和力气，看看德娃不解地说：“这娃是咋啦。”

英子不理睬德娃，有时甚至给德娃脸子看。但德娃心里却热乎乎的，他能从那种刻意的冷漠中感受到一种关爱，像春天的细雨慢慢浸透他干枯的心。他们在地里干活时，德娃常常发现英子的眼睛穿过许多人在注视自己。距离越远越是这样明白、这样专注和大胆。离得近的时候，反而不瞅德娃一眼。比如割麦子的时候，本来英子不在他们小组，可是她非要到他们这组。张福说："那是一窝男娃娃。"英子说："你爸也是男的，有本事你别回家！"一句话噎得张福半天说不出话来。英子割得快，来了后就领镰，她割到地头后，德娃还在地半截，她就回头再帮德娃割。别的人喊道："英子，咋地只帮德娃不帮我呀？"英子也不回避，说："老娘想帮谁就帮谁，你管得着吗。"可是就是不跟德娃说话，反而把脸子放得长长的，割到地头后大家都累得东倒西歪地躺在麦堆上。英子则走到德娃躺的地方，顺手拿上德娃的镰刀一起送到她哥跟前，让她哥磨镰刀。英子哥看见拿来两把镰刀，不高兴地问："这是谁的镰？我不管，累㞗的，还替别人磨镰！"英子说："叫你磨你就磨，磨个镰就能把你累着？"英子哥说："你不说谁的，我就不磨。"英子生气了，转身就走，走了两步也觉得哥哥说得有理，又返回到哥哥身边，把德娃的镰递上说："你就磨一把镰刀吧。"英子哥抬头一看说："这是谁的？"英子说："我的呀！"哥子说："你哄谁哩！咱家镰我还不认得？"英子无法只把自己的那把递上说："你就磨上一把吧。"回小组的路上，她一只手拿一把镰，翻来覆去颠了颠，发现德娃镰刀把子上有些血痕，想这一定是握不紧镰把才磨破了手，他身单力薄天生的就应该上学、干事。可是老天爷就是这样不公，让他种庄稼。英子心里莫名其妙地冒出一丝一丝的疼。她抬头看看累得软软的躺着的德娃，眼睛就有些湿润。她掏出自己的手绢缠绕在自己的镰刀把子上，把这好用的、自己顺手的、刚刚磨过的镰刀，换给德娃，心想这总能顶些事。来到德娃跟前，也不看德娃，把自己的镰刀往他身边一扔说："憨憨，割麦子时要把手握紧。"

德娃能感受到这份关爱，但是他不想承受。好像自己需要同情，需要帮助似的。可是说不清为啥就默默地接受了，他觉得自己越来越窝囊。不知道是因为自己心虚怕娶不到媳妇，还是别的什么原因。自从跟小兰退亲后，母亲也没跟德娃商量，就张罗着又给他说亲，说了好几门亲，都没有说成。人家不是嫌家贫，就是嫌娃没有了父亲，怕女子嫁过来受苦。母亲生气地说："你嫁男人哩，还是嫁公公哩。"德娃听到后自尊心受到伤害，对着母亲嚷道："谁让你多事，丢死人哩，我的媳妇要你管哩！以后哪个媒人敢进咱家，我就打坏她的腿。"

有一次队长让大家拉平车往地里送粪，派英子专门在坡前帮坡，别人拉到坡前她一边应付地帮着推车，一边喊着："用劲！懒的你。"轮到德娃的时候，她总是不说话，用尽全身的力气，猛劲地推平车。推得德娃上坡时都不用拉，感到比平路还轻快。心里骂这憨女子真有劲，可是每当这一刻德娃心里都甜得跟喝了蜂蜜似的。他感到有一种安慰和说不上来的愉快，甚至感激英子真好。在过去，孩提时的英子嘴上总是挂着两行鼻涕，在学校班上老师叫英子回答问题时，她总是站起来呼哧呼哧地吸鼻涕，那白白的两行鼻涕在嘴上，吸进去流出来，又吸进去又流出来，就是不回答老师的问题。无论这问题多简单都是这样，每回都能引起同学们哄堂大笑。那时德娃从心底里看不起她。可是此时此刻，到了坡顶上，德娃回头瞅一眼，英子正直起腰，两只手悬在空中喘着粗气望着他。这时的英子脸上那么洁白，洁白的脸颊上还泛起一片出了力后的那种红晕，她的鼻子挺立着，那鼻子跟嘴唇之间也没有了鼻涕，显得美丽动人。他赶紧低下头拉着平车往前跑，听见坡下有人喊道："英子，快些下来。"英子喘着气喊道："急啥哩，抢死呀！"

德娃过去没有正眼看过英子。以前英子早早退学跟着父母上地干活，他们很少见面，见了面也没说过话。德娃退学后，家里出了那么多的事，他也无心看她。英子今天对他热，明天对他冷，甚至破坏了他和小兰约会的机会。德娃想她就那么一个人，猪脑子，直来直去，说话凉五凉六地能噎死人。这些他都没有放在心上，也没有真怪过她。只是在刚才，那回头的一刹那，他的心怦然一动，英子的形象已经印在他的脑子里。人就是这样奇怪，有时候她天天在你眼皮子底下晃，你跟看不见似的，有时候只瞟一眼就刻骨铭心。她那白净的脸上透着一片红晕，额头上点缀着几颗闪亮的汗珠，挺拔的鼻子一翕一张地喘着粗气，让德娃更惊讶的是上嘴唇啥时候没有了的鼻涕。那瓜子样的脸，像锅刷子形状的两根辫子乌黑地撅在脑后，直得就像英子的性格。德娃突然觉得英子并不难看，甚至可以说漂亮，就五官来说应该比小兰周正，甚至比小兰还要漂亮。从那一刻起德娃心里常翻来覆去地比较着英子和小兰。小兰洋气，英子土气。小兰有文化会说话，说话时软绵绵地像唱歌。英子没文化没教养，声音刚劲有力像打雷，直戳人的心窝。小兰猛然看漂亮，鼻子、眼、嘴分开来看，也不尽然。英子猛然看极其一般，越看越好看。站在小兰跟前，仿佛总有一股春风从她鼻子、眼、眉轻轻地刮来，拂面不寒，使德娃浮躁的心沉静下来，静静地能感受到一种从没有过的柔软的兴奋，一点桃色的——什么的发痒，痒得怪舒服。英子则是一团火，是冬天的狂风大作，不是把你冻死，便是把你烧死。但无论如何比较，无论怎么想，德娃心里就是放不下小兰。他明明知道他跟小兰没有任何希望，可就是想到县城看望一次，其实也就了了心愿，记住她最后的一面。像个情圣似的，或者更准确地说是要给自己留一点希望，把见面当作快死的人手中的一根救命稻草。真是不到黄河不死心，不见棺材不掉泪啊！

有一回英子在巷口上碰到德娃，看见他的眼睛透着那么多忧愁，满脸的苦闷，英子就很气愤，她问德娃："你还是忘不了那烂货？"德娃瞪着双眼，恼怒地说："你这个憨熊女子，爬得远点，我的事要你管！"英子鄙视地说："哼，你还算个男人哩？哼！也不知道是你憨还是我憨！"

这天，天还没黑的时候，母亲就让文娃把院门关了。然后悄悄地把铁鏊子找出来，用清水洗净，拿砖在院子里撑起鏊子，又让文娃抱来一堆麦秆，一切都铺排妥当，然后得意地说：“今天给我娃吃煎饼。”其实她不说德娃和文娃也已经看出来了，他俩欢快地围在母亲跟前，一会儿拿柴火，一会儿找小凳。麦秆有些湿，母亲点了几次才燃着，燃着的火苗很小，母亲趴在地上用嘴吹，吹一口气，烟雾灰尘返扑到母亲的脸上、眼里，呛得母亲咳嗽几声，鼻涕眼泪都流出来，母亲擦一擦泪又吹。德娃和文娃守在旁边急得直舔嘴唇。老半天做熟一张，母亲刚放到旁边的盘子里，兄弟俩早已耐不住了，伸出手跟抢似的，一个人揪了一半就往嘴里塞。母亲急着说：“慢些慢些，看烫着，噎着，先洗手去。”德娃果然烫着了，煎饼含在嘴里烫得无法下咽，他站起来边往水瓮前走，边扬起头张大嘴只是哈哈地出气，好一会儿才咽下这一口。兄弟俩洗了手又来到母亲跟前，母亲说：“看，要这样吃。”然后把煎饼上抹些蒜醋，再放些豆芽菜用煎饼卷起，放到文娃的嘴边说：“拿着，要一小口一小口地吃。”德娃还是那样揪着就往嘴里塞，母亲就说：“憨娃哩，吃要有个吃相，这样吃人家会笑话，将来说不到媳妇。你看李大妈的大儿子金娃，为啥三十多岁都娶不到媳妇呢，就是因为头一回到丈人家吃饭时，丈母娘端上一碗耳朵臊子面，他呼噜呼噜地吃了，又端上一碗又呼噜吃了，连吃三碗。吃完后还说‘哎呀，还没吃美。’就这样他前脚出门，丈人就跟媒人说‘这娃憨的，没个吃相，算了吧。’这就是三碗面吃掉个媳妇。”德娃不屑地说：“饿了就吃，你做下就是让人吃的，不是看的！你不愿意就不愿意，何必管牙吃相呢？金娃要是县长的儿子，能吃他三碗面，他还要烧香磕头哩。”母亲说：“你不要跟我嘴硬，有你叫苦的时候。”

这样说着吃着，母亲烙一张煎饼兄弟俩抢一张，眼看面盆里面没有了，俩人还吃得不太饱。母亲烟熏火燎地，眼睛红肿，脸上一块黑一块白，她拿起来面盆把最后一点面倒在鏊子上，这是最后一张煎饼了。德娃不过瘾地咽了咽唾液，拉起文娃说：“不吃啦。”母亲问：“吃饱啦？”

文娃眼看着鏊子不起来，说：“不饱，我还要吃。”德娃训斥道：“吃啥哩，你都吃了那么多了，妈做了半天，一口还没吃哩。”说完强行拉起弟弟走，弟弟挣扎不过，就哇哇地哭起来。母亲说：“你放开，让娃吃饱嘛，我又不爱吃。”德娃放开弟弟狠狠地说：“吃，吃，吃死你！”母亲把最后一张饼烙好，卷上菜递给文娃，说：“我娃吃，别听你哥胡说。妈不爱吃。”文娃抹着眼生气地不吃。母亲就骂德娃说：“叫娃好好地吃嘛，骂啥哩，吃个饭都不得安宁。”德娃嘀嘀咕咕地说：“你小气，做啥也是做那么一点点，老让人不敢放开吃。”母亲没有想到两个娃这么能吃，真是半大小子吃死老子，本想让一家人开开心心地吃顿好饭，结果在不满足、不高兴中结束。

吃完这顿饭就过了夏天，好像一夏天都吃的是煎饼似的。人们不能只吃好的，该搭配些稀的和粗粮，不然的话会遭报应的。母亲说过日子要精打细算，要细水长流，不要有的时候没死没活地吃，没的时候东拼西凑地去讨饭。这样就一顿稀的，一顿窝窝，一顿粗面馍馍，遇到窝窝时德娃和文娃都吃得少，只有母亲吃得多。遇到馍馍时德娃和文娃吃得多，母亲吃得少。

地里的秋庄稼努出了芽。谷子、高粱、玉米、棉花，一天一天地疯长。庄稼长着，人们不能闲着，闲着就挣不到工分。人们成天围着队长要活干。这天张福说：“走，取家伙，都跟我锄谷子去。”大家扛着锄头，三三两两地来到地头。张福站在一棵很大的柿子树下，身上披着衫子，嘴里叼着烟，一只手叉在腰间，一只手指点着说：“别等，别等，等尿哩！来了就锄，每人两行，锄一个来回，到头就歇。”英子哥说：“牙你是队长哩，你是不等尿，有人等尿哩。”地里的人们哈哈大笑，有人起哄地问：“谁等尿哩？谁等尿哩？”英子哥头也不抬说：“你老婆等尿哩。”人们又开心地哈哈大笑。那人的媳妇就拾了个小土块扔到英子哥的身上，说：“叫你胡说。”英子哥回头一看，好像突然明白了似的说："噢，我知道了，不等屎，不等屎，是等队长哩！"张福站在树下高兴地说："这是真的吗？真的等我吗？"有人就高喊"真的"。德娃来到地里后，就跟在四娃的后面锄。这四娃跟他是同班同学，收麦前刚毕业。父亲是大队会计，姑父在县公安局工作，听说姑父正托人给他找工作。四娃的力气、干活的能力或许还不如德娃，俩人正好能相跟着锄。他们锄了没几下，英子就来了，不知是有意的还是无意的，英子凑巧跟在德娃后面。

大家忘记了青黄不接时的饥饿。高声地喊着叫着，疯狂地发泄着心中的压抑。人们在善意的玩笑中，狂说憨笑地锄着。大人们渐渐地跟德娃他们拉开了距离。英子是庄稼地里的行家里手，人又利索，一会儿就锄到他们俩的前面，她锄一会儿瞅一眼德娃，发现拉的距离长了，就在前面帮德娃锄一段，这样德娃又轻省又锄得快。四娃又气愤又妒忌，说："德娃，帮帮我，咱们相跟上。"德娃就帮他锄一段，直到两人又相跟上。

四娃心里喜欢英子，见了英子常爱显摆地说："牙我姑父在城里干事哩，我县城有人，我在地里干不了两天就到城里干事去。"英子瞅一眼，哼一声，不屑一顾。四娃就凑到英子身边说些没油淡水的玩笑话。一次他死皮赖脸地说："英呀，哈哈，你看你脸上，咋地有个黑点，干啥好事啦？来，我给你擦。"说着竟大胆地伸出手真要擦。这英子哪里是个善茬，她不仅说话永远那样直白，极不客气，而且说翻脸就翻脸，翻的还是恶狗的脸。不等四娃的手伸过来，英子一个巴掌扇过去，准准地打在四娃的脸上，打得四娃身不由已往后退，眼睛里直冒金星。接着英子指着他的鼻子破口大骂，从日他的父母，到他父母的父母，直日到祖宗八代。有人听不下去，就劝英子说："英子别骂，一个女娃家，羞不羞，你拿啥日牙哩。"英子回头连那人也一起骂，骂得再也没人敢出来劝。英子的泼悍、刁蛮吓得四娃再也不敢随意冒犯她，甚至躲着她。

四娃得不到英子，心生嫉妒。他得不到英子，也不让村里任何人得到英子。他希望英子嫁得远远的，永远别回来，死在外面，或者永远嫁不出去，就算能嫁出去，也是前脚嫁人，后脚死男人，一辈子守寡。当他看到英子对德娃这样好，一肚子酸水一股一股地往外冒。他悄悄地凑到德娃的耳朵旁低声说："你可要小心，英子那烂货是看上你了。"

德娃爱听这话，心里美滋滋的。这种被人爱对他来说是一种慰藉，或者是一种良药，能抚慰他内心的痛苦。他常能感受到英子对自己的爱，但是他不能表现出来，绝不能喜形于色，那样太肤浅太没涵养。他要掩饰自己的情绪，装作若无其事的样子，免得人们笑话。人们笑话啥，德娃不知道。他想也许是自己占着锅里的，望着碗里的？其实小兰已经退亲了，不是锅里的了，英子还没定亲，也不是碗里的，这样自己锅里碗里都没有呀！为什么还担心人笑话呢？莫非是自己还放不下小兰？还是对自己没信心，怕心里再受到伤害？德娃自己也说不清。但是他不愿意听四娃说英子是烂货，停下锄头，瞪着眼盯着四娃说："你妈才是烂货呢！"德娃在学校时是个淘气的坏娃娃，那时四娃跟德娃若即若离，他既不跟德娃走得太远，怕受人欺负没人出头，也不跟他走得很近，怕人说跟啥人学啥人。四娃看到德娃瞪着自己，他脸上挤出一堆干笑，摆着头示意说："我是说她看上你啦。"德娃掩饰不住地笑了笑说："不会的，怎么可能！你不要胡说。"四娃着急地说："怎么不可能！我看得准准的，人家干啥都帮着你，咋地就不帮我呢，你以为我是憨憨？"德娃感到幸福，但还是狡辩道："那我刚帮你锄了一截，也是看上你了？"四娃说："你不信就算了，反正你别让她缠上，缠上你这一辈子就完了。"德娃不解地问："咋地就完了。"四娃看了看周围，神秘地说："她是个烂货，不只是野蛮、彪悍，她还跟人睡过，是个没人要的烂货。"德娃就像没有任何防备，突然让人用针尖在脚心刺了下，一阵心痛。痛过之后，心就随即向下沉，好像自己要掉进深渊似的。他不相信这是真的，可是心里就是不好受。他尽力让自己平静下来，低下头不自然地问：“你胡说，你是咋知道的？听谁说的？”四娃也没有底气，低声说：“你别管，反正这是真的。”德娃看着四娃的神色，感到他在说谎，又问：“她跟谁？”四娃有些慌，说：“你别问，我是为你好才跟你说，你可别说出去。”德娃忙说：“我不说，我不说，我要说我就不得好死。你说她跟谁。”四娃说：“你管她跟谁！你心里知道有这回事就行了，难道你真跟她有意思？”德娃脸上掠过一片红晕，随即装作无所谓地说：“我也就是问问，你不想说就算了。反正跟我也没啥关系，只是她的两个哥哥很厉害，让他们知道你成天胡说八道，非坏你一件不可。”四娃听后吓得不轻，忙央求说：“算我啥也没说，算我放屁，你千万别说出去。”德娃说：“只要你说出来她跟谁，我就不说。”四娃胆小，他领教过英子的厉害。不要说英子哥打他，就是英子找他，他都能吓得尿一裤子。四娃哀求地说：“好我的爷爷哩，这都是我胡说的，我哪里知道牙跟谁睡过呀！”德娃说：“你为啥要胡说？”四娃说：“她不是骂过我嘛！”德娃哼了一声，不再说话。四娃不放心地说：“你千万不敢说出去，说出去我就没活头啦。”德娃说：“我才不管尿这闲事哩。”说完后就闷闷不乐地低头锄着地，有意锄得慢些，也不再帮四娃了，心里开始看不起四娃，甚至讨厌四娃了。

德娃跟四娃最后锄到地头。到了地头人们已经歇息了，三五个媳妇女子围着张福吵着闹着要打扑克。大家知道只有她们围着张福打扑克，而且只要让张福赢，大家就能多歇息，只要让张福赢得高兴了有时甚至能歇到天黑。男人们女人们三五成群地坐在地头，这儿一堆人，那儿一伙人。爱听故事的听老汉谝故事，精力旺盛的成年男女各自围在一起聊着男女之间的趣闻轶事，女人们审问着新媳妇初夜让男人折腾了几次，男人们讲述着逗新娘时男女之间的窘态。张扬的笑声一会儿从这堆传到那伙，一会儿从那伙传到这堆。说到兴头上，有些老光棍压抑不住内心的骚动不安，从地上捡一块土疙瘩，扔到那边女人身上，那边的女人也捡起一块更大的土疙瘩扔过来，笑声、闹声、喊声、叫声、骂声响成一片。

大宝四十多岁了还没有娶到媳妇。可是他从来没有在女人跟前动手动脚过，也没有往女人身上扔过土块。但是多少年来养成个习惯，就是爱往女人堆里凑。凑到女人跟前也不跟女人说话，也不看女人脸。只是不停地抖动着腿，满脸的得意，好像天下的女人他都看不上。他嘴角一撇，不停地："哼，咱——""哼，咱——"什么也不说了，来来回回几次后，他从口袋里掏出几块钱来，数一数再装进去。那意思是老子有的是钱，就是不给你花！眼气死你！还是老子有钱，谁跟我，我就给谁花。反正多少年过去了，女人们也没准确地闹懂他的意思，也没有听说哪个女子看着钱眼气得要死，也没听说哪个女子跟了他。但他总是坚持着，有时掏出的钱多些，有时少些。每回都这样，人们就给他起了外号叫"哼，咱"。他也不怪，依然是这样。见了女人就掏钱，数一数再装进口袋。今天他刚走到那堆女人旁边，有的人就笑着问："哼，咱，掏出来数一数。"有人跟着起哄道："掏呀，掏出来亮一亮。"有的人就想到别处了说："抖一抖，看你的厉害不厉害。""抖啥哩，不就是那么一根嘛。"话音刚落就引起人们一阵哄笑。大宝的脸微微一红，固执地掏出钱。有人喊："掏出来啦，掏出来啦。"但是这次大宝破天荒地没有数钱，又装进了口袋。这是他这么多年来唯一一次掏出钱来，没有数了数就装进口袋的。这让他感到特别的悲哀，他沮丧地走开，独自坐在小坡上。有的人还喊："哼，咱，别生气嘛，过来数一数嘛。"

德娃也没有跟四娃坐在一起，他凑到老汉堆里听戏文。其实他不爱听，只是为了躲四娃。英子是个勤快人，闲不住，一歇下就提着筐子到沟沟坡坡地割草。那几个跟张福打牌的婆姨媳妇们只输不赢，张福高兴，顾不得叫人们锄地。太阳越来越斜，热量也越来越弱，凉风习习，刚歇时的兴奋喧闹也静了下来，有些人甚至背靠着树呼呼地睡着了。张福想解手尿尿，可他老赢，赢得兴奋，顾不上尿。这时他实在是有些憋不住了，突然扔掉手中的牌说："不行啦，尿憋得不行啦。"站起走了几步，尿点子直往出流，浸出裤子，显现出一片尿痕。张福不顾羞耻，解开裤子就尿。身后打牌的女人们听到尿声，羞红着脸说："你倒是走得远些。"坐在别处的男人们就"噢噢"地喊。桂娃高兴地喊道："队长，你的那东西硬哩嘛，尿得那么高，"张福尿完抖了抖，笑着说："你咋，不服气？"桂娃忙说："不是，不是。看你能尿多高嘛。以后咱尿的话，总要比你低些，不要让人说你比队长尿得还高。"身边的女人们就哈哈大笑。英子哥接着说："尿多高不顶事，关键要看抖了几下，队长你抖了几下？"张福说："抖得不多，也就是三五下吧。"英子哥惊讶地说："你才抖了三五下，那可咋办呀，看来我以后只能抖一两下。总不能比队长抖得多吧。"接着双手甩着表现出一副没有办法的样子，乞求地说："这可咋办呀，咋办呀。天哪！"他的话没说完，就引起了人们一阵哄笑，学义媳妇笑得都喘不过气来。

张福有些不高兴了，阴着脸喊道："别笑啦，别笑啦！赶快干活。"桂娃问："天都快黑了，还干呀？"张福恨恨地说："锄！锄！再锄一回。"学义媳妇不高兴了，说："不锄啦，回去还要做饭哩。"张福看了一眼梅娃，语气就软了，说："大家每人少锄上一行，锄到头就回。"人们纷纷起身，抢着锄开了。

德娃还是挨着四娃，英子还是跟在德娃旁边，人们都低头撅臀，默不作声。不知是一天的话说完了，没什么可说的了，还是赶着锄完要回家。太阳越来越低，鲜红鲜红的，像浮在天边的大皮球。天边有几丝云彩，一会儿遮住太阳一会儿退开，也说不清是什么意思。德娃也在拼命地锄，手总是不听使唤。最前面的人都锄到半地，他跟人们拉的距离越来越远，连四娃都超出他好一截子，他成了最后一个。他心里着急，脸上手上都出了汗。他伸起腰擦一擦汗，长出一口气，一只手捶着酸疼的腰。他突然看见紧挨着他的四娃锄一锄空一锄，甚至有的草留着，反而把好多谷苗锄掉了。德娃非常惊讶，怪不得四娃突然锄得这么快，正想喊四娃，让他看看咋地把那么好的谷苗都锄了，突然有人在他身后猛地踢了一脚。他没有一丝防备，手中的锄头也掉了，自己一下子跪在地上，像是给人们磕头似的。

德娃心里又羞又怒，还没回头就听到张福在身后恶狠狠地骂道："你妈的屁，你是咋锄哩？这是锄草哩，还是锄谷苗哩？"德娃认为张福的行为不仅冤屈了自己，还动脚踢了自己，骂了自己。当着满地的人，他感到从来没有过的羞辱、欺凌。他想后退可没有后路可退，他只能迎头而上。他的胸中怒气翻滚，他一边爬起来一边也破口大骂道："你妈的屁，你妈的屁。瞎了你的狗眼，那是我锄的？"他刚要爬起来，张福在身后一脚又把他踢倒，他满脸通红，嘴里不停地骂着。他怕张福再次踢倒自己，猛然爬起来，拾起自己的锄头举起就往张福头上砍。张福虽然不怕德娃，可是自己两手空空。德娃拼了命的架势，逼得张福只得急忙朝后躲闪。德娃砍了个空，又追上举起锄头再次砍向张福。人常说胆小的怕胆大的，胆大的怕不要命的。德娃不要命，张福确实有些害怕，只有后退躲闪招架的份，没有还手的余地。英子听到骂声，看见德娃举着锄头正追张福，她怕德娃吃亏，扔下锄头跑来，也不问事由，朝着张福问道："咋啦，咋啦？队长欺负人哩！"看到德娃还要追砍张福，怕出了大事，砍伤了人，就一把死死地抱住德娃的腰。英子力气大，德娃脱不开身，急得声泪俱下。他把手里的锄扔向张福，张福再一次躲开，锄落到地上。德娃骂道："你妈的屁，瞎了你的狗眼啦，你妈的屁，那是我锄的？"这时人们都围了过来，纷纷问这是咋地啦。张福让德娃追得狼狈，骂得难听，觉得有失队长的面子。先前怕这死娃子手上没个轻重深浅，真砍到自己头上，所以也顾不得面子，直往后退。现在看到德娃手中没有了锄头，又有英子抱着，胆气顿时大壮。张福又走上前，瞪着一双小眼，抡起胳膊要打德娃耳光，严厉地呵斥道：“你再骂，再骂一句我听听！”德娃也不惧怕，鄙视地哭骂道：“你这个狗仗人势的东西，老子怕你哩！我就骂，你妈屁，你妈屁！”张福恼羞成怒大声呵斥：“你再骂！”冲向前抡起胳膊打下去，桂娃忙拦住，张福没有打着德娃。桂娃把张福推搡得直往后退，说：“你干啥哩，还要打牙娃娃哩？”张福气愤地说：“你看这个娃，嘴硬的，不教训教训他，他不知道天高地厚。”德娃也不示弱，从英子的怀里挣扎着向前冲，说：“你试试，你敢再动老子一下，二年后老子杀死你全家。”

桂娃的媳妇让张福欺负之后，无论这种事是真的是假的，他心里一直耿耿于怀。这时桂娃趁机狠狠地推搡着张福。张福让他推得连续后退了几步，几乎摔倒在地。桂娃说：“你看你，这么大的人了，跟牙一个娃娃有啥过不去的。”张福身高体壮，可没有桂娃的力气大，身体不由自己，让桂娃这样推搡，就像他跟桂娃打架似的，恼恨地瞪着眼问：“你这是干啥哩？干啥哩！我跟他有啥过不去的。”桂娃看到张福恼了，忙笑着说：“这就好，这就好，你走吧，你走吧。”张福看看人们，看热闹的看热闹，帮德娃说话的帮德娃说话。德娃这娃虽小，可是拼了命的，张福感到自己有些势单力薄，压不住德娃的嚣张气势，趁着桂娃的推搡，装作大度地骂骂咧咧转身回去了。德娃还在哭骂着，英子见张福已经走远了，放开德娃说：“别骂啦。牙都走啦。”德娃嗓子也有些哑了，停下来，歪着头还是一喘一喘地出着粗气。英子想安慰德娃，可又不会安慰人。她关切地问：“刚才是咋地啦？好好的就打起来了？”德娃不说话，低头看看地下因打架踩毁了的一片谷苗，没有心情再锄地，也没有起身回家，就一屁股坐在地上，默默地看着。英子拉了几次，劝了几次。德娃也不说话，也不动。英子无法，只得自己锄地去，她把德娃的那一行也锄了。

人们锄到地头，陆陆续续扛着锄头回家了。有些人远远地喊一声："德娃，回家！"有些人关心地说："回吧，不锄啦。"有些人则高兴地说："德娃，你今天可是出了风头啦。张福再张狂，拿你也没办法。""你厉害啊，把张福追得满地跑。"四娃走过来，拉德娃起来，拉不动。叫德娃回家，德娃也不说话，反倒甩开了四娃的手。四娃转身就走，说："我好心叫你，有本事你就坐到天黑。"四娃并没有回家，他走到半路想到英子帮德娃锄地，心里酸酸的。英子帮德娃锄地，肯定锄到最后，德娃又拉不走。四娃想不透他俩这是有意的还是无意的，现在地里只剩下这两个狗男狗女，说不定会出什么事的，就又返回去，悄悄地绕到德娃背后，把自己隐藏在地头的一棵树后，两只贼一样的眼睛，紧紧盯着英子。

英子锄到地头，看看地里没人，就转身走向德娃。要是地里有人，她可以大大方方地走到德娃跟前，或是开玩笑，或是打闹，她不怕人们笑话她，不怕人们说她疯，更不怕人们说闲话。她想跟谁打闹就跟谁打闹，不想跟谁说话，问死都不应一声。此时她有些犹豫，地里只留下他们两个人，英子反倒觉得心慌。西沉的太阳在远处的地平线上只留下半个，半个太阳的余光静静地照着半边天，西边的几朵云彩被霞光染得彤红，天空没有一丝风。英子低头往德娃跟前走，走得有些扭捏。离德娃越近，心里越慌、越不安。英子不知道自己为什么不安，她想让自己像平时一样，大大咧咧的，自自然然的。可是越想这样，她越感到紧张，她甚至能听到自己的心跳。她的手心都浸出汗来，雪白的脸上凭空增添了几片红晕，这在英子身上是少有的。英子来到德娃面前站住，默默地看着德娃。德娃坐在地上，膝盖架着两只胳膊，头枕在胳膊上，一动不动。沉默了一阵，英子见德娃不抬头，就说："回家吧。"德娃不动也不理她，好像身边就没有英子这个人似的。英子朝四周巡视了一遍，地里没有人迹，格外宁静。天色渐暗，英子蹲下身子关切地问："你哭啦？"

德娃不回答。英子再一次抬头看了看周围，轻轻地拉了拉德娃的胳膊，又问："刚才那死货打了你？"德娃还是不回答。英子有些着急地说："你这人，有什么你说，这样算什么？你看天都黑了。"德娃抬头来，双眼满含着愤怒，像喷火一样，沙哑地喊道："你走，你滚，我要你管！"德娃这突如其来的怒火让英子一时惊呆了，她站起来扛起锄头就往回走。一路上英子不断地抹泪，觉得自己好心被当成了驴肝肺，这是在发贱，不长记性。每次遭到德娃的冷脸后，她都想，人家心里没有她，死了这颗心吧，可是总也死不了这颗心。一回一回地碰钉子，一回一回地落泪。她骂自己是个记吃不记打的东西，她发誓从今以后再也不理德娃了，要是自己再要理就不得好死。

四娃在树后看到英子一人走了。他听不到他们俩说了什么，只是看到英子蹲下，英子蹲下来有没有摸德娃，有没有亲德娃，四娃看不到。不过四娃想一定是摸啦，亲啦。这憨女子啥事也敢干。四娃奇怪他们怎么就没有干那事呢。没有看到他们干那事，这让四娃极其沮丧，极其失望。

德娃听到英子远去的脚步声，慢慢地抬起头，眼瞅着英子的身影，那身影越来越小越来越模糊，直到消失。德娃揉了揉红肿的双眼，长长地出了一口气。张福栽赃陷害自己，并且当着这么多人踢了自己两脚，特别是当着英子的面趴在地上，这让德娃格外难过，无法忍受。从来没有过的羞辱感，不断地在胸中翻滚。他想起父亲，如果父亲活着，张福敢这样对自己吗？也许敢，但自己不会有如此强烈的反应。他突然觉得自己这样孤独，这样脆弱，这样无助，眼泪像断了线的珠子，擦完了又流出。要是英子没有看见自己狼狈的那一幕，还能给他留些尊严和脸面。尊严和脸面是什么？德娃过去不知道，也没在意过，今天却看得如此严重。听英子的口气是没有看到，要是她看到了，为了顾及自己的面子而装作没有看到，那可如何是好？德娃越想越复杂，对张福的恨也越强烈。恨不得马上朝张福的肥脸上扇两个耳光，可是自己还小，还要等，等两年是有点远。德娃想不到自己两年后能长多高。不，只等一年，也许等不到一年。想到自己长大了如何收拾张福，如何让张福跪在地上求饶，心里便轻松愉快了许多。他觉得自己已经长大了，能顶天立地了。天已经黑了，德娃坐了许久许久，直到星星出来，月亮也出来，他才站起来，拍了拍身上的土，扛起锄头往村里走。走到村口，他感到头有些热，眼睛有些烧。他想眼睛一定是红肿着。他怕母亲看到担心，就拐进队里的饲养棚，走到牲畜饮水的大缸前，深吸一口气，把头扎进水缸里，缸里的水凉凉的，眼睛一下子爽快了，这样反复了几次，眨了眨眼，感到好了许多。然后像那丧家犬、落水狗一样，低着头回家了。

十二

英子想着心事，骂着自己回了家。到家后心里很烦。她把锄头随手往墙角一扔，走进了母亲的屋里。家里人已经吃过晚饭了，英子的母亲和父亲坐在院子门口歇凉。母亲朝屋里问："你哥早都回来了，你咋才回来？"英子也不说话。英子的母亲又说："锅里留着饭，你自己吃。"英子感觉不出饿不饿，她机械地掀起锅盖，一股热气扑面而来，扑到她脸上、眼上，吸进肚子，这叫她更加心烦。她把锅盖甩在锅上，出了母亲的屋，回自己屋里。她母亲听到摔打的声音，感到不对劲，就跟在后面问："谁又惹了你？"英子烦躁地喊道："没有！"英子的母亲又说："没有？你一进屋摔摔打打的，拉着个脸，给谁看？"英子不等母亲说完，转身把屋门关了。母亲没好气地对父亲说："你看你这死女子，越大越没个样子。找个婆家，嫁出去算了，省得叫人操心。"

英子在炕上躺了一阵，坐了一阵，心里的烦躁和痛苦丝毫没有减轻。她管不住自己的心，刚才还在骂自己贱，这会儿又想起德娃。她也不想这样，可是由不得她。英子想到德娃孤独地坐在地里，心里就感到不安和难受。她不知道德娃干了一天的活，现在饿不饿、渴不渴，张福究竟打他没有，打到他什么地方了，打得重不重，他痛不痛。想到这些，英子心里慌得躺不下去，带着这些疑问和心事又出了屋。母亲在院子里看到英子又要出去，就拦着说："你不吃不喝的，又要干啥？"英子也不搭腔。英子的母亲担心地说："天都黑了，还出去？"英子不理不睬地只顾走。英子的父亲本想骂几句，又觉得女娃大了不好再骂，就摇头说："你别管那憨女子，越大越不成个样子。"英子出了院子就放慢了脚步，犹犹豫豫地走到村口。她看到远远的有个身影从地里往回走，她想那一定是德娃。她怕碰到德娃尴尬，怕德娃笑话她没出息，就四周望了望，找了个地方躲起来。村口的周围没个可藏的地方，只有一户人家的茅厕，英子也没多想，就近躲进了茅厕里。一踏进茅厕，冲天的臭气迎面扑来，熏得她倒吸了几口臭气。瞎了眼的苍蝇也在英子的头上脸上乱撞，英子不敢出声，慌忙地用手乱打，憋着气悄悄地蹲了下来。不一会儿就听到德娃的脚步声走过并渐渐地消失，英子才起身出了茅厕。她长长地出了一口气，然后远远地尾随在德娃的身后。直到德娃回了家，听到他关院门的声响，英子才放心地回了家。

第二天．母亲听到德娃在地里发生的事，问德娃。德娃说没事。母亲觉得娃可怜，想到大队主任的娃，跟德娃同岁，前两天刚刚到公社养路队干事。还有大队的通信员，没跑了几天就到了公社的加工厂工作。有些面子，有些关系的人，不是让娃到了供销社，就是到了药材铺。母亲骂自己真傻，不趁着老熟人都还活着，给娃找个事干，让娃一天到晚在地里受这苦。母亲借了一辆车子，骑到县城，厚着脸皮去找人。先是找到张主任，感到张主任跟她最熟，后又找到老局长，能找的人都找了，大家都是推来推去，说找我不顶事，你找这个，你找那个。母亲从早跑到晚，没有得到一句肯定的答复，灰心丧气地回来，半夜里在炕上偷偷地流泪，从此后也就死了那个念头。有些人知道后，打抱不平说："这是什么世道，人一死茶就凉，要是他爸活着，求着给牙娃事干，牙娃还不知干不干哩。"

德娃依旧白天上地干活，晚上回家吃饭睡觉。不知从哪一天起，德娃有意无意地学着姥爷的样，一进门先跺跺脚，拍打拍打身上的土，把用过的农具擦了土放好。德娃跟张福发生那事以后，双双几乎井水不犯河水。有时张福派活不公，专给德娃重活，德娃也不理论，默默地去干。有时力气不及，但总能尽自己的力气尽量干好。有时同工不同分，少给德娃记几分，德娃也不问。英子看不过眼，就给德娃说："这驴粪蛋蛋太坏，叫我哥哥揍他一顿。"德娃恨恨地说："你别管，让他等着。"等了一天又一天，张福也没有少了一根头发，照旧嘴上叼根烟耀武扬威地指派这指派那。

这样的事让英子心里一直难受，只有听说德娃的母亲没有给德娃找到事干，英子的心里着实欢喜了好几天。她有时自己都不知自己为什么高兴为什么不高兴。她恨自己怨自己，就是管不了自己的心。她忧愁、她欢乐、她痛苦、她幸福，都是随着德娃的情绪而起伏不定。人们都看出来她的心思，不敢当面说，背后指指点点地说些闲话。英子父亲也看出女儿的心思，就是不大满意这门亲，倒不是嫌德娃穷或者是死了父亲什么的。英子父亲觉得要在过去能攀上这门亲是女儿的福气，如今德娃到外面干事落空了，种庄稼又不是种庄稼的坯子，心里直犯嘀咕。英子整天吃不到心上喝不到心上，身子见天地消瘦。过去爱说爱笑直来直去无忧无虑，现在喜怒无常，沉默寡言，像丢了魂似的。英子父亲看着心痛，终于忍不住了。这天吃过晚饭一家人坐在院子里，英子的眼睛直往门外瞟。英子父亲用少有的和气口吻问她："女子呀，门外有啥不放心的，老往外看。"英子狠狠地瞥了父亲一眼。英子父亲看到这不满和怨恨的眼神，想发怒，但忍住了。他是个种庄稼的好手，和英子谈得最多的就是吃、喝、扫院子及如何种庄稼。母亲则是教英子做饭、洗碗、做针线。等英子都学会了，长大了，说个人家嫁了也就了了心愿，哪里想到女儿突然变得心事重重。父亲咽了一口唾沫，柔声地问："你有什么心事给爸爸说。"英子不语。父亲"唉"了一声又问："女子呀，是不是看上德娃了？"英子脸一红，把头埋得低低的。英子父亲夸张地哈哈大笑，说："能让我女娃脸红的，我看就是看上啦。要是喜欢爸爸求媒人给你说。"母亲抬头望着父亲惊讶地说："呀，这可不行，就是她真喜欢，我也不行！他家欠下一屁股外债，让娃一嫁过去就还债？"英子不高兴地说了一句："我愿意！"英子父亲不忍心看着孩子为这事受折磨，听到母女吵嘴就抖起男人的威风来，对着英子的母亲呵斥道："你悄悄的！你女人家有啥说的。"又对英子说："你想好，愿意吃苦受罪，我就给你求媒人。"母亲还是想不通，不知那德娃有啥好的，就说："这也不行，他家能出得起彩礼吗？"英子父亲严厉地说："什么彩礼不彩礼的？是卖女子哩？"英子母亲一向怕父亲，但还是坚持地说："你愿意吗？我是不愿意。她愿意跟上受苦，我也不管了，就算把我娃倒贴上，也不能让咱家低架子呀！你看看这四方八邻的，哪有女方求媒的？为了你娃你可以不要彩礼，吃苦享福是她愿意。总得让他家求媒吧，不能因为喜欢就这样贱，让人家看不起，笑话咱。"

有没有媒人，谁家来求媒人，在英子看来都无所谓。得到父亲母亲的认可，英子心里格外高兴。其实英子并不很在意父母亲的意思，只要德娃愿意，她什么事都敢做。但是得到父母亲的同意，英子心里更加踏实，胆子更大。她不像别的女娃一样，定下亲后就开始扭扭捏捏地有了羞耻感。她反而往德娃家跑得更多更勤更理直气壮。她不是帮德娃母亲干些针线活，就是陪德娃母亲说会儿话。看到院子脏乱，农具乱扔，她就一边收拾，一边骂着德娃。好像自己已经嫁过来似的，已经是这个家的主妇一样。她常常细心地观察德娃的眼神和脸上的表情，她发现德娃并不讨厌她，甚至也可以说喜欢自己。有一次德娃扛着铁锨回来，一进门就把铁锨扔到那里。英子看到，一反过去的口气，撒娇地说："姨——你看牙你娃嘛！懒的，锨上土也不擦一擦。不擦，过几天就生锈。等你再用时就会又费力气又不好用了。"德娃"嘿嘿"干笑了两声，返回身又把锨上的土擦了擦。

英子心里喜欢，多次暗示德娃找个媒人，尽快把他们俩的婚事定下。德娃不知是不懂英子的意思，还是不肯。英子急得等了一天又一天就是不见媒人来。她想这可能是自己表示得还不够明确！现在说亲时兴送鞋垫，英子日夜赶着给德娃做了一双花花绿绿的鞋垫。做完后看看，觉得这样还不够好，跟别人一样，那不行。她要比别人送得好送得多，才更能表达自己的意思。她又赶着做了一双新鞋垫，鞋垫上用红线歪歪扭扭地绣着鸳鸯戏水的图案。又做了一双新鞋，然后把鞋垫放进去，用手绢包好送到德娃家。在院子里碰到德娃，塞到他手里。德娃不知是啥东西，推让着不要不接。俩人正推让着，德娃母亲从屋里出来，问："这是干啥呢？拉拉扯扯的。"英子就递给德娃的母亲，说："姨，这是我给德娃做的一双鞋嘛，你看牙不要。"德娃母亲不好意思收，再三推辞说："叫你费事的。"英子生气地说："姨，你这是干啥哩，我能费啥事！我给德娃做的，又不是给你做的。你推啥哩，何况我拿回去，给谁穿？哥哥的脚大，能穿吗？"说着就要让德娃马上试一试。德娃红着脸穿上新鞋。英子问："合脚吗？"德娃赶紧走了两步说："合适，合适。"英子又问："鞋垫好看吗？"德娃只看到花花绿绿的，并不知道好不好，点着头说："好，好。"母亲在旁边看着，心里笑了，说："德娃，你要是能娶上英子这么个媳妇，真是前世修来的福气。"英子抬头看看德娃，火辣辣的目光烧得德娃浑身不自在。他不敢跟英子对视，忙转过脸，回到屋里了。

德娃进屋后，英子低下头“唉——”地叹了一口气。回想起小时候在学校，德娃当着同学面摸了一把她的脸，她非常气愤，追着骂德娃。德娃死皮赖脸地笑着说：“憨怂，我摸了你的脸，你的脸才会金贵。”如今叫他摸的时候，窝囊得都不像个男人，看都不敢看她。德娃也感到自己很窝囊，总想起姥姥生前常给他说这不能干那不能说的。而如今什么事都缩手缩脚的，他甚至觉得自己连心都缩回来了。英子厚着脸对德娃的母亲说：“哪还有娶不上的，只要你愿意。”这分明是暗示，其实她不暗示，母亲心里也明白。只是觉得英子有些憨，缺心眼，说话不着调，老惹人笑话。再则前些日子求媒说亲，一个个的都嫌家穷，嫌娃没有父亲。让母亲说一回亲伤一次心，伤心伤得有些心凉。看着英子一天到晚热情地帮这帮那，也能猜透她的心，有心求媒，只是不知道她父母的心思，现在她当面这么说，母亲一时不知如何是好，干笑了笑说：“憨的，到哪里娶？”英子大着胆子把身子向前凑，继续说：“远在天边，近在眼前，你看不见呀，还是我配不上你娃？”这话问得直爽，问得憨。母亲一时无语，急忙说：“能配上，能配上。”说完也觉得可笑，赶紧着说：“憨娃哩，我得求人问问你妈，看看你妈的心思。”英子听到母亲的话，一高兴，嘴上越没有遮拦，说：“问我妈干啥哩，又不是娶我妈哩。”不等母亲说话，英子一鼓作气，非常明了地说：“明天你就找媒人吧，我等着。”说完一身轻松，起身就走。

真是憨人说憨话，想不到天下还有这样女娃，说出这样的话来。母亲心里感到一阵愁闷。自从德娃退亲后，母亲一天到晚就愁给德娃说媳妇，愁得常常夜里睡不着。如今真要说媳妇，心里却感到隐隐的失落。就像赶集买不起好东西，捡了个半价劣质产品的感觉。凭刚才那几句话，说给谁都要笑掉大牙。英子真是个憨憨，不是憨憨至少也是没有身份的女娃。母亲回屋问德娃，德娃没说行也没说不行。母亲想这肯定是行，就自言自语地说：“其实英子确实很好，心眼实。除过疯点，家里地里都是一把好手，要是真能结了这门亲，有她两个哥哥照着护着，以后也没人敢欺负咱。”这话不知是说给德娃听，还是说给自己听。母亲反倒觉得自己不知足，能娶到英子这样的媳妇也算是老天爷保佑，是幸运的。夜里睡下就琢磨着找谁当媒人。媒人很重要，一定要找一个有身份的，跟英子家比较好的，说话有分量的媒人。这样想着，一夜几乎没有合眼。

第二天，还是到地里摘棉花。母亲怕英子当着人说疯话，有意躲着英子。英子偏偏凑到母亲跟前说：“姨，咱俩挨着。”母亲没有说话弯下腰就摘棉花，英子紧随其后。摘了一不会儿，母亲的随身小布袋就摘满了，正要转身把随身装满棉花的小布袋倒回放在地头的大袋子里，英子说：“姨，你这么大年纪了，别在地里乱跑了，你在这儿歇着，我给你捎上。”其实英子的袋子早就摘满了，就是等母亲，一看到母亲也摘满了，就从母亲手中夺去袋子。一只手提着一个袋子飞快地送到地头，倒在母亲放在地头的大袋子里，母亲直起腰看着别人都纷纷地往地头跑，自己能站在这里歇一会儿，心里确实愉快。英子回来把小袋子递给母亲，然后俩人弯下腰又摘。英子问：“姨，你怎么不说话？”母亲说：“姨老啦，顾上摘棉花，顾不上说话，顾上说话，顾不上摘棉花。”英子看看周围没有人，就低声说：“姨，等我嫁过去了，你就不要到地里干活了。”虽然英子说的不像没过门的女娃说的话，可是母亲听了很高兴，说：“哪能不干活，外面还欠着债哩。”英子说：“这你就别管了，有我们还用你操心？将来你就给我们做做饭，看看娃。”母亲听着英子越说越疯，说：“憨的，让人听到笑话。”英子说：“笑话啥，我说的可是实话。”母亲不再搭腔，英子见母亲不说话就问：“你昨晚有没有托媒人?”母亲说：“还没有想好请谁。”英子说：“想啥！请谁都行！那就是走个样样，其实我跟我妈都说好了。”母亲听了红了脸，忙抬头看看有没有人听到。觉得不通过父母，私下里和姑娘这么说，有些不正当，让人笑话和轻看，心里又添了一层担忧和不快。

天渐渐地暗了，凉了。快回家的时候，英子把自己的衣服口袋里塞了两把棉花，说："姨，你偷上点棉花。"母亲忙四周看看说："我不敢，这么大年纪了，让人抓住了，脸往哪儿放呀。"英子鄙视地哼了一声说："脸往哪儿放？脸在脸上哩。往哪儿放？想往哪儿放，就往哪儿放。怕啥，你不看人家都往回偷。"母亲惊讶地说："牙不是有妇女队长专门检查搜身吗！"英子说："你一天老说我憨。我看你比我还憨，那是做个样样，给人看哩，要是没人检查，谁还摘下棉花往队里送？"母亲更加惊奇地问："不往队里送，往哪儿送？"英子说："往自己家！"母亲半信半疑地看了看左右，确认没有人注意，慌慌张张地往衣服口袋里塞了一把棉花。英子指指自己鼓鼓的两个裤口袋，那裤子的口袋异常的大，好像专门为偷棉花缝制似的。然后说："你看我，再装些，还能往进塞。"母亲摇摇头说："不敢啦。"英子不屑地说："哼，吓死胆小的，撑死胆大的。"母亲收拾着棉花包，觉得自己的包比平时大，比英子摘得多。工分记多少是根据摘多少棉花的重量来定的。想自己哪里能摘过牙年轻娃娃，就问："英子呀，你是不是把棉花倒错了，我的咋能比你的还多？"英子说："多就多嘛，谁还嫌多呀？你扛不动，路上我来替你扛。"说完没有等母亲同意，扛起母亲的大包就往回走。母亲只好背着小一些的包跟着。

俩人随着人们说说笑笑地往队里的仓库走，母亲口袋里装着棉花，一路上心里发慌，留心地看了看别人，几乎每个女人的口袋里都是鼓鼓的塞满了棉花，心里踏实了许多。到了仓库，人们排队等着过秤。母亲磨蹭着排在后面，英子不了解母亲的心思，抢着排到前面，放下棉花包回头就喊："姨，你过这儿来，我给你占下地方啦。"母亲只得走到前面，英子帮母亲放下棉花包，推着母亲说："去，那是你的。"母亲的棉花比平时多二十多斤，知道这是英子把自己摘的也倒进她的包里，心里感激英子。母亲把棉花包拖到仓库，仓库里棉花堆积如山。有人指挥着喊："往高处倒，往高处倒。说你哩，把包里棉花倒干净。"说谁哩，也不知道，反正人们顾不得听，纷纷地倒了棉花抢着往外跑。仓库的门口站着妇女组长，她嘴里不停地喊着："把口袋里的棉花掏出来，把棉花包倒干净。"眼睛却不看人，喊着喊着突然提高嗓门说："张福来了，张福来了。"

媳妇女子的听到张福来了，就像听到狼来了似的。一时大乱起来，惊慌地大呼小叫地往外跑，不断地有人说："快点！快点！那货来了。"守在仓库门口的妇女队长，此时也变得严厉起来，不停地呵斥："不要跑，让我搜一搜身！"像是吓唬孩子似的，只动口不动手。张福看到这情景，快步走来，急忙在外围阻挡，挡这个跑那个，一个也没拦住。说："怎么都让跑掉了，来，我来，看谁敢跑。"人们听到张福的话，只顾嬉笑着往外跑。女人们很聪明，知道充分利用自己的优势，也知道如何对付张福，无论遇到多么严肃的事情，一定是要嬉笑着，就像小娃娃闹耍耍一样，把他当成一种游戏、玩笑，只有这样才能大事化小，小事化了。这种办法也是屡试屡成，别说是一把棉花，就是一块金子也能没事的。那腿脚快的扭着屁股已经跑出去老远，站在外围喘着气哆声哆气地骂着："这死队长，吓死我啦，吓死我让你赔。"跑得慢的让张福拉扯着要搜身。妇女们不让，躲着闪着，拉住这个，跑了那个。这个喊"呀你踩了我的脚"，那个喊"呀闪了我的腰"，嬉笑打闹乱成一片。张福知道她们口袋里都有棉花，搜棉花是次要的，棉花是队里的，多点少点跟他有什么关系。他是想在女人身上捏一下摸一下的，而且她们会乖乖地让他摸让他捏。看着她们不安、紧张、脸红、害羞、窘迫，还不敢说不敢叫，这才是一种享受，是张福最想得到的。可是这些妇女像是看透他的心思一样，躲着闪着就是不让碰到身。不让搜身，张福就一边骂着一边趁机在这胸前摸一把，那个屁股上拍一下。妇女们随着他的动作，跳跃着尖叫着跑开了。张福听到女人们的叫，女人们的骂，看着她们狼狈地逃，非常得意，非常开心，也非常满足。

母亲在仓库里，异常的紧张和担心，哆嗦着手翻来覆去把棉花包翻了个遍。本来想趁着人多一起出去。听到张福来了，人们更加拥挤，母亲抢不过这些年轻力壮的媳妇女子们，心里更加紧张，她的额头和手心都浸出汗来。英子平时大大咧咧、不拘小节，什么事都能抢到前头，这时却格外细心。她看到母亲的脸色苍白，情绪紧张，一直在抖动着棉花包，就走到母亲身边说："姨，别翻腾啦，别怕，跟上我走。"母亲夹起棉花包跟着英子就往外挤。英子有力气，人又厉害，张福做个样子似的伸伸手，也不敢强行拉扯。英子的身子轻巧，一躲一闪地跑过了妇女队长和张福。母亲则没有幸免，张福一把拉住德娃母亲的衣襟。不知他是还跟德娃记着仇，有意专门不放过德娃母亲呢还是无意地拉住谁算谁。母亲说："放开，放开。"张福不放，说："让我搜一搜。"伸手就要掏母亲的裤口袋。母亲心想完了，这下可完了，无力地伸手想打掉拉住自己衣襟的手，战战兢兢地挣扎着往后退，在推搡与挣扎之间，母亲脚下一滑，身子一闪，凌空摔倒在地，屁股重重地落到地上。英子看到德娃母亲摔倒在地，扔掉手中的棉花包，像发怒的母狮，瞪大双眼，高声吼喊着："咋啦，咋啦，欺负人哩！"顾不得搀扶母亲起来，气势汹汹地跑到张福跟前，推打着张福，破口大骂道："咋啦，你妈的屁，你是个什么东西，还敢打人，今天你试着再动一下。"英子撒泼，张福惹不起，不敢还手，只好躲着走，嘴里嘟囔着："谁打？谁打？"退着退着转身走了。英子还是不解气，朝着张福的背影骂道："你妈屁，你没打人？没打人，牙咋地就能倒在地上。"

留在仓库里的人，趁机一拥而出，也不用担心张福搜身，庆幸没碰到自己，匆匆地赶回家。母亲急忙爬起来，有人则围过来关切地问母亲："打了没有？要紧不要紧？摔得疼不疼？"人们这样关心，让母亲更是又羞又恼。几十岁的人了，这是干的啥事，丢人败兴的。更不知道如何回答人们的问话。说自己疼吧，这是罪有应得，谁让你偷棉花。别人偷，人家年轻，会发嗲，或是厉害，惹不起。你凭啥？要一头没一头的，你也敢偷？说是不疼吧，确实有些疼。自己一辈子没跟人红过脸，现在当着众人的面丢了这么大的人。羞耻掩盖了疼。说牙张福没有打你吧，你可确确实实地摔倒在地，说张福打了你吧，你又不敢跟他理论。真是恨不得马上死掉。英子骂走张福，回来照顾着要扶母亲。母亲说："没事，我自己走。"到了英子家门口，母亲心里难受，叫英子先回，英子说："我送送你。"母亲不让，英子只好回家。英子走后，母亲憋着不哭，坚持到家里，可是走了没几步，就快到家门口时，止不住的眼泪成串成串地落下。

英子回到家绕了一圈，掏出身上的棉花，扔下棉花包，不放心德娃的母亲，又出了门。走到巷子头，碰到德娃扛着铁锨从地里回来，就说："你还在这里悠闲哩，快回去看你妈吧。"德娃停住脚步问："我妈咋啦？"英子气愤地说："你妈咋啦？你妈让人打啦！"德娃听到后，脸色一下子变得难看，急忙问："让谁打了？"英子说："驴粪蛋蛋！还会有谁。"德娃快步往家里跑，到了家门口，德娃停下了。门虚掩着，他犹豫了，不知道该咋样面对母亲。想了一会儿，想不出个办法。他悄悄地把门推开，轻轻地把铁锨放在院子的大门旁，蹑手蹑脚地来到窗前。趴着窗台透过玻璃往里看：母亲正在做饭，花白的头发，散乱地披在头上额上，一道道皱纹深深地刻在脸上。两只红肿的眼睛满含着眼泪，铁青的脸色看上去那样的严峻、那样的痛苦。母亲前后摇晃着身子，无力地拉着风箱。母亲一边不停地擦着眼泪，一边不停地往灶里添柴，嘴里自言自语地说些什么。德娃竖起耳朵听了一会儿，什么也没听到，只有"吧嗒吧嗒"的风箱声。德娃过去很少这样看母亲，今天突然发现母亲的头发白了那么多，脸上皱纹也添了那么多。德娃心里格外痛，他不由得淌出了泪。他觉得自己是个男子汉，能照顾了母亲，也能照顾了家。如今母亲让人打了，让人欺负了，这该怎么办？反正是不能让母亲看到自己的眼泪。他轻轻地退出来，轻轻地掩上院门，转身就往张福家走。是的，要找张福，要报仇。走了两步，他犹豫了，找到张福又如何？骂吗？自己不一定骂得过。打吗？肯定是打不过。这样去不行，只会吃亏。他停下来，站了一会儿，不知该往何处去。他想找个没人的地方，好好想一想，就独自走出了村。

德娃沿着弯曲小道走进了一条沟里。这里是他小时候常与伙伴们为躲避大人来玩耍的地方。那时他们一进这条沟，就像脱了缰的野马，欢快地疯跑、疯打、疯闹，而不被大人们呵斥。如今走来，心里别有一番滋味。他很激动，走得很快。脸上异常的严厉，神情不断地变化，脑子也在不停地想，一会儿想这，一会儿想那，像演电影一样，各种情景杂乱无章地上演。他恨自己不快些长大。父亲临死时让他照顾好母亲和弟弟，这是父亲跟他唯一的一次谈话，也是唯一的遗嘱。他常常埋怨母亲，嫌她见人就诉苦，开口就流泪，就说我这两个娃咋办呀？一副可怜兮兮的样子。德娃多次呵斥道："你哭啥哩？你说啥哩？真丢人！有我在你怕啥！"如今母亲让人欺负了，怎么办？刚才母亲那苍老的可怜的样子再次浮现在眼前。仇是要报，一定要报！德娃这样想，自己可以挨饿、可以受冻，甚至可以让人戳脑袋踢屁股。母亲绝不能！自己可以受委屈、可以被羞辱，甚至鄙视、欺负、吐唾沫。母亲绝不能！他心里很疼，疼得他一声一声地呼喊。怎么报仇呢？这让德娃一时无助。最好是杀了张福。自己面对面地打不了他，更杀不了他。他血管膨胀，热血沸腾。他可以趁张福不备，一刀戳进他的身体，就可以一了百了。既报了仇，又警示了人，看谁还敢欺负他母亲。可这样自己也得死，自己死就死吧，父亲不是死了吗，那么高大的身躯，那么威严的神情，不是说死就死了吗？这世上最宠自己、最疼自己、最爱自己的姥姥不是也死了吗？

甚至临死前都没能看到他最后一面，他也没能听到她最后一句话。想到姥姥，他眼泪止不住地夺眶而出。自己死了，到了鬼的世界，可以见到爸爸，又可以继续享受姥姥的疼爱，还能问一问姥姥，临死的时候想不想德娃，有没有话要给德娃说。这样想来，自己死了，当然是最好的。既能见到姥姥和父亲，又不用懦弱地活着。想到驴粪蛋蛋嚣张的嘴脸，想到自己让小兰甩掉后，媒人趋炎附势的德行，想到自己一直想找小兰又不敢，觉得自己丢人现眼的。死了，自己是好了，可是留在世上的母亲怎么办，弟弟怎么办？母亲一天一天地老去，弟弟还小不懂事，谁来干家里的体力活？谁来为母亲养老送终？想到这里德娃觉得自己不能死，不能死又能怎么办呢，难道说就这样算了，忍了？你忍了，算了，可张福不这样认为，他觉得你软弱，你好欺负，以后会得寸进尺。那该怎么办？这种痛苦一直折磨着德娃。这时他眼前突然一亮，发现在沟边扔着一根一米多长锨把粗的棍子。他急忙走过去拾起来，脑子里一下子有了办法。

德娃拾起棍子在手中抡了抡，觉得很趁手，急步走到村边的一棵树下，把棍子藏在树后，又跑到他的一个伙伴家，要了一张纸和铅笔，回到沟里坐在地上，把纸垫在膝盖上，用铅笔在上面写道：驴粪蛋蛋，你妈的屁！你要是再敢欺负我家人，我一把火烧死你全家！写完后看了看，感到这不够严肃，不足以吓住他。就把前半张撕掉，重新写道：张福，你欺人太甚，这一次暂且留下你的狗命，如果你胆敢再欺负我家的人，我一把火烧死你全家。写完后，再次看了看，觉得很满意，然后把纸条折起来装在口袋里，起身来到树后面拿起棍子进了村。此时天已暗下来，正是人们吃晚饭的时候，巷子里人很少，偶尔碰到一两个人，德娃不抬头也不打招呼。走到张福家门口，在四周巡视了一遍，看见他家院墙旁有一棵大树，德娃把棍子放在墙根，迅速地爬上树，从树上能看到张福家里的一切。

张福坐在院子里的小凳上吸着烟，媳妇殷勤地搬出小桌，又从厨房端出菜，端出馍，端出米汤，一趟一趟欢快地跑着。媳妇把娃拉着按在她旁边的小凳上，说：“吃吧。”张福不动还吸着烟，媳妇隔着小桌把一双筷子递了过去，说：“别抽啦，吃吧。”张福也不接筷子，只顾吸烟。媳妇妩媚地笑着说：“你别讨厌啦，今天早些吃，吃了早些睡。我手举得都累了。”张福似乎明白了什么似的，扔掉手中的半根烟，往饭桌前移了移，慢腾腾地接住筷子，说：“你娃呢？”媳妇讨好地摸摸娃的头说：“我娃都长大了，我娃快吃，吃了饭到那个屋睡。”那娃娃一边吃一边说：“我不，我要和妈妈睡。”媳妇讨好地又摸着娃的头说：“我娃可乖哩。”娃摇摇头甩开媳妇的手，倔强地说：“我不乖。”媳妇和气地说：“我娃听话，到那个屋睡。”娃娃说：“我就不听，就要跟妈睡。”媳妇有些生气地说：“你都这么大了，还跟妈一起睡！”娃娃吵闹着喊道：“不行，不行！我就要跟妈妈睡。”张福吃着看着，只是咧嘴笑。媳妇气得不行说：“你要是过几年娶过媳妇，也跟妈睡呀？”娃说：“也跟妈睡。”媳妇气得笑了说：“那你的媳妇跟谁睡呀？”娃似乎有些生气地说：“哼，让她跟我爸睡去。”张福听到高兴得把一口饭都喷到菜盘子里，哈哈大笑着说：“我儿子真懂事，这么小就知道孝敬爸爸，明天我给我娃买糖吃。”媳妇看着张福那个德行，气得直对张福翻眼睛，吐了一口骂道：“真是个憨怂。几十岁的人啦，当着娃，说些啥话。”

吃完饭后，媳妇张罗着收拾碗筷。张福拉着娃说：“我娃今天表现得好，爸爸给我娃一毛钱，明天自己买糖吃。”媳妇听到后绷着脸，一把把娃拉开。从娃的手上夺走钱，扔在张福的脸上，低头对着娃狠狠地说：“走，睡觉！”娃哭着喊着要钱，媳妇不让要，强行拉着抱到炕上，按着娃睡了。张福点了根烟坐了一会儿，听到娃不哭了，就起身往外走。媳妇听张福往外走就在炕上骂道：“见黑你就往外跑！见黑你就往外跑，有本事出去就永远别回来，死在外面。”

德娃爬在树的斜枝上，紧紧地抱住树枝，一动不动。只怕发出响声，让张福发现，坏了大事。胳膊和腿都有些发麻，他看到人家又是吃又是喝，自己嘴也感到干，肚也咕咕地叫。他强忍着，直到张福离开了家，他才悄悄地从树上下来。然后弯着腰走到门口，听了听里面没有声音，从口袋里掏出纸条夹在门缝里，回身拿起棍子轻轻地跑着追张福去了。还没有追到张福跟前，就看见张福走进了梅娃的家里。德娃走近门口看了看，用手轻轻地推了推门，门从里关着。德娃想这一对狗男女，一到天黑就不干好事，这样也好，让他们先高兴，最好是高兴死，免得自己动手，就算高兴不死，至少也要高兴得一点防备都没有，好让他趁其不备，为自己为母亲出口恶气，好好收拾收拾这条狗。让这狗仗人势的东西以后再也不敢欺负人。想到这里，德娃心情就格外的愉快，一天的劳累、饥饿、干渴，全都忘了。德娃把自己藏在院门旁。里面出来的人看不到，小巷路过的人却能看到。他一听到有脚步声，就忙着往旁边的茅厕里跑，直到那脚步声消失后再出来。一晚上这样往返了好几次，那张福就是不出来。

夜已经很深了，村里格外寂静。队里牲畜棚里牛呀驴呀都安静地睡了。月亮从东面升起，悬挂在谁家房屋顶上，冷淡凄惨的月光洒满一地，像毫无表情的寡妇脸，惨白地把村子的轮廓照得格外清晰。德娃背靠着墙站着，累了他就蹲下来，蹲累了他再站起来，开始的仇恨和激动渐渐淡漠，疲劳和瞌睡却一阵一阵地袭来，他强睁着沉重的眼皮，实在睁不开就用手揉一揉，总是不让自己睡着。就在这时院子传来了开门声，他顿时清醒，全身的神经都紧张起来，急忙握紧棍子。接着他听着是一个男人的脚步声。这脚步每走一步，就像踩在他的心上，让他感到紧张和不安。他的心突突地狂跳着，短短几秒钟的时间，让德娃全身都浸出汗来。他骂自己没出息，怂！看到张福披着衫子，嘴里叼着烟出来，转身把门轻轻地拉住，大摇大摆地走了。如此近的距离让德娃冷静了下来。他想父亲临终的话，想起母亲的样子，胆气顿壮。他轻轻地小跑两步追上去，高高地举起棍子，狠狠地砸向张福的头。张福听到背后有声音，刚转过头说："谁?"还没有看清是谁，就听得"叭"的一声，感到头上一阵痛，接着天旋地转。张福伸出手指着德娃的身影，哼哼唧唧地倒了下来。德娃一愣，吓坏了，以为一棍子打死了张福。扔下棍子撒腿就跑。

张福从梅娃家出来，还沉浸在刚才的春花秋月之中。猛然间挨了一闷棍，顿时魂飞魄散，刹那间觉得天旋地转，摇晃着身子软软地倒在地上。他的手下意识地抱着头，想起身，腿软得起不来，坐在地上定了定神，过了一会儿头不晕了目不眩了，这才从地上爬起来。张福看了看四周没有人看到，觉得手有些湿，伸到眼前看了看，稍稍有些红，心里一惊。他又摸了摸了头，手一挨着被打的地方，就钻心的痛，他轻轻地感觉了一下，只是起了个大包，并没有打出血。这让张福有些放心，他拍了拍屁股上的土。想不出刚才是谁打了他，自己刚刚从梅娃家出来，她丈夫又不在家，是别的什么人打抱不平啦？还是又有什么人也看上了梅娃，跟他争风吃醋？好像都不是。从刚才的身影看好像是德娃，想到自己下午推打了他母亲，心里更加确信是德娃。要是德娃的话，这怂娃从小偷鸡摸狗淘气胆大，是个诤货，天不怕地不怕，什么事都敢干，自己以后还是少招惹为好，好在没有人看见，吃个哑巴亏算了。

张福这样想着就回了家。推开门突然看见掉下一张纸条。他拾起来看了看，也看不清，回到屋里点着灯仔细看，是德娃留下的恐吓信。鼻子里哼了一声，把纸条扔了，说："小屁娃还想吓唬我。"他进门点灯的声音把媳妇吵醒了，媳妇满脸的不高兴，骂道："你不死在外面，回来干啥?"起身就把灯吹灭。张福自感理亏，就悄悄地爬上炕，拉了薄被单子盖在身上睡了。睡下后也不敢挨着被打的地方，侧着身久久不能入睡。他想假如这怂娃今天失手打死他咋办。假如这怂娃今天拿的是刀而不是棍咋办。假如这怂娃一时冲动真的放火烧了他家房子咋办。说他是个娃娃吧，他已经长得跟大人一般高。说他成人了，可他年纪还小。这样年纪正是不知深浅的时候。如果真要烧他家房子，他防都无法防。如果烧死他老婆也还可以再娶一个，如果烧死他孩子呢？就算烧不死，烧个半残该怎么办？自己上有老下有小，到那时日子可咋过呀！他越想越心虚也越害怕，身上出了一身冷汗。爬起来下了炕，再次点着灯，低头在地上寻找刚才扔掉的纸条。媳妇见他半夜三更的不睡觉，生气地喊道："这是人过的日子吗？你不想活，也不让我们母子清静！"张福惊慌地说："你这憨憨，你还有心思睡，你看这是啥？"说着把纸条递给媳妇，媳妇看完纸条有意小题大做，把纸条扔到张福的脸上，哇哇地大声哭起来，骂道："你这个不要脸的东西，自己在外面捅娄子，惹出事来，又不敢担当，缩头缩脑地做乌龟，让我和娃娃也跟着你受连累。"哭声惊醒了孩子，孩子也随着母亲一起哭。张福本想听媳妇安慰几句，讨个主意，没想到惊得媳妇娃娃一起哭。心里烦躁地喊道："号啥！我还没死哩！"说完拿起纸条，摔门走了。

张福出了家门，想这既然是个大事，就顾不得丢人不丢人了，就不能吃哑巴亏了。他先到大队，大队没人，又到革委会主任家，主任家门关着。他轻轻地敲了半天，才听院子里有响动。门开了，主任睡意蒙眬地出来，懒懒地看见是张福，不高兴地骂道："你这个龟孙子，半夜三更地敲门，有啥不能等到明天！"说着就要关门，张福见要关门，就硬挤进去，拉着主任的手跪下说："好我的爷爷哩，你要救我。"主任踢了踢张福的屁股不耐烦地说："起来起来，有啥事你说。"张福就把今天的事添油加醋地说了一遍，最后说："这娃今夜差一点一棍子打死我，多亏我跑得快，你看我头上还有一大包。"主任说："看啥！你这个吃货，连个娃娃你都对付不了。去！给我叫上几个民兵，就说我说的，把他给我抓起来，一个小蟊贼还要反天？"主任说完后，想这小家伙有种，沉思了一下说："你等等，不要打啊，先关起来，明天我再审。"张福高兴得直点头，然后叫民兵抓人，有了民兵胆气大壮，雄赳赳地来到德娃门前，心里想你敢跟我斗？先吓死你。

母亲做好饭，等不到德娃回来，母亲生气地骂道："这么大了一点都不懂事，天都黑了也不知道回来，别等啦，文娃你先吃吧。"母亲心里烦，觉得今天把自己几十年的老脸呀、尊严呀全丢尽了，以后也在人前抬不起头来。越是抬不起头来，人们越敢欺负你。母亲心里非常难过，没有心思吃饭，就上炕睡下。想到自己家里没人没势，一阵难过，一阵泪流，一阵唉声叹气。耳边听到文娃呼呼的睡觉声，心里突然一惊，德娃这么晚还没回来，难道出了什么事了，心里怪德娃从小到大，没有让人省心过一天。正要起身去寻，听到院门"咚"的一声被人踢开，以为是德娃回来，没好气地骂道："你死到外面啦，这么晚回来，也不轻轻的，是土匪？"话音刚落，就看见有三四个人走进来。一束手电筒发出的刺眼的光柱，直射在母亲的脸上，母亲用手遮着眼，感到不对劲。吃惊地想这是遇上强盗了还是遇上土匪了？慌忙地问："谁？是德娃？"听到张福用严厉的口气质问道："你娃呢？"母亲赶紧说："咋啦？娃还没回来，犯了什么事了？"张福呵斥说："胡说，给我搜。"那三个民兵四处乱搜，母亲惊得无所适从，直问："娃出了啥事了？"张福也不答，母亲要下炕，张福说："你别动，你就睡着。"那三个民兵先后回来说："都搜遍了，就是没有。"张福一甩头说："走。"就出了屋子。母亲听到人家出了院子，把院门闭上，回到屋里，感到心惊肉跳，更加害怕，不知如何是好。又轻步走到院子，以为张福领着人已经走了，想出去看看，刚开了院门，猛然间看到门口站着两个人，吓得母亲"呀"的一声，差点跪到地上，失声问："谁？"那两个民兵说："别出声。"母亲定了定神，看清那两个人是谁，就轻声问："你们站在我家门口干啥？"那两个民兵也轻声回答："我们是来抓德娃的。"母亲急忙问："我娃犯了啥事，要抓他？”那两个民兵摇摇头说：“我们也是服从命令，并不知道。”母亲说：“我出去给你们把他找回来。”两个民兵拦着说：“我们是服从命令的，你要是出去了，走漏了风声，让德娃跑了，谁负责呀？”母亲恼怒地说：“我娃就是杀了人，放了火，也要让我找回来呀！你们就是要杀要剐，也要让我们母子见一面吧！”两个民兵说：“姨，你看你，这不是为难我们吗。”

母亲出不去，不知道德娃在哪里，又不知道究竟出了什么事，整整一夜在院子里徘徊。到了天亮民兵撤走了，母亲急忙找到舅舅家，让舅舅打问打问德娃犯的是啥事，再帮忙到亲戚家找一找，不管出了什么事总得把娃找到。舅舅感到惊讶，急着要出去找。舅母则有些幸灾乐祸，不热不冷地说：“你那娃，找啥哩，一天到晚惹事。又没个爸，缺管少教的，早该让牙公家抓去管教管教啦。”母亲感到一阵刺心的痛，也无心跟她论长道短，苦着脸走出舅舅的家。舅舅也没找到德娃，也没打问出德娃犯的啥事。母亲愁得不吃不喝，脸色非常苍白，神情十分憔悴，在这样的煎熬中度过了三天。到了第三天晚上，半夜时分，母亲突然听敲门声，急忙跑去开门。打开门不见民兵，只见张福手里提两包点心，以为德娃已经抓到了，忙问：“我娃呢？”

张福一连三天没有抓到德娃，四下打问也没有一点消息，心里着急，就找到村革委主任。主任不屑地看他说：“你这个蠢货，连个毛娃都抓不住，你能干了啥？把民兵给我撤了。”张福不敢高声说话，低声问：“那我咋办呀？”主任斜着眼说：“哼！你这个草包，还有脸问！谁让你招惹他，你就等着他烧死你吧。”这话吓得张福不轻。要是大人说要烧他的房子，他不信，可这娃半大不小的。他越想越怕，忙到供销社买了二斤点心，一路小跑地过来。见到德娃的母亲一扫过去的霸气，满脸堆笑地说：“姨，回屋说，回屋说。”母亲诧异地回到屋，战战兢兢地点着灯，给张福让座。张福客气地说：“姨，你别客气，这是我给你买的二斤点心。”说着就放在炕边。母亲更加迷茫，惊慌问：“这是干啥？不敢这样。”张福温和地拉母亲坐下说：“姨，你看我姨父去世后，我对德娃也特别关心，总是能照顾的，我就死命地照顾他，可是他对我误会太深，积怨太深。有时候我跟他耍哩，他就当真。前天晚上他差一点一棍子打死我。要不是我逃得快，姨，我再也见不上你啦。你看这头上还有个血痂痂。他还给我留着信说要放火烧死我全家。”母亲这才明白过来，忙安慰道：“你放心，娃娃的话不能当真，他不敢。”张福愁眉苦脸地说：“好我的姨，就是因为是个娃娃，所以就没有什么敢不敢的。这几天我全家夜里不敢睡，只怕睡着了，让你娃一把火把我全家烧死了。你看我上有老下有小，这可咋办哩？”张福说着都快要哭了。母亲一直安慰说：“你放心，有我在他不敢胡来，我这就到亲戚朋友处找，找回后一定要好好管教。我管不住，让他舅舅管，狠狠地打他一顿，看他还听话不听话。”送走张福后，母亲松了一口气，虽说娃惹了这么大的事，可至少让张福知道娃的厉害，今后要欺负他们母子也得思量思量，这又让母亲感到一些欣慰。母亲担心德娃这几天不知是咋过的，忙连夜去找。

德娃打了张福后，像受惊的兔子，满地里乱跑，直到筋疲力尽，汗流浃背，双腿发酸，一屁股坐在地上喘气。他脑子里一片混乱，不知道该怎么办。手抖动得老也停不下。他颤抖着返回原地，找不见张福的尸体，又悄悄地走到张福家，听不到里面的哭声。德娃心里才轻松了许多。饥饿、枯渴、劳累再次袭来，他有些头晕目眩，踉跄地走到一棵树前，手扶着树歇了歇。过了一会儿他便拖着疲惫的步子慢慢地往家走，刚转过大巷就看到有两个人站在自己家的门口，忙缩回身子偷偷看，好像是两个民兵。德娃想到这肯定是抓自己的，感到害怕，就又返回地里。这时已经是后半夜了，西沉的月亮月光更加惨淡，像将要死去的人的脸，冷漠而又冰凉。德娃走出老远，似乎已经走出村里地界。他回身看着村子轮廓，看着自己瘦长的身影，一种凄惨悲凉的感觉袭上心头。家里不能回，村里不能进。德娃不知自己该往何处去。不管去何处，都要先躲过眼前这一劫，总之不能让张福抓住。看到自己脚下是一片胡萝卜地，德娃蹲下身子随手拔出一个胡萝卜，在身上擦了，狼吞虎咽吃起来。胡萝卜还没有长成，德娃一口气吃了几十个。吃饱后继续慢慢地往前走，天已快亮了，星星、月亮越来越没有光泽。黎明前的风，凉飕飕的。德娃走到邻村的麦场，看见麦垛急走了两步，一头倒在麦垛上，呼呼地睡着了。

德娃醒来时，已经是大中午。炎热的太阳晒得庄稼蔫蔫的，无精打采地耷拉着叶子，只有知了不知疲倦地叫着。德娃爬起来，恢复了些精力，拍打了身上的麦叶，走进这个村。村子像死了一样的静，街巷胡同里没有一个人，甚至连鸡狗的影子都没有。这个村他熟悉，过去常来看电影，还结识了几个小朋友，他不知该不该找他们。犹豫间走进了牲畜棚，来到饮牲畜的水池前，趴下身子咕咕地喝了几口。抬头看看没人，喘了口气又喝了几口，直到喝饱，才站起来。他刚走了两步又返回，趴下去把头伸进水池里，洗了洗头。洗过头后他感到神清气爽，一扫昨晚的担忧和愁苦。他再次返到地里，为了不让人发现，他往长得高的庄稼地里走，比如玉米地、高粱地。这样无目的地乱走，出了玉米地，眼前是一片西瓜地。看到看瓜的老汉躺在凉棚下，德娃顾不得想那老汉是睡着还是醒着，只看到一颗好大的西瓜，就悄悄地趴下身，慢慢地爬过去，把瓜秧连根拔起，拉着西瓜退出来。退回玉米地里，抱出去很远，感到安全了，才把西瓜砸烂，大口大口地啃起来，吃饱后找了一棵大柿子树，在树下躺下。等他醒来，天已快黑了。他磨蹭到天完全黑了才再次返回村里。到巷子口他偷偷地往家门口看，那两个人像树桩子似的还戳在那儿。德娃不敢靠近又回到外村的麦场睡觉，第三天还是如此。德娃心里害怕了，看来家是不能回了，一进门可能就会让抓着。他想只能远走他乡了，去哪里德娃不知道，但不管去哪里自己都不会饿死的。可是德娃心里就是放不下母亲和弟弟，他走后谁来照顾母亲，家里的重活谁来干，这让德娃非常为难。他像丢了狼仔的母狼，在村边来回地转悠，就是不敢靠近。直到月亮升起老高，北斗星在天边一闪一闪，他才悄悄地走到他的朋友家，轻轻地敲开门，把母亲和家里的重活托付给他。然后茫然地消失在惨淡的夜色里。

十三

起风了。风，徐徐地吹过，由小变大，由弱变强，一阵一阵地把一堆一堆的云吹来。天上像蒙上了一层厚厚的被子，天越来越阴，越来越暗。原本就暗淡的月亮星星也趁机躲得无影无踪，只有树让狂风摇晃得不停地呼呼地哭着喊着，又是点头，又是哈腰。德娃沿一条弯曲的土路低着头朝着北面走。他听说全省最大的城市在北面，他不知道城市是个什么样子，但他向往那里。在德娃支离破碎的臆想中，那里应该有很多汽车，很多商店，很多楼房。男人们个个都穿着四个兜的蓝制服，手叉在腰间，嘴上叼着烟。女人们人人都穿花衣服，皮底鞋，剪发头，或者是锅刷子样的小辫扎着红头绳。说话声音软软的低低的，也不骂人，也不打人，大家和和善善的，早上男男女女都骑自行车上班，晚上说说笑笑地下班，想骑自行车就骑自行车，想坐公交车就坐公交车，那情景就像天堂里的生活，德娃羡慕得要死。为了这样的生活，德娃拼命往前走，过了一个村又一个村，不知走了多远，不知走了多久，也不知这是什么地方，德娃觉得自己很累很累，他腿脚似乎都不是自己的了，他走到路边的土崖上，坐在高高的崖顶上喘着气休息。

天上的云越来越厚越来越黑，风渐渐地小了，又小了，最后不管不顾地停下来。天空却留下来一层压一层的黑云。天该亮了，但还是凄凄惨惨昏昏沉沉的，像是世界末日。德娃抬头望着远处那是家的地方，什么也看不到；仔细听了听，静静的，什么也听不到。只有铺天盖地的云死死压在庄稼、树木的头上。一棵饱尝沧桑的枯老的槐树，默默地呆呆地矗立在一块秃头秃脑的黄土塬上。一只乌鸦惊恐地立在树尖上，慌乱的眼睛四处乱看，沙哑的嗓音“哇——哇——”一声接一声地叫，凄凉的冗长的叫声在这寂静中传出老远老远。乌鸦惊恐不安，它不停地飞起落下，再飞起再落下，好像天要塌下来而它还没有个躲藏地。天空异样的寂静，庄稼树木都像怕惊动天神地神似的傻傻地纹丝不动，也不敢有丝毫的响声。

德娃几乎能听到自己的呼吸，他茫然地看了很久，感觉有些冷，双手拢起，把头枕在胳膊上。那条土路上走来一位拾粪老汉，他穿一身粗布做的黑衣服，花白的头发，黑黑的皮肤，满脸的皱褶深得像刚犁过的麦田。他背着一个筐子，手上拿着铁铲，他走到德娃身边，抬头看看天，看看德娃，说：“嗨！这是哪里的娃？坐在这里等雨哩？”

德娃惊恐地抬起头，看到是一个拾粪的老汉。他不知道这里离家有多远，所以不能说出自己的身份。停了停就说：“啊，是想长高哩，等雨哩。”老汉笑了笑说：“噢，等着吧，是大雨，能好好浇一浇。”说完老汉摇头就走，没走了两步雨点就无声无息地悄悄砸下来，不到片刻工夫那雨点就像疯了似的，变得又大又密。老汉急忙折回身，躲进路边的一个土窑里。天跟撕开了口子似的，雨水伴随着滚滚闷雷，没命地往下泄。老汉扬起头朝德娃喊：“这憨娃，快下来，到窑里避一避。”德娃的全身都湿透了，衣服紧贴着身子，他扬起头看着天，硕大的雨点打得他的脸生疼生疼，连眼睛都睁不开，他没见过这样的大雨，连打了几个喷嚏，朝着天喊道；“你有本事淋死老子！”老汉急得跑出土窑，冒着雨喊：“快下来，你不想活啦？”话音刚落，一道刺眼的闪电掠过，接着一声震耳欲聋的惊天炸雷。德娃连滚带爬地从土塬上滚下来。老汉急忙跑过去，把他扶起，拉进土窑，两人身上湿漉漉地挂满了泥。老汉责怪地说：“好我的憨娃哩，你这是捅娄子哩么！不知道个深浅，没听过雷劈死人？”德娃像个落水狗，惊魂未定，战战兢兢地点点头。

窑外面雨越下越大，路面上瞬间水流成河，沉闷的雨点“吧嗒吧嗒”打在水面上旋即掀起一片小水窝。土窑很小，紧临着路边，是专为过路或者在田里做活遇到下雨时人避雨的。德娃靠着窑，跟老汉脸对着脸，两只眼睛无神地看着老汉。老汉的头发好久未剃，灰白的短发像缩成一团的刺猬，留着山羊胡子，黑黑的脸色，皱纹又深又粗，眼神却很和善。他说：“娃，你叫什么？是哪个村的？你父母是谁？你是一个人吗？你这么早独自坐在这里干啥？”德娃的湿衣服贴着身子，嘴唇紧闭，鼻孔一张一翕呼呼地出着粗气，脸膛红彤彤的。老汉说：“我娃这是发烧啦？”说着伸手就要摸德娃的头。德娃下意识警惕地打掉老汉的手。一辆汽车冒雨从眼前经过，泥水溅到德娃身上，德娃纹丝不动。老汉看看德娃，看看汽车过后那两道深深的泥痕，说：“真日怪，这么大的东西，不怕雨淋，不怕雷劈，不吃不喝也不拉屎，你说这是啥东西？”德娃不出声，老汉就给德娃讲了个笑话：“早些年呀，我天不亮就出门拾粪，你知道起得晚了别人就占了先。我刚到大路上没走了几步，一个怪物形的大东西，亮哇哇的，‘呜——’的一声从身边经过，吓得我呀！差一点瘫在地上。等我回过神来，就想这么大的东西，跑得又那么快，那一次要拉多少屎呀！我连忙去追，追呀追呀，追得我是又饿又渴又累。想到那些屎呀，就顾不得饿，也顾不得累，一口气追了十几里，连牙的影子都没见上。没追上吧，也不冤枉，反正咱也没牙大，可它总得吃总得喝吧，退一步说，就算牙有能耐，不吃不喝，也得拉屎尿尿吧，嗨，你还别说，不仅没有瞅见牙的屎点点，连牙的尿星星都没有见一滴。回来给人说，才知道牙是喝油哩，拉屁哩。”

说完后见德娃没有反应，老汉说：“娃，你是杀人啦，还是放火了？看把你愁的。哎，娃，你还小哩，有啥过不去的难事？娃，你给我说。你看这天，这天上布满着黑云吧。再看看这雨，雨下得这么大吧。可是这云再黑，雨再大，你看我点上一锅子烟，等我把这锅子烟抽完，云也散了，雨也停了。”德娃不服气地看看老汉。老汉说：“你别不信，你就等着看吧。”

德娃感觉到老汉的善意，半信半疑地看看外面，看看老汉。老汉从怀里掏出烟袋。烟锅子是红铜的，烟嘴是绿玉的，烟杆子上吊着一只装烟丝的布袋。老汉不紧不慢地从烟袋子里挖了一锅子烟丝，又用手压了压，嫌不满，又夹了些烟丝压进去，然后塞进嘴里，又从怀里掏出一块火石及火镰，把一块棉花放在火石上，用火镰“嗒嗒”地撇，细小的火花四溅。棉花有些潮，老半天也引不着。老汉嘴里没有牙，噙不紧烟袋，口水不断地从嘴角流出，烟锅子上下乱晃。老汉拿下烟袋，递给德娃说：“你给我先拿着，我还不信点不着了。”德娃端着烟袋，老汉低头“嗒嗒”地撇火，撇了老半天，火花终于引着棉花，老汉忙把烟袋要过去，把棉花压在烟锅上，急忙“吧嗒吧嗒”地抽起来。烟随着吧嗒声，满嘴满鼻地冒出来。很快烟抽完了，老汉在鞋底上“叭叭”地磕了两下，把烟袋收拾收拾装进怀里，抬起头说：“看，不下雨了吧。”德娃惊愕地望着窑外，果然雨停了。德娃满腹的狐疑，揉揉眼睛，似乎看见了神仙。

一阵风吹过，刚才还气势凶悍、不可一世的云，一时间像变成溃退的散兵游勇，四处逃散。而天更蓝更新，像经过一番梳洗后将要上轿的新娘。太阳快升起了，东方显得格外的亮。老汉起身走到窑外，回头对德娃说：“娃，我看你也没个去处。走，到我家去，换一换衣服。”德娃问：“这是什么地方？”老汉说：“这是张家庄。”德娃想了想，这村子远近都没听过，感到有些安全，就起身往外走。刚一站到窑外，就感到头晕目眩，身子发软，两条腿就像踩在棉花上一样。老汉忙扶着德娃说："这娃，你没事吧？看这小脸红的，发烧哩吧。"说着摸摸德娃的头。老汉的手好像被烫着似的，慌张地缩回来说："啊，这么烧呀！"德娃硬撑着不让老汉扶，说："没事。"便跟着老汉去他家。

老汉的家在村边，是一座不大的院子，破旧的三间北房，房顶上长满了蒿草。陈旧的门窗像老人一样倔强地支撑着这个家。老汉把德娃领进屋里，拿出自己粗布做成的大裆裤和大襟袄，说："快换上。"德娃换了上衣，就停住了手。老汉说："裤子也换了。"德娃不动。老汉把裤子扔到炕沿，说："你还羞哩？快换了吧！"说完老汉就出去抱柴火生火烧开水。

德娃全身软软的，没一点劲，换上干衣服后反倒觉得冷。老汉说："你烧着哩，到炕上躺着。水马上就开，喝些水就会好的。"德娃爬上炕顺势躺下，不一会儿就打起了呼噜。老汉停下拉风箱，给德娃拉了一条被子盖上。老汉烧开水后，起身抱出一个黑罐，伸手掏出两个鸡蛋。看了看，略一沉思，又放回去一个。拿出一个碗，把鸡蛋磕进去，揭开锅舀了一瓢开水，泼进碗里，放了一撮盐，用筷子搅了搅，筷子头在嘴里抿了抿，咂吧了一下，觉得咸淡适中，就喊："这娃，快起来！喝碗鸡蛋汤。"德娃睡得死沉，叫不醒。老汉又从笼里掏出一个馍，掰开泡进碗里，送到德娃身边，摇着德娃的身子说："快起，快起来，一会儿凉了，吃了饭再美美地睡。"

德娃从睡梦中勉强地睁开眼睛，摇摇头说："不想吃。"老汉端着碗站在身边，说："这娃，你这是病了，发着烧，吃一点睡一觉就会好的。快起来！"说着一只手把德娃扶起靠着炕边，把碗递给德娃，又取过一双筷子，说道："快吃，尝一尝咸淡。"德娃接过筷子，饿狼似的三口两口"呼噜呼噜"地吃完。也不知咸淡，也不知吃的啥。等老汉送了碗，德娃已经睡着了。他睡得香，睡得沉，睡得没日没夜的，打着呼噜，说着梦话。到中午到下午到晚上，老汉叫了几次都叫不醒。第二天天不亮老汉习惯性地爬起来，背上筐子出门拾粪去了。

一声“吱呀”的关门声，惊醒了德娃，他睁开眼睛，眼前一片漆黑，他摸了摸盖在身上的被子，吃了一惊，呼地坐了起来，惊奇地望着微亮的窗户，努力地回想着发生在自己身上的事。然后他又倒身躺下。没日没夜地睡觉，睡得德娃精神十足，他又一骨碌爬起来，找到自己的衣服穿上，像贼一样四处看看。家里空空荡荡，破破烂烂，没有人在家，也不像富裕殷实的人家。德娃扭头就往外走，走到门口，感到肚子饿得慌，返回屋子，打开笼盖，伸手抓出两个馍，像饿狼似的张口就往嘴里塞。嘴张得太大，馍也塞得太多，卡在嘴里吐不出来咽不下去，小脸憋得紫青。一声咳嗽，把嘴里的馍吐了出来。他利落地走案边，拿了一个碗，从暖壶里倒了一碗水，也顾不得放盐，把馍掰开泡进碗里，找了筷子低头就吃。他吃得太快，像往肚子里倒，一口气吃了一碗，打了个嗝，又泡一碗，又吃了一碗，连吃三碗后小肚子鼓胀鼓胀的。德娃长出一口气，走到笼前，略有犹豫却迅速地从笼里掏出几个馍，塞进自己的口袋里。馍大，塞不进口袋，他把上衣塞进裤子里，用裤带扎紧，从领口上把馍放进去，放了三四个馍后，胸前就鼓起来。他又一只手拿了一个馍，转身就往外走。

德娃走到院子门口，迎面碰到老汉背着筐子回来。德娃脸一红，傻傻地愣着僵在那里注视着老汉。老汉不惊不乍，脸色温和，上下打量着德娃，善意地嘿嘿一笑说：“小家伙，你这是好啦？”德娃惊慌不安，他揣摩不出老汉的心思，他吃了喝了还偷了馍，不知该夺路而逃呢还是该束手就擒。老汉上前要摸德娃的头，德娃忐忑地后退几步。老汉说：“看样子你是不烧了，你好了，也不打个招呼，这是要逃荒啊。”德娃不说话。老汉责怪说：“你这娃憨的，我帮了你，招呼你吃哩喝哩的，你就是要走也要给我说一声吧。走，跟我进屋去！”

德娃站着不动，老汉把他推进屋，说：“你把馍先放下。”德娃无意识地紧紧地拿着馍，不安地看着老汉，不知道他要干啥。老汉踢过来一个小凳，把德娃按着坐下，德娃两只手拿着馍，僵硬地直挺挺地坐着。老汉坐在他对面和颜悦色地说：“娃，你先坐，不要怕。你还太小哩，太小哩。我老汉活了一大把年纪，见过日本人活埋人，遭过土匪抢，土改时亲眼看见乱棍打死人。我年轻时也跟人红过脸，动过手，也张狂过，也硬气过，也给人低过头，说过好话，下过软蛋。娃，没有啥过不去的坎。我知道你有心事，你不说我也不问。只要你没有杀人，就没有过不去的事。就像那天那场雨，来势凶猛，那家伙又是打雷又是闪电，像是要把天弄塌了。临了一阵风，雨也停了，云也散了。天照样是天，太阳照样是出来了又落下，好好的跟啥事都没有发生过一样。唉，娃，你还小哩，太小哩。没见过世面，没经过世事。你不吃不喝地睡一天一夜，叫都叫不醒。现在看，你精神好多了。我给你烧水泼个鸡蛋，泡上馍馍好好吃上一顿。吃完了，你想上哪儿上哪儿。”说完老汉就起身生火烧水。

德娃说：“我不吃。”老汉说；“你把那心放得宽宽的，该吃就吃，该喝就喝，有啥事吃完再说。”德娃这才说：“我吃过了。”老汉惊奇地问：“吃过了？”回头看看案板上的空碗，看看德娃手中的馍。德娃忙站起来把手中的馍放到案板上，一边看着老汉一边把胸前的馍从衣领处一个一个地掏出来。老汉说：“你拿着。”德娃站着不动。老汉站起来找了个粗布缝制的馍布袋，把德娃掏出来的馍全装进去说：“拿着，全拿着，够你两天吃了。”德娃摇着头推搡着不要，眼睛却有些湿。老汉笑笑说：“这娃倔的，几个馍我老汉出不起？你别看这家破破烂烂的，老汉我要粮有粮要钱有钱，我娃在城里干事哩，狗日的可有本事哩，牙给自己恋爱了个媳妇，我没操一下下心。娃娘死后，娃孝顺，把我接到城里住的那高楼大厦。唉，咱老汉种了一辈辈的地，拾了一辈辈的粪，咱享不了牙那洋福啊。住在楼里往下看，怕掉下去。下了楼出了门，谁也不认识谁。想说句话吧，咱听不懂牙的，牙也听不懂咱的。早上起来你说拾个粪吧，满大街的汽车跑来跑去，就是没个放屁拉屎的。这不跟坐监狱一样吗。哪有回到咱家舒坦，娃倒是孝顺，不让回。我说那儿能拾粪吗？那儿的汽车拉屎吗？娃说不能，不能我就得回啦。”

德娃听着听着，眼里的愁云像被风吹过一样，烟消云散。紧锁的眉头舒展开来，他“扑哧”一声笑了。刚才脸上的那些惊恐、紧张不安也变得安详、和善，身上手上都放松了很多，他伸手接着那馍布袋。死死地盯了一会儿老汉那张慈祥的脸，慈祥得让德娃不知如何是好，是就这样走，还是留下来？应该说些感谢的话，可是嘴又笨得什么也说不出，脸倒是憋得红红的。老汉说：“娃，你要走就走吧，吃不上喝不上了再来，老汉现在穷得就剩下粮食了。”

德娃背着馍，沿着土道寻着大路，顺着公路来到铁道，从太阳升起到太阳落山，坐过牛车爬过火车。假如老汉不给他馍，假如老汉抓住他偷馍，要喊要叫要把他送到公安局，他也许会跟老汉打起来，抢上馍逃走，从此也许会走向另外一条人生的路。人生往往就是这一念之差，生命从此就改变了轨迹，德娃穿村过巷，翻桥过岭，跌跌撞撞地，在一个很平常的黄昏走进了他向往的城市。

十四

无法诉说德娃进了城的心情，新鲜、兴奋、惊喜、希望、豪情满怀。宽阔的大街，干净得能当炕一样睡。一座接一座的楼房，有的楼房甚至有五六层高，各式各样大大小小的汽车，明亮得能闪了人眼的电灯，还有那不时擦肩而过的男男女女，果真像自己想的那样，男的穿着制服，上衣都吊着四个兜，女的穿各色花布外罩，骑着自行车说笑而过。男的帅气，女的漂亮，像电影里的一样。德娃顿时想到自己村里，穷、脏、丑，人脸那么黑，衣服那么烂，偶尔有工作队驻村，饭后总是一男一女在村边地头散步，那模样惹得村汉村妇脸红脖子粗。碰到脸对脸时，也不知该不该打招呼，是装作没看见低下头呢，还是问“你吃啦”更好一些呢？有聪明人想出聪明的打招呼方法，“啊——谈谈工作呀！”这样的招呼既得体又能让自己装样，还不伤人家干部的自尊。此后人们只要见到工作队就问“啊——谈工作呀”或者“啊——牙今天不谈工作呀！”那个时候自己总是和小伙伴跟在人家后面偷偷地笑。想起来就觉得自己可笑，还有那傻屁队长，就是个井底里的傻尿没见过世面，更是什么都不算。

德娃张狂、兴奋，心底里看不起队长、主任，甚至是去了供销社卖货的四娃。特别是四娃，在队里没干了几天活，就让亲戚安排到供销社当了一名临时卖货员，见了人头抬得老高，手插在裤口袋，谝着洋腔，想理不想理的。今天叫你看看老子是怎样谝洋腔的。德娃谝洋腔谝得不好，最多也就是家乡不标准的普通话。这里娃叫孩，否叫水，否叫叫睡觉。德娃老是说得四不像，因此就不说话，少说话，看人脸色和手势行事。德娃天天都能看到汽车，觉得自己是城里人了，像雪天里饿了几天又吃个饱的哑巴麻雀，飞起落下，再飞起再落下。不知饥饱，不知冷暖，从城里飞到城外，又从城外飞到城里，就飞进了一家街道办的电器厂的工地上。一位年近六十，头发花白，慈眉善目，身高背驼，带着黑色眼镜，人们叫他老高的人从工地出来，他问德娃：“你天天守在这里想干啥？”德娃不想干啥，他惊恐不安地摇摇头。“你是从家里跑出来的？”德娃睁大了眼睛不说话，“流浪汉？”“哑巴？”德娃摇摇头。那人像知道了什么似的，微微笑了笑说：“我这里这几天活紧，你临时给我们干几天，一天给你一块三毛二，愿意吗？”德娃高兴得不知道说什么好，只是不停地点头。

工地在城边，不大，用铁管焊接的大门，供人们临时出进，门的东边是一间简陋的保卫室。保卫室有俩人，一位三十多岁留着很时兴的剪发头的妇女，她姓关，人们叫她关师傅。一位十八九岁留着两根长辫的姑娘姓银，人们叫她小银，她们俩负责工地来料登记及安全。关师傅穿蓝色制服上衣，左胸别着毛主席像章，黑色裤子，脚穿白底白边搭带黑布鞋，人瘦脸白，寡言少语，走路时两只脚朝外撇。她老站在门口，手里不停织毛衣，眼睛不时地胡乱看一眼，那做派那神情，时时提醒人们，我是这里的正式工，地位比你们这些临时工高，你们都给我小心些，不要惹我生气。小银则不一样，她穿碎花外罩，胸前也别着毛主席像章，蓝色裤子，黑色搭带皮鞋，四方脸，面色红润，前胸饱满，后臀撅起，和气好动，说话时鼻子不通瓮声瓮气。她不时在工地转转，然后又回到保卫室。工地的四周用砖砌的围墙围着，中间正在建一座车间，车间的墙体起到半人高。四周堆满了沙子、水泥、木材及简易的工棚。工程小，请不起建筑公司，都是街道成立的修缮队，由二十来个工人组成。工地上不停地传来“沙子”“水泥”“搬砖”的喊叫声，德娃这个哑巴麻雀就在工地上飞来飞去，一会儿搬砖一会儿和泥，本来是有分工，一个小工供两个砌砖的师傅，可是为了表现，只要有喊声，德娃就流着汗，喘着气地跑去，不是递砖就是铲泥。

那位被叫老高的人，是电器厂偷偷聘用的一位右派工程师，他看上去很和善，可是他的嘴老是不停地说，脚不停地走，他早已忘记自己是因为啥当了右派的，可他就是管不住自己的脚，更管不住自己的嘴。他走到师傅跟前手指着线，神情生气却语气平和，像是自言自语地说：“这线不能这样，不能这样。”直说得师傅按他意思重新挂了线，他才接着说：“这样不行，泥浆要摊平，要摊匀。”他的嘴角翻着白沫，脸色愠怒，像让人强奸了还不敢说一样。走到和泥的跟前说：“再和，再和，还不行。”“沙子多了，这不安全，容易出问题。”“水泥多了，多了，真是浪费。”看见筛沙子的把大个石子漏进去，气冲冲地跑过去，却低声地说：“得拣出来。”然后弯腰捡起扔出去。

小银背着手走到德娃跟前，看着德娃弯腰铲一锨沙展起腰来撒在筛子上，额头上挂着汗珠，头和眼睛跟着铁锨转动，身子就跟弹簧似的不停地展开卷起。小银说：“嗨，你歇一歇。”德娃说：“不累。”小银用手在脸上扇了扇荡起的尘土，问：“你是哪里的人？”德娃说：“村里的。”“你多大了。”“十五。”“跟我弟弟同岁的。”“你父母呢？”德娃不抬头也不语，小银就转身走了。

几日后那半人高的墙体疯了似的长，右派工程师更加忙乱。挤着一只眼一会儿东看看，一会儿西照照。墙体砌成后，让人们休息了两天，大家都高兴得嗷嗷叫。工程师指着德娃等几个小工说：“你，你，你，你。留下，把这儿的场地腾开，你们明天跟着汽车拉料。”有人不情愿地嘟囔着说：“凭啥？好容易能休息一下，也泡汤了。”德娃听后心里偷偷地高兴。第二天，德娃和同事们到木材公司拉檩条、椽子。大家站在大门前一边等汽车一边聊着，一位长得白净，穿着一身劳动布工作服的小伙子说：“真他妈的操蛋，想着跟对象看场电影，你看又黄了。”另一位分明是讨好，十分夸张羡慕地说：“你有对象了？是哪儿的？”那小伙子得意地哼了一声说：“能是哪儿的？纺织厂的。一天来找，你说咱这哪儿有时间。”正说着，一辆解放牌汽车像旋风一样突然停在大家的跟前，那小伙子也顾不上说了，抢着就往驾驶室里坐。驾驶室里只能坐两个人，德娃赶紧爬上车斗，兴奋地站在车斗子里，手扒在驾驶室背后的栏杆上。汽车很快驶出了城，出城后车速加快，风把德娃的头发吹成了背头，吹得眼睛眯成一条缝，耳朵嗡嗡乱响。风把脸吹得有些疼，可是德娃舒服得很，他想喊，却没有喊。他衣服鼓鼓的像背着气球，凉风丝丝地从背后窜进脊梁。那人喊他坐下，他没有听到，拉他，他摆了摆手。

拉完木料后的第二天，车间要上梁。那天一大早就来了一辆吊车和很多人，还请了三个大厨子，他们在工地东南角上用白布搭起一个篷，支起了两口大铁锅。拉来半扇子猪肉以及白菜、粉条、豆腐堆满一地，有的“当当”地在案板上剁肉，有的洗菜，有的和面蒸馍。蒸馍的蒸气伴随着油香味飘到工地，四散到人们鼻子里嘴里，人们不时朝那儿瞟一眼，吼喊的劲头就越来越大，吊车吊起木梁，吹哨子的、喊叫的、用手指挥的，一时人来人往乱哄哄的。那肉香味刺激得德娃热血奔涌，他不时朝那儿瞟一眼。他没见过吊车，它能轻轻地伸出一只独臂把一根粗梁吊起。德娃敢肯定除过他，全村没人见过。他主动给这吊车挂钩挂钢丝，那吹哨的指挥师傅嫌他小，呵斥道：“嗨，你日能，你能挂了？”德娃深一脚浅一脚地往跟前跑，说：“能。”指挥师傅喊道：“抬头看着！”德娃利索地挂好钢丝，然后学着大人的样后退几步，把大拇指竖起，做着让吊车上升的手势，随后就跟着吊车跑来跑去。一会儿抬木头，一会儿搬砖，他的手心手背上不是刺满了木头上的小刺就是砖头磕碰的小伤。他不时地用手指拽着袖口在头上抹一把汗。到中午每人一碗菜两个馍，大家排队领上饭菜，三五成群地在工地的砖上、木头上甚至地上坐了，低头呼噜呼噜地吃起来。德娃端着碗把馍泡在碗里，走到一堆砖的后面，蹲着三口两口吃完，然后靠着砖闭着眼，感到无限的满足和幸福，要是能再吃一碗多好啊！

休息了一会儿，老高就喊：“开工啦！开工啦！快起来，要不，天黑前干不完。”德娃靠着砖睡着了，工程师走过来踢醒他说：“出了汗还敢睡？快起来干活，你想感冒啊！”德娃一惊，忙爬起来就往吊车跟前跑。跑到一根木梁前，吊车的钩子转到那面梁架跟前，德娃又绕过一堆砖一堆木料追到梁架前，挂上钩子嘴上喊着“起”，手做着手势，吊车吊起梁架，梁架在空中荡悠，德娃听人们喊道：“往后，看头上。”接着

“砰”的一声，木梁碰到德娃头上。他一抬头后退了两步，叉开双腿，稳住身子，顿时眼前泛出一片金花，他低下头，眼下的砖、木材、人、车都模模糊糊地旋转。他无法控制身子，似乎就要倒下。他忙蹲下身子，趴在地上，有人问道：“碰到哪儿啦？破了没有？还行不行？”德娃看着地旋转得越来越慢，腾出手来摸了摸额头，摇摇晃晃地站起来，恨自己窝囊，像瞎了眼的疯狗，找的往上撞，忙害羞地说：“能行！没事。我能行。”说完继续跌跌撞撞跑到吊车跟前挂上钩子，然后抬头，后退，脚下不时被乱砖或堆放的木料绊倒，他急忙爬起来红着脸左右看看接着干活。

天快黑时，车间的大梁全都吊在房梁上。工程师吹着哨子，喊道：“收工啦！开饭啦！”听到收工，人们像滚得正欢的皮球，突然泄了气，人们纷纷放下手中的活，低头转身就往食堂处走，排队领饭。德娃随着人们走到灶台前，有人喊：“别挤，排队。”德娃就走到旁边的一根圆木上坐下。他长出一口气，顿时感到全身轻松、舒坦、幸福和满足，又伸出双手看了看，手有些肿，有些老茧，手背上有几处钢丝绳扎破的小红痕。翻过手心有不少小木刺刺在肉里，他用指甲往出拔，拔不出来，他握紧拳头，感到手掌心生疼生疼的，展开手擦擦额头上的汗，也感到生疼，他皱了一下眉，用指头轻轻地摸，额上正中起了个鸡蛋大的包，像矿工头上的灯，还有些灼痛。德娃奇怪啥时候起了那么大的包，自己都没感觉。他肚子饿得咕咕地响，眼睛一直瞅着排队打饭的人，饭菜的香味随着工人们的吃喝声飘到他的嘴里，嘴就合不上了，口水不时流出，他一次一次地咽下。终于打饭处没人了，他迅速地起来拿上一只粗瓷烧制的大海碗，伸到大锅前，掌勺的师傅给他舀了满满一碗。德娃顾不得感谢师傅，也顾不得拿馍，眼睛只看着碗，脚下迈着碎步生怕洒出一点，走到一堆板材旁坐下，呼噜呼噜地往嘴里倒起来。

小银早早吃过饭后帮助厨房端碗拿馍，这阵子人少了，她背着手走到德娃前，像干部检查工作一样，看看德娃只顾着低头吃就说：“你慢些吃，没人跟你抢，小心呛着了。”德娃没有抬头，眼睛盯着地上走到跟前一双皮鞋，意识到自己的吃相难看，脸不由得红了，嘴慢慢咀嚼着。这肉这丸子这豆腐这白菜这粉条，是他这一生吃过最好吃最香的一顿饭，哪怕再过多少年，直到死他都不会忘记这顿饭。等那双皮鞋从眼前一消失，他马上低头就吃，像饿狗抢食一样。三口两口就吃完碗里的菜，这才想起刚才慌张，只想着怕没菜了，没有捎的拿上两个馍，这会子有些后悔，肚子还是不太饱，是拿馍去还是再要一碗菜？馍自己刚才没拿，菜也有人吃两碗的。要菜拿馍都应该，可是会不会有人说自己是个吃货？他正低头偷看厨房，看能不能跟在人后面混着再要一碗菜。小银就端着一碗菜走到德娃身边，把菜往他碗里一倒，说：“吃吧，累了一天，紧饱地吃。”德娃不知所措，心里一时情绪翻滚，不知如何是好，他只是抬头感激地扫了一眼小银，忙慌张地把碗往起抬，虚假地说：“吃不了，吃不了。”小银只顾把菜往德娃碗里倒，慈爱地看着德娃说：“吃吧。”德娃看着小银的脸，为难地说：“真吃不了那么多，这太多了。”小银说：“没事，吃不了剩下。”德娃端着碗不吃，小银看了一会儿，转身走了。小银一走，德娃就像做贼一样低头就吃，吃到半碗时肚子就饱了，可是剩下怪可惜的，倒了舍不得，留在明天吃又怕人笑话。德娃坚持着硬往肚里灌，肚皮胀得鼓鼓的，跟个皮球似的，他觉得菜都到嗓子眼了，一张嘴就要吐出来。吐出来多可惜呀，就算自己肚里胀得难受，胀死，也比饿死强。德娃闭着嘴，扬着头，双手叉着后腰像快要生子的孕妇，悄悄地溜出工地。那一晚德娃一直害怕自己会胀死，后半夜肚子才松快些，他就迷迷糊糊进入肉和丸子的睡梦中。

一天，关师傅一边打毛衣一边在工地转，不时看看脚下或木料堆，走到工程师前停下来问：“老高呀，我怎么觉得咱们的木板老不对劲？”老高驼着背瞪着眼急问：“不对劲吗？哪里？你发现什么了？”关师傅说："我昨天走时在板子上落下一小卷毛线，第二天毛线滚在地下，还有鞋印，你说不会有问题吧？"老高忙说："有问题，一定有问题，近来咱们进了这么多木材，一定要留心。"关师傅说："留心不留心，白天人多眼杂都不会有问题，就怕晚上。"老高说："门呀围墙呀有没有什么痕迹？"关师傅说："都看过了，没有。"老高眨眨眼说："这就怪了，会不会是……"关师傅说："我也担心。"老高说："再加一人，对，晚上再加一人。"关师傅问："让谁去？"老高摘了眼镜，抬头想了想说："就让德娃去吧，你说呢？"关师傅说："不会太小吧？"老高说："小是小了点，我看他老实，不会监守自盗。"关师傅指着德娃就喊："嗨——你过来。"德娃放下手中的活，走到关师傅跟前。关师傅说："以后你白天就不要干活了，晚上值夜。"德娃不明白地问："晚上值夜是干什么？"关师傅说："就是让你看工地上的材料，"德娃问："还给钱吗？"老高笑了说："给，跟白天一样，你看咱们进来这么多木板，怕有人偷，你得看着，要是丢了可要扣工资的，晚上不敢睡觉。"德娃担心一个人夜里害怕，就问："我一个人吗？"关师傅说："不，还有一位姓刘的师傅，不过你要特别留心，晚上不能睡觉。"

德娃幸福地觉得自己上了天堂，过着神仙般的日子。神仙过的什么日子，德娃不知，但不用干活就能挣钱，神仙大概也不行。晚上刘师傅来到工地，和蔼地对他说："你是跟我一起下夜的？"德娃说："嗯。""你叫什么？""德娃。""那这样，你前半夜，我后半夜。"德娃说："嗯。"然后披着值勤的蓝大衣拿着手电，像磨盘一样在工地转了一圈又一圈。刘师傅是中等个，微胖、大头、白脸、奸相。脸上老挂着笑，眼睛却露着凶光。他说："你别转，转啥？转得我头都晕，来坐下说会儿话。"人家关师傅信任他，他就得对人家负责，就算这是个麦穗上的麦芒，他也要当针用。德娃说："不晕，工地进来这么多木板，不操心不行。"刘师傅撇撇嘴笑着说："对的对的，你再转快些。我睡了。"

夜深了也静了，偶有下夜班骑车的或汽车经过。德娃走得越来越慢，像是散步，脑子里就想家，想母亲，想弟弟，也想自己的伙伴。不知道家里可好，重活有没有人干，想告诉母亲自己吃的大肉、大丸子、大豆腐、大白馍，好吃得很。自己有了工作，工作就是，就是啥也不干，在工地上乱转。工资一月小四十块，下个月领了钱就寄回去，你就花，想咋花就咋花，你也不用愁还别人的钱，都有我哩。想到此，他的心里美滋滋的。

到了后半夜，德娃在工地上转得累了，心里也美得有点累。看来再好再美的事，也得让人休息。他眼睛自然而然地往传达室瞟，刘师傅就是不出来。他走到传达室门前，听到刘师傅鼾声如雷，像饿极了的猪不停地大声哼哼。德娃走到一堆砖块前坐下来，坐了一会儿觉得有些凉，又移到木板上，过了一会儿还是觉得凉，就又站起来走。直到天亮，刘师傅醒来，眯着眼走出传达室，走到墙根解开裤带，掏出那东西就尿起来。尿完后也不等提起裤子就转过身来，手晃动着那东西，叉着腿，弯着腰，抬着头，好像跟自家长的那个东西生气一样。右腿就往前跨一步，提一下右裤腿，左腿往前跨一步，提一下左裤腿，对着德娃说："你一夜没睡？"德娃看着刘师傅恶心的样子说："见你睡得香，就没有叫你。"刘师傅说："你不瞌睡呀？去睡上一会儿吧，"德娃说："不用。"

第二天的晚上，德娃依然前半夜值勤。到了后半夜刘师傅醒来说："你睡吧，我招呼着。"德娃就走进保卫室盖着蓝大衣，摸黑躺到一张用木板支起的临时床上，过了好半天德娃都没有敢睡着。刘师傅轻轻地进来，德娃马上闭住眼睛。刘师傅在床边坐了一会儿，然后起来到窗前站了一会儿，转身走到德娃跟前低声叫："嗨，睡着没有？"德娃忙起来问："啊，什么事？"刘师傅笑笑说："没事，能有什么事，我看你睡着没有。""呃——睡了一会儿。"刘师傅说："我有些困，你要不瞌睡，就让我再睡一会儿。"德娃说："行。"就起身拿上手电到外面乱照。工地的四周都安着电灯，照得工地亮哇哇的，用不着手电，可电池是公家的，不用白不用，德娃享受着尽情玩手电的乐趣，开了关了一通乱照。到天快亮时，德娃坐在木板上歪着头闭着眼嘴里流着口水。刘师傅走到德娃跟前关心地说："看把你瞌睡的，去，到里面睡一会儿。"德娃走进保卫室闭着眼躺下，觉得身体舒展了反倒又睡不着。刘师傅进来绕了一圈，弯腰看一眼德娃，轻步离开，不一会儿德娃听到有木板的磕碰声，爬起来看到刘师傅搬着一块四寸厚一人高的木板快步往门外走。德娃喊了一声："嗨，你干啥？"刘师傅脸腾地红了，尴尬地说："没事，看看这木板有多重。"说完把手中的木板又放在原位，又把刚才已经放到大门口的一块木板搬回去。德娃殷勤地跑过去说："我来。"刘师傅恼怒地喊道："没你的事，睡吧，睡去吧。"德娃恹恹地走回门卫室，在床上躺了一会儿，又坐起来，无聊地望着窗外。

德娃每天应该八点来接班，他总是六点就在工地上转。这天照例早早地在工地转，关师傅低头织着毛衣和小银说着："自从德娃上夜班以来，咱这木板就没有丢过。"说完回头看周围，见德娃来了，就露了一下牙齿，难得地咧了嘴，算是笑了一下，继续低头织着毛衣说："你这么早就照看上了？"德娃点了点头。关师傅说："你要来了，我就先走了，你跟小银在着，我回去给人家做饭去。"小银说："你走吧，刚才就让你走，你不走，你还不放心我呀。"关师傅一边织着毛衣往外走，一边往堆木材的地方望了一眼说："放心，有啥不放心的。"关师傅走后，工地上就留下德娃跟小银，小银的眼睛有些红，脸也拉得难看，囔着鼻子说："我弟弟又出事了。"德娃问："出什么事了？"小银说："不上学，也不下乡，成天打架，惹事，让派出所抓了。这都好几回了，出来进去的，不要说别人笑话，就连我爸我妈都气病了。你看刚才关师傅那样，早想回去了，就是等着你，这是防着我嘛。"德娃知道这工地里也只有小银愿意跟自己多说几句话，可自己不知如何劝慰小银，随口应着：

“哦。”小银温柔地看着德娃，哀怨地说：“我要是有你这样一个弟弟多好呀。”接着问：“你吃了吗？”德娃说：“吃了。”小银问：“吃了啥？”德娃说：“胡乱吃了些。”小银抬手看了一眼表，走到水管前，把水撩在脸上，甩着两只湿手，歪着屁股说：“德娃，你给我把手绢掏出来。”德娃走到她身边，小心地用两个指头把小银裤口袋里的手绢夹出来放到她手上。小银擦了手和脸说：“今天是我爸的生日，我爸我妈都让我弟气病了，我早些回去给他们做饭。”德娃像鸡啄食似的点着头说：“去吧，去吧，这里有我，不会有事的。”

刘师傅自从上次偷木板事件后，每天晚上后半夜才来，有时甚至天快亮时才到，来后总是和蔼可亲地笑着说：“没眯了一会儿？”德娃说：“不困。”刘师傅假惺惺地感叹道：“哎呀，到底年轻呀！”所以前半夜，有时甚至一夜都是德娃一人值班。一个人的时候有时有点怕，有时很想家，更多的时候是担忧家里的事，不知道过了这么久村里还逮不逮自己？秋天了家里农活重活谁干？分下的棉花秸秆谁帮着拔，谁帮着拉回家？也想小兰，那更多的是幻想，或者说是睁眼做梦，就是在工地上打着手电睁着眼转悠着，脑子里幻想着小兰如何想他，如何爱他，如何担心他，如何心疼他，如何后悔，如何求着要当他媳妇。那情景足以让德娃忘记所有烦恼和担忧，并让他高兴得要死。

沉浸在这样的幻想中，德娃不觉得累，他背着手像在工地上散步一样走着。天微黑，小银端着长方形的铝制的饭盒“吱呀”一声推开铁门进来。德娃警觉地转过身，见是小银，笑着说：“嗨，你咋又来了？”

小银说：“这是我做的油糕，你来尝尝。”德娃摇摇头，脸红了一下说：“我吃过了，不饿。”小银笑着说：“谁说你饿了，是叫你尝尝我做的好不好。”德娃走到小银跟前，小银打开饭盒盖，举到德娃面前说：“尝尝。”德娃离小银有点近，忙往后退了一步，伸手拿糕，小银惊讶地叫道：“唉哟，手脏，这不是有筷子吗！”德娃又拿上小银递过的筷子，夹了一个糕塞进嘴里。糕热，烫得德娃张着嘴往外哈气。小银看着德娃吃，说：“你慢些，没人跟你抢。”德娃咽下去忙说：“好吃好吃。”小银问：“是什么馅的？”德娃一时说不上来，只说：“好吃好吃。”小银说：“好吃还等啥，快吃呀！”德娃不好意思地摇摇头说：“尝过了，好吃。”小银递过饭盒说：“这都是给你的，趁热快吃了。”德娃接过饭盒，转身走到砖堆旁，坐下来低头吃了。油糕的馅包着花生、核桃、芝麻、白糖。德娃是没吃过这么好吃的糕，吃完把饭盒还给小银，说：“你做得真好。”小银说：“好吃吧？你要管我叫姐，我以后经常给你吃。”德娃的脸腾地红了，不说话。小银说：“我弟弟老惹事，我想认你做我的干弟，你愿意吗？”在村里德娃没有听说过谁认过姐的，为什么要认姐？德娃低着头还是不说话。小银看了一眼德娃，说：“你不肯呀？”德娃还是低头不语。小银拿上饭盒说：“哎，我要有你这么一个勤快懂事的弟弟多好呀！”说完起身走了。

十五

这样的好日子，一直延续到过了冬天，过了新年，过了可多可多日子。德娃每月开了工资都要掰起指头算，算过之后把生活费留下，剩余的钱都给家里寄回去。每次寄钱，他都感到兴奋，都彻夜难眠，都是早早地起来，洗洗脸，整整衣服来到邮局。只寄钱母亲不一定知道自己在这里过得有多好，他就给仁娃写了一封信，信跟汇款一样都没有写地址。他在信中总是说自己在城里过得如何好，干着多么轻省的工作，每月都发一次工资等。每当这时德娃心里还真有一种说不出的骄傲，看人家城里汽车有多少，楼房有多高。人家城里如何如何，你这小村里的小什么长，也敢吱里哇啦地乱叫喊，真让人笑死哩。好像自己真的变成城里人了，他让母亲放心，他已经长大了，是大人了，家里欠人家钱有他哩，他能还了，遇上家里的重活、体力活，不要自己干，也不要让弟弟干，弟弟还小，最好花钱雇人干。最后他说，娶媳妇的事也不要母亲操心，自己将来自由恋爱呀。牙城里都是这样的，信上的语气是那么自信，写信的神情是那么得意。每回寄了钱写了信，德娃心里都高兴好久。只是看不到母亲收到信、收到钱的样子，因为他的信总写给仁娃，让仁娃转给母亲，他在信封上和汇款的地址栏里总是写着本市。这让德娃多少感到有些美中不足，甚至扫兴，不知道村里的人还抓不抓自己，不知道母亲和弟弟是否过得好，这些想法就像碧蓝的天空中老有丝云一样，不时飘到他的头上，让他感到高兴得不尽兴，总有一些失落、不安甚至忧愁。

德娃出走之后，母亲盼着德娃跑远点，再远点，千万不要让民兵逮住。担心德娃让牙捆进黑房里，有事没事先关几天。那天张福提着点心来过家后，母亲又天天盼着德娃回来。先是自己到四邻八乡打问，后又让英子骑着车到县城找，再后来央求他舅舅到地区找，满世界都找不到德娃的影子，真是活不见人死不见尸。母亲吃不下，睡不着。直到有一天邮递员骑着摩托车突突地停在门口，喊母亲出来收汇款。摩托车突突的响声，叫出了邻居们来围观，英子是第一个跑出来的，她拿上汇款单看清后，就连喊带跑地进了德娃家。母亲站在窗前竖起耳朵细听，她不敢相信，谁会给她寄钱！就听英子急切地喊："姨，快！拿上图章。"母亲看到英子慌张的样子就说："别慌，你看牙都是跟我要钱哩，谁会给我寄钱？咱别闹错了，惹人笑话。"英子不听母亲说，拉着她的胳膊出去先领了汇款单。英子说："姨，别想啦，这肯定你那憨娃给你寄的！"母亲还是不敢信，让英子叫来他舅，三人商量了半天，最后大家一致认定是德娃寄的。知道娃还活着，母亲这才把悬着的心放到肚子里。在一个刮着暖风的傍晚，仁娃拿着信转给母亲，母亲握着信把手藏进衣服的口袋里，好像一放手信就飞了似的。直到送走仁娃，关了院门，点上油灯，铺好被褥，打发文娃睡了，找到老花镜，拍拍身上的土，每做完一件事后，手都要伸进口袋握一下信，确认信没丢了跑了飞了，再做下面的事。一切准备妥当，母亲小心翼翼地拿出信，凑到油灯前慢慢地看，看着看着眼泪就溢出眼眶，滴到信上，母亲就拉起被子，蒙住头呜呜地哭，完后再凑到灯前看，看着看着又咧开嘴嘿嘿地笑，又拉开被子，蒙住头哈哈地笑。这样哭哭笑笑反反复复，直到天亮。这之后好长一段时间，母亲心里安稳又舒坦。

临近年根儿，母亲精神十足，用娃爸留下的旧衣服给德娃和文娃每人改做一了身衣服。接着拆洗被褥，蒸白馍，割了一斤肥肉，买了一串鞭炮。又把家里家外打扫得干干净净，就等着德娃回来过年。左等不见，右等不回，眼看就要过年，急得母亲跟丢了魂一样，拾起笤帚要擀面，拿起擀面杖要扫地。大年三十，母亲仔细听着门声，一会儿到院子看看院门，一会儿推开院门望望巷子口。夜里一闭眼就是德娃的影子，睁开眼屋里空空荡荡，只有文娃的鼻息声。好容易入睡，又梦到德娃回来敲不开门，进不了家，急得母亲披上衣服跑去开，门却怎么也打不开，惊醒后出了一身汗。跑去开门，门外漆黑幽静，没有一丝响动。再次入睡时，听到远处有人放炮，母亲心里骂道："我的憨娃呀！你啥时候能懂事，能不让妈担心！"

德娃打工的工地，竖起了一排崭新的车间。车间的四周，新砌了围墙，新做了两扇威风凛凛的大铁门，门外挂着大大的厂牌，也盖了新门楼，门楼上写着"欢度五一"。连他们下夜的值班室也盖成两间大小的砖房，门上挂着传达室的牌子，里面粉刷得白白的，窗户大大的。德娃非常满足和兴奋，就像是在自己的家一样。晚上他把门窗玻璃擦得干干净净，院内院外打扫得一尘不染。一个不太热也不太冷的日子，工地交工了。第二天早上一下子来了那么多不熟悉的人，德娃连忙问："你们找谁？是干什么的？”人家没人理他，甚至都不斜眼瞅他一眼，就大摇大摆的，像进了自家院一样说着笑着，乱走乱串。他们一伙一伙地推开车间门，指指点点地，不是脚踢就是手摸，有人指着说这是他的地方，又有人推搡着一个女的说那是你们的地方。被推的女的脸也不红，反而高兴得满脸笑开了花。工地一时乱哄哄的，德娃跟在人们屁股后，恨不得长出十只眼，看了这个人，看不了那个人，心里直骂小银和关师傅，都八点了还不来，要是丢了东西咋办。急得他满头挂着汗珠。

关师傅和人们打着招呼从大门口走进来，走到德娃身后说：“你别乱跑，跟我走。”德娃见关师傅都认识这些人，就长长地出了一口气。他顺从地跟着关师傅走到一间办公室。关师傅跟往常一样没有任何表情，只是手里没有织毛衣，她告诉会计说：“给他把工资结了。”德娃想不出今天为什么来这么多人。也想不出，还不到发工资的时候，为啥发工资。关师傅说的是结工资而不是发工资，这些种种迹象都让德娃突然感到紧张和慌乱，想问，可他没有问出声。会计伸手拉开抽屉拿出一张纸，问：“多少天？”关师傅说：“跟小银、刘师傅都一样。”会计捏出一叠钱，数出二十八元递给德娃，说：“签字，找我两毛。”德娃没有反应过来，没有接钱，也没有签字。关师傅就弯腰趴到桌子上签了字，推给会计，接过钱从口袋里找出两毛给了会计，把钱塞到德娃的手里就往出走。德娃捏着钱跟着出来，关师傅说：“你回吧，咱们任务也完成了，新工厂也交工了，以后你就别来了。”德娃听后心里一时冰凉，他磨蹭着走出厂门，回头从厂门望去，厂里乱哄哄的，到处是人们的叫声、笑声、喊声，就是没有一个认识的。他想返回去打个招呼，可跟谁打招呼？小银、跟他值夜班的刘师傅都没来，认识的都没来，不认识的都来了，小银他们早就知道？为啥早上没来接班？早知道为啥不早告他一声？德娃感到很沮丧，非常恐惧，这样不热不冷的天气真不好。

城市的东南方向，有个街道办。街道办成立了安装修缮队，一个姓秦的师傅揽到朝阳绝缘材料厂一个大车间的安装工程。他任队长，招兵买马，要组织一个由四位师傅和六七位小工组成的安装修缮队。老高就把德娃介绍给秦师傅说：“别看人小，能干得很。”

在一个阳光灿烂的日子里，德娃跟着人们就浩浩荡荡地开进绝缘材料厂。这个队有十一个人，有认识秦队长的也有不认识的。认识秦队长的人明显的有些趾高气扬，不认识的就老老实实，另外还有两个女的。虽说不认识秦师傅，可认识张师傅或李师傅，总是也很得意。德娃昨天还在得意，还在觉得自己的前途那么光明，用不了几年就能把家里的债还完，能让母亲和弟弟过上好日子，可是说被辞退就被辞退，马上就没工作了。就在德娃恐慌、紧张、焦虑和不安的时候。工程师老高把他交给了秦师傅，接着他又欢天喜地地跟着修缮队来到绝缘厂。

朝阳绝缘材料厂，位于城市的东南角，厂区的面积很大，有食堂，有一排一排厂房，车间里机械声、马达声轰鸣，工人们都穿着劳动布工作服，不时有青年男女精神抖擞地出出进进。在厂区最南边新建了比所有车间都大、有二层楼高的车间。车间的门很大，德娃坐着一辆汽车拉着一车工具直接开到车间门前。一位传达室的老师傅跟着汽车一边跑一边喊，到了车前指着司机生气地说：“谁准你进来！谁让你进来！——哎，出去。”司机也不客气地说：“你叽喳啥哩！”说完推开车门下了车。坐在司机楼子里的两位师傅也下了车，一位是瘦高长脸的张师傅，一位是戴着眼镜，二十七八岁，头上扣鸭舌帽，中等个子的李师傅。他们并不跟传达室的师傅打招呼。那位李师傅跳下车后，满脸的戾气，歪着头挥着臂，瞪着镜片后不太大的眼睛，朝着卡车车厢喊道：“看什么看，快下来卸车！”

传达室师傅追到车前，拦着不让卸车，气愤地喊道：“不能卸！你们咋啦，是土匪？连个屁都不放？”李师傅虎着脸，瞪着眼，拢着手，冲到那师傅跟前说：“你说啥？谁放屁？你再说一遍！”那师傅气得涨红着脸说不出话来。一位穿着蓝制服，制服上衣口袋别着两只钢笔，插着一根铅笔，脸色白净，个子低，身材瘦，戴着一层比一层深得似乎看不见底的高度眼镜，胳肢窝下夹着一叠图纸，气喘吁吁地跑来说："自家人，自家人，许师傅，这是给咱安装车间的，让他们卸，让他们卸。"许师傅见有人来，一时有了底气，边回头走边说："这太不像话，就算是咱厂的人也不能这样，我要告到保卫科！连个招呼也不打，还凶得要打人！你试试！你试试动一指头。"

他的声音越来越低，没人能听到，当然也就没人去动他一指头。德娃爬下车，看着许师傅远去。李师傅踢了德娃一脚，呵斥道："快卸！有什么好看的。"德娃像猴子一样窜到车厢后，踮起脚够汽车的马槽栓，够不到，他跳起身，手却没有抓到车的马槽栓，慌乱中身子闪了空，一屁股蹾在地上。站在车厢里的王世亮忙弯腰从上面打开车厢马槽，崔郑生在车厢里忙把一瓶细长的氧气钢瓶的瓶头双手抱着，瞪着眼咬着牙，苍白的小脸憋得通红，瘦长的脸上印着两道鲜明的牙痕，嗓子眼里"哼哧"一声，把氧气瓶立起，一手抓着氧气瓶上端的螺丝阀，一手斜推着氧气瓶，把氧气瓶滚到车厢边沿，朝德娃说："接着！"德娃爬起来，仰头看着氧气瓶，向前跨一步伸手接。沉重的氧气瓶蹭着车厢上的铁皮"吱吱"地刺耳，接着"咚"一声闷响，氧气瓶从车厢上掉落下来。德娃的手抓着瓶底用力接，氧气瓶重德娃接不住，他的头和腰随着氧气瓶往下沉，屁股向后撅起，头"咚"的一声撞在氧气瓶上，一时天旋地转眼冒金星，身子不由得随着氧气瓶往后倒。响亮的肉头碰钢瓶的声音，惊着了一旁的张师傅，他眼明手快，瞬间转身跨步接住氧气瓶。放在地上，抬头喊道："干尿啥！你瞎了眼啦？把人砸了。"崔郑生瘦高，脸小，两只眼豌豆一样，眼珠各自分散着，像两个爱记仇的女人，左眼珠总是看着左面。他红着脸搓着手说："我让他接着。"李师傅从车头走来训斥说："他能接住？我告给你们，以后给我注意点，把氧气瓶的嘴子碰了，是要出大事的，出人命的，听到没有？”

大家都点点头。德娃从地上站起身，手揉着头，身子颤抖着，晕晕乎乎地点头，像喝醉了的酒鬼一样，东倒西歪地往后退。他睁开双眼，满天金花飞溅，车影、人影、大地瞬间都在快速地旋转，像是人们讨厌自己，要把他甩出地球，甩出地球了自己还能不能回来？要是不能回来，难道整天与这些金花为伍？头还在晕，他忙蹲下身子，双手扶着地，地不牢靠，一屁股坐在地上。肚子里就一股东西往上冲，就要吐出嘴时，他紧咬着牙咽下去。直到人不转车不转地也不转时，他站起来走到车前，车上的东西基本卸完了，只剩下一个半人多高的工具箱，两个人正往车边挪，德娃举出双手要接。崔郑生指着德娃大笑说：“快看快看，这货头上长出了电灯泡。”人们都看着笑，德娃的脸上闪过一丝红晕，放下手，退到后面摸了摸额头，果然起了一个鸽子蛋一样大包，手指碰到生疼生疼的。德娃心里想，这哪里是个头呀！他就是个皮球，碰来砸去迟早要漏气的，但还是学着城里人的口气说：“我操！”

第二天戴眼镜的李师傅手指点着王世亮、崔郑生、德娃、张俊杰说：“你！你！还有你小不点！拿上锤子，跟上张师傅在墙上倒窟子。”王世亮“扑哧”笑了一声，德娃一脸茫然，自己啥时成了小不点？李师傅扭头对着张师傅说：“哦，你就先带着他们，给他们画线吧，这是图纸。”张师傅不在意地说：“咋都行，嗨，你们拿上锤子跟我走。”然后到工具箱拿上尺子。站在一旁的一位二十多岁身穿军衣、头戴军帽叫红霞的姑娘说：“张师傅——哎，我给你拉尺子吧。”说完很热情地走过去，从张师傅手上拿过尺子。李师傅严肃果断的小眼珠瞅了红霞一眼，没有出声。大家都不熟悉，相互间也不说话，德娃见王世亮走到工具箱边拿起一把锤子在手上掂了掂，又拿了一把铁凿子。德娃马上跟着也到工具箱拿了一把锤子，锤子虎头虎脑，锤把短锤头大，德娃也在手上掂了掂。崔郑生、张俊杰也都纷纷拿上锤子凿子走了。德娃掂着锤子稍晚了一下，工具箱就没有凿子了，德娃低头在工具箱里翻来翻去地找，恨自己为啥不早抢一把凿子。一直大模大样地坐在那里的胖师傅，懒洋洋地起来说：“小不点，凿子不够吧，来给我把电石锅架起，我给你做个凿子。”

电石锅？德娃不知电石锅是啥样子，傻傻地紧张地看着胖师傅。胖师傅看了一眼德娃，撇了撇嘴，指着窗外一个铁皮焊的有半人高的桶，说：“把那里面加上多半桶水，抬过来。”德娃赶紧走到窗外桶前，想叫人跟自己抬，看了看没人跟自己抬，就拉着桶找到水龙头前，拧开水龙头。眼看着清凌凌的水哗哗地流入桶里，心里却很慌乱。很快水桶就要满了，德娃忙拧紧了水龙头，四处看看，远处不断有人说笑着走去，再低头看看这么一大桶水，提是提不动，可自己叫谁来抬这一桶水？胖师傅看到，从窗子里大声拉着长音喊道：“小不点——装好水没有？”德娃慌乱地点着头，低声说：“好了。”“大声点，好了没有？”德娃就用夹杂着乡音的普通话高声说：“好了。”胖师傅走到车间里指着张师傅身后的王世亮说：“你去，帮小不点把水抬过来。”王世亮个子不高，瘦而精干，眼小放光，他甩着大臂走到德娃跟前，用脚踢了踢水桶，很懂行地说：“这鸡巴，水太多，电石锅放下，水肯定要溢出来。”德娃就双手推着桶边，把水往外倒了一些，抬头看了一眼世亮。世亮说：“尿，还鸡巴得倒，再倒。这鸡巴能抬得动？”德娃倒得只剩下半桶水。世亮找来一根铁管，两人把水抬到车间外面的窗子下面。胖师傅又让他们把氧气瓶抬到外面。世亮抱着氧气瓶的上端，德娃弯腰抱起下端，重量往下沉，德娃直不起腰来，他撅着屁股，颤抖着细腿用碎步摇摇晃晃地往外挪。胖师傅拿着焊枪提着压力表跟着说：“小不点，能抬动吗？”德娃憋着气挤出一个字“能”。

胖师傅指挥着，德娃把电石装在电石锅里，憋住气，踮起脚尖，套进桶里，又把氧气带插在电石锅上，又从不远处拖来一根螺纹钢。准备妥当，胖师傅蹲下身子戴上墨镜，打开焊枪对准螺纹钢切割，一时钢花伴随着地上的尘土四处乱溅。德娃忙往后退，听到车间里传来“叮当，叮当”锤子敲打钢凿的声响。胖师傅很快切好一根半尺长的螺纹钢，然后用两只手指头捏起来，走进车间的工具房里。那里放着一个三角架，架上安装着砂轮。胖师傅打开砂轮，把螺纹钢打磨成扁尖形状，放到水里沾过水后，转身扔到德娃脚下说：“拿上干去吧。”

德娃急忙拾起钢凿，正好抓到刚打磨过那头，烫得德娃“呀”的一声扔了手上的凿子。胖师傅和善地笑着说：“小不点，你慌啥！稳当着点。”胖师傅的笑让德娃那颗总是悬着的紧张的慌乱的心，宽慰了许多。他往烫疼的手上吐了口唾沫，从钢凿的另一头提起，拿上短粗的锤子，快步跑到空旷的叮当乱响的车间里。王世亮、崔郑生、张俊杰都蹲着往墙上捣窟窿。张师傅一手握着粉笔一手拉着皮尺。红霞拉着皮尺的另一头，说着笑着跟着。他们走两步在墙上一量，张师傅画四个圈。看到德娃跑来，张师傅就指着墙上粉笔画的圈说：“捣吧，每人要捣够三十个才能吃饭。”

德娃走到车间窗子下张师傅画的白圈点跟前，蹲下身子看了看世亮，学着一手扶凿子，一手拿锤子，叮当叮当地敲起来。砖块很瓷实，每锤下去只溅射出一小屑一小屑砖沫，砖沫飞溅到脸上，脸很痛，溅到眼里，漆黑一团，溅到嘴里，他忙乱往外吐。眼睛扫一眼世亮，世亮已经打好了几个窟窿。德娃就些急，眯着眼，抿着嘴，咬着牙，猛往下砸。他个头小，锤头大，像身小掌握不了大头一样，手臂和身子随着锤头一上一下地动，锤头不时地砸到手背上、手腕上，德娃也不觉得疼，只是一个劲地猛砸，脸色狠狠地像个拼命的二傻子。砸了一个又一个，慢慢地有了技巧，有了准头，不会砸空，也不会砸到手背上，窟窿捣得也越来越快越来越好。崔郑生喊着说：“好了好了，吃饭！”德娃没听到，手也没停下。崔郑生走来踢了德娃一脚，说：“你砸了几个？”德娃顺势一屁股蹲在地上，手背抹了把额头上的汗说：“不知道，开始的时候数着，后面就忘了。”崔郑生说：“快行了，吃饭，反正我也不够。”德娃起身拍了拍身上的土，数了数说：“呀！还超了一个。”崔郑生回头看着德娃的脸大惊小怪地喊：“快看，德娃变成黑人啦，恶心死了。”

大家都回头看德娃，只见他满脸尘土，只露着两只眼睛，汗水从额头上流下，冲出一道道土痕，像黄土坡上的一道道沟壑，远看浑然一体分不清脸和土。脸上、耳朵、头发、脖子、衣服上积着一层厚厚的砖屑尘土，连牙齿都是黑乎乎的。汗水在脸上、额上胡乱擦过，和随意流过的七扭八歪的汗痕，像是刚从茅坑里捞出一样，又脏又臭又恶心。“恶心”这字眼，让德娃脆弱的自尊心再次受到伤害。德娃还带着乡下人的口音，他尽量地少说话，多干事，不偷懒不耍滑。他不管能不能干了，该不该他干，只要看到活，他都往前冲，不惜拼死命地出力来讨好人，哪怕是把他当成城里的一条狗。听了崔郑生的话，德娃就放慢了脚步，想一个人走。王世亮说了一声：“恶心㞗哩，有啥可恶心的！”转身等着德娃。看着德娃满脸就剩下一双眼珠，踢了德娃一脚，说：“你鸡巴咋搞的，就对准脸和身子砸呀，不会把身子斜一点？真鸡巴傻得不透气。”王世亮的口气突然就像是这里的老大一样，既骂了崔郑生，又让德娃心里舒服。崔郑生就转身回到德娃身边，拍了下德娃的肩，手像让火烫了似的，惊道：“我操！你妈的，你的肩跟生铁一样硬，都是骨头呀！”德娃咧了咧黑嘴笑了下。崔郑生的手搭在德娃的肩上，和气地说：“一会儿师傅问你可别说你多捣了一个哦，就说你也差一半个，你比我们来得晚。你要是完成了，下午说不准又给咱们加量。”德娃点点头。

到了工具房，德娃磨蹭着走到最后，大家把锤子、凿子放到工具箱里。李师傅那双小眼珠从眼镜框后面发出严厉的光，像机枪一样先扫一圈问：“你们捣够窟窿了吗？”王世亮、张俊杰说：“够了。”李师傅又问：“你呢？”崔郑生轻声说：“还差一点。”“你呢？”德娃红着脸没有出声。胖师傅笑着说："小不点，你看看你的脸，下煤窑啦。"两个女工回头看到德娃脸上只露着两只眼睛，就弯腰捂嘴抖着身子哈哈大笑。德娃甚感难堪，头上汗就冒了出来。李师傅呵斥说："脏死啦！快去洗一洗，还愣着干什么！"

德娃撒腿就往水管前跑，打开龙头，弯腰把头伸过去，清凉的水顺着头顶流到脸上、脖子上。德娃看到滴到池子里的都是泥沙碎末，等水冲过一会儿后，他才伸手洗脸，手摸到脸时才感到手脸都痛，他就轻轻地一点一点地搓着脸。崔郑生、王世亮、张俊杰都围来。崔郑生伸手抢着洗说："行了行了，洗那么干净，见对象呀？"德娃就停住洗脸，他手握住水管，身子歪斜着，伸头出，扭着脖子，眯着眼漱了漱口，像小羊吃奶一样地喝水。水管水压大，呲得满脸满嘴满鼻都是水，他咕嘟咕嘟地喝了几口，发出像牛饮水一样的声响。随后他"呀"的一声，凉水顺着脖子流进胸怀，瞬间一股清爽淌遍了全身。他直起腰后退着，甩甩湿漉漉的头和手。水珠溅在张俊杰的身上，张俊杰说："小不点，看着点，都溅到人身上了。"德娃揉了下眼，睁开一条缝，看着躲到后面。德娃让开水管，崔郑生拢起胳膊刚湿了手要洗，王世亮上前一步挡开崔郑生的胳膊说："㞞，你小子等一等，我先洗。"等大家都洗完后，德娃低着头跟着他们到食堂吃饭。他抬起手看到自己手背、手腕让锤头砸得青一块紫一块，肿胀得跟发酵了的面粉一样。放松后手背上的肌肤、大拇指还微微颤抖着。这让德娃觉得很可笑，这是从来没见过的，有什么好抖的。德娃甩甩胳膊，抬起头快步走到食堂。

食堂餐厅很大，可容纳上百人就餐。他们往进走时有些人打着饱嗝抹着嘴往外走；有些人性子急，站着端着大碗或饭盒呼噜呼噜地大吃；有的坐在桌子上说着笑着吃着。有的吃自己家带来馍、大米、菜；有的吃食堂买来的；有的端着饭盒舍不得吃，走来走去看别人吃，走到女工跟前，不管菜好菜坏都要夹一筷子塞进嘴里，一边嚼着，一边溜溜达达走过，嘴里还含糊不清地冒出一句：“嗯，油少啦，盐多啦”。背后总能听到人家骂一声“讨厌！”家境殷实的城里人，嫌食堂饭不好不可口，就在家里做好带到厂里，放到食堂，到中午时食堂热好给大家吃。从家里带饭也是城里人的一种标志。几位师傅和两位女工还有王世亮、张俊杰就是带饭的。卖饭的窗口没人排队，王世亮、张俊杰用衣襟垫着拿上自己带来的饭盒，走到离师傅们较远的一张空饭桌旁，很潇洒地把饭盒放在桌子上，然后用脚勾来一把凳子坐下。

德娃跟在崔郑生后面，张着嘴急切地望着窗口里的饭菜盆，盆里饭菜所剩无几，都能听到饭勺蹭盆的刺啦声。那香味却像看不见的幽魂不断地飘荡在德娃的面前。他突然感到肚子特别饿，饿得身子都有些打战，他身子几乎贴到崔郑生背上。他随着崔郑生也要了一大海碗红面擦尖。打饭师傅是个白白净净的三十出头的妇女。她正要递出碗来时，看到德娃那么瘦小，伸出头来说：“嗨——孩子呀！这可是八两，能吃了吗？不敢糟蹋了。”德娃的眼睛紧盯着打饭师傅手中的碗，恨不得抢过来，忙说：“我能，我饭量可大了。”不等她往外递，就急切地伸出手，他的那双满是划痕、血泡、老茧，青一块紫一块肿胀的手，微微颤抖地伸在空中等着，那女人停顿了一下递了上来，德娃眼随着碗小心翼翼地从师傅手里接过。那女人的头又伸出打饭窗口，关切地注视着。德娃瘦小的身体，架着肥大的盖过屁股的汗渍斑斑的破烂工作服，弓着腰转过身，微颤地走着碎步。她望着德娃的背影关切地说：“孩子，你慢点，端稳了。”德娃也没顾上搭腔，径直走到崔郑生旁，轻轻地放下碗，拿了双筷子，呼噜呼噜地往嘴里刨。饭烫，他又吃得快，一口饭菜呛在嗓子眼里，顿时要往外喷。真是丢死人！他忙咬牙闭嘴把头钻到桌子底下，饭没喷出来，却喷出两道鼻涕。他忙用手擦了鼻涕，偷偷地抹在脏裤腿上，畏畏缩缩地偷看大家。

大家似乎都停下来看德娃，可并没有嘲笑他。崔郑生指着德娃的碗说："看看，他比我打得多！说吧，你跟那老女人啥关系！"王世亮极不屑地瞟了德娃一眼，指着自己的饭盒说："屎，烂红面，多点少点有屎啥。我这白面馍、肉菜都还没动一筷子，好像谁跟你抢似的。"崔郑生撇嘴说："那白面馍不经吃也不经饿，三口两口就吃完，我吃完这碗红面，捎带着也能把那几个馍吃了。"王世亮觉得扫了自己的颜面，顿时瞪了眼变了脸色，提高嗓门说："你撇屁吧！你能全吃了？"崔郑生瞪着小眼也不甘示弱，说："能，咋哩！"王世亮不服气地说："你要都吃了，老子给你买盒烟。"崔郑生态度有些软下来说："我怕你中午没吃的，饿肚子。"王世亮耻笑说："不行就不行，管老子中午有没有饭吃。老子饿肚子要你管？"崔郑生就冒着傻气喊了一声："屎！吃就吃，一言为定。买盒烟！你俩做见证。"

崔郑生端起碗呼噜呼噜地吃，很快就把大海碗里的红面吃完了。王世亮把自己的饭盒推到他跟前。崔郑生打了个饱嗝，但还是拿起馍就吃起来。吃第二个馍的时候，每咬一口都要在嘴里嚼半天，说给我打点汤来。德娃拿上自己的碗，跟厨房师傅要了一碗面汤端到崔郑生跟前。吃饭的人都走光了，只留下他们四个人。崔郑生咬一口馍，嚼一嚼，抿一点水。他越吃越慢越艰难，脸色也越来越难看。吃到第三个馍时食物已堵到嗓眼上，眼睛也瞪大了，似乎要吐出来，但还是强行咽下。剩下最后一点时，崔郑生坚持不住了，直挺挺地吐了一桌子。身子一动不动坐着，脸色苍白，汗珠不断地从脸上滚下来。王世亮高兴地说："你输了吧！"张俊杰劝道："别吃了，快算了吧。"崔郑生还想挣扎。一位拿着笤帚打扫的中年男人喊道："嗨，差不多啦，不敢再折腾，要出事的。"王世亮也有些怕，说："快算了吧，你俩扶着这货走。"

德娃和张俊杰一边一个架着崔郑生一步一步走到车间，进入工房。工房的一半地方是两扇大门板支起的大通铺。德娃忙把通铺上的杂物收拾到一边，将崔郑生扶到铺上。崔郑生直挺挺地躺着，两手抱着肚子，嘴里一声接一声地哼哼着。三位师傅跟两位女工正说着闲话，看着崔郑生直着身子躺着，脸色苍白，额头挂着几滴汗。胖师傅忙问：“这是咋啦？”德娃、王世亮、张俊杰都低着头没敢应。李师傅气势汹汹地奔过来，咬着牙，咬牙的牙痕在瘦脸上一闪一闪地说：“谁能告诉我，这是咋啦？”张俊杰突然说一句：“吃多了，撑的。”李师傅就笑了，说：“没本事你就少吃些。”又问：“吃了多少？吃成个这。”张俊杰用手比画着说：“这么一大碗和三个大馍。”李师傅弯腰看了看崔郑生，就说：“去，把厂医叫来。”

德娃撒腿就跑去叫大夫。大夫是个瘦高文静的少妇，她不紧不慢地戴上口罩，拿上听诊器，不慌不忙地关好医务室门。德娃揪着心，急切地跑到前面，大夫却慢腾腾地迈着八字步。德娃前面跑两步又不得不停下来，再返身到大夫的身边，斜着身子给她介绍病人的情况。大夫来到工房，和蔼地问了问情况，把崔郑生的裤带解开，裤腰往下拉了拉，白嫩的手在他肿胀的肚子上摁了摁，又戴上听诊器听了听。崔郑生这时打了个嗝，放了一个屁。大夫白净的额头微微皱了一下，转身走了，说：“没事，躺躺就好。”大家都松了口气，李师傅就骂道：“妈的屁，你倒是把吃饭的劲用到干活上呀，真他妈的操蛋！”王世亮、张俊杰、德娃都溜出工具房。王世亮走到一堆暖气片前，扭屁股坐在暖气片上，张俊杰、德娃也跟着坐过去。王世亮骂道：“这个丧货，害得老子饭也没吃。”

没坐一会儿，就看到李师傅站在工房门口朝他们喊：“看看几点啦！懒的你们，小不点，干活！”都在这儿歇着，德娃不知为啥只说他。德娃怕李师傅，从来不敢正视他的眼和脸，听到他的声音心就慌得乱跳。李师傅直接骂德娃，把德娃吓得忙低下头涨红着脸，就跑到工房拿工具。王世亮、张俊杰还是不怕，他们慢腾腾起身，拍着没有沾上土的屁股，迈着慢悠悠的步子，好像觉得说的不是他们。德娃拿起锤子和凿子时，两只手抽搐着疼。到了砸窟窿的地方，往下蹲时，两条腿也疼，扶凿子、抡锤子时胳膊也跟着疼。德娃心里就骂自己贱，干了一上午也没见它疼，歇一中午反而这儿疼那儿疼。他强忍着疼就干起来，干着干着就没感觉了，抡锤、握凿的动作连贯、熟练、欢实，也砸不到手上，而且速度也快了许多，也觉得容易了许多。王世亮提着锤子、凿子走到德娃身后，强有力地朝地下吐了一口痰说："小不点，你不要命啦！歇一歇。看那两个屁女子，啥也不干，光欺负咱们。"德娃惊了下，就扔掉手上的锤子和凿子，顺势坐在地上歇着。

张俊杰也扔掉手上锤子和凿子凑过来，三个人就坐在地上聊起闲话。张俊杰说："妈的！崔郑生今天可舒服啦。"王世亮就咬牙切齿地说："那屁小子本来就是装的，为了逃避干活。"接着骂道："妈的屁，气死我了，害得老子饿着肚子干活，他倒是吃饱了躺着。我操，他竟然还让那女大夫给他脱裤子，他真是个二㞞货。哎哎，你们听着，以后都管他叫㞞老二。"德娃都有些不解。张俊杰就嘲笑地说："连这都不知道啊？"王世亮得意地说："你真土，老二就是鸡巴。"说着就起身伸手摸德娃裤裆下那东西，说："就是这。"又说："哎，你的不够硬哦。"德娃红着脸双手护着裤裆，慌得起身后退了好几步。王世亮嘲笑地说："㞞是吧，还羞哩。一看你就是生瓜蛋子，没见过女的那东西吧。"德娃摇摇头。王世亮更得意了，说："摸过没有？"德娃"哈哈"怪笑了一声问："摸什么？"张俊杰直着眼睛也往前凑了凑。王世亮的语气就低而神秘地说："亲嘴，摸女人可美啦！懂吗？"德娃红着脸心里咚咚乱跳着摇摇头。王世亮说："以后学着点。"张俊杰惊讶地问："你亲过？"王世亮说："我——哼，亲过。"

崔郑生下午没出工，他尿了三次，拉了两次，晚上活蹦乱跳地回家去了。

德娃他们安装的是绝缘漆车间，有两幢楼宽，两层楼高。在各种管道油罐没有安装前，车间显得格外空旷。德娃他们锤子砸凿子的回声也特别刺耳。张师傅就把耳朵里塞了棉球，很快他把底下一层和窗户顶上一层管道走线和栽夹子的点画完，然后就背着手来回地检查。走到崔郑生身后说："崔郑生，你这个不行，又窄又浅，夹子能栽上吗？"看到德娃砸的窟窿说："不点，你这太大，费那劲干啥？省省吧。"

胖师傅让德娃先给他把电石锅泡好，氧气袋子安好，然后蹲在窗外切割三角形的角铁做夹子。那个叫萍萍的女工跟着出来，她撅着大屁股蹲在胖师傅的对面看。胖师傅胖头大脸，身材高大结实，五官扁平，鼻子塌陷，上嘴唇回缩，下嘴唇外突，像刚生下就让人在脸上拍了一砖一样。胖师傅脸黑，胡子拉碴的。萍萍则是大眼大耳，宽嘴突牙，体形粗短，像个炮筒。她脸白，梳着两根又粗又黑的辫子。俩人长得有些相似，又有些互补。他们俩的脸上、眼里都自然而然流露着和善的光芒，哪怕是在呵斥你的时候。

张师傅个高，身材匀称，脸长，皮黑，鼻子挺拔，五官安排合理。他把胖师傅切割好的角铁，夹到三角架上给夹子钻螺丝眼。红霞就跟着出来给张师傅递切割好的角铁。红霞中等个，皮肤白净，四方宽脸，小眼方鼻，上身穿着军衣，下身穿着蓝裤子，她不穿工作衣，脸上老是透着得意和自信、不屑和委屈，就像自己是只凤凰不与鸡为伍一样。她老想跟着张师傅干活，李师傅叫过好几次，她每次都是跟一会儿就溜到张师傅那儿，好像张师傅身上抹着蜂蜜。这阵子她不像蜜蜂，倒像蚂蚁搬家，她两根手指头矫情地捏着切好的角铁，碎步送到张师傅跟前，"哎呀"一声放下，说："累死啦！我爸爸说啦，让我凑合先干着，等过了年送我去当兵，我在这里干不长的。"她常挂在嘴边的话就是我爸爸长，我爸爸短，我爸说这，我爸说那。

李师傅看到红霞又跟着张师傅，脸上露出了恼怒和不快。他底气十足地喊道："红霞，红霞！"红霞放下手中的角铁走过去，问："干什么呀？”李师傅的怒气就消了一半。他说：“走，跟我验收一下他们窟窿打得行不行。”红霞说：“昨天张师傅都看过了。”李师傅就泄了气，说：“昨天是昨天，今天是今天，到时不能用就麻烦了。”红霞就背着手跟在李师傅身后，从东面一边走一边细致地看。李师傅指着墙上的窟窿耐心地说：“你看这个太大，栽夹子的时候要用多少水泥。”走到张俊杰砸的窟窿前指着说：“你看看，这么小，夹子能塞进去吗？”随后脸色顿时变得严厉，大声喊道：“这是谁干的？哄鬼哩！不行，不行，这一块都不行。再给我往深里倒。”又凶狠地说：“你们站在这里干啥？都干完三十个啦？”王世亮、德娃说：“完啦。”张俊杰就不情愿地拖着腿摇晃着身子，去往深里打。

这天早上，李师傅指着张俊杰、崔郑生说：“走，跟我走。”过了一会儿他俩每人扛着一架六七米高的梯子回来。李师傅跟在后面指挥着把梯子架到墙上，就把大家都叫来说：“你们两个人一组，一个扶着梯子，一个上去打窟子。”

王世亮走到德娃身边，拍着他的背低声说：“不点，咱俩干。”崔郑生看到就大声喊：“德娃，快来上，伙计给你扶梯子。你要不来，我不给你们梯子，这是我搬的。”看到俩人争着叫自己做搭档，没人嫌弃他，德娃的脸上就掠过一丝难以掩饰的喜悦，但心里觉得很为难，跟了崔郑生觉得对不起世亮。可他们都是城里人，他敢惹谁啊。崔郑生既然这样大声叫他，他看了一眼世亮，就冲过去拿上锤子和凿子，轻快地爬上梯子说：“你可扶好了。”崔郑生扬着头看着梯子顶端说：“哎呀，有我哩，你放心！”

王世亮抬头看着德娃爬上去，生气地说：“不点，你个王八蛋！你可真他妈的是个二百五！”然后踢了崔郑生一脚骂了一声：“你妈的屁，你这个老二，还跟老子抢人。”转身也拿上锤子和凿子，把锤子和凿子递给了张俊杰说：“我扶着，你先上，一会儿你累了我再换你。”

空旷的车间一时又响起叮当刺耳的敲打声。德娃站在离地六米高的梯子上，熟练地抡着锤子。这活对他来说已经不是什么难事了，他虽然人瘦个子低力气小，但他肯卖力，肯出汗，肯使猛劲抡锤子。站在梯子上，举着锤子，抡起锤的动作夸张滑稽，梯子和身体随着锤子的起伏而忽闪起伏着，让人有锤子在抡他之感。德娃砸了几锤，砖块中间露出一块烧制成焦瓷一样的黑心砖。凿子打滑，每砸一锤，凿尖冒着金花，细小的黑屑四处乱溅。德娃“呸”地吐了两口飞到嘴里的尘屑，猛吸一口气，抡起锤子狠砸下去。他用力过猛，竹制梯子随着身子大幅晃荡着。这时窗外经过一位穿着光鲜的姑娘，那崔郑生一只手扶着梯子，一只手指着窗外，喊着世亮说：“快看，过去个小妞。”

就在他手指窗外时，晃荡的梯子顺势倒下来。德娃就像坐飞机一样随着梯子“咚”的一声摔在水泥地上。突如其来的惊吓让德娃脸色苍白，眼神茫然慌乱，他的心脏冲撞着，肚皮隐隐作痛，梯子压在他身上，他也不敢动。崔郑生吓得发呆，张俊杰也忙从梯子上溜下来，王世亮也围过来蹲在德娃身边，拢着手不敢动，高声喊：“不点摔下来啦！”张师傅听到喊声，忙从外面跑进来问：“咋啦咋啦！”就看到德娃躺在地上，梯子压在他身上。张师傅平时话少，不骂人不说粗话。这时也放下脸子骂道：“你他妈的，是咋地扶的！连个梯子也扶不了？不知道你一天操㞞啥心哩！要是这样你就别干了，回家去！”

张师傅站在德娃身边，弯着腰低下头把梯子轻轻地从德娃身上搬开，问：“摔到哪儿啦，能不能动？”这时就听到胖师傅一边从工具房跑来一边骂着：“鸡巴货，你能干㞞个啥？让开让开。”他拨开人群走到德娃跟前，看见德娃脸膛、额头、鼻尖净是尘土，在尘土的缝隙中透着一块一块惨白。胖师傅蹲下身子，先轻轻地拿下德娃手上锤子和凿子。德娃握得紧。胖师傅和蔼地说：“不怕，先放开手，你不要怕，先别动，别动！让我看看。”

德娃这时才从惊恐中缓过神来，他放开手中的锤子和凿子，觉得自己好像没死。他定了定魂，看着大家都围着看自己，觉得真丢人，怎么就掉下来了！刚才他好像听见有人说什么别干啦，回家去的话。就忙着说：“没事，我没事。”他想坐起来，但刚一动就感到浑身疼痛难忍。胖师傅就伸出宽厚温柔的手，轻轻地慢慢地在他身上摸，摸着说着问着：“先别动！痛不痛？”胖师傅摸到他头上红肿的大包时，德娃就龇着牙，眼里浸着泪。胖师傅安慰他说：“没事，碰出来个包，能看到的，感到痛的都是外伤，只要没内伤就好。”德娃胡乱地点点头又摇摇头。胖师傅摸了他的头、肩、胸、肚、胳膊、腰、臀、腿，嘴里不停地说“不要紧，不要怕”。当胖师傅的手刚触到他的脚踝处，德娃全身抽搐，轻声喊“呀！痛”。胖师傅停住了手，温和地说：“不怕，来，胳膊腿都动一动，先慢慢坐起来。”德娃忍着痛动了动胳膊腿，就试着起身。胖师傅的手忙伸到他腰间，不轻不重趁着劲扶着。这温和的举动让德娃从不安和惊恐中走出来，他咧着嘴嚯地坐起来。胖师傅说：“傻小子，慢点。”德娃还真跟个傻二愣子似的，又霍地站起。胖师傅急忙搀扶着说：“试着走一下。”德娃趔趄地往前走，刚迈出步子，胖师傅没拉住，就听“咚”的一声，德娃一条腿跪在地上。张师傅责怪地说：“唉，你真是个二百五！”德娃痛得脸上瞬时淌满了汗，他用另一条腿强撑着站立，说：“不要紧，这只脚不能挨地，挨地就疼。”胖师傅长出一口气，他说：“那就不要紧，脚腕子崴了。这好办，我会治，我来给你治。只要你忍着点疼，咱先到里面去。”说完就架着德娃，一瘸一拐地往前挪。胖师傅看德娃疼得走不动，说：“唉，看这你这尿性吧，来。”说着伸出双手就把德娃横着抱起来，就像捧小鸡一样捧到工具房。进了工具房，把德娃放到大门板支的通铺上，说：“别怕，放松了，躺平了。”胖师傅说着卷起德娃的裤腿，脱掉他的袜子，捏着袜子说：“袜子扔了啊，又臭又破。”跟在后面的红霞和萍萍，“哎呀”了一声捏着鼻子就往外跑。胖师傅手不停地在德娃脚腕紫青肿胀处来回抚摸，说：“骨头应该没事。”就朝外面喊：“跑啥，打盆热水，拿块毛巾来。”

萍萍就拿了脸盆从食堂打来一盆热水。没有毛巾，就拿了块漆黑油腻的布子跑到水管处洗了洗，蘸了热水递给胖师傅说：“洗不出来了，凑合着用吧。”胖师傅接过热布子，敷在德娃脚腕红肿处，把他的腿摆正了，手轻轻地抚摸着脚腕，嘴上一直说：“不要喊疼哦，咬紧牙！马上就好。”“马——上就——好”声调温柔悠长，温柔的话音未落，摸着德娃脚腕的手突然抱起，用力猛往后拉。只听得“啪”一声，剧烈的疼痛像一道闪电迅速传遍德娃全身，他颤抖着像杀猪一样惨叫了一声。头上身上汗水淋漓，头发也湿漉漉地胡乱贴在额头上。胖师傅跟没事人一样咧咧嘴，拍一拍说：“哎，虚的你，死不了的，跟要你命似的，连这一点痛还忍不了？哼，这算个啥！想当年我们永红棒子队跟朝阳菜刀队火拼，生生地打断我的腿，我都没哼一声。这算啥！告你吧，我治崴脚，那是一个绝。没事了，躺一会儿就能下地跑了。”

绝不绝的德娃不知道，他就是躺着不敢动，稍一动全身都疼。胖师傅出去了，人们又在外面丁零咣啷地干起活来。德娃躺着，他一天到晚紧绷的神经和总是悬在半空的心，此刻放松了，落地了。他出奇的平静，双眼默默地安详地凝视着顶棚，任脸上身上的汗一滴滴地滑落。哪怕是摔得全身疼，能换来这片刻的平静和轻松也值得。他想，从那么高的地方掉下来，摔得全身跟散了架一样，也不给自己请那个白净温柔的女厂医，就让胖师傅这么胡乱摸拽了一阵，就算好啦？难道这比崔郑生吃饱了撑的还轻？正想着胖师傅就来看自己的治疗成果。他得意地催着德娃说：“不点，好了吧，没事了，你放心下来走两步。”德娃按着胖师傅的意思忍着疼爬起来，起来时胳膊肘子挨到门板上，胳膊肘子疼。他不敢说疼，也顾不了疼，挣扎地挪到门板边，溜到了地上。那只脚还是很疼，不能挨地。胖师傅看着那只脚问：“没事了，只管走。”德娃讨好地点着头就是不敢走，说："好啦，好啦，没事啦。"说着手扶着床边，那条腿试着着地。胖师傅说了声"不怕"，突然推了一把。德娃就像疯了似的胳膊在空中狂挥乱舞，一瘸一拐一颠往前踉跄了几步，差点摔倒在地上。他怕胖师傅再推他，忙扶紧门框喘着气说："没事，真好啦。"胖师傅说："放心吧，没伤筋动骨，还真没事。不过总得疼两天，你就忍着吧。"

胖师傅走后，德娃喘了一会儿气，就一瘸一拐来到梯子前。崔郑生忙迎过来讨好地说："不要紧吧，你吓死我了。"德娃摇摇头。王世亮站在高高的梯子上说："不点，你这是工伤，歇着吧。那货吃多了还睡了一下午，你还干啥，让他一个人干。"崔郑生红了脸。他自知理亏，倒也机灵，跑到外面抱了两块石头墩子放到梯子的两条腿下，说："你轻轻扶着就行，我给咱上去。"说完卷起袖子往手上吐了口唾沫。拿上锤子、凿子抖着架子就往梯子上爬。德娃忙用双手推梯子。他感到一条胳膊一用力肘窝子就疼，他转身用屁股扛着梯子，一只手卷起袖子，才发现肘腕子蹭了一层皮，浸出许多血。德娃龇着牙轻轻地放下袖子，转身一只手扶着。

中午时，李师傅耳朵上夹着半根铅笔，嘴里叼着烟，胳膊肘里夹着图纸对着他们喊道："你们打了几个？"王世亮说："三十个。"崔郑生还不停打着，李师傅又喊道："你呢？"崔郑生停下说："十几个。"李师傅咬咬牙狠狠地说："下午补上！"

王世亮下了梯子，坐在梯子上，晃荡着脚说："老二，瞧你那熊样，我看你砸到天黑也砸不完，先下来吃饭吧。"崔郑生说："刚才不是耽误了半天吗！"王世亮不耐烦地说："快吃饭吧，你这个屁嘴还有脸说，砸尿了半天才打了几个！"崔郑生下了梯子，擦着脸上的汗说："小不点的锤子不得劲，不顺手，等下午看着。"

到了下午崔郑生嚷着换了锤子，又在砂轮上打磨了凿子尖，脑门上汗也流了不少，还是半天砸不了一个。眼看着天要黑，德娃看着心急，就让他下来扶梯子。说：“我换换你，这回可要扶好，别让我再摔下来。”崔郑生感激得快要哭了，说：“不点你可真是我的贵人，这回可慢点，我保证扶稳，向毛主席保证。”德娃的胳膊和脚腕子还是疼。他趁着劲爬上梯子，握着凿子、抡起锤子，抬手运臂之间，他的胳膊肘和背上膀子都还很疼。他顾不上疼，得强忍着。开头很慢，但几窟窿砸下来就麻木了，没有知觉了，熟练了，赶在下班前完成了全天的任务。

大家围到水管前洗脸，王世亮就骂德娃：“你妈屁，你能，你真能！你就是个傻屁二百五。叫你跟我干你不跟我，累死你才活该。”王世亮骂德娃，那是他自找的。但能让城里人崔郑生感谢他，德娃就觉得值。他装傻充愣地学着城里人，还没洗脸也撩起衣襟擦脸上的汗珠，说：“还行，不累。”王世亮鄙视地哼了一声走了。

喧闹了一天的工厂，此刻像叫够了的疯狗，安静下来。远处偶尔有几个懒散的工人磨磨蹭蹭往外走，一个不知羞耻的男子跟在一个姑娘身边，一会儿拉一下姑娘的手，姑娘甩开，一会儿又拽一下姑娘衣服，姑娘打开。水管前只留下德娃独自一个，过了一会儿他向前迈了几步，又停下来，他低头卷起裤腿，看了一眼脚腕，抬手又看看手，新伤旧伤新茧老茧格外显眼，全身放松后，手指头和手背抖动得停不住。想卷起袖子看看胳膊肘的伤，卷了一半钻心地痛。他赌气地说了声：“算尿了。”又放下袖子。深秋凉风徐徐地吹过他脸庞，汗水和尘土结成的斑斑点点深深地印在他脸上。神经松懈后周身感到痛，感到累，他想坐下歇一歇，但稍一动全身筋骨更疼。一股秋风送来的寒意，吹落了一地树叶，沙沙作响。他就这样久久地立着，呆呆地望着空旷的厂院和远处寂静的车间。

十六

三天后，他们搬着梯子把车间转了个遍，墙上就留下密密麻麻、高高低低的窟窿。这天张师傅把一个锈迹斑斑的破脸盆扔到车间当中，用脚踢正了，喊他们过来，教他们如何把角铁做成的夹子固定在窟窿里。他双手叉着腰，指挥着德娃搬来一袋水泥，提来一桶水，说："往里面倒上半盆水泥，少加一些水。就一点，别多了。"王世亮、崔郑生、张俊杰都围看着。德娃就往脸盆里倒了半盆水泥，提起桶往里加水，加一点水，停下抬头问："行不行？"张师傅说："不行，再加。"德娃又加一点。张师傅说："用手搅一搅。"德娃用双手搅了搅，停下抬头看张师傅。张师傅说："要那种半干不干的，用手能捏住，放开散不了的就行，还得再加点水。"德娃提起桶往盆里加水，手一哆嗦水加得多了。他忙伸手搅拌，水泥就从指头缝隙里流出来。张师傅不高兴地皱着眉头说："哎呀，不点呀，不点！你他妈的，叫你少点少点，太稀。再加水泥！"德娃听出张师傅的话音不对，就慌忙地提起水泥袋子往进倒，一紧张又倒多了。他忙双手合着往外捧了两把，用手搅了搅，抓一把一捏放开散了。张师傅就又皱了眉眼说："太——干！"德娃忙往里加水，刚加一点。张师傅就喊："行了，看你半盆子和成一盆子，你能端得动？"德娃红着脸用手不停地在盆里搅拌，低声说："能。"张师傅转身走到墙根的窟窿跟前。他们三个跟着，张师傅说："把盆子端来，把角铁夹子拿来。"德娃端来满满一盆水泥，王世亮跑去抱来几个角铁夹子。张师傅说着，王世亮干着，他把一个夹子放到窟窿里，一只手扶平，一只手往里塞水泥，塞满后用锤子把往里砸瓷实，然后往上洒一点水，抹平抹光。张师傅说："会了吧？就照这个样子，每人找个盆子干去吧。"走了两步又回头嘱咐说：“可不能偷巧呀！如果谁的夹子一用就掉下，扣谁的工资。”

满满一盆水泥死沉死沉，德娃就给每人分了一些水泥，照着王世亮的样子干起来了。一连干了三天，每天就是拌水泥埋卡子。三天过后大家手指头都是又红又肿，洗过之后手指头上的皮让水泥磨得粉红细薄，似乎一不小心就会浸出血，碰一碰就钻心的疼。德娃惊讶地发现自己左手的五个指头红红的，指甲盖是紫黑色的，高喊道：“快看快看，我的指甲变成黑的了！”大家围过去看。王世亮不屑地说：“这——都没见过？不是锤子砸了，就是什么东西夹过，要不然不会变黑的。”崔郑生拉过德娃伸出来的手看，一个指甲盖一个指甲盖地摸，说：“我看看，我操！全都是啊，我看你小子不是专门砸的，就是专门夹的。”摸到大拇指时，大拇指甲盖跟肉连着一丝丝，摇摇欲坠。崔郑生稀奇地用手捏捏、摇摇，德娃的脸色瞬即大变，大喊：“你妈屁，痛——！”大拇指甲就掉下来了。初冬的风吹过这光秃秃的肉状指头，一阵钻心的疼传遍全身，他顿时脸色如泥，汗珠子也顺脸滚下来。德娃强忍着疼，弯了弯手指，指头形状滑稽可笑。王世亮指着德娃光秃秃的大拇指说：“嘿，真跟鸡巴一样一样的。”大家顿时“嘎嘎嘎”地抖着身子，笑得死去活来。

车间外面拉来几车粗圆形暖气片和粗细不等的铁管子。胖师傅用铁皮焊了个铁槽。把里面加上银粉和水，让他们两个一组抬着暖气蘸银粉，蘸上银粉后晾干，生铁铸的暖气片就银白如新了。这次王世亮早早准备好两根一寸粗一尺长的铁管，把一根递给德娃说：“跟着我，咱俩一组抬。”他俩一人握住铁管的一头，把铁管插进暖气片两头，抬起放入银粉槽里，蘸满银粉后再抬出来晾干。崔郑生和张俊杰自然成为一组，暖气片是生铁铸的，又笨又重，崔郑生抬上老是弓着腰颤着腿摇摇晃晃，王世亮和德娃抬三回，他们抬两回。王世亮看着就生气说：“咱们也慢点，累死咱们谁管。”崔郑生和张俊杰抬着一组暖气片走在前面，王世亮和德娃抬着一组跟在后面。王世亮压着脚步，像走猫步。铁管勒得德娃的手生痛，他龇着牙不断地换着手。等蘸好银粉放到晾干处后，崔郑生喘了一口气，搓着双手，大喊一声："我操他妈！"就转到德娃身后。王世亮说："老二，你小子躲啥？前面走！"崔郑生生气地说："谁躲？谁躲？我要尿尿。咋哩，不让？哈哈！"王世亮说："这小子，一会儿尿一次，尿长疮了？"王世亮把手上铁管一扔，往地上吐了口痰说："不点，走，咱也尿。"德娃跟着王世亮走到厕所，满手老茧和血泡，隐隐作痛。他低头偷看一眼手，他手掌边上有两个血泡干活时让铁管挤破了皮，这时慢慢地往外浸着红白相间的水水，他甩了甩手，用两个指头夹着解开裤带尿。尿了半天也没尿出一点，他喝的水都从毛细管渗出，变成了汗，他又挤了抖才挤出一点尿。王世亮看着崔郑生尿，崔郑生也尿不出，王世亮说："你尿上长疮啦？"崔郑生："去，你的才长疮哩！"王世亮说："那你尿呀！"崔郑生抖落半天，只滴了几点。说："你看着人咋尿？"王世亮说："看你的哩！谁不长的，尿你的吧！我看你就是想偷懒，我还不知道你！告诉你别想，你抬一次，我们也抬一次。"

崔郑生实在抖落不出尿来，说："这活真他妈的累，我手痛啊！要不然咱们拉屎吧？"王世亮"扑哧"一声笑了，说："拉你妈的屁去吧！"崔郑生也"哈哈"大笑，说："能拉出屁来，我就不用搞对象了。"然后掏出一根烟递给王世亮，划着火柴说："点着，点着，歇会儿，还要累死人了。"王世亮点着烟狠吸了一口，长长地吐出。崔郑生递给德娃一根，德娃不接，说："不会。"崔郑生说："点着，吸烟还有会不会的？解乏，傻屁。"德娃接了烟，崔郑生给自己嘴里也塞了一根，划着火柴，德娃忙凑到跟前点着，吸了一口，咳嗽得涨红了脸，像是要把肠子从肚子里吐出来一样。崔郑生嘴里一边冒着烟一边拉住德娃的手不放，说："你看看，这手都磨成啥了。"王世亮叼着烟看了看说："不戴手套嘛！你的手套在哪儿？"德娃咳嗽气喘地说："戴上手套，干活不得劲。"王世亮说："傻屁，不戴手套这手成啥样了！"德娃点头说："戴，我戴。"

吸完烟，崔郑生还没有走的意思，他透过厕所墙往外看看，说："你们看，人家那两个女的，啥也不干。一会儿跟这个师傅斗斗嘴，一会儿给那个师傅抛抛媚眼。"王世亮低了头说："走吧，你要是也长个屁，也不用干。"

几天后，一大堆崭新的，银光闪烁的暖气片整齐排放了一大片，刺鼻的银粉味伴随着冷风漫天飞舞。德娃身上手上都溅满了点点银粉，人也像是让银粉泡过一样，无论走哪里人们都会掩鼻而去。德娃反而有些兴奋，看着那么一大堆耀眼的暖气片，一种莫名其妙的激动在胸中荡漾。"好家伙，这么一大片！"天冷了，厂区的几棵秃头光脑的大槐树在风中摇曳，干枯的落叶在地上刺啦刺啦地乱飞。德娃感到身上冷，风吹得眼睛干涩干涩地淌出两行泪，他用袖口抹了一把眼泪，歪着头哆嗦着身子跑回车间。

萍萍跟在张师傅身后出来。张师傅不回头地喊王世亮，叫他拿上锤子跟他走。王世亮拿了个锤子跟了出去，过了一会儿又回来，扛了把十六磅长把子的大锤子出去。德娃跟着问："扛这干啥？"王世亮不高兴地骂道："妈的屁！抡大锤就找我。"德娃就停下脚步。胖师傅在外面喊："不点！"德娃忙跑到外面。胖师傅说："去，到厂里借把铁锹。"德娃问："要铁锹干啥？"胖师傅说："管屎干啥！叫你借你就借。"德娃就赶紧跑去借，跑了两个车间都没借到，最后只有到传达室试试。传达室的大门口站着两个四五十岁的师傅，一位披着蓝大衣，一位披一件黑棉衣。他们看着德娃，那目光就像看着一条夹着尾巴讨好、听话、乖巧的丧家犬。他们弯着腰对着德娃笑眯眯地问："你多大啦？咋能干了这活？累不累？你父母是干啥的？你是哪里人？是怎样出来的？他们怎么舍得让你出来？你穿得这么少冷不冷？"等等德娃不想说也不愿说的事。

厂门口风大，吹得德娃双手拢着袖口，脸上竖着汗毛。德娃心里骂，真是瞎了你们的眼了，看不见人冷得脸都变了色，还不停地问。德娃真像只摇尾乞怜的丧家犬，他低声下气地说：“师傅，能借我铁锹用用吗?”那位披黑棉衣的师傅，也跟着他们安装队的人叫他，说：“小不点！你要铁锹干啥？”小不点这外号德娃不爱听，可还是讨好地应着，他说：“我师傅让借，我也不知道。”那位师傅说：“你要用可以，你师傅用，不借。”德娃有些失望，忙说：“肯定是我用哩，师傅还没说让我干啥。你就借给我吧，我都跑了一大圈了，再借不到师傅骂我呀。”那师傅有意消磨时间，他说：“借嘛，也可以，你得告我你多大了。”德娃说：“十六。”那位披蓝大衣的师傅说：“长得这么瘦小，不像。”那师傅又问：“周岁？虚岁？”德娃说：“周岁。”披蓝大衣的师傅说：“不小了，都八公岁了。”那位披黑棉衣的师傅就叫：“八公岁。”德娃不应，这位师傅说：“叫你哩。”那位师傅又问：“早上吃饭没?”“吃啦。”又问：“吃的啥?”“窝窝头。”“吃了几个?”“两个。”“喝的什么?”“玉米糊糊。”问了吃喝问穿戴：“冷天了，你穿这么少冷不冷?”眼看着半个小时过去了，德娃急得额头都冒出汗来，那师傅才拿出铁锹给了他。此后厂里的人都叫他八公岁，安装队的人叫他小不点。

德娃扛着铁锹还担心师傅骂他，可胖师傅似乎并没有在意他。他心中一阵窃喜地窜到师傅身后，装着早就来了只等师傅吩咐的样子。胖师傅走到一块空旷地，朝工房里喊着：“秦师傅！秦师傅!”这时就从车间走出一位穿着整洁，中等个子，长相白净，表情平淡，上衣口袋别着钢笔，手上拿着图纸的领导模样的人。李师傅鼻梁上架着眼镜，殷勤地跟在他身旁，站在门口一起朝胖师傅看。秦师傅点点头说：“行行！还可以再往南些。”李师傅就急忙跑出来，抢着往胖师傅以南的地方跑几步，站着远远地看着秦师傅。秦师傅点点头说：“好好，就那儿吧。”李师傅用脚画了个圈。胖师傅站着不动，脸色变得紫青。李师傅对着德娃说：“就在这儿挖吧。”又跑回秦师傅身边。

德娃站在李师傅画的圈里，不知道如何挖。过了好一会儿，胖师傅才恼着脸把德娃推开，低头规规矩矩地画了一个直径一米的圈，嘴里嘟囔着："我操，好像你比谁都日能。"又对着德娃说道："不点，就从这儿往下挖。"德娃走进圈里低头往外挖土。入冬了，地皮冻得瓷实，德娃拿来镐头，刨一刨拿铁锹铲一铲。崔郑生和张俊杰在不远处架着网子筛沙子。两个人你一铲他半锹地往网子上扬沙子，你扬上他铲下，不紧不慢，有说有笑。胖师傅走过去没好气地说："你们别给我磨洋工，把这堆沙子筛完，把筛好的沙拉到那面倒了，再把大石子拣出来，我们只要中间这样不大不小的石子。告诉你们，这活今天干不完不能下班。"

远处，张师傅蹲在一块十厘米厚直径一米五的圈形钢板前，两只手撑着一把没有尖刃的、跟斧子一样形状的小锤子。王世亮抡着大锤往小锤上砸，大锤砸一下，那小锤就随着震起落下两次，跟打铁师傅的小锤指挥徒弟的大锤一样。叮当当、叮当当震耳欲聋的声响无遮无拦地四处乱传。

红霞二十多岁，长着不黑也不白的南瓜脸和一双眯眯眼，她的黑眼珠大，几乎占满了眼眶，乌黑的头发编着两根不长的辫子。她跟所有的城里姑娘一样，无论穿什么，衣领总是干干净净的，鞋边总是白白的。她从不穿工作服，她的军上衣就算工作服。她一会儿跟这个师傅，一会儿跟那个师傅，一会儿想学电焊，一会儿想学氧焊。这阵子她和萍萍站在张师傅身后，双手捂住耳朵，斜着身子看着。那叮当刺耳的大小锤子声无聊又无变化，她就背着手走到德娃跟前看着他挖土。德娃已挖了快半人深的坑，他挖一锹土扔到外面。红霞蹲在坑边，德娃站在坑里，红霞往前倾着脸说："你歇歇吧，不累吗？一天到晚数你干得欢。"女人那湿润的气息吹到德娃的脸上，一股雪花膏香味钻入他的鼻孔，他红着脸，垂下眼，停下手中的活。心里咚咚地乱跳，额头上也浸出汗珠，他想抬手擦擦汗，又怕碰到她的脸。他低头咧了咧嘴，那神情就像他欠人家的钱一样，说："不累。"红霞问："农村跑出来的吧？"德娃心里哆嗦一下，头就垂得更低了。“哪里跑出来的？多大啦？你里面不穿毛衣吗?”德娃不肯说，脚不自然地在铁锹上轻轻地磨。“我插队在山里，那地方可冷哩。我去一次得两天。天不亮坐车，天黑刚到县城。在县城住一夜，第二天还要走十几里山路才能赶到。我去一次病一次，统共才去过两次，就病了两次。你知道因为啥吗?”德娃看着脚，摇摇头表示不知道。“想知道吗?”德娃不点头也不摇头。“其实我都是装的!”红霞得意地说：“那地方谁能受得住呀！我可受不了那罪，我爸爸是街道上的干部，我哪儿能受那样的罪！我装病就是为了请病假。我在家里歇得无聊，我爸说先跟上安装队混去吧，明年让我当兵。”德娃默默地低头听，像个木头桩子似的。

秦师傅从进厂那一刻起，李师傅就小心翼翼地跟着他。李师傅一根接一根地抽着烟，耳朵上夹起了铅笔，手上也多了个破本子。他不停地给秦师傅递烟点烟。尽管如此，秦师傅那严肃深沉的脸也没有流露出一丝一毫笑意，也没有单独给他交代任何工作，而是临走前把几位师傅都叫来吩咐安排完，就骑着自行车出了厂门。李师傅忙追到厂门口，久久地遥望着秦师傅的背影喊了声“路上慢点!”

送走秦师傅，李师傅不急着回到车间，他站在空旷的厂院中间，高喊：“红霞，红霞！到工房给我把图纸拿出来。”红霞不情愿地从德娃身边站起去拿图纸，嘴里嘟囔着：“讨厌！人家队长一走，他就把自己当领导。”红霞走后，德娃长出一口气，久久地望着她的背影。一阵凉风掠过，传来树叶的窸窣声，接着沙粒吹进他的眼窝，眼泪横流，德娃忙蹲在坑里揉眼睛，汗湿的衣服贴着身子，全身感到冰凉。

红霞拿了一份车间暖气管道图，递给李师傅。李师傅就装模作样地展开图纸，让红霞揪着半边，自己揪着半边，低头看看图，不停地用铅笔指指点点，又高深莫测、神秘地抬头看看车间。一会儿往前走几步，停下思考半天，一会儿后退几步，远观近看了一番，突然说：“走，到车间里面去。”红霞撇着嘴跟在后面。

胖师傅提着一根一米长两寸粗的铁管从车间出来，他远远地喊：“不点，行了，别挖了。”德娃从坑里爬出来。胖师傅走近说：“太深了，用不了这么深。往回填！”德娃就弯腰往坑里填土，一边填着一边抬头看着胖师傅。直到胖师傅说：“差不多了，就这吧。咱们在这儿垒个地灶。”让德娃从前面挖开一个加炭口子，从后面挖开一个走烟的烟道，再从旁边挖一条通道，把铁管埋进去。让德娃从工具房搬来鼓风机跟铁管连接上，又让德娃从车间搬来一块一米见方的钢板，并且让德娃搬来一些砖。胖师傅垒好地灶，拍拍手上的土说：“不点，你今天的活干完了，下午也不用干了，休息吧。”

德娃按捺不住心中的喜悦，低着头偷偷地咧着嘴笑。怕别人看到，就拉着铁锹往传达室走。崔郑生和张俊杰脸对着脸各站在筛子旁，你一铁锹他一铁锹地筛沙子。德娃路过时停下来，掩饰着脸上的喜悦问：“还有那么多呀？”两人看到胖师傅走进车间，就停下来。崔郑生说：“你小子啊！今天可逮了大便宜，来帮伙计干一会儿。伙计忙得连尿尿的空都没有。”德娃说：“凭啥，老让我帮你，我还要还铁锹去。”说着又拉着铁锹往传达室走。王世亮拄着铁锤，看着把一块平展的钢板，用铁锤一锤一锤凿成椭圆形的像锅盖一样的鏊子。萍萍站在旁边，张师傅挤着一只眼，绕着鏊子转了一圈，满意地点点头。回头看着萍萍说：“你看这活干的，多漂亮！”然后收起工具对王世亮说：“把这抬到地灶上。”王世亮、萍萍弯腰抬，萍萍抬了抬那铁鏊子纹丝不动。萍萍龇着牙说：“妈呀，这么重！我可抬不动。”王世亮直起身子看到德娃就喊：“小不点！快过来帮个忙抬一下。”德娃就跑着过去。崔郑生说：“不点！别去！不给我帮，给他帮？”德娃像是没听到一样，跑去跟王世亮把鏊子抬到自己挖好的地灶上。放好后王世亮问：“那屁小子说啥？”德娃说：“没说啥。”

下午的天气变得阴沉沉的，冷风飕飕地吹。德娃、王世亮能歇半天，俩人高兴得很，特别是看到崔郑生、张俊杰下午还要干。王世亮当着他们说：“离这里不远有供销社，下午我领你去外面逛荡去。反正咱是歇着。”

歇了一下午，第二天大家围在一起说话。德娃像还了阳的瓜秧子，伸伸胳膊，展展脚，跟要上场的运动员似的。胳膊和脚上的肌肉生疼，他就轻悄悄地收回胳膊腿。王世亮抡圆的胳膊停在半空，然后慢慢放下说：“人就是贱屁，一歇下就这儿疼那儿疼，昨天抡大锤也没觉得疼。”崔郑生说：“那可不一定，我就不疼。还是你们抡大锤抡得少，锻炼得少。”王世亮骂：“放你妈的屁，一天到晚干这么重的活还缺少锻炼？谁像你一样，一干活就知道拉屎尿尿偷奸耍滑。”崔郑生说：“你才耍滑！”正吵着，李师傅就冲着他们喊：“别歇着啦！干活干活！把这些管子一头全都用木楔子楔住，然后全都给我立起来，靠着二楼的窗户竖起来。”

王世亮喊着德娃拿锤子，他过去拿一个楔子，对着铁管的一个头等着。德娃不言不语配合默契，他扛来锤子抡起铁锤往进楔。干活时有人叫他，哪怕是比别人多干点，这都让德娃心里很踏实。崔郑生和张俊杰自然成一组，一个掌楔一个抡锤。德娃把楔子楔进管子后，王世亮说：“不点，走一个。”德娃就跟着王世亮抬起这根四寸粗五米长的铁管走到墙根。王世亮压住铁管的一头，德娃就龇牙咧嘴地往上举。他摇摇晃晃地举起来，铁管重，他举过头顶又放到肩上。胳膊上肌肉痉挛般地颤抖，他长出了一口气，再猛一憋气，额头上、脖子上就暴出青筋，双手摇摇晃晃地往上举一点，肩膀往前蹭一点，举一点，蹭一点。李师傅看到，疯了似的走来，老远就指着崔郑生喊：“你们俩站着看啥？砸了人！”崔郑生和张俊杰跑过来扶着管子喊“一二三”，帮着把铁管竖起来。铁管一头支着地，一头靠着二楼窗户。下一根崔郑生、张俊杰抬过来，他们俩帮着竖起。看着他们活蹦乱跳地干起来，李师傅这才歪着头黑着脸拢着胳膊走进车间拐进工具房。

工具房里，大家都不在意李师傅跟谁生气，给谁放脸。胖师傅只管用手比画，飞溅着吐沫有声有色地高声说：“我那师傅的焊接口！真叫个绝。这么薄的铁皮，焊过后平整还不露一丝缝隙，那技术绝对比八级还高。”张师傅争着说：“那年我们安锅炉，尺寸都算得好好的，就是有两个接口对不上。后来把我师傅请来，人家说你们都出去，这儿用不着你们，我们出去几分钟，人家就接好了，你说厉害不厉害？”红霞跟萍萍没有比师傅，她比本事、能耐。红霞说：“我昨天买了二斤红毛线，颜色又纯又红，真好！”萍萍羡慕地说：“在哪里买的，给我也买点。”红霞就得意地说：“那可买不上，这是托人从上海买的，是我爸爸的朋友，别人买不到。”两位师傅、两位女工各说各的，说得热火朝天。

李师傅插不上嘴，就扶了扶鼻梁上的眼镜，掏出两根烟。张师傅不吸烟，他就扔给了胖师傅一根，往自己嘴里塞了一根。嘿嘿干笑了两声说：“我给咱把鼓风机的电接上，再安上两盏灯。昨天秦师傅说这几天要一鼓作气，把弯头全窝完。我看是要加夜班。”胖师傅接过烟随意地说：“加就加吧，这是个啥事。”李师傅说：“我看咱那木楔子还不够，你给咱再做些吧，让张师傅把窝管器具焊好。”他说着还真像个工头的做派。张师傅就起身戴上手套，拿上电焊帽往外走，说：“红霞，把焊条和角尺拿上。”红霞欢快地应了一声。李师傅赶紧追着说：“张师傅，角度一定要准，一点都不能差。”张师傅和红霞没有搭腔只顾走。李师傅又对着胖师傅低声说：“要是角度差上一点，窝下的弯头可就全废了。”胖师傅说：“他知道这，他连个这都不知道？”说着叫上萍萍出去找木头。李师傅从工具房拉了两根电线，接到鼓风机上，又跑去合上电闸，鼓风机顿时像沙哑的公牛疯狂地吼。鼓风机吹出的风，把地灶上的纸屑和尘土吹起，纸屑随着尘土漫天飞舞。王世亮、德娃站在鼓风机旁，忙停下来挤住眼往外吐唾沫。李师傅叼着烟咧着半张嘴哈哈地笑，含糊不清地说：“好有劲。”

胖师傅跟萍萍抬着一根碗口粗的木头，走到李师傅脚下扔了下来。说：“拿斧子去，我来剁吧剁吧。”萍萍就去取斧头，李师傅转身走到张师傅跟前。张师傅正在低头往钢板上焊着铁柱。红霞嫌电光刺眼，扭着头看别处。李师傅手遮着眼说：“张师傅！给咱干细一点啊，这个焊完了找一些烂木材，咱们准备生火。”张师傅只顾低头焊，没有抬头。李师傅又说了一遍，张师傅还是只顾焊。李师傅就说：“红霞走，跟我拉电线安灯去。”红霞说：“我还要在这儿招呼张师傅！”李师傅说：“这儿不需要人了，张师傅马上就焊完了。跟我走吧。”红霞看了一眼张师傅，就跟着李师傅先在车间外面挂了一张条幅，上面写着“大干苦干一百天　确保主罐安装完工”，接着又拉线又安灯。李师傅总是要跟红霞并排或头对头地干活，红霞溜到他身后，他就转过身子对着她说，红霞借口要拿绝缘胶布、灯口什么的，他就从口袋掏出来胶布、灯口，他不让红霞离开他，嘴里不停地讲着电工知识，并让她看电线接口如何接，如何区分火线和零线，如何用绝缘胶布等。他甚至伸出粗糙的手，握着红霞白嫩的手教她接线头。红霞着急地甩开手说：“我可不爱学这。”看见张师傅抱着长短不齐的木头板子从厂区那头走来，红霞就跑着去接张师傅。李师傅忙喊道：“这儿的活还没干完，你跑啥！”红霞说：“反正这儿也用不着我，我帮帮张师傅。”李师傅说：“什么用得着用不着，我是诚心教你学技术哩，你以为是让你干活打杂？”眼睛直直地看着红霞从张师傅怀里接过一些木头，嘴里叨叨着：“真不知好歹！别人求我，我还不教哩。”

上午他们把管子一根一根地竖起，一排排靠在车间的墙上。胖师傅叫他们把他做好的木楔子抱到车间的二楼的窗户上，张师傅又让他们把焊好的窝管器抬到地火旁，随后又把地火生着。李师傅的手叉着腰，那双冷峻的透着凶狠的眼睛俯视着人们，咬牙的牙痕默默地在脸上一闪一闪。看到李师傅脸上闪着牙印，德娃惊恐地低下头退到人们的身后。这时就听见李师傅说：“你们都给我听着！中午多吃点，一吃完饭就上工，今天要大干，要连轴转，别到时候给我坚持不住，今天干不完谁也别下工。”

张师傅、胖师傅、李师傅、红霞、萍萍都从食堂取回自己热好的饭，回车间工房里吃。路上，李师傅快走两步追上红霞叫道：“红霞！红霞！”红霞停下问：“什么事？”李师傅说：“下午的活可是苦哩，一干起来可就不能停下来。”红霞“哦”一声就要走。李师傅回头看一眼张师傅、胖师傅、萍萍都在后头，他就小声说：“别急！别急！把饭盒打开。”红霞打开饭盒。李师傅从自己饭盒里夹了一条炸好的小鱼往红霞饭盒里放，说：“我专门给你炸的，好吃，多吃几条，下午活重。”红霞躲着说：“不要，不要！”躲闪之间炸好的小鱼掉在地上。李师傅生气地说：“你看，你看！你这是闹啥哩。”红霞也不回头只顾走着说：“我从来不吃鱼。”李师傅低头看掉在地上的鱼，想捡，鱼沾满了土，不捡又怪可惜。胖师傅就跟上来问：“哟，这么好菜也往地上扔，你好阔气呀！不吃给我呀，干吗跟鱼过不去。”李师傅尴尬地“呵呵”两声。大家都到了工具房，红霞也打开自己的饭盒放在中间，跟大家的摆在一起，然后坐成一个圈。红霞说：“张师傅，尝一尝我的菜。”萍萍也把自己的饭盒往胖师傅跟前推了推，对着大家说：“吃吧，吃吧。”李师傅站在圈外拿着饭盒看着吃着。最后也把自己的饭盒放进去说：“尝尝我炸的小黄鱼吧。”

崔郑生那天打赌吃撑了之后，王世亮和张俊杰就再也没带过饭。他们一同买一样饭，一同抱着一样的大海碗，一同低头趴在食堂里的大桌子上，呼噜呼噜地吃着红面擦尖。他们的吃相像四头抢食的猪，谁都顾不得哼哼一声。崔郑生吃完后拍拍肚子说：“哎呀，还能吃这么一碗！”张俊杰说：“你个二货，真你妈的，记吃不记打，忘记上次撑得死去活来？”王世亮说：“你别理他，他就是不想干活，装哩。”崔郑生举起手，竖起两个指头发誓说：“谁装谁是你孙子！”大家吃完后就来到车间外面坐下，一边说着话一边等师傅们吃完出来。突然王世亮说：“你们快看，咱们的队长来了。”大家突然停下不说话，都抬头默默地看着他。秦师傅骑着自行车来到他们对面，眼睛并没有看他们。他把车子撑起后，就背着手从他们面前走过。他先是到地火前低头看看灶膛里恹恹欲睡的火苗，又用脚踢踢张师傅焊好窝管器上的小铁柱子，又走到竖起的铁管前，又抬头看看新架的灯，最后背着手退到厂院的中间，无声无息看着施工现场的全貌。他嗓子里含着痰似的，嘴里不停“哼——哈”，就是不说话。

萍萍出来洗饭盒，看到秦师傅，没洗饭盒就转身回工房说了声“秦师傅来了”。李师傅顾不得吃饭，扔下饭盒抹着嘴就往外冲。他到秦师傅身边关切地问：“你啥时候来的？吃饭了没有？我给你买点饭？”像见了他亲爹一样，不等秦师傅说话，又转到秦师傅的对面说：“先进去歇着，我给你闹点饭。”秦师傅面无表情地说：“我吃过了，你们忙你们的。”说着话胖师傅、张师傅都围了过来。秦师傅就对着大家吩咐道：“你们今天可要注意安全，一定要小心！”李师傅跟鸡啄米似的点着头说：“是的，是的。”说着就跟秦师傅走到地灶前。张师傅打开鼓风机，地灶里灰屑、火苗子就呼呼地往外冒。李师傅忙伸手在秦师傅的脸前扇着吹出来的灰屑，护着秦师傅后退说：“你看这灰尘荡的，哎呀，就不能慢点。”看见秦师傅并没责怪的意思，就问：“要不，我招呼着他们干起来？”秦师傅说：“去吧。”李师傅就快步跑去给大家分配活。他对着站在地火前的胖师傅，指着王世亮和崔郑生说：“你领上他们俩在上面。”又对着王世亮和崔郑生说：“你俩拿上漏斗和锤子跟上胖师傅到上面干，小心点，要听胖师傅的话。不点，你拿上锤子在下面敲管子，一定给我敲瓷实了。俊杰你把炒热的石子铲到桶里，让崔郑生在上面吊，王世亮往漏斗里倒。”又对着俩姑娘说：“你俩把筛好的石子拉过来倒在铁板上。张师傅你就在下面招呼着。”

秦师傅的手虽然白嫩可不怕冷，冷风飕飕的还裸露着手背在身后。听说“文革”前秦师傅曾是一位有名的八级技工，在全国技能比赛中得过一等奖。“文革”开始后有人揭发他曾说过什么反革命的话，就开除出了工厂。后来他就到街道修缮队领着几个人修修补补，有时也揽些工程干。秦师傅总是面无表情，沉默寡言，最爱一动不动地背着手看着大家。这神态、气质凭空增添了许多神秘、紧张和威严。大家纷纷找到自己的工具，悄无声息地都忙乱起来。就连红霞和萍萍都麻利地干起来。萍萍推着一辆轮胎干瘪、铁皮乱翘、东窟窿西补丁的破烂小推车，红霞拿着铁锨就往车里装绿豆大小的石子，装了半车时，石子就往外漏。萍萍吃力地推着推车，一路颠簸，石子滴滴答答抛洒着推来。红霞也格外地卖力，她戴着肥大的帆布手套，撅着轮廓分明的屁股，埋着头在旁边推着车。石子倒在地灶旁，红霞展起腰，长出口气，她的嘴巴就像快要熄火的柴油机，突突地呼着热气，红扑扑的脸上没有一滴汗，她却要歪头用干净袖口轻轻擦一擦。张俊杰把拉来的石子铲到椭圆形的鏊子上，张师傅往地炉里加了炭，又通了地火，鼓风机吹着地炉，地炉就冒出一股股黑烟。飞溅的灰尘、火屑张狂地吼叫起来。德娃拿上锤子站在铁管下面，不时地敲一下铁管，铁管声音震得耳朵嗡嗡地响。张师傅瞪着眼睛喊：“不点！还没装石子，敲啥！”崔郑生从上面窗户喊：“不点！捣啥乱！”接着扔下一块小石子，不偏不倚正砸到德娃头上。德娃抬头刚要张嘴骂“我操你妈”，灰尘就迷了眼，他忙后退低头揉眼，骂人的话也咽回肚子里。

张俊杰拿着铁锨在鏊子上搅拌着，地火把十厘米厚的鏊子烧得通红，石子在鏊子上烤得嘣嘣吧吧地乱跳。张师傅看着翻滚的石子，喊一声：“好喽！”张俊生就刺啦刺啦地把烤得火烫的石子铲进铁桶里，也跟着喊一声“好喽!”崔郑生就从二楼窗户探出身子往上吊。刚往上拉了两把，就溅着吐沫喊：“你妈屁，装少点，吊不动!”王世亮在身旁说：“你妈屁，喊啥哩。你就能装！吃的时候你可能吃哩，一干活你就稀松。”崔郑生憋着气，额头暴着青筋，从嘴缝里挤出声“帮一把”。王世亮伸手帮着吊到窗口。接过铁桶时，石子把铁桶烤得烫手。王世亮喊了一声：“我操，烫死啦!”缩回手垫上袖口搬着桶底倒进漏斗。滚烫的石子顺着漏斗噼里啪啦地流进四寸粗的铁管，又顺着铁管噼里啪啦地滚到管底。张师傅紧接着就喊：“不点敲起!”德娃一只手拿一把锤子，两条胳膊围成椭圆状环绕着铁管，两把锤子“咚哒咚哒”地敲着管子。桶底烫手，王世亮的手就哆哆嗦嗦地抖动，石子也抖动着飞出漏斗外面，像雨点一样落到正在敲管子的德娃身上。滚烫的石子砸到头上脸上嘴上又烧又疼，他不停地吐着唾沫，不停地摇头抖落着石子。滚烫的石子从领口顺着脖子钻进脊梁和胸膛时，他就忍不住地后退两步，弓身弯腰，把头低到地面，瘦尖的屁股高高撅起，肥大的衣服脱落遮裹着脸，背脊梁的骨头印痕裸露着。他像是挣扎的野狗不断地抖落着，那滚烫的石子才从背上滚出。张师傅就喊叫：“不点，快敲！石子敲不实，窝出来的弯头可不圆，不圆的弯头就是废弯头！那我们大家的辛苦就白费啦。”德娃就顾不得上面掉石子，赶紧“咚哒咚哒”地快速敲打起来。

秦师傅一动不动地背着手站在不远处，冷峻的目光注视着大家。他面无表情冷若冰霜，既无喜也不怒，不知道那竖起的铁管倒下后砸死人他会不会痛苦或者高兴。他像个幽灵一样，悄无声息地捡了顶破草帽，在人们不知不觉中突然摁到德娃的头上。忙碌干活的人们瞬间一愣又忙乱起来。德娃回头看到秦师傅的背影，他轻盈地无声地走回原处，像怕踩死地上的苍蝇，可这样天气哪里会有什么苍蝇可踩！

天气越来越阴沉，风也时强时弱地乱刮。空旷的厂院上不时旋起一股一股尘土裹挟着纸屑的小旋风。张俊杰拿着铁锹不停地在烧红了的铁錾上刺啦刺啦地搅拌着被烧得蹦跶乱跳的石子。鼓风机嘶哑地吼叫着地火，火苗就像咬人的毒蛇从缝隙四处窜出火红的舌锋，舌锋咬不了人，烤得张俊杰满脸挂着汗珠子。张师傅的嘴不停地重复地喊着：“搅着！不要停，好啦！往上吊！”红霞和萍萍把石子装到小车上，撅着屁股推到地火前倒下，再装再推再倒。德娃埋着头搅着铁管“咚哒咚哒”不停地敲击着。在二楼的窗户上，王世亮一桶一桶接过崔郑生吊上的石子，又一桶一桶地倒进漏斗流入铁管。每灌满一根铁管，胖师傅就用木楔子封住管口，套上绳子，喊一声“招呼着”。德娃和张俊杰就弯着腰撅着屁股双手扶住发烫的铁管，胖师傅就跟王世亮、崔郑生一起把铁管慢慢放下。李师傅像发了疯的野狗上蹿下跳，一会儿跑上去紧皱眉头查看一番，没油淡水地唠叨一句“楔紧了楔紧了”。一会儿跑下来远观近看一番，少盐寡味地嘟囔一句“加点炭加点炭”。崔郑生咬着牙瞪着眼一桶一桶吊上去，每吊上一桶他都要“呀”地长出一口气。他几次拿石子砸德娃的头，示意德娃替一替他，德娃都没抬头，他也不敢大喊大叫。秦师傅就站在不远处，他的身上脸上都透着威严，那威严不知何时从哪里钻出的，像天上的阴云，笼罩着整个工作场地。它压得人们都不敢畅快地放个屁，就连整天自以为是，叽叽喳喳的红霞都闭上了自己的嘴。厂区里只听得鼓风机声嘶力竭地吼，地火里的火苗拼着命地往外喷，锤子凶狠地砸着铁管，铁锨要死要活地刺啦着铁錾子，石子在铁管里疯狂地碰撞着流动着。远处进出旧车间的爱看热闹的男工女工，听到这刺耳震耳的杂乱噪声，都止不住地停下懒洋洋的步子，回头远望一眼。那里是热闹，太想到跟前看看，可太刺耳，要想多活两天的话，还是远远望上一眼，虽然是那样的不过瘾。

在不知不觉中天就黑了，空中也没有一丝丝的风。秦师傅不知道何时静悄悄退去，也不知道是何人无声无息地合了电闸，几个千瓦的灯泡把工场照得刺眼的亮，亮得都能看到地上悠闲散步的虱子是吃饱了还是饿着肚子。把最后一根装满滚烫石子的铁管放倒后，鼓风机安静下来，地火的火舌软溜溜地缩回去，听不到铲石子、敲管子的各种喧闹声。人们一时低眉顺眼蔫头耷脑地默默喘着粗气，工地死一样静。就连抿了嘴、闭了口那么久的红霞，憋了那么一个威猛的屁，又是那样敞亮地吼出来，都没引起人们的注意或者回头瞅她一眼。她伤心并感到羞耻地跑回车间里的工房，接着就忘了羞耻转身喊道："回来吃饭。"

德娃耷拉着脑袋，拖着疲惫的两条腿，循着饭香跟着王世亮慢慢腾腾进了工房。工房通铺上放着半脸盆黄澄澄的窝窝头，一脸盆半凉不热的玉米面煮疙瘩，一摞粗糙割手的大海碗，半碗萝卜咸菜。这里没有饭香味，只能闻到满屋浓浓的汗臭和闷屁交织混杂的说不清也说不出的味。没有人招呼，也没有人说话。师傅们都跟饿极了的猪一样，端着碗只顾低头呼噜呼噜地喝。德娃也盛了一大碗煮疙瘩汤，夹了一筷子咸菜拌进去，黑乎乎脏兮兮的手，捏了两个窝窝头跟着王世亮出了工房，一屁股蹲在车间的地上，饿虎抢食似的吧唧吧唧地吃起来。崔郑生听到，含着难咽的半口窝窝，惊奇地瞪着绿豆一样的小眼看着说："我操，不点，你真厉害，连这么难吃的饭，吃起来都这么凶悍！"德娃抬头生生地挤出一丝不好意思的笑。

天已经黑了许久，厂区格外安静。吃完后大家默不作声地坐着，静听着工房里师傅们的动静。不一会儿就看见李师傅提着两根铁丝拧成的圈套扔到他们脚下，拉着脸，眼里放着凶光，恶狠狠地说："还坐，都几点啦！去——找两根杠子，两个人抬一头，抬管子。"然后就转身出了车间到了工场，站在地炉前静等。工房里两个师傅和两个女工没有一点动静。王世亮抬手看一眼手表，低声嘟囔着："妈的个屁，都快十一点啦，还干，不让人活啦！"拉着德娃说："走，咱们找个木杠子，抬着不硌肩。"

他们各自在厂区转了一大圈，都没找到合适的木棍做杠子，只好找了两根两米长一寸半粗的铁管凑合用。德娃和崔郑生各扛着铁管，王世亮和张俊杰各提着铁丝套，都悄悄地站在李师傅身后不远的黑影处。他们都默默地无声无息地站着，没有一点响动，王世亮在暗处，眼睛看着李师傅的脸，那黑乎乎的脸耷拉得很长。王世亮趴在德娃的耳朵上轻轻地说："你看李师傅的脸，快掉到地上了。"德娃想笑，又不敢笑，又憋不住，就转身往厕所跑，一边跑一边张大嘴大口大口地往外哈气。胖师傅和张师傅好像有意似的，过了好一会儿才从工房出来。李师傅笑脸迎着说："咱们开始吧？"胖师傅就突然大大咧咧地冒出一句："开吧！"李师傅干笑了一声说："那你给咱看火候？张师傅给咱把握弯头角度？"胖师傅说："行啊，有啥不行的！"张师傅推辞着说："我可把握不了，那家伙，差一点就是废品，还是你来吧。"李师傅又干笑了两声说："还是你来，你眼力好，我给你拿角尺去。"说完就殷勤地跑回工房拿着角尺，讨好地塞到张师傅的手里。

胖师傅让德娃和世亮把铁鏊抬到一边，又合了电闸，鼓风机又一次疯狂地吼起来，没有铁鏊遮挡，烧尽了的炭灰更是满天乱飞，肆无忌惮地飞入嘴里钻入鼻孔。李师傅忙往后躲，德娃不敢躲，手不停地在脸前扇着，嘴不停地吐着唾沫。胖师傅绷着脸说了一声："躲啥哩，别躲！"也不知是说李师傅还是他们，说着就冲上前往地灶里加了一锨炭，扔掉铁锨指着呼呼跳跃的火苗喊道："等啥！把管子抬过来，放上去。"

在地火不远处堆放着一大堆铁管，这些铁管五米长四寸粗，是他们忙了大半天，一根一根竖起来，再把石子烧热了，装进管子里，锤子敲瓷实，楔子封住管口，又一根一根地放下。师傅们看着都不高兴，大家动作就更加利落起来。德娃扛着铁杠子，王世亮拿着铁丝套套进铁管一头，德娃穿进杠子，王世亮接过杠子，两个人配合默契，肩上扛着杠子，弯着腿，弓着腰，抬着头，眼珠子死盯着张俊杰、崔郑生。等他们俩也准备好，崔郑生就喊声"一二三"。那装了石子的管子死沉死沉，崔郑生“呀”的一声没抬起来。李师傅瞪大了小眼睛，远远地训斥道：“抬起来，呀啥哩！”他们再次咬着牙抬起来，摇摇晃晃抬到胖师傅指的地火上。地火里喷出火舌，凶猛地灼烤着铁管。崔郑生嘴角和眼角皱着，手抚摸着肩，刚要喘口粗气，铁管就让地火的火烧得红彤彤的。胖师傅就高喊一声：“抬起。”张师傅手指着铁板上的三根铁柱说：“放在中间，把烧红的地方放在这个柱的中间。”放好后张师傅又喊：“不点，趁着劲慢慢拉。”德娃跟王世亮手握着铁杠，铁杠中间的铁丝套着铁管，撅起屁股朝前拉。铁管纹丝不动，再拉还不动。王世亮轻声喊“一二三”，俩人一起猛拉，铁管移动着离开地面。张师傅忙喊：“停停！”李师傅冲上前踢了一脚崔郑生，咬牙大骂：“你两个什么货，死啦！”两个没死的货忙跑去帮着拉。李师傅的威严恐吓，让四个人变得格外紧张和用心。他们整齐地弯着腰，抬着头，撅着屁股像驴拉磨似的朝前拉。张师傅直着身子，挤着一只眼，看着火红的铁管慢慢地变暗变弯，手里拿着三角钢尺不断地比画，嘴里不停地高声说着：“拉，再拉，趁着点，再拉，好！”铁管的那头就成了直角弯。胖师傅紧接着喊：“抬过来。”崔郑生和张俊杰又跑到铁管那头，他们把铁管又抬到地火上再烧。就这样烧红了抬过去窝成直角弯，再烧再抬再窝，一根好好的铁管就像蛇拧麻花样，成了多个S形。

夜很深了，城里一片寂静。只有这里鼓风机吼叫得那么响亮，声音传得那么遥远，灯光那么刺眼，照亮了大半个天。远处居民楼里善良的人们，或让美梦笑醒，或让噩梦惊醒，或让噪声吵醒，甚至让尿憋醒后起来再跟老婆翻云覆雨一番后，都要好奇地走到窗户前，撩开窗帘探着头看一眼，嘴里嘟囔一句：“半夜三更，这是日倒啥哩！”然后再钻进被窝，该做梦的做梦，该抱老婆的抱老婆，又不做梦又不抱老婆的，就钻进被窝闭着双眼，只能竖着耳朵静听着窗外的响声。

天上不知何时飘起雪花，雪花落在德娃的头上，起初感到沁心凉爽，他浮躁的、担惊受怕的心也沉稳下来。李师傅那脸上咬牙时忽闪忽闪的牙痕，不大而又露着凶光的豆豆眼，两片子没有轮廓的随时都能吼出污言秽语的嘴，以及拢起的胳膊和抬起狗腿就要踢人的架势，总不停地在他的眼前变化。特别是今天，从秦师傅悄悄地来到悄悄地走，大小师傅似乎都耷拉着脸，德娃就更加小心翼翼。天空没有一丝丝的风，雪无声无息地下着，下着下着雪片就变得又大又厚，密密麻麻地在头顶乱飞。德娃穿得厚实，他没有毛衣，上身一件小棉衣套着一件破烂的大棉衣，外面罩着脏乎乎的分不清颜色的能遮挡屁股的特大号工作服，干起活来臃肿滑稽。他怕人笑话，总是尽力小心。胖师傅就曾开玩笑地问过他，说："不点，你的腿去了哪儿啦。"

他们抬着铁管放下，烧红了，拉弯了，再抬。把一根又一根铁管弯成S状。雪没完没了地下，雪片紧挨着雪片飘落到人们的头上，前面的雪片还没来得及融化，后面的雪片就急匆匆地压上，远处就像铺了一层厚厚的白毯子。雪花落在人们脸上，从鼻嘴眉眼汇同着汗水一滴一滴地落下。雪花落在地上，遭人们的臭脚反复踩踏，瞬间融化成水，跟地上尘土搅拌成泥。德娃不停地甩着头上的雪，脸上雪水汗水尘土混合成一层油黑发亮的膜，在火光和灯光的照射下一闪一闪。他脏乎乎的袖口不间断地抹着眉眼间的汗水，稍微迟疑眼前就是白茫茫的一片。铁杠冰冷生硬地压在他瘦削的肩上，蹭起了水泡。身上的汗水跟挤破了的水泡粘连着肩上的骨头和棉衣，铁杠一挨肩就疼得直吸冷气。他双手撑着铁杠左肩右肩脖子下的脊椎来回腾挪。他的鞋里灌满了泥浆，颤抖着艰难地走在坑洼不平、泥泞溜滑的地上，地上的鞋窝重复地套着、碾压着鞋窝。他顾得了头上顾不了脚下，顾得了擦汗顾不了脚滑，脚底下一滑，像饿狗抢食一样凌空扑倒，展展地四仰八叉地趴在泥地上。肩上铁杠咣当敲在脑后。他惊得慌忙爬起，像刚从泥里捞出一样，脸上身上只露着两只眼睛。他顾不得疼，也顾不上擦脸上身上的泥，连嘴里呛的泥水也不敢吐出，悄悄地咽回肚子里。他起身拾起铁杠低头抬起，动作迅速敏捷一气呵成。师傅和同事破天荒地没有笑他，更没有骂他。他那悬在空中的惊慌的心又掉回肚子里，甚至对自己的机灵感到一丝骄傲。

雪不停地下着，人们不停地干着。胖师傅的嗓门变声变调地越来越低，张师傅默默用手和头示意着，后来胖师傅也用手和头示意着。王世亮他们像机器一样配合默契，整个工地只有鼓风机孤独地嘶吼着，它不时掩盖着脚下泥泞的扑打声、没遮没拦的喘气声和粗鲁刺耳的铁管碰撞声。萍萍站在车间里避雪，她隔着窗户看着地火，看火苗乏了，就冒着雪扛着铁锹跑到地灶旁加几锹炭，然后又扭着大屁股跑回。开始时红霞一直背着手站在旁边看，偶尔也加几锹炭。她站得腰酸背痛，不时捶捶背活动活动腿。刚下雪时，她还甩甩头、拍打着落在头上身上的雪，雪下着下着就疯狂起来，瞬间身上头上就裹了一层白雪，她扫了一眼忙碌的人们就悄悄地溜走了。李师傅忙得来回跑着看着，小眼瞪累了，脸皮也拉酸了，身子就不那么挺了，脸色在雪花飞舞中现出那种疲惫的温和。红霞溜走后，李师傅就心不在焉，四顾乱望，然后循迹而去。

十七

李师傅不知道红霞为啥老躲着自己，躲就是不想跟自己搞对象。自己懂技术是师傅，她是学徒是小工。自己虽不是队长，可能力胜似队长，队长三天五天才来晃一下，什么事不是他操心负责的！再说自己的长相虽不能说俊美，可也不丑，比起胖师傅那塌塌鼻磨盘脸要强多少倍，而萍萍一天到晚像发情的母狗一样，跟着进跟着出，亲热地又是带饭又是端水，就差撅起屁股……那红霞真看不上自己，是女孩的矜持、羞赧？红霞好像又不是那样的性格。天是这样的天，雪是这样的雪，趁着大家这么忙，她去哪儿了？人常说撑死胆大的，饿死胆小的，男不坏女不爱。想到此李师傅心跳突然加快，胸中一时波浪翻滚澎湃起来，他嗅味寻迹，踏着雪痕寻到工房里。工房里寂静灰暗，李师傅借着雪天微微的亮光，看到通铺上堆着一堆黑东西。他断定那就是红霞裹着大衣躺着的身子。李师傅没有丝毫犹豫，张开双臂扑了上去。李师傅用力过猛，喘着粗气，爬在红霞的身上，死死地压住，紧紧地抱着。红霞惊吓得不敢声张，嗯哼一声静下来。李师傅便得寸进尺，肆意地把一只手从裤腰处硬塞进胸前，在胸前来回地摸。红霞的手推着李师傅的身子，推着推着胳膊就软下来。李师傅放着胆子从胸前摸到大腿处，就觉得欲火中烧，胸憋气短不能自已。在他手忙脚乱地要解开裤带，撕开裤腰时，红霞竭力挣扎抗争，竭尽全力猛地推开李师傅，坐了起来。俩人脸对着脸喘着粗气，都不敢出声。随后李师傅把红霞揽在怀里，和衣倒在通铺上，悄悄地抱着，静静地躺着。直到胖师傅粗野地喊了“收工！”他们才慌忙赶出去。

雪不知不觉地停下来。在人们快要起床的时候，他们拉停了烦人的鼓风机，随手扔掉手里的工具，耷拉着脑袋，拖着疲乏的腿，踩着能埋了脚腕的雪，扑哧扑哧地走回工房。师傅们安排大家放假一天，然后就撩起腿骑车回家了。雪太厚不能骑，就推着走。李师傅要送红霞，红霞说我跟张师傅正好一道，他顺路。胖师傅自然送萍萍，只有李师傅落了单。他心里很不是滋味，抱也抱了，摸也摸了，还是不让送！师傅走后，他们四个小工爬上通铺，很快就打着呼噜入睡了。没有人起来吃饭，也没有人起来尿尿。直到第二天晚上，被王世亮踢了一脚德娃才起来，洗了手擦了脸就到食堂喝了几碗糊糊，吃几个窝窝，就跌倒又睡。

天气就像女人善变的脸，不小心惹了她，就阴沉地、险恶地、狠狠地下了一场罕见的暴雪。不小心她又高兴了，就给你个笑脸，嘴里就像含了糖，满天开着绚丽的花。早晨起来阳光灿烂，天空碧蓝，太阳假装什么事都没发生一样，笑眯眯地羞答答地慢腾腾地从工厂的东面升起，光鲜亮丽地照着那层厚厚的白雪，又畅快又刺眼。

师傅们来了，没有急着分配工作，而是先围在一起激动地议论这雪有多厚，那天走回去有多晚，来的路上又滑了多少跤。随后就争着抢着神吹路上的见闻。李师傅的小眼放着光，有声有色地说，他碰到一个傻屁女的，大眼睛高鼻梁，白白的脸，乌黑的两根短辫。她也不嫌冷，里面穿着红毛衣，外面套着黑呢子大衣，你们是没见那得意扬扬的德行，感觉就是那种会情人时发骚那样。车子还骑得风快，在拐弯处急刹闸，车子滑出八丈远，人摔出几尺远，仰面朝天，外裤都溜到小腿处，要不是人们都围着看，差点让车压住。胖师傅就哈哈两声说：“你看见那个了吧！”李师傅也哈哈大笑说：“哪能呢！不说啦不说啦，干活吧！”

休息了一天之后，大家都精神抖擞起来，也蓬勃起来。德娃、张俊杰说着喊着，抬着铁管焊成的三角形铁架，铁架子上固定着铁夹子。他们踩着厚厚的雪，发出“咯吱咯吱”的响声，趔趄着身子把铁架子抬到车间外。张师傅站在车间的窗口对着他们喊道：“放远点，你们把这些管子也搬出去。”德娃、张俊杰把铁架子放到张师傅指定的地方，王世亮、崔郑生扛着分别是一寸、六分、四分粗的铁管扔到三角架跟前。李师傅摘下棉帽，头上又换了顶鸭舌帽，鼻梁也架起了眼镜，点了一根烟，拿着一个丝扣盒子，拖着套管器走出车间。看到王世亮、崔郑生斜身往下扔管子，赶紧含糊不清地喊着：“轻点！轻点！”李师傅想发威，想放开嗓子骂几声，可舍不得嘴里含的那根烟，只能拉长脸瞪大眼放出些许寒光。这寒光放多了，人们便不怕了。人们不怕德娃怕，德娃忙跑过去接住李师傅手中的盒子和套管器。李师傅松了一口气，腾出手来用两根手指夹着烟，指着他们说：“不点，你在外面套丝扣，你，跟着胖师傅接管子，你俩跟着张师傅上暖气片。”李师傅说完，见大家不动，呵斥道：“还没歇够？站着干吗！”

李师傅，真是要钱要权要女人，就是不要脸。大家垂头丧气地各自走开，像小鸡去找母鸡似的。德娃不知谁是自己的母鸡，跟哪位师傅干活。他手里握着冰凉的套管器，独自立在雪地里铁架子旁。套管器很凉很沉，一头一根铁棒连接着中间圆形的铁疙瘩。德娃要抱着中间的铁疙瘩，往铁管子上套丝扣，他没干过也没见过，傻呆呆地站着。李师傅走到铁架子跟前，冷笑说："会吗？"德娃摇摇头。李师傅说："我教你吧。来，把一根管子夹在上面。"德娃把套管器靠在三角架上，刚转身套管器滑落下来，中间的铁疙瘩正正地砸中德娃的脚面，一阵一阵疼传遍全身。德娃想弯腰揉揉脚面，听到李师傅难听的刺耳的呵斥声："咋回事，就不能放好了，火烧火燎的。这是新买的，很贵，摔坏了你赔呀？"德娃顾不上脚痛，忙把套管器放好，又从雪地里找出一根铁管夹到铁夹子上。李师傅把手中的纸盒打开，说："你看着，这个是四分管的丝芽，这个是六分管的丝芽，这个是一寸管的丝芽，需要套一寸管的丝口，你就换上一寸的丝芽，来把套管器拿上来。"德娃把套管器拿上去放在架子的边上，伸出手，用手心擦掉上面的雪花，套管器冰凉，冻得德娃打了个战。李师傅就告诉他如何取楔子，如何上丝芽。然后看了看手指头夹的烟头，果断地放嘴里猛吸一口，烟头几乎烧了他的嘴，他有力地吐出老远，说："看着。"一手提起套管器的铁把，一手接住套管器中间，对准夹好的管子上套丝口，套了一个丝口，把套管器放下，搓着手说："我操，真冰。"接着大声问："会了吧？"德娃顺从地点点头。李师傅皱着眉头说："那你来一个。"德娃正要拿下这根管子重换一根。李师傅说："干啥呀？你干啥呀！"德娃不解地看着李师傅。李师傅说："你量上二十厘米，把管子锯下来。"德娃就忙跑回车间工具房，从工具箱里找出一把尺子和钢锯，又跑回来，量好后，一只手用指甲比画着，一只手拿钢锯锯。李师傅呵斥道："两只手。"德娃忙用双手锯，李师傅拨拉开德娃，说："来，看我的。"李师傅弯下腰一手按着锯子，一手握着锯把来回拉，说：“按紧了，锯子竖直了。”没几下管子就锯断了。李师傅很得意自己的活做得漂亮，这才和气地说：“看到了吧，锯口齐齐的。这是技术，学着点。”德娃忙点点头。

德娃把套管器套在铁管上，学着师傅的样把丝芽合紧，慢慢扳动着套管器，套了几圈之后，李师傅说：“套到一半的时候要把丝芽放松一些，这样套出的丝口才能有坡度。”德娃“哦”了一声，放松了一点丝芽。套好后，李师傅拿掉鼻梁上的眼镜，看了看，又用手摸了摸说：“不错，就照这样干。”李师傅的语气让德娃精神格外的轻松，他一直以来都是低头干活，这时他突然抬头看着李师傅，直到他进了车间。一丝笑意略过他的嘴角，他低头看见自己脚腕埋在雪里，雪花浸湿了裤腿和鞋袜，钻进裤腿融化后流入脚腕和脚底。被砸了的脚背，刚才还火烧火燎的，现在又冰凉冰凉的，顿时就泛起一身的鸡皮疙瘩。他不由得倒吸了一口凉气，哆嗦着跺跺脚，抖落了鞋和裤腿上的雪。他双手揣进衣袖里，微弓着腰，抬起头蹦跶起来。眼前一片银白的世界，远处三三两两的工人说笑着走进厂门进了车间，几个男女拿着木板或扫帚一边打闹着，一边扫着车间门前的雪。德娃突然觉得谁搬走了压在他心中的磨盘，心情一时舒展轻松起来，嘴里不由得嘤嘤地叫着，像只受了伤的小狗，不知是哭是笑。

红霞戴着黄军帽，军帽下露着两根短粗的锅刷子一样的小辫，身上披着一件黄短大衣。她手里捏着一张破纸，一出车间就喊：“不点！不点！给，照着上面的尺寸套吧。”德娃“哎”了一声，跑着接过纸。纸上密密麻麻地写着几寸的管一头扣几根，几寸的管两头扣几根。德娃把纸放在架上，量好铁管就套丝。他双手把握套管器对准铁管，慢慢地一圈一圈地转。然后一手握着套管器的一头铁把子，这只手压下去，那只手扳上来。套好丝后用尺子一量，用钢锯锯断。德娃越干动作越熟练，越干越欢实，像上满发条失了节奏的破钟，越走越快，一会儿就套好十几根。四分管好套也好锯，到六分管时，德娃就有些吃力要用双手扳下来，再用双手推过去才能套一圈扣，这动作很费力也很吃劲，不一会儿德娃就满头大汗。

红霞又拿着一张破纸走到跟前，说：“哟，不点，你这是耍猴哩，还是套扣?”德娃停下来，抹了一把汗，接过纸。红霞说：“还没套完。套好的在哪?”德娃说：“在地上。”红霞低头一看，隐约地能看到埋在雪里套好锯好的铁管。两只胳膊抬起，好像双脚踩到狗屎一样，惊讶地说：“呀——雪里呀，那么凉，叫人咋拿?”那神情那声调让德娃感到厌恶，就像吃了一口苍蝇。德娃慌慌地抬头瞥了一眼那张讨厌的脸，肮脏粗肿的手背抹了一把脸上的汗，弯下腰从雪里拾起那几根长短各异套好的铁管递给红霞。红霞扭捏着说：“这咋拿呀！这么长，这么湿，这么重，你给我送进去吧。”

德娃抱着管子再三犹豫，实在是讨厌这个装腔作势虚头巴脑的女人。这里还有那么多丝扣没有套，还有那么多管子没有锯，给她捡也就捡了，再替她送回去，他觉得这是欺负人，就连师傅也不会这样。而红霞的脸上却露着一丝丝得意的表情，眼睛放肆地注视着德娃，眼珠子放着蔑视和挑衅。这眼光让一股一股的无名火在德娃的胸中翻腾燃烧，血管里血液跟着直往脸上奔涌，他脸都红了、脖也粗了，身子甚至有些颤抖。他强憋着忍着，脸上却显不出恼怒来。他几乎是夸张地迈了一大步，把管子往她身上一推，放手就转身拿起套管器。红霞惊讶地“呀呀”叫着往后退，管子哗啦咣当地掉在地上。德娃含糊不清地嘟囔了声：“我还要套管子哩，没空送。”红霞狠狠地看了德娃几眼说：“不点，你胆子好大呀！砸了我脚，你能赔得起吗！”见德娃只顾低头干活，就弯腰拾了两根套好的短丝扣走了。

不一会儿，只见张俊杰憋着气、吊着脸，磨蹭着捡起雪地里几根管子送走，来回跑了几次，才把地上套好管子全部搬走。德娃停下问：

“你咋啦？谁惹你啦？”张俊杰没好气地说：“还能有谁？那个骚货！他妈屁的，啥也不干，悠来晃去的就知道背着手站在师傅后面，张开屁，噼里啪啦地卖。”德娃问：“那骚货没骂我吧？”张俊杰莫名其妙地说：“没有。她，凭啥骂你？”德娃说：“刚才让我给她送，我没送，我这里还有这么多丝扣没有套，心急得不行，还顾上给她送？”俊杰说：“我不是？一会儿上丝扣，一会儿缠麻，一会儿抬暖气片。她啥也不干，连根管子都不拿，她还真把自己当成个啥啦。”

萍萍又送来一张纸说：“不点，给。这是尺寸，都是两头扣的。”萍萍也叫他“不点”，可听得却是平和入耳。德娃“哎”了一声，忙接过纸压在架子上，继续套着那根一寸的丝扣。一寸管又粗又厚，他转不动套管器的把子，就无法套丝扣，他又不敢跟师傅说，他最怕师傅说他啥也干不了。他想过各种办法，最后是双手扳着套管器把子这一头，脚蹬着套管器把子的那一头，等把子扳平了，他跃起一跳，再压下去，然后跨过去再把那头的把子拉上来，这样半圈半圈地转，不断地重复多次才能套完一个丝扣。萍萍看着笑了说：“不点，你的办法真多。”说着就站在德娃的对面，帮着德娃，德娃扳这头，她拉那头，德娃压这头，她抬那头，一推一拉，很快就套好了一寸管的丝扣。

德娃红通通的脸蛋上冒着汗水，他不好意思让别人帮他，说：“你走吧，快忙你的去，我一个人能行。”萍萍说：“我没事，再帮你一会儿。”德娃忙说：“不用，不用，我行，我能行！”德娃把套管器抱在怀里，大有你不走开，他不干活的架势。萍萍和善地笑笑说：“你不用急，悠着点干，该歇就歇一会儿，那面一时又用不了那么多扣。”德娃点点头：“我知道，我知道。”

德娃感激地目送着萍萍甩着粗短的胳膊离去。她那腰长腿短的身材，却给了他尊重和温暖。远处从矮旧的车间里不时传出机器的轰鸣声和人们的嬉闹声。厂区的院子却意外的宁静，偶有工人们踏雪走过，都无不疑惑地回头看看，或者停下脚步远远地望着，雪地里德娃低头转着套管器在三角架和铁管中乱舞。他身子灵巧，动作熟练，着实像个不停重复上蹿下跳的小猴子。太阳从东面升到正中，像个得了病的婴儿，撑不直自己硕大的头，很快就西沉了。地面上的雪没一丝一毫的融化，一块长长大大的房子阴影慢慢覆盖在德娃身上。张俊杰不停地来抱走套好的丝扣铁管，红霞和萍萍也不停地送来需要的套丝扣尺寸。纸条不重，张俊杰搬管时完全可以捎出来，不知是张俊杰不捎还是红霞和萍萍要送。红霞每次送来时，不是一声不出地拍到三角架上，就是没皮没脸地远远喊着："不点，接着。"德娃只要听她的喊声就紧张不安，他不想接，就忙低头舞动着手脚套丝扣，只等她"啪"地拍到三角架上，转身走后才松下一口气来。

天色微暗下来，车间里张师傅喊着："麻利点，把这一组安装完收工。"而对面旧车间里的工人，可不听张师傅的喊，人家不到整点就下班了。女工们急着抢着往外赶，像是偷了东西的贼，男人们则闲散地四处游荡。有三四个男人晃荡着就来到德娃的身边，兴趣盎然地看热闹。这瘦猴子咋干得这欢实！刘工，四十岁左右，头上戴着深度眼镜，身穿制服，上衣口袋别着三四根各样笔，胳膊肘下夹着一沓图纸，他不停地眨巴着眼，好像一直在思考着重大的宇宙问题。他眨着眼问："你多大了？"德娃没有抬头继续套着丝扣，像是没听到。另一个工人接着说："刘工，听他们叫他八公岁。"那男子又问："你父母呢？"德娃仍然继续着套管。另一个男人说："嗨——跟你说话哩！"德娃停下手中的活，抬头看这几个人，挺和善。他喘着气，擦了一把汗说："我父母都在，挺好的呀！"那位工人问："你父母舍得你这么小就出来干这活？"德娃不屑地说："哪有什么舍得舍不得？"刘工关切地说："早上就看见你在这儿干活，就没见歇，你累不累？"德娃说："不累。"这时红霞拿着纸条，走出车间，她一出车间门就夸张地喊："不点——不点！给！"德娃听见喊声，忙拿起尺子在管子上量了尺寸，一只手比画着，一只手拿起钢锯，低头咯吱咯吱地锯起来。心里骂道：喊你妈的屁，走两步能累死你？一时气愤，胳膊用力过猛，钢锯一下子锯到手指上，德娃“呀”地喊了一声，鲜血从手指头涌出来。德娃扔掉手上的钢锯，锯条掉在地上“啪”一声断了，他顾不得拾起，一只手紧紧地摁那只流血的指头。大家都忙围上来，关切地问：“咋啦，咋啦。”那位刘工忙问：“咋啦咋啦，我看看。”另一位说：“流血啦，锯在指头上了。”刘工就扶着他的手说：“别怕，只要指头没断就不要紧。快到厂医室，让大夫给看看，先消消毒包扎一下，看伤了骨头没。”德娃捏着指头摇摇头。刘工抚摸着德娃的手背问：“疼得厉害吗？”德娃痛得咬着牙，眼里噙着一丝眼泪，脸上的汗珠直往下淌，他摇摇头挤出两个字：“不用。”刘工像哄孩子似的说：“你听话，孩子呀，还是让大夫检查一下，现在又是冬天，就是没伤到骨头，也别让伤口冻了感染了。快走，我领上你去。”那几个工人劝道：“快去，让大夫给包扎一下，晚了都下班走了。”感染是什么德娃不知道，德娃就是知道不能去。要是去了让师傅知道，还不说他啥也干不了？红霞拿着纸条放到三角架上说：“你是锯管子哩，还是锯手指头？是不是手指比管子好锯啊。懒的你，干啥也不操点心。”一位穿着工作服的工人不客气地说：“你是干啥的，看不见人家疼成那样？也不先问伤得重不重，来了诈诈唬唬地说风凉话！人家孩子还这么小，要是真有个三长两短，你能负得起责任？”红霞感到那人说话不善，就放下纸条，低头着红着脸溜了。那人见德娃不走，便掏出一盒火柴，撕下一片磷递给刘工说：“要是不看大夫，你给他贴到伤口上，这是土办法，它止血消炎，我试过，管用。”刘工慢慢拉起德娃摁着的那只手说：“不怕，轻轻地放开。”刘工的那双手不大也不厚，却很温暖。德娃顺从地放开那只手，刚才压麻了的伤口，手一松又疼起来，伤口的血也涌出，滴在地上。刘工忙把磷片放在流血处，用手紧紧地摁住，另一只手从口袋掏出一块不太干净的手绢，包在德娃的手指上说："快找一根绳子，扎住。"一个人递过来一卷黑色的绝缘胶布，刘工把绝缘胶布缠在德娃的手指上扎紧，捆扎得太紧，指头麻木得没了知觉。刘工问："还疼吗？"德娃说："哎——好像不太疼啦！"

德娃捡起钢锯，换好锯条。那位穿工作服的人说："八公岁，你还干呀？"德娃默默地握紧钢锯把，翘起受伤的指头扶着钢锯，正要锯时，听到王世亮站在车间里喊："不点，不点，收工啦！"德娃应了一声，就低头收拾工具。刘工就说："咱们也走吧，还看啥？"大家就相拥而去，说是要到宿舍里打牌。德娃把锯好的和套好丝扣的管子堆放在一起，直起腰举起那根受伤的指头，深情地望了一眼，然后长长地舒了一口气，就拉起套管器，拿着钢锯、尺子，低着头拖着缓慢的步子往回走。他身后的雪地里留下一串乱七八糟的脚印和一条细长的套管器把子留下的印痕。一阵凉风吹过，德娃打了个冷战，头上的汗顿时全消，他哆嗦地说了声："好——凉——爽——啊，日你妈。"

太阳落下来又升起，升起来又落下，一遍又一遍地把它微弱的暖光洒在大地上，它极有耐心地融化了地上的雪。雪地里的德娃蹦跳着套丝扣的身影，在白雪的衬托下显得格外扎眼，随着雪渐渐地消融，地上的土、风中的尘，都变成灰暗色。他不鲜亮，也不扎眼，可人们路过总要停下问一声："小不点，来来，歇一歇，又没人逼着你。"或是关切地说："看这风刮的，快把扣子扣上，出的一头汗别再感冒了。"或是好奇地问："八公岁，你知道不知道累？"德娃停下来，抬起头傻笑。德娃不知道感冒是什么，可他知道累，有时候也想歇一歇。他知道师傅看到也不会说什么的，可德娃就是不愿意给师傅留下干不了、懒的印象。他就是累死也不能听到师傅说："干不了滚回去！"每当听李师傅骂人时，德娃的脸就红，心口咚咚地乱跳，感到格外惊慌、害怕。假如让他滚，他不会像崔郑生一样赖着不滚，可是他没地方滚呀！德娃每天在同事们还未醒前，就悄悄爬起来。他先到食堂买两个窝窝头，溜到车间窗户外面，看看四周没人，像做贼似的蹲在窗下，三口两口吞食完，抹抹嘴拍拍手像什么事都没发生似的。他再回到工房，看看同事醒来没有，再到工厂大门口看看李师傅来了没有。然后裹紧衣服，若无其事地走进工房，喊一声“快起吃饭啦”。他尽量不跟同事们吃饭，嫌他们矫情。吃个早饭还要买个汤，买个咸菜，又费钱又不顶饿，他们还笑话他小气。

德娃叫醒他们后，就拉着套管器，拿着尺子、钢锯、一盒锯条来到三角架这儿，把工具都摆放好。王世亮拿着饭盒，崔郑生、张俊杰跟着到食堂吃饭。王世亮就指着德娃说：“你小子，天天这么早，一个临时工，你表现给谁看。”德娃说我摆放工具又不干。崔郑生说：“给红霞看哩。”然后“哈”地耻笑了一声说：“你累死，吐了血，红霞都不会让你摸一下。你以为你是谁呀？是张师傅，还是李师傅？”德娃说：“是你妈屁！”

吃完饭回来大家都围着德娃聊天，王世亮说：“你又不吃饭啦。”德娃说：“吃过了。”崔郑生敲着饭盒抖着一只脚，头也跟着有节奏地一点一点，他得意地说：“吃啦——吃的啥？”德娃说：“吃的馍！”崔郑生不信，上嘴唇斜斜地抽着“哼”了一声说：“吃的馍！你咋不说你吃红烧肉？”德娃脸一红说：“我吃你妈的屁，要你管！”崔郑生正要追去踢德娃，王世亮说：“他妈的那不好吃，臭！”崔郑生回身要踢王世亮，王世亮说：“别闹，快看。”大家看到萍萍跟着胖师傅一前一后骑着自行车从厂门口进来，一直骑到车间门口俩人才停下来，又嘻嘻哈哈地走进车间。过了一会儿张师傅跟红霞相跟着骑着自行车进来，紧接着李师傅恼恨地也跟进来。王世亮说：“快走，别一会儿又叫喊。”崔郑生忙停下敲饭盒，跟着走进车间。果然，没过一会儿，李师傅站在门口朝着德娃恶狠狠地喊，就像一只受气而又无处发泄的恶狗，对空中狂叫一样：“不点！回来，把工具都给我拿回来！”德娃把工具抱回来，等李师傅分派。李师傅瞪着眼睛说："站着干啥？放到工具房去，今天跟上他们检修管子吧。"

暖气安装完毕，今天要打压检查。张师傅领着红霞、崔郑生、张俊杰检查一层。胖师傅领着王世亮、萍萍检查下一层。德娃放下工具拿了一把管钳子跟在张师傅身后。心里想今天这活不需要花力气，正感到高兴时，红霞回头说："你去跟他们吧，这儿人够了。"这话听得德娃像受了羞辱一样，感觉他是个可有可无的多余的人。他的脸马上红到脖子根，飞快地扫了红霞一眼，心情紧张沮丧地赶到胖师傅身后，然后悄悄地跟着。萍萍对着德娃笑了笑，一边走一边说："你这么瘦，是舍不得吃呀？"萍萍的搭讪让德娃轻松起来，他说："不是，我吃得可多了，不信你问他们，就是不长肉。"王世亮就挨着德娃说："啥呀，早上就没见他吃。"德娃说："吃啦，你睡的时候我就吃了，真的。"胖师傅头也不回地说："不点，你省下钱娶媳妇呀？"德娃说："不是，真的，天天都吃。"外面的热气源源不断地输进管子，气压不断增高，管子里不时传出"咚叭咚叭"的响声。一个暖气管的油任嗞嗞往外冒气，接着有好多地方都跟着嗞嗞地冒气，有的甚至是气和水一起往外冒。德娃就冲上前要紧丝扣。胖师傅一手拦住说："慢点，轻轻地用力，管钳子从上往下紧，千万别脱了扣，别烧了手。"德娃像鸡吃食似的点着头，提着管钳子按着胖师傅的吩咐，小心翼翼紧了紧，那个油任果然不冒气了。

临近中午，上面的暖气全都修完。德娃肩扛着管钳子跟着胖师傅往回走，路过时见崔郑生正全身浸湿地看着一组油任连着阀门接口处往外呲热水。张师傅给崔郑生两个麻绳缠拧的油任垫说："给，垫上两个垫。"崔郑生拿上油任垫，弓着腰像猫要扑鼠似的抖着架子，向前猛跨一步，水呲到身上，又往后退一步，翻来覆去，就是近不了身。张师傅说："我操，你快上，麻利点，看你这抓鬼的架子吧！"胖师傅看着来气说："德行吧，还不如人家小不点呢！不点上。"德娃就像受到主人赏识的狗，摇着尾巴冲上去。他接过崔郑生手中的管钳子和垫。冲到管子跟前，脚踩在水里，热水四散乱呲到身上脸上，他只顾拧开油任，取掉旧油压垫，换上两块新垫。然后一手扶着，一手小心地用管钳子把油任拧紧。随着油任慢慢拧紧，往外呲的水越来越小，等最后一滴水滴完，热水迅速把油任烤干，德娃这才起身退回。这时他全身的衣服都湿漉漉的，双手让热水烫得通红。张师傅说："看到了吧，这才叫干活，你这架手拢脚的，一天也修不了一个漏。"崔郑生哼哼唧唧地说："不是，水太烫嘛。"德娃抹了一把脸上的水，甩了甩手。萍萍两个指头捏了一下德娃的衣襟说："快换换吧，别一会儿出去感冒了。"德娃不在乎地说："没事，里面没湿。"王世亮笑着说："不点，里面没湿？"德娃说："没有。"王世亮伸手要解德娃的裤子，说："亮出看看湿了没有。"德娃红着脸捂着裤裆就跑。

安装完暖气，新车间格外空旷而干净。人们不用缩手缩脚地干活，铁锤、氧气瓶，触到手上都感到柔软而温暖，不像先前那样生硬而冰冷。车间通透空荡，谁要是不小心放个响屁，声音从东头能传到西头。可是每到工作时间，电焊、氧焊、锤子敲打管子、凿子碰撞铁板的响声，刺耳又喧闹地在车间回荡、碰撞、交汇，就打破了那空旷和安静。即便是停了工，那震耳的噪音还一直在耳朵里轰轰地乱响，你要是想说话，也要凑到对方耳边大声地喊。李师傅失去了喊叫的威严，他几乎闭了嘴。但他又学会用眼睛瞪人，他总是瞪着一双凶狠狠的小眼。眼睛瞪累了，就不停地眨，眨累了他的脸色就变得凝重阴沉而灰暗。就像天马上就要塌下来，而他还没有好的办法顶起。他从不换工作衣，穿着半新不旧的蓝色的四个兜制服，制服的左上口袋也别着三四根笔，胳膊下夹几张快磨破的设计图纸，不时展开看看。王世亮说："他这是学人家刘工哩，人家思考问题时才眨眼，是风度，他是看着别人眨，是做作。人家别那么多笔是用的，他别那么多笔是看的，哈哈，可笑吧。那几张图到真用时，就让他给夹烂了。”

清晨，天还是灰蒙蒙的，快亮不亮的，凌厉的冷风不时从窗户缝隙吹来，轻轻地发出吱吱的响声。暖气里面的热气不时地冲撞着管子和暖气片，发出“轰隆隆”振荡的声响，像是夏日里滚动的雷声。这响声每每惊醒睡梦中的德娃。他像受了惊的猫，一下从被窝里爬起来，站在通铺上，踢着睡在旁边的崔郑生，惶恐地喊道：“快快快！有人敲门！”崔郑生也惊得霍地坐起，揉着眼睛忙问：“谁？谁打架？”王世亮、张俊杰都被吵醒。德娃说：“快听，快听！”说着工房里的一组暖气片里发“咚咚”的闷响。王世亮鄙视地说：“傻屁！那是暖气里放热气发出声响，你妈屁，谁打架？你妈和你爸打哩。老子刚做个好梦就让你小子给叫醒了，真丧！”说完又躺下。崔郑生说：“是不点喊叫，是我喊叫？”德娃这才镇定下来说：“我说打架来？”张俊杰说：“别吵啦，让人多睡一会儿吧。”德娃穿着粗布做成的内裤，起身尿尿。崔郑生：“看看，狗鸡鸡硬哩。”说着就伸手拉德娃的裤子，德娃躲闪着。崔郑生讥笑地大声喊道：“哈哈，还是粗布做的？真土。”德娃紧紧地护着内裤，挣脱崔郑生的手，红着脸跳下铺到外面撒尿。

崔郑生吵得大家都没有了睡意。王世亮说：“老二，你的硬不硬。”崔郑生得意地说：“咱的那是金刚钻，比你的硬。”王世亮说：“来看看。”说着探出身子伸手拉崔郑生的被子，崔郑生忙拽紧被子说：“先看你的。”王世亮一边拉住崔郑生的被子一边说：“尿，我的软着，没意思。快看一看。”两个人拉扯着。王世亮说：“俊杰，快。”张俊杰坐了起来。崔郑生慌忙地说：“小张，咱俩可是一伙的啊。完了我请你看电影！”张俊杰正犹豫之间德娃尿完回来。刚才的羞辱让德娃顾不得想，他双手拉住崔郑生的被子狠命一拽，就把崔郑生被子拉开。崔郑生穿着背心和裤衩吐了德娃一口说：“不点，你妈屁！小心老子揍你。”王世亮摁着他的双手，说：“这屁小子，嘴还挺硬。不点拉下他的裤衩。”崔郑生两条瘦长细白的腿在空中乱蹬乱踢，威胁说："不点，你敢！"德娃说："你妈屁，老子咋不敢。"说完突然扑上去死死压住他的双腿，腾出一只手把崔郑生的裤衩拉到膝盖处。崔郑生不挣扎了，说："看啥，跟你们不一样？"王世亮失望地说："你妈屁，就这德行？还金刚钻哩！"崔郑生挣扎着昂起头求饶，说："不点，我给你抽烟。"德娃说："我又不吸烟。"崔郑生又说："那请你喝丸子汤。"德娃嘴不馋，不在乎丸子汤。可他不敢真惹恼了崔郑生，就说："算了，嫌他脏哩。"

闹腾一阵后，大家平静地躺在被窝里想着心事。像夏日里戛然而止的暴风雨一样。过了一会儿，崔郑生懒懒地问说："不点，你亲过女人的嘴吗？"德娃一时有些难为情，不知如何回答。王世亮接过问："你亲过吗。"崔郑生得意地说："亲过，还摸过奶哩。"王世亮不信，鄙视地说："老二，不是我笑话你，就你那软绵绵的熊样，还想亲嘴摸奶！我今天就小看你哩，你去问问街上的母狗让不让你亲！"崔郑生就说："你妈屁！母狗让你亲，你亲去。"

天已微亮，工房里暖洋洋的，大家懒懒的都不想起，像害了病似的，身上软软的。直到张师傅走进车间，踢开工房的门，房里的汗臭味扑面而来。他的手在嘴边扇动着退出去说："臭死啦，都几点了还不起。"德娃听到，像触到电、受了惊似的，三两下穿好衣服，把被子乱翻乱折卷起，跟鱼一样溜下铺，直挺挺地站在地上。事后崔郑生多次骂道："你妈屁，不点，你人小鬼大，最会表现。"王世亮也常常对德娃说："不点，遇事别慌，你怕啥哩，怕啥！大家都是临时工，谁能把谁咋地。"

李师傅进来后，崔郑生还在穿袜子。李师傅迎头就骂："贱骨头，都是些贱骨头，就不能给点颜色，给点颜色就要开染房，给个好脸就蹬鼻子上脸。都别吃饭，赶快给我干活去。"张师傅不知啥时候开始吸烟的，这时他退到车间门口，嘴里叼根烟，对着红霞努了努嘴，红霞跟着撇了撇眼。德娃躲得老远，一个人站在能看到工房的地方，背着手，踩着一根管子，滑下来，又站上去，再滑下来，又站上去，眼睛却一直注视大家。胖师傅和萍萍高高兴兴地进来，看到这情景收起脸上的笑容，不在乎地问：“呀哈，呀哈！这是咋啦？”李师傅难看的脸上，挤出一丝笑来说：“狗孙子们，都这会儿啦，才起来。”看看大家都站着不动，李师傅就朝着德娃喊：“不点，躲那么远干吗！拿上大锤跟上张师傅槽铁皮。红霞！”红霞正跟张师傅说笑着，好像没听到一样。李师傅生了气似的吼：“红霞，红霞！”红霞不在意地冒出一句来：“听到啦。”李师傅接着说：“你和萍萍跟着胖师傅接管子。”然后回过头来说：“你们几个走，跟我拉铁板。”

胖师傅不嫌臭，在工房里换工作服。德娃拿了一把十六磅的大锤悄悄无声地在外面等着。李师傅领着王世亮、张俊杰、崔郑生走后，张师傅才慢腾腾地拍着屁股，走进工房换了衣服。张师傅耷拉着长脸无奈地说：“哎呀，这一早就吱哩哇啦地乱喊，也不知是犯的啥病哩。”胖师傅“嘿嘿”笑了两声说：“啥病？骚病！”说完拿上焊枪往外走。胖师傅看到德娃说：“不点，你先给我把氧气瓶搬到那头，把电石锅泡好，再跟张师傅槽铁板。”德娃“哎”了一声，放下手中的大锤，跑到氧气瓶跟前。他竖起氧气瓶，猛地憋一口气抱起来，摇摇晃晃往前走，氧气瓶太沉，他额头上、脖子上一根一根青筋突暴出来，像一条条细长的虫子爬在额头上、脖子上。没走了两步，他把氧气瓶放在地上喘一喘气。萍萍跑来帮忙说：“你急啥，手扶着上头，慢慢地滚动着就转移过去了，又不急着用。”德娃照着萍萍的办法，斜斜地扶着氧气瓶上的口，一只手跟萍萍一起推转着，氧气瓶就骨碌骨碌地滚过去。德娃放平氧气瓶，又跑去连拖带拉地把电石锅拉到外面的水管装水。水装至一多半时，萍萍拿着一根铁管过来。德娃接过铁管，穿过电石锅上的系绳。萍萍在前，他在后。他给萍萍那头让出许多，电石锅几乎是挨着自己身子。抬起后，尖硬的铁管硌得德娃肩胛骨生疼。他咬牙咧嘴，弓腰颤抖着往前挪着碎步走。胖师傅看到喊了一声说：“放下放下。”他们放下后，萍萍茫然地问：“咋啦？”胖师傅走到德娃前说：“你到前面去。”德娃换下萍萍，把铁管往后推。胖师傅说：“别动，走。”再次抬起感到格外轻松，心中一热，双眼就有点湿。

德娃给胖师傅把氧气瓶抱出来，电石泡上，安插好氧气和电石皮带，把焊枪递到胖师傅手里，然后转身跑去拿上大锤找张师傅。张师傅换好工作服，嘴里叼着烟问：“都安顿好啦？”德娃说：“嗯。”张师傅起身拿了一双手套，提起一把小引锤走到车间外面的一张十厘米厚铁板前，“咣当”扔下小引锤，戴上手套，蹲下身撑起小引锤，无精打采地说：“不点，来。”德娃就提起大锤往上砸。刚开始时不得要领，怕打不到引锤上，轻提轻放。张师傅说：“不点。”德娃：“嗯。”“你几天没吃饭？”德娃的脸一下子涨红了。张师傅说：“给我抡起来。”德娃忙抡起大锤，猛往下砸。他没抡过大锤，没准头，不是砸空砸到铁板上，就是砸到引锤的把子上，震得张师傅的手又麻又痛。张师傅骂道：“你妈的，不点，能不能看着点！你要砸断我的手？”德娃不敢砸师傅的手，一时紧张，惊慌，力气不及，额头上的汗珠顺着脸，眼皮，鼻尖四散落下，滴到铁板上。张师傅看到说：“不点，哎呀，你就不能稳一点，慌张啥哩！来，你扶着，看我的。”说完张师傅夺去大锤，伸展身子，抡起大锤准准地砸到引锤上，铁锤锤头砸得精准有力。德娃心里大骂自己笨，连个锤子都抡不了。张师傅示范了几下说：“会了吧？”德娃也不知会不会，心虚地点点头。他接过张师傅手中的大锤，学着张师傅的样子。慢慢地收起大锤，伸展身子，向上一跃，瞄准引锤砸去，抡出大锤，准准地砸在张师傅的引锤上。张师傅的引锤不停地向前移动着，德娃偶尔也有砸空的，张师傅就严厉地吼一声：“看着点！”这一天下来，德娃渐渐地掌握了要领，动作越来越熟练老到。

红霞像一只丢下狼仔的母狼，每隔一会儿就跑过来，双手塞着耳朵，眼睛随着德娃的锤子上下动着，静静地站在一旁，听着刺耳的“咚——哒，咚——哒”的锤子砸锤子震铁板的响声。每当德娃砸空了，她总要喊一声：“呀，又没打上。”接着就是张师傅的一声呵斥。德娃不停地抡起大锤砸下，红霞什么时候来什么时候走，德娃都能感觉到，只要红霞往那里一站，德娃的心里就像压上一块石头，厌恶、心烦、慌乱。德娃想不透，为什么李师傅不分配她干活，让她随意乱跑。

天临黑前，李师傅领着王世亮等人回来。他们卸完铁板就围着看德娃抡大锤。大锤“咚——哒”的声音格外的震耳，崔郑生捂着耳朵高喊：“你小子，啊！今天可逮了便宜，我们装了车卸了货，都快累死啦。”张师傅继续掌着引锤，不抬头说：“唉——你鸡巴来试试！”王世亮推着崔郑生说：“你试试，不点干得好哩，厂外都能听到大锤的声音。”红霞不屑地说：“好啥！震得张师傅手都疼，骂了好几次，就是不听。”这时就听到李师傅不耐烦地喊道：“收工吧，收工吧！天都黑啦。”王世亮等人都跑去洗手吃饭。红霞捂着耳朵站着不动，张师傅也不停，德娃就一直跟着抡锤。胖师傅跟萍萍骑着车子出了厂，胖师傅说：“不点跟着倒霉。”萍萍说：“怪可怜的。”响亮的锤子声，孤独单调地传出老远，像一首伤心悲凉的歌，余音窜墙绕梁地传到厂外，传到食堂里。王世亮低头喝一口玉米面糊糊，咬一口玉米面窝窝，夹一口土豆白菜粉条烩菜。崔郑生吃一口抬起头，愣愣地听一听，眨巴着斜眼说：“听，小不点，还在干，那小子，哈哈——”嘴和脸都乐得走了形。张俊杰说：“吃你的吧。”崔郑生止不住兴奋地说：“快，吃完咱们去看看他那怂样。”王世亮说：“谁像你，干起活来偷奸耍滑。”

李师傅恨不能上去拉着红霞走，眼看着张师傅把握着引锤，手上的引锤点哒得越来越快，敲打得越来越响，德娃的大锤也跟着不断地加快频率，两个人配合得像斗气的机器人一样，就是停不下。李师傅无奈地撇嘴耻笑了一声，转身歪着头就走，就像斗败了的公鸡一样，迈着碎步快速走到车间外，提起自行车蹾了两下，推着跑了几步，然后跃上去，潇洒地跨上自行车，摇晃着身子，猛蹬着脚蹬，飞也似的出了厂。王世亮等三人吃过饭后，慢腾腾地往外走，崔郑生推一把张俊杰说："快些，快去看小不点。"一边自顾自地往前跑，刚跑两步，锤声突然停下来，灰暗的天空一时变得异常的安静。崔郑生也站着不动，静听说："你看看，停下来了吧！"张俊杰说："你妈屁，别闹，再不停不点就没饭吃了。"王世亮说："唉唉，你小子还欠人家一顿丸子汤，我都忘了。"崔郑生小声说："快看！"车间门口，张师傅和红霞都不言语，俩人配合默契地跨上自行车结伴而去。崔郑生说："那天我看见他俩亲嘴来。"王世亮说："就那柿饼脸、那烂嘴有啥亲的！"正说着就看到一个黑影往水管处走，就喊着："不点！快点吃去，我们到马路上等你。"说完就拐出厂门。

德娃口干舌燥地低声"嗯"了一声。他打开水管，冰凉的水哗哗地流出。他一伸手触水，手掌冰凉冰凉地疼。他不敢搓手，只让水冲了冲。然后扬起头对着水管咕咕地喝了几口，伸出脏乎乎的衣袖擦了嘴，甩着湿漉漉的手走进食堂。明亮的食堂空空荡荡没有一个吃饭的，厨师们正在收拾餐具。德娃走到窗前说："师傅给我一碗糊糊，两个窝窝。"一位白胖的厨师说："呀，八公岁，才吃呀，没糊糊啦，窝窝也都凉啦。"德娃说："凉的也行。"这时那位女厨师从后面出来，她拿了一个大海碗，把剩下的菜倒了满满一碗，拿了两个窝窝放在上面递了出来。德娃忙掏出饭票递上。那位女厨师说："不用，都是凉的，只要你能吃。"德娃用十个手指端着碗走到桌前，放下碗装好饭票，不慌不忙地坐下来吃。一天的极度紧张、劳累、担心以及汗湿的衣服紧裹着身子，此刻食堂里没有人看着他，也没有人管着他。他放松了神经，就像放了气的气球，身子瘫坐在凳子上。他长长地舒了一口气，无意识地抬起自己的双手，好似不认识地看着。两只手的手掌粗肿、黑红，血痕、污渍像女人的脸上打了两种不匀称的底霜，斑驳陆离。两只手掌处各有一两处磨破了的皮，那破了的皮，有指甲盖大小，样子像伸出狗嘴的狗舌头，一丝丝地连着肉似掉非掉。皮下血肉模糊地露出粉红含着血丝的细皮。放松后松弛的指头和手掌不停地神经性地抖动抽搐，不受自己控制。胖厨师从卖饭窗口探出头来说："哎——发啥愣？就等你一人啦。"德娃像惊醒了的兔子，扑上去，把窝窝头掰开，泡在碗里，弓下背，张大嘴对着碗边，用筷子呼啦呼啦地往嘴里刨。似乎那不是嘴也没有长胃，而是个粪桶，不用咬也不用咽，瞬间就把一大碗菜和窝窝倒进肚里。他站起来打着饱嗝走到水池旁洗碗。水触到手掌，剧烈地疼。他咬着牙皱着眉咧着嘴，用水冲了冲，冲不净的，用手轻轻拔掉，把碗递给厨房。那位女厨师就等着德娃，她接过碗问："不点，是不是你干了坏事，你师傅罚你，不让你吃饭？"德娃莫名其妙地说："没有呀。"女厨师不信，她笑着说："还不承认！那咋不跟他们一起吃。"

德娃不在乎女厨师说什么，他大声笑着扬起头走出食堂。他前脚刚出食堂，就听到"啪"的一声食堂的灯关了，眼前一时暗下来，走了几步想起他们都到街上了，就往厂外走。走着还打着饱嗝，今天吃得太多，那么一大碗菜，还没有要钱。这样的好事足以抵挡一天的劳累、紧张、压抑、郁闷，他走着走着就哼唧着蹦跳着出了厂门。

入夜，外面冷风飕飕，马路上行人很少。没意思，大家早早回到工房，又睡不着。就斜躺在铺盖卷上吹牛，王世亮绘声绘色说自己如何带领院里的菜刀队跟人打架，崔郑生就不服气地说自己搞了几个对象。对象有多漂亮，有多爱他，他们如何逛公园，划船，压马路。德娃听着就打起了呼噜。崔郑生踢醒德娃，德娃擦了下口水，骂了句又睡着了。这一夜德娃睡得实在香，崔郑生叫他脱了衣服睡，都没叫醒。除去打呼噜、说几句梦话，德娃就保持一个姿势一动不动，像头死猪一样一直睡到天亮。

早上起来德娃一抬胳膊，两条胳膊上的肌肉酸疼酸疼，说：“他妈屁，这是咋啦？”崔郑生凑到跟前关心地问：“咋啦？”德娃说：“睡了一夜，两条胳膊不能动了。”崔郑生生气地说：“活该，叫你脱了衣服睡，你就不，你妈屁，以为我害你！”德娃抚摸着胳膊说：“这和衣服有啥的关系。”王世亮说：“那屁小子啥也不懂。是你昨天抡大锤抡得太猛，过两天就好。”

李师傅早上来后，不像昨天那么生气。他破天荒地笑了笑，说让崔郑生跟上张师傅抡大锤。张师傅不同意，说：“他能干了啥！还是不点来吧。”王世亮说：“不点的两条胳膊痛。”德娃忙拉了拉王世亮的衣襟，说：“不要紧，不要紧。”王世亮恼怒地甩开德娃的手走出去。张师傅过来和蔼地揉揉德娃的胳膊说：“没事，男子汉，抡两天就好了。”

德娃找了两块烂布子，缠到手上，然后拿上大锤跟着张师傅到了外面。开始时手也疼胳膊也疼，锤子打得很慢，也很吃力。张师傅说：“不怕，只管用劲，放开抡。”过了一会儿果然不疼了，动作也熟练了，姿态也优雅了，锤子也有力有准头了。就算那黑心的红霞站在旁边骂德娃无能，德娃一样不慌不忙的有准头。德娃跟张师傅在东面，王世亮跟着胖师傅在西面，把锤成的圆形罐再整一遍。每天院子里震耳的锤子声此起彼伏，他们把一块一块十个铁板锤成直径两米长的圆形罐状，崔郑生、张俊杰再移到车间。车间里红霞手上拿着焊条，萍萍拿着焊枪、眼罩，左右跟着胖师傅。胖师傅焊好接缝后，把这半成品的圆罐移到李师傅跟前。他抖着架子，跟大专家似的，装模作样地左观察，右端详。然后拿锤子这面敲敲，那面打打，生气地唠叨着说：“这活干得真粗糙，哎呀，叫人咋说！”然后扔掉手上的小锤子，拾起焊枪，戴上焊罩，喊一声“焊条”。红霞就送过一根焊条，然后就“嗞嗞”地焊着半成品圆罐连接处的缝隙。他拿着小锤敲打十厘米厚的钢板不起任何作用，但他每次都要敲出点响动。他指着不很圆的地方给红霞看说：“看，我敲几下就好点了吧，这是技术！并不需要多少力气。”其实还是那样，只是红霞不说。李师傅给红霞讲电焊知识，甚至要手把手地教她学电焊。红霞不学，李师傅也不生气，耐心地说：“我是为你好，你不能一辈子当小工。”红霞说：“我不当小工，也不当师傅，我当兵去呀。”李师傅劝说：“那不容易，万一当不了呢？”红霞说：“当不了也不当师傅。”李师傅耐心地说：“唉，这就不对啦，当师傅就得会技术，我学技术的时候，没人教，都是偷偷地学，师傅看到了还骂几声。你这多好呀，快拿着，我来教你。”每当这时萍萍就跑去找胖师傅。

这天风静天朗，冬日阳光软绵绵悄无声地照着。德娃的脸膛红红的，脸上挂着几颗汗珠。他弯腰收腹，展身抡锤，熟练准确，匀称舒展。锤子叮当叮当的声音有力响亮而又刺耳。这时秦师傅突然推着自行车走来。张师傅就停下，起身来给秦师傅递了根烟。秦师傅放下车子，接了烟也不点。他绕着槽好的罐转了一圈，说：“干得挺快呀。挺好挺好！就是用力还不太匀。”张师傅跟在后面点头说：“是，到焊接口时，肯定还得整。”秦师傅点着烟，吸了一口，长长地吐了一口烟，看着德娃点点头，和善地笑笑，说：“干得不错，不错。”德娃嘴里呼着热气，脸上淌着汗珠，手扶着锤把，脚在锤头上踩上去滑下来。他听到秦师傅的赞扬，就羞红了脸，扭捏地低下头，又羞又兴奋。

就在德娃不适应有人表扬他的时候，远在看不见的村里，英子却非要母亲说她好。

过年德娃没有回家，英子比母亲更失望，更难过。大年初一早早起来，梳洗打扮一番，都没来得及给父母磕头就来到德娃家。她像进自家院子一样，推开门就喊一声：“姨，过年好！”说着脱了鞋就上炕。英子盘腿坐在母亲对面问：“你娃没回呀？”母亲说：“这娃憨的，这过年哩，也不知在哪里，怎么过，跟谁过的，能吃上喝上吗？连封信也不来。”

英子跟着骂德娃：“你娃就是这，憨的不懂事嘛，自私嘛，心里没别人嘛，不孝顺嘛，顾前不顾后嘛，不知道人情世故嘛，心里没这个家嘛，咱们在这儿等他哩，给他准备这准备那，揪着心等哩，人家还不知在哪里疯哩，在哪里美哩，跟谁鬼混哩！”英子越说越气，说得唾沫星子乱飞。英子一天都没回家，她帮母亲包了饺子，一起吃了饭，直到说够了骂够了天黑了才出了德娃家的门。临出门英子不忘问一声：“姨，你说我这人好不好？”母亲一怔，忙说：“好，好！”

过了正月，英子抱着一头小猪崽，小猪崽挣扎着尖叫着。英子风风火火地一脚踢开院门，高声喊道：“姨，快出来。”母亲忙从屋里出来，说：“呀呀！这是哪里抱来的。”英子说：“你别管，你先说放到哪里？”母亲说：“还能往哪里放呢？就放到猪圈里。”英子把猪崽放到猪圈，拍拍衣服，拍拍手，把手伸到母亲面前说：“掏钱！”母亲莫明其妙地问：“掏啥钱？”英子瞪着眼说：“小猪崽的钱嘛。姨，你不会是白眼虎变的吧，只占便宜不吃亏！”母亲说：“英子呀，姨知道你是好心，你看姨这两年倒霉的事一件接一件，养个猪吧，养得好好的，突然就不明不白地死啦。你说娃刚刚顶上事，却跑得无影无踪，说是能寄回钱来，可是让人揪心呀！姨这门风倒啦，干啥啥不成，哪还敢养猪呀，只求平平安安的！”英子低头连朝地上“呸呸”吐了几口唾沫，说：“不吉利！姨，你怕啥！门风倒了咱给立起来！倒霉的事过了，好运就来了，谁一辈没遇过倒霉的事？不倒霉哪里能来了运气！说不定明天早上起来，满院下的都是元宝哩。”母亲让英子说得“扑哧”一声笑了，问：“这是谁家猪下的崽？多少钱？”英子说：“你别问，这是好品种，到年底准能让你赚大钱。你拿三块就行，有问题我给你退钱。”母亲回屋里拿出三块钱，正要递过去。英子一把抢去就走，还说：“没想到，老太婆还是个财迷鬼！”走了两步又返回来，歪着脖子说：“你说我好不好？”母亲说：“好好，谁敢说不好！”

今年小麦的收成好，每人能分二百多斤麦子。分麦子的时候，人们都激动兴奋，纷纷拿上口袋，说着喊着争着抢着涌到仓库，好像晚了就分不到似的。德娃母亲分到麦子后就放仓库旁边，让文娃看着，正要去借平车，英子拉着平车高喊着“姨，姨！”就过来了。英子的母亲还在排队等着分粮，听到英子喊回头说：“你喊啥，就不像个女娃娃样，等一会儿分到再拉。”英子也不说话，走到文娃跟前像个二愣子似的，装上麦子就拉走了。分粮的人都回头看着英子。英子的母亲红着脸歉意地笑笑说：“看我这女娃，憨的。”

入冬时节，家家户户做饭、烧炕都要柴火，队里就把地里的棉花秸秆按人头分给大家，让人们到地里拔秸秆，自己拉回家自己用。那时人们精神十足，不管什么事，都是争哩抢哩，直怕落到后面，直怕少了自己的，直怕分给自己的秸秆让别人偷拔上几棵。可谁也没想到，多年后满地苹果，就是碰疼了脑袋，也懒得伸手摘下吃一口。母亲也早早叫醒文娃，从笼里掰一块馍塞到文娃口袋，到院子拿上拔秸秆的钩子，拉着文娃就到地里。地里乌泱泱一片，只有低头撅屁股只顾拔秸秆的人，听不到给队里干活时的说笑声。母亲刚弯腰拔了两棵秸秆，就听到英子的妈喊：“死女子，不拔秸秆，你乱跑啥哩，你给我回来！”英子说：“有我哥哩，还用我。”英子妈骂道：“憨女子，你羞死你先人哩。”英子哥要追，英子妈拦住说：“别让人笑话啦，你还不知道她的性子，犟得跟驴一样。”英子哥说：“都是你们惯的。”

英子来到德娃母亲身后，低头就拔秸秆。母亲说：“英子，不敢这样，你先把你们家拔完拉回去，没事了可以帮帮姨。你家的还没拔，你就给我家拔，你妈不高兴不说，也让人笑话哩！”英子低头拔着棉秆说：“我妈高兴不高兴跟你有啥关系？别人笑话？谁敢，我骂死他！”母亲听得心里五味杂陈，不知道是什么滋味。英子干活不惜力，一人顶两人，到天黑时，拔完秸秆拉回家，垛在院子里。英子拍拍身子要走，母亲拦着让吃了饭再走，英子说：“姨，我就不帮你做饭啦，你自己做的吃吧。”母亲说：“你这，让姨心里过意不去！你要愿意给我做干女吧？”英子说：“我才不认什么干女、湿女。你给你娃说，我要做你娃的媳妇！”说完扭头就走，到了院门返回来问：“姨，你说我憨不憨？”母亲忙说：“我女不憨，谁敢说憨，我撕烂他的嘴。”母亲久久地看着英子消失的身影，深深地叹了一气，说了声：“娃憨的。”

十八

有一天，人们终于听不到锤子震耳挠心的声音，厂里一下子变得宁静下来。一条黑黄色威风的狗不习惯了，它大胆地竖起两只耳朵，瞪着两只微红有神的眼珠，翘着粗壮的尾巴，警觉地，却装作若无其事的样，端着架子，不紧不慢地走到德娃抡大锤的地方。贼一样的眼睛东望望西看看，狗鼻子四处乱闻。狗转了一圈又一圈，把地上杂物闻了个遍，但还是想不通那刺耳难听的，让它每每听得心惊肉跳的声响，怎么就突然就消失了。狗无奈地抬头望着天，苦苦地思考。突然从车间里传来一声更大更刺耳的响声，吓了狗一跳，它放下尾巴，敏捷地扭身就逃，逃出几步后看看没事，便镇定下来。为刚才的惊慌感到羞耻，看看没有别的狗看到，也没有别的人看到，就回头无限愤懑地瞪了一眼车间，然后迈着碎步溜出厂外。

德娃跟几个小工呼喊着“一二三”把槽好的半截子大圆罐滚进车间里，半截罐从东头堆到西头。他们抬着梯子跟着张师傅走到一根大梁下面，把两个滑轮倒链分别固定在两根水泥梁上。李师傅指挥着张俊杰拿着锤子把槽好的半截圆罐凸凹处、焊口处锤圆、整平。张俊杰一会儿跳到罐里往外锤，一会儿跳到罐外往里锤。几跳之后气喘吁吁汗流浃背手腕发软。红霞像个不安分的跳蚤，双手捂着耳朵，兴奋地跳到这儿看看，跳到那儿瞅瞅。李师傅看见德娃干完活就招手叫。德娃跑到李师傅跟前，李师傅说：“不点，还是你来吧。”然后转身对着王俊杰说：“唉，听说你还是当过兵的，这两下子可不行啊。快把锤子给了小不点，让不点干。”德娃接过王俊杰手中的锤子时，感到他好像刚从蒸笼里蒸出来一样，全身都散发着灼人的热气。李师傅指着有半人高的半截子罐说：“这几个都整好了，你们就先焊这儿吧。”

李师傅领着德娃到另一处，红霞背着手蹦跳到张师傅的身后，胖师傅抬着头，眼睛胡乱张望着点了根烟。王世亮、崔郑生、张俊杰就把工房里两台电焊机、电线、焊枪抬来，萍萍从工房拿来两个电焊帽，又去抱来两包焊条，等王世亮接上电源、地线一切准备妥当后。胖师傅就扬起头，底气十足地吐出叼在嘴上的烟头。烟头带着火星在空中画成圆弧状，飞出老远。胖师傅跳进槽好的罐内，接过萍萍递来的焊枪和焊帽蹲下焊起来。德娃在不远处跟着李师傅跳进罐内敲敲，一会儿又跳出来敲敲。李师傅的手指哪儿，他敲哪儿。李师傅嘴里说：“这儿，你看不见？往里敲敲。那儿，你看不见？往外敲敲。”眼珠子却在别处幽怨地瞟来瞟去。德娃在跳进跳出的间隙中，看到张师傅、胖师傅所在的罐里闪着刺眼的白光，王世亮吸着烟，崔郑生、张俊杰围着说笑。心里升腾出一丝羡慕、妒忌、苦恼、甚至是恨。“他妈的——屁的，自己就这么倒霉，轻省一些的活老轮不上自己。”

德娃每天提着锤子，低头跟在李师傅屁股后面。李师傅指到哪里，他就敲在哪里。李师傅的脸色一直阴沉着，犹豫压抑的眼神在车间里来回飘荡，就像被强奸了的寡妇，一肚子的委屈说不出来。他想不通，他跟红霞抱也抱了，摸也摸了，她为什么还对他冷着脸，躲着不跟他搞对象。他有时长久地注视着远处，那里红霞背着手，扭捏着腰，对张师傅说着什么。说着什么呢？他太想听到，可又没长顺风耳。这时德娃就停下手中活等着，好久李师傅才回过神来。干活时两个人跟哑巴似的，几乎不说话。有天刚干了一会儿，李师傅意外客气地说："不点，你跟着我时间也不短了，自个能干了吧？"德娃摇摇头说："还不敢。"李师傅就加重语气说："有啥不敢的，看见哪儿不圆敲一敲都不会？"德娃点点头说："会。"李师傅就转身走到工房换上干净的皮鞋，走到工房门口，停一会儿，抬头看看天，拿下眼镜擦一擦，踌躇满怀地走出去了。德娃的眼珠跟贼一样，巴巴地看着李师傅消失在门外。他长长地出了一口气，身心一下子松弛下来，耷拉着头有一下没一下地敲着，响声空亮而没有力度，像是敲锣。

胖师傅焊接口，崔郑生抢着拉拉电线，递递焊条。人生本来就是这样奇怪，抡大锤，抬钢管时，人们累得胳膊、腿发软，全身像抽了筋断了骨似的，有空就想坐坐、想躺躺、想尿尿、想拉屎、想往后躲躲。清闲了几天，大家就开始吹着牛，吸着烟，身上一股一股的力气直往脸上冲。冲得脸上发红，眼睛发亮，精神十足。这天吃过中午饭，王世亮抬起腿掸掸鞋上的土，猛吸一下鼻子，再有力地吐一口痰，说："这鸡巴无聊死啦，还不如出去逛荡。"崔郑生忙问："走，去哪里？"王世亮说："往北，穿过那片庄稼地，是北郊红旗公社所在地，那儿有供销社。"大家都说好，就去推车子。德娃没有自行车，忙说："哎哎，谁带我呀？"王世亮说："老二，你妈屁的你小子，干重活的时候你老往后缩，这几天你倒是表现得积极哩，你带上不点。"崔郑生也斜着眼忙骑上车子说："小不点，他又会表现，又会逞能，都快当上师傅啦，还要我带？"德娃紧跑几步拉住车后坐就往上跳，没跳上去，崔郑生骑的车子就东晃西歪地倒下。崔郑生从地上爬起来，拍着腿上的土说："不点，你妈屁的，你能，你来带我。"德娃也学着不标准的城里话说："你妈屁，带个你，还不是个小菜？"

三辆自行车，四个人穿着油垢斑驳的工作服，沿着公路，迎着早春微暖的风，高声爽朗地疯狂地喊着说着唱着。公路上空旷而自由，汽车、行人很少。德娃带着崔郑生始终跟着王世亮，他的身子跟着脚踏的节奏，左晃右晃，好像不用脚蹬车子，而是用身子、用肩膀蹬车一样。公路两旁刚努出绿芽的树、光秃秃的电线杆子从眼前一闪而过，张狂兴奋的汗珠不停往下流。崔郑生坐在后面号几句跑调的歌，伸手在德娃大腿之间摸一下，喊道："不点，慢点，别把我摔了！把我摔了我就拽下你的狗鸡巴。"崔郑生摸到德娃的敏感处，德娃脸一红车子晃荡了几下，高声喊道："你妈屁，再不老实，真摔倒啦！"崔郑生忙缩回手，紧紧搂住德娃的腰。

公路旁有一个空旷的广场，广场上一排十多间白灰粉刷整齐的瓦房，排房的中间有个大铁门，门旁挂着某某公社革委会牌子。大铁门北边是供销社，房檐下用红油漆写着"某某公社供销合作社"。供销社的窗户擦得锃亮，在窗户与窗户之间的白墙上写着一人多高的大红字："无产阶级文化大革命就是好"。大铁门南边是公社各对外办公室，办公室门头上写着"农机公司""邮电所""照相馆""理发馆""人民食堂"。窗户之间对称地写着一样大小的红字："毛泽东思想万岁"。正值中午，广场上几乎没有人影，只有理发馆门外，席地坐着一位头发蓬乱，穿着破烂臃肿棉衣的六十多岁的男人。那人脸色黝黑，表情平淡，目光空洞无神地望着地面。地上的杯子里有一些钢镚和几张一角两角钱。

王世亮领着他们把车子骑到供销社门前才停下。下了车子德娃涨红着脸，双手叉着膝盖，弯着腰喘着粗气，他放肆粗野地喊了一句："日他姐屁的！你可真跟猪一样重。"崔郑生从后面踢了德娃屁股一脚，说："走吧。"踢得德娃弯腰朝前猛跑几步，差点摔个跟头，狼狈之状像狗抢屎。德娃胸中就升起一股羞恼之火，他一个健步冲上去，跳到崔郑生背上，双手死死地掐着崔郑生的脖子。这一年来德娃不是抬就是搬，不是抡锤就是扛管，手上劲越来越大，崔郑生虽然个子高，身体却瘦弱，他背不动德娃，加上出不上气，脸瞬间涨红起来，没挪半步嘴里哼哧一声，软软地倒下。德娃忙放开手压在崔郑生的身上。王世亮、张俊杰正进供销社的门，听到哼哧声都回过头看，张俊杰哈哈大笑，王世亮说："闹啥闹。别闹啦！"德娃从崔郑生身上爬起来，崔郑生斜着眼骂道："你妈屁，你要掐死老子。"德娃说："谁让你踢我，活该！"崔郑生躺在地上不起，说："拉起老子来！"德娃伸手拉起崔郑生。

供销社是坐西面东的一排瓦房，分南门和北门。供销社里没有一个顾客，只有六七个无聊的服务员分别守在自己的柜台前，或站着痴痴地望着窗外，希望窗外能出现白面馍馍红烧肉，或是撅着屁股趴在柜台上，梦一回手牵手进洞房的情境。王世亮他们穿着满身油污的工作衣，大声说着喊着打着闹着，东倒西歪地滚进来，打破了那种死气沉沉的宁静。服务员不是急着收回眼神，扭头看是不是白面馍红烧肉自己爬进来，就是从梦中回过神来，抬起头看那个他如何牵美人的手。可眼前既没有馍也没有那个他，售货员们无不失望地回过头，长长地叹了口气，垂下脑袋。

王世亮领他们顺着柜台从南走到北，依次指点着柜台里、货架上的商品大声品评。日杂百货、电池、手电筒、毛巾、香皂。手表柜台上的玻璃擦得锃亮，下面摆放着排列整齐的上海、东风、海鸥牌名牌手表。上海牌手表有一种款式的秒针是红点点样式的，它在不停地走动着，这让大家很着迷。柜台上趴着一位二十来岁的姑娘，瓜子脸，杏仁眼，鼻子笔直，额头宽阔，薄而宽的嘴唇，显得清瘦而秀丽。崔郑生一时像打了鸡血，眼睛顿时发亮，他快步冲到她旁边，看一眼那姑娘，低头看一下表，大声说："快看，这儿有上海表，老子去年丢了一块上海表，一直没买上，原来这儿有！"王世亮的眼睛也死死看着那姑娘，有意不紧不慢地走到她对面。那姑娘真好看，好看得德娃都不敢直视。他跟在后面，眼睛扫一眼那姑娘，又看看王世亮。崔郑生抬头看到王世亮，就忙着移了移身子给王世亮腾地。王世亮却不往过移，他对着姑娘的头就往柜台上趴。那姑娘没料到王世亮会这样，躲闪不及，头跟王世亮的头轻轻碰了下，随即惊得“呀”了一声，红着脸皱起眉，忙直起腰后退。王世亮坏坏地笑着摸着头说：“哟，姑娘的头硬哩嘛，碰得我好疼呀！”德娃、崔郑生跟着哈哈大笑。一位敦实的、满脸放光的男售货员忙走来问：“咋啦，咋啦？”王世亮不理那售货员，低头看着柜台里面的表说：“你小子又撇屁。”崔郑生瞪着小眼说：“狗才撇哩，不信问赖小去。”那男售货员不解地看看女售货员，又看看他们，急切地问：“到底是咋啦？”王世亮不屑地看着柜台里那个男售货员说：“没事，就是碰了一下头。咋啦？”王世亮虽然比崔郑生、张俊杰个子低一截子，但是他从容胆大，眼珠子透着一种凛冽的挑衅气质。男售货员不敢咋地，王世亮就领着大家走了。

来到副食柜台前，王世亮站住说：“老二，你一天到晚就会吹，给大家买一斤草子糕。”崔郑生忙往外走说：“刚吃了饭，肚子饱饱的。再说，那有啥吃头，改天，改天请你吃好的。”张俊杰、王世亮也跟着从北门出来。德娃想到这么漂亮的姑娘自己都没有美美地看一眼，心里实在是不舍。他不想走，磨蹭着落到最后，为了多看那姑娘一眼，他指着烟柜里的香烟，眼睛如饥似渴看着姑娘的眉眼，大声地问：“这烟多少钱一盒？”那姑娘吊着脸，吊着也是美丽的。一个瓦刀一样脸的男子走来，尖声细语地说：“哪一包？”德娃见过秦师傅抽的烟，就指着白皮包装的烟盒上写着红色“乙级”字样：“就这烟。”那男子高声地说：“两毛九。”德娃听了心里痛得直哆嗦，一包烂烟这么贵！他更恨自己变成这样，为看个女人都要买盒烟才敢看一眼，更别说是说说话呀碰碰头呀的。此时他对王世亮更是佩服得五体投地，他像个大男人似的，掏了钱拿了烟追出去。

德娃出门看到大家都围着那个要饭老汉。德娃打开烟，给每人递了一支。那老汉也伸出手要烟，德娃就递了过去。崔郑生一把抢了过去就跑，说：“留着我抽。”王世亮说：“你看，那屁小子，自己舍不得买。抢别人的，真你妈的屁！”

他们围着王世亮抽着烟，东看看西看看，也没个狗呀、猪呀、鸡呀出来。王世亮就说：“回吧，没意思。”崔郑生把第二根烟续上，在嘴上把烟翘得高高的，烟熏得他不停地挤着那只小斜眼，嘴里像含了屎一样含糊不清地说：“回啥，咱们联系联系那个售货员，长得好看。”王世亮鼓动说：“不是我小看你，你敢去？你能联系上？”崔郑生扭回身就往供销社走说：“我咋不敢！我咋不能！你们等着看。”大家都没想到他会有这样胆量，就兴奋十足地等着看热闹，德娃更是惊奇得合不拢嘴。只见崔郑生甩一下头发，雄赳赳气昂昂地走到供销社门口，拉开门就要冲进去时，又迅速返了回来。张俊杰鄙视地骂道：“看那德行！”王世亮骂道：“你妈的，真是光屁股推碾子，你转着圈地丢人。”崔郑生笑着说：“你敢，你去。”王世亮哼了一声说：“老子是不待要！我要是待要，想联系没有联系不到的！”崔郑生就摇晃着头说：“我去年联系的那女的，比她漂亮多啦。”王世亮说：“我日你妈，你还吹！”说完就转过脸。德娃也不信崔郑生，但他想听，就凑上去忙问：“真的，你咋联系的？”崔郑生得意扬扬地说：“看电影呀，傻屁，看电影最好联系。”德娃一脸茫然，他不懂得看电影怎么就能联系上姑娘。崔郑生看到德娃听他、信他，又高兴又得意。他拉住德娃的手说：“那天我买了两张电影票，准备跟我的朋友一起看。你知道，就是我说过那个跟我偷氧气瓶的。”德娃其实不知道他跟谁偷过氧气瓶，只是配合地点头。崔郑生更加津津有味地说：“我在电影院门口等呀等不到，电影马上就要开，我正想卖掉票，突然来了特——漂亮的女的，真的，我不骗你，你都没见过，特漂亮。我就走到姑娘跟前，拉住她的手说，要票吗？”崔郑生说到此不无深情地望着德娃，亲切的神情就像德娃是那姑娘似的，一只手拉着德娃，另一只手在德娃手心做了塞票的动作。“就这样把票塞到她手里。她开始还装推辞，我就这样抓紧不放，拉进电影院。”德娃听得惊心动魄，脸红心跳如身临其境一般，他甩开崔郑生的手，退了两步说：“捏我手干啥，痛死我啦。我又不是那姑娘。”崔郑生只怕德娃不听，又凑近说：“不点，真的，我们后面还逛过公园，划过船，还亲过嘴。”王世亮听得不耐烦了，他拉长着声音说：“你妈的屁，你吹得没边没沿了，走吧。”

王世亮说完就骑上自行车走，大家纷纷跟上。回去的路上都没有那么兴奋。德娃慢慢蹬着，崔郑生不停捅德娃的腰说：“伙计真不骗你。你不知道，我们院有个菜刀队，在市里可厉害了，我就是主力，有一次吃饭时跟棒子队打起来了，我砍倒了好几个。”这时一位身穿蓝制服，斜挎军用包，头戴军帽，骑着凤凰牌自行车的人，耀武扬威地从他们中间飞驰而过，大有盖过王世亮风头之势。这架势，让王世亮感到极其不快，他说：“这屁小子，狂哩吗！老二，上去杀杀他威风。”崔郑生哼哼唧唧地说：“算了吧，都走啦。”王世亮说：“老二，你不是菜刀队的吗？去把他的帽子抢下来。”崔郑生面露难色地说：“抢来也没有用，我有的是军帽。”王世亮骂了一句：“你妈的屁。看你老子的吧。”然后猛蹬几下，自行车飞快地窜了出去。

大家看到王世亮就要追上那小子，都紧张起来。崔郑生有些害怕，他拍着德娃的背低声说：“不点，骑慢些，别跟上挨打。”德娃顾不得听崔郑生的，他怕王世亮一个人吃亏，猫着腰扬着头，屁股离开车坐，更猛更快地蹬着自行车。这时就看见王世亮骑到那小伙子背后，伸出手一把掠过那小伙子的头，抢走帽子，紧蹬几下就超过那小伙子。那小伙子先是一愣，忙双手护帽，竟忘了骑着车子，一下子摔倒在地。德娃和张俊杰看得开怀大笑。那小伙子爬起来，看看越骑越远的王世亮，看看越来越近的他们三人，感到势单力薄，拍着身上的土，望着王世亮毫无底气地骂道："我日你妈的屁，等老子叫上人来收拾你。"

回到厂里，大家都异常兴奋，围到王世亮的身边说长道短。崔郑生激动得腿一直在抖，他说："那小子吓坏了，吱都不敢吱一声。"德娃高兴地说："你真厉害。"王世亮说："这算个啥，你可没见过厉害的。"德娃拿过帽子看看，那是一顶九成新的军帽，有棱有角的，里面垫着一层报纸。张俊杰接过帽子说："还挺新的，是真军帽。"王世亮接过说："绝对是真的，正好老子那个军帽旧了，不点要不要，我把旧的给你。"德娃不知军帽有啥好的，摇摇头说："我不要。"又怕王世亮说自己不知好歹，又说："我又不戴帽子。"崔郑生说："给我吧，我要，他不懂，傻屁。戴上军帽多帅，戴上才能联系到女娃娃。"

按照胖师傅的说法，近来活轻，这帮秃小子的精力无处释放，天天往外跑，昨天能抢军帽，明天后天会抢什么？胖师傅没有明说，但是要求他们没事别往外跑。李师傅也瞪着眼说："你们没事少出去！别给我惹是生非。"

崔郑生后来多次提意要到供销社看看那个姑娘，但都没成行。直到那一天，安装工程全部完工，大家觉得快要散伙时，崔郑生偷偷地拉着德娃，悄悄地跑到供销社，低头走到手表柜台前，偷偷地斜瞟了一眼那姑娘，就匆匆忙忙离开了。德娃一直跟在他身后，崔郑生走得快他走得也快，崔郑生走得慢他也跟着慢，崔郑生看那姑娘他也跟着看一眼，像两个胆战心惊的贼。王世亮没来，德娃能感到崔郑生全身的汗毛跟争斗的鸡一样竖立起来，这也让德娃跟着有了一种莫名的紧张。出了供销社骑上自行车走出老远，德娃说："你停下，你说你来干啥来了？"崔郑生摇摇头说："不点，不是我挑肥拣瘦，确实长得一般，不值得我下功夫联系。真的，不点，刚才我才看清。"德娃知道他在说假话，只是点点头表示同意。他不能戳破崔郑生吹的牛皮，惹他不高兴。自己明天吃什么干什么，还是那样的不可知，那样的茫然。这几天他时不时地有种掉进漆黑的无底洞的感觉，好像有无数块巨石在头顶飘着，让他千愁万绪，担惊受怕，而又不知道那巨石，哪天能飘到底。他没有朋友，也没人在意过他，也只有崔郑生愿意亲近他，愿意给他吹，那就让他吹吧，哪怕是吹破天，天哪！要是能吹破该有多好呀！

德娃不敢在他们面前吹牛，但是敢在信里吹牛。他给母亲的信里说，他在城里吃过大块大块的肥肉，又香又甜的油糕，夏天有凉风，冬天有暖气，风吹不进，雨淋不到，晒不着，冷不着。工作不累，钱挣不少。特别是人家城里的男男女女，找媳妇都是自由恋爱，没有媒人，也不要彩礼，只要你情我愿就行。让母亲想咋花钱就咋花钱，想吃什么就买什么，不要不舍得，有他挣钱哩。最后还要说一声，他的媳妇也不要母亲操心，他将来也要自由恋爱呀！

春天，一个燥热的傍晚。师傅们焊接完最后一根管子，后退到车间的门口，像画家审视自己的作品似的，指指点点地评价着。车间里大罐林立，管网相连，蔚为壮观。李师傅不时地走到这根管子前，脚踢踢管子，嘴里发出啧啧的不满声。又抬头指指那根管子，也摇摇头发出啧啧声，跟只老鼠一样。张师傅、胖师傅都撇撇嘴。哼，就你能，鸡蛋里面挑骨头。

李师傅不在乎你撇嘴，也不在乎你哼，他没从鸡蛋里挑出骨头来，就拉着长长的声音呼喊：“不——点！”德娃像受惊一样从车间外面跑到李师傅跟前。李师傅就歪着脖子说：“成天跟放了羊似的，明天开始你们都给我刷油漆！”

第二天大家并没刷油漆，油漆和刷子都没有买来。总不能拿手往罐上抹自己的唾沫吧。张师傅到工房转了一个圈，嘴里唠唠叨叨地说着：“脏得连个下脚的地方都没有。”就站到了车间门口吸烟去了。德娃听到，就忙着整理工具，把工具都放到工具箱后，他拿起一把只剩下光杆杆的秃扫帚，呼啦呼啦地扫。胖师傅就喊大家过来说：“你看看人家，学着点，把车间里也洒点水，打扫干净，这么脏明天咋刷油漆？”崔郑生说：“没有扫帚。”胖师傅说：“不会借？你是死人呀！”萍萍打了一盆水往地上浇。王世亮、崔郑生借来扫帚打扫车间，张俊杰没借到扫帚，就夺了德娃的扫帚，对德娃说：“你歇歇。”德娃说：“不累，扫地还累呀！”车间里三人扫地，一时尘土飞扬。红霞进了车间眯着眼扇着灰尘又迅速跑出说：“慢点扫，要呛死人哩。”德娃也觉得呛，但他不敢出去，他看着他们扫有点尴尬，就到萍萍跟前说：“这儿呛的，你到外面去，我来。”说着就夺过盆子往地上洒水。

胖师傅、张师傅、红霞、萍萍四人在车间外聊天。王世亮、德娃、崔郑生、张俊杰把车间里扫干净后，就在车间里坐着或躺着聊。整整一天大家什么也没干。工资照发，也没人呵斥，也没人责骂，更不用担心做得好、坏、快、慢。这太好了！德娃没心思听他们聊，脸上露着一丝丝诡秘的微笑，一会儿闭着眼，一会儿似乎在听，心里却偷偷地享受着说不上来那种快感。就像天上掉下一块肥肉，正好掉在自己嘴里，趁没人发现，就遮遮掩掩地咽到肚里。

第二天不到八点，李师傅就推来一辆三轮车。他老远看见德娃在窗外游荡，就喊：“不点，快来卸油漆。”德娃忙把剩下的半个窝窝塞到脏兮兮的口袋里，跑到三轮车前。李师傅嘿嘿笑了两声问：“小不点，人小鬼大啊，你偷吃啥？”德娃咽下嘴里的窝窝说：“没偷吃啥。”就低头忙着往车间里搬油漆。李师傅对着车间里喊：“都出来卸货。”大家七手八脚地把油漆、刷子、砂布搬到车间里。李师傅把大家招呼过来说：“你们都给我听好了，一人一个罐，先拿砂布打磨，然后刷防锈漆。听着，一定要把锈打磨干净，防锈漆刷匀了，等把车间里的罐全刷完了，最后再上油漆。明白了吧？”

大家点头说：“明白！”就忙着去食堂吃饭。李师傅问：“干啥去？”王世亮说：“吃饭。”李师傅抬起手腕看看表，脸上现着不悦，说：“去去，都快八点了，还没吃饭！不知道你们早干啥去啦？”

李师傅一直站在车间门口，一根接着一根吸烟，不时看看表，表情一直很严肃。胖师傅、萍萍先后从他身边走过，他也只点了点头。张师傅走过时就问：“买了油漆啦？”李师傅“嗯”了一声，那声音好像从嗓子很深很深处传来，微弱得几乎让人听不到。直到红霞到了他跟前下了车子问：“李师傅，你在这儿站岗哩？”李师傅才笑了笑说：“什么站岗，你看都十点了！”红霞奇怪地问：“咋啦？”李师傅讨好地笑着说：“不咋不咋，走，跟我买汽油去。”红霞不想去，李师傅说：“走吧，走吧。”他们俩就骑着车子出了门。半个小时后李师傅送来两瓶汽油就走了。他一连好多天陪红霞逛商店，游公园，下馆子，很少来工地。此后他跟红霞分分合合，好好坏坏。后来红霞父亲因“文革”夺权撤了职，红霞也没有当成兵，最终红霞还是和李师傅分了手，她不客气地撂起蹄子，蹬了李师傅。李师傅真是癞蛤蟆跳门槛，又蹾屁股又伤脸。

正当李师傅陪红霞花前月下，极尽讨好之能事时，车间里到处弥漫着呛人的油漆味，以及不时传来的铁刷子、砂布刮擦着铁罐的钻人心肌、让人心颤的声响。随着刮擦的声响，车间里一阵一阵荡起的锈垢在空中肆意荡漾。王世亮他们几个小工，干得热火朝天。他们踩着梯子趴在罐上，一会儿拿着铁刷子眯着眼刮擦着铁锈，一会儿换上砂布来来回回打磨着，嘴巴不停地往外吐着唾沫。他们每人一个罐，铁刷子刷完打磨，打磨完刷防锈漆，然后再重复下一个。张师傅隔三岔五地来一下，照个面就走。胖师傅来得勤一些，他说等把所有罐都打磨好刷完防锈漆后，把车间打扫干净，最后才能刷那层油漆。他每次来也不换工作服，在车间里转一圈，站一站，吩咐几句话，然后跟萍萍聊会儿天就走。萍萍每天到时到点就来了，她换了工作衣就在工房里埋头织毛衣，织累了就出来看看他们，或是帮着递个刷子，或是扶着梯子。她总是站在德娃的罐下面说：“不点，你慢点。”“不点，你小心。”

没有师傅管，也没有人在背后盯着干活，更没有人骂你、呵斥你，说你应该这样而不应该那样。德娃的精神头就像狗取掉脖子上的链子，囚犯走出牢房一样轻松、自在。他的话也多了，干活也潇洒自如，常常刷完自己的罐，歇着等他们。每当这时崔郑生总是喊：“不点，帮伙计一下，伙计完了请你吃饭。”崔郑生老说完了请吃饭，德娃也不知他说的完了是啥时候，啥时候能吃上他的饭。可崔郑生总这样说，德娃也总帮着他。不是王世亮就是萍萍也总说：“老二老耍奸，别管他。”

一个刺鼻呛人的宁静的午后，一缕温柔而鲜亮的斜阳，从车间窗子透过荡漾着的油漆味和尘埃，穿过高大林立的油罐，暖洋洋地洒落在德娃身上。他就要刷到罐底，剩下几刷子就刷完了，他收了手，退了身子，避过斜阳，一屁股坐在罐与罐之间的缝隙地。他不想一口气刷完，免得崔郑生又让给他帮忙。他把胳膊搭在膝盖上，头斜枕在一条胳膊上，眼睛不时地乱瞟，什么也看不到，他低下头手在地上乱画着，只听到崔郑生搬梯子的声响。这时一丝清香飘入他的鼻中，他停下手，看到一双秀脚，穿着深红色尼龙袜子，白底搭带黑布鞋，两条蓝色裤腿停在他眼前。他微微抬起头，又看到上身穿着合体的碎花蓝底罩子，胳膊上套着蓝布袖套，露出白嫩细长的手，一条又黑又粗的辫子搭在半腰。德娃呼地站起来，那姑娘稍斜一下身子，对着德娃微微一笑。她笑时露出几颗雪白的牙齿，额头上散落着几绺黑发，皮肤微黑，鼻梁挺直，嘴唇不大却轮廓分明，她的一双杏仁一样的眼珠，清澈、明亮，透着一种平静、和善和一种说不清的亲切。她问：“亮亮在这里干活吗？”德娃一愣，茫然地问：“亮亮？”那姑娘接着说：“王世亮，就是王世亮。”德娃就忙跑去找世亮，屁股上荡起一股尘土。他兴奋地喊道：“世亮！世亮！有人找！”张俊杰听到德娃的喊声，骑在空中的几根铁管上，停住了刷漆，从高处直直地看着。刷子上的油漆一滴接一滴从高空往下滴。崔郑生踩着梯子，爬在罐上问：“找谁？不点！”德娃像中了彩票一样顾不得回答，直往王世亮刷油漆的罐前跑。王世亮从罐的背面走出来，他已认出不远处站着的姑娘，放下刷子，拍拍手，掸掸脚，从容淡定地从德娃面前走过。德娃跟在背后，急切并有些激动地说：“有个姑娘找你，真的。”

王世亮身上密密麻麻地沾满了油漆污垢，脸上爬着几点像麻子一样的漆点，黑白分明的几道汗印七拐八拐地从额头伸向他长长的下巴。那姑娘几乎认不出王世亮，当王世亮走到跟前，她那双又黑又亮的明眸里，慢慢沁出几滴泪水。她想伸手拉王世亮的胳膊，可是那样脏的衣袖她无法下手，就缩回去了。王世亮走到那姑娘身边，说：“你来这儿干啥？”姑娘跟着说：“几个月不回来，妈让我看看你。”王世亮说：“一天到晚累的，就不想跑啦。”他们走到工房里，王世亮换了工作衣，显得精神了很多。那姑娘找到王世亮的铺盖，从卷着的被子里拉出王世亮要洗的脏衣服，卷成一团，从包里掏出几件干净的衣服放下。说：“衣服勤换点。这活累吗？你能给人家干得了吗？”王世亮说：“他们还不如我哩。”姑娘关切地说：“妈说你要累了就别干了。”王世亮说：“就快完工了。”姑娘问：“没跟人家打架吧？”王世亮笑了一下说：“没有。”那姑娘说：“妈让我给你送来饺子。”说着掏出一个长方形铝制饭盒递给王世亮，王世亮随手放到通铺上。王世亮问：“你今天没上班？”“新菜还没下来，青黄不接，没啥事。”姑娘答道。王世亮说：“那你快回吧。”姑娘说：“你累了就请上两天假。”王世亮说：“人家小不点，比我小好几岁，人家都不累，我没事。”

王世亮送了那姑娘回到车间，三个人都还愣着。崔郑生急不可耐地从梯子上窜下来，急切地往王世亮跟前跑。一根管子绊了他的脚，他的两条胳膊像鸟儿展翅飞翔一样扑向空中。王世亮后退了几步说：“慢点，慢点。抢死！”崔郑生抢了几步到王世亮跟前稳住腿，憋红着脸，手摸着王世亮的肚子，忙问：“谁呢，谁呢？那是谁呢？”王世亮打掉崔郑生的手，指着他的脸说：“你妈的屁，那是我姐！”大家刚才的热情、激动，像泄了气的皮球，一时凉了下来。崔郑生转身低头就走说：“我还以为是谁哩，白高兴半天。”张俊杰抬起刷子说：“你姐可真漂亮。”德娃回去把刚留下的一点刷完。王世亮走到德娃跟前低声说：“我不待换衣服了，你把我那点刷完，一会儿咱俩去吃饺子。”王世亮的姐姐虽然走了，但她引起的骚动，给大家内心留下的涟漪却久久不能平复。虽然崔郑生和张俊杰都嫌给他们剩下的饺子太少，但心情还是有一种说不上来的好。

十九

夏去秋来，天清气爽。给铁罐、管道上完最一道漆，师傅们都来了，他们跟在秦师傅身后，挨个检查焊口、罐、管道、阀门，然后打压、试水，最后验收交工、散伙。那天秦师傅把大家几个月来的加班费全部补齐，每人多领了七八十块。德娃高兴得眼睛发亮，嘴里不时“扑哧扑哧”发出笑声。为了掩饰内心的狂喜，他迅速装好钱跑出工房，跑进厂区拐角处的厕所。厕所里一群绿头苍蝇密密麻麻地嗡嗡地喊着叫着在空中盘旋，不时地碰撞到德娃身上头上。德娃顾不得苍蝇，独自站在茅坑边解开裤子，没挤出几滴尿，头却一直仰望着天，像鲜花迎着太阳一样慢慢绽放，慢慢品味。

出了厕所，德娃想到接下来就要相互道别各自回家，他的心突然变得没着没落空荡荡的，他茫然、胆怯、惊慌、恐惧。他恹头恹脑地拖拉着无力的双腿，有意无意地躲避着人们，悄无声息地来到车间背后。在这里谁也看不到他，而他却能看到他们，他不时地探头偷看一眼。他看到胖师傅问萍萍，不点去了哪里。萍萍说刚才好像在上厕所，这会子不知道跑哪儿了。胖师傅就骂声王八蛋，跟大家打了个招呼，叫上萍萍走了。张师傅、李师傅、红霞站了好一会儿，最后张师傅一个人先走，接着李师傅跟红霞一起走。德娃听到王世亮喊他，也听到崔郑生说要请他吃饭。他听着看着一个个熟悉的人远去，才返回车间。车间里竖着几十个崭新的高大威猛的铁罐，无数道粗细不同的管道横七竖八地连接着，墙上整齐地排列着两道银光色的暖气片，淡灰色的铁罐散发着浓浓的油漆味。德娃捂着嘴咳嗽几声就进入工房。工房里空空荡荡的，工具箱和工具几天前都搬空了，地上胡乱扔着纸屑、脏布子、碎瓶子、烂鞋、纸烟盒以及粘连在一起的油漆刷子。光秃秃的铺板上零乱地堆放着不能穿的工服、破裤头、烂袜子。德娃呆呆地站着，看了又看，他想抬腿坐到铺上，屁股蹭了个边就溜下来，一屁股蹾在地上。他爬起来拍拍屁股，孤独地靠着铺沿，往日的情景历历在目。萍萍扭着屁股蛋子，龇着一排白牙，露着关心他的眼神。红霞高傲不屑，满脸鄙视他看不起他的神态。能替他说话壮胆的王世亮。干活时偷奸耍滑，却能说东道西，叽叽喳喳吹牛的崔郑生。脸黑胡子长，满脸横肉看着就让德娃害怕的胖师傅，其实是那么的善良和憨厚。就连脸上忽闪着恶狠狠的牙印，眼睛放着凶猛的寒光，让他多少次胆战心惊的李师傅，这会子都让他感到温暖、留恋、不舍。这一年多他过得懦弱、窝囊、提心吊胆，也没有尊严。他也时常觉得自己轻贱，看不起自己。但他能这样卑微、委屈地过了一天又一天，是因为卑微、委屈能换来钱。每当给母亲寄钱，掰着指头计算着还了多少债，还留下多少债。想到母亲到人家家里还钱时，能舒展开脸上的愁容，他就觉得自己非常了不起，感到兴奋、激动、自豪，胸膛里的热血就汹涌澎湃。而现在眼看一个个身影消失了，散伙了，回了家。他呢？像条主人不待见的狗，无论怎样摇尾乞怜，献媚讨好，最终都被主人遗弃，而只能蜷缩在角落里眼巴巴望着主人离去。一时间千万般的滋味，千万般的委屈涌上心头，那瘦削的小脸上扑簌簌地滚满了眼泪。

眼窝里泪水不断涌出，德娃肮脏的手不停地在脸上擦来抹去，可怎么擦也擦不完。他长长地出了一口气，跑到厂区的水管前，把头伸进水池，打开水龙头把头、脸、脖子冲洗了个够。听到路过的人说：“水不花钱呀，没完没了。”德娃关了水龙头，弯腰甩了甩头，撩起衣襟擦擦脸往外走。碰到人打招呼：“小不点，你们交工啦？回家呀?”“八公岁，不对，应该是八公岁半，嘿嘿。”德娃都不搭腔也不抬头。到厂门口时，从传达室里传出喊叫声：“八公岁！八公岁！等一等。”德娃就慌张地站住，手下意识地揣进衣兜里紧紧握住钱。

传达室出来两位看守传达室的师傅，一前一后来到德娃身边问：“你们这就全部完工啦?”德娃点点头。“再不来啦?”德娃又点点头。另一位师傅问：“你的眼睛，咋这么红?”德娃摇摇头。那位师傅说：“还用问，一定是看电焊看的来。以后可不敢直直看啊!”德娃点点头。“以后没事过来玩耍啊!”德娃点点头就走。那位师傅说：“你别急，等等。”另一位师傅就跑回传达室拿出两瓶亮漆说：“你拿着，咱们厂生产亮漆，以后有用得着清漆、亮漆的时候，就来找我。”德娃不要，推开就走。听到师傅在身后喊：“傻子，将来打家具用，好得很。多少人想要都买不到!”

德娃走出老远，他回身久久望着空空的厂门不肯离去。这时秦师傅骑着自行车迎面而来。德娃来不及躲，秦师傅就骑到他跟前停下来。过去，德娃只要见到秦师傅，都是远远地瞟一眼就低下头，从未跟秦师傅说过话，更没这么近距离地面对面站过、看过。他紧张、担心、不安，把头埋得低低的。秦师傅没有叫他“小不点”，叫他德娃。一年多没人叫他名字，连自己都快忘记自己的名字了。秦师傅怎么知道他叫德娃?秦师傅的脸上不喜不悲，声音不高不低。他说：“德娃，下一步准备干啥呀?”德娃抬头匆匆看一眼，摇摇头。他又问：“你愿意到建筑工地当小工吗？”德娃忙点头说：“愿意，我愿意！”他说：“不急，你想好。那儿工资可比咱这儿低，一天一块三毛二。”德娃喜悦的心情无不掩饰地溢于脸上，他毫不犹豫地说：“不用想，太好啦，我太愿意啦！”

人生啊！真是反复无常，忽悲忽喜，这会儿不知那会儿的事。正值残阳西沉，彩霞满天的时刻，德娃一身汗渍斑斑的破烂衣服，满手老茧和血泡，但他英姿飒爽，甩开膀子，迈着大步。尽管这一天风呀雨呀，哭呀笑呀，喜呀悲呀，愁绪满腔呀，豪情满怀呀。尽管衣着脏烂，眼睛红肿，脸色憔悴，然而披着那道金光万丈的晚霞，映着那块勾破了肩膀在风中扑闪的工服，黑红的脸膛，兴奋发红的眼珠子，都会让所有的人感到，德娃像个男人一样能顶天立地。

第二天一大早，秦师傅把德娃送到工地上。工地在城市的最北面，东西两边都是菜地，北边紧挨着铁道，南边临着马路。一个临时搭建的柱子上，挂着“市第三建筑公司某某机械厂宿舍工地”的牌子。工地上要建幢四层楼的宿舍，目前只建到二层。工地的四周杂乱无章地堆满了砖、沙子、水泥以及打脚手架用的椽、木板。一台搅拌机“轰隆轰隆”转着，有两个工人在不紧不慢地往进添着沙和水泥。一个人半个屁股坐在两轮翻斗车车把上，一条腿晃悠着吸着烟。还有一个人心不在焉东张西望地筛着沙。在建的楼房旁矗立着有四层高的龙门架，不远处坐着一位开卷扬机的姑娘，她穿着鲜艳的粉红色衬衫，低头织着毛衣。秦师傅说这幢楼要建四层，估计明年能交工，说不定我们还能把安装管道的活揽下来，你好好干，到时候我叫你，咱们一起干。这个“咱们”让德娃激动得不知说啥好，像鸡啄米似的直点头。秦师傅把德娃交给了一位姓邵的师傅。

邵师傅，四五十岁，五短身材，头尖膀圆，眼小嘴大。尽管穿着大一号的工作服，但肥胖的臀部仍把衣服撑得满满当当。他沉着脸，拧着眉上下打量着德娃，问：“你能干了吗？”德娃坚定地说：“能。”邵师傅转身就走。德娃紧跟着从林立的木架子中间上了二楼。二楼上断断续续矗立着高低不齐的半截砖墙，每隔五六米在半截砖墙上放一个灰盆。邵师傅指着灰盆说："你就供这三位师傅的砖和灰浆。"德娃殷勤地点头。邵师傅就坐在一堆砖上点了根烟有滋有味地吸着。德娃四处看看，二楼满是正在建的矮墙，他在一个角落里找到一把铁锨，铁锨上满是泥灰，他用脚后跟在上面擦蹭，泥灰硬邦邦的，他抡起来在预制板上摔打，泥灰就四散开来。这时就听到邵师傅恼怒地吼道："你干啥！把铁锹摔烂？这可是公共财物，损坏要扣工资。"

德娃就不声不响地回到邵师傅身后的墙根处。等了好久，才陆陆续续上来几个人。大家都不说话，相互之间也不打招呼，来后就到自己的灰盆前坐着吸烟。又过了一会儿，听到卷扬机"轰隆轰隆"地响起来，运上一车泥灰。德娃跑上去拉出泥灰车，又拿铁锹铲到三个灰盆里。砖在墙外的架子上堆着，德娃就跑到外墙的架上搬砖，师傅在墙里砌砖，他在墙外往上递砖，正好跟师傅脸对脸。架子是木椽打的，上面搭着木板，走上去木板忽闪忽闪地晃。师傅们把墙越砌越高，德娃个子低，搬起砖放到墙头，就得踮起脚尖，举起来才能摆放在墙头。他把泥灰、砖都准备妥当，就握着铁锹小心等候着，随时准备着铲泥添砖。又等了一会儿，师傅们才哼哈一声唾了痰，丁零当啷地干起来。

上午，大家磨磨蹭蹭地干了一个多小时，就收工了。开始时德娃还有些紧张，怕应付不过来，人家嫌弃，干着干着就得心应手游刃有余了。只是没有戴手套，搬砖时手指头磨得鲜红鲜红的，像没皮的血蛋蛋，轻轻碰到就会流出血。干活时大家都死气沉沉，感到个个心怀鬼胎，个个心知肚明，没人说话，但都按部就班。只要有一个离去，人们就急不可待地放下手中的活跟着收工休息。快到中午时人们就这样走了，工地一时很安静，没有任何响动，也没有一个人，只有初秋的太阳当头照着。德娃莫名其妙，不知道敢不敢跟着走，便找了个背阴处，等了好半天，直到肚子里咕咕叫，他才犹犹豫豫地出来。

到出口时，一位看工地的老师傅正围着土炉子做饭，看到德娃一怔，问："你怎么还没走？"德娃很为难地不知如何回答。老师傅又问："你没在里面干什么事吧？"德娃摇摇头。老师傅说："你要干了什么，我可都知道。"德娃挤着眉眼摇摆着手说："没有，什么也没有！"老师傅缓和了语气说："快吃饭去吧，都快十二点啦。这两天公司来工地的人少，大部分都在准备着庆祝打倒'四人帮'游行哩。你还是快些吧，晚了食堂没饭了。"出了工地过了马路，是一片连着一片、一排连着一排的瓦房，这是机械厂的宿舍。德娃不知道工地上的人都去了哪里，也不知公司在哪里。他沿街走了一阵，没有食堂，也没有商店。他不能跑得太远，不能因为一口饭迟到，他拐进一条小巷，沿着小巷拐来拐去，抬头望，又转到不远处的工地。

太阳毒辣辣地直直照着。德娃的脸红通通地淌着汗，油漆斑斑的劳动布工服厚厚地捂着，背上的汗浸透了工服，脊背和工服紧紧粘连在一起。他口干舌燥，饥渴难耐，眼睛四处乱看。他看到两排瓦房中间有个水池和水管。德娃跑过去抱着水管就咕咕地喝，喝够了回头四周看看，大中午，大街小巷都没有一个人影。德娃脱了衣服，洗了头，又洗了上身，随后跳上水池，把裤腿卷至大腿根，让凉水把腿脚冲了个遍。凉爽够了，德娃卷着高高的裤腿，光着上身，露着单薄消瘦的肩膀和扁平凹进去的肚子，胸前的一根根肋骨就更加突显。他低着头，手里提着衣服，脚踩着湿漉漉的鞋，"扑哒扑哒"地留下一串湿脚印。他拐过小巷转进大街，快要到工地时，眼前突然一亮，发现路边有一个包裹，包裹的淡黄草纸上夹着一张红底黑字印的商标，纸绳捆扎完整，让自行车碾过后，散落出几块草子糕。他的心就突突地狂跳起来，他不知道是人家掉的还是扔的，不确定人家要还是不要。此时街上烈日炎炎秋虫唧唧，家家户户闭门歇凉。他反复徘徊，再三犹豫，再次确认四周无人，最后就大步走过，小心翼翼地捡了起来。这时突然从小巷拐出个骑自行车的人看到了他。德娃一愣，羞得满脸通红，怯怯地看着那人，歉意地对着他笑了笑，那人骑过去后还回头又看了他一眼。

等那人骑着车子走远了，德娃三口两口吃完捡来的草子糕，把商标和包裹草纸揉成一个蛋，擦了嘴扔了，拍拍手，回到水池边，喝了几口水，真可谓是水足饭饱，心满意足。他拉下裤腿，穿上潮湿的衣服，跺了跺湿漉漉的脚，就进了工地。看护工地的老师傅正坐在阴凉处呼呼大睡。他轻手轻脚爬上二楼，想提前给他的三位师傅把砖摆好，泥灰铲满，上面没砖，也没泥灰，他就找了个阴凉地静静地坐着等。

太阳从头顶慢慢地移到西边，慢慢地越沉越低。德娃迷糊了一阵又一阵，直到约莫四五点钟才听搅拌机轰轰地响起。师傅们照旧先点根烟，无精打采地吸着。龙门吊“吱扭吱扭”地运上一车泥浆，德娃跑去拉过来，然后分别铲到三位师傅的灰盆里。邵师傅吐了嘴里的烟头，拿起瓦刀站到灰盆前，等着砖。过了好一会儿，邵师傅等得不耐烦了，就拿起瓦刀当当地敲着砖喊道：“灰都干啦，等啥！”德娃听得心慌，格外小心地跑到墙外的架板上，等砖运上来。又过了一阵，砖才运上来。他先把砖从龙门吊上卸到架板上，然后再分给三位师傅。他手指头磨得钻心疼，不能挨砖，他就用手掌夹着砖。他知道师傅们等得急，顾不上架板的晃悠忽闪，夹着砖来回递，他走得越快，架板上下忽闪得就越厉害，突然架板一头脱落掉下。只听得邵师傅“嗨嗨”喊了几声，德娃怀里抱着砖，随着架板重重地摔到一楼的地上。

德娃是左半个身子落的地，脸上、胳膊上压着砖，左腿左胯左肩左脸被碰得一块血红一块青紫。二楼摔到一楼不算高，可惊得不轻。他快速推掉身上的砖爬起来，脸色苍白，全身颤抖，他惊慌失措地望着师傅。两位师傅在二楼探着头正冷漠地看着。邵师傅跑下来问：“没事吧？”德娃说：“没事。”邵师傅就急急地出了工地。

过了好一会儿，邵师傅领着秦师傅过来。德娃看到秦师傅，似乎看到了亲人，心中一时翻江倒海，红红的眼睛噙着泪水，全身颤抖得更加厉害，像筛糠一样。他想对秦师傅说，这不怨他，他什么都能干，别开除他，可他就是什么也没说出口。秦师傅上下打量着德娃，又捧着德娃的脸反复看了看，把手搭在德娃的肩上，不苟言笑的脸散发着和善的光芒，他说："走。"德娃不肯走，德娃说："是架板倒了，不怨我。"秦师傅也不说话，他几乎是搂着德娃走出工地。

出了工地，秦师傅跨上自行车说了声"坐"，德娃忙追赶着跃上后座。他脸脏手脏衣服脏，怕脏了秦师傅的衣服，两只手紧紧抓着自行车后面的支架。他们穿小巷过大街，翻大桥爬小坡，每到上坡时，德娃都跳下车子跑着推车，上了坡又跃上。一路上机关、学校、工厂门前不时有人在墙上画墙报，画着一个粗壮的拳头砸向三男一女的人头，人头上打着红叉，上面写着"打倒四人帮"。有的单位门前停着大卡车，在大卡车上贴标语呀画呀。他们从城东北骑到城西南，出了城进入郊区，过了长满了白菜、萝卜、玉茭、高粱的农田，又过了长满野草的丘陵。路上秦师傅没有说一句话，德娃也没敢问这是要到哪里，心里有些发慌，直到看见路边用红砖砌的两个四方柱子，柱上挂着"红星制砖厂"的牌子，德娃才放心。到门前时已经天黑，秦师傅下了车子推着，德娃跟着。

砖厂的大门，只有门柱没有门扇。进到里面，两边各停放两台贴满标语插满彩旗的彩车，彩车旁边是一排排瓦房，瓦房里有人拿着碗打饭，有的人蹲在门口吃饭。秦师傅领着德娃走到一幢小二楼前停下，说："你等着，"就上了楼。这时德娃才看到秦师傅的脸，他微微喘着粗气，额头挂着几滴汗珠。其实路上德娃几次想让秦师傅下车，坐在后面，他来骑。可是几次都没说出口，想到这些他就恨自己。过了一会儿，秦师傅嘴里叼着烟，跟着一位同样也叼着烟、穿着干部服的人出来。秦师傅招招手说："你过来，这是二车间的主任，叫刘主任。"德娃跑到那人跟前低低地叫了声"刘主任"。这时楼前的门灯和砖厂的路灯突然亮了。秦师傅说："就是这孩子，先放在你这儿干着，我那儿一有活就过来接他。"

刘主任四十多岁，嘴厚眼大，皮糙肉黑，满脸横七竖八的皱褶。中等偏低的个子，身穿四个口袋蓝洋布制服，下面两个口袋里东西装得鼓鼓的，上面两个口袋各装着一盒烟，插一根钢笔和一根铅笔，肩上有一块颜色相近的补丁，袖口磨出几丝丝线头，脚上穿一双黏着泥土的皮鞋，衣着虽旧但洗得干净。他上前一步仔细打量着德娃，疑惑地问："有点小吧？"秦师傅说："唉——不小啦，都十八啦，小伙子，啥都能干。"刘主任问德娃："这脸是咋啦，让人给打啦？"德娃羞红了脸，把头埋得低低的不说话。秦师傅忙接着说："嗨，碰着啦。"刘主任说："在这儿可不能惹事，打架。"德娃直摇头。秦师傅说："不会的，放心吧。人先临时在你这儿，将来我还要用。"

刘主任把德娃领到一排瓦房前说："这几排都是咱二车间宿舍，你就住这一间吧，这间还有一张空床。"德娃跟着刘主任进了房间。房间很大，两个窗户，没有顶棚，中间横着一根熏黑了的木梁。门的右边放一张床，床上放着被褥，左边有一个取暖的土炉子，两个窗户中间摆着一张桌子。环墙摆放三张床，一张床上坐一位四五十岁，身上粘着灰尘，端着碗喝汤的邹师傅。一张床上躺着一位二十多岁，穿着白衫，扎着皮带，白白净净的小白。另一张床直直地对着门，床上没被子，没有枕头，铺着一条分不清颜色的黑脏的薄褥子，扔着一件同样分不清颜色的破大衣，床下扔着一双破皮鞋。刘主任指空床说："你就住这张床吧。"德娃点点头就坐到床上，像是要占位置一样，先占着。

房屋的中间吊着个灯泡，灯泡发着昏黄幽暗的光。刘主任走后，德娃一直坐着。邹师傅喝完汤，出去洗碗。小白从床上坐起，抿了抿头发，问："你是新来的？"德娃听到他也是乡下口音，"嗯"了一声。"跟人打架啦？""碰的。""不像呀！打架又不丢人，哪儿没打架的。""没有。""在这儿常住？""嗯。"小白指指门右边的床说："那小子每天坐接送车，又不住，就是吃完饭躺一躺。跟他换一换，那儿避风。""没被子？把那小子的拉上盖吧，反正他又不盖。"

小白是个见面熟，没完没了地聊。说自己是顶替父亲的，户口也转来了，去年也转正了，就等着进机修组。说着说着小白就躺下翻了身呼呼地打起呼噜。德娃静静地看着吊在房中那孤零零的灯泡，灯泡一动不动地发着昏暗的光。空旷的房间寂静无声，偶有老鼠从梁上跑过，飘下些许灰尘，灰尘在昏暗的光线中洒落荡漾。德娃什么也不想，什么也不做，脑子里乱哄哄的。他直起身子，直挺挺地坐在床的中间，一动不动。坐着坐着就倒下身子，拉上破大衣睡了。

不知过了多久，邹师傅才哼着小曲，拿着碗回来。他"咚"的一声踹开门，"叭"地扔下碗。从床下丁零当啷地拖出脸盆，又到外面打回一盆水，从暖瓶里加了热水，脱裤子，拉下裤头擦了那个东西，接着又换了毛巾，洗了腿和脚，把脸盆端到门口，把水从门里泼到院子里，然后睡了。邹师傅踹门惊醒了德娃，他睁着眼看着邹师傅脱了衣服，露出红花花粗布裤头，也看到他洗那个软绵绵的东西，他都没敢动一下，直到确定邹师傅已经睡实，他才闭着眼睡。他不知道明天让他干啥，但不管干啥，睡好了才有精神应付，可翻来覆去睡不着，他的半个脸烧疼烧疼的，左肩、腿、胯一翻身都疼。他的手轻轻摸了一下脸，脸更疼，疼得他没有一丝一毫的睡意。他慢慢坐起来，轻手轻脚地出了门。门外，天空碧蓝，繁星满天，几盏残灯昏光，几声秋虫唧唧。秋风拂面，宁静凉爽，这静悄悄的夜，是哪里藏着一只不甘死去，又不肯寂寞的秋虫，在那里幽幽地、断断续续地、时高时低地吟叹。只要德娃跟前没有人在，只要不怕人家笑话他是乡下人，只要不用看人家脸色，他心头的那块愁云哟，就让秋夜里的微风吹散了，飞走了。一直僵硬的身心放松了，也自由了。他活动了下身子，摸了摸脸，脸、肩、胯、腿，都轻松爽快许多。他举目四望，近处是一排一排黑着灯的宿舍，偶有窗户里传出香甜的呼噜声和梦中的呢喃呓语。宿舍的尽头，一层层奇形怪状，高低不同黑黝黝的丘陵。丘陵深处闪烁着点点灯光，远处隐约传来推土机的马达声，丘陵的最顶上长着一棵顶破天的大槐树。德娃站着站着觉得有些尿意，他就四周找厕所。他轻抬腿慢放脚，专捡黑处走，像个幽灵，悄无声息地在阴影里游荡。从东到西，从南到北，都没找到厕所，就对着墙撒了一泡尿。

这一夜他几乎没有入睡。特别是想到秦师傅走时，他都没有送送，心里特别难过。天微亮时，刚迷迷糊糊地合了眼，就听见小白站在床边指他的脸哈哈大笑。他兴奋地喊着："邹师傅，快过来看，这脸肿成啥啦！"邹师傅正起床穿衣，提着裤子凑过来说："咋肿成这样？这是谁下手这么重！"德娃忙坐起来，一只眼好像睁不开，他小心地揉揉眼，半个脸还比昨晚更痛了。小白笑着拉他到门框旁照镜子，说："你看看。"门框旁边挂着一面破碎得只留下少半个的镜子。德娃踮着脚尖照，看到他半个脸青一块紫一块暗红一块，暗红处留下一些细碎的血丝，左脸比右脸肿胀得高出好几倍，像面盆里发了酵的面。眼眶子肿胀得像眼皮包了个鸡蛋，睁开的眼睛就像在鸡蛋上画了一道细线线，样子好可笑。邹师傅说："去，快到卫生室看看，以后可不敢再打架，多吓人呀！出手再重些就把眼睛打瞎了。"德娃说："我没打架，是不小心碰的。没事，凉水冲冲就好。"

正说着门开了。进来两位身材高大的姑娘，一位姓马，一位姓杨。她们都穿着白底白边搭带黑布鞋，不同颜色的碎花衬衫，相同的蓝裤子。她们一个长着圆脸，一个方脸，都五官端正，皮肤白净，都有着乌黑头发，梳着锅刷子样的小辫子。姓马的方脸姑娘一进门就手捂着嘴，说着城里的话：“臭死啦，臭死啦！也不开窗。”小白忙过去推开窗户，说：“刚起来，谁想着你会来。”马姑娘问：“那个新来的人呢？”小白指着德娃说：“就在你跟前。”马姑娘回头惊叫了一声说：“呀！这脸是咋啦？”德娃赶紧解释说：“碰的，碰的！没事，凉水冲一下就好。”马姑娘凑上前要看德娃的脸，德娃忙低下头躲避。杨姑娘关心地问：“啥时候碰的？碰得这么厉害。”德娃说：“昨天下午。”马姑娘又问：“到医院看了吗？”德娃说：“大夫说皮外伤，不要紧。”姑娘说：“别感染了，到卫生室抹点药吧。”德娃说：“不用。”杨姑娘也凑上前要看德娃的眼，说：“你抬起头，我看看，你眼睛能看见吗？”德娃把头埋得更低，躲避着摇头说：“能看见。”小白上前要扳开德娃的头让马姑娘看，被德娃一把推开。德娃退到自己的床边，低头朝着墙，像犯了错误的学生。他一把把小白推得踉跄地退了几步，小白的脸上就挂不住了，特别是当着马姑娘的面。他生气地说：“这小子蛮劲还挺大的。人家是你的领导，码坯子组马组长，你连个头也不抬，你就他妈的，真是欠揍！”说着还要过去扳德娃的脸。马姑娘忙说：“算了算了！我就是看看一会儿能不能上班。”德娃忙答应说：“能！”马姑娘说：“能上班就快点吃饭，一会儿让小白领上你去车间。”

两位姑娘走后，德娃满怀歉意地看着小白，想说声对不起，还没张开嘴，小白就拿筷子戳着德娃的头，说：“你就是个贱货，不知好歹。”说完扬长去了食堂。小白的筷子正好戳在德娃肿胀的那半边头上，疼痛难忍。他心头的怒火伴随着血管里的血液一股股往上涌，额头上突暴着青筋，颤抖地握着拳头，想追上去狠狠打他几拳，或者让他打几拳，哪怕让他打个半死。他挪了半步忍了，想到姥姥的话，想到自己还没着落，他就退回到床边。邹师傅说：“走吧，吃饭。”德娃想着自己脸这样到食堂不丢死人？他摇摇头。邹师傅刚出门，德娃就想起从昨天到现在就没咋吃饭，一会儿哪有力气干活，就追出来喊：“师傅！师傅！给我捎个窝窝，买了饭票还你。”

啃了两个窝窝头后，德娃跟着小白和工人们沿着一条羊肠土路，三三两两，稀稀拉拉地结伴前往车间。这里原来是一片野草丛生的废弃荒地，人们为了上班方便，就近走出一条小土路。它依地势而高高低低、弯弯曲曲伸到车间。上班的人也顺沿着高低弯曲，一行一行拖得很长，有说有笑，有打有闹，嘀嘀咕咕，叽叽喳喳。马组长就是马小丽，她跟着瘦小精明的姑娘冯玉莲并排走，冯姑娘总是斜昂着头不停地说，高大的马组长不是哈哈笑几声，就是点点头。马组长后面是早上一起到德娃宿舍叫德娃的姑娘杨丹青，她和唐娜并排跟在马小丽身后，同样是一高一低。唐娜二十岁出头，中等个，乌黑的两根齐腰的辫子扎着红蝴蝶结，圆脸大眼，双眼皮，一弯黑眉，两只明眸清纯、洁净、沉静如水。鼻梁高挺，唇含雨露，齿白如玉，皮肤白嫩、温润、柔软，就像这丘陵上灿烂的阳光下，开放得恰到好处的一株牡丹，艳丽丰满，高贵袭人。只是唐娜一条腿长，一条腿短，走路一瘸一拐，身后辫子上扎的蝴蝶结就跟荡秋千一样，在屁股上荡来荡去。花香袭不到德娃，他低头紧跟在唐娜身后，那只肿胀的眼睛只顾着唐娜身后的蝴蝶结，别让自己跟丢了。土路的路面窄，只能容纳两人并排走。小白又不愿跟德娃并排，就踏着路旁野草追随在马小丽身旁。冯玉莲嘴快，说话干脆利落，小白也插不上嘴，只有迎合着听的份。小白跟着笑可以，要跟马小丽说“对对”时，冯玉莲就会毫不留情地说：“你跟屁虫似的，你见啦，你知道？对对啥哩。”小白就掏出两块糖，嬉皮笑脸递过去，直说：“对着、对头，我真是没看见。”

车间坐落在丘陵中间的一片平地上，一条传送带从远处高高的黄土崖上直直地伸向车间里，源源不断地把黄土送入庞大的制砖机里，经过加水、搅拌、蒸烤、挤压后从砖形状的铁口吐出泥条，泥条滚落到切割机上，然后切割成一块一块冒着热气的砖坯。砖坯挨着砖坯，排成长长的队，从传送带送到专运砖坯的铁车前，工人再从传送带上把砖坯码到铁车上，铁车将砖坯再运到烤干车间，烤干后送入砖窑里烧制。

德娃跟唐娜走进车间，车间里灯火通明，高大的制砖机上有两三位师傅，一个坐着看报，两个站着吸烟。十几个男男女女站在传送带前聊天。看到德娃的脸后，一时鸦雀无声，个个投过来好奇的眼神，这眼神让德娃羞得恨不得找个地缝钻进去。这时就听到马小丽说："德娃，你就跟着娜娜干，让娜娜教教你，你是个新手，你们靠后点，后面好码。"唐娜还是一拐一拐地走到自己的位置，说："不用换，有我招呼他，没事。"然后朝德娃招招手，德娃跟着过去。

码砖坯组共十二个人，都站在砖坯子传送带和运送砖坯子的铁车中间，排成一行，每两人一小组，脸对脸往一辆铁车上码砖坯。为了便于烘烤，铁车的四个角只竖四根角铁，车底也是稀稀拉拉的几根一寸宽铁条，说是铁车，实际上就是个铁框子。车的底下是一条一米多宽的铁轨，铁轨上铁车子一辆连着一辆，每当人们码完一车砖坯，就会听到一声铃响，车子就会向后移动，然后再码下辆车，也就是人不动车动。马小丽是组长，她和杨丹青都是高个子，腿长胳膊长，她们码第一排。第一小组最难码，要码车子最底下最靠边的两层，腿跨得大，腰弯得深，胳膊伸得远。最后一组最好码，不需要那么弯腰伸胳膊。新来的人都是先在后面练熟，再到前面。唐娜没有领德娃到后面，还是到她原来中间的位置。

唐娜在这儿工作了近两年，虽说码砖坯只是熟练工，没有技术含量，但也需要手指头上力道均匀，手腕上要用巧劲，因此她也算这里的师傅。跟她搭档的、她教过的也有十多人。她总是耐心教他们，每当看到对方手忙脚乱时，她常替对方码砖坯，尽管如此，她的搭档老是干不长。有的嫌苦、嫌累，干一天歇两天，三天打鱼两天晒网，让主任辞退。有的不屑这样的工作，觉得在这里丢人、没面子，每天上班不像码坯子的，穿着干净的四个兜的制服，系着风纪扣，露着白衬领，背手叉腰，倒像个来巡视的领导干部，没过几天果真去了某某工厂，自然也不忘回来显摆一番。有的是知青点偷跑回来的，干了没几天说村里抓得紧，扔下工作又回到知青点。只有唐娜在这里一直干着。

男男女女、高高矮矮的码砖坯的人，陆陆续续进了车间，站到传送带旁说笑聊天。有人捡一块半干的碎土扔到身后的姑娘头上，然后转身若无其事地说笑，就听姑娘高声怒喊，谁？这么讨厌！大伙看着哈哈大笑。突然响起一阵刺耳的铃声，顿时人们鸦雀无声，都各自回归各自的位置。唐娜侧过身子，有残疾的右腿搭在车板上，左腿站在传送带旁，脸对着德娃轻轻地叫了声，“德娃，看着我，这样站着。”德娃抬起头匆匆瞟一眼，就学着唐娜也侧过身子，脸对着她的脸，一条腿斜搭在车上，一条腿立在地上。斜跨的那条腿，还正是昨天摔伤的那条腿，膝盖、胯、脚腕的伤痕处，有皮肤结成暗红的血痂，一不小心就会崩开浸血，小腿、脚背紫青肿胀。德娃只在意自己的脸，老把头埋得低低的，让人看不见，没想到脚背肿得这么高，跨上去的腿这会儿还真疼。他低着头看看自己的脚，又看看唐娜的脚，想跟唐娜调换位置，让那条腿立在传送带下舒服点。可唐娜跨在车上的右腿也是残疾，比左腿短，这对她正好合适，德娃就什么也没说，默默地低着头等着。

电铃声响了第二遍后，轰隆隆的马达声响起来，高大威猛的制砖机上，那些外露的各式各样齿轮或快或慢地转动着，两位四十多岁穿着工作服、戴着工作帽的师傅站在高高机器上来回走动观察，机器下面坐着同样年龄的师傅，眼睛紧盯着出泥口，随时准备着切割，传送带无声转动着，码坯子的人都站直身子，等着传送带上砖坯。不一会儿就看到出泥口吐出一条长方形的泥条，切割师傅身子稍倾，脚下一踩，几十根钢丝划过，泥条被切割成一块一块砖坯，经过几个传送轴传到传送带上。马小丽和杨丹青，看到传送带上的砖坯，伸出长胳膊一揽，每人各捧着七八块砖坯弯腰码在铁车里，动作舒展利落，但传送带上还有落下的砖坯，后面人都不动，砖坯到德娃跟前时，德娃伸手要搬，唐娜就轻轻地拍了一下他的手背说：“等等。”那没码到烤干车上，落下的砖坯传送到最后落的泥坑里，再次回到制砖机里。很快第一组就码满了两层，接着“呲”的一声电铃响。唐娜说：“快，把腿放下来。”德娃跟唐娜把腿放回原地，身旁的铁车往后移动了一个车位。唐娜说：“再那样站着。”德娃跟着又把那条腿跨上，一会儿又“呲”一声电铃，直到第三辆烤干车过来，唐娜才搬起砖坯码起来。

第三辆烤干车上已经码满最边的一排砖坯，他们俩接着码第二排的两层。德娃身上神经马上紧张起来，憋一口气，拢起胳膊，展开双手，把全身力气都汇聚到手腕、手掌上，全神贯注地等着传送上的砖坯。一溜砖坯随着传送带不紧不慢地过来，唐娜低低地说一声：“先看我咋码。”只见她眼明手快，伸出双手，揽住五六个砖坯，轻轻地捧起，弯腰放到烤干车上，三番五次就把两层码满了。她抓、放、伸手、弯腰，动作干练流畅，姿势自如得当，不紧不慢地就码了两层，而传送带上没有漏过一块砖坯，真是恰到好处。德娃看得惊呆了，那只肿胀的眼睛瞪得隐隐作痛。唐娜码满两层后就收回那条跨在车上的残腿，站着等。德娃似乎刚反应过来，伸手要搬传送带上砖坯，唐娜又轻轻地拍了他的手背，摇了摇头。德娃没看到她摇头，但心领神会，知道唐娜替自己码了一层，他也收回腿站着。

烤干车一辆连着一辆，“呲”一声铃响，他们码过的烤干车推到后面，前面码过的又推过来。德娃的左腿和唐娜的右腿几乎是同时跨上车，双手同时伸到传送带上接砖坯。唐娜在前，德娃在后。唐娜揽住六块砖坯迅速地放到烤干车上，德娃也揽了六块砖坯，刚捧起，砖坯就从手中滑落下去。他双手闪了空，泥点飞溅到脸上，手上也沾满了泥，半截砖坯七散八落掉到传送带上、地上、脚上。德娃抬头看着唐娜的脸，急忙弯腰捡起几块摔烂的砖坯放回传送带，就像犯错的孩子。唐娜没有停下来，她码着砖坯，微微一笑，露出如玉一样的洁白牙齿，好像觉得这都正常的应该的。她说："没事。"把"没事"两个字音说得重、拉得长。她说："你就是手劲太重，轻些均匀些就好了。"德娃正要再试时，唐娜又说："你先搬两块三块，轻轻地捧起，轻轻地放下。"德娃依着轻轻捧起三块，待往烤干车上放时，唐娜已码满两层，德娃就放在上一层。唐娜跨前一步，几乎是挨着德娃，示范给德娃看，把放好的三块砖，捧起来又放回，说："你看，放砖坯时，手掌稍稍往里夹，手指头轻轻地往外放松，放下后砖坯之间才有缝隙。你再看，这砖坯上还留下你的手印，你还是太用力。"她叉开她的手指，做着动作，让德娃看着，又说："像这样，你要叉开手指，手指手掌用力均匀，不要夹砖坯，得往起捧。"

唐娜教德娃码砖坯，教得细致、耐心、循循善诱。她从没有瞪眼、呵斥、嫌弃。她满口的京腔京调，说话似和风细雨，白嫩的脸上露出淡淡的似有似无的红云，宽阔的额头常常挂着几滴汗珠，微红的嘴唇含着光滑闪亮的牙齿，那脸上总露出安宁、慈祥、母亲一般的微笑。她黑黑的、水汪汪的大眼睛，好像盛满了山间幽泉般的柔和，仿佛一泓清水滋润了德娃紧张不安、担惊受怕的心。

只要不慌乱，德娃就学得很快。他听着唐娜说的话，照着唐娜的动作和手形，先是搬两块砖坯，熟练后三块，再往后也能一次码五块砖坯，且搬得轻巧，砖坯也不留指痕，码得砖坯整齐，砖坯之间缝隙还很均匀。半个上午他就熟练地掌握了码坯的技巧。码坯组每两人码两层，两人关系好，处得又融洽，就不分你我，就近你码这半边，他码那半边，你快了多码点，他慢了少码点。如果两人相处得疙疙瘩瘩、别别扭扭，那就各码一层，谁也不肯多码一块，即便是你要喝水尿尿，你那一层也空着。假如碰巧让刘主任撞见，刘主任就云天驾雾地乱喊乱骂一顿，既不点名道姓，又未指具体事件，人们也不知他喊谁、骂谁。德娃能码完自己的一层，可唐娜码得太快，每车都比德娃多码半层，德娃无论怎样努力都赶不上她。他们俩你追我赶，早早就码完两层，唐娜微微喘着气，歇着等下一辆烤干车。德娃没脸站着歇，他比唐娜少码了半层，人家还是个有残疾姑娘，即使没有残疾，男人总不能比女人干得都少。德娃心里过意不去，就继续码下一层。每当这时，唐娜都伸出手拍下他的手背，德娃也趁机抬头看一眼。唐娜是那么漂亮，那么温和、善良，特别是那双眼睛像两汪水，深得看不到底，亮得能照见人影。她露着珍珠一样的牙齿，轻轻地微笑着摇摇头，德娃心领神会地停下，也低头歇着。待到德娃又想看一眼唐娜时，他就又不停地多码，唐娜还是那样拍拍他，他也还是那样看一眼她，这样反反复复很多次。

德娃的脸上整整一上午都堆满了感激。他是从穷山沟连滚带爬地逃进城的。德娃也知道打张福的事也不算大事，可毕竟是打了队长。那天夜里民兵悄悄地持着枪守在门外抓他的阵式，着实把他吓得不轻，他不敢想，他被抓走后要关几年，更不敢想他抓走后母亲和弟弟咋办。这让他感到紧张、不安甚至恐惧，特别是走进这陌生的城市、陌生的环境，见到陌生的人。这几年他是看遍了城里人的眉高眼低，听惯了恶语讥笑，也品得出谁冷谁热，谁是同情他谁是可怜他。可他也只能默默地在心里品尝。而今天让他真正地尝到被城里人看得起、信得过，当自家人一样的甘甜滋味，还是头一回。这滋味还是几年前姥姥活着的时候有过。久未品尝，现在细细咂摸，还真有些苦涩，就像吃甜食吃过了头觉得苦一样。就像身上好了的伤疤，又让细细的针刺似的痛痒，这种痛痒又像有只温柔的手在痛痒处轻轻地抚摸着。

唐娜把德娃当成自家人，怕他干多了累着。这让他内心充满了感激、温暖、安详和一种说不出滋味。码坯子尽管伸腿弯腰的，但不难，也不算很累，又遇上这么好的搭档，他那紫青红肿的眼皮里，绿豆大小的黑眼珠也放出闪亮的光，他甚至可以狂妄地想到明天，感觉到明天会好的，会更好的。

在德娃隐隐地感到好日子就要来时，英子却是一脸的愁容，满腹的心事。那一个宁静无风的傍晚，淡淡的星星还似亮非亮，朦朦胧胧挂在天边。英子干完农活回到家吃了饭，帮母亲收拾完锅灶，就坐到门前石头墩上歇息。有人路过，英子总是问这问那。你吃了吗，喝了吗，吃的啥，喝的啥？羊草够吃吗，猪粪拉到地了吗？最后总说几句不中听的话。“天都黑了，你乱跑啥！没事不把院子扫一扫，看你家脏得能进人吗?”茅房的家肥和猪圈里的猪肥都送到集体地里，按多少记工分。她说“你不是往茅房里加水，就往猪圈里添土，茅房里面没人屎，猪圈里没猪屎，你骗工分呀!”那人就骂一声“憨女子，不说话谁把你当哑巴!”

仁娃低头从英子身边走过，英子就喊道：“哎哎！你站住，你到了我们巷干啥?”仁娃说：“给牙德娃送信哩，跟你有屁上的关系，你管呢!”英子起身追上说：“我们一个巷的，他家的事就是我的事，我能不管？来给，把信给我。”仁娃不给说：“憨憨，信能随便给人?”英子就跟着仁娃到德娃家，一进院子就兴奋地喊：“姨，你娃来信啦!”德娃母亲忙从屋里出来，招呼仁娃进屋。仁娃从口袋掏出信递给德娃母亲说：“回呀，不进屋啦。”德娃母亲送走仁娃，想等英子走后再看信。英子上前一步夺了信说：“姨，来，我给你念。”母亲的手捏得紧，撕烂了信封的一个角。英子埋怨地说：“你看，信都撕了，你不放心我，还是防我哩?”说着就展开信念了起来，念着撇着嘴说：“我就不信城里屁能比村里的屁香!”再往后念就骂道：“没良心的王八蛋，只知道自己吃肉哩，享福哩，就不想他妈在家吃糠哩咽菜哩!”再往后看，没有一句提到英子，英子就不出声。再往后看他要自由恋爱，不让母亲管。英子拿着信的手瑟瑟地抖起来，瞬时感到万箭穿心，眼泪在眼眶里来回打转。多亏是傍晚，看不清眼眶里的泪。母亲听得高兴，英子骂，母亲心里也高兴，母亲催着说：“没啦？快念呀！急死我啦。”英子带着哭腔，跟斗鸡似的说：“还念什么呀，念！你这憨娃，没良心，贼心不死，牙要恋爱！他羞不羞，要不要脸！不是先前让人家踹了，真是记吃不记打，让狗屎糊了心！姨，你听听，牙还要恋爱！”英子骂完把信塞到德娃母亲怀里，转身就走，走时用袖子抹了一把眼，长长地叹了一口气说：“哎——我这也是热脸蹭牙冷屁股哩，就蹭不热嘛！”

英子突然一夜之间变成了大姑娘，不跟人打打闹闹说说笑笑的了，干农活时只低头干活，干完活该歇时歇，该割草时割草。回到家喂猪哩，做饭哩，收拾完家务，也不在门前石墩上坐。与村人面对面碰到，目不斜视，像没看到一样，也不打招呼。有人多嘴问，她也不理不睬。德娃母亲看着心疼，当年就准备定这门亲哩，德娃出事跑了，就耽搁下来，想着等德娃回来再定。可德娃一直在外漂着，连个准确的地址都没有。现在德娃母亲有德娃寄来的钱，心里就有底气，她到公社供销社扯了一身衣服，买了一双皮底鞋和一双袜子。拿着这份厚礼，托媒人到英子家提亲。英子把媒人赶出家门后，拿着定亲的礼退回德娃家。德娃母亲说：“娃，你留着。德娃憨地胡写哩，你也信。他不可能老在外漂着，总要回家的。当时跑了咱们在周边的县城都找过，寄回钱才知道牙跑到省城了嘛，你不要急，这是他家，我是他妈哩，我知道我娃，我能做了他的主。”英子说：“姨，你们都说我憨，我心里有数哩，你娃心里没我，都说强扭的瓜不甜，我又何必呢！”德娃母亲捧着礼递给英子说：“东西你留着用。什么甜不甜的，结了婚过着过着就有感情，过着过着就甜了嘛。”英子推开转身就走，德娃母亲追到身后说：“娃，你拿着嘛。即便是你不愿意德娃，你给姨干这哩干那哩，跟亲女子一样，比亲女子还亲，就不能穿姨一身衣服？”

英子听着心里一时激动，本已干了的眼眶又含满泪水。英子说：“姨，你什么也别说啦！以后家有什么重活，我看见了、碰到了我干，我看不见、碰不到，你只管叫我。”说完快步走出院门，转身把院门闭上。

二十

风，刮走了一堆一堆的日子，风，又迎来了一堆又一堆日子。砖厂是地处城市西郊的丘陵地带，长年风多土多，工人们每天迎着风上班，闻着土味下班。最初的日子里，工作比较松散，上午干一个多小时休息一会儿。电铃一响人们纷纷跑到车间外面的土堆上，成群结队地吹着风聊天。马小丽和杨丹青都是大高个子，长得都白净大气，又同在一组码第一排，俩人同来同往，休息时一同坐在土堆上，真是形影不离。冯玉莲长得瘦小，唐娜是个拐子，她们俩老爱凑到人家跟前，人家俩并排坐在土堆，她们俩并排站在一旁，像个跟屁虫一样不搭不配。冯玉莲手叉着腰，脸对着马小丽，薄薄的两片子嘴，总是不停地说，说到高兴处，自个先笑得直不起腰。小白不码坯子，他和邹师傅都在维修组工作，比较清闲，平时无论是白班夜班，不是抱着茶缸喝水，就是趴在桌子上做梦，只要铃声一响，即刻撒着欢地跑出车间，像狗一样的眼睛四处搜寻，待发现了马小丽，就磨磨蹭蹭地挪到她身边。

小白也是高大个，皮肤雪白，两腮吊着肉蛋蛋，好像嘴里含着两颗枣。虽说五官端正，可也脱不了农村人的土气。他喜欢马小丽，马小丽不喜欢他，冯玉莲喜欢他的高个子，他不喜欢冯玉莲的精瘦猴。冯玉莲和唐娜围着马小丽说笑着。小白就在周边转了一圈，然后从地上捡起小土块扔向马小丽。土块落在马小丽身后，马小丽没察觉。冯玉莲看到，也从地上捡起土块扔到小白头上，小白拍拍头上的土屑，抓了一把冻土要往冯玉莲衣领里塞，冯玉莲哈哈笑着跑，小白后面追。马小丽和杨丹青同时瞥了一眼，又继续愤愤不平地说：“前些日子他们那些参加‘打倒四人帮’游行的人，坐在车上兜风转圈子，这会子又都算成加班，补了双工资，咱们撅着屁股受一天，白干。”杨丹青迎合地：“可是整整三天啊，等于休息三天，这好事从来都轮不上咱们。”

高跃文是专管没有码的、掉了、废了、乱了的砖坯回收到传送带上，再回炉加工。活轻、事少，老半天才拿铁锹铲一锹两锹的。他个子高，身材匀称，瓜子脸，修长挺立的鼻子，细长有神的眼睛，留着小平头，有二十四五岁。他身穿蓝涤卡四个兜制服，系着风纪扣，脚上蹬着发亮的黑皮鞋。他跟德娃一个宿舍，但他从来没住过，偶尔端着饭盒进来吃饭，也是蹲着吃。德娃把他床单拍拍叫他坐着吃，他说：“平时老不住，脏的。”德娃说：“天气这么冷，你就住在这儿。”他说：“我就在重机厂住，离这儿不远，主要是住在这儿失眠，也吃不惯食堂的饭。”他很文静，话不多，也很少跟他们嬉闹。

冬天了，寒风嗖嗖地吹弯了丘陵上那棵干巴树的尖，车间的门窗缝隙向外冒着滚滚的热气。工间休息时德娃最后一个出车间，他总是靠在车间的门框边，望着不怕冷的、东一堆西一伙的男男女女聊天嬉闹。高跃文在外面溜达一圈后，就站在德娃身边。他说：“你看，小白又在撩逗小丽，他喜欢人家小丽，觉得自己个子高，长得白，又是正式工，跟人家很般配。人家她爸可是副厂长，人家能看上他？他长得太土不说，家还不是城里的。他觉得自己是正式工，这更可笑，谁看得上砖厂的正式工？要是临时工还可以瞎干干，要是正式工？叫我来，我也不来。你看小冯倒是喜欢这个傻高个，她是因为自己个子太低，想找个高个子瞎混混，要是真搞对象，她跟猴一样精，一旦有了正式工作，立马就蹬蛋。”德娃跟着点点头。高跃文看着坐在土崖下那堆冰冷土堆上的杨丹青，说：“你看小杨吧，个子跟小丽一样的高，可是显得那么匀称，不像小丽跟打枣竿子一样，那么别扭。两人都长得白净，小杨越看越好看，小丽是越看越稀松，不耐看。”德娃每每站在车间门框旁，其实心里眼里都一直看着她们。德娃说：“要说好看，这四个姑娘里面，还是唐娜最好看。”高跃文惋惜地说：“是好看！但她是个瘸子，真可惜了那张脸。”

而在德娃心里反倒觉得她更加完美。她走路时，一条胳膊吊着，另一条胳膊甩着，一瘸一拐，身后一根乌黑粗壮的辫子，像吊钟一样左右摇摆。特别是码砖坯时，砖坯散发着浓浓的热雾，她仿佛在云雾中站着，眼睛都不用瞅传送带，就知道砖坯子来了，伸胳膊揽砖坯，双手轻捧，弯腰快放，手脚干净利落，一气呵成，神情姿态犹如仙女起舞。德娃码砖坯比别人都码得快，可再快都快不过唐娜，他总想比她多码一点，哪怕多码一块砖坯。唐娜不知是有意的，还是无意的，总要比德娃多码一点，哪怕多码了一块砖坯。

每天码坯、吃饭、睡觉，到月末领工资。听不到呵斥，不怕人讥笑，更没有不安、紧张和惊慌。这样的日子让德娃感到轻松愉快，甚至感到幸福。哦，天哪——就这么幸福下去吧！晚上厂部放露天电影，小白早早把自己抹擦得油光发亮，跟打了鸡血一样，扔了碗筷就往外跑。邹师傅从不看电影，但他天天晚上神神秘秘地出去，鬼鬼祟祟地回来。小白就说：“天天找寡妇，也不嫌累！”高跃文回家了，留下德娃吃饱喝足，洗了碗筷，拾起一把烂笤帚划拉了几下，心满意足地出了门。又是一个微风撩人的傍晚，他神清气爽地迈着随意、散乱、快活的步子去厂部看电影，路过小卖部时，猛然看见马小丽、杨丹青她们围着小卖部门口的冰糕柜，唐娜把冰糕一根一根地散给大家。德娃就止步想往回返。唐娜转身给小白冰糕时，远远地看到德娃，就高声呼叫：“德娃！德娃快过来吃冰糕。”德娃忙往回退着摆摆手说：“我不吃！天凉，怕肚子疼。”唐娜就举着冰糕，急着下了小卖部的台阶，一瘸一拐跑着说：“没事，吃了下火。”德娃看着心急，忙喊着：“你别动，别动！我吃。”跑过去接过冰糕。德娃吃着冰糕跟在她们后面看了场电影。

不知从哪天起，砖的需求量越来越大，常常有空车停在厂里厂外等着拉砖。德娃他们每天都是早出晚归，几乎每个班工作十二个小时，一个星期白班，一个星期夜班，两班倒。中间也不休息，吃饭时间也很短，许多人受不了，就借口上厕所到外面透口气，歇一歇，抽根烟聊会儿天，发几句牢骚。如果他和搭档相处得好，肯替他码坯还好，俩人可以轮换着上厕所。如果关系不好就有空下没码的，有时甚至停了机器等人。马小丽就喊着要扣工资什么的。德娃几次让唐娜到外面歇一歇，唐娜都说她不累，反倒说："你去，出去抽根烟去吧，解乏！"德娃摇摇头。唐娜说："我爸抽烟可厉害了，从早上点着烟，一根续一根不断火，直抽到晚上睡觉。"德娃本想说我爸爸活着时抽得更厉害，但看到唐娜说起她爸时眉飞色舞，他就只点点了头。有几天唐娜动不动就跑厕所，脸色有些苍白，干活也没有往日的活泛。德娃就一个人码两层，码完后还要站着等别人。唐娜总是静静看一会儿，像欣赏什么似的，然后感激地一笑，说一声："你真能干！"德娃每每听到这句话，心里像喝了蜜一样的甜，说："你歇的吧，不舒服就回去躺着！我一人干着绵绵的。"唐娜就"扑哧"一笑说："这哪能呢！"

那天上完夜班，正值夜长昼短，月朗星稀，将亮还黑之时。一夜寒风吹过，小路上还留有行人反复踩踏未消融的残雪，那残雪光滑无比。下了夜班的人们都没有往日的嬉笑打闹，而是强睁着眼睛，耷拉着脑袋，拖着困乏的腿，默默地小心翼翼地自成一行地沿着小土路走着。突然唐娜一不留神正好踩在一块未消的冻冰上，"哎呀"一声，胳膊在空中画了一圈，就"咚"的一声摔倒在地上。因左腿踩在冰上，右腿是残疾又没撑住，她就平展展地仰面朝天躺在地上。走在前面的人听到响声，回头看着哈哈大笑。跟在她后面的冯玉莲一时发愣，忙问："咋啦！咋啦！"德娃虽跟唐娜隔着两三个人，但他一直留心着唐娜。这些天，天天超时超量地工作，他一直担心唐娜的身体，怕她吃不消病倒。天黑路滑，又怕她不小心摔倒。他是真真切切地看着唐娜摔倒的，他一个箭步冲过去，弯腰伸出两手，却不知该从哪里下手扶她，愣愣地看着，听着人们的说笑声。唐娜仰面躺着，水汪汪眼睛平静地看着天，微微地笑了一下说："唉哟，好凉呀！"然后，一只胳膊撑起来，坐在地上。看到德娃不知所措的眼神和伸出的双手，她不慌不忙地抬起胳膊，大大方方地把手搭在德娃手上，从从容容地扶着德娃，从地上慢慢起来。

这件事过后，德娃更加留意，更加上心。虽不能说形影不离，总是隔着距离，隔着人，但德娃几乎不让唐娜离开自己的视线。有天他问唐娜："那天摔得疼不疼？"唐娜只是淡淡地一笑说："摔惯啦，这算啥。"

唐娜记得她十岁那年，妈妈跟爸爸两天一小吵，三天大吵。有一次吵得厉害，妈妈哭着摔了爸爸的鱼缸、烟灰缸、留声机，又跑到书房把书摔到地上用脚踩。唐娜哭着抱住妈妈的脚阻拦，妈妈狠狠地戳着她的头，哭着说："我怎么生了你这么一个小反革命，叫我在单位怎么抬头！"没过多久，妈妈就跟爸爸离婚了。随后在爸爸办公室的书柜里，被查出留学时带回来的书里夹着一张蒋介石穿着军装的照片，接着就被定为反革命特务。

一天半夜，突然来了一伙人，"咚咚"地砸门。爸爸顾不得开灯，低声喊："快跑，快跑！"唐娜本来胆小，又从睡梦中被叫醒，一时惊慌失措，等到爸爸推她时，才知道跑。她跑了两步，听到吓人的砸门声和爸爸惊恐的督促声，不知如何是好，她慌不择路，就返身撞开窗户，从窗户跳下去。跳下去后唐娜右腿的小腿碰到楼下的石墩上，小腿骨断裂。她忍着痛本能地爬到隐蔽处，惊恐地看着窗户里人影推来搡去，呵斥谩骂。她没见过他们打爸爸，但她见过爸爸背上和胳膊上的伤。她害怕爸爸挨打，眼睛都不敢眨一下。后来灯熄了，一阵猛烈的摔门声和呵斥声过后，就听到汽车开走的声音，一切都安静了。第二天有人发现了她，叫来邻居把她送到医院。大夫给她做了简单的包扎后说要住院。邻居们四处找她妈，没找到，就通知了她叔叔。她叔叔赶到京城连夜将她接回省城。

唐娜的腿是粉碎性骨裂，需要住院做手术。婶婶到医院又哭又闹，说没钱住院做手术，回到家叔叔就跟婶婶打了架，叔叔摔了家里的茶杯，婶婶抓破叔叔的脸。第二天叔叔要抱唐娜去医院，唐娜手拉着床死活不去，好了后唐娜右腿上的骨头长歪了，也短了，走起来一瘸一拐。刚开始时，唐娜老偷偷地哭，她不敢让叔叔知道，怕叔叔难过，更不敢让婶婶知道。她从婶婶的眼神、脸色、神情中感觉到婶婶不喜欢她，讨厌她，甚至憎恨她。为了讨婶婶的欢心，唐娜每天领着叔叔家的孩子上学放学，把家里家外打扫得干干净净。她每天把家里的灰渣提到楼下，再把煤糕搬到楼上。到了星期天，婶婶领着弟弟回娘家，她把全家的衣服、床单、枕巾洗好晾干。不知从哪天起，她学会了做饭，只要从学校回来早，她就把饭也做好。尽管如此，她还时常能感到婶婶身上的厌恶凶狠之气。婶婶从不跟她说话，如果看到她什么活干得不好，直接走过去一把推开她自己干。有次她正在洗碗，婶婶嫌她洗得慢，上前用胳膊肘把她推开自己洗。婶婶用力过猛，推得她后退几步后摔倒在地。她怕叔叔看到，忍着眼泪悄悄回到房间。

学校里学习的时候少，学工学农的时间多。唐娜上完初中就到街道办的工厂做临时工，先在糖果厂包水果糖，后又到纸箱厂糊纸箱，最后才到砖厂码坯子。

唐娜把德娃当自家人，有一次她甚至拉开自己的裤腿让他看，那条有残疾的腿又瘦又短，皮包着骨头，小腿处还有一块长出来的硬疙瘩。德娃觉得这哪里是条腿，分明是一根枯萎了的、长得斜七八歪的树杈子。每到星期日，凡是城里的人都回家，家属在农村的也都三三两两地相跟着进城看电影逛大街。德娃没有朋友，不爱逛街，也很少进城。他爱踏着疯长的野草，看着大小不同、形态各异、五颜六色的野花，在丘陵荒坡上闲逛。他每次都要爬到丘陵顶上那棵老树下，长久地遥望南去的云，心里盘算着给家里寄去钱以及母亲还人家钱时的神态，心里是多么宽慰和自在啊。唐娜也不回家，她要睡个够，把一个星期的劳累歇过来，然后再洗洗涮涮。德娃在丘陵上都能看到她，一拐一拐地走到晾衣绳前，踮起一只脚往上跃起搭衣服的身影。

吃饭时，食堂冷冷清清的，没几个人吃饭。唐娜端着菜，上面放着两个馍，一瘸一拐地坐到德娃身边。德娃问："你也没回家？"唐娜说："回去也没意思。甭说那，咱们吃饭！"说完顺手拿了一个馍放在德娃的碗里，德娃不知如何是好，慌忙拿起要还回去。唐娜往后移移碗，用手罩着碗说："你平时老是吃窝窝头，今天就吃回馍吧！我吃一个就够了，买的多着哪！"德娃为难地指着窝窝说："你看，我也买了这么多，吃不了多可惜呀！"唐娜说："吃不了剩下，大不了扔了，不就是一个窝窝嘛。"说完也不管德娃是剩呀还是扔呀，就掏出一瓶午餐肉罐头。她怎么也扭不开罐头上的纽扣，推到德娃跟前说"打开"。德娃随手拧开盖子，又推到唐娜跟前。唐娜又推到德娃跟说："你吃，从来没见过你打肉菜，看你都瘦成啥啦。"德娃说："我不吃，不爱吃。"唐娜说："不爱吃也得吃！礼拜天咱们也得改善改善。"这是德娃第一次吃肉罐头，唐娜的一句咱们，让他都没吃出罐头是什么味来。

码砖坯的都是临时工，跟走马灯似的。今天来了几个新人，明天又走几个熟练的。德娃也成了师傅，他跟唐娜要各自码不同的烤干车，他们要不断地带新人、教新人，等新人熟练了成为旧人时，突然有一天就不来啦，常常连个招呼都不打。唐娜就是这样，有一天半夜她睡得正酣，突然让敲门声惊醒。半夜敲门总使唐娜害怕恐惧，不敢出声，只竖起耳朵静听，听得心脏一阵一阵地狂跳，感觉都要跳出喉咙蹦到地上。杨丹青就大声问："谁？""叫唐娜出来下。"唐娜听出是叔叔的声音，赶紧穿好衣服出来。叔叔说："跟我回去一趟。"唐娜要收拾一下，叔叔激动地拉住她的手说："孩子，不用。"唐娜又惊奇又害怕，她不知道出多大事让叔叔半夜三更来叫她，她紧张地问："出了什么事了？"叔叔推开自行车说："走，路上说，你快坐。"唐娜不坐说："你先说什么事！"叔叔说："好事，快！别耽搁，你先坐上。"唐娜坐上自行车，叔叔骑着自行车出了砖厂。叔叔飞快地蹬着自行车说："娜娜，你爸平反啦！咱们回去收拾收拾，五点坐火车，到新疆接你爸。"唐娜听后沉默无语，全身的肌肉、神经瞬间都松弛散乱，像有人在她肚子上扎了一刀，榨干了身上的骨头和元气，只留下软软的一堆肉。自行车碰到一块石头，往起一颠，把唐娜颠得一屁股坐在地上。她叔叔停下车子，忙过来拉她，拉不起来，用双手塞进胳肢窝往起捧，也捧不起来。叔叔的眼泪就在眼眶里打转，轻轻地说了一句："孩子，你受了苦啦！"唐娜听了这句话，那么一个文静的姑娘，在这深更半夜的荒郊野地里，突然就放肆地毫无遮拦地号啕大哭了一场。

德娃的新搭档一连三个夜班没来，他一个人码两个人的砖坯。两个人码时还能伸伸腰，喘口气，一个人就得手脚不停紧赶紧地码。第二天杨丹青看不下去，就走过去大声说："德娃！你就码上你的一层，空着就空着，还能这样呢？没完没了。"德娃一边不停地码着，一边点点头说："我尽量吧，实在赶不上，就让它空一层。"第三天下了夜班，是个星期日，大家照例火烧火燎地回家呀、进城呀，不一会儿整个宿舍区就空空荡荡的了。德娃的额头上、脸上、脖子上挂着汗珠，汗水湿透了衣服，衣服紧贴着全身，像刚从水里捞出来一样。他进了宿舍，拿上饭票准备吃饭。走了两步，也不想吃，也不想喝，身上乏乏的，腿沉沉的，头闷闷的没有一点精神。他就倒在床上睡，他想可能是这几天乏了累了，先好好睡一觉。他闭着眼却怎么都睡不着，越觉得乏越睡不着。身上落了汗觉得冰凉冰凉的。他就强爬起来，就去了宿舍后面的丘陵。没有精神像以前那样在丘陵上走来走去、爬上爬下，而是静静地坐在土崖边上，定定地望着空荡寂静的宿舍区。

宿舍区里，唐娜一瘸一拐晾晒被褥和衣服的地方，这时荒凉寂静得连个乱飞的苍蝇都没有。失望、无聊、寂寞、孤独、凄清、悲哀，像喷涌的洪水一起涌上他的心头。往日的绿草呀、野花呀，远处的车间呀，近处的丘陵呀，还有那头顶的太阳呀，天的尽头呀，这时都是这样的灰蒙蒙的，死气沉沉的。一切都是这样的无助，这样的无奈，这样的毫无意义！就连他最喜欢的码坯子，虽然工友们都嫌累，嫌工作时间长，可是没人呵斥他、嫌弃他，他反而觉得这工作好轻松，好喜欢。最最让他得意的是夜班有夜班补助，加班有加班费，每月工资顶以前两月的。现在想想，好无聊、好没意思！他觉得自己就跟冒着傻气、犯着瘟症的鸡，两只爪子在地上不停地刨，刨出血来才有一爪食吃。这个人说你刨乱了地，呵斥一声，那个人嫌你刨出一个坑，踹你一脚，你不敢攻击，没有反抗，只能逆来顺受、苟延残喘，你紧张呀，不安呀，恐惧呀，害怕呀，烈日晒呀，暴雨淋呀，寒风吹呀，还要装作心安理得，无所顾忌。他突然痛恨自己这么不要脸地活着，纵容自己这样没有羞耻，竟允许自己这样闭着眼活。姥姥死了，爸爸死了，自己为什么不死呢，就这样跳下去，也许死了就什么都好啦。想着想着脚一蹬从崖边上滑跌下去，一屁股蹾儿坐在崖下的草丛中。他没有一点感觉，奇怪地看了看崖上，这崖也是这里最高的崖，足有三层楼高，居然摔不死，甚至还没磕没碰，不疼不痒的，只是出了一身冷汗。他爬起来，面如土色，双目呆滞，战战兢兢喊了声："我日你妈的！"

德娃回到宿舍，又累又乏，全身冰冷酸痛。他一头扎在床上拉上被子就呼呼地睡了。这一睡就睡到昏天黑地，中午晚上都没起来吃饭。晚上小白、邹师傅回来大声争吵了几句，他也没醒来。他醒来时已是深更半夜，屋里屋外一片漆黑，只有邹师傅的呼噜声显格外响亮而有规律。

他是被热醒的，头上脸上身上全都冒着汗，汗水淋淋的像睡在水坑里。他拉起被子擦了一把脸，再一脚蹬开被子。就光溜溜赤裸裸地躺着凉快，待身上的汗落下后，他起身尿尿。站起时感到背上的汗像蚯蚓一样在身上弯弯曲曲地往下爬。他不知道这是感冒发烧，奇怪自己不干活，睡觉都能出那么多汗，你说日怪不日怪！可是日怪的事常常发生。

等到清早起来，他如此少有的神清气爽，阳光如此少有的灿烂，晨风如此少有的柔软，又是一个如此少有的艳阳天！德娃早上喝了两碗糊糊，吃了三个窝窝，奢侈地连早饭都要了菜。吃饱喝足后他早早地来车间等着。跟往日一样，人们拖拖拉拉、陆陆续续地进了车间，但跟往日不一样的是马小丽直接走他跟前说：“德娃，刘主任叫你有事，让你去一下他办公室。”德娃不想有任何事，只想着做好自己的事，按部就班地上班下班。听到刘主任叫他，他就感到紧张，他从没跟刘主任联系过，叫他能有什么事？往好处想，是秦师傅有了工程叫他回去？他真不想再抡大锤呀套丝扣呀，什么电焊氧焊呀！码砖多好，只要码好自己的砖坯子，没人说没人骂，工资还挺多。

德娃侧身上了二楼，楼道里不时地有穿着光鲜的男女进出。他怯生生地顺着边寻到刘主任的办公室，轻声地推开门，探头进去看。刘主任正在看报，看到德娃伸进的头，忙放下报向他招手，热情地说：“快进来，快进来！”指着对面椅子说：“你坐，坐下。”德娃没坐，恭恭敬敬地站着。刘主任看着德娃的眼睛说：“大家都反映你干得很好，吃苦耐劳，你又是秦师傅介绍来的，给秦师傅长脸啦，给我也长脸啦。你大概也知道，一批一批的知青都返城，没有工作，政府安排不了，在社会上混，这时间长了是要出乱子的。所以前两天建材局开了会，传达上级指示，凡是户口不在城里的，一律不能在砖厂干临时工。德娃呀，你干得真好，我是真心想留你，可是你看看，不行呀！”刘主任真诚地捧着双手在空中晃，好像他把金元宝丢了似的。德娃听后，心瞬间从天堂掉进万丈深渊，这深渊黑得伸手不见五指，深得没边没沿没个底。他走出厂部，六神无主地转了一大圈，定了定心神，觉得现在车间这么缺人，应该争取一下。他再次推开刘主任的办公室门，小心翼翼地说："主任，你见秦师傅了吗？"刘主任和蔼地说："你进来，坐下说。"德娃还是不肯坐。刘主任说："哎呀，我也一直没见过他。"德娃说："秦师傅说他是要来找我的，他来了找不到我可咋办呀！现在码坯又很缺人，要不然我还是先干着，等有人接替，我再走。"刘主任上上下下仔细端详着德娃，摇摇头说："你的身子骨有些单薄。"德娃说："不，我劲大着哩，什么都能干！"刘主任问："你愿意拉平车吗？"德娃说："愿意。"刘主任说："咱们厂原来有个搬运小队，就是拉着平车给人送砖。这两年搞建筑的多，砖也紧俏，他们都是开着车在厂里等砖。搬运小队就不拉砖了，专门在外面揽一些活干。你要是能拉了平车，也愿意拉，我把你介绍到那儿吧。那儿谁去都行，不要户口，只要交五十元押金，领个平车。要是好好干，也不少挣钱。"德娃说："我愿意。"

刘主任领着德娃穿过二车间，绕过三车间，来到砖厂烧砖的砖窑前。砖窑是个很大的椭圆体，窑上四周有无数窑门，中间竖着一根戳到半天的空烟筒。砖窑的四周布满了四通八达的小铁轨。德娃看到他们码的坯子，经过烤干后运到这里，师傅忙着装窑、出窑，跟流水一样。砖窑的前面留着一块很平坦的广场，是专门存放成品砖的地方，如今停放着各种拉砖的汽车、拖拉机。他们绕过砖窑来到东南角的最后一排破破烂烂的平房，平房外面堆放着几十辆破破烂烂的两轮平车，再往前是十几个粗壮汉子，或仰面躺在平车上，或低头坐在车辕上。平房的最边一间屋，挂着"砖厂搬运队"的牌子。刘主任喊了声："侯队！"

一个四十多岁，干巴瘦的男人从屋里出来。他长着一双深陷的小眼，两道脱落无几的眉毛，鼻梁薄如刀锋，稀稀拉拉的几撮头发，油光发亮，但面如铁青，他身穿崭新的白衬衫蓝裤子，腰间扎一条军用皮带，脚蹬两只乌黑的三接头皮鞋，很有大领导的模样。刘主任扔给侯队一根烟，说："给你送来个干将，让他先在你这儿干着啊。"侯队上下看了看德娃，面无表情。刘主任看侯队不愿意收，就说："就这样吧，我还有点事。"说完转身就走。侯队默默地看了半天，看得德娃不敢抬头。突然侯队从牙缝里挤出两个字："进来。"德娃进到办公室，登记了名字，交了五十元押金。侯队说："去，到外面挑一辆平车，自己用，记住，一定要保护好，损坏了要赔的。"

德娃出了办公室，手背在额头擦了一把汗，就走进破烂平车堆里挑选能用的平车。这几十辆平车，不是轮胎没气，就是缺梆子少辕。他左挑右拣，竟没有一辆能用的平车。正感为难时，小牛走过来。他低个子，黑黑的壮壮的，仿佛全身上下都有使不完的力气。他用满口的乡下土话问："你是新来的？"德娃点点头。小牛指着一辆平车，说："就这辆吧，这是我原先拉过的，好用，别看它缺半边梆子，轮胎和轴承珠子都可好哩。再说两边的梆子对咱们用处不大，咱现在是拉货的，又不是拉砖拉土的。"说完就把旁边的平车推开，让德娃进去把那辆车拉出来。看见德娃不满意，就说："想要梆子，我给你安一个。"说着就从另一辆平车扒出半个车梆子，安到这辆平车上。不是一个车上的梆子，无法固定，安上去东倒西歪的。小牛找来两根铁丝和电线，一边用铁丝和电线固定车梆，一边说："这么烂得不能再烂的平车，损坏还要赔？想让人损坏，你说损哪儿？坏哪儿？"

车梆子固定好后，小牛又拿来打气筒，给轮胎打气。德娃忙夺过自己打气，给两边轮胎打好气后，德娃就把平车拉到小牛的平车旁，也跟小牛一样坐在车辕上低头看地。十几个人都静静地等着，没有响动，没人说话，像隐藏在黑暗处的小偷、强盗随时准备偷袭行人一样。过了一会儿，侯队哼哈了一声，骑着车子出去了。人们顿时像受了惊似的，躺着的坐起来，坐着的抬起了头，眼睛久久地注视着侯队离开的那条路。

当你坚持不住低下头，或是眨巴眼睛的时候，侯队突然出现，老远喊一声：“来四个人，跟我走。”那四个高个子的、身强力壮的、不低头不眨眼的，迅速地拉起平车就跑，后面的垂头丧气“唉”一声：“又没赶上！”就拉着平车找个阴凉处，拉展身子睡大觉。德娃也跟小牛把平车拉到树荫下，小牛说：“睡吧，没事啦。”德娃也睡不着，就一直坐到中午。小牛叫他到小饭馆吃，德娃说不想跑啦，又回食堂吃饭，其实他们食堂比饭馆还远。

吃完饭回来，还是躺着、坐着。坐着坐着德娃心里发慌，拉平车是计件工，跟打零工一样，拉多少算多少钱，没活就没钱。老这样坐着，光吃饭不干活，不就是姥姥说的“坐吃山空”吗？越想心里越发慌。到了五点多，不知谁喊了声“走吧”，人们放好平车，拍拍屁股走人。德娃磨磨蹭蹭地不舍得走，小牛拉他喝酒，德娃不肯。这时慌慌张张地跑来一个人，边跑边喊：“嗨！不敢走！给我找几个装车的。”小牛问：“找几个？”那人举起手指：“四个！”说着就到了跟前。小牛给德娃挤了挤眼，让德娃别说话。问：“什么车？”“解放卡车。”小牛又问：“每人多少钱？”那人说：“每人一块五。”小牛说：“现在都下班了，没人啦，也就剩我俩，你要是愿意，给我俩七块，你要是不愿意，另找别人去。”那人说：“老兄，装一车都是六块嘛。这不是有行情嘛，咱按着行情来嘛！”小牛说：“那你找别人去，我俩累了一天啦，不干啦。”那人说：“这钱不挣啦？”小牛满不在乎地说：“钱是个好东西，可挣多少是个够呀？不挣啦！”说完拉着德娃要走。那人忙拦住说：“别走！你这小伙子，咋还是个倔脾气！行，七块就七块，算我倒霉。”

德娃对小牛佩服得五体投地，那天装完车，每人挣了三块五。俩人高高兴兴来到小饭馆，要了两个菜，两碗啤酒，吃了两碗浇肉面，花了一块七，德娃争着抢着掏出了钱。此后德娃一直跟着小牛，他俩一起坐车辕上等活，一起拉水泥、送油漆，一起装钢材、卸面粉，互帮互助，相互照应。每次拉货装货时，德娃总是先帮着给小牛装，然后才给自己装。路上遇到上坡时，德娃先放下平车，帮他推上坡，然后才下来拉自己的车。每天小牛都拿个小本记几月几日拉了什么货，挣了多少钱。德娃问为什么要记，他趴在德娃耳朵上，悄悄地说："侯队这个人心狠手辣，凡经他手里的活，都剥一层皮，就这，还经常克扣咱们的钱，黑着哪！"

这天侯队骑着自行车在前面，大家拉着平车小跑着跟在后面。十几辆平车一辆跟着一辆足有半里长，人有高低，路有不平，这行平车队，高高低低，起起伏伏，空荡的平车震得轰轰隆隆、呼呼啦啦，浩浩荡荡穿街过巷地开进了火车站的货场。一列火车头呼哧呼哧地推走两列空车皮，站台上孤零零地留下两堆麻袋包。侯队叼着烟，爬上麻袋堆，站在麻袋堆上拍拍手，他手指上戴的金戒指在阳光下一闪一闪。他伸手拿下嘴上的烟，很严厉地扫大家一眼说："都给我听好了！今天这个活要得急，这两车皮的盐，必须在今天送到盐业公司，明天天一亮，一定要腾下站台。这儿离盐业公司也不算远，多跑几趟，哪怕干到天亮也要干完！大家抓紧干吧。"最前面的高个子问："怎么个干法嘛，拉一袋多少钱？"侯队就瞪圆了小眼，喝喊道："妈了个屁！我什么时候亏待过你们，没良心的东西！拉一袋一毛五，快干！"大家听到报价后就心里踏实了，然后两个人一组，一人爬到麻袋堆上递麻袋，一人在下面扛，人们围着麻袋堆往上爬的爬，下面接的接，像一群饿疯了的狼，红着眼生龙活虎地抢起来。

一麻袋海盐总有二百斤，德娃先爬上麻袋堆，抓起麻袋两个角，往起提，提不起来，他憋一口气用力猛提，还是提不起来。他就连推带提把麻袋竖起来，小牛把背靠过来接，德娃把麻袋推到小牛的背上，小牛"咚咚"地紧跑两步，把麻袋放到平车上。两个高个子大汉，开始也是一人上面递，一个下面接，干着干着觉得太慢，就跳下去抱起麻袋放到平车上，很快他们就装满两平车，用绳子一勒拉起平车就走。有人喊："大个子，装了几袋?"大个子只顾低头拉车，老半天憋出一个屁一样的声音："十五。"有人骂道："我日你妈，不要命啦!"小牛说："大个真不要脸，老是抢，抢他妈的屁，抢啥哩!"小牛装了十二袋就把自己的平车拉到一边，又把德娃的平车拉过来。德娃忙跳下去，让小牛上去。小牛说："你上去，我给你装，你扛不动。"德娃说："你上，我能行!"麻袋又宽又大，德娃又瘦又小，麻袋压在背上，只露出一截干黑细小的腿。德娃扛起麻袋，就像扛着一座大山，压得他背上脊梁、胯上骨头忽扇忽扇地要断裂似的。小牛站在麻袋上说："行吗？不行，我来!"德娃顾不上回话，他憋着气，涨红着脸，额头暴着青筋，两条腿颤抖着挪了几个碎步，斜身把麻袋扔到平车上，长出一口气，再次把背伸过去说："来吧，没事。"

陆陆续续都装好车。人们一个跟着一个，撅着屁股，低着头拉着平车走。德娃装了十袋，就不敢再装了，看着一个个都走了，心里急，对小牛说："咱们也快走吧，别落下。"德娃两手架起车辕，把绳子套在肩上，抬头往前看。只看到前面平车上的麻袋尖，一辆接着一辆慢慢往前移，看不见人影。他也顶起肩，弓着腰，轮替着在两只手上唾唾沫，憋足劲拉起来。开始的路都不好走，坑坑洼洼的，出车站货场的门，是慢上坡，坡上有条铁道，过了铁道一直到盐业公司的仓库都是慢下坡。装车时总是想多装，恨不得把货场的麻袋全装上，上坡时就想着能扔上两袋多好呀！往日遇上上坡，都是你帮他推上去，他再返回来帮你推。那是一趟活，拉完就回家。今天不一样，拉了一趟还有一趟。得争得抢，抢得慢了就没你的了。上坡拉不动，也没有人放下车帮你推，都憋足劲拼了命地一点一点挪。人们两手扶着车辕，肩上套着绳子，双脚往后蹬，头上暴着筋，低着头瞪着两只眼，头低得脸几乎要挨着地，身体蹬得直直的快要趴在地上，实在拉不动就扭着S形走，整个一段路就让平车占得满满的，只听得一片哼哧哼哧的喘气声，很是壮观，路过的人都下了自行车看。

德娃本来想停下帮小牛推车，看见小牛没等的他意思，也低下头憋着劲慢慢往上挪，快到坡顶时，不仅挪不动，而且车还要往后退。他忙把平车斜过，也成S形扭来扭去地上了坡过了铁道。过了铁道他这才抬起头，直起腰，张着嘴呼哧呼哧地喘气，像夏日里跑疯了渴得要死的狗，伸长着舌头，只留下喘气的份。他身上的衬衫一层水泥屑、一层汗水，半湿不干，特别是搬过水泥后，更分不出颜色，看不清薄厚。衣服沾在身上让德娃难受，他恨不得脱光了，凉凉快快地拉车。可是不能把裤子也脱了呀！那个东西是要遮住的，要是大家都跟狗一样赤裸裸地干活走路，自己也不会遭这份罪。他脱了衬衫，光着膀子，身上的锁骨、肋骨、脊梁骨一根一根刺眼又扎心地裸露着。过一会儿，他气息均匀了些，也不敢多歇。他甩了甩衬衣，双手抱着衬衫擦了头上、身上的汗，然后叠折起来垫在肩上，套上拉绳追去。

路旁有几间低矮的破房子，房子门头上写着“红旗面食店”，门前放着一排平车。拉完第二趟，已经是中午一点多了，德娃跟小牛也放下平车进去吃饭。他们进门，迎面碰到大个子吃完出门，他们几乎是头碰头脸对脸。大个子说着乡下土话：“别抢，这怂娃，干活不抢，吃饭倒抢得凶！”小牛小声说：“干活要是也抢，你挣尿的钱哩！”大个子“哼”了一声说：“好像我挣了你的钱！”小牛和德娃进了面食店，小牛喝了两碗面汤，吃了三碗浇肉面，德娃嫌喝面汤不过瘾，喝了三碗凉水吃三碗西红柿面。吃饱喝足后，他们拉着平车进货场，大个子他们正拉着盐出货场。天气正热，货场清静无人，一列绿色的客车，静静地停在一旁。德娃感到惊奇，问：“货场怎会停客车呢？”小牛说：“这都不知道？这是等着会车哩，等那辆货车过后，它才能走。有时等十来分钟，有时要等一个多小时。”

上了站台，德娃扔掉肩上的衬衫，照例爬上麻袋堆把麻袋竖起先给小牛装。快要装满时，小牛走到跟前不转身接麻袋，愣愣地看着对面，德娃把麻袋竖在边上，弓着腰两手紧紧地抓着麻袋的两个角等着，他背上晒出许多汗珠，中间脊梁骨尤为突显，他说："看啥，你不嫌晒呀，都快热死了！"小牛说："你快看，那人是叫你吧！"德娃扭过头，样子像四条腿的狗回头看主人一样。隔着三四道铁轨停的那列绿色客车，客车上窗户开着，唐娜穿着白底红碎花衬衣，露着雪白的胳膊，吊着她的辫子，把半个身子伸出窗外，拍拍车皮，向他招招手。德娃看到唐娜，瞬时全身僵硬，一动不动两眼傻傻地看着。这时一列火车疯狂地呼啸着从中间穿插而过。唐娜好像招着手说着什么，那辆火车就缓缓驶离，慢慢消失。德娃就那样弓着腰，两手抓着麻袋，一直看，火车驶离了，他扭着头随着火车的移动看着，那头都快扭到屁股上了，直到火车消失得无影无踪。小牛喊："嗨嗨，没影啦，还发啥愣！"德娃这才回过神来。小牛说："快装吧，人家长得那么漂亮！叫你也不应一声，你也该站起打个招呼，跟傻了似的。她是你什么人呢？那可是去北京的车。"

唐娜跟叔叔到新疆接回爸爸，送到北京。父女俩十年未见，有多少话要说呀！可是说着说着就抱在一起，哭一阵笑一阵，哭完笑完唐娜就给爸爸打扫房子、收拾布置、买衣服、到医院体检，把一切安排妥当，唐娜就赶回砖厂。她要到砖厂结算工资，收拾行李。来到砖厂后，先去了车间，又去宿舍，该见不该见的都见到了，就是没见到德娃。还是杨丹青给她说，现在知青都回了城，没地方打发，光咱们车间就来二十多个，德娃户口不在城里，被撵走了。来了的不能干、也不愿干，报怨这，埋怨那。能干的、想干的不让干，真是的！但唐娜万万没想到的是，在回北京的路上看见了德娃。火车在这儿停了半个多小时，车厢里电风扇呼啦呼啦不停地转，闷热难耐，人们纷纷打开车窗透风。唐娜坐在窗户边上，打开窗户望着窗外，货场一道道站台空无一人，一条条铁轨蜿蜒着伸向看不见的地方。她看见来了一队乡村汉子光着膀子，戴着草帽，顶着烈日，拉着平车上了站台，像蚂蚁搬家似的，搬的搬，抱的抱，递的递，接的接，装满车拉走了。接着又来了两个人，一个低胖黝黑穿着二股筋背心，一个又瘦又小裸露着膀子。唐娜忙收回眼睛，可那瘦小矫健的身影又是那么熟悉，那么让人怜惜。唐娜怎么也想不到德娃能拉了平车！隔着几道铁轨几个站台，她仔细看了半天，都没看见他的脸，但她断定他就是德娃。她把头伸出窗外，不停地拍车厢，不停地招手，不停地“哎哎”地喊。德娃只顾低头干活，还是对面那个黑小子看到，德娃才回过头。太阳底下德娃身上那黝黑的汗渍斑斑的皮肤包裹着露出来的骨头架子，污脏的小脸上淌着一道道汗水，弯腰回头的架势和那样的眼神，都让唐娜无比激动。眼泪在她的眼窝里打转。她喊了声：“德娃。”一辆列车就从她眼前飞驰而过，随后她坐的列车驶离，德娃弯腰回头看她的身影也越来越小，直到消失。

德娃看见唐娜的瞬间，像见到久未谋面的亲人，心里感到亲切、委屈、苦涩、失落，五味杂陈、翻江倒海，他都想哭。可他一个连码砖坯都没有资格的人，也只能暗自神伤，只能忍着。他不能哭，也不能直起腰来打招呼，更不能跑上前应一声。只能默默地看着，那熟悉温润的脸和噙着清晨露珠一样的眼，连同那一列绿色的火车一起消失得无影无踪。

这天他们拉了四趟，第四趟德娃只装了三袋。小牛不满地唠叨着：“不要脸的东西，光顾自己装那么多，也不给咱们留点。”小牛要分给德娃几袋，德娃说自己太累啦，不要。卸完货出了公司大门，侯队叫住大家说，今天大家干得很好，没给他丢脸。明天路远，直接到货场门前集合，七点半必须到！

清晨，天空碧蓝，阳光灿烂。大家摸着黑就出发，在七点前就都挤到货场门前。货场门还未开，大家先是架着平车站着等，做出随时往进冲的架势，等着等着就泄了气，放下平车坐到车辕上，再等着等着就躺进平车里眯着眼。刚闭上眼就听到有人喊：“让开！让开！好狗还不挡道哩，真没个眼色！”拉车的人们就慢腾腾地坐起来，恍恍惚惚、毫无表情，像还在梦中，更不在乎骂他们是好狗还是坏狗，不情愿地起身，磨磨蹭蹭地拉着平车让开过道。过了一会儿，侯队骑着车子进去了，又过了一会儿货场的大门吱扭吱扭地推开了。人们就像圈在鸡窝里的鸡，突然打开鸡窝门，叽叽喳喳地往外跑。两个大个子拉着平车，领着大家一路小跑地冲进货场。他俩伸长脖子东看看西瞧瞧，他们往东面跑，大伙拉着平车跟到东面。回头看见侯队在西面，他们又绕过几个站台返回到西面，大家又跟着跑到西面，就跟玩老鹰抓小鸡的游戏似的。

这是一堆圆木，有桶一样粗，七八米长。大伙先把顶上的圆木撬下来，几个人抬起一头，把平车塞到圆木下，装满一车装一车。照例先给两个大个子装，他们每人装了七八根，然后就在一边用绳子捆。大伙再装下一车，德娃最后一个装，站台上就留下四根圆木。德娃心里很不是滋味，说：“你们能不能一辆车上加一根，我就不要跑了，这么远，拉一趟不值。”小牛狐疑地问：“你咋啦？病啦？咋没有精神气？”德娃说：“就是不想跑啦，没意思。”小牛就悄悄地对他说：“拉，不拉白不拉，这一根一块五！快装吧，拉得少点就少点，轻快！”

德娃装了四根圆木，小牛帮着捆好，又在车辕旁边扎了根拉车绳。圆木长平车短，装车时前轻后重，拉车时用圆木来代替车辕，下坡时车前竖起，圆木拖着地代替车闸。德娃从车的左面套上拉车绳，右手压着扶住圆木掌着平车，跟着大伙出货场。出了货场一路向东，拐了几个弯，转了几条道就进入一条宽敞笔直大街。抬头远望，侯队头上顶着草帽，脸上架着黑墨镜，沿着路边骑着车子，人们拉着平车紧随其后，一字排开，一辆接着一辆，每个人肩上都套着拉绳，右手掌着圆木。下坡时跟着平车小跑，上坡时侯队就推着自行车，大伙就弓下腰，低下头，没人说话没人喊，默默地撅起屁股往前拉，跟经过严格训练一样，几十辆平车整齐划一，很是壮观。

临近中午，人稀风静，烈日炎炎，气候闷热难耐。德娃少装了几根圆木，路上倒也轻轻松松地紧跟着大伙，上坡时拉，下坡时跑，没有落下半步。大个子他们有经验，平车上老放着用葡萄糖瓶装满的凉水，嘴干喝时抿一口。德娃没那样的瓶子，也没有那样的意识，觉得自己能忍，就一直走着拉着跑着，不喝水，不喘气，热了脱衬衣扔在圆木上裸露着上身，再热了他把裤腿卷至大腿处。他甚至踢掉了鞋，光脚试了试，路面上太烫，又捡回鞋来穿上。右手在圆木上掌舵的手指掌心扎满了小木刺，绳子磨得肩膀又红又肿，也不知绳子挨着哪儿了就疼痛难忍。他没有往日的精神头，有一种难忍的滋味，这滋味他也尝过，过后就忘了，这叫记吃不记打。他的口也干，舌也燥，双腿就有些发软，期望着能喝口水，歇一歇，就隐约听到侯队在前面说再坚持一把，上了坡就吃饭。疲惫、忧伤浸透了他的脸，他眯着双眼抬头看天，三伏末天，蓝蓝的天上没有一丝白云，太阳直直晒烤着他裸露的身子，他低下头看着这段足有一里长的上坡路，把衬衣卷吧卷吧垫在肩上，套好绳子，在双手上也啐了两口唾沫，没啐出半星点唾沫，嘴干，吹了两口有气无力的气。接着弯下腰，撅起屁股，双眼无神地看着地，扶着圆木，双腿吃力地蹬着一步一步往前拉。越拉坡越陡，越吃力，腰弯得也越深，脸离路面也越低，身子也越倾，哼哧声也越急，一声接着一声，像拉风箱一样。太阳把路面晒得一层一层地往上冒蒸气。人就像进了不透气的蒸笼里蒸一样，汗水从德娃的脸前脑后四面八方汇集到鼻尖，一滴接着一滴地滴在地上，随即让太阳烤晒得消失，不留一丝痕迹。

德娃只顾低头拉车，不思抬头看天，天空上从东面悄悄地密密地涌来厚厚的跟棉花山一样的白云。白云无声无息地翻滚着移动着，接着就起了凉风，风越刮越大，吹起地上的纸屑、尘土、沙粒，树梢也跟着呼呼地响作一团。一时空中纸屑、沙尘狂飞乱舞，遮天蔽日。地上旋起沙尘扑打着德娃的脸、嘴、眼，他眯着眼，嘴往外不停地啐，心里感到凉飕飕的，觉得不好了，暴雨要来了！两腿就拼了命地一阵猛蹬猛拉，像人死前的挣扎似的。刚上了坡垴他伸起腰抬起头要喘口气时，那铜钱大小的雨点就噼里啪啦砸下来，接着一道闪电伴随着轰轰震耳的响声，刺破厚厚的云层划过长空，吓得德娃打了个惊战。瞬间地上的雨水打起了水花，他马上意识到，坡垴上太危险，还得往前拉一段。他再次套上绳子弯下腰低下头，看着脚下的水花，蹚着水拉着车，没走几步水已经漫过他的脚背。雨越下越猛，雨点还夹杂着指头大小的冰雹，冰雹砸到路基上又弹起落到水里起了个水泡，冰雹砸到德娃的背上，感到生疼生疼的。

马路旁有个三四级水泥台阶，台阶上是一排三层楼房，第一层写着几个大红字“春光百货商店”，商店里里外外挤满了避雨的人，商店的房檐下，避雨的人看到大雨中德娃赤裸着上身艰难地拉着车，冰雹鼓槌一样敲着他的背，有人喊道：“哎——过来避避雨！”德娃觉得车子离坡垴有点距离，就把车子往后面着地立起，皱着眉眼看见房檐下还有个避雨的空档。他毫不犹豫地扔了套绳，把肩上衬衫抖开，两手架起衬衫遮挡着头，蹚着水往过跑。刚跑两步，鞋掉进水里，他回头在水里摸到，又脱了那只鞋，放回平车上，再次返到台阶前。他正要跨上台阶，一位身着连衣裙的妇女，顶着伞踮着脚，蹦蹦跶跶地冲过来，抢先跨上台阶，收起伞站在那个空档里。人们都回头看着那妇女，德娃愣愣地犹豫一下。雨点和冰雹打着衬衣啪啪乱响，他顾不了许多又返身蹚着水跑到平车前，弓身钻进车底下，缩着身子蹲在车厢下。刺眼的闪电，震耳的雷声不时地划过。雨下着，冰雹也跟着下着，路面上雨水漫过了脚腕，浸过了他的屁股。他蹲得双腿发麻，想索性坐在水里，活动活动身子，但还是坚持没有坐。水哗哗从他的身边和屁股底下急急忙忙地流过，他身上感到冷，胳膊上泛起许多针尖大的小红点。他就莫名其妙地骂了一声：“你妈那屁的，流这么快是赶死呀!”

半小时后。雨停了，云散了，老天爷平静了，可痕迹还在，地下的水还在流。前面就是“阳春饭店”，避雨的人从饭店的周围渐次散去，只留下拉车人等着吃饭。德娃光着脚把平车拉到小牛的平车后面，从车里提出湿漉漉的鞋穿上，扑哒扑哒蹚着水走进饭店。在饭店门口的台阶上狠狠地跺跺脚，跺得脚后跟疼才停下。饭店很小，门口有个售票员，人们先买上票再到窗口领饭。饭厅里面放着四张圆桌，有的坐在桌前喝汤，有的站着吃饭，还有拿着饭票在窗口等，十几个人就挤得满满当当的。德娃先看了一圈大伙吃啥，然后看着售票员身后的价格表，炝锅面两毛七、浇肉面一毛五、西红柿面一毛三、阳春面六分。阳春面是汤面，自己正感到干渴，汤汤水水的正好。德娃要了三碗阳春面，蹲在旁边连吃带喝，还省了汤。吃完饭抹了嘴，侯队还是骑着车子率领着大伙，排成一行拉着平车沿着路边出了城。他们走过公路，穿过土路，又拐进一片树林里。侯队就喊了一声：“快点！这里以前可是杀人的地方。”大伙就努力紧跟着。走到太阳快要西沉，赶到了那个挂着“林业学校”的门楼里。学校里没有一个人，只有几排平房和两排二层楼。传达室出来个戴着眼镜文质彬彬的驼背老汉，他指着一处空地说：“就卸到这儿吧，学校放假了没人。”侯队给老汉递了一根烟，然后就骑着车子走了。大伙像霜打了的茄子般蔫蔫地、默默地卸货，卸完后自觉自然地、静静地、跟老马识途似的往回走。

太阳终于沉下去了，暮色慢慢地来临。雨后的树林里，是那样宁静，空气是那样的湿润宜人，解乏提神。他们一行走在坑坑洼洼的土路上，走着走着，夜色越来越重，林子里漆黑一片，小路也跟着模模糊糊朦朦胧胧起来。大伙一个跟着一个，脚步不停地加快，空平车在土路上颠簸着吧嗒吧嗒地乱响，惊得树林里的鸟突然扑棱扑棱地从这棵树上飞到那棵树上。这阴森森的扑棱棱声像索命的冤魂，要拽住人的衣襟，抱住人的腿一样。德娃跟在最后，他赤裸着上身，没有衣襟可拽，但冤魂可以抱腿呀，他的鞋还没干，湿漉漉的又重又滑，他就急忙把鞋脱掉。这时夜静得吓人，只有平车的颠簸声单调而响亮。人们暗地里加快了步子，越走越快。德娃也跟着紧张，他不知不觉地小跑起来，一直跑出树林，拐上公路，看到大街两边的路灯，德娃的心才放下来。

进了城，月亮升到半空中，雨后的天空像被刚洗过一样，几净深蓝，繁星闪亮。烦躁喧闹了一天的城市变得凉爽寂静，街道上空空荡荡行人稀少，灰暗的街灯有亮的有暗的，三三两两、孤孤单单。德娃肚中饥渴、筋疲力尽，身上也冷飕飕的。他感到脚疼，就停下来坐平车车辕上，扳起脚看。原来脚底上的小伤口沾着一块小石子。他咬着牙，看着看着突然下手把石子抠出。又看了看湿鞋，把鞋也穿上，然后双手提起半湿的衣服叭叭地甩了几下，也穿到身上。他拉起车时，同伴已快没了踪影。他不想追，也没力气追，更没必要追，反正回去路他知道，几点回去几点算。他耷拉着脑袋，拖着懒懒的步子，过了一个路口又一个路口，街两旁窗户里的灯都先后关了，路上没一个行人经过。突然德娃看见一个宿舍大院，大院没有门，只有两根四方柱子，院子里面有一盏灯，灯正照着一个水龙头和洗脸槽。德娃大喜，舌头舔舔嘴唇，又看看四周没人，放下平车就走进大院。

德娃打开水管，歪过头喝两口，停下歇一歇，再喝两口又歇一歇。然后洗了两把脸，不紧不慢返回。到了街上看不见平车，惊得神经紧张，头发竖立，慌乱地东跑几步西跑几步，在周边的黑影处乱找。他恐惧、颤抖而嘶哑地连连喊道：“谁拉走我的平车，谁看见我的平车？”凄凉、悲惨的叫声，在城市这空旷寂静的夜空中传到远处，又从远处重复着传来不清不楚的回音。

德娃安慰自己，平车不会丢，绝不会丢！这深更半夜的谁会出来偷个平车呢？不可能呀！更何况城里人要平车干什么用？没用呀！不要慌不能乱，一定是小牛跟他开玩笑，专门吓唬他。他就撒开腿往前追，跑了两条街，看到小牛的影子，他跑着招着手高喊：“等一等——”小牛等到他，问出什么事啦。德娃喘着气断断续续地说：“是不是你把我车藏起来啦？”小牛也惊讶，说：“累都累死啦，谁会藏你的车！车丢啦？”德娃说自己就进去喝了口水，前后也就几分钟，出来就没啦。小牛分析说：“那么点时间，应该就在周边。平车那么大，藏没处藏，跑也跑不动，不像自行车，骑上飞啦，咱们追不上。你快到周边找。”德娃就跑回大院门口，在周边又找了一遍，然后撒开腿往南追，一边跑一边喊：“谁见我的平车？”跑了两条街都没见个人影，感到追错了方向，又返回往北追。最后又往东追，这是他刚才送货的路，可谁又能保证小偷不会往这个方向跑呢？

德娃再次沿原路往回跑，他跑着喊着，路旁房屋、路灯都消失了，只有无边的旷野和一条伸向天尽头的路。他顺着路跑，跑得越来越慢，喊得越来越低，头无力再东张西望，双腿机械地疲劳地一步步挣扎着向前，眼睛痴痴地看着路，嘴里低沉嘶哑地一声接一声喊：“谁见了我平车——谁拉了我的平车——”临近黎明，月朗星稀，四周更加灰暗，远处房屋、近处树荫都是黑影幢幢，显得怪异和神秘。德娃似乎没有了意识，喊着喊着变成了自言自语，还是跌跌撞撞地不停地前行。眼前的路一会儿惨白，一会儿暗淡，一会儿明亮，一会儿黑暗。突然间他觉得黑暗的树木草丛都在旋转、狂欢。远方的天边处彩霞满天，金光万丈。眼前紫气飞卷着闪闪金星，金星在紫气里狂飞乱舞，漫天遍野。他奇怪哪里来了这么多金花，他想伸手接住，可接不住，他追，追不到，却重重地摔倒在地。他抬起头看到路的尽头，那尽头闪出一道白光，白光下是一片熟悉的耕地，那是父亲下葬的地方。他感到害怕，他是怎么回到这里的！接着他看父亲穿着白衬衣，腰间扎着皮带，胳膊上搭着蓝色外衣，头发乌黑发亮，脸上白白净净地从地底下一步步走来。他奇怪地大喊：“爸！——不是都说你死了吗？原来你没死呀！可吓死我啦！爸——”在他呼喊爸的时候，爸爸的身影突然消失了。德娃正怪自己只顾着喊，都没来得及跟爸爸说一句话，就把爸给吓走了。接着又看见姥姥穿着一身黑衣服，扎着裤腿，迈着小脚快步走来，不知嘴里说着什么，就一把把他搂在怀里。他想叫声姥姥，却怎样努力都发不出音，急得眼泪横流，隐隐感到姥姥搂着他，轻轻拍着他背，心疼地说：“别动，我娃累啦，睡一会儿吧。”德娃听话温柔地“唉”了一声，就香香甜甜地睡着了……

二十一

这一年，好事喜事从年头连到年尾。先是队里把集体的土地也分到各家各户，自家的地自家种，种好种坏自家收。人们再不需要张福派活，更不需要看张福的脸色，碰到张福也不叫队长，而是喊一声：“福娃，你狗日的，还不锄锄地，你地里草都长疯啦！”张福脸红脖子粗地找到村委，喊着说：“这不是一夜回到解放前了嘛。”主任就骂道：“这是党中央的大政策，是你我能拍板的？你再敢乱说乱喊，把你当反革命抓起来，滚回去，老老实实地种你的地吧。”接着风调雨顺，小麦收成好，人们天天吃白面馍，德娃母亲每每拿起白面馍，都情不自禁地说：“我娃在外面不知道受的啥罪！能不能吃饱，能不能吃上白面馍，天冷了知道不知道加衣服？我憨娃呀！你回来吧，你要把你妈急死呀！”文娃不服气地说：“人家在外吃香的喝辣的享清福，早把咱们忘得干干净净了。”母亲就啐了弟弟一脸唾沫，说：“以后，你哥寄来的钱一分也别动，给他留着娶媳妇。”再往后县里来人，宣读了父亲的平反决定，送来了补发工资。那天母亲到父亲的墓地一边烧着纸一边念叨说："娃他爸，你就在下面安息吧。也不要觉得委屈，牙给你平反了，说是冤假错案，还补发了工资。你活着时欠的债，这几年还了一些，这都是你娃在外面挣的。你这娃憨，就是不知道回来，也不知在外面受啥罪，叫我担心的！你在下面也好好地保佑娃吧。娃的媳妇还没着落，原想着娃回来跟英子定亲哩，牙英子也不等啦，我随后再给娃慢慢寻吧。我这就把剩下的债还清，一门心思给娃说媳妇。"德娃母亲从墓地回来后，核对了账单，装了钱，再次登门还钱。脸上却没有了当年的无望和愁苦，推开债主家的门，牙又是让座，又是让水，也没有当年的冷脸和不悦，反倒是热情亲切得很。人的脸真是万花筒，说变就变，但是接到钱后却说："呀，你急啥嘛，我又不急着用钱，还让你费心地跑来一趟。"再往后就是年头英子抱来的那头小猪崽，喂啥吃啥，不挑不拣，给个树叶也哼哼地抢着吃，你几天不留心，它就变个样。为英子争了面子，长了志气。真应了英子那句话，时来运转。赶到腊月，猪长得膘肥体壮，足足有二百多斤。收猪的商贩进了院子，直夸猪长得好，说按最高的价钱收，德娃母亲高兴得合不拢嘴。讲好价钱，捆了猪，称重量，算好钱，拉着猪出院子。德娃母站在院子里，手里捏着钱，看着猪号叫着让拖出去，突然心里感到万般的不舍，看看手上的钱，觉得英子就是她生命中的贵人，她是越来越喜欢英子做她的儿媳妇。可是英子正月就要出嫁，德娃母亲想不出法子来留住英子，感谢英子，心里充满不安，愁肠百结。

英子也曾下决心要等德娃回来。在她的心里德娃家就是她家，德娃就是她男人。可是英子左等不到右等不到，一年两年过去了连个屁都没有嗅见。她等得心灰意冷时，终于盼来了那封信，那个纸片片上写了那么多字，但一个字都没提到她。不提就不提吧，牙男人家要脸面嘛。可是牙还要自由恋爱！这就伤害了英子的自尊，她心里特别难受，哭也哭不出来，骂也骂不出声，几天几夜吃不下饭，睡不着觉，叫无声，问无语。她每天天亮起来到地里，不是锄草，就是刨地，自家的庄稼比别人家的长得都好。别人家种一季，她要种两季。她说收不成粮食，总能收成草吧，大不了拉回来喂羊。她家养了两只羊、两头猪。地里没活了，英子就提着筐子到地里割草，也不管是要刮风呀还是要下雨，或是正午太阳晒呀。只要喂了猪，喂了羊，就提着筐子出院门。英子的母亲看着心疼，拦着说："我的憨女呀！家里不缺吃不缺穿，羊草堆了那么多，用得着你跟拼了命似的没日没夜地干吗？你看看你都瘦成啥样啦，就算你不心疼你自己，你也心疼心疼你妈吧。这会子太阳这么晒，你就不能歇歇呀！"英子低着眉眼，挎着筐子，也不看母亲的脸，推开母亲的胳膊出了院门。

秋后的一天傍晚，德娃母亲让人种完小麦，背着剩下的一点种子往回走。临进村时，看到英子猫着腰扛着那么大的一捆草走在前面。德娃母亲紧追几步说："英子！快放下，本事大得割了这么多草，看把娃累的，姨跟你一起抬。"英子默不作声地低头走。德娃母亲揪住英子扛着的一把草。英子甩开德娃母亲只顾走。德娃母亲就跟着说："英子，姨是真心喜欢你呀，也诚心实意地想让你做我儿媳妇。姨看着你这些日子都瘦多了，姨也心疼。不过你放心，这麦子也种了，地里也没活了，我就到城里把这憨娃找回来。我不知道德娃的具体地址，可是知道他在那个城市，我就一个工厂一个工厂地找，我就不信把他找不回来。"英子突然停下脚步，瞪着水汪汪的眼说："找他干啥，找回来又要干啥！"德娃母亲说："找回来，我让他跟你定亲，好结婚嘛。"英子朝地上吐了一口唾沫说："他不要脸，叫人恶心！我不待见他，讨厌他。他回来不回来跟我没丁点关系，你说这做啥。让他在外面胡恋去吧！让我跟他订婚，结婚？下辈子吧！"说完转身"咚咚"地快步走了。

英子说了德娃母亲后，回到家躺在炕上身心突然轻松了许多，她好像明白了，这世界谁离开谁不能活！自己这么勤快，能吃苦，什么样的日子过不好！这些年她就是拿热脸蹭牙的冷屁股，蹭不热嘛，又何必在一棵树上吊死！这天晚上她睡得少有的踏实。清早起来，英子喂了羊，洗了手，拉开笼拿了一个馍，准备到地里割草，走出院子又返回来，推门进了母亲的屋。英子母亲刚穿好衣服，正在叠被子。英子大声地说：“妈，妈！快给我找婆家，我要嫁人。”说完英子就走。英子母亲忙追出屋，拉住英子的胳膊说：“小声点，我的憨女呀！还不嫌丢人。”英子说：“我丢啥人？丢了谁的人？”母亲说；“这还不丢人呀，想当初牙德娃家里欠了人一屁股乱账。吃，吃不上，喝，喝不上，家里又没个顶事的劳力。别人想躲都躲不开，你倒好，一天到晚黏到牙家。逞能得又是干这又是干那，满世界的人都知道你倒贴着要嫁给牙。现如今，牙爸又是平反，又是补发工资，娃也长大了，牙家的好日子才开始。牙家请的媒人，提着厚礼，上门提亲哩。你说你，好好的，商量都不商量就把牙退了。你说你还不丢人？”英子听着听着，就觉得母亲这么势利。往日母亲慈爱的形象在她心里慢慢下降，而同时又升腾出一股说不出的怨气，她甩开母亲的手说：“我才活人哩，以后的日子是我过哩，路是我走哩。过好过坏，吃苦哩，享福哩都是我愿意。这丢人也是丢我的人，跟你没关系！我今天把话撂在这儿，妈！我嫁谁都不嫁德娃，就算天下男人就剩下他一个，我打光棍也不嫁他。”说完英子气恨恨地出了院门。

德娃母亲心里惦念着英子的好。她知道，这两年全凭着英子帮衬才度过了那些艰难的日子。她也知道英子的心思。德娃在信上憨写憨吹哩，英子就当真啦。只有把德娃找回来，才能解开英子的心结。她心里更知道，天上是不会掉猪肉白菜的，也不会掉油糕的，就是真掉下来，也不会落到德娃头上。夜深人静时，她常想德娃这阵子不知道正在受什么苦，遭什么罪。现在家里不愁吃喝，地里的麦子也种上了。又快到八月十五，她想着牙家家户户团圆，我娃孤零零地在外漂着。德娃母亲就忍不住去求弟弟到省城找德娃。她不知道去省城路费、住宿要花多少钱，就狠了狠心，从箱子里拿了五十块钱。德娃母亲临出门时犹豫再三，她曾嫌娃的舅、她的弟这几年对她家的事不闻不问，不如两姓旁人。队里分粮食、拔秸秆、往地里送猪粪、往回拉东西等男人干的活，弟弟从来不搭手。有一次她正抱着一袋子红薯往平车上放，抱也抱不动。弟从跟前路过，说了声“重哩吧”就走了。还是英子远远看见跑过来帮着她放到平车上，说：“叫你别急别急，我马上就给你往回拉，你急啥。”德娃母亲当时就暗暗发誓，这辈子再也不求她弟弟。

人穷志短，有时候不穷也志短。德娃母亲把钱塞给弟弟，弟弟爽快地答应下来。第二天天微微亮，舅母就起来给舅舅烧了开水，冲了鸡蛋，让舅舅换了一身干净的衣服，舅母找来一个粗布缝制的布袋，装了十多个头天晚上烤好的白面饼子。那饼子有猪头一样大小，把布袋塞得满满的，还要装个葱头，放不进去。舅母只好塞到舅舅的裤兜里。酸酸地说：“牙你跟你姐亲嘛，牙一说就应了，也不跟我商量。你一辈子没出过远门，找不到就早些回，别再把你丢了。”舅舅不屑地说：“我这么大人啦，没吃过猪肉，还没见过猪跑呀！你放心吧。”舅舅沿着羊肠小道走到公路上，等了两个小时坐上长途汽车，中午赶到火车站，买好火车票等到太阳偏西时上了火车。在火车上舅舅见人就打问德娃的下落，饿了就掏出饼子吃，困了就闭住眼睡，十多个小时后火车到站。舅舅下了车，随着人流出了站，没过一会儿，人们急匆匆地四散而去，出站口只留下舅舅一人。放眼望去，大街上灯火通明，却少有人员往来。舅舅正感到心虚无助时，一位中年妇女突然从身后出来，吓了舅舅一跳，忙问：“你要干啥？”中年妇女问：“你住店吗？”舅舅说：“多少钱？”中年妇女说：“五块，包你满意。”舅舅说：“这么贵呀！”那妇女看到舅舅也没处去，就说：“这是最便宜的，不住就算。”说完就走。舅舅忙跟着说“住住”就来到一个小旅馆。这是一个简陋的小二楼，那妇女把舅舅领进一个能住六个人的房间。房间里已睡着四个人，那四个人呼噜声此起彼伏。舅舅悄悄地找了张床睡下。清早醒来，房间就留下他一个人。他要了碗开水，泡了饼子吃过后，就到街上找德娃。出了旅店，满大街人来人往，跟河里的水一样奔流不息。舅舅一时看得眼花缭乱，头晕目眩，不知该问谁，该到哪里找，更不分东西南北。舅舅就随着感觉，顺着街道走着问着。走到中午他想返回旅店，可是返错了方向，结果越走越远。直到半夜才找回车站的旅馆。第二天听到同住的人都是三块住一晚，舅舅就找中年妇女理论，那女人说："你要是下次来住，也给你打折。"舅舅说："那人也是头一次来的。"这时就来了两位瞪眼睛卷袖子的男人。舅舅说："那你给我开个票。"其中一位肥头大耳男人，瓮声瓮气地说："没有票，开什么开！"舅舅就低头提着饼子，买了车票回家。

舅舅回了村，没有回家，直直地走到德娃家。他推门就喊："姐姐！"德娃母亲忙从屋里迎出来问："找到娃啦？"舅舅路上赶得急，头上浸着汗珠，抬起胳膊走着，手在空中招着说："快，先给喝口水，渴死我了。"德娃母亲忙把他让屋里，倒了一碗开水递过去。水烫，舅舅"嗞嗞"地喝了半口，就说："姐，你娃找不到。你是不知道，牙那城里有多大，人有多少。你就是走一天，一条巷子走也不到头，大街小巷的人就跟流水一样，哗——地流过，又哗——地回来，从早到晚碰不到一个熟脸的，看不见一个重样的。那房子、巷子都长得一样样，你不知道哪达（里）找过，哪达没找过，也找不到东西南北记号。姐，多亏我懂点普通话，给了你——找不到娃，把你也闹丢了。"德娃母亲愁苦着脸说："你说，这可咋办呀？"舅舅喝了水说："姐，你也别愁。你娃牙本事大哩，牙能把钱寄回，说明人能行嘛，好着哩。牙不回来，是牙不想回，想回就自然回来啦，放心吧。"德娃母亲还是不放心，说："你说得也是，可是娃究竟在外面干啥，要是真给我捅下个啥乱子，姐就没法活啦。"舅舅说："这你就放心吧。他要是捅下乱子，牙公安局可是吃素的？"

舅舅这句话让德娃母亲心里踏实了许多。德娃母亲就动手给舅舅做饭，舅舅拦着不让。舅舅把汽车票、火车票和剩余的钱递给德娃母亲说：“牙狗日的，坏得很。住店不给开发票。”德娃母亲不接钱和车票说：“看牙你，出去不吃不喝啦？”舅舅说：“吃啥？白面饼带了一布袋，紧饱着吃，还要吃啥！”德娃母亲说：“你也是出了趟远门哩，好赖给娃娃买些好吃的。”舅舅就装了钱回去了。

德娃母亲想着把德娃尽快找回来，一是担心德娃。娃不在身边，她常年过得提心吊胆，娃究竟在外面怎么活着？她活了半辈子啦，知道娃在外面享福是不可能的，享福的好事，有多少有面子的能人都排队等着，哪里能轮上他。二是给娃把婚事定下。她常想，日子过得苦也罢甜也罢，给娃定了婚事，也就对得起自己死去的母亲和男人了。娃回来，和英子的婚事也许还有挽回的余地。弟弟跑了那么远没找回来，德娃母亲不甘心。她听说村里要拉一车白面到城里卖，就搭上货车去城里找德娃。爬上车厢，面袋上坐着一个娃，这娃是村东头的，今年考上了大学，坐顺风车到省城报到。他知道德娃母亲的情况后，说：“姨，德娃比我大两岁，在学校时老跟着他玩，也是朋友。你放心，只要邮戳在，找到邮局就能找到人。”德娃母亲在卡车上颠簸了一天一夜，进了城，那娃第二天领着母亲到邮局，邮局的人说：“你真可笑！一天那么多收款汇款的，谁还能记住谁？”出了邮局母亲要去城里找，那娃说：“你看这城市这么大，大得无边无际，人多得川流不息，你到哪里找？找也白找！大姨，你先回，我每个星期天到这里等，他要寄钱，也要在星期天寄。我总能等到他，见到他就让回去。”其实那娃到邮局等了两三个星期，没等着就没再去。

整个冬天，德娃母亲都时时听门声，出门就瞭着巷口，出了巷子就瞭着村口，到了村口就瞭着远方的那条汽车路。只要文娃在身边就说：“去，到村口看你哥回来没！”直到年根都没把德娃盼回来。进了腊月后，英子跟邻村的一个姓刘的男子订了婚。英子母亲问英子：“你不嫌牙家寒（穷）呀？”英子不耐烦地说：“不嫌！问了多少遍啦，烦死啦！”英子母亲还耐着性子说：“他家可是三个秃小子，三间破房子，他妈还有病。这可不是赌气事，是你一辈子的事，你可想好了。”英子说了声“想好了”就转身回到她屋。英子母亲无法，就来到德娃家。两位母亲最初其实都不愿意英子和德娃的婚事。英子母亲嫌德娃家穷，家里又死了顶梁柱。德娃母亲嫌英子不像个女娃样，是个说话不着调的二百五。但这两年英子母亲看到德娃家一年比一年好，牙娃无论在外面干什么，都把钱寄回来。每当摩托车“嘣嘣”地停在德娃家门口时，都惹得全巷四邻八户羡慕，他们在屋里竖起耳朵听着说：“你听，那憨娃本事大的，又寄回钱来了。”“唉，那钱肯定来路不正，不是偷的就是抢的。”特别是德娃爸平反后，英子母亲就更佩服英子的眼光，一心想撮合英子和德娃把婚事定下来，可英子反而不去德娃家了，问死问活都问不出个所以然来。德娃母亲也是越来越喜欢英子，她不是因为英子像男人一样，帮她这帮她那，而是喜欢英子直来直去，敢说敢干的性格。英子无论遇到什么事，无论你是嘲笑还是挖苦或是赞扬，她在人前人后，永远都抬着高高的头。而母亲觉得自己身上就缺少这个劲，特别是娃爸被打成反革命后，她几乎一直是低头走路。

两位母亲，盘腿坐在德娃家的炕上唉声叹气。英子母亲说：“你说，我女憨的，哪里有火坑就往哪里跳。娃犟的，就是专门的嘛，专捡火坑跳，你拦都拦不住。你说那家，三个娃三间房，还有病人，嫁过去咋活嘛！愁不死人！”德娃母亲说：“我家困难的时候，娃不嫌弃，帮了这帮那，我心里就把娃当我家媳妇，当亲女哩。现在日子好过啦，说是给俩娃定亲吧，我那个憨娃跑出去就不知道回来，心里没这个家，没他妈嘛！也是我没这个福气吧。你娃眼里容不下沙子，是个宁折不弯的性子，强求不来。都说儿孙自有儿孙福，你也别愁。”

英子订婚之后，那家人像捡了金元宝怕让人抢了似的，央求着媒人天天到英子家催婚。说：“只要英子嫁过去，进门就当家，啥啥都是她说了算。”英子母亲说：“他家穷得当当响，还当家？再等两年再说，现在啥都没准备。”英子冲到母亲前说：“婚都定啦，迟早都是个嫁，迟嫁不如早嫁，还等啥？还有啥好准备的！”媒人心里好笑，这女娃是个母老虎，娶过门也够那家人受的，嘴上说：“娃说得对嘛，我赶紧回去请人看日子。”英子母亲脸红得跟猴屁股似的，生气地说：“嫁，嫁，嫁了省心。”接着长叹一声：“唉，我的憨女！你丢死人哩。我就不知这个家怎么亏待你啦，让你这么急着要嫁人。”

英子的婚期定在正月十一。英子父亲忙让英子哥把西房的梧桐木板抬到院子里，再一片一片将木板散开，竖立在房檐下晾晒。阳光照在木板上，满院子都散发着浓浓的梧桐木的味。英子冬天也闲不下来，她天天到地里捡树叶喂羊。母亲说：“羊草够吃了，你别去了，快要嫁的人了，帮帮家里。”英子不听，还是天一亮就提上筐子出门。这天，英子一进院门，看到满院竖着木板，就扔掉筐，筐里的树叶撒落一地。她冲进屋里嚷道：“你们这是要干啥哩，还不嫌乱！”英子的父亲说：“给我娃做陪嫁嘛。”英子生气地说：“我不要！谁让你们做啦。”英子母亲也生了气，说：“嫁人，是你要嫁哩，陪箱子陪柜子也是你原先要的。一家人忙着给你准备哩，你倒闲人一样，回来鼻子不是鼻子脸不是脸，你就不能好好说话？”英子跟母亲吵着说：“当初是当初，现在是现在。现在我啥也不陪，光身子出嫁！”说完就摔门进了自己的屋。英子母亲埋怨英子父亲说：“这熊女的憨气又上来了，连句话都说不成。这都是你惯的！”英子父亲“唉”了一声，就推着车子到邻村找木匠把式。

第二天，木匠把式就领着儿子，带着锛子、刨子、木锯、凿子、斧头风风火火地进了院铺排开来。两个人一会儿量、一会儿锯、一会儿刨、一会儿凿，院子里叮叮当当响成一片。英子嫌响声心烦，出门进门摔摔打打的，不是踢翻了脚下小凳，就是对木工喝一声“干活就不能轻一点！”十多天后，做好了四个箱子两个平柜。英子父亲又买了各样油漆，请来油漆把式漆了箱子柜子，画了牡丹、莲花、白胖小子。德娃母亲到县城买了一双好看的被子面送给英子，进了院子看到摆着的大红柜子画着各样的花，嘴嘴不停“啧啧”地称赞，说：“看牙手巧的，画得这么好。”英子母亲在屋里缝陪嫁被子，喊了声“你进来吧”。德娃母亲进屋后，把被子面交给英子母亲。英子母亲说：“礼太重！给你娃留着吧。”德娃母亲说：“留啥哩，他不配。英子帮我这帮我那的，做了不儿媳，我就当亲女哩，重啥哩？”说着就帮着缝被子，又问：“牙这画匠画得好，这么鲜亮。”英子母亲撇着嘴说：“就这牙还不高兴呢，唉，也不知造了啥孽啦。”德娃母亲说：“好着哩，这嫁妆也是村里头一份。”此后德娃母亲天天吃了饭就来。帮着缝被子、做棉衣、剪窗花、蒸花馍。英子母亲说：“快过年呀，你也回去准备准备。”德娃母亲心里空空荡荡，说：“唉，就这一个半人，有啥准备的。”

正月初九，是英子家起事的日子。英子家为人实诚，村里来了很多帮忙的人，有英子父母的朋友，有两个哥哥的朋友，连张福都早早地站在院子里。大家在院子里喊着叫着拉帐篷，垒炉灶，搬桌子，借凳子，喜庆忙乱。英子哥看到张福说：“呀，你也来啦！又没你啥事可做，你来干啥？”英子父亲就骂道：“这么大人了，咋说话哩！”就让张福到屋里坐。张福说：“叔，我在这儿招呼着，能插上手，我就帮一把。”德娃母亲也是早早到英子家帮着发面蒸馍。英子说：“姨，你别管这些，这么大年纪啦，忙了一腊月，带着嘴来吃就行。蒸馍呀，这些活让年轻媳妇们干。”德娃母亲心里苦，也不管英子说什么，自顾自拣活干。

等什么都准备妥当后，就到了英子出嫁的日子。这天一大早送亲的亲戚、朋友、邻居穿着红红绿绿的新衣服纷纷拥进院子。他们进了院子就像进了自己的家一样，叔、婶、姨、哥、嫂地乱喊一通后，就到炉灶前。炉灶的大锅上垒着一层一层冒着热气的笼屉，人们踮起脚尖揭开笼盖，掏出两个热气腾腾的白馍，然后再到菜盆前夹上菜大口大口地吃。张福不吃，他等着坐桌子吃，但他一会儿掏个馍夹上菜送回他家，一上午跑了两三趟。半晌时，人们听到村边响起唢呐声，喊着“来啦，来啦”就都拥到门外站在巷子口上等。不一会儿就看见三四个小伙子跑来巷口“咚叭”地放了几声炮仗，接着有几个中年人领着乐队，乐队后面跟着新郎，新郎后跟着一队迎亲的人。乐队里一个吹唢呐的，一个敲鼓的，一个拍钹的，乐人少得可怜。到了人群前，乐人们卖命一样地吹打着欢快的曲子。那吹唢呐的人更是吹得脸上鼓起两个大包，像是嘴里含着两个鸡蛋，憋着气夸张地对着地对着天吹，弯下腰又直起地吹。到了门口又放了两串鞭炮，进了院子，人们安排乐人和迎亲的人坐桌子吃饭，媒人和迎亲的总管就进了屋里。

吃饱喝足，迎亲的和准备送亲的相互喧闹打问着自己认识的人。“你认得你村的谁吗，现在牙干啥哩?”“你村的谁是我的老同学，那年我们一起上的完小。”大家说着说着感觉女子出嫁的时辰已到，里屋媒人和总管还不见动静，隐隐觉得要打麻烦。有人就催乐人们先吹打着，也好提醒屋里的人。乐人们吹打一阵，不见屋里有动静，就歇一会儿又吹打一阵，还不见屋里有动静。眼看着太阳就要升到正中间，大家突然都安静下来。这时就听到英子母亲气愤地骂着：“看你们这穷气样！迎亲的乐人，当初说的请大乐队好好热闹，你看看来了几苗人，哄人哩，还是要饭哩？彩礼今天给点明天给点，就剩下一二百块，今天推明天，明天推后天。你们一个是媒人，一个是总管，经见得多了，你们见过这样做事这样做人的吗？你们睁眼看看，我是要彩礼多啦，还是陪嫁东西少啦！我给你们说，这嫁妆是全村头一份。”英子母亲越说越生气，“我娃是缺胳膊啦，还是断腿啦，是长得丑啦，还是不会干活啦，还是贱的没人要啦！”媒人满脸堆着笑，忙给英子母亲轻轻揉着背，说：“他姨，说得是，别气，千万别气！别气坏了身子。”总管拉着英子母亲的胳膊说：“你看今天两家把摊子铺排得这么大，这时辰也不早啦。这样，我给你打个欠条，不管你亲家如何，过了今天，你问我要，算我欠你的，这总行吧。”英子母亲决绝地说：“把你们的彩礼拿上回吧，人我不嫁啦！”突然就听到英子在屋里号啕大哭，哭声响亮地传到这屋那屋，传到院子，飞过墙头传到四邻。英子的父亲就恼怒地呵斥道：“别吵啦！看看啥时辰啦！起身吧，为我女哩，为谁哩！”总管和媒人忙出去招呼接亲的人起身。英子母亲还要冲出去阻拦，让英子父亲一胳膊挡住。男人力气大，胳膊磕挡得英子母亲一屁股坐在地上。英子母亲屈辱地双手抱着脸也号啕大哭起来。屋里母女俩在哭，院子里乐人们鼓足劲地吹打，迎亲的人趁着乱哄哄的时候把英子连拉带架地接出了屋、出了门、出了村、进牙的村、牙的门、牙的屋，上了牙的炕，成了牙的媳妇。

二十二

那天德娃丢了平车后，跟无头的苍蝇一般四处寻找无果，加之又累又乏又饥又渴，一时急火攻心晕了过去。第二天郊区一放羊老汉救了他，让他吃了喝了，还让儿子骑车把他送到公交站，他又倒换了几条公交车才回到搬运队。搬运队的人出工了，侯队的办公室也锁着，门前空空荡荡放着几辆破烂平车。德娃坐到侯队办公室门口的台阶上等着他回来。他双手捂着脸，默默想着押金和他一个多月挣的工资，哪个更多。平车值多少钱，他不知道。但无论多少钱，哪怕白干一个月，哪怕让他倒贴钱，他都不想再拉平车。他想家了，从未如此思念那个村，那条雨后泥泞难走的羊肠小路，那个巷头问话巷尾答的悠长小巷。他想母亲，不知道家里有吃吗，有喝吗，有人欺负吗？弟弟长得有多高？他想念英子说话时那底气十足地喷出的唾沫，低头帮他锄地、割麦时的倔强，还有那心疼他的眼神，他觉得自己现在就缺这样的自信和底气。他甚至想到曾经是那么厌恶的张福，其实并没有那么坏。想着家，心里很激动，他都不想结算工资，也不想跟侯队、小牛打招呼，恨不得马上飞回去。

德娃捂着脸一直坐在侯队办公室门前。太阳艰难地爬到天中间，又骨碌骨碌滚到天西边，搬运队连个鸟都没飞来。德娃正想高高地喊一声："结他妈的屁账哩，结啥哩！老子赶火车回家呀，再也不来城市啦！"这时秦师傅像神一样地站在他面前。什么押金、工钱都不要，德娃想都不想，起身跟着秦师傅回到安装队。

这是机械厂的一个旧车间，车间里满地满墙都是油脂污垢，他们要更换车床、机械、暖气，安装新锅炉。德娃抱着薄薄的被褥跟着秦师傅进了车间，踩着油黑的污垢，穿过一排破旧机床，来到里面一间隔起来的办公室。办公室的门直对车间大开着，办公室内横七竖八地乱堆着几张桌子以及他们拉来的工具箱。胖师傅坐在桌子上晃荡着两条腿，萍萍靠着工具箱站在胖师傅对面。胖师傅远远地看到德娃，他跳下桌子跑到德娃跟前，抬腿踢了一脚德娃屁股，高声喊道："小不点，你他妈的死到哪去了，两年都不露面，你忘了师傅啦？"德娃看到胖师傅，感到那样熟悉和亲切，他龇牙咧嘴"嘿嘿"笑了两声。萍萍也围到德娃跟前，手扶着德娃的胳膊，脸凑到德娃脸前，仔细看着说："你都干啥了，脑门子咋都晒得脱皮呢？"德娃一时不知从何说起，就低下头"嘿嘿"笑了两声。秦师傅指着办公室说："把这归整一下，你就凑合住到这儿吧，明天咱的人就到齐了，以后这就是咱的工具房。"秦师傅又给胖师傅交代了事就走了。胖师傅和萍萍帮着德娃把桌子拼在一起当床，德娃把被褥放上去，萍萍顺手帮着打开被褥，说："被子这么薄呀！不点，你不嫌冷？你看看这疙疙瘩瘩的，一块有棉花一块没棉花。"德娃忙拦着不让打开被褥，说："没事，不冷。你别管啦，我晚上睡的时候再铺被子。"

萍萍手快把被褥一抖，被褥卷从桌子这头滚到那头，被子漆黑污脏得分不出颜色，被子的里层和外层让污垢和汗水浸透凝固的粘在一起，只有被子的两个头有两块跟石头一样沉一样硬的棉花蛋子。萍萍就扔下被子，后退一步喊一声：“啊呀！脏死啦。”胖师傅说：“不点，你下煤窑来？”德娃也觉得被子太脏，红着脸又把被子卷起来说：“没有。”萍萍说：“那你干啥了，这么脏。”德娃说：“没干啥。”萍萍说：“那你也不拆洗，也不买个铺盖，攒下钱干啥？”胖师傅说：“娶媳妇嘛。我不攒钱能娶上你？”萍萍就拍了胖师傅的胳膊说：“你讨厌。”胖师傅就笑着往后仰着身子说：“婚都结啦，睡都睡啦，还害羞！不点，以后你就叫师娘。”德娃“哎”了一声，抬头看，两个人眼里都放着光，额头浮着淡淡的红云，都是柿饼子大脸盘，还真有夫妻相。

第二天萍萍带来一床被褥，被褥不新，但拆洗得干干净净，被子褥子的棉花软软的。萍萍也不问德娃，让新来的一个小工抱着原来的被褥扔到厂外垃圾堆里。过了这么久，德娃再次拿起锤子、凿子、钢锯、管钳子又从容又熟练，他甚至可以闭着眼锯铁管、套丝扣。秦师傅每次来到工地都背着手悄无声息地到德娃跟前，无言无声地看一会儿。这次德娃正在给管铁套丝扣，两个新来的小工围着看，德娃一边示范性地做着，一边耐心详细地讲着：“看，把丝扣上好，然后平稳地套上三圈，微微地放开一点，再套，这样套出来的丝扣就会有一点点坡度，用的时候好用。”秦师傅看到说：“好，说得好。德娃你就不用干了，带着他们，教他们吧。”秦师傅走了几步又返回来说：“德娃，你以后就跟胖师傅学电焊、氧焊吧。”德娃看着身旁两个比他高的小工，得意地直点头。

拆旧机床、更换管道、安装新暖气，德娃总是拣苦的、累的、难干的先干，然后再让别的小工干。有的小工实在干不了，他也不说，就过去替他一直干。这五六个小工都很敬他，也不敢叫他小不点，而是叫老弟，或者叫小德。德娃心里舒展了、自信了，跟着就得意起来。一天胖师傅正在教电焊，说："不点！行啊，你是不是晚上偷着练过？"德娃红着脸，怕师傅骂他浪费焊条，低低地说："是。"胖师傅说："焊得不错，就是手腕的功夫还不行，焊条的角度也不准，你看焊口不平，也不匀称，一段好，一段不好，时好时坏。不要怕费焊条，你还得练！"德娃兴奋地"哎"了一声就说："师傅，我几年都没回过家，我想请两天假。"胖师傅眯着眼看着德娃说："你也不看看，这一个一个的，不是新手，就是草包，没有一个用起来得心应手的。你能走得开？"其实小石和小史干得都不错，但是德娃什么也没说，非常赞同地点点头说："是呀！"心里却乐开了花。德娃知道自己的工资比胖师傅低一点，但比小工们高得多。他觉得这也可能是秦师傅照顾自己，如今听胖师傅这么说，就更加确认了自己在他们心中的地位，他也就更加尽心地把安装队的事当成自己的事，把这里当成自己的家。每天收工后，等师傅和小工们都回了家，他都要在工场转两圈，把有些没干完活的干完，落下的工具收到工具箱，然后找几块废铁板练电焊、氧焊，焊花溅到手背、脚背，烧成斑斑点点的疤块。等这个工程快要完工时，胖师傅当着秦师傅的面说："小不点出师啦！他的电焊、氧焊只会比我好，不会比我差。"

他们拆完机床，安装了暖气、锅炉，又把车间重新粉刷、地面水泥打磨后，一连两天都在等新机床。大家来了就胡谝海吹一顿，然后回家，第二天还如此。德娃就找胖师傅说："师傅，这几天没事，我请两天假，我想回家。"胖师傅又眯着眼看他，他赶紧说："哪怕一天！"胖师傅看着他笑了笑说："不点师傅，现在你是师傅，我也是师傅，你问我，我问谁？"说着手指指天。德娃知道胖师傅在开玩笑，就问秦师傅。秦师傅说："这个工程赶紧，人家急着要开工。只能是人等机器，不能让机械回来等咱们，听说那面已经发货，很快就到。"

德娃不想回家时，这么大的城市就没他落脚的地方。如今想回家的时候，却一次次回不了家。这也许就是人生，在你渴望要得到什么的时候，偏偏得不到。当失望了不再要什么时，偏偏又得到了。这时安装的工程却多得一个接一个，他们分成两个小队，德娃和胖师傅分别占着两工程，领着五六个人各自干活。秦师傅、胖师傅帮着德娃看图纸、规划、定点、安排，遇到难题时，领着人过来帮几天忙。胖师傅遇到赶工时，德娃领着人也过去帮几天忙。早晨开工前，晚上下工后，德娃独自坐在街道路牙子上，喘气歇息时，就更加思念家，思念家里的亲人。他长久地抬起头，仰望着天，看着天上飘着一朵一朵白云，他就说了声，南去的云哟，把我捎回去吧！哪怕让我回去看一眼都行。这天这个工程基本完工，秦师傅检查了一遍，突然说："你以后不要侧身走路，低头进门。"德娃感到莫名其妙。秦师傅又说："这个工程过几天才验收，你回家吧，最多停三天。"说完转身就走。德娃跟在后面还想争取两天，还没开口，秦师傅就说："还有大工程，胖师傅已经过去了，你回来也领上人过去吧。"

德娃蹦蹦跳跳地跑回工房，把脸洗了又洗，从被子卷里掏出一身新衣服。这是前些日子他领着人到胖师傅工地赶工，完工后胖师傅要请他到饭馆吃，到饭店德娃早早就把饭钱结了。胖师傅说："不点，你他妈的，看不起师傅？"德娃慌张地说："师傅，我早就想谢谢师傅，不知该咋谢哩。"饭后萍萍硬拉着德娃到裁缝铺说："你别净想着攒钱娶媳妇，邋里邋遢，老虎下山一张皮。就算有钱谁要你？你也得拾掇拾掇自己。"做了新衣服后，也就是晚上穿过几次，自己给自己看看，给自己美美。今天他顾不得心里美不美，也不管别人看不看，换上新衣服，装上钱就往百货大楼跑。他买了个在外干事人常提的那种帆布包，想到母亲天天晚上灯下纳鞋的样子，就给母亲买了一双皮底棉鞋和一条裤子，给弟弟从头到脚买了一身，最后想到回去要跟英子定亲，就给英子买了件的确良衬衫和一条围巾，接着又到副食店买了各样糕点，直到装满提包才赶往火车站。

德娃赶到火车站，八点多的火车没赶上，十点多的没座位，他就买了十点多的站票。等到十点多上火车，火车上乱哄哄的，有小孩哭的，大人叫的。后面的人挤不上不来，先上来的人就拉开窗户，把包袱、孩子、大人从窗户上拉上来。人多得人挤人，脸对脸，屁股挨屁股。不是你踩了他的脚喊道："我的脚，我的脚！"就是他碰你的奶喊道："你不要脸！"有人就劝道："想要脸哩，没法子嘛！硬是不让要嘛。你看这，一转身不是碰到这儿，准要碰到那儿，除非你不把那带上车。"有人想上厕所，嘴上一直喊着"让一让"侧身挤着，满头大汗地挤厕所，厕所也是人垒人。只好憋着，等憋得脸红脖子粗，实在是不能再憋时，就索性尿到裤子里，尿就顺着裤腿流到车厢里，反正没人看到。只是挨着他的人说一声："哟哟，怎么腿上这么热，是谁又尿下了。"要是个男的还好说，要是个女只能红着脸，抬头看别处，装作无事人一样。

德娃在车上不吃不喝不拉不尿，两只手死死地抓着提包，整整站了十几个小时，第二天快中午时，火车才到站。下了车出站，感到饿又不想吃，觉得恶心又吐不来。上了长途车。车门处站着一位十八九岁的姑娘，背着卖票包，握一沓钱，嘴里不停地喊着："开车啦，开车啦！没上车的赶快上。"车上只有三五个人，德娃交了钱就找了个靠窗户的空位坐下。车上有人说："快走吧，再不走我下车呀！"车就启动了，那售票姑娘一边喊着招揽客人，车一边慢慢在周边绕圈转，转一会儿又停下来。那人要退票下车，姑娘不退，正嚷嚷着，上来四个人。长途车摇摇晃晃地上了路。

德娃下车时太阳已经偏西，下车瞬间他有点衣锦还乡的感觉，特别是提着包下了车，看着车走后转身往小路走时。他想听到田地里正干农活的人们停下手中的活，大呼小叫地喊："快看，你看牙谁回来啦！"但是让他失望的是不仅没有听到叫声，环顾四周连个人影影都没有。他就沿着坑坑洼洼的土路往回走，路边的树、田野里连片连片的玉米、略带湿气的庄稼、远处似隐似现的农舍以及天上的太阳，还有村边那个让雷劈过、风啃过、雨吃过，掉边缺角奇形怪状人人不待见的老柿子树，现在是那样的熟悉，那样的亲切，那样的温暖。他的心情也格外激动，激动得都想哭，但没哭。进了村口碰见本队花花的母亲，她正撵着鸡，嘴上一会儿“咕咕”地叫，一会儿骂道：“不要脸的东西，下蛋就往外跑。”看到德娃惊讶地忘记了撵鸡，说：“哟哟，这不是那谁？这娃，这是才回来呀？看把娃乏的，快回去吧，看把你妈想死啦。”

德娃拐进小巷，看不到英子常坐在门前石墩上左顾右盼的身影，路过英子家门前时门虚掩着，他放慢了脚步，从门缝往院里瞟一眼，院子很静，连猪狗都睡了似的。德娃走到家门口时，两条腿有些发软，他推开院门长长地喊了声：“妈！”母亲戴着花镜正低头纳鞋底，听到叫声，趴到窗台向外看，看到德娃穿着一身新衣服提着包往屋里走，扔下鞋底，就溜下炕，也没顾上穿鞋就往外跑。走到门口德娃就到了屋外台阶上，德娃和母亲都站着不动，母亲死死盯着德娃的脸，仔细地辨认着，突然拍打着德娃的胳膊哭着骂：“你这个憨娃！你可回来啦，几年你都不知道回来，你这是要你妈的命哩！”母亲的哭声惹得德娃眼里也含了泪，他扔下包，拍着母亲的背，也哽咽着说不出话来。

德娃不知如何劝慰母亲，长出几口气后说：“妈，昨天坐了一夜的车，到现在都没吃饭哩。”母亲马上就不哭也不骂了，顾不得擦脸上的泪，忙倒了一碗开水递过来，说：“你看你把妈都气傻啦，你先喝口水，想吃啥，妈给你做。”德娃说：“我在外面啥都吃过，啥都见过，简简单单热个馍就行。”母亲怪他回来也不捎个信，家里什么也没有准备。转了一圈后突然说：“给我娃摊煎饼！”德娃拦着说：“那多费事呀，我在外面啥都吃得够够的，不想吃。”母亲也不管，拌了面，支起铁鏊子，抱来柴火做起来。德娃跟在母亲身后，要帮忙，母亲怕他弄脏了衣服不让。德娃坐在旁边看着，心里有种幸福的感觉。母亲一边做煎饼一边详尽地说着村里发生的大小事，先从村东头说到村西头，又从村南头说村北头。大到父亲平反，分田分地，麦子收了多少，谁帮着种谁帮着收，谁当了村支书，谁当了小队队长，谁还活着，谁年纪轻轻就死了。小到谁家猪疯了狗跑了鸡不下蛋。

煎饼刚摊完，弟弟就推开院门，没进门就喊着："哥、哥，你光知道在外面享福，把我忘了吧。"德娃看到弟弟长得比自己帅，也比自己高，高兴得合不拢嘴，他忙打开提包拿出衣服、鞋和糕点，弟弟试完衣服，抖着花衬衫说："给牙英子买的吧，晚啦，牙嫁啦。"母亲说："你哥憨的，写信呀胡写八道的，什么恋呀爱呀的，信让英子看到，牙赌气嫁了人，这会儿都快生娃呀。你说你没钱，牙谁家养上几十年的女子白白跟你恋爱哩。"德娃听到英子出嫁，心里有些失落，可嘴还硬着："这你别管，我就自己恋爱呀。"德娃从弟弟手中夺了衬衫卷了卷塞回包里，说："我谁也不给。"母亲从包里掏出来抖展衬衫说："早两年你不在家，家里的劳力活全靠牙女，我都不知咋谢牙。过些日子牙女生了娃，看牙时带上，全当谢牙哩。"文娃抢着说："妈又给你说了一门亲，那女的我见过，大眼睛，那眼睛大得跟牛眼一样，能占半个脸。"母亲就"噗"地吐了一口文娃说："牙女身架子好着哩。我给牙买了一身衣服，让媒人先占着，等你回来再定亲，明天你们就见见面，把亲事定下。你一起玩大的，牙好几个都结了婚生了娃，也免得你将来落空。"德娃说："我不见，你一天就知道给人说亲，我的媳妇我找，找不到，我打光棍，我愿意。"

晚上，德娃和文娃睡在炕上，母亲围着油灯做着针线活，肚里有说不完的闲话，扯不尽的闲篇。德娃躺在被窝里，听着母亲不停地说着，心里感到从未有过的踏实、温暖、幸福，听着听着就进入了梦乡，打起香香甜甜的呼噜。第二天起来，母亲要让德娃相亲，德娃说："我就一天的假，明天就走呀，今天到地里给姥姥上坟。"母亲没办法，说："你在外面干的啥事，几年不回，回来就不能多停一天。”德娃说：“给你说，你也不懂，反正是多停半天都不行。”母亲说：“你姥姥死都不闭眼，不知咋样你们才能成人。也对，先给你姥姥上上坟说说，让她也放心。”德娃找了些冥币，拿了几块糕点，装上火柴就要去上坟。母亲问：“你拿点心干啥？”德娃说：“给我姥姥和我爸吃。”母亲追到院子里说：“我娃懂事，知道先给他姥姥吃。你记着，供供就拿回来噢，别糟蹋了。”

德娃先到父亲的坟前，在坟头摆了两块糕点，点了冥币，跪下磕了头说：“爸，我现在有钱了，你只管吃只管花。”然后起身到姥姥坟前。同样摆上糕点、烧了冥币、磕了头。就一屁股坐在坟跟前，看着坟头沉默了好久，说：“姥姥，我来看你啦。你在下面过得好吗？你看看我吧！长高啦，长成大人啦，你就放放心心地在下面过你的日子吧。我在外面能挣大钱，听胖师傅说我工资比县长的工资都高。我在大城市工作，穿的衣服都是制服，不光是这，有好几身制服，换来换去都是新的，有时候为方便往地上坐，想找件旧衣服，愁得我都找不下。我天天都吃着烧肉丸子，也不只吃这，我挑样子地吃，想吃啥就吃啥，吃得我满嘴满肚都是油，滴出口水都能炒菜，有时想改改口，吃个窝窝呀什么的，都吃不上。我住在楼房里，屋子里面有暖气，这个你没见过，就跟冒着热气的开水锅一样，反正不管外面有多冷，屋里热得要死。我盖着又厚又软又干净的被子，这是胖师傅的老婆给做的，她人长得丑，嘴可大哩，可是她心眼好。我出门就坐车，卡车、客车、火车我都坐过，我还见过飞机。我的本事可大哩，会电焊、氧焊、安装管道、抡大锤、套丝扣、他们还要教我看图纸，秦师傅和胖师傅对我可好哩。我的媳妇你也放心，多得成行排队哩，挑得我眼花缭乱的，愁得不知该选谁。肯定不会让我妈操心！姥姥，反正不管说什么，我都可好哩，你就安安心心地闭了眼吧。你在下面不管缺什么、不管想要什么，你就托个梦，我就给捎去。

姥姥呀！我可想带你到城里逛逛，可想给你买好吃的好穿的，可想孝敬你哩。姥姥你咋就不给我托个梦呢？你不知道，我可想可想你哩。”说着说着，德娃就哽咽地说不下去，捂着脸呜呜地哭了一阵。哭完后德娃仰起脸让风吹吹，太阳晒晒，眼睛干了后，就起身拍了屁股回去。

下午，母亲到镇上买了一些麻花，装了一袋子绿豆一袋子红豆。晚上忙着收拾德娃明天要带的东西。德娃说他啥也不带，从包里掏出。母亲又装进包，让他送人。这时，当年跟兰兰定亲的媒人来了，她一进屋就说：“哟哟，不是刚回来嘛，这架势就又要走呀？”母亲得意地说：“给牙公家干事嘛，牙催得紧，由不得自己呀。”媒人问：“娃在外面干啥？”母亲说：“不知道牙。”媒人问德娃：“德娃，你给牙干啥事哩？”德娃抬起头恶声恶气地说：“我干啥要你管！”媒人讪讪地笑了一声，说：“呀，也是听说娃回来啦，就过来看看。娃本事的，好着哩，有出息！”说完转身就走。母亲跟着送了出去，出了院门媒人站着神秘地说：“你给娃定下亲了吗？”母亲说：“我倒是给娃说了个，牙不见嘛。”媒人说：“娃也不小啦，不敢耽搁了。牙兰兰也没定亲，你要是有这心思，我这人就是跑腿的命，给你说合说合。”母亲说：“这可由不得我呀。”母亲送走媒人后，并没有给德娃提起此事。

德娃又是坐了汽车、火车，在天还不亮时赶到工地。

日子就像河里的水，流过一天又一天，无论遇上浅滩还是暗礁，总是不回头地流过去。秦师傅成立了自己的安装公司。德娃先是小工、师傅、小队长、队长、副经理。一天秦师傅对德娃说：“德娃，这么多年来，我一直看着你，关注着你。你不耍奸、不耍滑，不说大话，肯吃苦、讲信誉，你的技术扎实，手上、眼上的功夫比我年轻的时候都好。现在你又能看得了图纸。我老啦，这个公司我就交给你，今天起你就是公司总经理。”德娃正要拒绝，秦师傅接着说：“你什么也别说！你看，这两年公司的任何事情，任何决定都是让你来拍板的。我这是专门，看看你到底行不行，特别是这两年，公司发展成近百人的大公司，有十几个工地同时开工，你能面面俱到，经营得细致入微，我能想到的你都想到了，我想不到的你也想到了，没有出现任何质量和安全方面的事故。这我是做不到啊。你什么也别说，放心干吧，遇上这么好的时机，你别辜负了！”这是秦师傅说话最多的一次。

一个春暖花开的黄昏，德娃到北京的一个安装工地。他每次去北京，都要特意地打个领带，擦擦皮鞋，穿上西装革履，提上公文包。这天，他下了火车，站台上人头攒动，男男女女背着大小包拥挤着抢着走。德娃侧身挤到旁边，等人潮过后留下稀稀拉拉几个人才往外走。他甩开膀子没走几步，突然感到碰到了人，他也奇怪人又不多，怎么会碰到人呢？转回身来，正要道歉，竟是唐娜。唐娜碰到他身上，此时正歉意地朝他笑。德娃一眼就认出唐娜，他想说却什么，但心中一时情不自禁，翻江倒海。十几年过去了，他有千言万语不知从何处开口。唐娜也认出德娃，脸上歉然的微笑慢慢变得僵硬惊奇。她第一次见德娃时，他肿胀着半张脸，眼睛里那飘忽不定的、慌乱不安的和犹豫恐惧的眼神，深深地触动了她，那种眼神对她来说是那么熟悉，跟自己过去经历的一模一样，让她感到心疼。返回北京时从火车窗口又看到骨瘦如柴的他搬麻袋和回望她时，那双失落、沮丧、无奈、忧愁的眼，那一刻她泪流满面。她曾经恨德娃没良心，不跟她道别。如果跟她道别，就会有联系方式，就不会多少年杳无音信，叫她一直牵挂着。而今天，突然站在面前的俨然是个大老板！她睁大着眼睛看着，竟不知说什么。德娃也是忘不了她，忘不了她的关爱、温暖和一家人的那种感觉。当年他不能找她，是他自卑，觉得自己没有户口，没有正式工作，没有家，没有资格。但在他心里她就是他的亲人，他总惦记着亲人，想念着亲人！总想让她过得幸福。

火车鸣着汽笛驶离了站台，站台上只留下他们两人惺惺相惜地相互对望着，一时无语。一阵好温柔的风吹过，吹进了他们的眼睛，吹出泪花花，他们都忍着噙在眼眶里，谁也不肯滴出来……

花明林草碧

『绿色宁夏·美丽山川』
全国诗词大赛作品集

宁夏回族自治区林业和草原局
宁夏诗词学会
编

黄河出版传媒集团
宁夏人民出版社

图书在版编目（CIP）数据

花明林草碧："绿色宁夏·美丽山川"全国诗词大赛作品集 / 宁夏回族自治区林业和草原局，宁夏诗词学会编. -- 银川：宁夏人民出版社，2023. 3

ISBN 978-7-227-07803-6

Ⅰ. ①花… Ⅱ. ①宁… ②宁… Ⅲ. ①诗词 - 作品集 - 中国 - 当代 Ⅳ. ① I227

中国国家版本馆 CIP 数据核字（2023）第 062373 号

花明林草碧
——"绿色宁夏·美丽山川"全国诗词大赛作品集

宁夏回族自治区林业和草原局
宁夏诗词学会 编

责任编辑 陈 浪 施 娜
责任校对 陈 晶
装帧设计 吴海艳 冯彦青
责任印制 宋 华

黄河出版传媒集团
宁夏人民出版社 出版发行

出 版 人 薛文斌
地 址 宁夏银川市北京东路 139 号出版大厦（750001）
网 址 http://www.yrpubm.com
网上书店 http://www.hh-book.com
电子信箱 nxrmcbs@126.com
邮购电话 0951-5052104 5052106
经 销 全国新华书店
印刷装订 宁夏银报智能印刷科技有限公司
印刷委托书号 （宁）0025846

开本 720 mm × 980 mm 1/16
印张 18.5
字数 93 千字
版次 2023 年 4 月第 1 版
印次 2023 年 4 月第 1 次印刷
书号 ISBN 978-7-227-07803-6
定价 60.00 元

八方诗咏宁夏川

——“绿色宁夏·美丽山川”全国诗词大赛作品集序

张嵩

经过大半年时间的全国范围内征稿，又历经评委会初选、复选、终选，“绿色宁夏·美丽山川”全国诗词大赛最终从八千多份来稿中评选出一等奖二名、二等奖四名、三等奖七名、优秀奖九名，大赛至此圆满结束。这是宁夏诗词学会承办的多次全国性诗词大赛征集到作品最多的一次，除了区内外诗人们的参与度高以外，所征到的稿件内容丰富广泛、质量也比较高，反映出现在热爱和创作诗词的人们越来越多，传统文化和诗教活动的普及速度也越来越快，这当然是一件利好的事情。正是诗词赛事活动助推了诗词创作热情的高涨，我们身在其中，也算是做了一件有意义的工作。为了把更多的优秀诗词作品留存下来，让更多的读者了解、关注诗词大赛的成果，大赛组委会又从数千首来稿中精选出三百余首诗词与获奖作品一起分门别类，依次编辑为十个部分，汇集成书，交由宁夏人民出版社出版。沉甸甸的书稿，也可以看作是此次大赛结出的文化硕果。

宁夏地处祖国西北，是著名的“塞上江南”之地。党的十八大以来，在习近平生态文明思想的指引下，宁夏认真践行绿水青山就是金山银山的理念，深入开展山水林田湖草沙系统治理新实践，取得了显著成就。为了充分展示近年来宁夏林草事业波澜壮阔的发展历程，展现宁夏林草人艰苦奋斗的感人事迹和精神风貌，进一步彰显地域文化，助力黄河流域生态保护和高质量发展先行区建设，宁夏回族自治区林业和草原局与宁夏诗词学会决定共同举办这次大赛，旨在通过林草与诗词结缘，文化和生态联手，宣传宁夏，并以此来提高宁夏林草建设在全国范围的知名度和美誉度。通过携手合作，大赛顺利进行，短短几个月时间就收到应征稿件八千余份。经过认真遴选、仔细评析，确认多数作品符合征文要求，尤其是一些优秀作品能很好地把握宁夏林草建设的实质并赋予其较为深刻的文化内涵，地域特征尤为突出，宁夏元素得到张扬，不仅达到了预期的目标，也使诗词的魅力借助林草的“绿色之风”得到了充分的展现。

在评出的一等奖中，海南诗人张金英以一首《水调歌头·沙湖颂》位居榜首。这首词非常形象化地对塞上美景沙湖进行了细致入微的描写。沙湖不仅是很多游客旅游的目的地，更是鸟类栖息的天堂，鸳鸯戏水，白鹤梳翎，看似悠然自得，但反映出的却是生态保护取得的斐然成就。词篇通过今昔对比，重现了沙湖的前世今生，再联系到历史厚重的丝路花雨、古道驿亭，宁夏历史的辉煌也折射其间。岁月的变迁，曾使这里一度落寞于黄沙当中。改革开放以来，宁夏人妙手回春，“种下明珠几颗，移植江南好景，无处不芳馨”。又使“塞上江南”焕发出勃勃生机，“无处不芳馨”，乃画龙点睛之笔，道出了沙湖的无限明媚。“还看秋芦苇，管管举黄旌”对应“更有接天叶，犹似碧云屏”，两相呼应，情景互通，天然玉成。读罢此词，回味无穷之际，使人们对沙湖的向往必然寓于浮想联翩之中。宁夏青年诗人牛海涛的《七律·治沙人颂》同时获得一等奖。牛海涛中学时代即热衷于古典诗词并进行创作，十多年过去了，他的作品也越来越成熟。如今他博士在读，学业繁忙，却始终怀着对诗词的一腔情愫。宁夏曾是风沙肆虐的地方，经过几十年的治理，人进沙退，治沙成果令世界瞩目，一代又一代的治沙人用青春和热血成就了今天的壮丽业绩。该诗不但写出了他们的豪情壮志，也道出了其中的艰难酸辛。有道是此生无悔更兼矢志不渝：“更取星光为鬓色，还将瀚海寄余生。”英雄本色跃然纸上，使人感叹不已。全诗用词含蓄，不落俗套，诗之美尽在其间。

二等奖的四首诗词也是比较出色的，形神兼备，各有特点。黑龙江诗人张瑞文的《西江月·六盘山》点燃历史烟云，写出了六盘山的巍峨气势，又别具一格。新疆诗人星汉激情不减青春，《七律·参观沙坡头固沙林场》以生花妙笔描绘了宁夏沙坡头固沙成就，寓现实于浪漫之中，“一抹黄沙消碧野，九重碧落恋黄河。”看似轻描淡写，实则寓意深沉，因为唯有同在西部的人们才能够真真懂得。宁夏诗人刘虎的《七律·大武口森林公园》从细微之处用笔，意到笔到，自然万象尽收眼底，色彩感十分突出，有身在画中之感，细读之下令人欣慰。辽宁诗人孙洪伟的《水调歌头·游黄河青铜大峡谷感赋》前后连贯，一气呵成，化青铜峡谷、十里险滩为世外桃源、江南美景，情景相融，感觉非常惬意。

这次大赛立足宁夏，面向全国，也为宁夏诗人提供了一次学习的绝好机会，有助于推动宁夏当地诗词创作的新一波热潮，在促进宁夏诗词繁荣与发展的同时，也发现和培养了一批有潜力的诗词作者。

为了保证大赛质量，宁夏诗词学会先后多次组织在宁诗人和诗词作者深入一线进行采风，创作了一大批作品，其中不乏优秀之作。诗人们的足迹留在了贺兰山、六盘山、罗山、云雾山的原始森林和草地，留在了沙湖、哈巴湖、鸣翠湖等湿地，留在了岩画、沙滩、苹果园，激情荡漾，诗情飘逸，不但为宁夏山川大地抒写出了一首首韵律优美的诗章，也把宁夏诗词创作的水平推进到了一个新的维度，这是一个很大的收获。本次大赛从征稿伊始，到来稿收集、编号、整理、分类，再到初评、复评、终评，至大赛公示，最后到筛选入围作品、按类划分、编选入书等等繁琐的过程，宁夏回族自治区林业和草原局、宁夏诗词学会的工作人员付出了艰辛劳动，按照分工，各负其责，认真对待每一份来稿，确保了大赛后续工作的顺利进行。尤其是马犁同志承担了大量工作，认真负责，一丝不苟，对大赛的圆满完成发挥了积极作用。大家对工作的敬业之心、对诗词的崇敬之情由此可见一斑。

一草一木岁岁逢，千枝万叶情韵深。草木花朵生发于岁月的年轮之上，诗情画意也随着它们在风中荡漾。天地不朽，雅章常在，就让我们在祖国多元而美丽的绿色生态园中放飞诗词的想象，抒发无限情怀，并大声地去吟唱！

2022年10月12日

张嵩，中国作家协会会员，中华诗词学会常务理事，宁夏作家协会主席团委员，宁夏诗词学会常务副会长兼秘书长。

目录

获奖作品

一等奖

二等奖

三等奖

优秀奖

绿色宁夏

山之魂

贺兰山

罗　山

白云山

火石寨

水之韵

黄河魂

河水清

青铜峡枢纽

林之命

林深叶翠

植树造林

哈巴湖林场

特色林业

枸杞

田之根

绿色田园

目录

鸣翠湖

湖满平川

草之青

碧草青青

沙之灵

雄浑沙漠

治沙英雄

金沙岛

嘉宾评委作品

宗西（宁夏）

林峰（北京）

获奖作品

张金英（海南）

水调歌头·沙湖颂

沙翻千叠浪，波漾一湖情。两相成趣，金玉交响韵声声。但听啁啾之乐，对对鸳鸯戏水，白鹤正梳翎。更有接天叶，犹似碧云屏。

漠海风，丝路雨，驿站亭。传奇塞上，谁道荒地是曾经？种下明珠几颗，移植江南好景，无处不芳馨。还看秋芦苇，管管举黄旌。

牛海涛（宁夏）

治沙人颂

欲挽流年真逝水，犹存壮志趁东风。
尘销万里金戈阵，沙定千秋碧帐营。
更取星光为鬓色，还将瀚海寄余生。
犁出辙迹心如旧，种好梧桐凤自鸣。

张瑞文（黑龙江）

西江月·六盘山

挺起三千云海，雄居二百秦关。葱茏绿岛矗高原，仿是蓬山此见。

已去惊心铁鼓，再无动魄硝烟。一从领袖有诗篇，漫岭旌旗红遍。

星汉（新疆）

参观沙坡头固沙林场

诗句今朝骏马驮，凉风来往伴吟哦。
果园结果缀珠玉，花棒扬花织绮罗。
一抹黄沙消碧野，九重碧落恋黄河。
我家西域多戈壁，愿向坡头借草窠。

刘虎（宁夏）

大武口森林公园

荒凉远去乱花迷，沙净林幽看碧溪。
兴至诗从云脚得，闲来雀向水滨栖。
虽无落坐风前酒，但有登高雨外畦。
十里烟霞人似海，柔光翠幕映天倪。

孙洪伟（辽宁）

水调歌头·游黄河青铜大峡谷感赋

青铜多妩媚，金浪挽乡愁。翠峰长峡，十里诗韵泛中流。九大干渠泼墨，百载春风执笔，落款白云浮。一点相思意，著在古滩头。

水为伴，山作枕，梦悠悠。天书悬壁，牛首钟响几千秋。世外桃源似幻，塞上江南如画，画境任吾游。掬把黄河水，老柳系归舟。

张新喜（宁夏）

咏灵武长枣

翠叶自欣荣，虬枝若老龙。
幽花芬夏日，硕果醉秋风。
日啖三枚枣，修成百岁翁。
世人如有惑，东海问安公。

李如意（浙江）

鹧鸪天·宁夏中卫西台苹果基地

渐得村通网也通，乡村崛起势如虹。欣闻燕过千家雨，喜见花开二月风。

山有尽，果无穷，创收新品说“三农”。如今又种春希望，待到秋来万树红。

陈万荣（宁夏）

行香子·游星海湖荷花塘

蛙唱湖塘，风送清凉。凭栏处、菡萏飘香。漫行栈道，独览湖光。看半塘红，半塘白，满塘芳。

一湾碧水，一抹斜阳。折芦笔、蘸墨诗章。寄情山水，拾韵寻芳。画湖中云，云中鹭，水中央。

刘光和（吉林）

咏宁夏治沙第一人王有德

四十年来一堵墙，沙无锥地遁仓皇。
幅员何惧多辽阔，跬步竟能全丈量。
耘出绿洲连沃野，清空大漠破天荒。
纵然背影微驼起，挑过春山铁脊梁。

张美玲（宁夏）

中宁枸杞吟

植根塞北有奇缘，旱地葱茏宛若仙。
细蕊花开熏旷野，繁枝杞媚醉娇妍。
风吹西域园林秀，霞映东山药食全。
酱果天然康体质，盛名久远百家传。

杜枚（宁夏）

水龙吟·云雾山

白云深锁空山翠，同仰望朝天去。苍苔古道，鹿鸣芝涧，谁同鹰舞。露浥风清，草幽禽呼，绿深沧渚。笑语相携来，登高眺远，远山会、应成趣。

独向浮丘高宇，问仙槎、归来何处。青霄东望，暝烟无际，云骖风驭。却是人间，柠条千缕，野花清素。向蓬山绛阙，银屏遥指，对千峰曙。

阮莲芬（甘肃）

鹧鸪天·赞绿色宁夏

草木盈眸不染尘，蝉鸣鸟语送晨昏。人文生态清幽境，沙色湖光浩荡春。

烟水韵，远山痕，一丘一壑亦销魂。农耕游牧黄河畔，绿色家园无垢氛。

白存权（宁夏）

星海湖边

春风湖上好，秀色可当餐。
涨碧波千顷，凝红日一丸。
花香狂蝶梦，兴至羡渔竿。
摘得椿芽嫩，莺声落满盘。

郭小鹏（山东）

银川鸣翠湖

一湖草树淡凝烟，遥望碧波花满园。
绿帐问茶风戏柳，青纱寻鹭水浮莲。
曲折小径霞飞处，三五扁舟鱼跃间。
漫步闲听鸟鸣翠，此身疑是在江南。

张万银（甘肃）

沙草

傲立黄云列阵中，誓将绿色靖苍穹。
诸君莫小团团草，织就风防沙治功。

邓成龙（宁夏）

游沙湖天鹅岛

千亩莲池万顷沙，迁居候鸟喜安家。
天鹅游弋成双对，自在湖边戏浪花。

柳钧（宁夏）

六盘山

峰峦叠翠卧高原，万丈晴空愈湛蓝。
草木葳蕤环绿岛，溪流潋滟绕红岩。
群花斗艳幽林里，众鸟争鸣野谷间。
秘境氧吧如世外，堪称塞北小江南。

李俊生（四川）

麦草方格治沙

破解经年寒暑侵，圈方划格草生金。
三千绿毯连成片，覆住流沙躁动心。

邹慧萍（宁夏）

宁夏黄河滨河大道秋景

碧水云天绕，纵横大道驰。
红枫燃瀚海，杨柳绿边陲。
秋色一张画，秋声数阕诗。
长风归晚照，落木起幽思。

赵云超（宁夏）

春满银川

柔风细雨清原野，塞上明珠秀色藏。
翠柳摇枝千树绿，朱桃绽蕊一城香。
贺兰山下尝红酒，北塔湖边烤小羊。
最喜黄河金岸美，沙田万顷尽春光。

何丽（辽宁）

荒漠变绿洲

九曲长龙任性流，飞花溅浪下源头。
山披锦绣升高景，水奏欢歌送远舟。
谁把江南移此地，独登塞上醉双眸。
八荒植被挥浓墨，绘就春光驻绿洲。

绿色宁夏

覃永聪（广东）

过宁夏银川

塞上桃源境，芳村处处春。
草青容洗目，树茂可栖身。
风景宜宾客，林荫待后人。
此中有真意，何必问秦津。

星汉（新疆）

永宁路上

永宁今日雨，酿就一天秋。
山缺白云补，渠分碧水流。
塘鱼吹浪小，塞雁放声柔。
稻菽染风色，黄金满眼收。

赵江科（湖南）

飞游宁夏

舷窗染赤霞，落地似归家。
青草连天碧，牛羊绕郭斜。
江南生塞上，诗酒韵桑麻。
美景频频摄，眉开笑靥花。

陈升刚（山东）

生态美

沙静天空阔，林深地野平。
明湖观鹤舞，碧草逗虫鸣。
水绕青山笑，云飞紫气生。
借来唐宋韵，难赋此时荣。

潘万虎（宁夏）

宁夏林草建设成果画影展

塞外生华色，春芽报稔收。
六盘编蜀锦，贺麓织杭绸。
俊鸟嬉波水，金蝉闹陇丘。
援毫书景业，瑞福上层楼。

王晓辉（黑龙江）

大漠春来

参天绿树掩村庄，青草离离花送香。
不晓谁人施妙手，黄沙丘上种春光。

王兴一（陕西）

宁夏撷影

沙丘大漠等闲观，绾起黄河缠贺兰。
抖擞周身一段绿，随心洒落富银川。

贾红兵（河北）

为绿色宁夏美丽山川而作

黄河心上老皮筏，志掩贺兰千载沙。
翠得六盘三世玉，罗山打卡故人家。

李崇元（北京）

宁夏风光

九曲黄河宁夏来，绿洲大漠是谁栽？
驼铃唤醒长河水，浪起冲天半壁开。

白恩波（辽宁）

绿化

万马千军峻岭间，汗当浓墨地当笺。
挥锹绘就群山绿，如此丹青最值钱。

李秀英（河北）

绿色宁夏行

天光水色两澄清，塞上江南入眼明。
自在飞花香醉客，参差嫩叶正啼莺。
满眸空翠流诗韵，百里丹青展画屏。
大漠孤烟随梦远，长河落日照新城。

洪宝志（江苏）

宁夏美

花儿一曲倾情愫，宁夏风光万里开。
茂树霞披边界外，芳原马踏牧歌来。
梦圆碧水银鳞闪，汗润青山翠鸟回。
塞上江南今更美，吟声起处锦云堆。

李双群（河北）

游宁夏感怀

滚滚黄河天际来，崭新宁夏胜瑶台。
唐徕渠景神工绘，悦海湖姿妙手裁。
牧草欣欣芳袅绕，新林漫漫绿徘徊。
钟灵毓秀人称赞，塞上江南笑口开。

刘长明（湖南）

宁夏

黄金铺地骆驼肥，旅客穿梭不欲归。
草共山花呈雅趣，林邀活水戏芳菲。
晴岚破雾红霞递，日幕开屏翠鸟飞。
塞北江南谁不羡，诗心躁动吐珠玑。

王文龙（浙江）

银川平原

银川草木百年秋，秦汉沟渠万古流。
圣帝兵戈沉大漠，边民汗血化良丘。
荒原已向春风绿，碧水还随天际收。
莫道江南千里远，而今塞上正堪游。

颜炳霞（内蒙古）

宁夏行

平川沃野美眸光，地秀天蓝画卷长。
交错水渠千顷绿，成方田麦万阡香。
松吟岭丽燕轻啭，柳舞人欢莺慢翔。
双百梦圆描锦绣，融融乐曲不时扬。

陈启荣（广西）

记邻女游宁归来

拍来宁夏景千般，邻女携回一脸欢。
微信传图难尽兴，抖音制片未曾完。
青山染绿视频号，花径镶红客户端。
塞上江南惊世界，九宫格里醉斑斓。

江先金（江西）

林草人

造林植树美乾坤，描绘百川寒暑奔。
霜雪高贤为泉色，春秋志士著山魂。
沧桑路上留泥迹，风雨江边印月痕。
氧气芳香花满道，桃红柳绿丽千村。

张美玲（宁夏）

塞上春晓

晨曦尽染满天霞，陌野初萌草吐芽。
柳荡和风催景瑞，湖生晓雾逐烟华。
乡翁剑舞南亭外，旅雁情牵北域家。
塞上田园披绿锦，俏枝红蕊众贤夸。

张亚辉（河南）

鹧鸪天·赞宁夏林草人

腹抱初心责在肩，铿锵脚步敢量天。纵然霜雪侵疏鬓，未许风沙夺沃田。

山泼墨，水弹弦，几回梦里共婵娟。愿为棵棵无名草，绿遍春光塞上烟。

刘虎（宁夏）

渔家傲·美丽宁夏川

塞上江南风光异，宁川如画山河丽。沃野平畴鱼米荞。红枸杞，珠果满眼辉天地。

播绿田园生态喜，乡愁留住千秋计。绿水长流铺景绮。须砥砺，宏图壮举开新纪。

张秀娟（河北）

鹧鸪天·赞宁夏生态造林工程

宁夏今朝气象殊，鲜容竞色更宜居。沙乡焕作新胜景，生态皴开美画图。

原野沃，柳风扶，名扬塞上一明珠。花香入梦春长在，绿满山川绘锦都。

任武德（甘肃）

鹧鸪天·宁夏即景

塞上江南景若描，林田水韵竞妖娆。红提串串迷人眼，翠柳依依远市曹。

长街靓，栉楼高，脱贫成果领风骚。沙湖拂苇无穷意，惹我诗情咏兴豪。

范黎青（山东）

鹧鸪天·播绿使者赞

塞上江南五彩酬，明珠镶嵌誉神州。长河眷恋田园美，大漠从容岁月悠。

黄变绿，鸟鸣幽，家山如画蕴风流。襟怀林草宏图绘，染翠飞红勋业遒。

李伯廷（山西）

鹧鸪天·绿色宁夏

荒漠今朝变绿原，春风一顾百重涟。白鹅湖上旋空舞，生态园中赏客欢。

林似海，岫如烟，黄沙失怒起新篇。谁言塞下无灵色，梦里青山水里天。

吕生（内蒙古）

鹧鸪天·美丽宁夏

植下森林生态纯，青山馥郁鸟鸣春。煤炉次第消烟涌，风电悠扬舞臂频。

蓝天守，驶清新，节能车辆走年轮。冰川敲响升温警，我辈应当低碳人。

谷元朋（山东）

鹧鸪天·宁夏游

霞蔚清波荡晚红，绿原芳草意融融。遥闻流水来天上，久慕名山入目中。

蓝有致，碧无穷，鸟啼春野润长空。温馨最是农家乐，勾起乡愁别样浓。

王明侠（河北）

望海潮·赞宁夏林草人

栽杨还土，治沙育柳，不辞日夜辛勤。田垄做床，沙汀就饼，何妨病骨微身？默默苦耕耘。朔风挡不住，林草工人。只为今生，地球系上绿丝巾。

历经几代艰辛。造波澜壮阔，锦绣莹莹。秋至若诗，春来似画，鸥鸣鹭舞晨昏。望万里无垠。碧浪滔天醉，湖澈花芬。绿水青山铭记，无悔此青春。

山之魂

丁玉芳（宁夏）

苏峪口高峰走钢丝

凌空身敏健，胆壮百寻操。
垂目深沟乱，抬头猎鹞高。
轮圆轻转步，丝细稳撑篙。
看似随心动，功成日月劳。

潘万虎（宁夏）

乘缆车游贺兰山苏峪口国家森林公园

意得林峦境，诗情赛火苗。
谷间飞鸟语，岭上滚松涛。
目举鹏云淡，神裁画色娇。
天梯将我助，积步再登高。

何红（宁夏）

春分日观贺兰山晴雪

贺兰真壮丽，玉砌大屏风。
雪岭连云白，朝阳抱雨红。
遍看千里外，惟爱一山中。
隔断沙尘扰，江南塞上同。

邓成龙（宁夏）

游苏峪口樱桃谷

峡谷低阶望九天，苍松挺立鸟声喧。
壁高千仞白云秀，不找樱桃且爱山。

白存权（宁夏）

贺兰口

绝涧危崖势欲摧，岩羊攀上白云堆。
拦腰一径如绳细，欲把崚嶒捆起来。

海军（宁夏）

贺兰山怀古

烽台静卧历沧桑，曾忆贺兰是疆场。
长剑危旌风瑟瑟，寒烟烈马草茫茫。
沙石笳鼓闻夜月，号角戈戟斩胡羌。
自古征伐枯骨累，生灵祈愿罢国殇。

贺兰山

许金平（宁夏）

贺兰山苏峪口冬景有感

久违梦景蔚然观，鸟啭空山缀雪残。
玉栈蛇行盘鏊上，银峦墨染卧云端。
阳光索道瞰松秀，峡谷岩羊跃壁欢。
把酒吟诗思太白，兰风万里月轻寒。

吴茂江（宁夏）

走近贺兰山

山前绿海野禽鸣，谷底溪流击石声。
峻岭凌云雕古塞，奇松映日塑边城。
仙风捧出峰峦秀，紫气衔来草木荣。
入目雄宏游客醉，呈功朔北见真情。

邹鹏（宁夏）

登贺兰山感怀

林荫叠翠鸟声柔，草密花芳曲径幽。
攀石岩羊如秀舞，旋空雕影竞风流。
诗情画意撩人眼，峭壁苍松入镜头。
欲问青山英烈事，长歌一曲写春秋。

马存玉（宁夏）

贺兰山春

三春即过贺兰雪，横亘东西列峻峨。
大漠西边腾格里，黄河东岸勅敕歌。
滔滔松柏好风水，阵阵岩羊赛敏捷。
岩画为凭人祖史，葡萄枸杞九州约。

刘成（宁夏）

贺兰山

汪洋昔日广无边，崛起超然向浩天。
屏障巍峨撑铁骨，青峰苍翠尽云衫。
鱼虾鳌蟹今何在，马鹿岩羊幸尚全。
沧海桑田欣演化，留芳千古美兰山。

孙道雄（云南）

贺兰山

谁教塞上胜江南，造化神奇有贺兰。
大漠横空添壁障，平川受惠减风寒。
禽飞兽舞山披翠，草盛花繁地盖毡。
更喜黄河滋锦绣，人天共建美家园。

邹继惠（黑龙江）

咏贺兰山

竦峙巍峨蓄海魂，擎天作柱稳蟠根。
千年见阵燃烽火，一度通关笼朔云。
雪舞苍茫知险峭，沙堆浩瀚枕雄浑。
长城也仗危峰举，塞上江南倚势尊。

罗乔敏（四川）

咏贺兰山

横越时空一座山，半依大漠半依天。
昔凭险塞御胡马，今纳行商入汉关。
蓝宝磷煤广藏富，滩羊马鹿各寻欢。
雄川深岭豪英聚，写出瑰奇诗万篇。

吉铁兵（辽宁）

贺兰山复绿感吟

贺兰欲踏不须兵，绿色今为主阵营。
树木栽来滋雨壮，山溪浣澈泻珠盈。
春因唤醒披些彩，花被催开卖个萌。
我若吟哦谁步韵？鸟儿唱和一声声。

张瑞文（黑龙江）

贺兰山

宛如群马向长空，牵动烟云八百重。
足下曾经驰铁骑，肩头依似隐雕弓。
万年风雨融杯里，千古兴亡揽卷中。
盛世繁华多壮景，霞光尽染一山红。

刘长军（宁夏）

贺兰晴雪

纷纷一夜遍遥天，画境晓开须更妍。
缥缈群山云海上，依稀远树玉峰前。
恍如阆苑只无路，疑似蓬莱信有仙。
独向吟边留客步，每因晴后惹人怜。

刘红飞（陕西）

贺兰山岩羊

角尖挑日暖石梁，伙伴悠闲啃地黄。
小洞升温羔唤母，坚蹄踩绿印生杨。
身披丝雨虹桥舞，目送金雕雾谷藏。
昔有封山今有画，清风弹曲入农庄。

陈永贞（深圳）

临江仙·看航拍宁夏贺兰山

群马奔腾欲出，诸峦起伏相扶。东西南北一嘉图。古时征战地，今日旅游区。

岩画自然溢彩，森林浩瀚如书。谁将神手辟荒芜。河山之绝胜，堪赞越蓬壶。

钮玉升（山东）

水调歌头·游贺兰山苏峪口

大漠觅仙境，应是贺兰山。凌空乘晓追日，携我到云端。残雪浮光金顶，叠翠游岚松岭，犹梦入瑶田。遥看水波韵，碧玉落平川。

峰峦过，幽径转，别重天。淙淙溪水，邀约飞瀑共缠绵。丹染樱桃惊鸟，锦簇花团欺草，一谷尽斑斓。回首望山阙，多少邈思篇。

李芳（山东）

咏贺兰山岩画

妙构佳章享盛名，贺兰岩画似天成。
人间原有不凡笔，绘得神奇诗韵生。

陈凤兰（宁夏）

贺兰岩画

日照摩崖野兴浓，闲来探密古迷踪。
何人为我留书信，直到今天始启封。

闫云霞（宁夏）

贺兰山岩画

读史寻诗入画乡，兰山遥看莽苍苍。
驾车豪迈将军志，献艺琳琅世界窗。
带路岩羊攀峻岭，缠云雪浪洗洪荒。
一从入眼常牵挂，石上乾坤系太阳。

刘成（宁夏）

贺兰山岩画

茹毛饮血暮朝忙，搏虎逐豺体带伤。
深谷云崖凿壁画，丛林险壑猎岩羊。
生活场景沟前刻，绮梦心声岭畔翔。
叠翠奇峰存大美，自然粗犷古风扬。

星汉（新疆）

西江月·参观贺兰山岩画，拟画中人物言

不负先民磨洗，也知后世寻求。黄河无语去悠悠，长绕贺兰山口。

石上千秋灵性，心中百姓恩仇。人间腐败敢抬头，我唤洪流冲走。

丁玉芳（宁夏）

梦行云·贺兰口观岩画

豁崖隐遗卷。迷踪远。光似箭。悠悠岁月，刻先民心愿。百千形态随光影，延伸沟口散。

牧耕射猎，牛羊猴虎，千张手，奇特面。天书谁解，此中谜谁辨。石虽无语人争气，解开千古案。

六盘山

周立军（辽宁）

六盘山题记

高原寻绿岛，尽在六盘山。
花绽野荷谷，泉流桦树弯。
红旗曾漫卷，青鸟几停闲。
一曲《清平乐》，续填云水间。

陈万荣（宁夏）

游六盘山小南川

奇峰云雾漫，空谷啭声悠。
啼鸟林间跃，清泉壁上流。
两山相滴翠，一水独含幽。
飞瀑欢歌去，人来画里游。

陈九兰（河北）

泾源野荷谷

野荷涧谷生，绿苑境幽清。
碧叶如叠盖，黄花似灿缨。
潺潺溪水过，呖呖鸟声鸣。
时有风吹动，香随满谷萦。

程季玲（湖北）

赞六盘山

岳跨宁甘陕，威名四海扬。
盘峰涵彩笔，领袖咏雄章。
要塞兵家重，丝绸古道长。
钟情风水地，叠翠染清香。

张青（宁夏）

六盘山国家森林公园

六重盘道上高峰，草木苍松水气浓。
凉殿峡中情烂漫，野荷谷里意从容。
魏征梦斩泾河赤，柳毅书传牧女逢。
再诵伟人豪放句，林荫叠翠访萍踪。

余秀玲（宁夏）

六盘山野荷谷

六盘石径半空蒙，荷谷参差牵绿风。
梅点珍珠传雨信，蝶迷浅草戏花丛。
山深打坐如来佛，日暮流连白首翁。
云卷天书无字谜，一番清韵自葱茏。

孙海东（浙江）

六盘山

极目连天不可攀，云生玉带下尘寰。
遥遥翠叠群峰动，隐隐溪流几道弯。
日射石崖千丈谷，风高气势六盘山。
相依秦陇虽难足，除却红军视等闲。

马利明（宁夏）

春游六盘山

春至山青俊俏郎，桃鲜水碧妙娇娘。
风婆有意牵红线，月老无心送嫁妆。
莺唱蝶飞花粉蕊，杨欢柳舞杏黄香。
六盘美景如仙境，游客流连忘返乡。

马世杰（山东）

六盘山感吟

雄姿横亘陕甘宁，绿色明珠耀日星。
凉殿峡中观翡翠，野荷谷里赏娉婷。
清新可觅江南韵，险峻方寻塞北灵。
犹忆长征留杰句，感招盛世响春霆。

吴继强（河南）

鹧鸪天·秋游六盘山

雾锁秋光古道深，参差万木覆清阴。烟岚远接白云寺，天籁轻弹流水琴。

闲坐卧，乐登临，恍听飞瀑发龙吟。六盘山上长征路，直达神州百姓心。

贾乐玉（山东）

鹧鸪天·六盘山之秋

林密山幽路百弯，长龙绵亘踞雄关。日高峰伏白云下，日暮烟生响水间。

凉殿峡，小南川，秋风崖壁荡飞泉。金戈铁马遗痕在，猎猎旗红霞满天。

赵春光（宁夏）

雨中登罗山

飞云翻墨卷，大雨访罗山。
猎隼巡新木，金鹰护阔川。
登台一碧蜜，过草四平滩。
弄发成花照，风光尽被贪。

钱守桐（宁夏）

罗山国家级自然保护区

灵山血脉流诗意，碧水清泉润古松。
叠翠秋唇含紫韵，金花草木孕昌隆。

潘万虎（宁夏）

罗山自然保护区

云蒙雾绕雨飞旋，自古春秋几作甘。
芳草丛林奔丽色，贞禽逸兽露娇颜。
嘉禾万顷摇瑰景，妙彩千重织绮园。
旱海苍生承母爱，守心巡护好耕田。

许金平（宁夏）

罗山小记

青山小雨自难休，花路清风伴鸟啾。
芳草萋萋千里阔，玉杨立立万株稠。
尤凭沙漠围螺道，怎奈桃林点岭沟。
我斗翠霓飞碧汉，借云一朵尽遨游。

余秀玲（宁夏）

绿色罗山

昨夜清风岭上歌，天公擂鼓令飞梭。
疏篱沙锁苍龙卧，翠壁梯修青石磨。
雨润松林新叶抖，足登仙路湿云呵。
结庐游雾山中事，采入行囊梦一箩。

张青（宁夏）

雨中登罗山

瀚海明珠百草芳，云腾雾漫雨丝凉。
苍松滴绿林幽静，翠柏凝烟岭渺茫。
涵养一方青树密，施为万众碧流长。
乘风欲往仙家寺，饮露餐英疗内伤。

白燕（宁夏）

罗山远眺

昔日荒沙绿草栽，今朝植被紫竹裁。
野花自放蜂飞舞，风雨回旋鹊唱猜。
几朵薄烟携客到，满坡高树破云开。
逍遥爽气诗同路，浪漫悠闲赋颂来。

王红（河北）

咏罗山

早闻宁夏有奇观，万里追踪到眼前。
小径丛林黄雀唱，遥峰绝壁怪石悬。
风沙暗度叠青障，云雾轻飘笼碧天。
鬼斧精雕福佑地，堪称最美母亲山。

白云山

潘万虎（宁夏）

白云山森林公园

徐开山水卷，画幅已生描。
翠墨涂千叶，稠林逼九霄。
荷间围蝶影，岭上滚松涛。
谐赏心仪景，诗思赛海潮。

柳钧（宁夏）

白云山

入林循古道，登上白云山。
漫思幽溪去，闲看众鸟还。
松涛连翠幄，花影露红颜。
多少江南事，皆教野谷关。

赵春光（宁夏）

登白云山

又上此云岭，时光愈不同。
一池荷伞绿，万朵藕花红。
碧玉摇橙扇，清溪映黛容。
穿峡迟日暮，画士醉山中。

张青（宁夏）

固原白云山

满目山峦翠，沟平峡谷深。
身躬掬泾水，耳侧辨清音。
举首白云望，攀岩古寺寻。
神仙何处去，洞府半空临。

白燕（宁夏）

泾源白云山

兰草芳林满鋆翩，玉山秀水绕峰巅。
流云恣肆横天际，菡萏娇羞竭力妍。
红染东坡千色醉，绿幽西岭万花燃。
今随蕤意心儿舞，明梦含香韵味绵。

祁飞龙（宁夏）

白云山

野荷溪水绕重山，翠柏苍松万仞巅。
峻岭峥嵘呈晓日，祥云缥缈隔尘缘。
登梯绝壁千年寺，昂首悬崖一线天。
绿染烟霞融法道，灵峰草木入诗禅。

何晓晴（宁夏）

满江红·再登白云山

又到家山，花树岭、旧时相识。还记得、水清风习，白云常旎。数次三番携伴去，对草莓卧蚕琼蕊。恨白驹、五十三年非，人间寄。

西风起，莼鲈美。红尘事，何须计。看远天尘外，月风云霁。松柏试同人共语，冠缨夹道山无际。且畅怀、任水剪流年，芝兰瑞。

火石寨

王跃东（河北）

火石寨

绿树铺千顷，红峰插九霄。
一怀情入境，万古在燃烧。

张大德（宁夏）

西吉火石寨

火石崖壁映乾坤，谷壑丹霞鬼斧痕。
盘古沧桑擎柱顶，秃鹰皓翅掠丛林。
穆柯寨里旌旗舞，刀背开山陡峭分。
使至云台听鸟语，登高四顾百芳馨。

李岚（宁夏）

西吉火石寨

塞外群峰景色佳，层峦叠嶂落红霞。
金沙烁土游深壑，赤练丝绸舞断崖。
碧绿梯田身上绕，嫩黄杨柳颈边扎。
要寻此处为何地，奇特仙山是我家。

闫云霞（宁夏）

如梦令·过西吉火石寨

莫道残阳将落，尽染半天如火。花海映丹峰，春色恼人猜度。来坐，来坐，那朵紫云邀我。

寇天福（宁夏）

鹧鸪天·题西吉火石寨

火石燎原呈瑞祥，红峰林立翠梳妆。层峦流彩痴迷赏，沟壑飞虹诗意长。

泼墨绘，巧裁镶，美轮美奂我为狂。人间几处丹霞寨？神韵奇观思未央。

赵秀敏（广东）

鹧鸪天·游火石寨赋

叠嶂千重意未阑，丹霞烈火为谁燃。时光妙手留人记，草甸无心枕月眠。

呼赤子，共清欢，倾情环保克时艰。风霜不改痴心在，留我中华朗朗天。

田丽静（河南）

八声甘州·咏火石寨

正一轮大日射丹霞，七彩贯长虹。叹千川万壑，金雕彩绘，鬼斧神工。滚滚橙黄焰火，热浪沸群峰。独倚高阳立，燃爆天空。

照亮丝绸古道，望云台叠翠，穆寨堆红。对飞来巨石，竹岭扫春风。凿仙窟、须弥山下，挽丁香、白桦郁葱葱。邀君听、驼铃逐梦，歌唱英雄。

水之韵

赵书成（甘肃）

黄河大峡谷

民族母亲河，天兴大峡波。
神刀生峻迈，万古赋高歌。

王洪青（山东）

赞宁夏引黄灌溉

水可润沙地，风华动眼眸。
波光回大漠，紫气过川流。
霞霭弥川道，灰鸥满渡头。
黄河无限美，沃水满青洲。

赵希平（北京）

黄河楼

沙碛孤云远，春风绿野原。
黄河流日夜，高阁屹山川。
金岸灯光耀，雕栏色彩鲜。
低看宁夏地，信是赛江南。

马利明（宁夏）

塞上黄河美景

九曲黄河流塞上，奔腾不息富农家。
唐渠南北联蛛网，汉堰东西灌稻洼。

耿金水（山东）

赞宁夏黄河

喜迎川水降安澜，最美沙坡北拐弯。
自打黄河从此过，飞来塞上一江南。

雪迎涛（河南）

河美

大河滚滚九折弯，破雾穿云下莽原。
脚踩黄沙寻故道，两边尽是米粮川。

王林侠（吉林）

水之韵

连绵烟雨挂河湾，陌上风光尺幅间。
撷得浪头花一朵，随情抛洒润青山。

艾玲（黑龙江）

溜索宁夏中卫黄河段

身下黄河涌怒涛，穿云系紧索拴腰。
呼吸屏住飞身去，越过平生最险桥。

海军（宁夏）

黄河春色

闹市高楼俱欢欣，兰山雄峙少登临。
黄河春色扑天地，大漠浮云述古今。
九曲蜿蜒终不改，千回疾迅势难侵。
田园葳蕤百花盛，锦绣引得几歌吟。

宣民庆（宁夏）

长河异彩

黄河金水九天来，千古钟情朔地开。
一曲放歌八百里，十城追梦亩年台。
月山星海冠新景，水洞兵沟叹旧垓。
大漠孤烟风散尽，煌煌金岸任心裁。

陈琳（吉林）

黄河水

波涛滚滚下云端，恰似蛟龙闯险关。
巨浪携沙劈万壑，深渊吐雾漫千峦。
情播大地荒原绿，爱洒长空皓月圆。
魂系炎黄湾九曲，梦牵华夏谱新篇。

郭文墨（福建）

咏黄河

不随年月慢消磨，一阵涛声一曲歌。
塞草遍生迷故道，川原静卧枕沧波。
遥知凫雁乐其性，欲问鱼龙深若何。
冲破寒冰填渤海，自然西北早春多。

张德新（黑龙江）

咏黄河

一下昆仑九曲长，关山难缚志飞扬。
载春总是化成碧，入海依然不改黄。
自带母仪传血脉，欲携龙势变沧桑。
几多兴废融心里，淘尽英雄还未央。

赵学义（宁夏）

黄河生态宁夏段仲春揽胜

绿笼长堤万象新，百花摇梦壮豪吟。
红桃竞艳生机满，翠柳堆烟画意匀。
鸥鹤穿云迷远树，樯帆破浪渡遥津。
寻诗漫步江天外，满目风光醉仲春。

张志佛（宁夏）

再寄黄河古渡

初夏清风早晚凉，黄河古渡刺玫香。
蜻蜓点水蓝天破，画舫惊鸥柳树苍。
燕落平沙寻旧磊，客登紫塞忆明王。
闲云侧耳听蛙鼓，一叶扁舟载夕阳。

高怀柱（山东）

过银川黄灌区

绿肥红艳寄深情，处处生机四野明。
稻秀良田朝与暮，林荫大道雨和晴。
悠悠鹭过天如洗，静静溪流水更清。
疑是江南春色里，鸟儿婉转向人鸣。

褚遂初（内蒙古）

宁夏水之韵

奇峡挥鞭伏九龙，几渠天水共青铜。
滩涂雁指砂瓜满，湿地鸥歌稻谷丰。
塘溢荷香鱼者北，堤分苇韵网之东。
一河独厚恩千草，多少苁蓉大地红。

姜吉清（山东）

浣溪沙·银川湿地公园

塞上湖城景万千，平湖七十二星连。鸥飞鹭戏水云间。

鸣翠湖波攒碧玉，贺兰山雪映霞烟。湖光山色共婵娟。

洪绍华（宁夏）

鹧鸪天·黄河湿地公园

远寺钟鸣舞鹤争，河湾谁个赏柽红？水心浑涌三更月，石嘴轻噙四季风。

楼台近，赋诗倾，养心不必柳花同。云空古渡双桥横，七彩园生绿梦中。

刘凤合（天津）

浪淘沙令·塞上水乡

银汉落长天，浪卷飞烟。黄龙北望过银川。意转温柔情脉脉，醉了人间。

落雁白沙滩，绿水红莲。芦花倒影贺兰山。北国风光南国韵，梦幻家园。

畦珊（广西）

念奴娇·咏古渠灌溉工程

柔波百里，问谁将锦带，穿峡连陌。莫道东风吹不到，堤柳无边春色。两岸畦平，一方稻美，摩诘悠然笔。浮岚流翠，悄凉渔父蓑笠。

遥想宁夏先民，镢锹箕畚，引流滋南北。瀚海荒丘成陇亩，最是汉唐雄魄。塞上繁华，江南丰润，今古神仙域。沧桑翻覆，尘沙终澹云碧。

陈凤兰（宁夏）

念奴娇·银川滨河新吟

绿风卷浪，看滨河两岸，斜阳烟树。皮筏孤舟横古渡，更有悠闲鸥鹭。九叠风光，千寻翠被，百里皆田圃。劳歌隐约，有农家两岸住。

追忆远古先贤，屯田引灌，执杖临风伫。浊浪雄风随出入，成就一方烟雨。绿水桑麻，青山禾黍，疑是江南处。心花一瓣，不妨敲字成赋。

陈万荣（宁夏）

沁园春·黄河水韵

九曲黄河，独富平原，地茂人骄。看如今宁夏，园林茂密，山花烂漫，湖水清寥。阡陌纵横，灌渠密布，塞上江南如画描。登高处，见高楼栉比，水榭妖娆。

家园惠泽丰饶。赖无数、先人引水浇。凿古渠秦汉，千年流碧，唐徕昌润，百里波涛。一坝横空，洪流汹涌，吞吐黄龙急浪嚣。高原绿，引甘泉固海，万世功高。

刘立平（宁夏）

黄河边上银河湾

三月春光好，晴滩绿又生。
山花将走秀，枝鸟欲争鸣。
鱼跃滨河月，柳舒金岸风。
一湾风水立，溶注百年情。

薛锋（宁夏）

春至典农河

岸柳生烟苇翠河，微风扑面荡清波。
白鸥已不凌空掠，赖在湖城啭旅歌。

冯忠刚（宁夏）

春至典农河

河畔典农垂翠柳，登枝燕鹊展歌喉。
横桥披绿穿林去，曲径生香引尔游。
客念鸟飞开步走，云容薄暮景晖收。
诗成咏雪吟霞色，梦入青春永驻留。

熊轲（宁夏）

清水河抒怀

新晴宜稼久安居，流水潺湲唤蔚茹。
塞上优游歌画境，樽前膏沃醉田庐。
流连悦性鲜云静，喜遇怡颜韵语舒。
莺啭能酬丰岁梦，闻芳待客笑春初。

许凯（宁夏）

春游天河湾

别样大堤别样沙，蒹葭十里似流霞。
晴川烨烨遥飞棹，杨柳依依近带鸦。
芳草迎人才秀叶，春风入靥已成花。
仙槎莫厌天河远，世事无涯水有涯。

张艳杰（宁夏）

游河套

南风送暖锦旗飘，恰恰流莺穿柳条。
鱼咬金钩临岸近，湖翻翠浪接天遥。
新妆笑溢林亭殿，古渡舟横石拱桥。
霞朵贪奇来镜里，真如玉面泛红潮。

吴茂江（宁夏）

典农水

塞上初青季至春，旋飞燕子唱清晨。
九天夜雨浇双美，四月农田播八珍。
典水河边垂柳翠，湖城路畔碧桃新。
东君唤客如期赏，独缺年前共趣人。

樊建雄（宁夏）

典农河畔写意

活水连湖成大作，穿街进苑绕公园。
夜来镜里琼楼亮，晨醒林中喜鹊欢。
一曲花萦家社路，百折彩绘镇村田。
万千气象升民意，载舞高歌拥向前。

叶子金（湖北）

青铜峡即景

细浪皱如绸，铜堤峙莽秋。
鸟鸣芳草甸，绿涨白沙洲。
一水滋荒漠，千村注暖流。
野风回荡处，新黍压行舟。

闫云霞（宁夏）

青铜峡峡口泛舟

涌浪穿峡气贯虹，山呼水应自从容。
清波滟滟旋新燕，玉坝磐磐卧巨龙。
放眼寰球唱金岸，倾心故土话青铜。
泛舟逸兴情难尽，回首长河飞塞鸿。

王奇顺（浙江）

游青铜峡

十里青铜惊眼眸，风光一峡画中收。
船穿两壁迎前走，浪舞万花依次游。
塔影层层横秘境，禹魂默默望神州。
就教堤坝巍然立，不废黄河自古流。

刘启燕（四川）

青铜黄河峡谷游

大坝横拦万顷波，青铜有意锁黄河。
沙湾岛爱喧声少，牛首山亲树色多。
古塔精修图吉利，新村广建促谐和。
康平四季兴游旅，无限风情一路歌。

杨定朝（湖南）

乘舟游青铜峡

大禹雄姿欲接天，青铜峡口往来船。
消磨古国千秋雨，管领黄河九转烟。
牛首春风花烂漫，贺兰晴雪梦缠绵。
明珠一串辉边塞，十里画廊到眼前。

唐秀玲（吉林）

鹧鸪天·游青铜峡库区湿地

滩涂辽阔碧草鲜，天鹅展翅向蓝天。青峰倒映湖光上，芦苇婆娑栈道前。

山自在，水悠闲，自然生态美家园。花香鸟语熏风荡，此处游来胜似仙。

林之命

林深叶翠

刘志刚（甘肃）

咏毛乌素防护林

遍种滩头树，遮拦漠上沙。
岗峦撑绿伞，戈壁秀红花。
牧地成林苑，田园作氧吧。
芳风传笑语，送爽到人家。

谭洪林（吉林）

林

万木招来景色新，防风净化却烟尘。
无边绿海山原秀，美丽城乡笑语频。

张树龙（四川）

林之命

沙如野马岂由缰，奋起经年苦拓荒。
万顷层林封任性，防风命脉护康庄。

陈晴晖（浙江）

造林

百万柠条劳运筹，青春热汗润沙丘。
驼铃再起新丝路，北斗星航指绿州。

刘峰（河北）

林草英雄

去日豪情总未休，甘将汗水灌沙丘。
殷勤扎下草方格，自信荒原变绿洲。

王海兵（湖南）

观宁夏人工植树林

人文积厚秀风光，塞上江南造梦场。
植树高低诗配画，分行小大凤随凰。
林成遮地遮天碧，花发倾城倾国香。
环保功成龙破壁，苍生乐享富而康。

黄正元（宁夏）

林业工程师汪愚

京城下放到宁南，二十春秋足满山。
着眼宏观揽全局，细微指点到苗园。
博渊学识员工敬，平易谦和共克艰。
药志经书呈四化，非凡建树史青传。

聂俊（湖南）

采桑子·咏护林员

危崖绝壁松槐劲，瀑落溪边。鹰隼飞旋，峰岭深沉若父颜。

樵途谷道登高处，常入云烟。华月芳年，一意倾心守贺兰。

肖剑顺（江西）

鹧鸪天·六盘山人工林抚育

绿水青山壮六盘，天然水塔润层峦。数声鸟语林中接，无限风光心里看。

荒处造，好苗安，育林植树不言难。高原绿岛基因库，诠释宏图生态观。

张秀娟（河北）

鹧鸪天·赞宁夏生态造林工程

宁夏今朝气象殊，鲜容竞色更宜居。沙乡焕作新胜景，生态皴开美画图。

原野沃，柳风扶，名扬塞上一明珠。花香入梦春长在，绿满山川绘锦都。

植树造林

白浩（宁夏）

访石炭井植绿

去年新种树，春暖已萌芽。
疏翠休嫌小，明朝可御沙。

祁国平（宁夏）

贺兰山植树采风有感

初春山上人影动，松柏躯颜竖立中。
数载青春泼秀色，鸾姿凤态映乡翁。

高银春（宁夏）

栽春意

开沟破土栽春意，植树荒山为子孙。

且待来年峰岭秀，青杨烟柳百花薰。

赵学义（宁夏）

贺兰山植树

清明植树磴沟行，十里沙丘机器鸣。

播草栽松挥汗雨，望中柳暗又花明。

张新喜（宁夏）

过北武当昔年植树处有怀

经年植树喜成林，独步迎眸翠郁森。
禽鸟颇知幽趣乐，向人婉转递清音。

吕生（内蒙古）

宁夏植树造林记

一分投入一分春，十倍辛勤满地银。
绿水青山能致富，苍天不负有心人。

陈升刚（山东）

植树造林

斗沙降雨不求天，引水成林出自然。
万众齐心凝聚力，山青千古赋诗篇。

沙俊清（宁夏）

贺兰山秋冬植树

万马千军赤帜飘，贺兰岭下涌春潮。
挖坑换土栽杨柳，送水浇苗育杏桃。
小树今朝根入梦，新枝明日叶盈梢。
园丁甘耐风霜苦，誓为荒山裹绿袍。

许凯（宁夏）

植树进军大磴沟

石砌飞泉气似虹，三军种树也英雄。
湖边独试凌云绿，塞下齐栽映日红。
十里煤沙初覆土，百年草木渐成丛。
移春号子随风落，遍地烟霞送晚钟。

马利明（宁夏）

植绿贺兰山

汪洋崛起贺兰山，献宝乌金五秩年。
矿井枯竭需废弃，坡沟裂陷要回填。
种植大干冬春季，复垦栽培杏柳园。
三载功成出美景，塬红涧翠换新颜。

郭佑（宁夏）

贺兰山植树

人勤春早众心凝，保土植林护草坪。
雨润幼苗添翠绿，枝出嫩叶绘葱茏。
他年长就凌云碧，沃野妆成绮景浓。
艰苦拼搏摘胜绩，辉煌接续启新程。

叶红军（宁夏）

鹧鸪天·辛丑贺兰山麓植树

岁末寒天又远征，荒山抡镐做愚公。顽石无赖常欺我，咬定秃山不放松。

身老弱，梦年青，汗流满面对西风。多情小树亭亭立，一碗温茶乐在中。

哈巴湖

白林中（宁夏）

绿洲哈巴湖

汗水由来岁月稠，清风碧浪戏飞鸥。
登高四望心惊喜，不见沙原见绿洲。

邓成龙（宁夏）

游哈巴湖

百里驱车秋色里，千年边塞近盐池。
谁知沙海行踪去，湖映林深若彩旗。

钱守桐（宁夏）

哈巴湖金秋

碧野盐池聚万祥，青枝似笔写金黄。
千枝凤鸟衔烟雨，如梦湖泊润草香。

邹慧萍（宁夏）

哈巴湖林场秋景即兴

千古黄沙寻不见，风光塞上有盐州。
斜阳尽处界山阔，征雁归时边塞幽。
花马寺铺成锦绣，哈巴湖秀出温柔。
归来夜月依依送，红柳胡杨戴玉钩。

许金平（宁夏）

初访盐池哈巴湖景区观景有怀

新月如银玉海裁，名湖万里梦中来。
黄沙栈道排云上，绿壑芳洲润福台。
远眺登高霞色动，举杯饮酒雾霾开。
风吹笙起思无限，吉鸟声声醉古槐。

陈凤兰（宁夏）

哈巴湖杨树林

夕照依山分外亲，含霜笔力却情真。
研磨岁月翻颜色，点染溪湖濯世尘。
树密犹听虫软语，林深尚见鸟双唇。
丹青乱洒成经纬，我自裁来裹一身。

祁飞龙（宁夏）

夕阳哈巴湖

深秋黄叶拥西风，柳带杨林暮霭红。
眼望千重翻浩海，雁行一线挂长空。
镕金落日云光外，裂锦归霞雾色中。
湖水粼波无缀处，仙娥肆意舞霓虹。

丁玉芳（宁夏）

诉衷情令·赞哈巴湖自然保护区

封沙植树几十年。成自然景观。五型地貌独特，多物种繁延。

沙柳密，叶杨连。草如绵。一泓丽水，游人如织，季鸟盘旋。

于卫东（宁夏）

鹧鸪天·哈巴湖秋光

不见当年大漠狂，固沙林草扮新妆。一泓池水澄湖碧，多片青杨小叶黄。

升弯月，坠残阳，登高放眼望无疆。快如箭影雄鹰掠，鸟兽天堂暮色长。

枸杞

陈贵民（江苏）

宁夏枸杞

地以黄河富，红为五宝魁。
烹餐成美馔，入药是良材。
稼穑年年累，川原处处栽。
人间生命树，塞上一琼瑰。

林为挺（上海）

咏中宁枸杞

曾列皇家贡品中，而今满野见葱茏。
岁收万顷甘甜果，粒粒高标宁夏红。

枸杞

汪雯（江苏）

宁夏枸杞

清风过处已无踪，嫩绿增时未改容。
不问胭脂借颜色，骄阳染得最情浓。

白林中（宁夏）

枸杞园

多情红豆到云边，巧手千双摘不完。
地晒蓝天飞彩练，机烘干粒乐翻天。

刘虎（宁夏）

中宁万亩枸杞产业园

名园聚瑞翠飘香，秀美杞乡情意长。
绿叶闻风倾玉果，青茎饮雨绽红妆。
畅怀叠碧千重爱，放眼芳丛万仞光。
塞上江南佳品出，滋阴补肾美名扬。

张海生（宁夏）

宁夏枸杞红

万亩杞园塞上红，枝繁叶茂刺丛生。
青荑嫩绿荆棘短，白芷清香妙药成。
银岭半坡茎翡翠，金花一树果玲珑。
安神醒目延年贡，上品佳能玉露浓。

郭文墨（宁夏）

中宁有机枸杞园

陌上新呈玛瑙红，层层宛在翠云中。
名园灿烂一川景，香粒温柔千里风。
入股是因心共远，脱贫惟赖气犹雄。
村官带货互联网，喜向康庄架彩虹。

陆炳生（湖北）

宁夏枸杞

彤红枸杞很神奇，小巧玲珑万众迷。
药用功能多又广，防疲抗老最相宜。
强精补气还消渴，免疫提高举战旗。
绿色长留开胜景，花山果地不分离。

许凯（宁夏）

清平乐·采枸杞

披红揽翠，别样莺声碎。风送精神云送瑞，更有满园新蓓。

晴川泻玉流光，丘原几度苍黄。今日魂归故里，任他日午天长。

徐和（宁夏）

鹧鸪天·题塞上枸杞之乡

杞蕾花开灿灿莹，一园馥果报年丰。翠山苍鹭晴霞外，蓝水银鸥晚照中。

花不尽，果无穷，小康之梦万家同。农心慰苦辛甘淡，迎客杯宽举酒浓。

许宗金（宁夏）

鹧鸪天·宁夏枸杞

形短身微簇簇生，经风沐雨暑天成。茎枝可做仙人杖，根叶能通气脉经。

色香郁，味甘浓，汤茶一盏目清明。医家用药称奇宝，珍果佳颜许老翁。

洪绍飞（宁夏）

行香子·茨园晨韵

金坠叮叮，丹坠摇摇，晓风熏倦曳虹条。婆媳贪爽，果木撒娇。喜阳初照，霞初洒，杞初烧。

黄河练舞，兰山屏立，晒出红红惠农谣。盘装炉火，树挂珠瑶。映叟如仙，子如将，业如韶。

葡萄

葡萄

赵春光（宁夏）

贺兰东麓葡萄长廊

叶若紫金花，国香进万家。
兰山伸异麓，世界有精华。
日照成甘露，风吹见彩霞。
南国多墨客，展纸绿红花。

许金平（宁夏）

品赤霞珠葡萄酒有感

珍果生宁地，根深叶茂长。
高阳凝紫露，沃土聚芳香。
玉皿托霞液，红颜奏雅章。
山衔明月近，诗意梦中翔。

白林中（宁夏）

贺兰山葡萄廊

兰山东麓地飘香，百里葡萄入画廊。
串串玲珑迎远客，颗颗美妙动心房。

简盛华（贵州）

葡萄酒庄园

北国悠悠日照长，葡萄串串挂藤梁。
庄园酿酒销天下，紫色名牌四海扬。

陈军（宁夏）

贺兰葡萄

葡萄饱满似珠圆，味道颗颗比蜜甜。
地利天时滋造化，兰山宝地涌福泉。

郑晶（宁夏）

赞宁夏葡萄产业

聚瑙凝珠翠欲滴，玲珑剔透醉心脾。
红黄紫绿争鲜艳，滑爽酸甜比质奇。
赛尽边疆食美味，评出世界酒名曲。
福泽塞上千祥起，优惠人间万富余。

长枣

长枣

赵春光（宁夏）

灵武长枣

灵州百果王，盛誉尽飞翔。
碧叶常呵护，红星总过墙。
层层瓷肉厚，口口蜜汁香。
画士挥宏笔，联翩万景芳。

黄盛才（广西）

赞灵武长枣

灵武长红枣，人称百果王。
古时名五苑，今世富一方。
入药能除病，吃食可解荒。
故乡添赞誉，异地获播扬。

张爱华（宁夏）

咏灵武马牙长枣

绿浪飞歌贡果肥，云歙雨霁绣成堆。
乡村遍种摇钱树，不信东风唤不回。

于卫东（宁夏）

灵武长枣

暑假回乡烈日炎，满园长枣紫青尖。
阿花网上订单接，带露包邮卖脆甜。

许东君（宁夏）

灵武长红枣

王母一滴无意血，灵州长枣玉颜红。
千年贡品皇家宴，几味糕香黎庶烹。
赠友逢年六亲爱，拎包上市四方名。
何曾五宝风光好，更有甘甜口齿生。

苹果

丁玉芳（宁夏）

参观智慧苹果园

果树经年见，舒枝伞状生。
鑫源疑旧识，沙地逆常情。
行距多规整，单株似塔呈。
灌滴全自动，无雨也丰盈。

陈凤兰（宁夏）

吴忠扁担沟鑫源祥苹果智慧产业园所见

万亩果垂垂，红颜微雨霁。
枝低瑞气生，树矮甘霖细。
沃土肥苗芽，青苔护本系。
清香可慰心，正熟秋风递。

白林中（宁夏）

访鑫源祥苹果智慧产业园

恰似天高任鸟飞，荒原有志地生辉。
树低挂满红苹果，妙手千行步翠微。

邓成龙（宁夏）

赞苹果智慧园

塞上秋深风景异，谁知沙野智园奇。
叶间佳果枝头挂，人海车山感盛时。

于卫东（宁夏）

浣溪沙·吴忠鑫源祥苹果园

红润枝头颗颗擎，鸟鸣林带果园宁。耕耘智慧寄深情。

绿叶婆娑容染赤，有机富士客垂青。旺销上市负盛名。

祁飞龙（宁夏）

鹧鸪天·鑫源祥苹果智慧产业园

智慧园中果味清，霜侵露染愈香凝。亿株绿树留人醉，万亩肥田令客惊。

如焰火，似红灯，甜浆美味自天成。扁担沟里丰收景，且看枝头笑意盈。

山花

杨怀胜（山西）

彭阳山花节

桃杏枝头绽粉腮，层层叠叠为谁开？
彭阳四月风如蜜，蝶与佳人结伴来。

王会东（河北）

咏塞上野杏花

料峭春寒燕未归，高崖一树笑芳菲。
天姿劲骨高格调，何必江南去看梅。

山花

张美玲（宁夏）

湖城杏花吟

琼枝摇曳溢馨香，满树繁花扮靓妆。
淡粉犹如羞倩女，嫣红恰似媚娇娘。
千山秀色一溪碧，百鸟清音九宇翔。
彩蝶翩翩风弄影，诗吟杏雨醉心房。

祁飞龙（宁夏）

彭阳山花

茹河瀑布挂飞流，碧树祥云梦幻悠。
桃杏娇姿峦倒影，田园层浪水横游。
清风玉露和声美，晓日山花粉朵稠。
远岫雄峰群鸟过，迎来宾客醉心头。

赵美新（安徽）

彭阳山花节

生态彭阳春意浓，夭桃白杏韵无穷。
漫山遍野连成海，蔽日遮天张作篷。
靓女帅男争打卡，娇莺嫩蝶喜追风。
富民强县兴文旅，醉美乡村惊爆红。

何晓晴（宁夏）

沁园春·彭阳山花

粉蕊年年，率土争先，尽展笑颜。共填山河趣，冀如尘雾，补辉湖海，日月增欢。山道声喧，众人竞睹，曼妙芳姿醉玉峦。微风里，恰尝甜仁杏，舌齿缠绵。

彼时播绿荒垣。都觉苦、埋头不忍言。袖风担昼夜，期圆梦境，顺祈岁月，风雨同援。朝露溥溥，夜云携雨，苍狗光阴逝水漫。卅年过，峁梁宾客拥，蝶舞莺穿。

田之根

李景慧（山东）

宁夏花田

黄翠奔层峦，飘飘欲化仙。
春风从此住，不肯下江南。

郭永利（辽宁）

山田

麓野填新绿，山乡宿雾寒。
涓涓溪涧水，缓缓润畦田。

吴健（云南）

退耕还林

耕田千万亩，退作复还林。
塞上山丘绿，河旁草木深。
黄沙难卷起，沃土不流沉。
利国民生事，家传一片荫。

贾春生（吉林）

赏宁夏梯田

塞上多奇景，农畴绕岭盘。
云梯通顶秀，美稼应时繁。
喜赏千层画，欣登百丈峦。
人和山水好，共处一方安。

李荣贞（北京）

咏彭阳梯田

金色漫山川，织出锦绣篇。
往昔黄土地，今日美梯田。
霞蔚丰收景，云飞致富园。
彭阳实可敬，一步几重天。

陈琳（吉林）

良田

万顷良田醉眼眸，香瓜甜果喜丰收。
初临疑是江南景，稻浪千重织彩绸。

钱守桐（宁夏）

宁夏彭阳县梯田

层层紫气入云端，万亩梯田正写酣。
浪漫桃花香夜梦，金秋曲线画江山。

吴茂江（宁夏）

稻渔田

入目金秋彩色妍，鱼塘粮畈接云天。
地生画布描宏景，稻落蓝图献韵篇。
立体经营高产水，多方种养广收田。
循环创意新科技，致富乡民数万千。

祁飞龙（宁夏）

彭阳五彩梯田

层田叠翠郁苍苍，万壑争流放眼量。
瑞霭凌虚楼展现，晴岚幻彩鸟飞翔。
花香绿染茹河水，霞艳云蒸五色光。
养老踏青何处去，人间仙境任徜徉。

胡太祥（黑龙江）

过金鸡坪梯田有怀

谁泼丹青泻远岑，望中七彩客惊心。
九重春色千层碧，百里秋光万顷金。
太白登临题画扇，伯牙览胜拂瑶琴。
恨无长臂裁云朵，亲手为伊插玉簪。

罗乔敏（四川）

泾河源油菜花田拾韵

花光绚烂起波澜，神笔挥毫出眼前。
漫映苍空迷视野，乱铺阔域荡心田。
黄蜂拾兴载欢去，紫蝶舒情带醉还。
但看泾河源上垄，流金横淌遍人间。

孔祥华（河北）

春到金鸡坪

谁说此地不宜家，满眼春光醉早霞。
偶见鸡鸭出巷里，几丛杨柳间桑麻。
梯田翠绕层层岭，坡峪红开簇簇花。
水土苦瘠成往事，桃源是处忆风沙。

龚希若（江西）

宁夏金鸡坪梯田

思变敢为今古先，六盘山下造良田。
冬来目断指纹地，春至身临花海天。
巧作神工除旧迹，惊看人力绘新篇。
初心不改拓征路，美丽风光咫尺前。

刘新芳（宁夏）

咏彭阳梯田花海

层叠梯田葱岭上，山花遍野尽芬芳。
云霞万朵飘螺塔，麦浪千波咏故乡。
五彩斑斓沟壑染，六盘迤逦赤旗扬。
丹青画卷谁描绘？挥镐愚公庆小康。

何晓晴（宁夏）

彭阳十万亩桃杏扮靓山乡

门掩杏桃香满院，涯浮瑶朵瑞盈庄。
餐风饮露鸡陶醉，听雨追云蝶舞墙。
三世三生栖息地，一沟一壑尽膏粱。
玉英回首惊频问，山宅何时现帝乡。

邹慧萍（宁夏）

西江月·彭阳金鸡坪梯田观感

叠叠层层入画，黄黄绿绿飞扬。山川花海孕流光，岁岁年年荡漾。

绿水青山成景，近邻远客观光。物丰民富国家强，寨寨村村欢唱。

雪迎涛（河南）

美丽乡村

远山青翠树遮荫，绿水相依杏柳村。
昔日荒原苍莽地，今成仙境靠初心。

赵学义（宁夏）

脱贫乡村景象

麦海腾波遍野黄，青纱帐里绿生香。
桨催碧水龙舟渡，霞映蓝天紫燕翔。
惠政春风欣化雨，葵花笑脸总朝阳。
果林何处村歌起？满载深情颂小康。

薛锋（宁夏）

参观闽宁镇移民扶贫乡村振兴寄语

黄河流域滋西夏，红酒葡萄产业成。
统帅关心佳景绘，闽宁携手锦程行。
帮扶八极穷兄弟，领引千方富众生。
民族和谐团结紧，中央大政福民情。

王善同（新疆）

作客贺兰与友人

蓦入城南十里园，蔬多浓碧望风翻。
毛芹对语青椒乐，泉口努唇溪水喧。
味味苍生关善道，心心斯世作淳源。
移家正好同沽酒，八菜三汤客小轩。

邹鹏（宁夏）

六盘山下农家乐

果香木秀鸟声柔，草绿花红曲径幽。
淡淡白云浮翠岭，潺潺溪水绕村头。
欢歌旋舞廊前燕，梳羽悠闲桥下鸥。
米酒乡音星月朗，诗心荡漾醉金秋。

于金奎（宁夏）

浅夏贺兰山下龙泉村

山增畅意映农田，李杏眉痕泛紫嫣。
枣树萌芽颜色嫩，池塘碧水睡莲圆。
红添路畔蜂寻蕊，绿染廊桥柳舞烟。
布谷声愁春雨少，痴情一片在龙泉。

张海生（宁夏）

十里长廊是酒乡

贺兰东麓沐春光，砾蔓沙藤馥郁乡。
酒业卅年成硕果，葡园万顷现长廊。
赤霞极品传千里，玉液金樽醉四方。
佳酿飘香中外赏，大山迓客任君尝。

吴曰夏（山东）

观《山海情》中闽宁镇

连绵沃野望无涯，塞上江南景色嘉。
老辈卅年丰绿树，长城万里镇黄沙。
贺兰山麓葡萄酒，悬水河滩枸杞花。
从此金银皆抱定，后人不再苦娃娃。

张美玲（宁夏）

海源仁湾村文化大院

秦腔一吼原生态，十里乡亲俏笑颜。
曲唱悠扬飘古韵，锣鸣澹远颂今贤。
高房嵌瓦明窗净，红杏摇枝碧水潺。
燕子穿梁迎客侣，葡萄架下戏声欢。

耿金水（山东）

赞水泥路村村通

穿过桃庄又李庄，环来绕去百花香。
纵横到底增元气，宽窄遥知向远方。
梦寐农桑能致富，家乡父老有荣光。
其中深意今明了，道路原名叫小康。

杨树林（甘肃）

鹧鸪天·观银川金凤区良田镇新农村

绿树红花映晓阳，白墙黛瓦若仙庄。四围碧水风荷艳，百顷腴田稻米香。

鱼跳跃，鹭翱翔，金鸡满架育肥羊。瓜甜果脆青蔬嫩，巨变沙洲迈小康。

刘凤合（天津）

浪淘沙令·塞上水乡

银汉落长天，浪卷飞烟。黄龙北望过银川。意转温柔情脉脉，醉了人间。

落雁白沙滩，绿水红莲。芦花倒影贺兰山。北国风光南国韵，梦幻家园。

文秋成（河南）

鹧鸪天·春游银川山村

路接天衢云似舟，农家小院鸟声稠。风摇翠竹山边俏，曲弄清泉石上流。

春意早，画屏幽，梨花涌雪暗香浮。忽闻远处花儿起，唱醉黄莺和不休。

李崇元（北京）

鹧鸪天·宁夏南长滩村速描

万顷雪花风正摇，舞条黄练绕村飘。莺啼百里金沙俏，犁挂千颗碧玉娇。

难目断，令魂销，长河弯转第一漂。风光旖旎丹青美，遗憾滩头未曾聊。

湖之景

朱建设（宁夏）

题塞上湖城

夏秋荷稻发清香，俯仰天光接水光。
泽国湖城楼世界，草原林海鸟家乡。
激情快艇书狂草，惬意长渠奏乐章。
拾景归来人不寐，夜深灯下理诗囊。

李玉龙（辽宁）

游七十二连湖有作

东风吹过碧天清，朗朗新春旭日明。
塞上湖城蕾初绽，川中宁夏绿齐生。
苇丛密密鸥连啭，平水悠悠家可成。
环境劣优由鸟断，年年聚此必知情。

沙湖

黄来芹（江苏）

银川沙湖印象

塞上明珠灿，芦丛一鉴开。
群鱼吹浪起，百鸟戏沙来。
草碧盈丘壑，花红映客腮。
驼铃传世外，疑是在瑶台。

张新喜（宁夏）

沙湖

谁将仙女镜，遗落在尘寰。
绿水摇青嶂，晴沙接碧天。
半湖葭苇秀，十里芰荷鲜。
何处驼铃起，渔舟望渺然。

白存权（宁夏）

登沙湖观景台

试上高台望，风光尽眼前。
沙横天际雪，湖涨暮春烟。
一抹山如睡，千重苇自翩。
鸥来无去意，知我已陶然。

陈万荣（宁夏）

游沙湖

碧水映晴空，沙洲围绿丛。
轻舟穿浪里，飞鸟入云中。
极目长天外，犹疑大海通。
流连归欲晚，坐乘一湖风。

海军（宁夏）

沙湖

沙白水碧两相依，西眺贺兰与天齐。
塞上明珠何处是，沙湖美景万篇诗。

邓成龙（宁夏）

游沙湖国际沙雕园

巧手精工细建园，前临碧水后衔山。
万国名匠聚心力，乐塑沙雕问九天。

李景慧（山东）

沙湖秋色

落日长河大漠烟，芦花深处鸟飞旋。
沙黄水绿一相撞，直把秋光泼向天。

周亮（吉林）

沙湖观景

半面微粼半面沙，一湾芦荡一湾花。
烟波嵌在雄浑里，画舫穿梭伴落霞。

吴鹏飞（广西）

沙湖晨景

万鸟盘旋绘美图，蓝天泼墨画沙湖。
白云淘气水中戏，沙漠无声捧日出。

张金凤（北京）

沙湖见闻

半湖翡翠半坡沙，风串驼铃鹭戏蛙。
鱼把舟声牵上岸，凫将月影荡回家。

钱守桐（宁夏）

沙湖

一湖仙镜映浮云，丽水波魂荡苇心。
赋写黄沙寻古韵，飞鸥点水戏诗魂。

陈晴晖（浙江）

沙湖荷池

谁掷明珠化此湖，风沙定处碧扶苏。
瑶池万朵迎佳客，莲影波光入画图。

曹鑑江（宁夏）

山湖相映美如画

远山映衬美沙湖，屏障贺兰翠岭出。
泊水峻峦缩咫尺，神奇画卷仅一幅。

许金平（宁夏）

沙湖之美

梦中犹见墨驼腮，画韵如诗扑面来。
鸿雁白云沙海醉，鸬鹚碧水木舟开。
天鹅岛外生芳蘽，石壁湫前赏国槐。
玉柳依依遥望处，笛声闻起镜花台。

刘成（宁夏）

沙湖芦苇

翠绿蒹葭碧水中，星罗棋布舞清风。
阳光慷慨亲繁叶，细浪轻柔润密茎。
入耳驼铃声响脆，守巢幼鸟梦魂萦。
低翔高翥齐欢叫，湿地家园好养生。

苏先照（江西）

赞宁夏沙湖

戈壁大滩呈画屏，贺兰山下碧湖明。
声声渔唱江南景，阵阵驼铃塞北情。
万顷微波鱼戏闹，千堆绿苇鸟飞鸣。
沙环水绕仙中境，华夏奇观世界惊。

徐彬雅（贵州）

沙湖晚景

远岫擎天捧落霞，沙环碧水水环沙。
半湖烟雨江南韵，一漠金丘塞上花。
黑鹳盈盈飞鸟岛，清波滟滟渡蒹葭。
人间若此非仙境，何处山川是物华？

王跃东（河北）

沙湖

湖中凸岛涌蒹葭，多彩清荷各绽花。
数点飞舟犁碧水，几行留迹印黄沙。
云来多见振翎鹭，诗就频听击掌蛙。
这片波光风景好，游人笃定是仙家。

刘成卓（山东）

访沙湖

一片贺兰横翠微，分来青色共清晖。
金沙叠岭云争落，碧水摇漪鱼尽肥。
塞上风情长欲醉，湖边意境不思归。
卧看白鹤冲天去，卷起芦花似雪飞。

王学美（湖北）

宁夏沙湖

朔北水乡魂总牵，沙山醉枕碧湖眠。
鱼嬉藻底影迷客，鸟出芦丛翎蔽天。
起伏驼峰丝路邈，沧桑瀚漠白云绵。
梦行塞外毡包住，宿在江南画里边。

赵学义（宁夏）

沙湖观鸟

天赐沙湖万象娇，波光潋滟泛春潮。
鹰凭健翼腾云越，鹤借长风戏舸超。
列队飞鸥嬉嫩苇，成双宿鹳筑新巢。
生机满眼催诗梦，百鸟啼歌醉碧霄。

许东君（宁夏）

沙湖行

又见枣花香五月，沙滩一岛嵌湖中。
晴空玉羽出云岫，翠苇银光入画屏。
万里迢迢依水憩，三秋款款引禽鸣。
游人着意观奇幻，风景殷勤筑美名。

常惠琴（宁夏）

沙与湖

平湖碧水映云天，沙海逶迤荡巨澜。
携手依偎情切切，并肩亮丽意绵绵。
蒹葭点缀珍珠撒，鸟翅弹波妙曲喧。
昔日荒滩成美景，自然人睦展新颜。

吴茂江（宁夏）

赏沙雕园

飞来妙趣砾金翻，鬼斧神雕梦幻园。
栩栩如生群古堡，苍苍不朽众高轩。
情怀壮阔黄河魄，气势恢宏瀚海魂。
巧手能工真艺术，微湖纳尽大乾坤。

沙湖百鸟齐飞

朱淑群（江西）

浣溪沙·沙湖

滴翠青芦接水云，晴波如玉碧粼粼。鸣禽时起似争春。

沙海驼铃吟古调，边城民曲带胡尘。熏风导引客来频。

高银春（宁夏）

西江月·沙湖晚歌

日暮沙湖恬静，雨晴远岱生烟。鸳鸯戏水弄微澜，袅袅莺歌唱晚。

风动粼粼波影，浪随叶叶归船。夕阳洒满彩云间，山色水光红遍。

丁玉芳（宁夏）

行香子·沙湖掠影

林翠丘横，湖湛波平。望兰山微雪天晴。渔舟鸥戏，沙海车行。爱湖中岛，沙中塑，水中艇。

长堤踏浪，高台眺远，且驾轻舟入空溟。芦丛惊鸟，船侧飞翎。掠岸边驼，云边鹭，苇边屏。

刘虎（宁夏）

满庭芳·浅夏沙湖荡舟

碧水蓝天，波光粼滟，绕溪边彩旗飘。荡舟湖上，心逐浪花高。苇叶葱茏繁茂，歌声起，飞入云霄。虹桥畔，黑鹅游戏，鱼蟹击清涛。

追寻。抬望眼，草亭栈道，信步逍遥。阅丹青诗文，尽领风骚。塞上明珠一秀，富黎庶，还看今朝。星光灿，百花争艳，家国亦妖娆。

鸣翠湖

文秋成（河南）

游鸣翠湖

烟波漫卷纱，浩瀚接天涯。
鱼戏水中月，莺衔镜里花。
轻舟犁白雪，旭日煮红霞。
醉卧流云上，神仙应不差。

程桂彬（北京）

鸣翠湖

吹却黄沙玉镜开，春风西子扮妆台。
蒹葭着意摇波处，正有雎鸠鸣翠来。

邹鹏（宁夏）

银川鸣翠湖掠影

鸟唱芦丛沐彩霞，风拂杨柳映荷花。
轻舟碧水游人醉，疑到江南西子家。

汪冬霖（山东）

游银川鸣翠湖国家湿地公园

湖光柳色水云台，百鸟嘤鸣苇帐开。
春把江南裁一角，轻舟运到此中来。

文贤中（河南）

鸣翠湖夜色

烟笼翠玉月笼纱，万点霓虹映彩霞。
谁在亭前亭小曲，轻轻哄睡一湖花。

杜冬梅（河南）

游鸣翠湖赏荷

人笑凌波花笑湖，轻舟漾碧共云舒。
蜻蜓浅吻芙蓉嘴，欲与红荷抢画图。

陈谦（河南）

晨游鸣翠湖

万道红霞织彩绸，风开烟树画屏幽。
舟飞明镜同云舞，波漾青山共月柔。
隔岸渔歌来碧水，探空荷笔绘清秋。
跳枝布谷迎宾早，义务人前做导游。

贾春生（吉林）

游宁夏鸣翠湖

方圆万亩翠湖清，塞上江南妙象呈。
苇荡无垠游艇绕，荷田有色暗香萦。
开怀车水观鱼戏，信步乘桥赏鸟鸣。
疑入桃源融画里，陶心健体益长生。

孙承双（黑龙江）

夏日银川国家湿地公园鸣翠湖园区

波光潋滟映亭台，别样云天远隔埃。
芦荻风摇飞白鸟，汀洲露泫洗青苔。
赏心蝴蝶作团起，耀眼荷花成片开。
暑日蒸炎人不觉，清香缕缕扑过来。

李改香（河南）

卜算子·春游鸣翠湖

柳似黛眉横，霞染波光醉。一棹撑开水底天，星影如珠坠。

点亮满湖灯，照见湖城美。隐入芦丛欲酿诗，啼鸟声声翠。

张金英（海南）

芰荷香·鸣翠湖

赛江南。看波光叠翠，湖面添蓝。苇丛摇绿，落霞飞絮相涵。荷塘百亩，荡小舟、满载香甜。醉了这方清潭。氤氲岸柳，裙袂收岚。

最是天堂鸟之趣，有立风苍鹭，红隼飘衫。排云车水，翻银倒雪成帘。雨珠雾帐，恰黄河、九曲非凡。今朝湿地扬帆。文章定位，共此凉炎。

张平（宁夏）

宝湖月色

月影湖中水，清波荡客亭。
霓虹金灿灿，地上广寒宫。

王文华（宁夏）

鹤泉湖

黄鹤南来落朔方，泉清苇绿百花香。
盈盈湖水增新雨，漫漫芦花飘玉光。
飞舞群鸥迎贵客，跳波金鲤慰行商。
凤城缘此增瑰丽，紫塞因之接远芳。

赵学义（宁夏）

星海湖

清风习习柳绵绵，晓日新晴春正妍。
碧水涵空明若镜，浮云倒影渺如烟。
高低莺语翩翩燕，远近渔歌隐隐船。
最是堪游忘归处，一花一草也情牵。

聂朋群（宁夏）

星海湖景区

才到星湖雾已低，荷香未散掠山鸡。
人游恰在烟波内，舟荡重寻小岛西。
看鹭劳形鱼上下，听鸥过水与芦齐。
凭栏但见榴花隐，抵岸薰风不敢题。

张曼利（陕西）

临江仙·题照《燕鸽湖红嘴鸥》

飞过烟波云雨，追来塞北江南。浮云撷影意流连。呢喃啄曙色，鼎沸动云端。

梳过几翎心语，盘活整个春天。人鸥同舞共言欢。和谐天籁里，活力满银川。

刘新芳（宁夏）

水调歌头·星海湖

湖光山色美，霞彩洒瑶池。碧波微澜，浅草堤岸鹭惊飞。鱼跃鸥翔鹤舞，绿树红花翠苇，满眼尽芳菲。奇石湖边卧，垂柳拂涟漪。

候鸟鸣，轻舟荡，夏风吹。如诗如画，流连忘返日偏西。火树银花明月，海市蜃楼春梦，仙境久徘徊。湖水半城绕，水利树丰碑。

王振娟（宁夏）

望海潮·星海湖

湖光缥缈，青峰叠翠，星湖碧映蓝天。烟水画屏，莺歌剪意，兰山倒影连绵。柳树绕堤滩。鹳鸟戏鱼影，银浪弹弦。绿苇婆娑，舟舫逐水共翩跹。

湖中岛屿交环。有林花笑靥，鸥鹭朝欢。游客弄箫，孩童戏水，俊男靓女悠然。美景浴心泉。弛目诗笺染，醉美人间。塞上江南好景，驻足忘归还。

草之青

邹慧萍（宁夏）

参观毛乌素沙地田字格绿化带有感

何人植草绿莹莹，截断黄沙种上春。
沙柳沙蒿沙枣树，毛乌素里物华新。

刘峰（河北）

林草英雄

去日豪情总未休，甘将汗水灌沙丘。
殷勤扎下草方格，自信荒原变绿州。

陈自如（安徽）

草

不须鲜艳不须花，争沐春风争沐霞。
只要伸根接泥土，便能播绿到天涯。

林增寿（福建）

中卫沙坡头见沙冬青

绿色叶和金色花，扎根大漠砺生涯。
耐寒耐瘠耐干旱，永葆青春为固沙。

隋秀平（山东）

沙棘

青天幕下树屏风，锁住黄滩不虐行。
草美水丰一片绿，挺身高立看沙鸣。

徐明光（内蒙古）

防沙草

漠上逢春映日排，风侵雨掠未曾哀。
芊芊玉体皆忠骨，不惧黄沙滚滚来。

李双群（河北）

游宁夏人工草地

苍翠葳蕤管理忙，时节盛夏叶微黄。
何须等到收割日，薅把草香先入囊。

谷元朋（山东）

咏草方格

荒原戈壁起丹霞，护路封沙作大拿。
每倚故园追绮梦，犹将小草视娇娃。
悉心总把真情献，昂首常牵夕日斜。
莫道丰功无记录，一招雄略震天涯。

秦瑞娟（宁夏）

马兰花

紫衣长袂舞清风，如蝶纷飞各不同。
绿叶清新沾雨露，芳苞恬淡壮青蓬。
仙姿曼妙非娇弱，韵态嘉珍却郁葱。
无惧寒霜盐碱地，防沙抗旱可称雄。

邹继惠（黑龙江）

宁夏青草青

遥观入目草青青，绿遍滩郊暖到城。
扮美园林铺玉带，优良生态保沙汀。
流芳默默潜蛙鼓，蓄势欣欣递鸟鸣。
塞上江南增野逸，烟光浮翠满诗情。

操礼端（安徽）

盐池哈巴湖草地即兴

举目惊疑到水乡，岂知荒漠换时装。
谁雕碧玉轻烟起，共种芳茵雅韵藏。
客路新开春色好，牧歌遥听丽情长。
最怜葱郁风吹处，浪飐层层作海洋。

张辉（黑龙江）

骆驼草

沙飞石滚性尤坚，火烤霜欺带笑颜。
叶挡狂风出绿海，根扎瘠土探清泉。
花前已见三分俏，天上犹惊一片蓝。
大漠美容如选我，为伊肯把汗流干。

江先金（江西）

汗润林草

栽芳种秀世同钦，汗雨飞飞润草林。
塞上江滨堤掩翠，湖边岭外寺垂阴。
花明四野虹流彩，绿满千峰鸟啭音。
宁夏万川青盖织，风光旖旎醉人心。

周其荣（江苏）

经云雾山草原寄程积民教授

遍起青风露气香，春原到处有晶光。
流云淡雾频牵眼，草色林声一动肠。
今日鸟堪栖月静，当时谁不叹尘扬。
程公此是钟情地，四十年间汗湿裳。

张德新（黑龙江）

卜算子·吟沙芦草

有梦有胸怀，守住家乡土。冰雪之中拱动春，来做山川主。

绿了也无争，枯了还无惧。留下芳菲一地情，即是心归处。

王克权（重庆）

定风波·种草人

瀚海阑干彼作邻，君来我阻战声频。苦与流丘争斗久，知否？冥冥因果序红尘。

云上烟波呼浩渺，仙草，绿坡固土护乾坤。才退黄沙三万里，弹指，又开湿地一千春。

袁秋英（湖北）

蝶恋花·宁夏草之青

绿草莹莹如锦缎。种种图形，规化而不乱。偶尔风吹柔舞换，引来百鸟欢愉转。

景色犹新伸向远。几许温馨，恍若诗情伴。霜冻雪侵无悔怨，每逢春夏生机展。

伍大华（湖南）

水调歌头·黄河种草人

执手黄河岸，送友把家还。泪盈同谢吟坛，南北雅情牵。妻挽老夫感慨，豪迈行程万里，洒脱旅游欢。唯你守方寸，盛世半生艰。

朝耕耘，夕呵护，绿荒原。拳拳使命，恰是磐石立心间。戈壁黯然撤退，苍翠延绵前进，蜂蝶舞翩跹。放牧碧空下，诗梦到天边。

眭珊（广西）

水调歌头·赞西吉县林草扶贫

莽莽西吉地，稼穑古来难。风狂田瘠，黄沙凌虐不知年。世代荒岑劳作，寒暑甘霖稀见，温饱总成叹。渺渺小康梦，何日为民圆。

复林草，兴特色，治沙源。一禾一木，陌上锹镢共甘酸。道辟村闾远近，户引美苗嘉树，绮梦种家山。笑看榛梨美，飘馥小楼前。

杜枚（宁夏）

云雾山国家级草原保护区

斜径花侵袖，扶摇应接翱。
青山分处细，翠浪涌来高。
群鹿延丰草，双鹰出远皋。
神游藐姑射，苔岑隔云涛。

赵春光（宁夏）

固原云雾山草原

官厅有特观，古寨卧一端。
雾雪扑峰壁，流云护牧原。
齐腰芒草旺，漫野异花鲜。
指看沟栏处，群狐戏闹欢。

云雾山草原

邓成龙（宁夏）

云雾山草原

十万园区绿草连，千山植被绕流泉。
浮云走雾风光好，夏适秋凉避暑天。

许金平（宁夏）

初访云雾山草原有感

碧草萋萋连紫霭，兰风万里瞰田梯。
接天岭外笙歌起，蓝绿相间玉色迷。

何晓晴（宁夏）

云雾山草原素描

碧毯绒绒接四方，空山不寂绿安翔。
昊天垂手揽罗甸，日夜相亲密意长。

钱守桐（宁夏）

固原云雾山草原

玉鹿闲暇蹄语响，一坡野草月无声。
青山不老花为赋，雾里流云百鸟鸣。

柳钧（宁夏）

云雾山高山草原

莫道平川有草原，谁移绿岛在高山？
能同散雾堆棉絮，可与流云种雪莲。
马鹿成群巡谷底，海雕结队访林间。
天生一个休闲地，放牧心灵竟忘还。

白燕（宁夏）

云雾山草原胜景

碧草晨曦惹幕宽，青峰初醒未苏眠。
林遮南北缠云雾，花漫东西醉远山。
野径豹猫幽壑处，坡川梅鹿滞涯边。
鹅喉恋客同歌舞，和美家园共唱欢。

祁飞龙（宁夏）

鹧鸪天·云雾山草原

草色明霞云绕山，葱茏万顷入长天。沟崖花鹿不惊客，乡道青林欲比肩。

峰势险，笑声欢，置身物外似飞仙。登临便觉胸襟阔，更喜诗情到笔端。

沙之灵

刘志（湖南）

沙

昔日黄沙万里天，长河大漠只孤烟。
今时遍地开新绿，犹胜江南到眼前。

程桂彬（北京）

沙漠黄金

曾经塞外向风吟，百鸟而今唱翠林。
喜看苁蓉生发处，谁将沙粒点成金。

王跃东（河北）

毛乌素沙地林

谁在荒凉植绿根，黄沙肆虐已无存。
英雄汗水涓涓淌，浇活如今大漠魂。

易荣球（宁夏）

沙漠美篇

昔日风沙卷地起，毁田毁树毁民房。
如今草障做屏障，人进林青四海扬。

胡太祥（黑龙江）

腾格里沙漠

久闻大漠奇观美，入眼惊魂景色殊。
雁影衔云鸣半岭，驼峰背日落双湖。
月移辉映流沙韵，风转光浮绝塞图。
梦绕陇头人尽醉，神游画里客相呼。

王为民（浙江）

沙漠

大漠无边戈壁连，风掀沙石舞狼烟。
绵绵沙海腾波浪，黝黝蟾光映鹤天。
几阵驼铃声渐远，多枝柽柳叶繁鲜。
千年万载荒凉地，今日青葱现沃田。

沙漠治理

邹鹏（宁夏）

咏治沙英雄王有德

赤心谋绿洲，扎帐上沙丘。
入梦植芳草，披星做耋牛。
知音八万顷，相伴五十秋。
今日毛乌素，风和烟雨稠。

宋华峰（贵州）

咏白芨滩防沙人

已扎深根六十年，敢铺沙漠作黄笺。
锹锄饱蘸青春汗，直向苍茫写绿篇。

李伯廷（山西）

赞宁夏治沙人

昔日荒丘漫地沙，谁挥汗水绿天涯。
笑容甜在君心里，老茧磨开幸福花。

张金凤（北京）

赞宁夏人草方格治沙

一个方格一步棋，绿黄交战似无期。
草军十万连轴转，怎教荒沙不撤离。

黄正元（宁夏）

宁夏绿化英雄刘安邦

铁路防沙第一兵，斐然业绩宇寰惊。
六盘植树开先局，百万松林荫后生。
耿直无私屡遭挫，解批再任竖标兵。
平凡朴实蕴高大，所到谁人不赞声。

王洪青（山东）

宁夏治沙颂

万里风沙害未休，劫难自古使人愁。
适宜种植苦探索，科学良方获报酬。
青草密麻沙土固，绿林俊秀碧云收。
丝绸古道通天远，一望繁华似梦求。

高凤兰（吉林）

咏宁夏白芨滩

翠障森严大漠前，灌乔交错共长天。
丛林襟下鸟禽跃，劲草怀中蔬果鲜。
防线扼沙思典范，魔方布网忆群贤。
绿洲万顷千秋利，物阜民丰美誉传。

祁国平（宁夏）

敬王有德

黄沙肆虐几何休，屡舞狂歌令我愁。
麦草炎光熬病体，寒风凛冽治山丘。
一棵树木拔身起，数片青林立地游。
世代驼铃声漫漫，功德浩气塑琼州。

李劲松（宁夏）

全国治沙英雄王有德

风沙肆虐何曾惧，固锁黄龙着绿衣。
万丈豪情圆夙梦，千般干苦化神奇。
荒原瓜果芳馨韵，瀚海林涛浩荡诗。
不忘初心怀远志，退休植树更痴迷。

王坤（河北）

治沙英雄王有德

塞上江南着靓装，贺兰山下谱华章。
造林滋水眠风月，划格坚沙饮雪霜。
赤子一心倾血汗，银丝两鬓历沧桑。
绿荫万亩诗千首，无愧英雄倍颂扬。

蔡教光（江西）

治沙英雄王有德

贺兰山下碧幽幽，塞上江南一望收。
沙里淘金滩育果，荒堆种树绿成洲。
夜眠雪月冬和夏，晨伴风霜春与秋。
是日青丝全发白，再流汗水不停留。

钟志清（福建）

白春兰赞

从来瀚海乱阑干，四十年前治碛滩。
肩负柔情荫万亩，刀耕烈焰绿千峦。
荒丘已失夫和子，大漠能分窄与宽。
今日丛林身可化，一棵树是一春兰。

朱淑群（江西）

浣溪沙·白芨滩治沙

莽莽黄尘逼四围，风来无处不狂飞。人间愁苦是迁离。

草格固沙真妙手，魔方易景亦为奇。直教荒漠变春畦。

姜吉清（山东）

中卫沙坡头

大漠高山拥绿洲，雄浑深处见青幽。
万千美景留人醉，便是黄河也转头。

韩成（黑龙江）

题沙坡头

大漠苍天碧水流，高坡皓月古沙洲。
驼声荡去千年路，塞外铺来万里绸。

徐中秋（浙江）

滑沙

鹰隼盘旋未过腰，沙丘下望面颜凋。
老夫重拾少年趣，呼啸声中落九霄。

郑万才（河南）

题中卫沙坡头鸣沙山

今到坡头未敢轻，滑沙引起几分惊。
非钟非鼓非埋怨，应是人间喜庆声。

王祥（宁夏）

沙坡头

黄沙漫漫止坡头，山水相依现绿洲。
铁甲长龙穿碧道，霞光笼翠任人游。

张海鹰（宁夏）

中卫沙坡头

一条彩带划分明，戈壁香山自不同。
大漠驼铃声久远，长滩枣树果新荣。
滑沙冲浪随君选，探险寻幽任我行。
索道凌空河上跃，羊皮筏子斗黄龙。

周立军（辽宁）

沙坡头感吟

西北风光不费寻，鸣沙山处已回音。
百花蒿荡黄河水，蓑羽鹤眠红柳林。
千里驼铃醒丝路，两山滑索荡胡琴。
若无麦草描方格，何有荒原一寸金。

赵云超（宁夏）

沙坡头印象

大漠黄河峻岭横，沙坡头上响鸣钟。
皮筏载客闻歌唱，索道飞身似燕腾。
瀚海驱车冲浪醉，草格织网护林生。
香山见证千年事，中卫人民砥砺行。

路秀娟（宁夏）

沙坡头

阵阵驼铃大漠魂，滔滔河水笑闲云。
羊皮筏子激流进，海市城楼妙句吟。
索道腾空惊破胆，沙坡鸣磬醒沉心。
磅礴气势相依在，恰是和谐共与存。

陈德龙（内蒙古）

神奇沙坡头

黄河滚滚几湾流，古渡皮船岁月悠。
北望蜃楼沧海苑，南倾蓬岛果蔬洲。
长城地起青峰舞，一列风驰紫塞游。
大漠驼铃关道远，披霞丝路耀千秋。

肖布拉（北京）

沙坡头

出塞黄河几道湾，沙坡秀水独山川。
波涛暂作休闲客，杨柳还期故里船。
大漠馀霞芳草月，驼铃落日绿洲烟。
花儿一曲风情美，醉到心头醉到天。

郭小鹏（山东）

宁夏沙坡头国家自然保护区

大漠幽辽风探寻，那些遗址迹犹存。
河堤高耸沙为骨，沙海苍茫河是魂。
落日长悬依景物，孤烟直上入霞云。
西天雁过空山语，岁月无声似可闻。

姚铁飞（辽宁）

游沙坡头

袖裹山风瞩蜃楼，焉知塞外毓千秋。
河肥鹭影诚须醉，漠婉驼铃倍具柔。
挺槊长城因景邃，鸣钟落日务心修。
江南纵有颜如玉，怎比芳情满绿洲。

萧宜美（江苏）

沙坡头感赋

大河绿岸着新装，今古交融诗韵忙。
沙浪延绵终漠海，铃声隐约现驼帮。
羊皮筏渡拼波转，钢索悬篮伴鸟翔。
何处孤烟寻与望，却收落日送辉煌。

张青（宁夏）

中卫沙坡头

眺望长河至此柔，雄奇秀美向坡头。
凌空滑索青云去，伏地爬沙汗雨流。
驼队响铃穿古道，筏排只影荡轻舟。
孤烟落日千年诵，渡口钟声岁月悠。

袁人瑞（上海）

沙坡头吟

萧萧芦荻近中秋，天下奇观引客游。
九曲洪流原上转，无边绮景眼前收。
轻身呼啸长钢索，丽影翩跹小绿洲。
最是忘情驼背坐，花儿一唱兴悠悠。

马世杰（山东）

赞宁夏沙坡头治沙成功

昔时大漠扬尘暴，肆虐民生鸟失音。
生态复修凭壮志，沙丘永固展雄心。
天惊万亩草方格，世叹千秋防护林。
今喜绿洲风月静，功垂青史谱瑶琴。

赵士红（河北）

浣溪沙·治理沙坡头

叩首挥锹日夜忙，誓将青翠替荒凉。草方格里变魔方。

串起绵延生命绿，逼停暴虐漠沙黄。春风摇过一丘香。

丁纯（安徽）

浣溪沙·宁夏沙坡头

塞上风和莺弄琴，客犹止步醉清音。漫天晴翠浣尘襟。

大漠鸣钟沙得趣，长河落日水溶金。陶然如在画中吟。

张金英（海南）

西江月·沙坡头

放眼孤烟大漠，聚焦落日长河。蜃楼海市玉嵯峨，神往心驰如我。

寒露凝成月色，铃声响处风驼。蓝天之下有金波，倒映白云几朵。

李文义（辽宁）

西江月·美丽沙坡头

大漠驰腾金浪，黄河澹漾丰饶。逐波羊伐载雄豪，阵阵驼铃破晓。

葱翠华林如带，春风孕育诗骚。初心椽笔写多娇，塞上明珠闪耀。

闫云霞（宁夏）

玉楼春·沙坡鸣钟

桂城覆没纯神话？几代治沙年过甲。黄龙缚住铁龙欢，岂止天然夸造化。

皮筏博浪悠悠下，探险腾格徒步跨。浪花翻滚诉衷情，尤向人间说叱咤。

刘新芳（宁夏）

踏莎行·沙坡头

滚滚黄河，茫茫大漠，奔流之水从天落。沙鸣坡间韵无边，凌空滑索游人乐。

丝路驼铃，芳洲鸥鹤，丹青萦梦千回度。沙丘披绿万年功，铁龙呼啸穿山岳。

王文中（内蒙古）

水调歌头·赞沙坡头治沙

塞上江南地，自古大河流。滋熙碕岸，太极湾里秀清幽。只是风沙侵袭，湮灭乡庄田土，狂虐使人愁。打响造林战，筑路是开头。

栽树木，播草种，扩绿洲。长年累月，麦草方格锁荒陬。草地长林青亩，枸杞稻粱园圃，画境建岑楼。沙漠公园景，万众慕名游。

张辉（黑龙江）

水调歌头·沙坡头

一入坡头角，惊艳了吟眸。碱蓬葱绿，麦草方格画屏幽。昔日黄龙俯首，现代愚公抖擞，大漠变芳洲。不尽风光美，海市隐真楼。

听沙钟，滑沙道，醉沙丘。慢摇皮筏，车水吱扭梦悠悠。抚摸固沙植物，感叹治沙劳苦，诗句涌心头。羌笛问杨柳，绿了几春秋。

张雨倩（湖北）

咏金沙岛

天涯君思广，大漠访亭台。
日月青天旷，风云碧水裁。
金沙随处在，绿岛几时来?
千载惊神迹，天工湿地开。

孙海东（浙江）

金沙岛

绿野仙踪亦可闻，金沙岛上半湖云。
时来白鹭欢鸣远，风起波澜对日曛。
入眼田畦多紫色，忘情花坞满清芬。
此生不懂阳关曲，塞外江南足慰欣。

傅瑜（浙江）

鹧鸪天·中卫金沙岛

赤日炎炎奈我何，无垠漠野客流多。门前香草期情爱，屋后澄湖漾碧波。

红枸杞，白天鹅，沙疗垂钓享祥和。人间惊喜多如许，塞外江南好赋歌。

杨业胜（河南）

鹧鸪天·中卫金沙岛

沙漠南缘一画图，翻开风景慢中梳。浪敲金岛云来宿，树捧鲜花鹭数株。

高别墅，大澄湖，渔舟归晚有通途。人能打造新环境，流水斜桥不逊吴。

嘉宾评委作品

宗西（宁夏）

艾依河

银河绕凤城，放眼碧波盈。
沙净荷香远，湖澄鹭羽轻。
览山松色翠，阅海苇风清。
一曲江南好，当歌塞上行。

阅海湖光

翠盖亭亭粉萼红，蒹葭俯仰沐荷风。
金波桥孔漾斜照，短棹轻摇入画中。

赏月黄河楼

冰轮玉影照琼楼，大漠雄关接远畴。
拍岸涛声萦耳底，万家忧乐到心头。

春到六盘山

立马陇山第一峰，曾挥椽笔写苍穹。
犹闻鼓角长城起，欣看山花塞上红。
林蔽莽塬襟翠幛，笛鸣峡隧驭银龙。
无边春色萧关道，千里乘风溯雁踪。

绿色凤凰城

凤凰城里凤凰游，凤去城留岁月悠。
沃野千湖波涌碧，骏山万壑雁鸣幽。
广场绿苑舞花影，大道华灯映锦楼。
塞上山河惊巨变，壮歌一曲动神州。

水调歌头·黄河金岸

破雾云涛涌，撼日浪排空。昆仑西极寒彻，紫气贯溟东。峡出青铜高坝，一望平畴无际，满目尽葱茏。晚照渔歌里，千载唱豪雄。

金堤固，楼阁起，跨长虹。锦城雾列襟抱，辐辏九衢通。云集冕旒才俊，鼎兴商工百业，天府势乘龙。漠北腾飞日，指点傲苍穹。

林峰（北京）

贺兰山

云端嶂列百千重，天马奔来海岳空。
剑气蒸腾明灭外，麾光隐约有无中。
思随秦塞惊荒雁，梦起银川贯碧虹。
莫道九边秋渐老，长松十万啸西风。

浣溪沙·黄河漂流

东去黄河势未休，长风吹筏向中流。连山翠色满洲头。

河是沙魂难照月，沙为河骨可听秋。古今人似往来鸥。

菩萨蛮·腾格里沙漠

金波横卷三千里，驼峰遥自天边起。歌啸塞云长，草分斜照黄。

心头沙似雪，丝路风如铁。瀚海望孤舟，望中无限秋。

沈华维（北京）

贺兰晴雪歌

阅尽千秋山未老，风景但知今更好。
春归塞外寒犹在，琼花如约飞来早。
银峰拱秀贵创新，但有精神山不贫。
抱得冰心藏有梦，巍然傲视若无人。
风卷鹅毛大如斗，立春时节逢七九。
春光冉冉莫辜负，自分蹉跎成白首。
积翠峰峦被雪埋，云端壑谷敞襟怀。
萧条气象堪忘世，旷野蓬蒿点苍台。
人间奇景由天造，玉宇无尘空如扫。
感慨烟霞意气存，回眸西夏叹苍昊。
湿雨孤云往复还，亭台素裹眺银川。
平原广洁添月白，高岭虚晶借日寒。
狂飘大野松涛喉，岩羊带着云奔走。
山中自有蛟龙伏，会看风云起渊薮。
蜡像晶莹透画屏，今朝拭眼喜新晴。
夜飞清景雕群树，晨叠素光裹千峰。
发展全凭众人手，做强做大岂甘后。
家园唯爱原生态，绿意纵横初心守。
雪云散尽水天宽，瑞气银涛映贺兰。

柳色萌芽和草长，田铺棉絮兆丰年。
蓝天映衬群楼俏，近赏远观皆倾倒。
冰柱擎天接晴日，雄浑铸就高格调。
开门日日对青山，山色巍峨带笑颜。
我愿青山春长驻，青山许我绿如蓝。
黄河解冻燕知道，塞上山川何言小。
借得东风生意满，新鲜故事天天报。

沙湖放歌

沙水相依天下奇，五星胜景世人知。
聚焦四季打卡地，况复阴晴多变时。
翠苇恍如遮纱帐，春风吹拂翻新样。
长堤十里绿烟波，画舸穿梭掀碧浪。
浅草白沙次第新，杏花柳色复逢春。
资源耗尽难为继，生态和谐见精神。
忽听湖中动幽咽，群鸥栖息白羽叠。
红鲤戏波随客游，风吹荷苇轻摇曳。
沙丘起伏任人攀，驼铃霜月带云还。
青山无语千秋立，一派生机在此间。
勤劳致富多赤子，创作艰辛无终止。
涓滴何妨汇巨流，源头活水都聚此。

平镜幽然共怡情，云收雾敛映山青。
风光犹在更高处，放眼还须上一层。
雄浑铸就沧桑谱，岁月如刀雕今古。
时代豪情正当歌，踔厉奋发擂天鼓。
沙峰突兀水平铺，天造神奇画不如。
布局蓝图生态美，经营绿肺纳清虚。
碧水金沙不掩藏，精心书写大文章。
谁将塞外添佳景，守护金山富一方。

彭阳红梅杏赋

六盘山凝翠，沟壑叠彩风光。茹河水拖蓝，清澈源远流长。栽下摇钱树，构筑生态屏障。换来聚宝盆，织就绿色银行。

彭阳红梅杏，耐寒耐旱，傲雪经霜。农人品质，根植沙碛，不择地而衍生；农家本色，叶散坡脊，不择肥而生长。梯田连片，成列成行。挡风固沙，雨季抢墒。有细流甘露之滋养，任劳任怨，呼唤担当。得长征精神之激励，封山禁牧，劳作繁忙。千古董仙杏林悬壶，曾救众患者。孔子杏坛讲学，每著大文章。喜与高士交友，不和桃李争光。秀雅名于寰宇，送实惠于故乡。

而乃春风翘首，布殊恩于大地；喜鹊登枝，施眷顾于四方。花开之际，暖风十里，花压云妆。淡雅之姿，羞蕊千枝，吹醉山乡。白若飞雪，似佳人之俏丽；浓如粉脂，因高洁而芬芳。花满游春路，人涌遍山岗。打卡花深处，结伴云徜徉。

纳陌上烟雨而成。其色养眸，并麦熟而半红半黄；其粒饱满，因汗浸而生液生浆。柔嫩多汁，酸甜而清凉。美容养颜，开胃而润肠。肉烹茶味能醒酒；核入药性可增强。香飘山外，热销冷藏。客问林中，网售港商。车绕深沟，路通高岗。红杏能致富，送走旧悲伤。小山村开心赛花儿，农家乐待客尽倾觞。

彭阳红梅杏，枝压山头，果品精良。名优特产，声名远扬。人勤地锦，消除贫困；退耕还林，覆盖荒凉。品牌成产业，靠科技助力；公司加农户，由政府主倡。高品质田间管理，嫁接技术前景无量；无公害生产基地，寄托百姓幸福之希望。几任清官筹创举，一山红杏壮彭阳。赵晓东领头苦干，聚力协商；张艺谋代言推介，亲口品尝。山乡风景秀丽，村民喜气洋洋。

六盘雄峰，旗帜飘扬。天高日朗，一派阳光。红梅杏之品牌，殊业共襄；黄土地之硕果，做大做强；新地标之征程，任重路长。锚定共同富裕之目标，奔向远方；矢志乡村振兴之大业，再创辉煌。

魏康宁（宁夏）

题苏峪口“古猿观天”

亿载立山前，观天守贺兰。
辛劳值昼夜，护画保平安。

观贺兰山岩画有感

等闲崖壁峭，不畏巨石坚。
镌刻心中美，无声撼世间。

云雾山草原

极目众山头，满坡绿油油。
辛劳经卌载，草旺野花稠。

罗山护林员

勤苦护林员，胸襟万顷宽。
情牵沙打旺，意挂海云杉。
欣喜金雕健，静观苍隼欢。
呼风滋宝地，唤雨润山川。

罗山美

齐心奋力勇登攀，雾散云开满目鲜。
芨草麻黄沙打旺，油松野杏海云杉。
金雕展翅迎宾客，猞猁飞奔献果盘。
廿载辛劳勤守护，林区万顷美罗山。

乐游沙湖

金驼载客铃声漫，快艇迎宾雪浪发。
鲢鲤畅游穿苇荡，清荷竞放献芳华。
朝依骏马观红日，暮驶轻舟看彩霞。
塞北江南绝景现，湖沙辉映靓奇葩。

张嵩（宁夏）

参观吴忠扁担沟智能苹果园

秋落红霞挂玉枝，早春花蕾寄相思。
满园皆是痴情果，一夜西风化作诗。

哈巴湖秋日小叶杨

秀木临风景象开，千枝万叶若金钗。
“杨”家有女亭亭立，绝好颜值永不衰。

沙湖

眼中沙是水衔沙，景象来时不泛渣。
但见画船摇苇荡，江南塞上本一家。

贺兰山采诗

霞飞万状起心间，草木生情意念牵。
登至山巅风带语，采诗还要到云边。

南乡子·萧关草

千载看衰荣，蒿艾萧萧塞外鸿。汉武唐宗刀剑影，兵戎。瘴雾狼烟不卧龙。

关隘万夫雄，野火春风乱草丛。塬上悲歌随逝水，霜浓。依旧葳蕤傲碧琼。

苹果歌

其一

塞上江南气象新，生态绿植万木森。
大河鸣奏先行曲，山川谱写四时春。
瓜果飘溢醉田野，稻谷丰盈满河滨。
众香园里出奇瑰，中有一果分外亲。

贺兰山下藏神气，黄河两岸蕴初心。
名扬天下披虹彩，风霜成就妩媚身。
天生丽质迎远客，香圆饱满待嘉宾。
千般真情若相许，人间最美果上珍。

其二

夏禹品柰非传闻，三千年前已成林。
中华栽培历史久，古章典籍皆可寻。
“光洁好玩”有记载，香传数步写入文。
美人有意传圣果，王孙多情把诗吟。
富贵人家平常见，穷苦百姓难近唇。
岁月更替天地转，嘉树今已做芳邻。
平原旷野迎雨雪，山坡梯田染风云。
光照辐射汁甜美，气候冷暖味甘醇。
经济发展名品多，乡村振兴富万民。

其三

正月家家祈和顺，平安红果添自信。
探亲访友心相连，迎来送往情不尽。
二月三月枝丫嫩，删繁就简攒后劲。
树木整洁立风寒，精神抖擞报春讯。
四月培肥五月孕，蓓蕾初绽绿叶衬。
轻风日日见粉蝶，微花朵朵涂彩晕。
六月七月果盈寸，防虫祛害除病困。

营养充足施磷钾，枝干霉变靠疏浚。
八月结果个个俊，颗粒丰满圆又润。
谁家有女初长成，南来北往争相问。
九月十月秋霜浸，千树万树列成阵，
香飘南北歌声起，一日采摘百日运。
整装保墒十一月，丰收过后消疲顿。
十二月里好休眠，来年春上再发奋。
四季轮回无烦闷，“果”然有情心相印。

其四

伞形树冠存芳馨，花开花落无宿因。
乔木丛中通人意，千百年来不能分。
新枝主干无累茧，老树紫色有深根。
白日采暖气脉足，黑夜御寒体内温。
树是宝树少妖娆，果乃果王不为尊。
活水多含维生素，矿物自带软黄金。
美白润肤减油脂，降糖瘦体修皮皴。
一日一果促健康，五脏六腑自欢欣。
自由落体传佳话，行星绕日不高深。
只需补脑常思考，塞上佳品盼知音。

闫立岭（宁夏）

太阳神岩画

圣地图腾留在心，人间自古有精神。
太阳刻在石头上，放射光芒照古今。

游苏峪口

清泉绿草樱桃谷，晓雨微风生紫烟。
晴雪绝峰连五月，晚屏叠翠过三关。
松涛临瀑仙桥上，天路飞崖云梦边。
骏马横空苏峪口，人间大美贺兰山。

智慧产业园

轻尘北过金鸡镇，东望花开扁担沟。
枝上镜头添异彩，树前笑脸竞风流。
果红一味甜心底，碧叶无声绿仲秋。
日照满园皆智慧，山中百姓不需愁。

哈巴湖夕照

金色流云锦色风，一湖秋水半湖浓。
斜晖已染枝头绿，细雨犹淋落叶红。
无语胡杨听塞曲，有心沙柳笑苍穹。
夕阳不醉晚霞里，林草豪情大漠中。

初登云雾山草原

村旁绿柳随风摆，坡底红梅杏子鲜。
头上白云脚下雾，近边青草远边田。
坡前马鹿临池后，树后蝴蝶飞眼前。
所幸山中无信号，难得心里有清闲。

再上白云山

七月无风水更凉，野荷花落小溪旁。
草莓红透坡前土，松树绿了山后庄。
流水已随泾水远，阳光不负好时光。
白云已落白云寺，我与白云话短长。

左宏阁（宁夏）

科学栽培苹果树

吴忠苹果看鑫源，科技栽培挂果繁。
一改树冠高又大，密植矮化水肥闲。

致敬科技创新工作者

戈壁荒滩数万年，高低错落鬼愁烦。
如今引进高科技，瓜果飘香宁夏川。

哈巴湖自然保护区

长空无际晚霞凝，多彩祥云伴客行。
巧遇哈巴湖映日，人间仙境怎分清？

宁夏诗词学会诗友参观苏峪口国家森林公园

青松掩映贺兰山，一望无崖翠蔽天。
山外怪石嶙瘦骨，峪中灵秀醉群贤。

沙湖掠影

青山为伴沙作邻，碧水汤汤苇蕴魂。
仙女飘飘偷暗渡，彩虹桥上会情人。

罗山遇雨

旱魃自古爱罗山，阻雨推云常住闲。
今日风云交汇聚，龙腾翻卷吾胸前。
雨师强势洒甘露，林草繁茂风沙拦。
草甸连绵似黍稷，杏林黄耆漫冈峦。
山回路转雾中觑，瑶台宝境位峰巅。

马翚（宁夏）

科技苹果园丰收即景

玉树亭亭立，猩红万点垂。
光鲜频照眼，果硕更开眉。
秀色谁堪比，香风但可追。
往来兴未尽，晚日入青帷。

贺兰山岩画

青山岩有画，史册壁间陈。
争战风烟暝，佃渔形影真。
羊群非绝物，人面是尊神。
远古寻常事，铺张一涧春。

罗山

天公应有意，沙海堕明珠。
峰叠松杉翠，岚蒸涧壑殊。
先铺芳草甸，再绘碧溪图。
一路青山梦，殷勤在玉壶。

登固原云雾山

野阔嚣尘远，山空碧草深。
退沙花满径，禁牧翠成林。
雾雨坡头润，云心此处寻。
邀来平仄韵，临眺作长吟。

仲夏游固原白云山

好景时堪近处寻，六盘山左暗藏春。
白云峰翠争生色，幽谷花繁不染尘。
溪敛夜华香雾袅，草凝朝露碧烟深。
就中借取清凉意，且做仙乡自在人。

渡江云·沙湖

晴空云洗碧，烟凝远岫，玉镜落平沙。万顷鳞波皱，水暖鸥浮，翠色染蒹葭。船行波上，犹疑是、误泛仙槎。中有岛、翩跹千羽，掠眼影横斜。

堪嗟。金沙铺韵，碧水涵光，共洞天如画。凝情处、心随征雁，梦逐飞花。新词欲赋湖山好，塞上曲、吹向千家。回首望，飞舟正引烟霞。

仇智虎（宁夏）

宁夏川

长河依贺兰，渔稻赛江南。
淑气承一脉，泾源出六盘。
三山福后世，五宝惠人间。
沙水与林草，合将好梦圆。

宁夏五宝

枸杞

天下黄河富宁夏，中宁枸杞甲天下。
玲珑红玉满原铺，染得晴川美似画。

甘草

塞北沙滩出蜜草，丰田固土世间少。
镇咳益气妙功全，增寿延年是黄宝。

贺兰砚

云纹玉带绘石间，墨砚风流在贺兰。

山水星辰来笔底，宝池含韵世争传。

滩羊

花马池边有好羊，似云铺画在山梁。

裘如白雪惹人爱，食味肥鲜名远扬。

煤

贺兰山内储乌金，取暖蒸食佑子民。

宝藏虽存应有尽，更需呵护感天恩。

后记

为了迎接中国共产党第二十次全国代表大会的胜利召开，进一步贯彻落实习近平生态文明思想，展现宁夏林草在建设黄河流域生态保护和高质量发展先行区的重大成就，突出宁夏林草人在生态文明建设过程中的使命担当，展现宁夏林草人艰苦奋斗的感人事迹和精神风貌，宁夏回族自治区林业和草原局与宁夏诗词学会共同举办了“绿色宁夏·美丽山川”全国诗词大赛活动。

本次大赛活动得到区内外广大诗人的关注、支持和积极参与，大赛自2021年10月15日开始，至2022年7月10日结束，历时八月余，共收到赛稿两千八百六十余件，作品八千余首。其中符合大赛要求稿件一千七百二十二件，作品四千三百零六首。本次赛稿大部分能紧扣“绿色宁夏·美丽山川”的主题，围绕宁夏“山、水、林、田、湖、草、沙”等建设板块进行创作，展示了宁夏森林、草原、湿地、治沙、自然保护地、美丽村庄等生态建设的优美景观和人文情怀，深刻反映近年来宁夏生态文明建设取得的成绩，以诗词形式讴歌宁夏林草事业波澜壮阔的发展历程。

赛稿收集后，主办方本着高度负责的态度，秉承公平、公正、公开原则，将所有来稿作品隐去作者姓名，统一编号送交评委认真评选，经过初评、复评、终评等环节，最终评选出一等奖二名、二等奖四名、三等奖七名（缺一）、优秀奖九名（缺一）。同时评选出入围作品三百九十首，选入“绿色宁夏·美丽山川”全国诗词大赛优秀作品集，在此金秋季节举国欢庆之际出版，是宁夏林草工作者和广大诗词爱好者向党的二十大献上的一份厚礼。

在此书编辑出版过程中，得到宁夏人民出版社施娜女士的热忱帮助，编辑的认真审阅，对他们付出的辛勤劳动，深表感谢！

由于时间仓促，编选工作还可能有不尽如人意之处，敬请读者朋友们批评指正。

马　翚

2022年10月15日

马翚，中国作家协会会员，中华诗词学会理事，宁夏诗词学会副会长。